BASTEI
LÜBBE

RAYMOND E. FEIST

DER MÄRCHEN HÜGEL

Fantasy-Roman

Ins Deutsche übertragen
von Indira Wirths-Kosub

BASTEI LÜBBE

BASTEI-LÜBBE-TASCHENBUCH
Allgemeine Reihe
Band 13356

Erste Auflage: Dezember 1991

Deutsche Lizenzausgabe 1991
Bastei-Verlag Gustav H. Lübbe GmbH & Co., Bergisch Gladbach
Originaltitel: Faerie Tale
Lektorat: Dr. Edgar Bracht
Titelillustration: Chris Hopkins
Umschlaggestaltung: Quadro Grafik, Bensberg
Satz: VID Verlags- und Industriedrucke GmbH & Co. KG,
Villingen-Schwenningen
Druck und Verarbeitung:
Brodard & Taupin, La Flèche, Frankreich
Printed in France
ISBN 3-404-13356-0

Einer der seltenen Schätze des Lebens ist Freundschaft. Ich zähle mich selbst in dieser Hinsicht zu den außerordentlich Glücklichen. Meine Freunde haben mir mehr gegeben, als ich erwarten konnte, und zu viel, um jetzt alles aufzuzählen; und was das schönste war, sie gaben in aufrichtiger Liebe. Ich werde ihnen in ihrer Großzügigkeit nie ebenbürtig sein.
Doch als bescheidenes Zeichen meines Dankes , widme ich dieses Buch:

Den originären Donnerstag-Nachtmenschen:
Steve A., Jon, Anita, Tim, Rich, Dave,
Ethan, Jeff, Lorri, Steve B. , und Bob
(und April, denn ich kann mich an keine Zeit
erinnern, in der sie nicht da war)

Damals, als Aprils und Steves Haus noch Steves und Jons Apartment waren und wir alle für unsere Abschlußprüfung schufteten, Versuchsergebnisse, mündliche Prüfungen, Dissertationen, Jobs – die Triumphe und Niederlagen, der Schmerz, die Liebe und das Wachstum . . . gemeinsam.

Danksagung

Mein tief empfundener Dank gilt:

April und Steve Abrams, Richard Freese, Ethan Munson, Richard Spahl, Adrian Zackheim, Jim Moser, Lou Aronica, Pat LoBrutto und Janny Wurts, die mir halfen, eine sehr ungewöhnliche Idee zu realisieren.

Raymond E. Feist
April 1987
San Diego, Kalifornien

PROLOG

Mai

Barney Doyle saß an seiner unordentlichen Werkbank, während er zum vierten Mal in sieben Jahren versuchte, Olaf Andersens veralteten elektrischen Rasenmäher zu reparieren. Er hatte den Zylinderkopf abgenommen und fällte die Entscheidung darüber, ob es passend sei, dieses Gerät ein für allemal auszumustern – was die artigen Stadtväter drüben in St. Catherine sicherlich nicht billigen würden. Der Kopf war abgesprungen – deshalb konnte Olaf ihn auch nicht starten –, und die Zylinderwände waren durch den Gebrauch und eine frühere Bohrung papierdünn. Das Beste, was Andersen tun könnte, wäre, Geld in einen dieser neuen Toro-Rasenmäher mit all den schönen Glocken und Pfeifen zu investieren und diese alte Maschine zu verschrotten. Barney wußte, daß Olaf Krach schlagen würde, wenn er einen neuen Rasenmäher kaufen müßte, aber das war Olafs Angelegenheit. Ebenso wußte Barney, daß es einem Wunder gleichkäme, auch nur ein Zehncentstück für einen solchen Entschluß aus Andersens Privatkasse herauszulocken. Es wäre zum Vorteil aller beteiligten Parteien, wenn Barney der beinah fertigen Maschine noch ein letztes Sommerwerk entlocken könnte. Während er nachdachte, nahm Barney abwesend einen Schleifstein für die Klingen. Er könnte versuchen, ihm einen weiteren Riß zuzufügen. Ein übergroßer Zylinderring würde die Sache schon schaukeln – er könnte den kleinen Riß zusammenschweißen –, und er würde den größten Teil der Kompression zurückbekommen. Wenn er ihn jedoch nicht wegrisse, würde er beides verlieren, die Zeit und das auf Bauteile verwendete Geld. Nein, zuletzt entschied er sich, daß es besser sei, Andersen zu erzählen, er solle ein Begräbnis einplanen.

Ein heißer, feuchter Windstoß rüttelte an dem halboffenen Fenster. Geistesabwesend zog sich Barney das schweißdurchtränkte Hemd von seiner Brust. Meggie McCorly, dachte er zerstreut, ein Lächeln erschien auf seinem von den Jahren gezeichneten Gesicht. Sie war eine Vision der Schönheit in einfacher Baumwolle, ein vollendeter Körper in den besten Jahren, schwingende Hüften und ausgedehnte Brüste, wenn sie täglich von der Schule nach Hause ging. Einen Moment lang war er gerührt von dem Ansturm so lebendiger Erinnerungen, daß er einen Widerhall von Lust in seinen alten Lenden aufsteigen fühlte. Barney zog ein Taschentuch hervor und trocknete seine Stirn. Er roch den Frühlingsduft und die heißen schwülen Nachtgerüche, so stark wie jene, die durch die Obstgärten und Felder von County Wexford wehten. Barney dachte an die Nacht, als er und Meggie von der Tanzparty flohen, sich aus der überfüllten, stickigen Halle unbemerkt fortschlichen, während die Stadt die Hochzeit von Paddy O'Shea und Mary McMannah feierte. Die leidenschaftlichen Erinnerungen veranlaßten Barney erneut, seine Stirn abzureiben, als eine handfeste Erregung seine Leistengegend heimsuchte. In sich hineinlachend, dachte Barney: ›Es gibt also doch noch Leben in diesem alten Burschen‹.

Für lange Minuten verharrte Barney in der Erinnerung an eine fast vergessene Leidenschaft, bis er bemerkte, daß er noch immer den Schleifstein über die Klinge von Andersens Rasenmäher rieb und damit der Schneide einen silbernen Glanz verliehen hatte. Er stellte den Schleifstein herunter und fragte sich, was über ihn gekommen war. Seit er nach Amerika ausgewandert war, im Jahre 1938, hatte er nicht mehr an Meggie McCorly gedacht. Das letzte, was er von ihr gehört hatte, war die Nachricht, daß sie einen der Cammack-Jungen drüben in Enniscorthy geheiratet hatte. Er konnte sich nicht daran erinnern, welcher es war, und es stimmte ihn traurig.

Durch das schmale Fenster seines Arbeitsschuppens bemerkte Barney das Aufflackern einer Bewegung. Er legte den Schleifstein beiseite und trat hinaus in das schwächer werdende Abendlicht. Da er nicht erkennen konnte, was seine Aufmerksamkeit erregt hatte, ging Barney zurück zu seiner Werkbank. Gerade als das Fenster aus seinem Blickfeld verschwunden war, bemerkte er erneut flüchtig etwas im Augenwinkel. Barney öffnete die Tür seines Arbeitsschuppens und machte einen einzigen Schritt nach draußen. Dann blieb er stehen.

Alte Bilder, halb erinnerte Erzählungen und ein Lied aus seiner Kindheit bestürmten ihn, während er langsam rückwärts in seinen Schuppen zurückging. Gefühle von Freude und Angst durchströmten Barney, sie waren so schön, daß ihm Tränen in die Augen traten, und durchbrachen jede rationale Schranke. Die Gerätschaften, von der vornehmen Gesellschaft in seinen Dienst gestellt, defekte Toaster, der Rasenmäher, der Mixer mit dem ausgebrannten Motor, sein kleines Fernsehgerät für die Baseballspiele, alle waren im Nu aus dem Feld geschlagen, als eine Erbschaft außerhalb Barneys Hütte erschien, die so alt war, daß sie vor der menschlichen Gesellschaft datierte. Ohne seinen Blick von dem abzuwenden, was er vor der Hütte sah, zog er sich langsam, fast stolpernd zurück, bis sein Rücken die Werkbank berührte. Hin und her greifend, zog Barney eine Flasche aus dem Regal. Vor zweiundzwanzig Jahren, als er sich zur Abstinenz verpflichtete, hatte Barney diese Flasche Tameson Whiskey als Mahnung und Herausforderung oben auf das Regal gestellt. In zweiundzwanzig Jahren hatte er die Anwesenheit der Flasche ignoriert, hatte die betörenden Rufe ausgesperrt, bis sie einfach ein weiterer Bestandteil der kleinen Hütte wurde, in der er arbeitete.

Langsam zog er den Korken heraus und zerriß das brüchige Papier der alten bundesstaatlichen Steuermarke. Ohne seinen Kopf zu bewegen, ohne den starren Blick von der Tür zu wenden, setzte Barney die Flasche an den Mundwinkel und begann zu trinken.

ERLKÖNIG-HÜGEL

Juni

1

»Hört auf, ihr beiden!«

Gloria Hastings stemmte die Hände in die Hüften, während sie sich von einem unerfreulichen Anblick losriß. Sean und Patrick hatten sich wild gestikulierend gezankt, wer beim Baseball zum Schläger ernannt wurde. Jetzt betrachteten sie beide mit ihren blauen Augen die Mutter, bevor sie den Entschluß faßten, ihre Geduld nicht weiter zu strapazieren. Mit Hilfe ihrer ganz besonderen stillen Art der Mitteilung erzielten sie eine Übereinkunft: Sean war damit einverstanden, daß Patrick die Aufsicht des Schlägers übernahm, und führte die Flucht nach draußen an.

»Geht nicht zu weit weg!« rief Gloria ihnen nach. Sie hörte den Stimmen der Achtjährigen zu, die die alten Vorderstufen hinunterstürzten, und dachte einen Moment über das ungewöhnliche Band zwischen den Jungen nach. Die alten Geschichten über Zwillinge und deren wundersame Verbindung waren ihr vor ihrer Schwangerschaft immer als bloße Volkssagen erschienen, aber jetzt mußte sie anerkennen, daß es da eine Nähe gab, die über das bei Geschwistern übliche Maß weit hinausging.

Sie schob ihre Gedanken beiseite und betrachtete das Durcheinander, welches die Möbeltransporteure hinterlassen hatten; ziellos wanderte sie durch die offenen Kisten mit den persönlichen Habseligkeiten und fühlte sich von den einfachen Anforderungen überwältigt, die Hunderte von kleinen Dingen auszusortieren, die sie aus Kalifornien mitgebracht hatte. Selbst die Entscheidung, wo jeder Gegenstand hinkommen sollte, erschien ihr wie eine Sisyphosarbeit.

Ihr flüchtiger Blick streifte durch das Zimmer, als würde sie erwarten, daß sich seit ihrer letzten Inspektion irgend etwas geändert hätte. Tief gemaserte Hartholzböden, frisch poliert –

allerdings bedurften sie einer erneuten Politur, sobald die Kisten und Kartons nach draußen befördert waren –, wiesen für Gloria auf einen Stil von noch lebenden Unbekannten hin. Der massive Kamin mit seiner handgeschnitzten Oberfläche war ihr fremd wie von einem anderen Stern, er bildete einen starren Kontrast zu den rauhen Ziegeln und Steinen der im Farmhausstil gebauten Öfen ihrer Kindheit in Kalifornien. Die Treppe in der Diele mit ihrem polierten Ahorngeländer, die Schiebetüren zu Wohn- und Eßzimmer waren Relikte eines anderen Zeitalters. Gedankenverloren strich Gloria sich eine blonde Haarsträhne aus der Stirn unter das rote Kopftuch zurück, das sie sich eng um ihren Kopf gebunden hatte, und bekämpfte ein beinah überwältigendes Heimweh. Sie suchte nach einem Platz, von dem aus sie Ordnung in das scheinbar endlose Durcheinander bringen könnte, und warf ihre Hände resigniert in die Höhe. »Das ist nicht das, was Oskar-Preisträger tun sollten! Phil!«

Als sie keine Antwort hörte, verließ sie das große Wohnzimmer und rief die Treppe hinauf nach ihrem Mann. Wieder keine Antwort. Sie ging durch die enge Diele zurück in die Küche und öffnete schwungvoll die Schiebetür. Die Küche des alten Hauses zeigte nach Osten, mit Klappfenstern, die das Morgenlicht hereinließen über dem Spülbecken und dem Abflußbrett. Morgens würde es dort heiß werden, aber abends konnte man sich dort sicher angenehm hinsetzen, die Fenster und die große Tür zur abgeschirmten hinteren Veranda öffnen und die Abendbrise hereinlassen. Sie hoffte es zumindest. In Südkalifornien waren die Tage manchmal hochofenheiß gewesen, aber es war eine trockene Hitze, und die Abende waren unwahrscheinlich schön. O Gott, wünschte sie sich, was würde ich für einen anständigen Innenhof geben, und nur die Hälfte dieser Feuchtigkeit!

Doch dieser plötzliche Anfall des Bedauerns über den Umzug ging vorüber, und sie zog sich ihren nicht mehr frischen Kittel aus und ließ sich von einem seichten Luftzug kühlen, während sie wieder nach ihrem Mann rief.

Ein scharrendes Geräusch unter dem Tisch war die Antwort

und ließ sie aufspringen, sie drehte sich herum und äußerte ihren bevorzugten Fluch, »Gottverdammtnochmal!« Unter dem Küchentisch duckte sich Bad Luck, der schwarze Labrador-Apportierhund der Familie; mit einem unschuldigen Ausdruck in den Augen kauerte er vor einer 10-Pfund-Hundefutter-Tüte nieder, die er geplündert hatte. Zerbissene Körner rollten über den Boden. »Du!« befahl sie. »Raus!« Bad Luck kannte die Spielregeln ebensogut wie die Jungen und schoß unter dem Tisch hervor. Er suchte nach einem Ausgang und rutschte dabei über den Boden, weil er plötzlich dadurch verwirrt war, daß er sich in einem neuen Territorium wiederfand. Erst gestern angekommen, hatte er sich die örtlichen Fluchtrouten noch nicht einprägen können. Er bewegte sich erst in die eine, dann in eine andere Richtung, sein Schwanz halb wedelnd, halb zwischen die Beine geklemmt, bis Gloria die Schwingtür zur Diele öffnete. Bad Luck schoß durch die Halle in Richtung Eingangstür. Sie ging hinter ihm her und öffnete ihm die Tür, und als er nach draußen stürmte, rief sie: »Lauf und finde die Jungens!«

Kurz darauf, sie hatte sich gerade umgedreht, erspähte sie den großen rauchfarbenen Familienkater, der sich auf der Treppe putzte. Philip hatte der Katze den Namen Hemingway gegeben, aber jeder andere nannte ihn Ernie. Gloria streckte die Hand aus, hob ihn hoch und beförderte ihn nach draußen. »Ihr beiden!« stieß sie hervor, während sie die Tür hinter ihm zuschlug.

Ernie war ein altbewährtes Opfer solcher Zornausbrüche und ertrug das alles mit einer unantastbaren Würde, die nur von britischen Botschaftern, episkopalen Bischöfen und Katern erreicht wird. Er blickte verklärt auf die Veranda, entschied sich für ein sonniges Fleckchen, drehte sich zweimal um und ließ sich zum Schlummern auf die Hinterpfoten nieder.

Gloria verließ die Küche und ging durch den Waschkeller. Sie warf einen mißtrauischen Seitenblick auf die antike Waschmaschine und den Trockner und fand einen Besuch im Einkaufszentrum angebracht, denn sie wußte mit furchtbarer Gewißheit, daß diese Maschinen nur darauf warteten, alle Kleidungsstücke zu vernichten, die sie leichtsinnigerweise hineinstopfen würde.

Gloria öffnete die Tür mit dem Fliegengitter, verließ die Veranda und ging die Treppe hinunter zum ›Hinterhof‹, ein großes ödes Stück Land, scharf abgegrenzt vom Haus, alte Apfelbäume zur Linken, eine baufällige Garage zur Rechten und gut 50 Meter entfernt die genauso heruntergekommene Scheune. In der Nähe dieser Scheune erblickte Gloria ihren Mann, der mit seiner Tochter sprach. Er sieht immer noch aus wie ein Professor der etablierten, vornehmen Kollegen der Oststaaten-Universitäten, dachte sie, mit seinem ergrauenden Haar, das langsam nach hinten zurückwich, und seinen braunen, lebhaften Augen. Doch er hatte ein Lächeln, das einem das Herz erweichen konnte, das ihn wie einen kleinen Jungen aussehen ließ. Dann bemerkte Gloria, daß ihre Stieftochter Gabrielle in einer schlechten Stimmung war, sie lamentierte, während sie sich herumdrehte und sie allein ließ. Sie wußte, Phil hatte Gabbie gerade darüber informiert, daß sie ihr Pferd während des Sommers nicht haben könnte.

Gabbie hatte die Arme vor der Brust gekreuzt und das Gewicht auf ihr linkes Bein verlagert, eine Pose, die für junge Mädchen typisch ist, für die Gloria sowie andere Schauspielerinnen über 25 aber ihre Gelenke verrenken müßten. Für einen Moment verharrte Gloria in offenkundiger Bewunderung für ihre Stieftochter. Als Gloria und Phil geheiratet hatten, lief seine Karriere auf vollen Touren, und Gabbie lebte bei ihrer Großmutter mütterlicherseits, ging auf eine Privatschule in Arizona und besuchte ihren Vater und dessen neue Frau nur zu Weihnachten, Ostern und für zwei Wochen im Sommer. Seit dem Tod ihrer Großmutter lebte Gabbie bei ihnen. Gloria mochte Gabbie, aber sie hatten es noch nicht geschafft, gut miteinander auszukommen, und heute sah Gloria eine schöne junge Frau, die den Platz eines launischen jungen Mädchens eingenommen hatte. Gloria fühlte einen unerwarteten Stich und machte sich Sorgen, daß sie und Gabbie sich nie näher kommen würden. Dennoch ging sie auf die Stieftochter zu, auf die gerade Phil einredete: »Sieh mal, Liebes, es dauert nur noch ein oder zwei Wochen, bis die Scheune fertig ist, und dann können wir über die Pacht einiger Pferde nachdenken. Dann können du und die Jungs reiten, wann immer ihr wollt.«

Gabbie warf ihr langes, dunkles Haar zurück, und ihre braunen Augen verengten sich. Gloria war gerührt von der Ähnlichkeit mit ihrer Mutter Corrine. »Vater, ich kann nicht verstehen, warum wir Bumper nicht hierher verschiffen können.« Sie sagte ›Vater‹ in einer gedehnten Art und Weise, wie sie für junge Mädchen typisch ist, die damit ausdrücken wollen, wie wenig sie von ihrem Erziehungsberechtigten verstanden werden. »Du hast den Jungen erlaubt, diesen zurückgebliebenen Hund mitzunehmen, und du hast Ernie mitgenommen. Sieh mal, falls es ums Geld geht, ich werde dafür bezahlen. Warum sollen wir uns irgendwelche dummen Bauernpferde pachten, wenn Bumper in Kalifornien steht, wo ihn niemand reitet?«

Gloria entschloß sich, die Sache in die Hand zu nehmen, und mischte sich in die Unterhaltung ein. »Du weißt, daß es nicht ums Geld geht. Ned Barlow rief an und sagte, er hatte letzte Woche eine Pferdepanik an Bord eines Fluges, und sie mußten ihn niederschlagen, bevor er die Crew und die Reiter gefährden konnte, und er verlor beinah auch noch ein zweites Pferd. Die Versicherungsgesellschaft legte den Fall auf Eis, bis Barlow das Durcheinander geklärt habe. Außerdem haben wir jetzt die letzte Woche im Juni, und Ned sagte ebenfalls, daß es vier oder fünf Wochen dauern würde, bis er einen zuverlässigen Fahrer und einen guten Anhänger bekommt, um Bumper hierherzubringen, dann fast noch eine weitere Woche, ihn zu bewegen, bei all den Unterbrechungen, die er durchmachen mußte. Wenn er also hier ankommt, wäre es für dich schon wieder Zeit nach UCLA zurückzugehen. Du müßtest ihn sofort wieder zurückschicken, damit er da ist und du ihn reiten kannst, wenn du in der Schule bist. Möchtest du, daß ich weitermache? Sieh mal, Gabbie, Ned kümmert sich darum, daß Bumper arbeitet und für ihn gesorgt wird. Ihm geht es gut, und er wird bereit sein, wenn du zurückkommst.«

»Ach«, antwortete Gabbie verärgert. »Ich verstehe nicht,

warum ihr mich hier herausschleppen mußtet, auf diese *Farm.* Ich hätte den Sommer bei Ducky Summers verbringen können. Ihre Eltern waren einverstanden.«

»Hör auf zu jammern«, zischte Phil, aber sein Gesichtsausdruck verriet sofort, daß er seinen Tonfall bedauerte. Wie ihre Mutter wußte Gabbie instinktiv, wie sie den Mann reizen und sticheln konnte. Der Unterschied war, daß Gabbie es kaum tat, Corinne dagegen regelmäßig. »Schau Liebling, es tut mir leid. Aber ich mag Ducky und ihre eingebildeten Freunde nicht. Sie sind Kinder, die zuviel Geld und Zeit haben, und es gibt nicht einen Funken gesunden Menschenverstand in dem ganzen Haufen. Außerdem sind Duckys Mutter und Vater irgendwo in Europa unterwegs.« Er warf seiner Frau einen verständnisvollen Blick zu. »Ich bezweifle, daß sie auch nur ahnen, wer in ihrem Haus schläft.«

»Schau, ich weiß, daß Ducky ein Luftikus ist und alle zwanzig Minuten einen neuen Freund hat, aber ich kann auf mich selbst aufpassen.«

»Natürlich, Liebes«, antwortete Phil, »aber solange du die Schule nicht beendet hast, wirst du dich mit den Vorrechten eines Vaters abfinden müssen.« Er streckte seine Hand aus und berührte ihre Wange. »Schon viel zu bald wird dich ein junger Mann wegholen, Gabbie. Wir hatten nie viel Zeit füreinander. Ich dachte, wir könnten einen Sommer nur mit der Familie verbringen.«

Gabbie seufzte resigniert und gestattete ihrem Vater eine distanzierte Umarmung, die deutlich machte, daß sie keineswegs zufriedengestellt war. Gloria fand es daher angebracht, das Thema zu wechseln. »Ich könnte etwas Hilfe gebrauchen, ihr beiden. Die Mainzelmännchen streiken, und diese Kisten laden sich nicht von selber aus.«

Phil lächelte seiner Frau zu und nickte, während Gabbie mit gequälter Miene in Richtung Haus davonstapfte. Auf den Stufen zur Veranda angekommen, meinte Phil: »Wahrscheinlich mache ich es ihr nicht gerade leicht, aber ich hatte einen Traum, in dem ich zurückgeflogen bin, um sie wegen einer Drogensache gegen Kaution aus dem Gefängis zu holen.«

»Oder ihre erste Abtreibung zu arrangieren?« fragte Gloria zweifelnd.

»Das auch, nehme ich an. Ich meine, eigentlich ist sie ja alt genug.«

Gloria zuckte mit den Schultern. »Und dies schon seit einigen Jahren, Sportsmann. Ich war's nicht, in ihrem Alter. Aber ich wuchs mit der Angst vor Gott auf, die mir die Nonnen in St. Geneview eingeflößt hatten.«

»Nun, ich hoffe nur, daß sie vernünftig ist. Ich nehme an, für ein Vater-Tochter-Gespräch ist es wohl zu spät.«

»Wenn ich mir anschaue, wie sie ihre Jeans ausfüllt, würde ich mal sagen, es ist ungefähr sechs oder sieben Jahre zu spät. Außerdem ist es nicht unsere Aufgabe, solange sie nicht um Rat fragt.«

»Ja, ich denke auch«, meinte Phil und lachte.

»Mitgefühl, mein Lieber. Nur sporadisch der Vater eines Teenagers zu sein war hart. Aber du hast in den letzten zwei Jahren gute Arbeit geleistet.«

»Für dich war es auch nicht einfach«, entgegnete er.

Sie grinste ihn an. »Warum? Ich bin nicht ihre Mutter, und außerdem weiß ich noch sehr wohl, wie es war, ein junges Mädchen zu sein. Sieh mal, Gabbie wird hier nicht die einzige sein, die einen Wutanfall bekommt, wenn mir nicht bald jemand bei den Kisten hilft. Nach streitsüchtigen Zwillingen, diesem Clown im Hundekostüm und einer eingebildeten Katze liegt es nun bei dir, mir und Miss Reiterin von Encino.«

Phils Gesicht verdunkelte sich ein wenig. Über seinen dunklen, braunen Augen lag ein Schimmer der Besorgnis, als er sagte: »Hast du noch andere Sorgen wegen des Umzugs?«

Gloria zögerte, sie überlegte, ob sie Phil ihre Zweifel mitteilen sollte. Sie entschied, daß das Heimweh vorübergehen würde, sobald sie sich eingelebt und neue Freunde gefunden hätten, also sagte sie: »Nein, eigentlich nicht. Nur das Auspacken.« Sie wechselte das Thema. »Vor ungefähr einer Stunde bekam ich einen Anruf von Tommy.«

»Und was wollte unser Superagent? Ein weiteres Filmangebot?« fragte er scherzhaft.

»Nein.« Sie gab ihm einen sanften Stoß in die Rippen. Tommy Raymond war ihr Agent gewesen, als Gloria noch an einem New Yorker Avantgarde-Theater und in Hollywood arbeitete. Sie hatte die Schauspielerei nach ihrer Heirat mit Phil aufgegeben, aber sie hielten all die Jahre Kontakt, und sie zählte Tomy zu ihren wenigen engen Freunden in diesem Geschäft. »Er rief an, um zu erzählen, daß Janet White im Herbst ein neues Stück am Broadway herausbringt. Sie führen *Long Day's Journey* neu wieder auf.«

»Juckt es dich wieder?«

Sie lächelte. »Nicht seitdem das letzte Stück, bei dem ich mitmachte, in Hartford ausgebuht wurde.« Phil lachte. In New York und Hollywood, wo sie und Phil sich kennengelernt hatten, hatte sie nie Fuß gefaßt. Phil hatte es sich angewöhnt, sie ›Oskarpreisträger‹ zu rufen, was dann zum Familienwitz wurde. Sie bedauerte ihre Wahl nicht, denn sie verspürte kaum Verlangen nach dem großen Ruhm, aber hin und wieder vermißte sie das Theater, die Herausforderung der Arbeit und die Kameradschaft der Schauspieler. »Auf jeden Fall sind wir zur Eröffnung eingeladen.«

»Einen Smoking ausleihen und all das, nehme ich an.«

Sie lachte. »Richtig. Vorausgesetzt, Janet kann sich außerhalb der Stadt auf dem Spielplan halten.« Während sie am Arm ihres Mannes zerrte, sagte sie, »Komm her, mein Schöner. Hilf mir, und sobald wir alles unter Kontrolle haben, kannst du bei McDonald oder Colonel Essen holen, und wenn die Kinder im Bett sind, schrubbe ich dir den Rücken, dann zeige ich dir einige Dinge, die ich nicht bei den guten Schwestern in St. Genevieve gelernt habe.«

Phil küßte sie auf die Wange und sagte: »Wie ich's mir gedacht habe. Kratze an einem guten irisch-katholischen Schulmädchen, und unter der Oberfläche findest du eine stürmische alte Frau.«

»Irgendwelche Beschwerden?«

»Nie«, sagte er und küßte sie auf den Nacken. Sie umarmte ihn, hakte sich unter, und gemeinsam gingen sie auf das alte Haus zu, das nun ihr neues Zuhause war.

2

Sean und Patrick marschierten an dem kleinen Bach entlang, sie lenkten ihre Schritte zwischen Felsbrocken hindurch, während sie dem kleinen Wasserlauf folgten. Die Wasserrinne wurde tiefer, und Sean, der vorsichtigere der beiden, sagte: »Wir gehen wohl besser hier herauf.« Er zeigte nach rechts, wo die Uferböschung anstieg.

In dem Moment kam Bad Luck das Bachbett heruntergerannt, die rote Zunge hing ihm aus der Schnauze, und mit dem Schwanz wedelte er eine wilde Begrüßung. Er umrundete die Jungen, dann begann er am Boden zu schnüffeln.

»Warum?« fragte Patrick, denn er verachtete alles, was nach einer Vorsichtsmaßnahme aussah.

»Weil wir hier unten geschnappt werden könnten«, antwortete Sean und zeigte auf die Wasserrinne, die reißend in eine Schlucht stürzte, seine Stimme klang dünn und zerbrechlich vor dem ausgelassenen Gurgeln des Wassers. »Außerdem hat Mom gesagt, wir sollen nicht so weit gehen.«

»Das ist doof; sie sagt doch dauernd solche Sachen«, war Patricks Antwort, während er an Bad Luck's Ohr zog und anfing, dem Wasser zu folgen. Sein Fängerhandschuh hing an einem Lederriemen an seinem Gürtel, und auf dem Kopf trug er eine Schlägermütze. Um die Schulter hatte er sich seinen Louisville-Schläger gehängt, wie ein Soldat sein Gewehr. Sean zögerte einen Moment, ging dann hinter seinem Bruder her und bemühte sich, seine *Angel's*-Mütze auf dem Kopf zu halten. Sie mochten ja Zwillinge sein, aber Sean besaß eben nicht dieses natürliche Zutrauen wie Patrick, und seine Furchtsamkeit schien ihm die Anmut zu rauben, sie ließ ihn oft auf dem lockeren Kies und den Steinen ausrutschen.

Sean stolperte und fiel hart auf sein Hinterteil. Er rappelte sich wieder hoch und richtete seinen ganzen Ärger über den Sturz auf seinen Bruder. Er klopfte sich den Staub ab und fing an, die abschlüssige Wasserrinne zu überwinden. Er schaffte die Steigung halb krabbelnd, halb rutschend, den Baseball-

Handschuh und den Ball fest in seiner linken Hand. Als er oben angekommen war, konnte er nichts von Patrick sehen. Die Wasserrinne machte eine scharfe Biegung, sie verschwand nach rechts. »Patrick?« schrie Sean.

In solchen Momenten, die die Jungs miteinander verbrachten, verständigten sie sich ohne Worte. Still drückten sie Übereinstimmung aus. *Dies ist ein schrecklicher Ort.*

Vor ihnen war eine uralte Steinbrücke, die die Wasserrinne so überspannte, daß der schmale Weg, der sich durch die Wälder wand, ohne Unterbrechung weiter gegangen werden konnte. Die Steine schienen angeschlagen und abgenutzt, als ob sie Widerstand dagegen geleistet hätten, hierhin plaziert worden zu sein. Jeder Stein war von einer Art schwarz-grünem Moos umgeben, ein Beweis für etwas Böses, das so schädlich ist, daß es die umgebenden Felsen mit einem fauligen Sumpf infizierte. Überwuchert mit Gestrüpp an beiden Seiten der Hochwasserlinie am Ufer, klaffte die Öffnung unterhalb der Brücke wie ein tiefer, schwarzer Rachen. Es war, als ob die Beleuchtung auf der einen Seite der Brücke aufhörte, nur um an der anderen wieder anzufangen, nachdem seine Grenzen überschritten waren.

Die Jungen wußten, daß die Dunkelheit ein Zufluchtsort war. Etwas wartete in der Dunkelheit unter der Brücke. Etwas Böses.

Bad Luck kam näher und begann mit gesträubten Nackenhaaren zu knurren. Patrick griff hinunter und faßte nach seinem Halsband, als er gerade die Brücke angreifen wollte. »Nein!« rief er, als ihn der Hund schubste, und Bad Luck hielt an, obwohl er darum wimmerte, losgelassen zu werden.

»Wir gehen besser zurück«, sagte Sean. »Es wird bald Abendessen geben.«

»Ja, Essen«, stimmte Patrick zu, es fiel ihm schwer, seine Augen von der Schwärze unter der Brücke zu lösen. Schritt für Schritt zogen sie sich zurück, Bad Luck gehorchte nur widerstrebend Patricks Befehl, mit ihnen zu kommen, wimmerte mit eingezogenem Schwanz und bellte.

»Hallo!« kam ein Ruf von hinten, und die beiden Jungen

schreckten bei dem Geräusch zusammen, ihr Brustkorb schnürte sich vor Angst zusammen. Patrick hängte sich an Bad Lucks Halsband, und der Labrador knurrte und sprang umher, um die Jungen zu beschützen, wobei er Patrick aus dem Gleichgewicht brachte.

Patrick stolperte vorwärts, und Sean fiel auf den Hals des Hundes, als er helfen wollte, ihn davon zurückzuhalten, den Mann anzugreifen, der hinter ihnen aufgetaucht war.

Der Mann streckte seine Hände aus, um zu zeigen, daß er nichts Böses wollte. Bad Luck kämpfte, um sich zu befreien. »Hör auf damit«, schrie Sean, und der Hund sprang weg und knurrte den Fremden an.

Beide Jungen nahmen den Mann in Augenschein. Er war jung, obwohl den beiden das nicht auffiel, denn jeder über achtzehn war in ihren Augen ein Erwachsener.

Der Fremde taxierte die beiden Jungen. Beide hatten lockiges, braunes Haar, das unter ihren Baseballmützen hervorragte, dunkle, große blaue Augen und runde Gesichter. Wären sie Mädchen, man hätte sie für hübsch gehalten. Wären sie älter, würden sie zu den gutaussehenden Männern zählen. Der Fremde lächelte und sagte: »Tut mir leid, daß ich euch und eurem Hund Angst eingejagt habe. Ein dummer Fehler von mir. Ich hätte nicht rufen sollen. Ich hätte wissen müssen, daß der Hund losspringen würde.« Er hatte eine weiche, melodische Stimme, ganz anders als die, welche die Jungen gewöhnt waren, zu hören.

Als Bad Luck keine unmittelbare Gefahr für die Jungen mehr sah, hörte er auf zu knurren und stierte den Fremden an. Die Jungen tauschten fragende Blicke aus.

»Schaut, es tut mir leid, daß ich euch erschreckt habe, okay?«

Die Jungen nickten, und zwar vollkommen gleichzeitig, daß es wirkte wie die Bewegung einer Person. Patrick sagte: »Was meinten Sie damit, als Sie sagten, daß Bad Luck losspringen würde, Mister?«

Der Mann lachte, und die Jungen entspannten sich. »Bad Luck, also?«

Als er seinen Namen hörte, fing der Hund an, mit dem

Schwanz zu wedeln. Langsam streckte der Mann seine Hand aus und ließ den Hund daran schnüffeln, dann streichelte er seinen Kopf. Nach einem Moment wurde das Schwanzwedeln leidenschaftlicher. »Wir werden wohl noch Freunde, nicht wahr, mein Junge?« sagte der Mann und lehnte sich nach vorne, die Hände auf den Knien. »Wer seid ihr, Jungs? Hab' gar nicht gewußt, daß es hier Verbündete gibt.«

Sean grinste über die Aufmerksamkeit wegen ihrer Kappen und ihrer Ausrüstung. »Wir sind kürzlich aus Kalifornien hierhergezogen. Wir leben auf der Farm.«

»Ist Philip Hastings euer Vater?« Die Brüder nickten.

»Ich hörte davon, daß er in das alte Kessler-Gebäude ziehen wollte. Ich wußte nicht, daß er schon hier ist. Nun, ich glaube, ich stelle mich erst einmal vor. Ich bin Jack Cole.« Er streckte seine Hand aus, aber nicht wie ein Erwachsener, der sich über Kinder lustig macht, sondern so, als ob sie ihm ebenbürtig wären. Die Jungen sagten nacheinander ihre Namen, schüttelten die Hände und entschieden sich schweigend, Jack Cole für einen akzeptablen Menschen zu halten, auch wenn er alt war.

»Was meinten Sie damit, Bad Luck würde losspringen?« wiederholte Patrick seine drängendste Frage.

»In diesem Teil der Wälder treibt sich seit letztem Monat ein Waschbär herum, und es ist nicht unwahrscheinlich, daß euer Hund ihn unter der Brücke gewittert hat. Wenn ja, dann ist es gut, daß er sich nicht losgerissen hat. Dieser Bär hat die meisten Katzen und die Hälfte der Hunde dieser Gegend zerrissen.«

Die Jungs sahen nicht überzeugt aus. Sie schienen der Sache noch nicht recht zu trauen. Jack Cole lachte. »Seht mal, ihr könnt mir glauben. dies ist kein kleiner Miesmacher aus einem Zeichentrickfilm. Dieser Bär ist fast so groß wie euer Hund, und er ist alt, hart und bösartig. Und dies ist sein Revier, ist das klar?«

Die Jungen warfen sich einen flüchtigen Blick zu und nickten. Jack blickte in Richtung Wasserrinne. »Das ist sowieso kein geeigneter Ort zum Spielen. In den Bergen, nahe dem See, fängt es manchmal plötzlich an zu regnen, und wenn es stark regnet, kann diese Wasserrinne ganz schön schnell fließen. Ich meine, es kann euch ohne Vorwarnung treffen. Ich würde in Zukunft von diesem Bach wegbleiben, klar?« Sie nickten. »Kommt, ich gehe mit euch zum Haus zurück. Muß doch bald eure Essenszeit sein. Außerdem würde ich euren Vater gern treffen.«

Die Jungen zerrten an Bad Lucks Leine und begannen, die Wasserrinne hinaufzusteigen. Als sie die Biegung umrundet hatten, warf Sean einen Blick zurück auf die Brücke und fühlte sich für einen kurzen Augenblick von jemand . . . oder etwas beobachtet . . . tief in der Dunkelheit unter dem felsigen Boden.

3

Gloria betrachtete die grotesken Skulpturen, die über der vorderen Veranda in den Dachsturz geschnitzt waren, und schüttelte bestürzt ihren Kopf. Sie starrte auf die ausgefallen wirkenden Kreaturen, die unterhalb der Dachrinne kauerten und vor sich hinmurmelten. »Genau das ist es, weshalb jedes Mädchen davon träumt, in Notre-Dame zu leben.« Als sie das Haus zum ersten Mal sah, hatte sie sich – nur halb scherzhaft – nach dem Geisteszustand ihres Gatten erkundigt. Er sah nur die guten Seiten, die kräftige Baukonstruktion der Jahrhundertwende, überall Hartholz, jede Fuge verzinkt und mit Nägeln festgedübelt, die keiner nachträglichen Korrekturen bedurften. Es war aus Materialien hergestellt, von denen ein moderner Architekt nur träumen konnte: Esche, Eiche und Fichte, durch das Alter steinhart geworden, Marmor und Schiefer, Teakholzböden, die Leitungen und Rohre aus Kupfer. Doch Phil konnte nicht erkennen, daß es ebenso ein lebendes Beispiel von Schwerfälligkeit war, ein Beweis dafür, daß Hermann Kesslers Vater zwar wußte, was ihm gefiel, jedoch ohne die Gnade des guten Geschmacks. Der erste Kessler hatte ein architektonisches Mischmasch erbaut. Ein Aussichtsturm thronte an der linken Seite des Hauses, von irgendeiner Antebellum-Plantage demontiert und nach Norden zu diesem Herrengehöft verschifft, darunter der blinde Blick der Gotikfenster. Die Einrichtung im Regence-Stil kollidierte mit solcher im Kolonialstil, wohingegen ein ausgestopfter Tigerkopf an der Wand des Raumes hing, welcher Phils Arbeitszimmer werden sollte, und unheilvoll nach unten auf den häßlichsten Perserteppich blickte, den Gloria jemals gesehen hatte. Alles in allem, schätzte Gloria, würde es gut ein Jahr Arbeit bedeuten, den Ort des alten Kessler in Ordnung zu bringen.

Sie betrat das Haus und begab sich schnell zur Hintertür, da sie annahm, sicherlich zehn Minuten nach ihren beiden Söhnen rufen zu müssen, bevor sie erscheinen würden. Aber gerade als sie die Gittertür öffnen wollte, durchschnitt Patricks Stimme die späte Nachmittagsluft. »Maaaa!«

Sie stieß die Tür auf, und mit einem Lächeln auf ihren Lippen beobachtete sie ihre Zwillinge, wie sie aus dem Wald hinter dem Haus hervorkamen. Bad Luck trabte neben den Jungen, und ein junger Mann ging hinter ihnen her. Er trug Jeans, ein Flanellhemd mit hochgerollten Ärmeln und robuste Stiefel.

Als die Jungen in Rufweite waren, schrie Patrick: »Das ist Jack, Mom. Was gibt's zu essen?«

Gloria schaute auf ihre Uhr und stellte fest, daß es bald fünf war. »Hamburger oder Hühnchen. Was immer euer Vater aus der Stadt mitbringt. Hallo, Jack.«

»Hallo, Mrs. Hastings«, antwortete der junge Mann mit einem Grinsen und einer entschiedenen Südstaaten-Melodie in der Stimme.

»Wie haben Sie es geschafft, Hänsel und Gretel zu begegnen?«

»Ich bemerkte die Jungs, wie sie eine Wasserrinne hinuntergingen. Springfluten können schnell kommen, wenn man die Vorzeichen nicht kennt.« Als er sah, wie sich Glorias Augen zusammenzogen, fügte er schnell hinzu: »Nichts, worüber man sich Sorgen machen muß, Mrs. Hastings. Es gab während der letzten Wochen keinen Regen in den Hügeln, so daß die Möglichkeit einer Blitzflut nicht besteht. Aber es ist für die

Jungen kein guter Platz zum Spielen. Ich dachte, ich sollte die beiden darauf hinweisen.« Gloria warf den Jungen einen mißtrauischen Blick zu, die hatten sich allerdings schon entschlossen, daß es an der Zeit wäre, ins Haus zu verschwinden, und zwar mit einem Klappern ihrer Turnschuhe auf den Verandastufen, das nur noch von der zuknallenden Gittertür unterbrochen wurde.

Gloria warf einen Blick zum Himmel und wendete sich dann wieder Jack zu. »Danke, Mr. . . .«

»Cole. Jack Cole. Und es ist nicht weiter schlimm. Ich hoffe, Sie nehmen mir mein Eindringen in Ihren Wald nicht übel?«

»Meinen Wald?« fragte Gloria.

»Der Ihrer Familie, meine ich. Ihre Grenzlinie verläuft eine halbe Meile hinter der Brücke.«

»Eine halbe Meile? Uns gehört eine halbe Meile Land außerhalb des Hauses?«

»Noch mehr. Die Brücke ist nur eine Viertelmeile von hier entfernt.«

»Gloria.«

Einen Moment lang war er verlegen, dann sagte er: »Entschuldigen Sie mein schlechtes Benehmen, aber ich habe noch nicht sehr viele Schauspielerinnen getroffen.«

Gloria lachte. »Mein Gott! Was sind Sie? Ein Fan, hier in der Wildnis, nach all den Jahren?«

»Nun ja, ich habe Sie nie auf der Bühne gesehen, aber ich habe über Ihren Mann gelesen, und sie erwähnten Ihre frühere Karriere.«

»Ruhm, wie vergänglich«, sagte sie mit gespieltem Kummer. »Auf jeden Fall verlangt allein die Tatsache, daß Sie von meiner bescheidenen Karriere wußten, nach einem Schluck, vorausgesetzt, der Kühlschrank läuft noch, und Sie mögen Bier?«

»Mit tiefstem Dank«, antwortete er lächelnd.

»Ich hoffte, Sie und Ihren Mann anzutreffen.«

»Dann kommen Sie herein, ich treibe ein Bier für Sie auf. Phil müßte in Kürze mit dem Essen zurück sein.«

Gloria führte den jungen Mann in die Küche, zog sich das

Tuch vom Kopf und ließ ihr aschblondes Haar offen herunterfallen. Plötzlich keimte in ihr der Wunsch, sich herauszuputzen, wobei sie sich sowohl amüsiert als auch alarmiert fühlte. Sie hatte nicht mehr vor der Kamera gestanden, seit sie schwanger geworden war, und hatte viel von der automatischen Überprüfung des eigenen Aussehens vergessen, das zur festen Gewohnheit der jungen Schauspielerinnen im Filmdschungel gehörte. Nun erweckte dieser junge Mann, der seinem Aussehen nach kaum älter war als Gabbie, in ihr den Wunsch nach einem Spiegel und einem Waschlappen. Aber dann kam ihr diese Vorstellung plötzlich albern vor, und sie sagte sich, daß sie sich nicht für ihr Aussehen entschuldigen würde. Dennoch, er war in einer Art hübsch, die Gloria gefiel: athletisch, aber nicht muskulös. Gloria lächelte innerlich in Erwartung von Gabbies Reaktion auf den jungen Mann. Er war wirklich reizend. Sie drehte sich zu Jack um und sagte: »Wir haben hier noch alles in Kisten verpackt.«

Jack schaute sie mitfühlend an. »Es tut mir leid, wenn ich ungelegen komme. Ich kann Sie an einem anderen Tag besuchen.«

Sie schüttelte den Kopf, während sie den Kühlschrank öffnete.

»Nein, ich wollte mich nur für das Durcheinander entschuldigen.« Sie reichte ihm ein Bier. »Und ich heiße Gloria.«

Jack zog die Augenbrauen hoch, als er die weiße Flasche erblickte. »Holländisches Bier«, sagte er zustimmend.

»Phil ist einer der seltensten Vögel, ein gut bezahlter Schriftsteller. Er kauft sie kistenweise.«

Jack nippte an dem Bier und machte einen zufriedenen Eindruck. »Kann ich mir vorstellen, wenn man den Erfolg seiner Filme betrachtet. Dennoch habe ich mich oft gefragt, warum er kein weiteres Buch geschrieben hat.«

»Sie haben eins von Phils Büchern gelesen?« fragte Gloria, mit plötzlichem Interesse für den jungen Mann.

»Alle. Und alle Kurzgeschichten, die er veröffentlicht hat. Sie sollten in eine Anthologie aufgenommen werden.«

»Sie haben alle drei Bücher von Phil gelesen«, sagte sie und setzte sich hin.

»Vier!« korrigierte Jack. »Er schrieb da noch diese Liebesgeschichte unter dem Pseudonym Abigail Cook.

»Mein Gott! Sie haben Ihre Hausaufgaben gemacht.«

Jack lächelte – ein jungenhaftes Grinsen auf dem Gesicht eines Mannes. »Genau das ist es, eine Hausaufgabe. Ich bin Absolvent der Fredonia State . . .«

Die Unterhaltung wurde durch eine Explosion unterbrochen, in Gestalt der Zwillinge und Bad Lucks, die zur Tür hereinschneiten. »Dad ist da!« schrie Patrick, und Sean wiederholte seinen Schrei.

»Macht mal langsam und dämpft euer Gebrüll, Kinder, befahl Gloria. Wie erwartet, wurde sie ignoriert. Das Auspakken war eine konstante Plage für Gloria, aber die Jungen sahen in dem Essen des örtlichen Schnellimbiß-Imperiums ein wahres Festessen.

Phil kam durch die Eingangstür und trug zwei Tüten der Spezialitäten von Colonel. Er stellte sie ab, küßte Gloria auf die Wange und sagte: »Hallo! Was ist denn hier los? Werd' ich schon wieder betrogen?«

Gloria ignorierte die Bemerkung. »Phil, das ist Jack Cole, ein Nachbar. Er ist ein Fan von dir.« Phil streckte seine Hand aus, und sie begrüßten sich. »Nicht viele Menschen schenken denen, die Filme schreiben, ihre Aufmerksamkeit, Jack.«

»Phil, er hat deine Bücher gelesen. Alle.«

Philip fühlte sich ganz offensichtlich sehr geschmeichelt. »Nun gut, Jack, es gibt noch weniger Menschen, die meine . . . Sagte Gloria, alle?«

Jack grinste. »Selbst *Winds of Dark Passion* von Abigail Cook.«

»Ach du meine Güte! Warum bleiben Sie nicht zum Essen bei uns? Wir haben auch guten Wein . . .«

Jack wollte schon absagen, als Gabbie in die Küche kam und Papiertüten mit Brötchen, Tomaten und anderen Zutaten für das Hühnchen trug. Sie wollte gerade etwas sagen, als sie Jack erblickte. Für einen kurzen Moment blickten sich die beiden jungen Menschen offensichtlich prüfend an, und ebenfalls offensichtlich billigten sie, was sie sahen. Langsam entspannte sich Jacks Gesicht zu seinem schönsten Lächeln, bis Gloria sagte: »Jack Cole, das ist Gabrielle.«

Jack und Gabbie nickten sich zu, während Phil den Zwillingen befahl, zu spülen. Gloria unterdrückte tapfer den Drang zu kichern. Abwesend berührte Gabbie ihre Kette, ihre Wange und eine Strähne des dunklen Haares, und Gloria wußte, sie würde sterben für einen Spiegel, eine Bürste und eine saubere Bluse. Und für Jack war es plötzlich unmöglich, bequem zu sitzen. Gloria schaute verträumt von Jack zu Gabbie und sagte: »Richtig, einer mehr zum Essen.«

4

Das Abendessen verlief in einer entspannten Atmosphäre. Phil und Gloria, Jack und Gabbie saßen am Küchentisch, während die Zwillinge auf einer Lattenkiste vor dem Fernseher im Wohnzimmer aßen. Jack hatte nur wenig gesagt, Phil mußte ihn mehr oder weniger dazu überreden, Fragen zum Wegzug der Familie aus Kalifornien zu stellen, die der Schriftsteller dann selbst beantworten konnte.

»Nun gut«, sagte Phil, »dadurch, daß *Star Pirates* und *Star Pirates II* solche überwältigenden Erfolge waren und ich einen anständigen Anteil von dem Kassenerfolg bekam, ebenso wie Autorentantiemen aus *Pirates III, IV* und wieviel sie auch noch fabrizieren können, habe ich, was ich ›Scher-dich-zum-Teufel‹-Geld nenne.«

»Scher-dich-zum-Teufel-Geld?« fragte Jack.

Gabbie sagte: »Daddy meint, daß er genug Geld besitzt, um jedem Produzenten in Hollywood sagen zu können, er solle sich zum Teufel scheren.« Gabbie hatte sich Spiegel, Kamm, Waschlappen und eine saubere Bluse besorgt und hatte Jack während des ganzen Abends kaum aus den Augen gelassen.

»Genauso ist es. Nun kann ich zu dem zurückkehren, was

ich zuerst getan habe und was ich am besten kann: Romane schreiben.«

Jack Cole war mit dem Essen fertig und lehnte sich zurück. »Das ist für mich kein Grund. Denn ihre Filme sind sehr gut. Die Piraten-Filme waren, verglichen mit anderen dieses Genres, verdammt gut geschrieben; ich mochte diesen verschlagenen Humor sehr . . .«

»Danke, aber selbst wenn, der Film ist wohl mehr das Element des Regisseurs. Selbst mit der Energie des Verlegers ist ein Buch das Produkt einer einzelnen Person. Und es ist zu lange her, daß ich fähig war, ohne Verleger, Direktoren, Produzenten, andere Schriftsteller, selbst Schauspieler zu schreiben, die alle nach Veränderungen im Drehbuch schrien. Im Film wird das Schreiben von einem Ausschuß übernommen. Du hast nicht gelebt, wenn du nicht einmal eine Drehbuchkonferenz durchgestanden hast.« Seine Stimme hatte einen halb ernsten, halb scherzhaften Ton. »Tourquemada hätte sie geliebt. Irgendein Idiot eines multinationalen Konzerns, dem jede Zeile von *Dick und June* erklärt werden muß, erzählt dir, wie man Szenen umschreibt, damit die Frau des Aufsichtsratsvorsitzenden nicht beleidigt ist. Oder ein Agent verlangt, daß eine wundervolle Szene gestrichen wird, nur weil es schlecht für den guten Ruf des Stars sein *könnte*. Es gibt Agenten, die verlangen würden, Shakespeare umzuschreiben – Othello müßte sich von Desdemona scheiden lassen, weil die Fans ihres Clienten diesen als Frauenmörder nicht akzeptieren würden. Oder das Studio verlangt, daß die Schauspielerin ein bißchen mehr Haut zeigt, damit sie eher einen PG-13 als einen G-Film daraus machen können, denn sie denken, Teenager sehen sich keinen G-Film an. Es geht dort zu wie bei Alice im Wunderland.«

»Ist es wirklich so schlimm?« fragte Jack.

Gabbie stand auf und fing an, die Papierteller und Servietten zusammenzuräumen. »Wenn die Lautstärke von Dads Geschrei ein Merkmal dafür ist, dann ist es so schlimm.«

Phil sah bekümmert aus. »Ich hab' doch nicht geschrien.«

»Doch hast du«, widersprach seine Frau. »An einigen Stellen

habe ich gedacht, du würdest gleich den Hörer auf die Gabel knallen, nachdem du mit jemandem aus dem Studio gesprochen hast.« Sie wandte sich an Jack. »Sie haben die meiste Zeit nur zugehört, Jack. Wir haben Ihnen keine Möglichkeit gegeben, etwas von sich zu erzählen.«

Jack grinste, als Gabbie seine leere Flasche Bier durch eine volle ersetzte und ihm so mitteilte, er solle noch ein wenig bleiben. »Es gibt wirklich nicht viel zu erzählen. Ich bin nur ein guter alter Junge aus Durham, Nord Carolina, der sein B.A. in Englisch dort an der Uni gemacht hat und dann nach Norden ging, um an der New Yorker Universität Fredonia zu studieren. Ich konnte mir einige Angebote aussuchen, unter anderem ein verlockendes in San Diego, aber ich wollte Agatha Grant als Studienberater, also zog ich einige Fäden und kam her, und hier bin ich.«

Phils Augen weiteten sich. »Aggie Grant! Sie ist eine alte Freundin der Familie. Sie war auch meine Studienberaterin, als ich meinen Magister in moderner Literatur in Cornell machte. Ist sie nun in Fredonia?«

»Emeritiert. Sie hat sich letztes Jahr zurückgezogen. Das meinte ich damit, daß ich die Fäden zog. Ich bin der letzte Student, der bei ihr sein Examen macht. Ich möchte meinen Doktor in Literatur machen. In ein paar Monaten sind meine mündlichen Prüfungen, dann wird man sehen, ob ich weitermache und meinen Magister schaffe. Ich schreibe meine Arbeit über Romanschriftsteller, die zu Drehbuchautoren wurden, darüber, wie die Arbeit beim Film die Arbeit eines Schriftstellers beeinflußt. Ich befasse mich mit Schriftstellern, die beides gemacht haben, wie Fitzgerald, Runyon, William Goldman, Faulkner und Clavell. Und Sie natürlich. Obwohl ich mich überwiegend mit Fitzgerald beschäftige. Wenn ich das Thema meiner Dissertation herausgefunden habe, werde ich mich wahrscheinlich auf ihn konzentrieren.«

Phil lächelte. »Sie nennen mich da in einer illustren Runde, Jack.«

»Es klingt alles ziemlich trocken und langweilig.« Jack sah verlegen aus. »Als die Lokalpresse mitteilte, Sie hätten diese

Farm gekauft, dachte ich, ich könnte mich aufdrängen und ein Interview mit Ihnen bekommen.«

Phil sagte: »Gut, ich helfe, wo ich kann. Aber ich habe nicht viele Gemeinsamkeiten mit Fitzgerald. Ich trinke nicht so viel; ich habe keine Affäre mit einem anderen Schriftsteller; und meine Frau ist nicht verrückt . . . meistens.«

»Danke«, sagte Gloria trocken.

»Ich wollte Aggie eigentlich anrufen und an einem Wochenende hoch nach Ithaca fahren. Ich hatte keine Ahnung von ihrem Umzug. Bei der ersten Gelegenheit, die sich bietet, fahre ich nach Fredonia, um sie zu besuchen. Mein Gott, das ist Jahre her.«

»In Wirklichkeit müssen Sie nicht nach Fredonia fahren. Sie lebt jetzt auf der anderen Seite des Waldes, am Rande von Pittsville. Das ist ein Teil des Abkommens. Ich betätige mich dort noch als eine Art Platzwart, Faktotum für alles und manchmal als Koch, obwohl sie es vorzieht, die meiste Zeit selber in der Küche geschäftig zu tun. Sie begibt sich nur dann in die Uni, wenn sie muß, also zu Promotionsfeiern, Kolloquien, Gastvorträgen, die gelegentlichen Alt-Herren Tätigkeiten, zu all diesen Dingen.«

»Sag Aggie, daß ich morgen oder übermorgen vorbeischaue.«

»In den nächsten zwei Wochen ist sie an der New Yorker Universität. Sie redigiert einige Unterlagen für ein Symposium in Brüssel. Aber danach müßte sie zurückkommen. Sie würde die Feier des vierten Juli in Pittsville nicht versäumen.«

»Nun gut, sagen Sie ihr, sie möchte uns anrufen, sobald sie wieder zurück ist.«

»Sie wird sich freuen, daß Sie wieder zu Hause sind. Ich nehme an, sie wird zu diesem Anlaß in aller Eile etwas Besonderes vorbereiten.« Jack trank sein Bier aus und erhob sich. »Nun, ich möchte Ihnen allen danken – für die Gastfreundschaft und für das Abendessen. Es war wirklich ein Vergnügen.« Die letzten Worte waren – nicht sehr deutlich – an Gabbie gerichtet.

»Ich hoffe, wir sehen Sie bald wieder, Jack«, sagte Gloria.

»Wenn es nicht zu aufdringlich ist. Ich wandere durch diese Gegend, wenn ich über eine These nachdenke, manchmal reite ich auch durch die Wälder.«

»Reiten?« fragte Gloria, ein berechnender Ausdruck zog über ihr Gesicht. Jacks Anwesenheit hatte Gabbies Stimmung zum ersten Mal, seit sie hier angekommen waren, aufgehellt, und Gloria war ängstlich darauf bedacht, sie von mürrischen Wutanfällen abzulenken.

»Es gibt eine Farm, einige Meilen die Autobahn runter, wo sie Pferde züchten. Mr. Laudermilch ist ein Freund von Aggie, so daß ich mir manchmal eins ausborgen kann. Reiten Sie?«

»Nicht regelmäßig«, antwortete Phil, »aber Gabbie nutzt jede Möglichkeit, die sich ihr bietet, um zu reiten.«

»Ach?«

»Bumper – das ist mein Pferd –, er ist ein meisterlicher Blanket Appaloosa. Das beste Wettkampfpferd in Südkalifornien, eines der besten Geländepferde im Highridge-Stall.«

»Hab' noch nie einen Appaloosa geritten; sie neigen dazu, ein bißchen dickfellig zu sein, habe ich gehört. Aber ich denke, sie sind eine gute Arbeitsrasse. Meister, huh? Ziemlich teuer, glaube ich.

»Nun, er ist ein gutes Pferd . . .« Gabbie zuckte die Achseln, um anzudeuten, daß Geld kein Problem sei. Gloria und Phil lächelten.

Jack sagte: »Zuhause hatte ich einen Tennessee Walker. Vielleicht möchtest du nachmittags einmal reiten, nachdem du dich eingelebt hast?«

»Sicher, jederzeit.«

»Ich besuche übermorgen meine Leute unten in Durham. Ich bleibe zwei Wochen da. Wenn ich zurückkomme?«

Gabbie zuckte mit den Schultern. »Okay.«

»Na schön. Als ich sagte, daß es mir ein Vergnügen war, habe ich mich schon auf das nächste Mal gefreut.«

Phil erhob sich und schüttelte Jacks Hand. »Bleiben Sie kein Fremder«, bot ihm Gloria an, als er durch die hintere Tür fort ging. Sie kehrte an die Seite ihres Mannes zurück und sagte:

»So, Gabbie. Die Dinge scheinen doch nicht so schlecht zu sein, oder?«

Gabbie seufzte. »Oh, er ist zweifellos ein alter Knacker; Ducky Summer würde jetzt sagen: ›Er hat ein Hinterteil, das es wert ist, dafür zu sterben.‹ Aber wie schaffe ich es, alles bei mir zu behalten, wenn er mit diesen zurückgebliebenen, ungelenkigen, kaltblütigen Bauernpferden auftaucht? O Mann!«

Gloria lächelte. »Laß uns noch eine Kiste auspacken, dann treibe ich die Jungs ins Bett.«

Gabbie nickte in resignierter Zustimmung, und Phil ging vor ihr aus der Küche. Gloria folgte ihnen, doch als sie die Küche gerade verlassen wollte, hatte sie plötzlich das Gefühl, beobachtet zu werden, als wenn sich unfreundliche Augen auf ihr festgesetzt hätten. Sie drehte sich mit einem Ruck um und dachte für einen Moment, etwas an einem der Fenster gesehen zu haben. Sie sah flackernde Bewegungen im Licht der Glühbirne und verließ die Küche mit einem leichten Unbehagen.

5

Sean wollte sich tief in das Etagenbett hineinkuscheln. Die Gerüche waren neu für ihn. Die alten Federkopfkissen mußten aus einem Schrank ausgegraben werden, nachdem die der Jungen nicht zu finden waren. Trotz der sauberen Kissenbezüge hatten sie einen alten, muffigen Geruch. Und das Haus gab seltsame Geräusche von sich: ein stetes leises Knarren und Ächzen. Das ungewöhnliche Geschnatter und Flüstern von Kreaturen der Dunkelheit brachte Sean dazu, sich tief unter die harte Steppdecke einzugraben, über den Rand zu spähen, zu ängstlich, seine strenge Nachtwache auch nur für einen Augenblick zu lockern.

»Patrick?« flüsterte er, doch als Antwort hörte er nur das tiefe Atmen seines Bruders. Patrick teilte Seans Angst vor der

Dunkelheit nicht. In der ersten Nacht hatte Patrick versucht, seinen Bruder aus der oberen Koje zu vertreiben – sie waren beide ganz scharf auf die neue Erfahrung, hoch über dem Boden zu schlafen –, aber Mom hatte einen Streit verhindert. Jetzt wunderte sich Sean über seine Risikobereitschaft, die ihn in das obere Bett gebracht hatte. Von hier oben sah alles unheimlich aus.

Der Mondschein fiel durch das Fenster, und das Licht ließ die Rosen alle gleich aussehen, und es war schrecklich, als die Wolken langsam über den Himmel krochen und den Raum abwechselnd in tiefe Dunkelheit und eine Helligkeit tauchten, die fast wie Tageslicht zu sein schien. Sean bemerkte, daß die tanzenden Schatten ein ungewöhnliches Muster hatten.

Draußen stand eine alte Eiche vor dem Fenster des Schlafzimmers, ihre Äste schwangen leicht im Wind. Wenn der Mond nicht verdunkelt war, wurden die Schatten des Baumes deutlicher und spielten ihre eigene Vorführung. Die dicken Blätter rauschten im Nachtwind, warfen unruhige Schatten, die sich im Raum hin und her bewegten, tiefschwarze und graue Erscheinungen, die in verrückter Ausgelassenheit Kapriolen schlugen und die Nacht mit einer Bedrohung erfüllten.

Sean beobachtete das Spiel der Schatten mit einer ängstlichen Erregung, die beinahe köstlich war, eine Art Schwitzende-Handflächen-und-Nackenhaare-zu-Berge-stehen-Gefühl. Dann änderte sich etwas. Im schwärzesten Teil der Dunkelheit, tief hinten im letzten Winkel, bewegte sich etwas. Sean spürte, wie sich sein Brustkorb zusammenzog, als Kälte seinen Magen packte. Es bewegte sich im falschen Rhythmus, entgegen dem Fließen der grauen und schwarzen Punkte, und kam auf das Hochbett der Jungen zu.

»Patrick«, wiederholte Sean lauter. Sein Bruder bewegte sich und gab einen verschlafenen Laut von sich, als die Erscheinung über den Boden rutschte. Es schlug im Takt, während es sich über den Teppich schlängelte, dann anhielt, und Sean verdarb sich fast die Augen, um es zu sehen, denn wenn es ruhig war, würde es verschwinden. Für lange, quälende Momente konnte er nicht den Deut einer Bewegung sehen, dann, als er sich gerade entspannen wollte, weil er dachte, es wäre weg oder nur Einbildung gewesen, bewegte es sich wieder. Die undeutliche Erscheinung kam langsam auf das Bett zu, verschwand jedoch letztendlich unter dem Bein des Hochbettes, außerhalb von Seans Blickfeld.

»Patrick!« sagte Sean, während er sich in die hinterste Ecke des Hochbettes, die am weitesten von dem kriechenden Schatten entfernt war, zurückzog. Dann hörte er das Geräusch von Pfoten auf dem Holz, als etwas an dem alten Bettpfosten hochkletterte. Sean hielt die Luft an. Zwei krallenähnliche Schatten, dunkel und schrecklich in ihrer Unförmigkeit, erschienen jenseits am Ende des Hochbettes, als ob sie blindlings nach etwas greifen wollten, Sekunden später gefolgt von einer mißgestalteten Maske aus Terror und Haß, eine schwarze, hüpfende Visage mit unmöglichen Augen und einer schwarz schillernden Iris, die von einem Gelb umgeben war, das in der Dunkelheit zu leuchten schien. Sean fing an zu schreien.

Plötzlich wachte Patrick auf und schimpfte, und einen Augenblick später stand Gloria in der Tür und knipste das Licht an.

Phil kam einen Moment später, und sie hörten Gabbies Stimme durch die Tür ihres Zimmers. »Was ist da los?«

Gloria griff nach oben und umarmte Sean. »Was ist los, Liebling?«

»Etwas . . .« fing Sean an. Unfähig fortzufahren, zeigte er darauf. Phil machte viel Aufhebens darum, den Raum zu untersuchen, während Gloria den verschreckten Jungen beruhigte. Gabbie steckte ihren Kopf durch die Tür und sagte: »Was ist hier los?« Sie trug das übergroße T-Shirt mit dem Aufdruck der Los-Angeles-Universität von Kalifornien, das sie als Nachthemd benutzte.

Mit einer Mischung aus Verachtung und Erleichterung sagte Patrick: »Sean hatte einen Alptraum.«

Der Ton seines Bruders veranlaßte Sean zu reagieren. »Es war kein Traum! Da war etwas im Zimmer!«

»Nun gut«, sagte Phil, »was immer es war, es ist verschwunden.«

»Liebling, es war nur ein böser Traum.«

»War es nicht«, sagte Sean, fast schon weinend, weil man ihm nicht glaubte; allerdings hoffte er auch, daß die anderen recht hätten.

»Du legst dich jetzt wieder hin, und ich bleibe hier, bis du eingeschlafen bist. Okay?«

Sean schien sich nicht sicher zu sein, sagte aber: »Gut.« Er legte sich zurück und begann die Tatsache, daß er geträumt habe, zu akzeptieren. Mit seiner Mutter direkt neben sich und in dem Licht schien das schwarze Gesicht eine Erscheinung des Alptraumes gewesen zu sein und nichts real Existierendes.

Patrick machte viel Aufhebens darum, solche Fürsorge nicht zu benötigen.

Gabbie brummte, bis sie in ihrem Zimmer war, und Phil knipste das Licht aus. Gloria blieb dort und stand ruhig neben Seans Bett, bis er eingeschlafen war.

Vor dem Schlafzimmerfenster der Jungen rutschte etwas Dunkles und Fremdes die Abflußrinne herunter und schwang sich auf den nächsten Ast. Beim Abstieg hüpfte und wirbelte es von Ast zu Ast und sprang die letzten Meter zum Boden. Es bewegte sich mit einem unnatürlich schnellen, rollenden Gang, ein abgehackter, affenähnlicher Umriß. Neben dem Aussichtsturm hielt es an und blickte mit diesen schillernden dunklen Augen über die Schulter zum Fenster der Jungen zurück. Wegen einer anderen Bewegung im Wald duckte es sich, in Angst davor, entdeckt zu werden. Große, funkelnde Lichter blitzten für einen Moment auf, schossen zwischen den Baumstämmen hindurch und verschwanden. Die dunkle Kreatur zögerte und wartete, bis die Lichter verschwunden waren, dann rannte sie in Richtung Wald weg, wobei sie flüsternde Töne von sich gab.

6

Langsam, aber stetig wurde das Haus zu einem Heim, bald waren die ungewöhnlichen Ecken ausgekundschaftet, und die altertümlichen Gerüche wurden zur Gewohnheit. Der seltsame kleine Speicherraum unter der Treppe, neben der Kellertür, der ungewöhnliche Schuppen im hinteren Teil, die Art und Weise, wie die Rohre oben ratterten – all diese Eigenarten des Hauses wurden den neuen Bewohnern allmählich vertraut. Gloria betrachtete ihre Familie: Gabbie war zwar nicht glücklich, hatte aber mit dem ständigen Grübeln aufgehört, und die Zwillinge lebten in ihrer geheimen Welt, anscheinend zufrieden, wo immer sich ihre Familie auch aufhielt. Gloria hatte sich vorher vor allem über die Reaktion der Zwillinge auf den Umzug Gedanken gemacht, aber die beiden hatten sich rasch an die neue Umgebung gewöhnt. Erstaunlich war Phils Haltung: Er schrieb jeden Tag und schien ganz hingerissen von seiner Arbeit zu sein. Er weigerte sich, Gloria irgend etwas von seiner Arbeit zu zeigen, weil er, wie er betonte, abergläubisch sei. Sie wußte, daß das ziemlicher Unsinn war, denn früher hatten sie nächtelang seine Romanideen durchgesprochen. Sie wußte, daß er einfach Angst davor hatte, ihr könnte nicht gefallen, was er schrieb, und daß dann das Luftschloß zerplatzen würde. Alles zu seiner Zeit, dachte sie, alles zu seiner Zeit.

Siebzehn Tage nach Jack Coles Besuch überbrachte der Postbote eine Nachricht. Sie war an ›Philip Hastings und Familie‹ adressiert. Gloria öffnete den Brief, während Phil ein Schreiben von seinem Agenten überflog, der schon vom Interesse mehrerer Verlage an Phils neuestem Buch berichten konnte. »Einige Verleger haben schon die entsprechenden Passagen«, las Phil laut vor.

»Lies das«, unterbrach ihn Gloria und drückte ihm die Nachricht in die Hand.

Er überflog den Briefumschlag und runzelte die Stirn. Eine seiner schlechten Anwandlungen betraf Gloria, die es nicht lassen kann, an ihn adressierte Briefe zu öffnen. »Es heißt ›und

Familie‹. Das bin ich«, rechtfertigte sie sich mit spöttischer Herausforderung in ihrer Stimme.

Phil seufzte. »Geschlagen, bevor ich anfange.« Er las laut vor.

»›Mrs. Agatha Grant lädt Mr. Philip Hastings und Familie zum Abendessen ein, am Sonntag, dem 24. Juni. Cocktails um 17.00 Uhr. Bedauern nur, wenn.‹«

»Was bedeutet das denn?«

»Es bedeutet: ›Wenn Sie nicht kommen können‹, du kalifornische Wilde.«

Gloria trat spielerisch nach ihrem Mann. »Wilde! Wer war es denn, der die Stadt ›La Jawl-lah‹ nannte, beim ersten Mal, als er mir einen Antrag machte?«

»Etwa ich?«

»Natürlich du. Es war bei Henry Moran, bei der Schlußfeier für *Brisdale.* Du und ich hatten uns erst einen Tag vorher im Studio getroffen, und du sagtest: Man hat mich eingeladen, das Wochenende im Strandhaus eines Freundes zu verbringen, in *La Jawl-lah.* Meinst du, du könntest hier für ein paar Tage wegkommen?« Sie sprach die letzten Sätze mit tiefer Stimme und ahmte so seine Sprechgewohnheit nach.

Phil schaute nur verlegen. »Ich erinnere mich. Ich kann immer noch nicht glauben, daß ich das gemacht habe. Niemals vorher habe ich einen fast Fremden gefragt, ob er das Wochenende mit mir verbringt.« Dann lächelte er. »Aber du bist mit mir gekommen.«

Gloria lachte. »Das tat ich, oder? Ich nehme an, ich habe geglaubt, jemand würde geschnappt und es hätte mich treffen können.« Spielerisch schnappte sie nach einem Büschel seines ergrauenden Haares und zog seinen Kopf herunter, schnell küßte sie ihn. »Und La Jolla war wunderbar.«

»So wie du . . . und du bist es noch«, sagte er und küßte sie heiß und innig. Er spürte ihre Erwiderung. Er zwickte sie spielerisch in den Nacken und flüsterte: »Wir haben jahrelang keine Mittagsrunde gespielt, Kleines.«

Dann schellte das Telefon, und Gabbie rief von oben: »Ich geh' dran!«

Gleich darauf hörten sie das Schlagen der Gittertür, als die Jungen in die Küche posaunten. »Maaaa!« schrie Patrick.

»Was gibt's zu essen?« erkundigte sich Sean.

Und schon hatte sich die Erregung verflüchtigt. Gloria lehnte sich an ihren Mann und schüttelte den Kopf. »Das ist der Preis der Elternschaft.« Sie gab ihm einen flüchtigen Kuß und sagte: »Bewahre den letzten Gedanken für diese Nacht auf, Geliebter.«

Gabbie kam die Treppe halb herunter gerannt, zog dabei das Telefonkabel, bis es sich gänzlich spannte. »Es ist Jack. Er ist zurück. Wir wollen heute nachmittag reiten, dann essen wir ein bißchen und gehen ins Kino. Also werde ich zum Abendessen nicht hier sein. Okay?«

Phil sagte: »Sicher«, als die Jungen aus der Küche hereinkamen. Gabbie rannte wieder nach oben.

»Mom«, sagte Patrick. »Was gibt's zum Essen?«

»Wir sind nämlich hungrig«, stellte Sean fest.

Gloria zeigte ihrem Mann ein bedauerndes Schulterzucken. Sie legte ihre Hände auf die Schultern ihrer Söhne, drehte sie herum und sagte: »Folgt mir, Kompanie.« Plötzlich war sie auf dem Weg in die Küche, um ihre kleine Sippschaft zu füttern. Phil konnte noch ihren sauberen Duft in der Luft der Halle riechen und die tiefe Regung fühlen, die eine Berührung von ihr immer recht schnell auslöste. Mit einem Seufzer des Bedauerns über den verlorenen Moment kehrte er zurück in sein Arbeitszimmer und blätterte währenddessen die Post durch.

7

Gabbie war stumm und angenehm überrascht. Dann sagte sie: »Ist gut!«, wobei sie diesen Ausruf langsam herausbrachte.

Jack lächelte, während er sie dazu bewegte, die Zügel der rotbraunen Stute zu nehmen. Es war ein schönes, gepflegtes Pferd. Gabbie nahm die Zügel. »Sie sind großartig.«

»Mr. Laudermilch züchtet Thoroughbreds und warmblütige Kreuzungen. Er ist ein Freund von Aggie, und da ich ihm auf der Farm geholfen habe, darf ich mir so oft ich möchte eins ausleihen. Er ließ die Zuchtpferde an Rennen teilnehmen, aber jetzt macht er in Springpferden.«

Gabbie bewunderte die Tiere, den Schnitt des Nackens und die Art und Weise, wie sie ihren Schweif hochhoben, und auch die kleinen, nach vorne geneigten Ohren. »Die haben etwas Arabisches an sich«, verkündete sie, als sie die Zügel von Jack annahm.

Jack nickte mit einem Grinsen. »Ein Zuchtpferd. Die hier stehen nicht im Wettbewerb, sie sind das, was Herr Laudermilch ›umherreitendes Kapital‹ nennt. Deins heißt ›My Dandelion‹ und meins ist ›John Adams‹.«

Sie umarmte den Hals der Stute und streichelte sie. »Hallo, Kleine«, sang sie schmalzig. »Wir gehen zu den Kumpeln, oder?« Schnell stieg sie auf. Während sie die ungewohnte Position des englischen Sattels einnahm, sagte sie : »Gott, das fühlt sich unheimlich an.«

Jack sagte: »Das tut mir leid, ich dachte, du wärst auf den englischen zu Hause.«

Gabbie schüttelte ihren Kopf, als sie ihr Pferd nach vorne antrieb. »Nein, ich habe schon englische Sattel geritten. Es ist nur lange her.« Sie zeigte auf ihre Stiefel. »Der Gipfel von Cowboy-Stiefeln. Ich hole mir vernünftige Kniehosen und hohe Stiefel in der Stadt. Morgen werden meine Knie ein wenig grün und blau sein, das ist alles.«

Sie ritten in Richtung Wald, und Gabbie ließ Jack vorweg reiten. »Achte auf niedrig hängende Äste«, sagte er über die

Schulter. »Diese Wege sind nicht so frei geräumt wie Reitwege.«

Sie nickte und studierte sein Gesicht, bevor er sich wieder dem Pfad zuwandte. Sie lächelte in sich hinein. Über die Bewegung seines Rückens, wenn er sein Pferd zügelte. Mit Sicherheit ein Fuchs, dachte sie bei sich, dann fragte sie sich, ob es am College wohl eine Freundin gäbe.

Der Pfad wurde weiter, sie holte auf, ritt bald neben ihm und sagte: »Der Wald ist sehr schön, doch ich bin eher an die Berge rund ums Tal gewöhnt.«

»Tal?«

»Das San-Fernando-Tal.« Sie zog ein Gesicht. »Ja klar, ich weiß, wie ein Mädchen aus dem Tal, vollkommen hohl, Mann. Ich bin in Arizona aufgewachsen. Dieses Bild wirkt abstoßend auf mich.« Plötzlich lachte sie über diesen Ausrutscher, und Jack fiel in ihr Lachen mit ein. »Los Angeles ist nur eine hochkultivierte Wüste. Wende dich vom Gartenschlauch ab, und das ganze Grüne verschwindet. Auf den Hügeln nördlich des Tales ist alles dürrpflanzig – Gestrüpp, weißt du. Einige Baumbestände entlang der Flüsse. Viel Eukalyptus – nichts im Vergleich zu diesen Wäldern. Meistens ist es heiß und trocken und wirklich staubig. Aber ich bin daran gewöhnt.«

Er lächelte, wobei sich seine Mundwinkel auf markante Art nach oben zogen. »Ich selbst war niemals westlich des Mississippi. Dachte, ich hätte einmal nach Los Angeles fahren können, vor ein paar Jahren, aber ich brach mir das Bein beim Segeln, und das warf den ganzen Sommer über den Haufen.«

»Wie hast du denn das angestellt?« fragte Gabbie.

»Fiel aus dem Boot und traf auf das harte Wasser.«

Einen Moment lang versuchte sie sich einen solchen Unfall vorzustellen, denn er hatte mit ehrlichem Blick geantwortet, dann stöhnte sie. »Du Schwindler. Du bist genauso schlimm wie mein Vater.«

»Ich nehme das als Kompliment«, antwortete er mit einem Grinsen. »In Wirklichkeit hatte irgendein Idiot, der dachte, segeln zu können, ohne Vorwarnung den Kurs des Bootes geändert, und mich traf der Mastbaum, so daß ich über Bord gestoßen wurde. Zerschmetterte mir das ganze Bein. Ich verbrachte die nächsten anderthalb Tage mit einem Paddel als Schiene, während wir zurück nach Tampa segelten. Neun Wochen im Gipsverband, dann sechs weitere in einem Gehverband. Der Arzt war sehr gut, aber mein Bein ist nicht hundertprozentig wieder in Ordnung gekommen. Wenn es kalt wird, hinke ich ein bißchen. Und ich kann nicht spritzig laufen. Also wandere ich viel.«

Sie ritten eine Weile schweigend und genoßen den warmen Frühlingstag in den Wäldern. Plötzlich war da dieser häßliche Moment, wo jeder darauf wartete, daß der andere etwas sagt. In seiner Verlegenheit fiel Jack nichts Besseres ein, als Gabbie nach ihrem Studium zu fragen. Gabbie zuckte mit den Achseln. »Ich habe mich noch nicht entschieden. In Wirklichkeit bin ich erst am Anfang meines zweiten Studienjahres. Ich schwanke noch zwischen Psychologie und Literatur.«

»Ich verstehe nicht viel von Psychologie«, meinte er und fing sich damit einen skeptischen Blick ein. Er fragte sie, was sie dann nach dem Examen machen wolle.

Wieder hob sie die Schultern. »Wie ich schon sagte, ich bin kaum im zweiten Studienjahr. Ich habe noch etwas Zeit.« Sie war eine ganze Zeit lang schweigsam, dann platzte es aus ihr heraus: »Ich würde gerne schreiben.«

Er nickte. »Wenn man deine Eltern betrachtet, kommt das nicht überraschend.«

Was daran überraschend ist, dachte Gabbie, ist, daß ich es überhaupt gesagt habe. Sie hatte es nie jemandem erzählt, nicht mal Jill Moran, ihrer besten Freundin. »Das ist das Problem, nehme ich an. Jeder wird etwas Brillantes erwarten. Was, wenn es nicht so gut ist?«

Jack sah sie mit einem ernsten Ausdruck an. »Dann ist es eben nicht gut.«

Sie zügelte das Pferd, während sie versuchte, Jacks Gedanken zu lesen. Er wandte sein Gesicht nachdenklich ab, sein Profil wurde von Sonne erhellt, die von hinten durch die Bäume schien. »Ich habe lange Zeit versucht, zu schreiben, bevor ich es aufgab. Einen historischen Roman, *Durham County* sollte er heißen. Er spielte zur Jahrhundertwende. Es gab Stellen, von denen ich annahm, daß sie wirklich gelungen seien.« Er machte eine Pause. »Es war wirklich schrecklich. Schwierig, es letztendlich zu akzeptieren, weil die meisten meiner Freunde mich ermutigten, so daß ich lange Zeit dachte, es sei wirklich gut. Ich weiß nicht. Ich nehme an, du mußt es einfach tun.«

Sie seufzte, während sie den Hals des Pferdes streichelte. Ihr dunkles Haar fiel herunter und verdeckte ihr Gesicht, als sie sagte: »Dennoch, du hast nicht zwei Schriftsteller als Eltern. Meine Mutter gewann den Pulitzer, und mein Vater wurde für den Oscar nominiert. Alles, was ich geschafft habe, wirkt dagegen dümmlich.«

Er nickte, wendete dann sein Pferd und begann den Pfad entlang zu reiten. Nachdem sie lange geschwiegen hatten, sagte er: »Ich denke immer noch, du solltest es einfach tun.«

»Vielleicht hast du recht«, antwortete sie. »Schau, hast du noch etwas von dem Zeug, das deine Freunde so gut fanden?«

Mit einem verlegenen Lächeln sagte er: »Alles. Die Hälfte dieses verdammten Romans.«

»Ich schlage dir einen Handel vor. Du läßt mich deins sehen, und ich laß dich meins sehen.« Jack lachte trocken über diese Schulmädchen-Phrase und schüttelte seinen Kopf. »Was ist los? Ängstlich?«

»Nein.« Jack schaffte es kaum, auch nur krächzend zu sprechen, während er unkontrolliert loslachte.

»Angsthase«, äffte Gabbie nach, was Jack noch ausgelassener lachen ließ. Endlich sagte Jack: »Okay, ich gebe auf. Ich lasse dich meine Sachen lesen . . . vielleicht.«

»Vielleicht!«

Die Debatte wurde fortgeführt, während sie eine kleine Erhebung erklommen und hinter ihr verschwanden. Tief in den Wäldern beobachtete ein Paar hellblaue Augen, wie die beiden vorbeiritten. Eine Gestalt tauchte aus dem Unterholz auf, eine geschmeidige, jugendliche Gestalt, die leuchtend, mit nackten Füßen zur höchsten Stelle des Pfades ging. Hinter einem Baumstamm verborgen, beobachtete der Junge Gabbie, die sich den Weg hinunter bewegte. Seine Augen streichelten ihren jungen Rücken, saugten den Anblick ihres langen, dunklen Haares, ihrer schmalen Taille und des runden Gesäßes auf. Sie saß in sehr guter Haltung auf dem Rücken des Pferdes. Das Lachen des Jugendlichen klang exaltiert und melodisch. Es war ein fremdes Geräusch, kindlich und doch uralt, enthielt es etwas von ungezähmten Liedern, primitiven Gelagen und mit Musik gefüllten, heißen Nächten. Sein lockiges, rot-braunes Haar umschloß ein Gesicht, das sich ein Michelangelo oder ein präraffaelitischer Maler ausgedacht haben könnte. »Hübsch«, sagte der junge Mann zu dem Baum und tätschelte die alte Rinde, als könnte sie ihn verstehen. »Sehr hübsch.« Dann trillerte ein Vogel in der Nähe, und der Junge blickte auf. Seine Stimme war durchdringend, mit unmenschlichen Tönen, ein pfeifendes Rascheln, als wenn eine Spottdrossel den Ruf imitiert hätte. Der kleine Vogel schoß davon und suchte den Eindringling. Der Jugendliche kreischte vor Fröhlichkeit über den harmlosen Spaß, während der Vogel weiterhin den Einbrecher suchte. Dann seufzte der Jugendliche, als er über das schöne Mädchen nachdachte, das weitergezogen war.

Hoch oben zwischen den Blättern hing etwas Schwarzes, haftete fest an der Unterseite der Zweige. Es hatte die beiden Reiter ähnlich interessiert beobachtete wie der Jugendliche. Aber seine Gedanken waren weder fröhlich noch spielerisch. Ein dringendes Bedürfnis stieg in ihm auf, teils Lust, teils Hunger. Es wurde sowohl von Schönheit als auch von Jugend angezogen. Aber seine Wünsche waren andere, denn während der Spaß die treibende Motivation des Jugendlichen war, war für das schwarze Ding unter den Baumästen Schönheit nur ein Anfang, sozusagen der Ausgangspunkt. Und nur die Zerstörung der Schönheit erlaubte einem, sie zu verstehen. Der Reichtum von Gabbies Schönheit konnte nur durch eine langsame Reise durch Schmerz und Qual, Pein und Hoffnungslosigkeit, die mit Blut und Tod endeten, erkannt werden. Und wenn der Schmerz kunstvoll ausgeführt wurde, so wie der Meister es gelehrt hat, konnte man diese Pein Generationen dauern lassen.

Als es seine fremden, dunklen Gedanken betrachtete und über das einfache Wunder des Leidens nachdachte, erkannte das schwarze Etwas eine Wahrheit. Welche Freude die Zerstörung des Mädchens auch hervorrufen würde, sie wäre nichts im Vergleich zu der Begeisterung, die aus der Zerstörung der beiden Jungs resultieren würde. So wundervolle Kinder, unschuldig noch und rein. Sie wären der Preis. Schleichender Terror und Schmerz, so wie sie würden . . . Die Kreatur erschauerte in dunkler Erwartung des Bildes, beruhigte sich dann selbst, damit der andere da unten ihn nicht bemerke und das schwarze Ding denselben Schmerz als Gegenleistung fühlen ließe. Der Jugendliche blieb noch einen Moment stehen, eine Hand am Baum, die andere abwesend an seiner Leiste, während er das Bild des lieblichen Menschenmädchens, das vorbei geritten war, festhielt. Dann, mit der Bewegung eines Spinnentanzes, hüpfte der Mann-Junge zurück in die grüne Vegetation, verschwand aus dem Sichtfeld der Sterblichen, ließ die kleine Lichtung leer zurück, sicher für den Widerhall des schelmischen Gelächters.

Das schwarze Etwas verharrte bewegungslos, bis der Junge in den Wäldern verschwunden war, denn trotz seiner jugendlichen Erscheinung war er einer, den man fürchtete, einer, der großes Leid hervorrufen konnte. Als es befriedigt feststellte, daß er fort war, sprang es mit einem kraftvollen Satz vom Baum. Seine Bewegungen zwischen den Ästen waren fremd, sie hatten nichts Weltliches; es eilte weiter auf einem Botengang der dunklen Absichten.

8

»Was macht deine Mutter?« fragte Jack.

»Weiß ich nicht. Das letzte, was ich gehört habe, war, daß sie irgendwo in Zentral- oder Südafrika steckt und über einen weiteren Bürgerkrieg oder eine Revolution schreibt.« Gabbie seufzte. »Ich höre nicht sehr viel von ihr, vielleicht drei Briefe in den letzten fünf Jahren. Sie und mein Vater haben sich getrennt, als ich noch keine fünf war. Damals hatte sie gerade mit dem Buch über den Untergang von Saigon angefangen.«

»Ich las es. Es war brillant.«

Gabbie nickte. »Mom ist eine großartige Schriftstellerin. Aber als Mutter ist sie ein vollkommen hoffnungsloser Fall.«

»Wenn du lieber nicht darüber reden willst . . .«

»Ist schon in Ordnung. Das meiste ist eh jedem bekannt. Mom versuchte ein paar Romane zu schreiben, bevor sie und mein Vater nach Kalifornien zogen. Sie war sauer, weil Dad von den Kritikern beachtet wurde, während sie Zurückweisungen erhielt. Dad sagte, sie habe nie viel Groll gezeigt, aber es muß eine der ersten Spannungen in ihrer Ehe gewesen sein. Dann bekam Dad das Filmangebot für sein zweites Buch, *All the Fine Promises,* und sie gingen nach Hollywood. Dad schrieb Drehbücher und verdiente gutes Geld, und Mom hatte mich. Dann wurde sie politisch aktiv, in der Antikriegsbewegung '68, direkt nach der Tet-Offensive. Sie schrieb Artikel und Pamphlete, und dann sagte ein Verleger, sie solle doch ein Buch schreiben, weißt du, *Why We Resist.*«

»Es war ziemlich gut, wenn auch ein bißchen polemisch.«

Gabbie lenkte ihr Pferd um einen von Buschwerk umstandenen, umgefallenen toten Baum. »Ja, sie mag schlechte Romane geschrieben haben, aber ihre Sachbücher waren Dynamit. Sie brachten ihr die Aufmerksamkeit der Kritiker ein – und viel Geld. Die Dinge standen nie sehr gut für die beiden, aber zu dem Zeitpunkt hat der Ärger wirklich angefangen, und es wurde schlimmer, und zwar schnell. Sie war so sehr damit beschäftigt, über die Antikriegsbewegung, dann später über das Ende des Krieges zu schreiben, daß sie ihn die ganze Zeit hängen ließ. Armer Dad, er mußte im Studio essen, und sie kam nicht nach Hause oder zeigte sich auf einem offiziellen Empfang in Flanellhemd und Jeans, diese Sachen halt. Sie wurde ganz schön radikal. Ich war noch zu jung, um mich daran zu erinnern, aber meine Großmutter hat mir erzählt, daß sich beide ziemlich danebenbenommen haben. Aber die meisten Leute, selbst ihre eigene Mutter, sagen, daß die Trennung mehr zu Moms Lasten ging. Wie auch immer, als Dad eines Nachts nach Hause kam, packte sie gerade ihre sieben Sachen. Sie hatte soeben eine Spezialerlaubnis der Schweizer Regierung bekommen, mit einer Rot-Kreuz-Maschine nach Vietnam zu fliegen, um den Untergang von Saigon zu untersuchen. Deshalb mußte sie noch in dieser Nacht fliegen. In letzter Zeit hatten die beiden sich nicht sehr gut verstanden, und Dad sagte ihr, wenn sie jetzt fortginge, brauche sie gar nicht mehr zurückzukommen. Also ging sie nicht.«

Jack nickte. »Ich möchte ja kein Urteil fällen, aber es schien eine gute Gelegenheit für deine Mutter gewesen zu sein, ich meine, Saigon kurz vor dem Untergang und so.« Daß die Forderung ihres Vaters an seine Frau, gefälligst zu Hause zu bleiben, unvernünftig war, sprach er nicht aus.

»Ja. Aber ich lag zu der Zeit mit Hirnhautentzündung im Krankenhaus. Ich wäre fast daran gestorben.« Für einen Moment blickte Gabbie gedankenverloren. »Ich kann mich kaum erinnern, wie sie aussieht, außer von den Bildern, aber das ist nicht dasselbe. Auf jeden Fall wurde sie der Liebling der Radikalen, und als der Vietnam-Krieg vorbei war, war sie eine ziemlich angesehene politische Schriftstellerin. Nun ist sie die große Dame der Linken. Die Wortführerin für Volksangelegenheiten in der ganzen Welt. Die einzige Journalistin, der es erlaubt wurde, Colonel Zamora zu interviewen, als die Rebellen ihn gefangenhielten, und all der Schund. Du kennst den Rest.«

»Muß hart gewesen sein.«

»Nehm' ich an. Ich kannte es nie anders. Dad war recht unregelmäßig im Studio und mußte zu Außenaufnahmen und so reisen, so daß sie mich bei meiner Großmutter ließen. Wie auch immer, sie zog mich auf, bis ich zwölf war, dann ging ich auf eine Privatschule in Arizona. Mein Vater wollte, daß ich bei ihm lebe, als er Gloria heiratete, aber meine Großmutter hat es nicht erlaubt. Ich weiß nicht, aber ich glaube, er hat versucht, mich zurückzubekommen, und sie drohte ihm.« Sie fixierte

Jack mit zusammengekniffenen Augen. »Die Larkers sind eine alte Familie mit altem Geld, ich meine ehrlichem altem Geld. Ich glaube, eine Reihe von Richtern in Phoenix war fest in Oma Larkers Hand. Wie dem auch sei, sie konnte jede gerichtliche Verfügung, die Dad erbrachte, in den Wind schlagen, selbst wenn er Geld hatte, nach dem Empfinden der Leute. So blieb ich bei ihr. Oma stand ein bißchen weiter rechts als Attila der Hunnenkönig, weißt du? Anwachsen der Schwarzen, tränende Herzen und ›Kommunisten-raus-Agitatoren‹! Also, selbst wenn sie dachte, Mom sei eine Kommunistenflocke, wollte Oma mich nicht bei ›diesem Schreiber‹, wie sie Dad nannte, leben lassen. Ich glaube, sie gab Dad die Schuld dafür, daß Mom eine Kommunistenflocke wurde. Wie auch immer, Oma Larker starb vor zwei Jahren, und ich zog zu Dad. Ich lebte während des letzten Jahres auf der höheren Schule und während des ersten Unijahres bei der Familie. Das ist alles.«

Jack nickte, und Gabbie war erstaunt, denn in seinem Gesicht entdeckte sie aufrichtige Anteilnahme. Sie fühlte sich dadurch unangenehm berührt, so als unterläge sie einer Überprüfung, und als sie das Pferd vorantrieb, fragte sie Jack nach seiner Vergangenheit.

Er holte das trabende Pferd ein und sagte: »Da gibt es nicht so viel zu erzählen. Alte Familie aus Nordkalifornien. Ein ganz toller Großvater, der Pferde anstelle von Tabak züchtete. Unglücklicherweise züchtete er langsame Rennpferde, so daß alle seine Nachbarn reich wurden, während er den Bankrott noch so gerade vermeiden konnte. Meine Familie hatte nie viel Geld, aber wir haben Tradition. Keine Brüder oder Schwestern. Mein Vater forschte – Physik – und unterrichtete an der Universität von Nordkalifornien, deshalb ging ich als Student dorthin. Meine Mutter ist eine altmodische Hausfrau. Ich fürchte, meine Erziehung war ziemlich normal.«

Gabbie seufzte. »Das hört sich wundervoll an.« Dann sagte sie mit hellerer Stimme: »Komm, laß' uns etwas schneller reiten.« Sie feuerte My Dandelion an, doch Jack schrie: »Nein, nicht!«

Der Ton seiner Stimme ließ Gabbie zusammenzucken, sie

drehte sich schwungvoll um und sah ihn an, wobei ihr die Röte in die Wangen stieg. Sie fühlte sich gefangen zwischen Verlegenheit und Ärger. Sie mochte seinen Tonfall nicht.

»Entschuldige, daß ich geschrien habe«, sagte er, »aber auf dem Weg dort vorne gibt es eine tückische Kurve und einen Windbruch, dann triffst du auf die Brücke, und dann wird's kompliziert. Wie ich schon sagte, dies ist kein Reitweg.«

»Entschuldige.« Gabbie drehte sich wieder um, verlor sich in Schweigen. Etwas Häßliches war zwischen sie getreten, und keiner war sich sicher, wie man diesen Schaden beheben könne.

»Schau, es tut mir wirklich leid«, sagte Jack.

Gabbie antwortete ungeduldig: »Ich sagte, daß es *mir* leid tut.«

Mit einem erbitterten Ausdruck hob Jack seine Stimme ein wenig an. »Gut, mir tut es aber mehr leid.«

Gabbie verzog das Gesicht und rief: »Klar! Gut, mir tut es mehr leid, als es dir jemals leid tun kann!«

Dieser Spott ging eine Weile weiter, dann ritten sie am Windbruch vorbei und entdeckten die Brücke. Gabbies Pferd scheute und versuchte im Kreis zu tänzeln. »He!« Sie verstärkte den Druck ihrer Beine, als die Stute versuchte, seitwärts zu tanzen. Als das Pferd anfing, den Kopf zurückzuwerfen, zog Gabbie die Zügel fester an und sagte: »Hör damit auf!« Das Pferd gehorchte. Jack blickte Gabbie ernst an und sagte:

»Das ist die Trollbrücke, so nennen sie die Kinder. Ich glaube nicht, daß ein Troll unter der Brücke steckt und auf Ziegenböcke wartet, aber aus irgendeinem Grund mögen die Pferde nicht hinüberreiten.« Er wollte das beweisen, zog fest am Zügel und gab die Sporen, um John Adams dennoch über die Brücke zu treiben. Gabbie machte es nach und merkte, daß My Dandelion die alten Steine nur widerstrebend betreten wollte, bis sie dem Pferd ihre Hacken fest in die Seite stieß. Aber sobald die Stute in der Mitte war, wollte sich durchgehen, als ob sie darauf aus sei, abzuhauen.

»Das ist ganz schön unheimlich.«

Jack nickte. »Ich weiß auch nicht. Pferde können ziemlich

sonderbar sein. Vielleicht wittern sie etwas. Wie auch immer, in diesen Wäldern soll es spuken . . .«

»Spuken!« unterbrach ihn Gabbie, mit einem Anflug von Spott.

»Ich sagte nicht, daß ich es glaube, aber hier geschehen einige ziemlich merkwürdige Sachen.«

Sie ritt weiter und fragte: »Was zum Beispiel?«

»Lichter in den Wäldern, verstehst du? Wie phosphoreszierendes Licht, aber es gibt keinen Sumpf in der Nähe. Vielleicht Sankt-Elms-Feuer. Wie dem auch sei, manche Leute sagen, sie hätten tief aus dem Wald Musik gehört. Und dann gibt es da noch eine Geschichte über einige verschwundene Kinder.«

»Kidnapping?«

»Keiner weiß es. Es ist vor fast hundert Jahren passiert. Es scheint, als wären einige Leute zum Picknick am 4. Juli hierher gekommen, und zwei Kinder gingen in den Wäldern verloren.«

»Hört sich an wie ein Film, den ich mal gesehen habe.«

Jack grinste. »Ja, es war wohl eine ähnliche Sache. Diese Wälder können dich ganz schön durcheinander bringen, und damals war es noch höllisch härter. Keine Straße eine Meile nach Westen, nur Wagenstraßen. Pittsville hatte ein Zehntel von der heutigen Größe. Keine Erschließung, keine Einkaufszentren, nur ein paar verstreute Farmen und viele Wälder. Wie auch immer, sie suchten lange Zeit und kamen mit leeren Händen zurück. Keine Leichen, gar nichts. Einige denken, die Indianer töteten sie.«

»Indianer?«

»In der Nähe war ein Reservat. Eine kleine Schar von Cattaraugus, Alleganies oder so ähnlich. Es wurde vor langer Zeit geschlossen. Trotzdem, ein Trupp von Farmern marschierte dorthin, und sie waren bereit, zu schießen. Die Indianer sagten, die Geister hätten die Kinder. Und das komische war, die Farmer kehrten einfach um und gingen nach Hause. Es gibt noch viele andere solcher Geschichten. Diese Wälder scheinen für ungewöhnliche, übersinnliche Vorgänge wie geschaffen zu sein.«

»Für einen Jungen aus dem Süden kennst du eine Menge über diese Wälder.«

»Aggie«, sagte er mit einem liebevollen Lächeln. »Sie ist so etwas wie ein Experte. Es ist eine Art Hobby von ihr. Wenn du sie triffst, verstehst du, was ich meine. Ihr geht nächsten Sonntag hin, nicht wahr?«

Sie lächelte über sein offenkundiges Interesse. »Ich denke schon.« Sie sprangen über einen dicken Stapel Holz, dann standen sie plötzlich vor einem weiten, kahlen Hügel, der etwa zehn Meter hoch sein mochte und auf dem kein Grashalm, kein Baum oder Busch wuchs.

»Ein märchenhafter Hügel!« sagte Gabbie mit offensichtlichem Vergnügen.

»Erlkönig-Hügel.«

»Was?«

»Erlkönig-Hügel. Hügel des Elfenkönigs, auf deutsch; so hat ihn jedenfalls der Vater des alten Kessler genannt. Erlkönig-Hügel, so heißt die Farm in der Besitzurkunde, obwohl jeder hier draußen sie Old Kessler Place nennt.«

»Mach weiter. Gibt es eine Geschichte darüber?«

Jack führte sein Pferd in einem langsamen Bogen zum Hügel und sagte: »Normalerweise gibt es bei solchen Dingen eine. Aber ich kenne keine. Nur, daß die Ortsansässigen diesen Ort die Märchenwälder nennen, seit Pittsville 1820 gegründet wurde. Sie haben märchenhafte Mythen in Deutschland. Wie auch immer. ›Der Erlkönig‹ ist ein Gedicht von Goethe. Ein ziemlich furchterregender Stoff.«

Sie ließen den Hügel hinter sich und ritten einen leichten Abhang herunter, zu einem Pfad, der zurück zur Farm führte. Als sie den Ort verließen, warf Gabbie einen Blick zurück auf den Hügel. Aus irgendeinem Grund hatte sie das Gefühl, der Platz würde warten. Sie schüttelte die merkwürdige Ahnung ab und wendete ihre Gedanken dahin, wie sie Jack dazu bringen könnte, sie wieder einmal anzurufen.

9

Die Farm von Agatha Grant glich einem grünen See, begrenzt von einer Küste aus Apartment-Anlagen. Das meiste des umliegenden Landes wurde im Laufe der Zeit verschleudert, und eine neue Wohnraumerschließung, Colonial Woodlands, wurde allmählich sichtbar, weniger als hundert Meter hinter ihrer Scheune. Nur eine weite, gewundene Wiese im Norden des Hauses und die Wälder im Süden schützten die Farm vor den anmaßenden städtischen Wucherern.

Genau gesehen, lebte Agatha Grant am Rande von Pittsville. Das Haus war ein weiteres Wunder der Jahrhundertwende, obwohl es von außen so erschien, daß über seine Ausstattung erheblich mehr nachgedacht wurde, überlegte Gloria.

Agatha stand in Erwartung ihrer Gäste auf der Veranda, eine aufgeweckte ältere Frau, die fit und aufrecht aussah, abgesehen von dem Elfenbeinstock, den sie in ihrer linken Hand hielt. Sie begrüßte Philip warmherzig, drückte Gloria und Gabbie höfliche Küße auf die Wangen. Sie geleitete alle in das große Wohnzimmer, wo Jack Cole wartete, und bat sie, sich zu setzen. Wie eine Person suchten sich die Jungen ein Zweiersofa und waren von der fremden Konstruktion fasziniert, denn sie saßen sich genau gegenüber. Gabbie und Gloria suchten sich bequeme Stoffsessel aus, während Aggie neben Phil auf einem großen Sofa saß und seine Hand in der ihren hielt.

Jack öffnete eine Vitrine, die eine pompöse Sammlung von Likören offenbarte, fragte jeden, was er oder sie trinken möchte, und begann daraufhin, die Getränke auszuschenken. Er reichte Phil ein Glas, der nippte daran und freute sich, einen scharfen, single-malt Scotch zu erkennen. »Glenfiddish?«

»Glenfiddish.«

»Danke, der Herr«, bemerkte Phil mit tiefer Dankbarkeit.

»Hast du auch etwas für die Jungen?« fragte Agatha.

Jack präsentierte ein Paar Bechergläser. »Coke. Okay?«

Die Jungs nahmen die Gläser, die man ihnen anbot. Jack reichte die restlichen Getränke herum, um dann an Agathas

Seite zu bleiben. Nach einem Moment sagte Agatha: »Jack, hör auf, um mich herumzukreisen. Geh und setz dich neben das hübsche Mädchen dort drüben.« Jack gehorchte mit einem Grinsen und setzte sich auf die Armlehne von Gabbies Stuhl. Agatha lächelte, und nun verstand Gloria, warum ihr Mann sie so bewunderte: Von Agatha ging eine ungeheure Wärme aus, sie schaffte es, daß sich Fremde im Nu wohlfühlten. Zu Phil sagte sie: »Als Malcolm Bishop diesen kleinen Artikel im Pittsville *Herald* schrieb, der besagte, ihr würdet nach Hause kommen, da konnte ich es kaum glauben. Was hat dich hierher zurückgebracht?«

Phil lachte und schaute flüchtig zu Gloria. »Ich habe mich entschieden, zur Romanschriftstellerei zurückzukehren.«

»Nein, ich meinte, warum William Pitt County?« Die Art und Weise, wie sie Phil ansah, rief bei Gloria für einen Augenblick Unbehagen hervor. Irgendwie machte diese ältere Frau Phil immer noch für etwas verantwortlich, als ob er noch immer ihr Student sei, und nach Phils Ausdruck zu urteilen, fühlte er sich verantwortlich für sie.

»Es ist mein Zuhause. Das alte Familienhaus ist klein, nur zwei Schlafzimmer und in einer Gegend der Stadt, die mittlerweile ganz schön heruntergekommen ist. Also sah ich mich nach etwas Größerem um und fand Old Kessler Place.« Er zuckte die Schultern. »Ich weiß auch nicht. Los Angeles und das Filmgeschäft machten mich ganz krank. Ich erinnere mich an die Wiesen und ans Fischen am Doak's-Teich. Ich erinnere mich an die Geschichten über die Feenwälder, in denen es spukt, und wie wir uns gegenseitig aufgefordert haben, sie am Halloween zu durchqueren, aber keiner von uns hat das je gemacht. Die dummen Späße, die die Kinder aus Charleston High über Pittsville High machten, und wie wir uns normalerweise so über sie ärgerten, daß wir dann dieselben Dinge sagten. Ich erinnere mich an . . . ein Heim.«

Sie nickte. »Tja, du wirst herausfinden, daß sich die Dinge während der letzten fünfundzwanzig Jahre geändert haben.« Dann lächelte sie, und die Spannung war plötzlich verschwunden. »Aber es gibt noch einiges, das sich nicht geändert hat.«

Als sie bemerkte, daß die Jungs ihre Gläser ausgetrunken hatten, sagte sie: »Warum geht ihr beiden nicht nach draußen und spielt ein bißchen? Wir haben einen neuen Wurf in der Scheune. Unsere Katze hat Junge bekommen.«

Die Jungen schauten zu ihrer Mutter, die nickte, und flohen schnell nach draußen. Phil lachte. »Auch ich haßte ›Erwachsenen-Gespräche‹, als ich in ihrem Alter war.«

Agatha stimmte mit ihm überein. »Wie wohl alle von uns. Nun gut, schreibst du?«

»Ja, obwohl ich es nicht so anstrengend in Erinnerung hatte.«

»Das ist immer so.«

Jack lachte über diese Antwort. »Ich sage dasselbe, wenn ich versuche, ihre Papiere zu ordnen.«

»Dieser Junge ist ein ebenso großer Tölpel, wie du einer warst, das heißt, er ist ein etwas besserer Assistent.« Phil schien an diesem Vergleich nicht interessiert zu sein. »Obwohl du besser als die meisten meiner Studenten warst. Ich bin froh, daß du zum Romanschreiben zurückgekehrt bist. Diese Filme waren keine Kunst.«

Das Gespräch wendete sich dem Unterschied zwischen Drehbüchern und Romanen zu, und sie blieben eine Weile bei dem Thema, freuten sich über die wiederentdeckte Freundschaft zwischen Agatha und Phil und die neue Freundschaft zwischen Jack und Gabbie. Gloria blieb auf Distanz, sie beobachtete ihren Mann. Phil beantwortete Aggies Fragen, und irgendwie schaffte sie es, ihm in wenigen Minuten mehr Enthüllungen über seine Arbeit zu entlocken als Gloria in Wochen. Gloria war sich nicht sicher über ihre eigene Reaktion, also verhielt sie sich ruhig und hörte zu.

Sie bedauerte, daß Phil ihr freiwillig nicht so viel eröffnet hatte wie Aggie, aber Aggie war ja wohl ein ganz besonderer Mensch für ihn. Nachdem seine Eltern bei einem Autounfall ums Leben gekommen waren, wurde Phil von seiner Tante Jane Hastings aufgezogen. Aggie Grant, Janes beste Freundin aus dem College, und ihr Mann Henry waren regelmäßige Besucher. Nachdem Phil an der Universität von Buffalo sein Examen gemacht hatte, ging er nach Cornell, um bei Aggie zu studieren. Und Aggie verschaffte ihm ein Stipendium, das es ihm ermöglichte, die Universität zu besuchen. Gloria erkannte Aggies einzigartigen großen Einfluß auf Phils Karriere. Sie war eine freundliche Tante, aber mehr noch als seine Familie war sie sein Mentor, dann seine Lehrerin an der Uni, die ihm half, seine Studien zu planen, und sie blieb die einzige Person, für die er unerschütterliche berufliche Achtung hatte. Gloria hatte zwei von Aggies Büchern über literarische Kritik gelesen, und sie waren eine Offenbarung. Der Geist dieser Frau, ihre Fähigkeit, bei einer schon beendeten Arbeit die Denkprozesse des Autors zum Zeitpunkt des Schreibens unmittelbar zu erkennen, war wie ein Wunder. Sie hat nie viel Beachtung außerhalb der Akademie erhalten, und sie hat ihre Kritiker, aber selbst die lautstärksten mußten einräumen, daß ihre Meinung einer Überlegung wert sei. Irgendwie stellte Aggie Grant Theorien über verstorbene Autoren dar, die sich richtig anhörten. Im Bereich der Literatur war Gloria noch immer nur ein Leser und kein Kritiker, und einiges von dem, was Aggies Bücher aufdeckten, schien Riten gleich zu kommen, die für die Einweihung in den Seelentempel reserviert waren. Nein, wenn Agatha es schaffte, daß Phil über seine Arbeit und seine Probleme sprach, war Gloria dankbar. Dennoch fühlte sie sich ein wenig ausgeschlossen.

Plötzlich sprach Agatha sie an. »Und was denken Sie über all das?«

Gloria mußte improvisieren, wobei ihr Schauspieltraining zum Vorschein kam. Irgendwie wollte sie sich nicht anmerken lassen, daß sie nachgedacht hatte und der Unterhaltung nicht gefolgt war. »Die Arbeit? Oder der Umzug?«

Agatha betrachtete sie mit einem durchdringenden Blick, dann lächelte sie. »Ich meinte den Umzug. Es muß eine echte Veränderung für Sie gewesen sein, nach Hollywood und all dem Drumherum.«

»Ach, der Osten ist mir nicht unbekannt. Ich bin ein kalifornisches Mädchen, aber ich habe mehrere Jahre in New York City gelebt und am Theater gearbeitet. Dennoch, dies ist meine erste Arbeit als Farmersfrau.«

»Wohl kaum eine Farmersfrau, meine Liebe. Herman Kessler hielt sich gerade genug lebendes Inventar, um die Bestimmungen für den Steuerfreibetrag zu erfüllen: ein Dutzend Schafe und eine Menge Enten und Hühner. Diese Farm wurde nie bearbeitet. Sowohl Hermans Vater, Fredrick Kessler, als auch Herman selbst haben es niemals erlaubt. Während eines Jahrhunderts haben weder die Wiesen die Sense oder die Waldungen die Axt gekannt. Und diese Gegend war nie so schwer zu bearbeiten wie andere in der Nähe. Die Wälder hinter Ihrem Haus mögen kein Urwald sein, aber sie sind die wenigen dicht bewaldeten im Umkreis von 16 000 Kilometern, vielleicht die einzigen ungerodeten Tieflandwälder im ganzen Staate New York.«

Phil sagte: »Ich wollte dich eigentlich fragen: Als wir in Cornell waren, hast du dich endgültig in Ithaca niedergelassen. Nun tauchst du in meiner alten Heimatstadt auf. Warum?«

Sie erhob sich und ging hinüber zu einer Schiebetür. »Einen Moment.« Sie schob die Tür zur Seite und war aus dem Blickfeld verschwunden, erschien aber fast unverzüglich mit einem großen, blauen Ringbuch wieder. Sie kehrte zum Sofa zurück und reichte Phil den Band, als sie sich hinsetzte.

Er öffnete es und las die erste Seite. »›Über die Auswanderung der irischen Volksmythen und Legenden nach Amerika im 18. und 19. Jahrhundert. Eine kritische Studie von Agatha Grant.‹« Er klappte es zu. »Ich dachte, du hättest dich zur Ruhe gesetzt.«

»Ich habe mich zur Ruhe gesetzt, aber ich bin nicht tot. Das war mein Steckenpferd, seit ich denken kann.« Sie schien zu überlegen. »Ich fing damit an, kurz nachdem Henry starb. Ich arbeitete daran, als ich deine Lehrerin an der Uni war; ich habe es dir nur nie erzählt. Aarne und Thompson brachten 1961 eine gute Klassifizierung heraus. Ich benutze nun ihr Verzeichnis der Leitmotive, um das Werk von Reidar Christiansen zu ergänzen. Er verglich und bearbeitete skandinavische und irische Folklore. Ich versuche etwas Ähnliches mit den älteren keltischen Mythen und den irischen Volksmärchen, die nach Amerika gekommen sind.«

Sie sprach sowohl Gloria und Gabbie als auch Phil an.

»Als ich ein junges Mädchen war, oben in East Hampton, hatten wir eine liebenswerte Gouvernante, eine Irin namens Colleen O'Mara. Frau O'Mara erzählte meinem Bruder und mir die wundervollsten Geschichten von Elfen und Feen und Leprechauns, den kleinen, frechen Kobolden, und von Heinzelmännchen. Mein ganzes Leben lang bin ich von Volksmythen fasziniert gewesen. Meine Grundausbildung genoß ich in klassischer und zeitgenössischer Literatur, aber ich las Yeats Märchenerzählungen ebenso bereitwillig wie seine Dichtung – vielleicht mit noch mehr Enthusiasmus. Jedenfalls, das ist jetzt meine Arbeit. Es gab viele, die aus Irland immigrierten – nicht nur wegen der berühmten ›Kartoffels-Hungersnot‹ –, und Tausende von armen, ländlichen Iren kamen nach Amerika. Viele von denen, die kamen, ließen sich in den großen Städten nieder oder gingen nach Westen, um an der Eisenbahn mitzuarbeiten. Und Pittsville war eine der wenigen ländlichen Gemeinden, die einige Wogen dieser irischen Immigranten festhielten, und viele von ihnen blieben Farmer. Diese Gegend ist fast ein ›kleines Irland‹. Ich bin kein Fremder in dieser Gegend und habe meine liebe Jane während der Jahre viele Male besucht.« Sie tauschte einen zärtlichen Blick mit Phil aus, als sie seine letzte Tante nannte. »Als mir die Stelle in Fredonia angeboten wurde, habe ich bei der Entscheidung, wo ich leben würde, keinen Moment gezögert. Ich mag Pittsville. Es ist nur eine halbe Stunde zum Campus. Und es gibt unerwartete Entschädigungen.«

Phil gab zu erkennen, daß er das letzte nicht verstanden hatte, und Jack erklärte: »Marcus Blackman lebt in der Nähe.« Er deutete abwesend in Richtung Westen.

»Dieser okkulte Typ?« fragte Phil mit offensichtlichem Interesse.

Jack sagte: »Das ist er.«

»Wer ist Blackman?« fragte Gabbie.

Jack sagte: »Blackman ist ein Schriftsteller, ein Wissenschaftler, von allem etwas. Eine richtige Persönlichkeit, aber auch ziemlich kontrovers. Er schrieb eine Reihe ungewöhnlicher

Bücher über Magie und das Okkulte, die die akademische Gemeinschaft aufgebracht haben. Und er ist Aggies liebster Diskussionsgegner.«

Agatha sagte: »Mark Blackman ist ein kleiner Schurke bei seinen Forschungen und voller unhaltbarer Meinungen, aber er ist absolut charmant. Ihr trefft ihn in Kürze. Er leistet uns beim Essen Gesellschaft.«

»Wunderbar«, sagte Phil.

»Er ist ebenfalls eine Informationsquelle für genau die Art Dinge, mit denen ich mich beschäftige«, sagte Agatha. »Er hat einige seltene Bücher in seiner Bibliothek – eine Erstausgabe von Thomas Crokers *Fairy Legends and Traditions of the South of Ireland,* wenn ihr euch das vorstellen könnt – und eine beträchtliche Anzahl persönlicher Journale und Tagebücher. Seine Hilfe war unschätzbar.«

»Was macht Blackman in Pittsville?«

»Du kannst ihn selber fragen. Ich habe nichts, was einer vernünftigen Antwort gleichkäme, obwohl er sehr amsüsant ist in seiner Anfechtung. Er hat vorsichtig geäußert, daß er an einem neuen Buch arbeitet, obwohl mir das Thema nicht bekannt ist. Das ist alles.« Agatha pausierte, während sie nachdachte. »Ich finde den Mann faszinierend, wenn auch ein bißchen irritierend in seiner Heimlichtuerei.«

Phil lachte. »Agatha glaubt an ausgefallene Ideen.« Er sagte dies zu den anderen, weil Agatha protestiert hatte. »Als ich anfing, als Absolvent nebenbei Geschichten zu schreiben, konnte sie nicht verstehen, warum ich sie ihr nicht zeigen wollte, bevor sie beendet waren.«

Zu Gabbie sagte Agatha: »Kind, dein Vater schreibt nicht. Er bringt in einer Höhle Magie zustande, und wehe dem, der das Zauberwort bricht, bevor es vollbracht ist.«

Phil fiel in das allgemeine Gelächter mit ein, und das Gespräch wendete sich alten Freunden und Kollegen ihrer Tage in Cornell zu.

10

Patrick und Sean hockten über der Kiste in der Scheune. Die Katze betrachtete mit Mißtrauen die Jungen, die jetzt ihren Nachwuchs, die Kätzchen, streichelten und mit ihnen spielten. Die jungen Tiere befanden sich in jener ungeschickten Phase, daß sich ihre Augen gerade geöffnet haben und ihre unbeholfenen Possen noch allenthalben Gelächter hervorrufen.

Patrick suchte sich eins der Jungen aus, das zart miaute. Er streichelte es und sagte: »Ziemlich niedlich, was?«

Sean nickte, streckte seine Hand aus und berührte ein anderes. Ein Trippeln im Heu, nahe der dunkelsten Ecke der Scheune, erregte seine Aufmerksamkeit. »Was ist das?«

»Was?«

»Da drüben – im Heu bewegt sich etwas.« Er zeigte in die Richtung. Patrick legte das Kätzchen nieder und stand auf. Er ging entschlossen auf die dunkle Ecke zu, als Sean sagte: »Tu's nicht!«

Patrick zögerte und wandte sich zu seinem Bruder um. »Warum nicht?« verlangte er zu wissen.

Sean ging widerstrebend an die Seite seines Bruders. »Vielleicht ist es eine Ratte oder so was.«

»Oh, Bruder!« sagte Patrick. »Du bist noch ein richtiges Baby.« Er schaute sich um und sah eine alte, rostige Heugabel neben der Tür. Er nahm sie von der Wand, kaum fähig, das lange Werkzeug zu balancieren. Langsam bewegte er sich auf die Ecke zu und begann, in dem alten Stroh herumzuwühlen. Für einen langen Moment gab es keinen Hinweis darauf, daß etwas anderes als Stroh unter den rostigen Zinken sei, die Patrick vor sich schwang. Vorsichtig stach er die Gabel tiefer in das Stroh und bewegte sie zur Seite.

Dann tauchte etwas unter dem Stroh auf. Es stand aufrecht, war weniger als einen Meter groß und beobachtete die Jungen aus großen, leuchtenden Augen. Es war ein kleiner Mann. Vom Kopf bis zu den Füßen war er mit ungewöhnlich aussehenden

Sachen gekleidet: mit einem großen Hut, einem grünen Mantel, eng geschnittenen Hosen und mit Schuhen, die mit goldenen Schnallen verziert waren.

Die Jungen standen reglos da, als wären sie unfähig, auch nur zu atmen. Der kleine Mann tippte an seinen Hut und hüpfte mit einem wilden, durchdringenden Gelächter vom Stroh, sprang zwischen den Jungen hoch und landete mit spielerischer Schnelligkeit auf der anderen Seite des Scheunenbodens. Patrick wiederholte Seans Angstschrei, während er die Mistgabel senkte und herumschleuderte, seine Augen immer auf der winzigen Kreatur, die an der gegenüberliegenden Wand hoch sprang und zwischen einem Loch in den losen Bohlen verschwand.

Die Jungen standen wie angewurzelt und schwiegen, die Augen vor Erstaunen weit aufgerissen, während sie versuchten, das funkelnde Kaleidoskop der Vorgänge, deren Zeugen sie waren, zu sortieren. Beide waren von der Erscheinung hin und her gerissen und verschreckt. Langsam drehten sie sich um und sahen einander an, und jeder sah seine eigene Furcht als Spiegelbild im Gesicht des Zwillings. Große blaue Augen, gefrorenes Lachen und eine starre Haltung bahnten ihnen plötzlich den Weg, und sie rannten zur Tür.

Sie flogen nach draußen und schauten sich nach der Scheune um. Dann wurde ein Schatten vor ihnen sichtbar, und schon waren sie in einem Paar kraftvoller Arme eingeschlossen. Die Jungen schrien vor Angst, als sie so eng festgehalten wurden. Ein ungewöhnlicher Geruch stieg ihnen in die Nasen, und eine tiefe, kratzige Stimme grummelte: »Also, was ist los mit euch Burschen?«

Die Jungen wurden losgelassen und traten einen Schritt zurück; sie sahen, wie der Schatten die Gestalt eines alten Mannes annahm. Er hatte breite Schultern und war groß, sein graues Haar war ungekämmt und sein unrasiertes Gesicht gefurcht, die Haut ledern. Rot geränderte Augen betrachteten die beiden Jungen, aber er lächelte freundlich.

Patricks Herz verlangsamte seinen donnernden Schlag, und er warf Sean einen Blick zu. Ein Gedanke bewegte sich zwischen ihnen, denn sie erkannten den Geruch, der wie ein Moschuskranz an dem Mann hing: der Geruch von Whiskey.

»Ruhig, also was ist los?«

»Dahinten ist etwas«, äußerte Patrick vorsichtig und zeigte auf die Scheune. »Im Heu.«

Der Mann schob die Jungen in die Scheune und wartete, während sie auf die Ecke zeigten. Er ging entschlossen zu der Stelle, wo die Heugabel lag, und machte viel Aufhebens darum, im Stroh herumzustochern. »Jetzt ist es weg«, sagte Sean. Der Mann kniete sich nieder und schob etwas Stroh zur Seite, dann stand er auf und benutzte die Gabel, um das Stroh wieder in eine scheinbare Ordnung zu bringen. Er drehte sich um und lächelte die Jungen gut gelaunt an. »Also, was war es? Eine Ratte?«

Patrick schaute Sean an und warnte ihn mit einem kaum wahrnehmbaren Kopfschütteln, nichts zu sagen. »Vielleicht«, sagte Patrick. »Aber sie war ziemlich groß.« Seine Stimme war schrill, und er kämpfte darum, die Selbstbeherrschung nicht zu verlieren.

Der Mann drehte sich auf der Stelle um und sah auf die ernsten kleinen Gesichter herunter. »Groß, sagst du? Gut, wenn hier Hühner und Enten wären, was nicht der Fall ist, und wenn es Nacht wäre, was auch nicht so ist, würde ich ein Wiesel oder einen Fuchs vermuten. Was immer es war, es verschwand wie die Versprechungen von gestern.« Der Mann hängte die Mistgabel zurück an ihren Platz an der Wand. Er schaute die Jungen streng an. »So, ihr beiden, wer von euch beiden fängt nun an, mir zu erzählen, was ihr wirklich gesehen habt?«

Patrick blieb schweigsam, aber Sean sagte endlich: »Es war groß, und es hatte Zähne.« Seine Stimme war noch zittrig, so klang er überzeugender.

Sofort änderte sich der Ausdruck des Mannes. Mit zwei Schritten stand er vor ihnen, legte die Hände auf die Knie, als er sein Gesicht bis zur Höhe der Jungen beugte. »Wie groß?«

Patrick hielt seine Hände ungefähr einen Meter in die Höhe. »So.«

Der Mann erhob sich langsam, während er sich sein Kinn rieb. »Bei allen Heiligen. Es könnte dieser große, alte Bandit gewesen sein, der sich die Kätzchen zum Essen holen wollte«, sagte er ruhig.

»Was für ein Bandit?« fragte Patrick, der nicht verstehen konnte, warum irgend jemand Kätzchen essen wollte.

Der Mann hörte auf zu grübeln. »Weil er ein Waschbär ist. Ein tyrannischer alter Bär, der in den Wäldern östlich von hier lebt. Seit ungefähr einem Monat tötet er Hühner und Enten, und manchmal frißt er auch Katzen und Hunde.« Mehr zu sich selbst fügte er hinzu: »Obwohl die Katze ein königliches Theater gemacht hätte, wenn er es gewesen wäre.«

Sean nickte, und Patrick sagte: »Jack sagte uns, daß er unter der Brücke lebt.«

»Tatsächlich, hat er das? Jack Cole ist ein ganz netter Kerl, aber er ist ein Fremder, der aus North Carolina kommt. Dennoch, Erwachsene müssen immer eine Antwort parat haben, auch wenn sie falsch liegen.« Die Jungen stimmten dem zu. »Wenn die Farmer wüßten, wo er sich versteckt hält, hätten sie ihn schon vor zwei Wochen gefangen.«

»Also Jungs, ich kann mir nicht vorstellen, daß Frau Grant glücklich ist, daß ein Waschbär in ihrer Scheune herumschnüffelt und die Katzenbrut bedroht. Sind wir uns da einig?«

Die Jungen zuckten die Achseln und sagten ja. Der Mann rieb sich wieder über das Kinn. »Gut, ich habe euer Wort. So, jetzt ist Schluß damit.« Er wechselte das Thema und sagte: »Also, was macht ihr Jungs in Frau Agathas Scheune?«

»Sie sagte, wir könnten mit den Kätzchen spielen.«

»Nun gut«, entgegnete der Mann, »wenn sie das gesagt hat, ist es o.k. Aber sie sind noch klein, und wie alle Babys brauchen sie Ruhe. Warum gehen wir nicht nach draußen und sehen uns die neuen Lämmer auf der Wiese an.« Er führte sie sacht, aber bestimmt nach draußen. »Und wer könntet ihr Jungs sein?«

Die Jungen nannten ihre Namen, und der Mann sagte: »Patrick und Sean? Allerdings, das sind irische Namen.«

Patrick grinste. »Unsere Mutter ist Irin. Ihr Mädchenname war O'Brien.«

»O'Brien!« rief der Mann. »Sie stammt doch nicht etwa aus Ballyhack, oder?«

»Sie kommt aus Glendale«, verkündete Sean.

»Klar, es gibt eine ganze Menge O'Briens, das ist sicher.« Außerhalb der Scheune blieb er stehen. »Also, Sean und Patrick, man nennt mich Barney Doyle. Freut mich, eure Bekanntschaft zu machen.« Sie schüttelten sich feierlich die Hände. »So, und nun laßt uns die Lämmer anschauen.«

Als sie sich ihren Weg durch den Hinterhof bahnten, wurde die Gittertür geöffnet, und Agatha Grant schaute heraus. »Barney Doyle! Wohin gehst du mit den beiden Jungen?«

»Zeige den Burschen die neuen Lämmer, Miss Agatha.«

»Und was ist mit meiner Pumpe? Ich brauche Wasser fürs Essen.«

»Alles repariert, arbeitet wie neu, was Sie schon wüßten, wenn Sie den Wasserhahn geöffnet hätten. Ich war gerade im Moment dabei, unseren Marsch anzuhalten und es Ihnen zu sagen.«

Ihr Ausdruck verriet nur eine begrenzte Bereitschaft, ihm zu glauben, also nickte sie eifrig. »Abendessen in einer Stunde, also bring sie zeitig genug zurück, damit sie sich noch waschen können.«

»Ja, Miss Agatha.«

Nachdem sie ins Haus zurückgekehrt war, sagte Barney: »Eine nette Oma, auch wenn sie keine Irin ist. Nun kommt, wir sehen uns die Lämmer an.«

Als sie den Weg zur Wiese südlich des Hauses gingen, fuhr ein Auto von der Straße aufs Anwesen zu und blieb davor stehen. Die Jungen rannten voraus, und Barney griff sich an den Kopf und kratzte sich. Er bezweifelte, daß ein Wesen, das einen Meter groß war und große Zähne hatte, in der Scheune gewesen war, denn die Scheunenkatze hätte ihre Kätzchen nach draußen geschleppt, wenn ein Räuber in der Nähe herumgeschlichen wäre. Es gab jedoch keinen Zweifel daran, daß irgend etwas die Jungen erschreckt hatte. Er schickte ein

Stoßgebet an St. Patrick und St. Jude, daß es nur Geräusche und Schatten waren, die die Jungen so sehr beunruhigt hatten, dann beeilte er sich, hinter den Jungen herzukommen.

11

Von ihrer Veranda beobachtete Agatha, wie zwei Männer aus dem Wagen stiegen. Philip stand neben ihr und betrachtete das Paar. Der Fahrer war ein großer Mann, mit schnellem und entschlossenem Schritt. Sein Haar war schwarz und – abgesehen von den grauen Strähnen an den Schläfen – aus einer hohen Stirn zurückgekämmt; er trug einen kurz geschnittenen Bart. Sein Alter konnte man nicht bestimmen: irgendwo zwischen dreißig und fünfzig. Trotz des warmen Wetters trug er einen weißen Schal und eine braune Kordjacke zu braunen Hosen. Als er die Stufen heraufkam und Agatha bei der Begrüßung anlächelte, bemerkte Phil, daß seine Augen so dunkel waren, daß sie beinahe schwarz erschienen.

»Mark, das ist Philip Hastings.«

»Ich habe Ihre Bücher gelesen, Herr Hastings. Ich bin so etwas wie ein Fan von Ihnen«, sagte der Mann.

»Und das ist Gary Thieus«, stellte Agatha den anderen Mann vor. Philip streckte ihm seine Hand entgegen.

»Nennen Sie mich Gary«, bot der Mann mit einem breiten Grinsen an. Sein Haar war sehr kurz geschnitten, beinah ein Bürstenschnitt, aber seine abstehenden Ohren waren auffälliger und zogen beinahe alle Aufmerksamkeit auf sich.

Mark sagte: »Er ist mein Assistent und der beste Koch weit und breit – Anwesende natürlich ausgeschlossen.«

»Kommt 'rein und nehmt euch etwas zu trinken. Das Essen kocht, und wir können uns bekannt machen.« Agatha erlaubte Philip, die Tür aufzuhalten, während sie die anderen hinein führte.

Philip folgte als letzter, hinter Gary. Blackmans Assistent

bewegte sich mit einem wiegenden Gang, der Philip einen Baseball-Spieler vermuten ließ.

Jack bot Mark und Gary etwas zu trinken an, während Agatha in die Küche ging, um das Essen fertigzustellen. Jack kehrte an Gabbies Seite zurück; Gloria lächelte über Marks Bemerkung, er habe sie einmal in einem Stück gesehen. Als er sich über ein kleines Problem im zweiten Akt äußerte, grinste sie. »Sie haben das Stück wirklich gesehen!« Sie drückte seine Hand. »In meinem früheren Beruf kann man eine Menge leerer Schmeicheleien hören.«

»Nein, ich habe das Stück gesehen und erinnere mich, daß Ihr Auftritt ziemlich gut war.«

»Jack, wie wäre es morgen mit einem Tennismatch?« fragte Gary.

Jack seufzte. »Du meinst, wie wäre es mit deinem Beitrag zu einer völligen Niederlage?« Zu Gabbie sagte er: »Er weiß, daß ich ein verkrüppeltes Bein habe, und es freut ihn, mich in Verlegenheit zu bringen.«

»Spielen Sie?« erkundigte sich Gary bei Gabbie.

»Ein wenig«, antwortete das Mädchen.

»Gut, dann ruf' ich Ellen an, und wir können ein paar Doppel spielen.«

Gabbie lächelte, und Gloria grinste hinter ihrem Glas, während sie an ihrem Drink nippte. Mark beugte sich zu ihr und fragte, ob Gabbie denn gut spiele.

»Gabbie spielt Tennis, als wäre Krieg«, flüsterte Gloria.

Dann wechselte Mark recht unvermittelt das Thema und fragte die Eltern, wie sie sich denn diesen schönen Flecken, Old Kessler Place, erworben hätten. Er selbst habe sich nach dem Umzug in diese Gegend um dieses Gelände bemüht.

Gloria und Phil warfen sich einen Blick zu, und Phil sagte: »Es war reine Glückssache, daß ich mich genau in der Woche erkundigte, als es auf den Markt kam. Es war ein Gelegenheitskauf. Aber Kessler starb nur einen Monat bevor ich den Makler anrief. Also müssen Sie versucht haben, es von dem alten Mann selbst zu pachten.«

»Nicht unbedingt. Als ich in diese Gegend kam, befand sich

Kessler gerade in Deutschland, und das Haus stand für fast ein Jahr leer, aber ich konnte keinen finden, der in der Lage war, mir zu sagen, wie der Besitzer zu erreichen sei. Vielleicht hat er Verwandte oder Freundes seines Vaters besucht. Dort ist er auch gestorben, wissen Sie.«

Phil nickte. »Das wurde angedeutet. Warum wollten Sie die Farm mieten?«

Mark lächelte. »Es gibt eine Menge Geschichten über diesen Ort.« Er pausierte, dann sagte er: »Ich arbeite selbst an einem neuen Buch, und da ich ungern davon erzähle, lassen Sie es mich so ausdrücken, daß die Geschichte der Kessler-Familie keinen geringen Einfluß auf das Thema hat. Hermans Vater, Frederick Kessler, war so etwas wie ein mysteriöser Mann. Er traf 1905 mit viel Geld hier ein, kam irgendwo aus Süddeutschland oder vielleicht Österreich. Es scheint, daß es, als der Erste Weltkrieg ausbrach, ein geringfügiges Problem mit seiner Staatsangehörigkeit gab, aber nichtsdestoweniger war er ein vorbildliches Mitglied der Gesellschaft. Er heiratete ein Mädchen namens Helga Dorfman und hatte einen Sohn. Er gründete eine Möbelfabrik und stand mit einer größeren Fabrik in Jamestown im Wettbewerb. Seine Möbel waren derb und billig, und so verdiente er eine Menge Geld. Eine interessantere Geschichte erzählt, daß er Glück mit Gold hatte, welches irgendwo auf dem Grundstück vergraben ist.«

Gloria lachte erfreut. »Ein vergrabener Schatz! Laßt uns anfangen, ihn auszuheben!«

»Ihr Grundstück ist recht groß«, sagte Gary mit einem Grinsen. »Es könnte einige Zeit in Anspruch nehmen. Nebenbei gesagt, es ist eine alte Geschichte.«

»Mein Interesse«, bemerkte Blackman, »bezog sich auf die Bibliothek der Kesslers sowie einige andere herumliegende Ungewöhnlichkeiten, sozusagen die Eintagsfliegen der Jugendtage von Kessler.«

Gloria schaute zu Phil hinüber, der sagte: »Ich habe nur einen kurzen Blick auf die Bücher in der Bibliothek geworfen. Der Makler wußte nicht, was sich noch in dem Haus befindet. Als Kessler starb, schuldete er dem Staat eine Menge Steuern, und der Staat beeilte sich, alles zu verkaufen. Das Gericht bestellte Kesslers Testamentsvollstrecker. Ich hatte den Eindruck, daß alles etwas informell verlief. Die Darlehenskasse, mit der ich zu tun hatte, konnte es offensichtlich gar nicht erwarten, alles abzustoßen; sie stoppten den Ausschluß und trieben den Verkauf voran. Wie auch immer, sie sagten, daß es keine Angehörigen gäbe, so steckten sie alles in den Vertrag, Kleidung, Service, die Einrichtung und die Bücher. Sie können gerne bei uns vorbeischauen und sich ausleihen, was immer Sie möchten.«

»Ich hatte gehofft, Sie würden mich einladen. Vielleicht in ein paar Tagen. Ich will Ihnen etwas sagen: wenn es Sie nicht stört, daß Gary und ich einige Zeit lang bei Ihnen herumschleichen, katalogisieren wir die Bibliothek, so daß Sie ein vollständiges Inventar haben, sobald wir durch sind. Und wenn mir etwas angenehm auffällt, bekomme ich die erste Gelegenheit, es zu kaufen.«

»Die haben Sie.«

Gloria sagte: »Es gibt einen Haufen alter Koffer auf dem Dachboden und auch im Keller.«

Grays Augen hellten sich auf. »Wundervoll, wer weiß schon, welche ungewöhnlichen Teile eines Schatzes in der Dunkelheit auf der Lauer liegen!«

Gabbie lachte. »Jack sagt, daß es in den Wäldern spukt; jetzt auch noch vergrabene Schätze. Du wirst sicher wissen, wie man sie findet, Dad.«

Agatha kehrte zurück und verlangte nach Hilfe, also erhoben sich Jack und Gabbie und gingen hinaus, um den Tisch zu decken. Gary erwähnte einen Film von Phil, und das Gespräch wendete sich Geschichten aus Hollywood und der Frustration des Filmemachens zu. Gloria lehnte sich zurück und ließ die Unterhaltung an sich abgleiten. Aus irgendeinem Grund hatte sie das Gespräch über vergrabene Schätze und Wälder, in denen es spukt, beunruhigt. Und aus irgendeinem unerklärlichen Grund fragte sie sich, wie es den Jungen gehe.

12

Das Abendessen war superb. Jacks Ankündigung, Agatha Grant sei eine außergewöhnliche Köchin, war also kein hohles Gerede gewesen. Jedes Gedeck war mit jener Aufmerksamkeit fürs Detail hergerichtet, die ein Festessen erst so richtig abrundete. Selbst die Zwillinge, normalerweise schwer zufriedenzustellen, beendeten ihr Essen ohne Beschwerden.

Gloria hatte bemerkt, daß sie mit den Gedanken woanders waren, und erwischte sie gelegentlich dabei, wie sie sich Blicke zuwarfen, als ob sie einander etwas mitteilten. Sie erkundigte sich, wie es ihnen auf Aggies Farm gefallen hatte, und die beiden antworteten unisono, sehr gut! »Barney hat uns die Lämmer gezeigt«, rief Sean.

»Wer ist Barney?« fragte der Vater.

»Er ist ein Mann«, sagte Sean. »Er hat die Rohre repariert.«

»Jaaa, und er riecht wie Onkel Steve«, fügte Patrick hinzu, während er ein Stück Brokkoli mit seiner Gabel durchbohrte. ›Onkel‹ Steve Owinski war ebenfalls Drehbuchautor von Beruf, ein enger Freund von Phil, aber auch ein chronischer Trinker.

Jack erhob sich, räumte schnell das Eßgeschirr ab und trug es in die Küche. Agatha sagte vor sich hin: »Barney Doyle. Er ist der örtliche Gelegenheitsarbeiter.« Als sie einen Anflug von Besorgnis auf Glorias Gesicht erkannte, fügte sie hinzu: »Er ist ein kleiner Gewohnheitstrinker, aber er ist vollkommen harmlos. Nach dem, was ich gehört habe, war er als junger Mann ein toller Kerl und hatte dem Trinken vor Jahren entsagt. Plötzlich trinkt er wieder. Ich kann mir nicht vorstellen, warum.«

Gary sagte: »Nun ja, du weißt, daß man sagt, Alkoholiker seien nie wirklich trocken.« Gloria nickte.

»Wie auch immer«, meinte Agatha, »er ist ein netter Tausendkünstler, und wenn Sie irgendwelche Probleme haben, rufen Sie ihn an. Der Reparaturdienst im Einkaufszentrum braucht ewig, möchte alles ins Geschäft mitnehmen, wo es dann monatelang herumliegt. Barney ist zuverlässig und billig. Er hat einen Arbeitsschuppen, etwas mehr als eine Hütte, auf der anderen Seite meines Grundstücks, genau am Ende der Williams Avenue. Sie können auf dem Weg quer durch die Wälder bei Ihrem Haus zu ihm kommen.« Agatha lächelte zärtlich. »Ein Mensch wie Barney kommt natürlich meiner Sehnsucht nach den unkomplizierteren Zeiten entgegen, als alles, was man hatte, der örtliche Reparaturladen war. Er ist ein lebendes amerikanisches Artefakt. Nebenbei gesagt, ich brauche ihn ebenso für Nachforschungen wie für Reparaturen. Der Mann wurde in Irland geboren und ist ein großartiger Kenner irischer, mündlich überlieferter Mythen und Sagen. Wenn man das, was er weiß, mit dem vergleicht, was die zweite, dritte und vierte Generation der Iren hier weiß, kann man den Traditionsverlust in Irland und Amerika nur bedauern.«

Jack steckte seinen Kopf durch die Tür. »Kaffee?« Er machte den Eindruck, als würde er nur ein Ja als Antwort akzeptieren, und verschwand wieder in der Küche.

Gabbie erhob sich. »Ich glaube, ich werde Jack helfen.«

»Aggie hat sich ein hartes Geschäft ausgesucht«, sagte Mark. »Irische Überlieferungen sind, wie die meisten in Europa, von den Druckereien sozusagen ›eingefroren‹ worden. Heutzutage lesen Kinder lieber Märchen, als auf dem Schoß ihrer Mutter zuzuhören – wenn sie sie überhaupt lesen.«

»Also nehmen Sie an, daß Aggie nicht sehr viele Variationen findet?« fragte Phil.

Mark schüttelte seinen Kopf, während Agatha nachsichtig lächelte. »Wir hatten diese Debatte schon einmal«, äußerte sie vorsichtig. »Mark hat etwas von einem Gesellschaftsanthropologen und behauptet, es gäbe in Europa und Amerika keine wirkliche mündliche Tradition mehr.«

»Na ja, vielleicht bei den älteren amerikanischen Indianern und der Landbevölkerung oben in den Appalachen, aber nirgendwo sonst. Nicht, wenn man ein Buch zur Hand nehmen und in England und in Amerika dieselbe Geschichte lesen kann. Nein, wenn du Mythen über Cluricaunes erforschst, findest du sowohl im William-Pitt-Bezirk als auch im Kreis Cork dieselbe Geschichte.«

»Was sind Cluricaunes?« fragte Phil.

Agatha sagte: »Leprachauns, kleine, freche Kobolde. Sie werden Lurikeen, Lurigandaun und in verschiedenen Teilen Irlands auch Luricans genannt.«

Gloria lehnte sich zurück. Es ging etwas vor zwischen den Jungen, sie konnte es spüren. Und es ängstigte sie. Im stillen wunderte sie sich darüber, warum sie dieses Gespräch derart anspannte.

Agatha warf den Jungen einen Blick zu und fragte: »Wißt ihr Jungs, was ein Leprachaun ist?«

»Kleine Männer in grünen Mänteln?« fragte Patrick mit einem ungewöhnlichen bohrenden Gesichtsausdruck.

Seans Augen weiteten sich bei Patricks Antwort, dann wurde sein Gesicht plötzlich lebhaft, während er »Darby O'Gill!« herausplatzte.

Phil lachte. »Genau so.«

Mark sagte: »Wer ist Darby O'Gill?«

»Es ist ein Disney-Film, *Darby O'Gill and the Little People.* Die Jungen sahen ihn, bevor wir Kalifornien verließen.«

»Jaaa«, schmollte Sean. »Wir kriegten den Disney-Sender über Kabel.«

»Ich geb's auf«, entgegnete Mark. »Die Jungen beziehen ihre Volksmythen aus der Glotze.«

»Sie sind untröstlich, daß es auf der Farm keinen Kabelanschluß gibt«, erläuterte Gloria und fuhr mit der Hand durch Seans wuscheligen Haarschopf. »Jetzt müßt ihr mit drei Sendern auskommen, wie normale Leute auch.«

Phil sagte: »Es sollte eigentlich eine Überraschung sein, Jungs, aber ich habe eine Satellitenantenne bestellt, die nächste Woche installiert wird.«

Die beiden Jungen bekamen große Augen. »Wir werden Hunderte von Sendern kriegen!« rief Patrick.

Angesichts des immer lauter anschwellenden Gelächters im Eßzimmer befahl Gloria den Jungen, ihren Enthusiasmus zu zügeln. »Der Vater von Barry Walter kriegt den Sender mit den nackten Frauen«, meinte Sean verschmitzt, worauf Gloria barsch entgegnete: »Darüber werden wir uns zu Hause unterhalten.«

Phil ließ sich nicht aus der Ruhe bringen und lächelte still vor sich hin. »Ist schon in Ordnung. Ich bekomme das Gerät mit dem Sperrschalter. Verbotene Filme werden die Jungen in den nächsten Jahren nicht zu sehen bekommen.«

Jack und Gabbie kamen mit Kaffee und Kuchen zurück.

»Wo wir gerade von Elfen-Mythen sprechen, weiß jemand, was heute für eine Nacht ist?« fragte Gary.

Mark und Agatha schauten sich an und lachten, aber es war Gloria, die antwortete: »Mittsommernacht.«

»Wie bei Shakespeare?« fragte Jack.

»Angeblich gibt es drei besondere Tage für Elfen: den ersten Mai, den vierundzwanzigsten Juni und den ersten November«, antwortete Agatha. »Das ist gemäß der Legende eine Nacht der Kraft und Feierlichkleiten.«

»Was bedeuten die beiden anderen Tage? Ich kenne den ersten November als Allerheiligen, aber was ist am ersten Mai?«

»Maifeiertag«, äußerte Gray vorsichtig. »Elfen sind Marxisten.«

Die anderen seufzten nachdenklich, als Agatha schon sagte: »Es ist der Tag nach der Walpurgisnacht, genauso wie Allerheiligen auf Halloween folgt. Beides sind Tage der Bewegung.«

Mark Blackman sah, daß die anderen nicht zufriedengestellt waren, und packte sein erstaunliches Wissen aus: »Nach der irischen Tradition bewegen sich die Elfen an diesen beiden Tagen von Ort zu Ort. Wir sprechen vom Aufmarsch der Elfen. Shakespeare ließ sie für immer in der Nacht stehen:

> *Und wir Elfen, die wir neben dem Gespann der dreigestaltigen Hekate vor der Gegenwart der Sonne herlaufen, der Dunkelheit wie ein Traum folgend.*

Aber er steht allein mit dieser Auffassung. Gemäß der Tradition leben die Elfen sechs oder sieben Monate in einem Platz im Wald und begeben sich dann zu einem anderen, der sich vielleicht auf der anderen Seite der Welt befindet.«

Mark zitierte Shakespeare noch einmal:

> *Wir können den Erdball bald umkreisen, schneller als der wandernde Mond.*

»Deshalb sind Elfen-Geschichten überall reichlich vorhanden. Im Laufe der Generationen haben Elfen in jedem Teil der Welt gelebt«, meinte Aggie. »Wenn man an sie glaubt.«

»Und heute nacht ist für sie eine besondere Nacht?« fragte Gabbie mit einem etwas spöttischen Lachen.

»Gemäß der Legende, ja«, stimmte Agatha zu. »Sie geben heute nacht eine große Party.«

Gabbie drehte sich zu Jack und sagte: »Laß uns zu diesem Elfenhügel gehen, den wir letztens gesehen haben. Vielleicht sehen wir die Party.«

»Das würde ich nicht«, sagte Mark. Alle Augen waren auf ihn gerichtet. »Im Dunkeln sind diese Wälder ziemlich gefährlich.«

Gloria schien alarmiert zu sein. »Wie meinen Sie das, gefährlich?«

Gabbie zog ein Gesicht. »Gespenster? Indianische Geister?«

»Gabbie, laß ihn doch antworten«, stieß Gloria hervor. Gabbie wurde rot und wollte gerade eine schlagfertige Antwort geben, als sie sah, daß Jack den Kopf schüttelte und auf die Jungen deutete, die in entzückter Aufmerksamkeit zuhörten. Plötzlich verstand sie Glorias Sorge und kam sich lächerlich vor. »Warum sind die Wälder gefährlich, Mark? Wilde Tiere?«

Mark lächelte und versuchte entspannter dreinzuschauen. »Nein, nichts dergleichen. Keine Bären oder Wölfe seit Generationen. Höchstens mal ein Wiesel oder ein Fuchs. Es ist nur so, daß man sich dort leicht verlaufen kann, und die Wälder sind viel größer, als Sie sich vorstellen können, und sie sind dort ziemlich dicht bewachsen.« Mark wandte sich an Aggie. »Erinnerst du dich an Reno McManus? Er kam abhanden, als er im Dunkeln eine Abkürzung nehmen wollte, fiel eine Uferbefestigung hinunter und brach sich die Hüfte. Es hat zwei Tage gedauert, bis man ihn gefunden hat. Ist erfroren.

Und er verbrachte sein ganzes Leben in dieser Gegend. Es ist einfach eine schlechte Idee, nach Anbruch der Dunkelheit in den Wäldern herumzustöbern, das ist alles, was ich meinte.«

»Reno McManus war ein Trinker«, antwortete Agatha, »und er hätte in seiner eigenen Badewanne verlorengehen können. Wenn Jack und Gabbie eine Lampe mitnehmen und auf dem Weg bleiben, dürften sie keine Schwierigkeiten haben.« Sie machte einen glücklichen Eindruck, als sie einen Blick auf die Jugendlichen warf, und schien anzudeuten, daß Mark zu gefühllos sei, um zu bemerken, daß die beiden einige Zeit allein verbringen wollten.

»Nun ja, es ist wahr.« Mit diesem Satz beendete Mark die Unterhaltung.

Agatha erhob sich. »Laßt uns ins Wohnzimmer zurückgehen, wie es sich für zivilisierte Leute gehört, damit wir diesen schönen Abend fortsetzen können.« Sie schaute Jack an. »Holst du den Brandy, bitte?«

Sie verließen das Eßzimmer, und bald saßen alle gemütlich im Wohnzimmer, wo sich das Gespräch anderen Themen zuwandte. Gloria, die neben Phil saß, betrachtete die Jungen, die beträchtlich weniger widerspenstig waren als sonst. Da war noch etwas, das sie vorher bei Tisch fragen wollte, aber sie konnte sich nicht erinnern, was es war. Sie ließ diesen Gedanken fallen.

13

Gabbie und Jack wanderten langsam den Weg entlang, während der Lichtkreis vor ihnen hin und her schaukelte und einen einfacheren Durchgang zwischen Ästen und anderen Hindernissen enthüllte. Gabbie hatte darauf bestanden, daß Jack mit ihr in die Wälder ging, um die Elfenparty zu suchen. Die Taschenlampe flackerte, wurde aber nach einer Minute etwas dunkler. »Shit!« fluchte Jack. »Die verdammten Batterien sind zu schwach.«

»Na, so etwas«, sagte sie mit einem breiten südlichen Akzent, »solch eine Sprache! Und das bei einem Gentleman, Sir!« Jack grinste, was man in der Dunkelheit nur teilweise erkennen konnte. »Ist gut, Lancelot. Ich habe schon ein paar angelsächsische Flüche gehört. Ich bin ein emanzipiertes Mädchen.«

Jack lachte still vor sich hin. »Das habe ich bemerkt. Und auch etwas Besonderes.«

Gabbie schwieg, während sie weitergingen. »Du sagst das nicht nur so, oder?« meinte sie schließlich.

Er hielt an und richtete das Licht nach unten. Im Licht, das von dem Weg reflektiert wurde, taxierten sie sich gegenseitig. Er sagte nichts, lehnte sich aber nach vorne und küßte sie zärtlich. Einen Augenblick fröstelte sie, dann trat sie auf ihn zu, so daß er sie in seine Arme nehmen konnte. Sie spürte die Kraft seines Körpers, und ihr Herz schlug in einem Ansturm von Aufregung. Nach einer Weile schob sie sich etwas weg und sagte sanft: »Ah . . . das war eine ziemlich gute Antwort.«

Er lächelte. »Ich denke schon.« Er legte seinen Arm um ihre Taille, begann wieder langsam zu gehen, und Gabbie fiel in seinen Schritt ein. »Ich glaube nicht, daß du so außergewöhnlich bist. Du hast viel durchgemacht, ich weiß, aber das hat dich nachdenklich gemacht. Die meisten der Mädchen deines Alters, die ich kenne, sind viel jünger.«

Sie lehnte ihren Kopf an seinen Arm. »Ich versuche es manchmal zu verbergen. Du . . . ich glaube, ich vertraue dir.«

»Danke.«

Sie ließ einen Augenblick verstreichen, in dem die einzigen Geräusche ihre Füße auf dem Weg und der Luftzug in den Bäumen waren. Der Abend war warm und feucht, und der Mond hing beinahe voll in der Nacht und tauchte die Wälder in ein mattes Licht. »Ist . . . ist da noch jemand anders?« fragte sie.

»Keine Freundin«, antwortete er ohne Zögern. Er wartete einen Moment und fügte dann hinzu: »Ich hatte eine Freundin, damals in Chapel Hill, Ginger Colfield. Wir lernten uns in der Schlange bei der Junior-Einschreibung kennen; es war gewissermaßen ernsthaft. Zumindest für Ginger war es ernst. Aber als ich hierher kam, wurde es schwierig, die Beziehung zusammenzuhalten, verstehst du? Ginger ist jetzt unten in Atlanta und arbeitet für Coca-Cola, in der Werbeabteilung. Ich glaube, sie ist liiert. Seit letztem Jahr ist da nichts mehr zwischen uns, worüber es sich zu sprechen lohnt. Und du?«

»Nur ein Freund auf der High-School, vor zwei Jahren in Arizona. Seitdem nichts. Nur Verabredungen.«

»Hab' ich nicht oft gemacht, solche Dates«, sagte Jack. »Ich tendiere mehr dazu, in einer Beziehung zu landen und dort für eine lange Zeit zu bleiben.« Er hielt inne. »Die letzte hat mich durcheinandergebracht, so in der Art, weißt du?«

Gabbie fühlte sich durch die Enthüllung sowohl geschmeichelt als auch beunruhigt. Sie mochte Jack sehr. Ebenso sehr wie einige Jungen, die sie früher getroffen hatte, aber sie machte sich Sorgen, daß ihr die Dinge aus der Hand glitten. »Du hältst nicht viel von einer dauerhaften Romanze, huh?«

Er blieb stehen und sagte: »Du gehst im September nach Kalifornien zurück, richtig?«

Sie drehte sich zu ihm um und sah ihn an. »Ja.« Plötzlich ärgerte sie sich über ihr Tempo. »Schau, ich wollte keine große Sache daraus machen, okay?«

Er schaute weg, als ob er etwas in der Nacht suchen wollte, und sagte dann: »Vielleicht ist es ja eine große Sache.«

Sie war angespannt, so als ob sie nicht wüßte, was sie als nächstes tun sollte. Ihre Gefühle schwollen an, aus irgendeinem tiefen Ort, und überraschten sie durch ihre Intensität. Sie wurde plötzlich von Jack Cole und der Wirkung, die er auf sie hatte, aufgeschreckt. Aber sie wußte ebensogut, daß das, was in den nächsten Minuten gesagt wurde, einen großen Einfluß auf sie hätte, zumindest für den Rest des Sommers und vielleicht noch für sehr viel länger. Mit einem Seufzer, der die plötzliche Energie freisetzte, lehnte sie sich nach vorne und ihren Kopf an seine Schulter. »O Mann . . . was machst du mit mir?«

Er hielt sie und sagte nichts. Sie hatte das Gefühl, als würde ihr Herz aus dem Brustkorb platzen, als würde sie keinen Atemzug mehr machen können. Sanft flüsterte er ihr ins Ohr. »Du könntest nach Fredonia überwechseln. Ich könnte es noch schaffen, in den Lehrplan der kalifornischen Uni in San Diego aufgenommen zu werden. Wir könnten nach Paris durchbrennen und in einer Dachkammer leben – abgesehen davon, daß mein Französisch nichts taugt.« Sie kicherte. »Aber warum warten wir nicht einfach ab, ob du morgen noch gewillt bist, mit mir zu reden, okay?«

Sie lächelte zu ihm auf, erleichtert durch seine Antwort. Deutlich sah sie etwas Liebes und Besorgtes in seinen Augen, trotz der tiefen Finsternis der Nacht. Plötzlich fuhr eine Woge der Wärme durch ihren Körper, und sie sagte: »Ich glaube, ich könnte ernsthaft Zuneigung für dich entwickeln, Jack Cole.«

Als Antwort küßte er sie. Nachdem sie sich losgelassen hatten, fügte sie mit heiserer Stimme hinzu: »Vielleicht noch mehr.«

Sie küßten sich erneut. Gabbie wurde sich plötzlich bewußt, daß sie zum ersten Mal mit einem Mann ausging, dem sie ohne Protest oder Zögern an andere Orte folgen würde. Das Blut pochte ihr in den Ohren, und ihr Atem ging tief und schnell. In einem unbeschwerten Augenblick schoß ihr die Frage durch den Sinn, ob sie sich in diesen Mann verliebt habe.

Plötzlich wurde Jack sehr ernst, und mit seiner Nachdenklichkeit zerstörte er die Stimmung. »Was ist los?« fragte sie.

»Hör mal«, sagte er sanft.

Sie war angespannt und hörte zuerst nichts, dann ein schwaches, ungewohntes Geräusch. Es hing unter dem verdeckten Geräusch der Blätter, die im Nachtwind raschelten, ein Hinweis auf etwas, das kaum wahrnehmbar war und einen fast verrückt machte.

Dann war da noch etwas anderes in der Luft, traurig und dennoch wundervoll, an den Grenzen der Vernunft schwebend. Gabbies Puls schlug immer schneller, und sie fühlte Tränen in ihren Augen aufsteigen. »Was geht hier vor sich?« flüsterte sie.

Jack hielt sie eng umschlungen und flüsterte zurück. »Ich weiß es nicht. Gabbie, ich weiß es nicht.« Er atmete tief durch, als wolle er versuchen, die Kontrolle über die fremden und kraftvollen Gefühle, die ihn durchströmten, zu erlangen. Nach einem weiteren tiefen Atemzug sagte er: »Etwas Seltsames geht hier vor.« Er schaute sich um. »Ich glaube dort drüben.«

Es war, als sei der Zauber durch diese Worte gebrochen worden. Was immer diese erstaunlichen und fremden Gefühle auch waren, sie verschwanden in dem Moment, da Jack sich wieder zu bewegen wagte. Gabbie atmete jetzt ebenfalls tief durch, zwang sich selbst zur Ruhe und folgte ihm.

Vorsichtig bewegten sie sich durch die Bäume in die Richtung, aus der die seltsamen Geräusche gekommen waren. Als sie über einen umgefallenen Baumstumpf kletterten, sagte Jack: »Ich weiß, wo wir sind.«

Gabbie hingegen hatte nicht die leiseste Ahnung, wo sie waren. Ihre Aufmerksamkeit war auf Jack gerichtet, und sie wurde sich plötzlich bewußt, daß sie, falls ihm etwas zustieß, keine Ahnung hätte, wie sie Hilfe holen sollte. »Wo sind wir?«

»Die Troll-Brücke ist dort drüben, genau hinter dem Hügel«, sagte Jack und deutete mit der schwach flackernden Taschenlampe bergan. »Von dort aus führt der Weg direkt zu eurer Hintertür.«

Sie nickte, für den Moment erleichtert. Wie ein Soldat auf Patrouille schlich Jack voran, leicht nach vorne gebeugt, den Körper angespannt, als würde er einen Hinterhalt erwarten. Er bahnte sich den Weg durch die Bäume und erklomm einen kleinen Hügel. Kurz vor dem Gipfel fluchte er. »Was ist los?« fragte Gabbie.

»Das verdammte Licht ist aus.« Sie konnte hören, wie er die Lampe gegen seine Handfläche schlug, aber das Licht ging nicht wieder an. Nach einem weiteren vergeblichen Versuch steckte Jack die Taschenlampe in seine Gesäßtasche. Er schaute sich um, damit seine Augen sich an die Dunkelheit gewöhnten. »Komm zu mir«, flüsterte er.

Gabbie kletterte hinauf und konnte ihn im Düstern sehen. »Hier ist ein wenig Mondlicht«, bemerkte er, »aber sei vorsichtig. Man geht dorthin, wo man meint, sehen zu können, aber ehe man sich versieht, ist man hingefallen und hat sich ein Bein gebrochen.«

»Sollen wir zurückgehen?«

»Es ist sicherer, wenn wir ganz nach oben gehen und dann den Weg auf der anderen Seite des Erlkönig-Hügels nehmen. Los, komm.« Er hielt ihre Hand und führte sie den Rest des Weges zur Spitze des Hügels. Plötzlich spannte sich sein Körper an. Gabbie drückte seine Hand. »Was ist?«

Jacks Augen waren vor Erstaunen geweitet. Er konnte nur drauf zeigen. Es dauerte eine Weile, bis auch sie sah, was er gesehen hatte: Da bewegte sich etwas auf dem kahlen Gipfel des Erlkönig-Hügels. Es war, als ob Wolken den Mond verdunkelten und Schatten tanzen ließen. Gabbie schaute nach oben: Der Mond stand hoch und hell am wolken- und sternenlosen Himmel. Langsam gewöhnten sich Gabbies Augen an das Licht, und sie begann, etwas wahrzunehmen, das sich quer über die Spitze des Hügels bewegte. Schatten, die eine menschliche Gestalt andeuteten, schienen sich nach einem Rhythmus zu bewegen, eine schwingende, gesittete Pavane zu einem nicht hörbaren Lied. Mit dem Wind kam ein leises Klingen, beinahe Melodie, beinahe Musik. Und ein Duft zitterte in der Luft, eine Mischung aus Gewürzen und wild wachsenden Blumen, irgendwie fremd und doch vertraut.

Jack rieb sich mit seiner freien Hand über die Augen, als befürchte er, daß ein Leiden für diese Vision verantwortlich war. Gabbie wollte gerade etwas sagen, als Jack sie hinter einen Baum stieß. Etwas näherte sich. Jack hielt Gabbie eng umschlungen, und aus irgendeinem Grund hatte sie schreckliche Angst.

Ein seltsames Wesen kam durch die Nacht, und es stürzte Gabbie in einen urzeitlichen Gefühlszustand, eine kindliche Bedrohung. Das Mädchen klammerte sich fest an Jack. Er ließ sich nicht erschüttern, war ein Fels, unter dem man Schutz suchen konnte, ihr Beschützer. In diesem Moment geschah etwas in Gabbie, und sie wußte, daß Jack sie verteidigen würde. Und in demselben Moment verschob sie ihre Sorge: Plötzlich hatte sie Angst davor, Jack zu verlieren.

Das Grauen nahm zu, und Gabbie wußte, daß etwas Kraftvolles und Böses allmählich in greifbare Nähe kam. Was immer es war, es kam in Berührungsnähe. Gabbie vergrub ihr Gesicht an Jacks Brust und hielt den Atem an, überwältigt von der unfaßbaren Angst. Sie spürte, wie sich eine Erscheinung in der Nähe enthüllte, dann um sie herumging, und was immer es war, es wußte, daß sie sich hinter dem Baum versteckten, und war im Begriff, nach ihnen zu greifen, und wenn es sie berührte, wären sie beide verloren. Urzeitliches Erkennen vereinigte sich zu einem Punkt, und ein Schrei entrang sich Gabbies Kehle.

Dann verschwand die Erscheinung. Gabbie unterdrückte den Drang zu schreien und zu rennen und verschluckte ihre eigene Furcht. Sie spürte, daß Jack vor Spannung steinhart war und in schnellem Rhythmus atmete. Was immer versucht hatte, näherzukommen, es hatte sich jetzt abgewendet, und auch das Gefühl der Bedrohung war verschwunden. Gabbie vergrub ihre Finger in Jacks T-Shirt und lauschte, doch die böse Erscheinung, das Ding des namenlosen Horrors, war weg.

In der Dunkelheit hörten sie nur die Geräusche der Nacht, der Wind bewegte die uralten Äste, das Rauschen der Blätter wehte durch die Wälder. Ein Geräusch hier und da ließ die beiden auf der Hut sein vor dem Passieren eines Nachttieres, vielleicht eines Eichhörnchens, das vor einer Eule floh, oder eines Waschbären, der in der Nähe nach Futter suchte.

Gabbie schnappte tief nach Luft, und ein Gefühl der Erleichterung durchfuhr sie. Sie fühlte, daß Jack sich langsam entspannte. »Bist du okay?« flüsterte er.

Ihre Antwort kam genauso leise. »Ja. Was zum Teufel war das bloß?«

»Ich weiß es nicht.« Er führte sie von dem Baumstamm weg und schaute über den Hügel, ohne etwas Auffälliges zu entdecken. Nach einem Moment der Stille fragte Jack: »Was hast du dort gesehen?«

Gabbie war unentschlossen, sich nicht sicher. »Vage Schatten. Vielleicht war es dieses Licht, von dem du mir erzählt hast, als wir ausritten. Weißt du, Sankt-Elms-Feuer. Wie auch immer, es war ziemlich undeutlich.«

Jack schwieg recht lange. Endlich sagte er: »Ja, das muß es gwesen sein.«

»Weshalb? Was hast du gesehen?«

Jack sah sie an, das Gesicht ganz weiß im Mondlicht. »Du denkst wahrscheinlich, ich sei verrückt, aber ich hätte schwören können, daß ich im ersten Moment eine Gruppe Leute gesehen habe, die auf dem Gipfel des Hügels tanzten, sie trugen alle Mäntel und Roben. Dann war es plötzlich, als schaue man durch einen Nebel.«

»Zuviel Brandy?« fragte Gabbie, aber sie glaubte selbst nicht recht, daß das der Grund sein könnte.

»Kann sein. Aber eines ist sicher, es war unheimlich.« Er nahm sie bei der Hand und führte sie über den Hügel und hinunter auf den Weg nach Hause. »Von nun an werde ich merkwürdige Geschichten, die mir über diese Wälder zu Ohren kommen, wohl ein bißchen ernster nehmen müssen.«

Gemeinsam setzten sie ihren Weg fort, und Gabbie überdachte noch einmal, was passiert war. Als sie den Erlkönig-Hügel verließen, wurde die Erinnerung an die Gestalten auf dem Hügel schwächer, weniger deutlich, bis Gabbie schließlich sicher war, nur erkennbare Schatten gesehen zu haben; die Angst, die sie ausgestanden hatte, hielt sie jetzt für eine unbegründete Furcht vor der Dunkelheit.

Sie überquerten die Troll-Brücke, und je näher sie dem Haus der Eltern kamen, desto mehr festigte sich in Gabbie die Überzeugung, ein Opfer ihrer eigenen Einbildung geworden zu sein.

»Jack?«

»Was ist?«

»Das mag sich dumm anhören, aber . . . was haben wir dahinten auf dem Hügel gesehen?«

Jack stolperte, als ob die Frage ihn überraschte, und fiel dann wieder in seinen Schritt zurück. »Was . . .? Etwas . . . Ich weiß es nicht. Ich denke, es war ein Spiel des Lichts. Warum? Ängstlich?«

Sie verneinte und fiel dann in Schweigen. Sie konnte sich nicht vorstellen, warum sie diese merkwürdigen Wahrnehmungen jetzt noch beschäftigten. Sie war sich sicher: Was sie und Jack gesehen hatten, war nichts als ein Spiel von Schatten und Mondlicht auf dem kahlen Hügel gewesen. Und in den dunklen Wäldern verlor sie schnell die Faszination des Mysteriösen. Gabbie wandte sich nun wieder mehr ihren Gefühlen für Jack zu, und das war mysteriös genug für sie.

In ihrem Rücken, in der Dunkelheit, trat er hinter einem Baum hervor, während der Wind ihm den Klang der Tänzer nachtrug. Er war schwarz und uninteressant, als er sich vor den sterblichen Augen versteckte. Dann wechselte er die Maske, und plötzlich war er atemberaubend in seiner Schönheit, eine Gestalt von eindrucksvoller Perfektion. Seine Augen waren blau wie das Eis eines gefrorenen Sees in einer Winterlandschaft, die kein Sterblicher je sah, seine Bewegungen waren geschmeidig, und er schien ohne ein Geräusch über die Landschaft zu fliegen. Seine Gestalt war von einem schwachen Schein umgeben, und um ihn herum schwebte der Duft von Gewürzen und wilden Blumen. Er war blond und schön, und er war böse. Er wartete ab, bis Jack und Gabbie aus seinem Blickfeld verschwanden, drehte sich dann um und blickte in Richtung der anderen. Ihre Anwesenheit, ihre Nähe machte ihn unsicher, als er darüber nachdachte, wie er die beiden vorübergehenden Sterblichen quälen könnte. Nur sie konnte seinen Wunsch herausfordern. Nur sie besaß genug Stärke, ihn vielleicht aufzuhalten. Er spürte Zorn, der mit ein wenig Angst vermischt war, als er lachte; die Schwärze der Nacht wurde von diesem Geräusch gespalten. Mit einem Lächeln, das keinerlei Humor verriet, verneigte er sich in Richtung des Hofes der Königin und verschwand.

Auf dem entfernten Hügel unterbrach der Hof der Königin seinen Tanz, weil die Musik aussetzte. Die Musiker drehten sich alle gleichzeitig um und schauten entlang den Tänzern in die Nacht. Alle zitterten, denn sie wußten, er war wieder unterwegs, nahm sich, was er verlangte, und wenn die Königin sie nicht beschützte, wären sie ihm alle ausgeliefert. Sie hatten Angst, denn das Geräusch seines Lachens zu hören bedeutete Verrücktheit zu hören.

14

Gloria zuckte ein wenig zusammen, als sie hörte, wie die Küchentür zuschlug. Nur für einen kurzen Moment ahnte sie in der Ferne noch ein anderes Geräusch, das Geräusch von Gelächter. Ihr Unbehagen schwand, als sie Gabbies und Jacks Stimmen vernahm. Gloria dachte daran, nachzuschauen, was die beiden wohl machten, aber die vertrauten, leisen Töne der Unterhaltung ließen ihr dann doch jegliche Unterbrechung unwillkommen scheinen. Sie hatte sofort gespürt, daß Gabbie eine starke Anziehungskraft auf den jungen Mann aus North Carolina ausübte, und sie hatte sich vorgenommen, den Dingen ihren Lauf zu lassen.

Gloria schaute hinüber zu Phil, der einige Notizen für die Arbeit des nächsten Tages studierte. Dann wurde aus dem Kinderzimmer Patricks Stimme laut. »Mom! Dad!« Ohne nachzudenken, erhob sich die Mutter aus ihrem Stuhl und ging zur Treppe. Die Rufe der Jungen hörten sich aufgeregt, aber nicht alarmierend an; dennoch folgte Phil seiner Frau mit einem Ausdruck der Unruhe auf seinem Gesicht, er fragte sich, weshalb die Jungen so nervös waren.

Sie betraten das Kinderzimmer. Die Brüder saßen auf ihrer Spielzeugkiste und starrten mit einem versunkenen Ausdruck aus dem Fenster. »Wow!« entfuhr es Sean, und er zog diesen Ausruf immer mehr in die Länge. Patrick ahmte seinen Bruder nach.

Draußen bei der Scheune hingen Dutzende kleiner Lichter in der Nachtluft. Nadelspitzen aus blau-grünem hellem Licht bewegten sich durch die Finsternis. »Nett!« sagte Patrick.

Phil lachte. »Glühwürmchen, Jungs. Denkt ihr, das ist etwas Besonderes? Ein anständiger Regen, und dann sind da draußen Tausende von ihnen. Wir holen uns ein Einmachglas und fangen welche.« Und dann an seine Frau gewandt: »Weißt du, ich hatte diese Glühwürmchen völlig vergessen. Ich habe nicht darüber nachgedacht, wie die Jungen sich fühlen würden, wenn sie sie zum ersten Mal sehen.«

Gloria lächelte. Irgend etwas machte sie nervös, und sie kam sich töricht vor wegen ihres Warnsignals. »Okay, zurück ins Bett.«

»Och Mom«, sagten beide Jungen gleichzeitig.

»Können wir nicht noch ein bißchen zuschauen?« flehte Sean.

»Gut, noch einen Moment. Aber in zehn Minuten komme ich zurück, und wenn ihr dann nicht im Bett liegt, werde ich . . .«

Beide Jungen grinsten übers ganze Gesicht – was ihre Mutter soeben gesagt hatte, war keine richtige Drohung. »Wir gehen gleich ins Bett«, versicherte Patrick. Jeder wußte, die Jungen würden erst dann unter der Decke liegen, wenn sie die Schritte ihrer Mutter auf der Treppe hörten.

»Nun gut. Zehn Minuten.«

Phil legte den Arm um die Taille seiner Frau. »Nächstes Jahr werdet ihr die Piepser hören.«

»Was sind Piepser?« fragte Sean.

»Kleine Frösche von der Größe eines Radiergummis«, antwortete der Vater. »Sie machen die lautesten Geräusche. Es ist lustig.«

»Nett«, sagte Patrick.

»Gute Nacht, Jungs«, sagte nun auch Phil, und die Erwachsenen gingen hinaus.

Patrick und Sean hielten Wort und gingen zu Bett, kurz bevor Gloria den Raum betrat. Nachdem sie die Brüder zugedeckt hatte und wieder nach unten gegangen war, schlief Patrick schnell ein. Sean jedoch fühlte eine seltsame Ruhelosigkeit, und nachdem er zehn Minuten angestrengt versucht hatte einzuschlafen, gab er auf und schlich zurück zum Fenster.

Er machte es sich oben auf der Spielzeugkiste bequem und

beobachtete die kleinen blau-grünen Lichter bei ihrem Tanz. Der Anblick faszinierte ihn mächtig. Im Wüstenklima Kaliforniens waren Glühwürmchen unbekannt, und das hier war ebensogut wie alles, was er in Disneyland gesehen hatte. Dann bewegten sich einige Lichter auf das Haus zu, und Sean reckte seinen Hals, um sie weiter zu beobachten, als sie unter der Dachrinne neben seinem Giebelfenster verschwanden.

Er konnte einen hellen Lichtstreifen sehen und wußte, daß die Glühwürmchen darunter waren. Er drückte sein Gesicht so nah es ging ans Gitter, konnte ihre Anwesenheit aber kaum ausmachen. Dann schoß plötzlich eins neben dem Gitter hoch und ließ Sean ein bißchen zurückschrecken. Doch plötzlich riß er die Augen auf: Was er sah, konnte kaum als Insekt bezeichnet werden.

Eine kleine Kreatur des Lichtes hing in der Nachtluft. Eine winzige Frau, nackt und vollkommen geformt, nicht größer als als Seans Daumen, schwebte sie dahin wie ein Kolibri mit kaum zu erkennenden glühenden Flügeln. Augen, die für ihr kleines Gesicht enorm groß waren, betrachteten Sean einen Moment lang mit fröhlichem Vergnügen, dann sauste die Kreatur davon.

Sean war ganz betäubt. Er schaute zum schlafenden Patrick hinüber, wandte seinen Kopf zur Tür in den Flur, die einen Spalt offen stand, so daß die Eltern, ohne Krach zu machen, nach den Zwillingen sehen konnten. Er wußte nicht, wie er sich verhalten sollte.

Nachdem Sean eine lange Zeit mit pochendem Herzen dort gesessen hatte, ging er wieder ins Bett. Der Schlaf brauchte lange, bis er kam.

Juli

1

Die Band intonierte die Nationalhymne, und obwohl die Blechbläser und die Holzinstrumente nicht aufeinander abgestimmt waren, applaudierte die Menge. Die Pittsville High School Cougars Marching Band führte die Prozession an, die Central Avenue hinunter, vorbei am Büro des *Pittsville Herald,* wo sie in die State Street abbog und weiter bis zum Stadtpark ging. Die alljährliche Parade zum vierten Juli war unterwegs.

Die unzertrennlichen Zwillinge saßen auf dem Bordstein zwischen den Erwachsenen, die ihnen einen freien Blick gewährten, indem sie eine Lücke in ihrer Reihe ließen. Jeder hielt eine kleine amerikanische Flagge in der rechten Hand und schwang sie energisch hin und her. Während die im Fernsehen übertragene Rose Parade von geringem Interesse für die Kinder war, waren sie fasziniert von diesen liebevoll ausgeschmückten Festzugswagen und den örtlichen Honoratioren, die in den Autos des in der näheren Umgebung beheimateten Buick-Autoverleihs saßen. Überschwenglichkeit, ein freudiges, unverfälschtes Gefühl der Festlichkeit, das keiner von ihnen vorher erlebt hatte, durchströmte die beiden.

Patrick stieß seinen Bruder mit dem Ellbogen an. Fast jedes Ereignis konnte Anlaß für einen Geschwisterstreit werden, und Sean bereitete sich auf eine Balgerei vor. Aber als Patrick sagte: »Da ist Gabbie!« zögerte er.

Phil und Gloria standen hinter ihren Söhnen und winkten, als Gabbie und Jack in Sicht kamen. Eine Gruppe hiesiger Pferdezüchter und Liebhaber hatte eine berittene Schar organisiert, alle herausgeputzt in Kostümen der Revolutionszeit. Jack saß auf John Adams, sah aus wie ein Förster, er trug einen Hut aus Waschbärfell, und in den Händen hielt er ein Steinschloßgewehr, das er auf irgendeinem Dachboden gefunden haben mochte. Gabbie trug ein schönes Kleid, welches vielleicht aus einem Museum stammte oder aus irgendeinem Familienkoffer geborgen worden war. Es war aus kostbarem Seidenbrokat, in der Taille enganliegend und tief ausgeschnitten, so daß ihre Figur gut herauskam. Ihre Erscheinung wurde durch einige laute Pfiffe der älteren Jungen in der Menge begrüßt. Sie errötete, und auch Jack sah irritiert aus. Als sie ihren Vater und ihre Stiefmutter und die Jungen erspähte, winkte sie übermütig. Während sie an ihnen vorbeiritt, formte sie mit den Lippen das Wort ›Damensattel‹ und rollte ihre Augen, wie in Verzweiflung, zum Himmel. Gloria lachte und nickte und zeigte, daß sie Gabbies Unbehagen verstand.

Als die Reiter vorbeiritten, sagte Gloria: »Ist sie nicht hübsch?«

Phil nickte, sein Gesichtsausdruck verriet tiefe Liebe zu seiner Tochter, aber auch Stolz auf ihre Schönheit. Gloria lächelte in sich hinein und sagte schließlich: »Jack sieht sicherlich auch sehr hübsch aus.«

Phil zuckte mit den Schultern. Eine Gruppe von Kindern aus der William Pitt School schritt vor ihm vorbei. Sie marschierten mit einer Entschlossenheit, die jeder militärischen Ehrengarde würdig gewesen wäre.

Gloria beobachtete, wie Jack und Gabbie in die State Street einbogen, bis sie allmählich außer Sichtweite kamen. »Ich kann falsch liegen, aber es sieht so aus, als ob die Dinge zwischen den beiden ein bißchen ernster würden.«

Phil sah skeptisch aus. »Was? Sie sind noch Kinder.«

»Nicht gemäß den Rechtsnormen im Staate New York, Geliebter. Beide dürfen zur Wahl gehen und viele andere Dinge tun, die angeblich nur den verantwortungsvollen Erwachsenen vorbehalten sind.«

»Na, sie sind noch ziemlich jung, wie man auch immer das sehen mag.« Gloria lachte erneut, und ihr Mann sah irritiert aus. »Ich scheine lustig zu sein, oder?« Gloria nickte nur, während sie versuchte, das Gefühl der Erheiterung zu bekämpfen. Schließlich lächelte Phil sie an. »Du glaubst also, es wird ernst?«

Von weiter unten meldete Sean sich zu Wort: »Nun, sie küssen sicher viel.«

Beide schauten nach unten, und Gloria sagte: »Hast du deiner Schwester nachspioniert?«

Patrick hörte sich ungeduldig an, als er zu seiner Mutter heraufschaute. »Mein Gott, sie sagen sich unter unserem Fenster gute Nacht.« Er rappelte sich hoch und küßte Sean pantomimisch, der jedoch lachte nur und schubste ihn weg. »Küßchen, Küßchen.«

»He!« befahl Phil und versuchte streng zu klingen. »Hört auf, über Gabbie zu reden.« Aber er sah, daß seine Frau sich ähnlich amüsierte wie er selbst.

Zuletzt meinte Gloria: »Laßt sie in Ruhe, Jungs. Es wird nicht mehr lange dauern, dann werdet ihr ähnliche Sachen anstellen. Und wenn Gott ein bißchen Humor hat, werden eure Freundinnen kleine Brüder haben.«

Beide Jungen zogen Gesichter, als ob die Vermutung damit vergleichbar wäre, Leber essen zu müssen und zum Zahnarzt zu gehen. »Uff!« war der Kommentar von Sean, während Patrick seinen Kopf schüttelte.

Die Parade ging weiter, und als der letzte Festwagen vorüber war, schlug Phil vor: »Laßt uns in den Park hinübergehen.« Er schaute auf seine Uhr. »Uns bleibt noch eine Stunde, bis die ganze Zeremonie vorbei ist, also können wir mit dem Picknick beginnen und das Feuer schon am Brennen haben, wenn Gabbie und Jack uns finden. Dann können wir uns bis zum Feuerwerk ausruhen.«

Wie durch Zauberwort erschien ein Junge neben der Familie Hastings. Er sah auf die Zwillinge hinunter, die seinen abschätzenden Blick erwiderten. »Spielt ihr mit, Jungs?« sagte er und stieß seine kleine Faust in einen abgenutzten Baseball-Handschuh des Außenfeldspielers. Beide Jungen hoben wie eine Person die Baseball-Handschuhe vom Bürgersteig auf. »Im Park findet ein Spiel statt. Wollt ihr spielen?«

Die Jungen sprangen auf, und ihre Bewegung war Einverständnis genug. Sie sausten vor ihren Eltern davon, achteten kaum noch auf Glorias Mahnung, sie mögen in der Nähe bleiben.

2

Gabbie näherte sich dem Picknickplatz der Familie und hielt ihren Rock trotzig über ihre Knöchel, während sie My Dandelion führte. Als Gloria ihre vorrückende Stieftochter erblickte, sagte sie: »O Mist, sie hatten einen Streit.«

Phil schaute von der Holzkohle auf, in der er herumgestochert hatte, und nickte. »Ja. Sie sieht genauso aus wie ihre Mutter, wenn sie mir den Kopf wegen irgend etwas abreißen wollte. Na dann, Prost-Mahlzeit.«

Gabbie schaffte es irgendwie, auf der großen Decke zu landen, mit einem Strudel von Seide und leinenen Petticoats über ihr. Ihr Blick war immer noch böse.

»Hallo, Gabbie«, sagte Gloria weich.

»Hi, Liebes«, fügte ihr Vater hinzu, während er Kohle richtete.

Ihre Antwort kam einem Grunzen sehr nahe. Sie blickte sich um und sah, daß die Zwillinge auf dem Sandplatz ausgelassen Baseball mit den Dorfjungen spielten; die anderen waren alle damit beschäftigt, das Essen zu richten. Nach mehreren Minuten des Schweigens fragte Gabbie: »Nun gut, warum schweigt ihr alle so vor euch hin?«

Gloria nahm Phil die lange Barbecuegabel aus der Hand und deutete ihm mit einem Neigen des Kopfes an, er sollte mit seiner Tochter reden. Phil kauerte sich neben Gabbie und fragte, wo denn nun das Problem liege.

»O Mann! Ein Cheerleader-Mädchen. Eine sommersprossige High-School-Mieze mit großen dicken Brüsten.«

»Es geht um Jack?« fragte Phil, der sich plötzlich wünschte, seinen Erzeugerdrang auf Söhne beschränkt zu haben.

»Ja«, platzte es aus ihr heraus. »Wir ließen die Pferde

ausruhen, bevor wir sie zurückbringen wollten, und da kam diese kleine Hexe herüber, um mit ihm über ›etwas Persönliches‹ zu reden« – sie ahmte eine hauchende Stimme nach – »und mir sagte er, ich solle schon mal vorgehen, er würde nur ein paar Minuten brauchen. Nun gut, wenn er jetzt mehr auf Kinder abfährt, mir soll's recht sein.«

Phil schaute Gloria an, sein Ausdruck erflehte Hilfe. Gloria ließ von ihrer Scheinbeschäftigung mit dem Feuer ab und kam an die Seite ihrer Stieftochter. »Vielleicht bist du ein bißchen hart mit ihm, Gabbie.«

Gabbies Augen blitzten auf, und sie erhob sich. »Ich muß My Dandelion zurück in Mr. Laudermilchs Stall bringen.«

»Wenn du über Land zu Mr. Laudermilch reitest, wie kommst du dann wieder hierher zurück?« fragte Phil.

»Sie haben einen Fahrdienst für uns«, antwortete Gabbie, die erst gar nicht den Versuch unternahm, ihre schlechte Laune zu verbergen.

Gloria schüttelte ihren Kopf, als Gabbie ihre Kleider hochzog und gänzlich undamenhaft das Pferd bestieg. Sie hatte das Kleid um ihre Taille gebunden, so daß man ihre abgeschnittenen Blue Jeans und nackten Beine sehen konnte. »Verdammt, ich hasse es, im Damensattel zu reiten!« Sie führte die Stute herum und benutzte ihre Reitpeitsche, um sie in Trab zu versetzen.

Gloria wandte sich an Phil. »Tja, ich sagte ja, daß die Dinge ernst werden.«

»Zumindest auf einer Seite«, stimmte er zu und erhob sich langsam. »Ich habe es ja irgendwie noch verstanden, daß sie so verrückt wurde, nachdem letztes Jahr mit Danny Schluß war . . . Sie waren immerhin eine Zeitlang zusammen. Aber Jack kennt sie einen Monat. So habe ich sie noch nie erlebt, wenn es um einen Jungen ging.«

»Es liegt wohl daran, daß sie sich in einen Mann verliebt hat, Kumpel«, erwiderte Gloria. »Einen jungen Mann zwar, aber einen Mann. Das erste Mal ist es immer am härtesten.«

Phil sagte nichts, schaute nur dorthin, wo seine Söhne spielten. »Vielleicht wird es ja besser«, sagte er.

Gloria lachte und küßte seine Wange. »Wir können nur hoffen.«

Es dauerte nicht lange, da erschien Jack, der John Adams führte. »Hallo«, sagte er fröhlich. Phil und Gloria sahen sich an, während Jack sich umschaute. »Wo ist Gabbie?«

»Sie sagte, sie müsse das Pferd zurück in den Stall bringen«, antwortete Gloria.

»Aber ich bin ihr nicht begegnet«, meinte Jack.

»Sie ist in östliche Richtung weggeritten«, erklärte Gloria.

»Oh, verdammt«, sagte Jack, fügte dann aber schnell »Entschuldigung« hinzu.

»Gibt's ein Problem zwischen euch?« fragte Phil.

»Nicht daß ich wüßte. Nur, daß die Strecke entlang der William Avenue verläuft. Sie hat die Abkürzung durch den Wald hinter ihrem Haus genommen. Sie ist diese Pfade erst ein paar Mal geritten und könnte sich verirren. Ich reite wohl besser hinter ihr her.«

Gloria hatte sich eigentlich vorgenommen zu schweigen, sagte dann aber: »Gabbie schien ziemlich aufgebracht über etwas zu sein.«

Jack stieg auf. »War sie?«

»Irgend etwas wegen einem Cheerleader-Mädchen.«

»Das hat sie gesagt?« Jacks Blick wurde mißtrauisch.

»Mit ziemlich deutlichen Worten«, sagte Phil.

Jack schüttelte verwundert den Kopf. »Das war Sheila Riley. Sie hat beschlossen, sich in Cornell zu bewerben, und möchte, daß Aggie ein Empfehlungsschreiben aufsetzt. Sie bat mich, Aggie zu fragen. Sie ist Aggie gegenüber ein bißchen schüchtern, das ist alles. Nebenbei, sie geht mit einem Jungen, unten in Penn.« Jack schaute Gloria fest an. »Ist Gabbie wirklich ausgerastet?«

»Majestätisch stinkig«, stellte Gloria fest.

»Phil, bei allem Respekt, aber ist dir aufgefallen, daß deine Tochter von Zeit zu Zeit recht eigenwillig und starrsinnig werden kann? Von dem Aufbrausen gar nicht zu reden?«

»Das ist mir aufgefallen, Jack, das ist mir aufgefallen.«

Jack blickte zum Himmel. »Ich reite ihr jetzt besser nach. Es ist nur noch ungefähr eine Stunde hell. Wenn sie die Wälder nicht schnellstens passiert hat, könnte es mühsam werden, sie zu finden.«

Ohne ein weiteres Wort gab er John Adams die Sporen und ritt in Richtung William Avenue davon. Phil begann zu lachen, und Gloria fragte: »Was ist?«

»Ich glaube, ich mag diesen Jungen.«

Gloria sagte: »Ich auch.«

»He, schau dir das an.« Phils Hand deutete zu der Stelle, wo die Jungen immer noch spielten, und er kicherte. »Patrick hat einen Teufelswurf zum zweiten Punkt gemacht, um den Läufer zu kriegen. Der Junge hat einen ganz schönen Wurf.«

Gloria lächelte über Phils ungebrochenen Vaterstolz. »Nun laß uns mit den Essensvorbereitungen beginnen, Sir. Sie sind bereits am neunten Mal, und gewonnen oder verloren, es werden sich einige hungrige Jungen auf uns stürzen.«

Phil lachte und legte eine Hand voll Hot dogs aufs Feuer.

3

Gabbie ritt an einer Bretterbude vorbei. Über der Tür hing ein Schild mit der Aufschrift: *Doyles Reparaturwerkstatt*. Sie trieb My Dandelion mit dem schmutzigen Zaumzeug an und passierte die Hütte. Sie wußte, daß es nur noch ein paar Meter bis zu den Wäldern an der Ecke zu Aggie Grants Grundstück waren. Von diesem Weg aus hatte sie es noch nie betreten, aber sie war einige Male mit Jack hier in der Nähe umhergeritten. Sie wußte ungefähr, wo der Weg war, der zu ihrer eigenen Farm führte, und wie man von dort zu der Laudermilch-Farm gelangte. Außerdem wollte sie sich auch nicht der Gefahr einer Begegnung mit Jack aussetzen, indem sie durch die Stadt ritt. Daß sie My Dandelion zu Mr. Laudermilch brachte, gab ihr Zeit zum Nachdenken.

Gabbies Ärger war verflogen, an seine Stelle trat ein Gefühl des Verlustes. Nie zuvor in ihrem Leben hatte sie eine solche Aufwallung von Eifersucht durchlitten, und der merkwürdige hohle Schmerz in ihrem Magen war etwas ganz Neues für sie. Ihre einzige ernsthaftge Beziehung hatte böse geendet, aber selbst da hatte sie weniger das Wissen gekränkt, belogen worden zu sein, als die schreckliche Leere. Ihre Wangen brannten, und ihre Augen schienen sich ohne Grund mit Tränen zu füllen. Sie fühlte sich miserabel. Wie konnte er nur? fragte sie sich. Leicht, antwortete sie. Die kleine rothaarige Hexe raubte ihr alles Selbstbewußtsein, große Brüste, aber nicht dick, Beine, die eine Woche brauchten, um den Boden zu erreichen. Gabbies Augen wurden feucht, und sie fiel in finstere Verzweiflung.

Ein knallendes Geräusch riß sie aus ihren schwermütigen Gedanken. My Dandelions Hufeisen hatten sich gelockert. Bevor sie es zügeln konnte, stolperte das Pferd auch schon, und der Rhythmus seiner Gangart verlagerte sich. My Dandelion hinkte.

Gabbie stieg sofort ab und untersuchte den linken Vorderhuf. Ein verbogenes Hufeisen baumelte an einem Nagel. Gabbie fluchte. Sie hielt das Bein hoch und sah, daß die Nieten sich an zwei der Nägel durch den Huf gedrückt und so das Hufeisen gelockert hatte. My Dandelion hatte dann mit ihrem linken Hinterbein auf das Rückteil des herumflatternden Hufes getreten und ihn beschädigt. Ein großer Bruch war an der Stelle, wo einige der Nägel sich verbogen hatten. Dort, wo die Nägel durchgedrückt waren, sah sie mehrere kleine Löcher. Gabbie fluchte erneut und dachte über die Möglichkeit einer Quetschung nach. Wenn der Bruch nicht zu tief war, konnte er schräg angefeilt oder mit einer Metallöse zusammengehalten werden. Ansonsten würde er weiter auseinandergehen bis zur Hufkuppe. »O verdammt!« rief Gabbie frustriert. »Das ist nicht mein Tag. Grundgütiger. Vielen Dank.«

Sie hielt das Hufeisen in ihrer rechten Hand und griff mit ihrer linken nach den Zügeln. Sie mußte das Tier führen, denn es auf diesem steinigen Boden zu reiten würde bedeuten, weiteren Schaden am Huf zu riskieren. Sie schaute nach hinten und war beruhigt, daß das Pferd seinen linken Vorderfuß nicht stärker benutzte. Zumindest gab es an dieser Stelle keine Anzeichen einer Beeinträchtigung. Dennoch, der Weg war hart, ein steiniger Feldweg, und sie mußte darauf achten, wo sie das Pferd hinführte. Sie überlegte, in den Park zurückzukehren, aber es wäre genauso schlecht oder noch schlechter, das Pferd über Asphalt laufen zu lassen als über den Feldweg.

Dort war ein steiniger Hügel, über den sie normalerweise geritten wäre, um auf den Weg zu Aggie zu gelangen. Aber heute mußte sie den steinigen Weg über den Hügel meiden; und so begann sie den Hügel auf einem Pfad zu umrunden. Es könnte nicht so schwer sein, dann wieder auf den Hauptweg zurückzufinden. Es war nicht so weit um den Hügel herum.

Kurze Zeit später begann Gabbie erste Anzeichen von Unruhe zu bemerken. Sie hatte den Hügel umrundet, da war sie sicher, aber nichts kam ihr bekannt vor. Und die Nacht näherte sich unerwartet schnell.

Sie versuchte zu beurteilen, aus welcher Entfernung das letzte Tageslicht kam. Zu ihrer Rechten war es heller, dort mußten also die letzten Strahlen des Sonnenuntergangs und demnach Westen sein. Sie mußte nach Süden weitergehen, also bewegte sie sich in die richtige Richtung. Aber dort vorne war eine Wasserrinne, die sie vorher noch nie gesehen hatte.

Sie führte das Pferd langsam die Wasserrinne hinunter und entdeckte ein schmales Wasserrinnsal, das über die Steine sprudelte. Gabbie hielt an und überlegte. Sie war sich sicher, wenn sie der Wasserrinne folgen würde, fände sie den Weg zur Troll-Brücke, und von dort nach Hause war ein Kinderspiel.

Sie führte My Dandelion an der anderen Seite der Wasserrinne hinauf und begann ihr zu folgen. Bald wurden die Schatten des Waldes dunkel, und Gabbie fühlte, daß ihre Sorge sich ebenfalls vertiefte. Sie war sicher, daß es zu lange dauern würde, die Brücke zu finden.

Dann hörte sie das Geräusch. Es zielte auf sie, erschreckte sie. Es war ein klares, vertrautes, schallendes Geräusch, aber auch eines, dem sie keinen Namen geben konnte. Es kam von oben.

Sie hielt an. Das Geräusch wurde mehrere aufeinanderfolgende Male wiederholt, und sie wußte, daß das, was sie vermutete, nicht möglich war. Es muß etwas anderes sein, beschloß sie.

Sie führte das Pferd vorwärts und folgte der Wasserrinne um eine gemächliche Kurve, vorbei an einer Deckung bietenden Ansammlung von Bäumen, die so eng beieinander standen, daß sie eine Schutzwand formten. Hinter den Bäumen stand ein großer Wagen, ein alter Apfelschimmel war an eines der großen Vorderräder angebunden. Im Hintergrund brannte ein transportables Schmiedefeuer, während ein großer Mann ein Stück Metall mit langen Zangen vor sich hielt. Er entschied, daß es beinah fertig sei, und legte es zurück ins Feuer. Er drehte es in der Kohle, das Schmiedefeuer zersprang in helles Licht, und Gabbie sah, daß er einen fußbetriebenen Blasebalg am Boden des Schmiedefeuers angebracht hatte. Er pumpte den Blasebalg, bis die Kohle glühend heiß brannte. Nach einem Moment zog er das Metallstück wieder heraus, legte es auf einen Amboß, der hinter dem Wagen stand, und begann es mit einem Hammer zu bearbeiten.

Gabbie wollte ihren Augen nicht trauen. In der der Mitte der Lichtung stand ein Hufschmied und arbeitete. Sie beobachtete fasziniert, wie er das Metall, einen schweren Bolzen, blitzschnell herumdrehte. Gabbie betrachtete das Hufeisen in ihrer Hand und fragte sich, ob sie wohl verrückt werde.

Sie näherte sich dem Schmied, und er schaute sie an. Sie stolperte, als sie seine Augen sah. Sie waren so blau, beinahe elektrisierend. Der Mann war muskulös, sah aber jung aus und – unter dem Ruß und dem Schmutz des Rauches – ungewöhnlich hübsch. Er maß mindestens 1,80 m, und seine Arme waren sehr muskulös. Sein Bart war schwarz, ebenso das Haar, das unter einem breitkrempigen Hut hervorlugte. Er trug ein etwas altmodisches Leinenhemd mit langen Armen, die bis zum Bizeps hochgerollt waren. Schwarze Haarbüschel quollen oberhalb der Brust aus dem Hemd heraus. Seine Hose wurde von schwarzen Hosenträgern gehalten. Plötzlich verstand Gabbie. Drüben im Cattaraugus County lebten Amish-Leute.

Sie hatte ein paar von ihnen in den Geschäften der Stadt gesehen. Sie hielten nichts von Autos oder solchen Sachen, und Gabbie wußte, daß sie immer noch die Kunst und das Handwerk wie ihre Vorfahren praktizierten. Und dieses bewegliche Schmiedefeuer war ein Relikt aus dem neunzehnten Jahrhundert.

Der Mann inspizierte seine Handarbeit und tauchte sie in ein Faß mit Wasser. Er legte die Zangen beiseite und kam auf Gabbie zu. Er hob seinen Zeigefinger an den Hut und sagte: »Tag, Miss. Scheint, Sie haben Schwierigkeiten.« Gabbie war über seinen Akzent erstaunt. Er klang schottisch oder nordenglisch, und sie hatte gedacht, Amish seien Deutsche oder Holländer.

Der Mann lächelte, und Gabbie war von der Kraft, die seine Augen ausstrahlten, wie gebannt. Er betrachtete sie nur oberflächlich, aber sein Blick war wie eine Liebkosung.

Gabbie errötete und wünschte sich plötzlich, daß der Ausschnitt ihres Kleides nicht so tief wäre. Sie konnte spüren, wie die Röte den ganzen Weg bis zu ihrer Brust hinunterlief. »Ah . . .«, antwortete sie. »Mein . . .« Gabbie riß ihren Blick von seinen blauen Augen los und sah auf das Hufeisen. »Mein Pferd hat ein Hufeisen verloren.« Sie hielt es vor sich hin. Der Hufschmied nahm es, inspizierte es, nahm dann das Bein des Pferdes und untersuchte den Huf.

»Ist wenig, obwohl Sie gut daran getan haben, das Tier zu führen. Viele Ladys hätten sie ohne Beachtung weiter geritten, und sich dann am nächsten Morgen beim Stallburschen über ein lahmendes Pferd beschwert. Wir bringen das im Nu in Ordnung.«

»Danke.« Gabbie folgte ihm, als er My Dandelion zum Feuer führte und sie am Vorderrad festband, sichtlich verwirrt durch die Bemerkung des Schmieds über den Stallburschen. »Aber was ist mit Ihrer eigenen Arbeit?«

»Ist fertig, Mädchen. Ich habe einen Splint von der Wagenzunge abgeschnitten und mußte 'nen neuen anfertigen. Sobald wir Ihr Problem beseitigt haben, mache ich mich auf den Weg.«

Gabbie saß auf einem umgefallenen Baumstamm und

beobachtete, wie der Mann den Huf nochmals fachmännisch inspizierte. »Wir müssen ein bißchen feilen, um den Huf am Auseinanderbrechen zu hindern«, sagte er.

»Ösen?«

»Denke nicht, obwohl, wäre es etwas tiefer, würd' ich's machen.« Er blickte von dem Huf hoch und lächelte Gabbie an, und sie fühlte, wie sie eine heiße Woge durchfuhr. »Sie kennen sich mit Pferden aus, Miss. Es gibt nicht viele Ladys, die das von sich behaupten können. Normalerweise lassen sie solche Angelegenheiten ihre Stallburschen erledigen.«

Er machte Gabbie nervös. Ihre Gedanken waren unerwartet flatterhaft. Er sah gut aus, in einer rohen Art, wie ein hübscher Ringkämpfer oder ein Grundlinienspieler beim Football. Im allgemeinen nicht ihr Typ. Aber verdammt, er war sexy. Sie legte ihre Hand auf ihre Stirn, die ganz feucht war. Muß an der Hitze des Feuers liegen, außerdem war der Tag schwül. Sie atmete tief ein. Es war etwas sehr Ungewöhnliches an diesem Hufschmied. »Entschuldigen Sie meine Frage, aber sind Sie ein Amish?«

Der Mann lachte, und ein Frösteln lief Gabbies Rücken herunter. Sein Lachen klang ebenso belustigt wie bedrohlich. »Nein, Mädchen. Ich hatte nicht die Ehre, mich diesen feinen Leuten anzuschließen. Aber sie verstehen viel und respektieren die alten Weisen, sind in ihrem Handeln rein und ehrlich.«

Der Mann stieß das Hufeisen ins Feuer und ging zum Pferd. Er nahm ein großes Reibeisen und begann, den Huf vorzubereiten. »Der Huf ist nur ein wenig verbogen. Ich hab' das schnell gerichtet.«

Gabbie schüttelte sich wieder, wußte aber nicht, warum. Die Wälder sind dunkler, als sie eigentlich sein sollten, dachte sie, und sie wußte nicht, wo sie war. Sie unterdrückte ihre Unruhe und sagte: »Ich wußte nicht, daß es in dieser Gegend umherziehende Hufschmiede gibt, Mr. . . .?«

Mit einem breiten Lächeln, das ihr eine Gänsehaut über Arme und Brust laufen ließ, sagte er: »Smith, Wayland Smith. Und hier gibt es nur einige wenige von uns, obwohl, ich bin nicht immer – wie sagten Sie, Miss? – umhergezogen. Ich hatte ein Schmiedefeuer in White Horse und war lange Jahre dafür bekannt, der billigste Schmied in der Gegend zu sein, aber die Zeiten ändern sich, und man muß dahin gehen, wo es Arbeit gibt. Das ist die Wahrheit.«

Sie versuchte, sein Alter zu schätzen. Er könnte Ende Zwanzig oder Anfang Dreißig sein, aber sein Benehmen ließ ihn viel älter erscheinen. Und eine Aura der Kraft umgab ihn, ursprünglich, fast primitiv und sehr sexuell.

»Ich wär' in White Horse geblieben, glaub' ich, bis zu diesem Tag, aber mein Herr kam zu mir . . . ich entwich seinen Diensten und folgte ihm nicht . . .«

Seine Worte schienen sich aufzulösen, und Gabbie konnte ihnen keinen Sinn entnehmen. Herr? Dienst? Er sprach, als wäre er eine Art Leibeigener oder Diener gewesen. Dennoch, welche Neugierde Gabbie auch spüren mochte, sie zerfloß, sobald sie den Schmied beobachtete.

Er setzte das Bein des Pferdes ab und holte das Hufeisen aus dem Feuer. Er inspizierte es, drehte es herum, gerade so, als würde er in dem trüben Schein lesen. Mit einem Grinsen, das Gabbie erschauern ließ, legte er das glühende Hufeisen in die Kohlen und begann, den Blasebalg zu pumpen. Er sagte etwas zu ihr, aber sie konnte die Worte nicht verstehen. Sie nickte kaum merklich. Er pumpte rhythmisch hoch und runter, seine Augen sahen in dem brennenden Feuer, was nur er wissen konnte. Dann, gleich einem neuzeitlichen Vulkan, zog er das Eisen aus dem Feuer und drehte es entschlossen in Richtung des Amboß. Seine rechte Hand nahm seinen Hammer, hob ihn hoch und ließ ihn mit einem Knall, der Gabbie jedesmal etwas aufspringen ließ, auf den Huf niederfallen. Der Hammer ging hoch und runter. Gabbie war von dem Anblick und dem Geräusch wie hypnotisiert. Während er hämmerte, rafften sich die Muskeln an Wayland Smith' Armen und zogen sich wieder zusammen, und Gabbie fand diesen Anblick fazinierend. Bei jeder Anstrengung atmete er aus, beinah ein Grunzen, und Gabbie wurde an die Geräusche erinnert, die Jack machte, wenn sie sich innig küßten. Der Schmied grinste, als amüsierte er sich, und seine Zähne unterschieden sich hell und deutlich von seinem Bart. Er summte eine namenlose Melodie und schien den Takt zu einem unbekannten Tanz zu schlagen. Gabbie spürte, wie ihr Herz den Rhythmus aufsaugte, und sie wurde sich einer feuchten Hitze bewußt, die sich tief in ihrem Körper aufbaute. Die Augen halb geschlossen, wie im Traum, sah sie, daß der Schmied in seiner rohen Kraft schön war. Vorstellungen, wie sein Körper, die Haut bedeckt mit einem Schweißfilm, der das Licht des Feuers reflektierte, sich über sie beugte, durchfluteten ihren Geist, und unwillkürlich keuchte sie. Sie schüttelte ihren Kopf, und ein weit zurückliegender Gedanke erschien ihr: Was stimmt nicht mit mir? Der Gedanke verschwand ebenso schnell, wie er gekommen war. Sie beobachtete den Schmied.

Schweiß sammelte sich unter seiner Hutkrempe und rann seine Wangen hinunter. Sein Hemd wurde feucht und klebte an ihm. Gabbie konnte sich an keinen Mann erinnern, der so stark aussah. Sie war sicher, daß er stärker war als jeder der Football-Stars und Gewichtheber, die sie im Fernsehen gesehen hatte. Und dann war die Kraft dieses Mannes auch ursprünglicher, primitiver und naturhafter als die Muskelpower derjenigen, die Stunden in einem Fitneß-Studio verbrachten. Ein flüchtiges Bild von nautischen Maschinen und beweglichen Gewichten durchkreuzte ihre Gedanken. Sie stellte einen Vergleich an, über den sie kichern mußte. Stahl zu stemmen wirkte lächerlich im Vergleich zu der Fähigkeit, Stahl zu schmieden.

Bei ihrem kichernden Geräusch blickte der Mann auf und lächelte Gabbie an. Die Intensität seines Blickes war unwiderstehlich. Sie spürte, wie ihr ganzer Körper errötete und erschauerte. Ein prickelndes, heißes Bewußtwerden durchströmte sie, und es war schwer, einen zusammenhängenden Gedanken zu erfassen. Sie wurde aufgerüttelt, während sie Wayland Smith beobachtete, wie er den heißen Stahl auf den Amboß schlug. Ziemlich verwirrt überlegte sie, ob sie wohl verrückt werde. Es brauchte nur eine Minute, einen Huf zu bearbeiten; sie hatte Hufschmieden zugesehen, seit sie ein Kind war. Aber es kam ihr so vor, als ob sie diesen Mann seit

Stunden beobachtet hätte. Und mit jedem Druck auf den Blasebalg, mit jedem Schlag des Hammers, spürte Gabbie ihre Gedanken wegfließen, und ein primitives, dringendes Bedürfnis erhob sich in ihr.

Wayland tauchte das Hufeisen tief in das Wasserfaß, und Gabbie keuchte laut, ihre Augen waren mit den Tränen einer plötzlich heraufziehenden Traurigkeit gefüllt. Eine kühle Brise erfüllte die Lichtung, und die junge Frau erschauerte, fror plötzlich. Gott! Was stimmt nicht mit mir? wunderte sie sich. Smith trug den Huf zu dem Pferd, paßte ihn an und begann ihn zu feilen. Das Reibeisen glättete den gebrochenen Huf, und der Schmied maß jeden Schlag sorgfältig ab, so daß der Winkel des Hufes paßte. Er nahm Nägel aus seiner Hemdtasche und begann, das Hufeisen am Huf zu befestigen.

Gabbie erhob sich in der Erwartung fortzugehen, doch ihre Knie waren ganz schwach. Sie machte einen Schritt und merkte, daß sie Gummi in ihren Beinen hatte. Irgend etwas stimmte hier nicht, und sie war durcheinander und ein bißchen ängstlich. Der Duft von Blumen wurde mit der Brise vorbeigetragen, und Gabbie fühlte, daß ihr Kopf anfing zu schwimmen. Die Brise hatte eine ungewöhnlich anregende Beschaffenheit, die ihr Blut hämmern ließ . . . wie der Rhythmus des Ambosses, dachte sie abwesend.

Der Mann erhob sich und sagte: »Ist fertig, Miss.«

Gabbie spürte, wie der Schweiß ihr die Wangen herunterlief, und es schien, als spreche der Mann aus einer weiten Entfernung. »Danke«, sagte sie schwach.

Sie ging herum, um die Zügel von ihm entgegenzunehmen. Dann spürte sie seine Hände auf ihrer Taille. Ihr stockte der Atem, ihr Körper brannte, ein Schauder der Erregung durchfuhr sie. Sie drehte sich um, fast erwartete sie, daß der Mann sie umarmen würde. Sie konnte den salzigen Schweiß an ihm riechen, verhüllt durch den Rauch, vermischt mit den Blumen und Gewürzen. Gewürzen? wunderte sie sich. Sie schloß die Augen und öffnete erwartungsvoll ihre Lippen. Dann hob der Mann sie in den Sattel, so leicht, als wäre sie ein Kind. Sie blinzelte und versuchte, ihre verschwommene Vision zu klären. Er stand da, hielt ihr die Zügel entgegen, die sie schließlich ergriff. »Reiten Sie die Wasserrinne entlang, Miss Hastings«, empfahl er. »Sie finden die Brücke sehr schnell. Von dort bis zu Ihrem Haus sind's nur ein paar Minuten. Und reiten Sie zügig. Es bleibt nicht mehr lange hell, und in der Dunkelheit sind die Wälder nicht sicher.«

Er klopfte My Dandelion auf den Rücken, und das Pferd bewegte sich, brachte Gabbie heraus aus dem Lichtkreis um den Wagen. Ihr Kopf schwamm, und sie atmete tief, versuchte wieder Luft zu kriegen. Sie begann zu weinen, fühlte eine tiefe Traurigkeit und wußte nicht, warum. Allmählich wurde ihr Blick wieder klarer.

Sie schaute sich um und bemerkte, daß es noch heller war, als sie gedacht hatte. Sie hatte mindestens eine halbe Stunde oder noch mehr mit dem Schmied verbracht, und es hätte eigentlich dunkel sein müsen.

Was war vorgefallen? Sie hatte fast einen Orgasmus gehabt, als er sie berührte, und das entnervte sie in einer Art, die sie nicht verstand. Es flößte ihr Angst ein, einen Mann auch nur zu betrachten, der solche sexuelle Macht über sie besaß. Denn das war es: eine rohe, ursprüngliche sexuelle Kraft. Verlegenheit trieb ihr wieder Tränen in die Augen, und sie trocknete sie entschieden. Verdammt, ich bin doch kein kleines Kind, das ängstlich ist, weil er mich erregt hat. Aber eine Stimme sagte ihr, daß das, was sie erlebt hatte, etwas anderes war als bloßes Anstacheln. Jack konnte sie anturnen. Dieser Wayland Smith konnte ihr Innerstes nach außen kehren. Plötzlich hatte sie Angst. Sie schaute nach hinten, keine Spur mehr zu sehen von dem Schmied oder seinem Wagen. Ihr fiel ein, daß sie ganz vergessen hatte, ihm Geld anzubieten! Diesem Gedanken folgte die Erkenntnis, daß er ja wußte, wo sie lebte, und wenn er eine Bezahlung wünschte, wußte er, wo sie zu finden sei. Aber wie konnte er wissen, wer sie war? Und der Gedanke, daß er kommen und sie finden könnte, erregte und ängstigte sie gleichzeitig.

Das Geräusch eines anderen Pferdes kam ihr zu Ohren, und sie fragte sich, ob Wayland Smith sich entschlossen habe, ihr zu folgen. Teils ängstlich, teils aufgeregt drehte sie sich um und wartete, und dann, voller Erleichterung, sah sie Jack den Weg herunterkommen.

Jack hielt direkt neben ihr, fing an zu sprechen und bemerkte ihre Aufgeregtheit. »Bist du okay?«

Gabbie berührte ihre Wangen und fand Tränen. Sie nickte nur.

»Gabbie, was ist los? Es ist doch nicht Sheila Riley, oder? Sie ist noch ein Kind.«

Gabbie schaute ihn verwirrt an. »Sheila Riley?« hauchte sie sanft. »Nein.« Sie beugte sich über den Spalt zwischen den Pferden und küßte Jack, wobei ihre Zunge in seinen Mund schnellte. In ihrer Begierde fiel sie fast aus dem Sattel.

Jack streckte seine Arme aus, versuchte, sie ins Gleichgewicht zu bringen, und schob sie widerstrebend zurück, dann berührte er ihr Gesicht. »Allmächtiger. Du glühst ja! Komm, ich bring dich nach Hause.«

Gabbie nickte lustlos. Sie erlaubte Jack, die Zügel von My Dandelion zu nehmen, während sie sich am Sattelknauf festhielt. Bilder von Feuer und der Duft von Gewürzen vernebelten ihre Gedanken, und sie konnte nicht verstehen, warum sie so konfus war.

4

Gloria schaute von ihrer Wäsche hoch und sah Jack an der hinteren Verandatür stehen. »Hi. Komm rein.«

»Wie geht's Gabbie?«

»Müde, aber ansonsten gut. Heute morgen war ihre Temperatur normal, und der Doktor sagte, man solle sie nicht beunruhigen, damit das Fieber nicht wieder steigt. Er glaubt, sie habe sich nur einen Bazillus eingefangen.«

Jacks Ausdruck verriet, daß er die Diagnose des Arztes nicht glaubte. »Gloria, sie war in einem ziemlich schlimmen Geisteszustand. Ich bin kein Experte, aber ich bin ziemlich sicher, daß sie halluzinierte.«

Gloria hörte auf, die Handtücher zu falten. »Wie kommst du denn darauf?«

Jack kreuzte die Arme vor seiner Brust und lehnte sich an den Türrahmen. Genau in dem Moment steckte Bad Luck seinen Kopf durch die Tür, sah Jack, schnaufte eine Begrüßung und kehrte in die Küche zurück. Gloria sagte: »Sie installieren die Satellitenschüssel, und die Arbeiter haben darum gebeten, daß er drinnen bleibt.« Jack sah erstaunt aus. »Er ist zu freundlich. Läuft ihnen in den Weg.« Jack nickte. »Nun, was wolltest du sagen?« fragte sie.

»Sie sprach darüber, einen Schmied getroffen zu haben, einen Kerl mit einem pferdebespannten Wagen, der einen zerbrochenen Huf repariert hat. Ich hab' das bei Mr. Laudermilch's Vorarbeiter überprüft, und der sagte, daß er annimmt, My Dandelion's Huf sei ein paar Tage vorher gesprungen, und sie haben ihn abgefeilt und sie neu beschlagen. Er überprüfte es und konnte keinen Unterschied feststellen. Nebenbei gesagt, ich war meistens nur zehn Minuten hinter ihr, und es kann in der Zeit, die sie nennt, nicht passiert sein. Also muß es eine Halluzination gewesen sein.«

Gloria sah nachdenklich, ja beunruhigt aus. »Gabbie ist nicht der Typ für einen Phantasieausflug. Sie hat dir vielleicht von ihrer Mutter und Großmutter erzählt – wie auch immer, ihre Kindheit war emotional ziemlich hart. Sie steht mit beiden Beinen auf dem Boden, auch wenn sie ihre Launen hat.«

»Nun gut, ich war als Kind mal ziemlich krank, hatte hohes Fieber und bildete mir ein, gigantische Kaninchen zu sehen, die sich in meinem Wandschrank versteckt hatten. Der menschliche Geist ist zu vielem fähig.«

»Fieber kann so etwas hervorrufen«, stimmte Gloria zu, obwohl ihre Zustimmung nur provisorisch zu sein schien. »Vielleicht sollte sie den Doktor aufsuchen.«

In dem Moment brachte sie eine Stimme aus der Küche zum Schweigen. Gabbie kam und sagte strahlend: »Gloria, ich bin am Verhungern . . .« Sie zögerte, als sie Jack sah, und ihr

Gesichtsausdruck verdunkelte sich. »Hallo«, sagte sie mit eisiger Stimme.

Gloria legte das letzte Handtuch auf den neuen Trockner. »Ich glaube, ich sehe mal nach, wie weit die Arbeiter sind.« Sie zog sich schleunigst zurück.

»Geht es dir gut?« fragte Jack

Die Frage schien Gabbie ehrlich zu überraschen. »Sicher! Warum denn auch nicht?«

»Weil du letzte Nacht nicht du selbst warst, deshalb.«

Sie schaute ihn an, und die Neugierde machte ihre Augen für einen Moment weich. »Was meinst du mit ›nicht ich selbst‹? Ich war nur ein wenig – durcheinander.« Ihr Gesicht verdunkelte sich wieder. »Und wo du jetzt schon davon anfängst, was tust du hier? Ich dachte, du wärest mit dieser Ballon-Königin aus.«

»Sheila?« sagte Jack und zog die Stirn beunruhigt in Falten. »Ich hab' das alles letzte Nacht erklärt. Sie wollte, daß Aggie ihr ein Empfehlungsschreiben für Cornell aufsetzt. Sie ist an einen aus der Studentenverbindung unten in Penn gebunden. Gabbie, erinnerst du dich nicht daran, daß ich dich nach Hause gebracht habe?«

Die Farbe wich aus ihrem Gesicht. Sie ging rückwärts in die Küche und setzte sich an den Tisch. »Ich . . . ich erinnere mich, den Park verlassen zu haben. Ich ritt in die Wälder und . . . danach wird's ein bißchen undeutlich. Ich bin heute morgen aufgewacht, also glaubte ich nach Hause gekommen zu sein – My Dandelion! Ich wollte sie zu Mr. Laudermilch bringen.«

Jack zog einen anderen Stuhl hervor und setzte sich ebenfalls. »Ich hab' mich letzte Nacht darum gekümmert, nachdem ich dich ins Bett gebracht hatte.«

Plötzlich wurde Gabbie rot. »Du hast mich zu Bett gebracht?«

Jack lächelte ein wenig befangen. »Nun ja, du hast gefiebert, und irgend jemand mußte es tun. Ich hab' dich ins Bett gelegt, bei Mr. Laudermilch angerufen und ihm gesagt, was los war. Er schickte ein paar Jungs 'rüber, die das Pferd zurückbrachten, und als deine Leute da waren, bin ich gegangen.«

Gabbie versteckte ihr Gesicht hinter ihren Händen und seufzte. »Ich schäme mich so.«

Jack lehnte sich in seinem Stuhl zurück. »Ja, das kann ich verstehen. Diese Tätowierung ist ziemlich häßlich.«

Sie schaute hinter ihren Händen hervor, teils amüsiert, teils aufgebracht, und schlug ihn auf den Arm. »Du Bastard! Ich wette, du hast es genossen. Die Situation ausgenutzt.«

Jack war gefangen zwischen einem Grinsen und einem ernsten Blick. »In Wirklichkeit war ich ziemlich besorgt. Du warst in Schweiß gebadet und hast am ganzen Körper geglüht. Ich mußte dich mit einem feuchten Tuch kühlen.« Sein Grinsen wurde breiter. »Dennoch kann ich nicht sagen, daß ich mir während dessen nichts gemerkt habe.«

Sie schlug ihn wieder, diesmal härter. »Au!« protestierte er. »Das reicht.«

Plötzlich streckte sie ihre Hand aus und legte sie ihm in den Nacken. Sie zog ihn heftig nach vorne und küßte ihn lange und innig. Er erwiderte ihren Kuß, dann, als sie sich zurückzog, sagte er sanft: »Nun, wofür ist das?«

»Dafür, daß du besorgt warst und die Situation nicht ausgenutzt hast.«

Er zuckte mit den Schultern. Zärtlich sagte er: »Gabbie, wenn du mich ins Bett zerrst, dann möchte ich es, weil du es wirklich willst, und nicht, weil du mit Fieber im Delirium liegst.«

Gabbies Augen weiteten sich. »Dich ins Bett zerren?«

Jack grinste noch breiter. »Ja, du . . . ah . . . hattest einige interessante Ideen letzte Nacht.«

Gabbie verbarg ihr Gesicht wieder hinter ihren Händen. »O Gott!« Dann, nach einer Minute, schaute sie ihn an. »Ich dachte, das wäre alles nur ein Traum gewesen.« Erneut bedeckten ihre Hände ihr Gesicht. »Ich glaube, ich sterbe.« Sie sah ihn an. »Was habe ich gesagt?«

Jack lachte. »Was bringt es dir, das zu wissen?«

Er sprang vom Stuhl, als sie sich an seine Schulter schwang. »Du Hundesohn«, sagte sie lachend. »Du erzählst es mir besser!«

Jack zog sich zurück und hielt seine Hände in einer Geste demütigen Bittens ausgestreckt vor sich. »Nun, ich weiß nicht . . .«

Sie sprang nach vorne, und er wich ihr in die Abstellkammer aus. Bad Luck hatte unter dem Küchentisch auf der Lauer gelegen und fing bei dem plötzlichen Ausbruch von Geschäftigkeit an zu bellen, ein fröhliches Geräusch, als wäre er bei einer Hundefeier.

»Sei still, du Schurke.« Gabbie lachte. »Du«, sagte sie und zeigte auf Jack. »Sprich!«

Daraufhin fing Bad Luck erneut an zu bellen. Jack stoppte seinen Rückzug und lachte unbändig. »Ich geb' auf.« Gabbie fiel in seine Arme, und er küßte sie. »Du hast nicht viel gesagt. Du sagtest etwas über einen Schmied, der My Dandelion's Hufeisen repariert hat, dann warst du ruhig, bis ich anfing, dich auszuziehen.« Sie vergrub ihr Gesicht an seiner Schulter und machte verlegene Geräusche. »Dann dachtest du daran, das zu erwidern.«

Sie lachte. »Huuh! Du mußt außer dir gewesen sein.«

»Ich mag das.«

Sie schaute hoch in seine Augen. »Reg dich nicht auf«, sagte sie und küßte ihn. »Solange du kein Interesse für diese Stripteasetänzerin zeigst, wirst du keine Probleme haben.«

Jack grinste. »Du warst wirklich eifersüchtig?«

Gabbie legte den Kopf an seine Schulter. »Jaa, war ich.« Plötzlich war sie böse. »Verdammt«:, sagte sie trotzig, während sie sich selbst zurückstieß und sich in Richtung Küche umdrehte. »Es ist einfach nicht fair!«

Mit einem Schritt war er bei ihr und faßte ihren Arm. Ihr Schwung brachte sie dazu, sich umzudrehen, und er zog sie wieder zu sich. »Was ist nicht fair?«

»In weniger als drei Monaten werde ich in Kalifornien sein.«

»He! Das ist in Ordnung.«

Sie schaute ihn lange an. »Versprochen?«

Er grinste. »Ich verspreche es.«

Sie biß sich auf die Unterlippe. »Ich hab' versucht, dich auszuziehen?« Er nickte. »Ohh!« sagte sie und zuckte zusammen, als sie sich wieder der Küche zuwandte. »Ich verhungere. Laß uns essen.«

»Was mir zeigt, daß du das Thema wechseln willst.« Er

schaute ihr bewundernd zu, wie sie sich nach vorne beugte, um den Kühlschrank zu durchforsten.

»Schinken oder Gehacktes?« fragte sie.

»Schinken.«

Sie holte die Sachen aus dem Kühlschrank und knallte die Tür zu. Während sie alles auf den Tisch legte, zögerte sie und sah nachdenklich aus. »Sagtest du, ich habe von einem Schmied gesprochen?«

»Ja, das hast du. Warum?«

»Komisch. Ich hatte gerade ein ... Bild von einem Mann ... ich weiß auch nicht. Es muß das Fieber gewesen sein.«

Jack nickte nur, doch er wunderte sich darüber. Zu viele merkwürdige Dinge sind in diesen Wäldern aufgetaucht, und er konnte das Gefühl immer noch nicht loswerden, daß er in der Mittsommernacht etwas auf dem Erlkönig-Hügel gesehen hatte; er konnte sich nur nicht erinnern, was es gewesen war. Und nachts hatte er ungewöhnliche Träume, kurz bevor er einschlief, von geisterhaften Tänzern und einer leisen unwirklichen Musik. Morgens versuchte er, sich an den Traum zu erinnern, doch er war ihm einfach entglitten; trotzdem wußte er, daß etwas da gewesen war.

Dann riß ihn Glorias Stimme aus seinen Grübeleien. Er hörte, wie sie draußen den Zwillingen etwas zurief.

5

»Okay, ihr Monster, weg da.«

Widerwillig wichen die Jungen einen Schritt zurück, während sie die Arbeiter beobachteten. Der Beton entlang des Mastes war vor ein paar Tagen aufgefüllt worden und mußte dann trocknen, und nun wurde die eigentliche Schüssel aufgestellt. Patrick und Sean lungerten den ganzen Morgen bei den beiden Arbeitern herum, stellten Fragen und standen generell im Wege. Die Männer schienen nichts dagegen zu haben, aber Gloria entschied sich, ihnen eine entmilitarisierte Zone anzubieten, wo sie dann ungestört arbeiten konnten. Sie blickte zum Haus und fragte sich, ob Gabbie und Jack ihre Differenzen gelöst hätten. Sie war froh, daß Gabbie heute morgen wieder normal zu sein schien, war jedoch immer noch unruhig wegen der letzten Nacht. Das Fieber war schnell und hart gekommen. Mindestens 38 Grad C, wenn Gloria nach der Berührung ging. Sie hatte zwei Babys gepflegt, die oft Fieber hatten, und wußte, daß Gabbies hoch war.

Aber etwas an dem plötzlichen Temperaturanstieg und der Erholung störte Gloria. Es paßte einfach nicht in ihre Vorstellung von einer normalen Krankheit. Alles, das nicht deutlich eine Erkältung, Grippe, Knochenbruch oder Allergie war, war ihr suspekt. Symptome, die keinen Sinn ergaben, waren immer ein Zeichen, daß schreckliche Dinge bevorstanden. Glorias tiefsitzende Furcht, die sie mit keinem teilte, nicht einmal mit Phil, war ihre schreckliche Angst vor Krankheit. Krebs, Herzleiden, die anderen schleichenden, verstümmelnden Krankheiten mit ihren langen, technischen Namen, die einem die Knochen umdrehten, Lungen mit Flüssigkeiten füllten, den Muskeln ihre Stärke nahmen, all das waren für sie Horrorvorstellungen, denen sie nicht beizukommen wußte. Der stärkste, robusteste Mann, den sie kannte – ihr Vater –, war an Krebs gestorben. Und die Symptome hatten die Ärzte zuerst in eine falsche Richtung geleitet. Sein Tod hatte Glorias tiefe Angst vor schlimmen Krankheiten nur noch verstärkt. Auf der High-School hörte sie mit dem Rauchen auf, in einem Alter, als andere Mädchen gerade erst damit begannen. Sie war keine Fanatikerin der Gesundheitsküche, aber sie hielt sich fern von Zucker und cholesterinhaltigem Essen und sorgte dafür, daß jeder im Hause sich sportlich betätigte. Als sie sich kennenlernten, hatte sie Phil das Joggen aufgeschwatzt, und nun war er diesem Sport verfallen. Nein, dachte Gloria, es war nur ein Bazillus. Aber tief im Innern fragte sie sich, ob sie Gabbie nicht dazu bringen könne, den Doktor aufzusuchen.

Ted Mullins, der Inhaber des örtlichen Fernsehgeschäftes,

überprüfte die Installation persönlich. Er hatte bei den anderen Farmen in der Nähe einen schönen Profit gemacht, und das war nun die teuerste Bodenstation, die er bis jetzt verkauft hatte, also wollte er alles perfekt machen. Zufrieden, daß alles planmäßig verlief, wandte er sich an Gloria und sagte: »Ma'am, ich muß das Kabel jetzt im Haus befestigen.« Sie nickte nervös. »Der Hund, Ma'am?«

Gloria lächelte. »Jungs, los, holt Bad Luck und geht mit ihm spazieren.«

»Och, Mom«, beschwerte sich Sean. Sie warf ihnen beiden einen empörten Blick zu, und sie wurden sofort ruhig und gingen auf das Haus zu. »Und macht einen langen Spaziergang.«

Mullins, ein schwerer Mann in den mittleren Jahren, meinte: »Gut aussehende Jungs. Sie müssen stolz sein.«

Sie beobachtete, wie die Jungen um die Hausecke verschwanden, und lächelte anerkennend. »Ja, das bin ich. Sie sind ziemlich großartige Kinder.«

»Ich habe einen Jungen in ihrem Alter: Casey. Sollte sie mal zusammenbringen.«

»Spielt Ihr Casey Baseball, Mr. Mullins?«

Der Mann grinste. »Die ganze Zeit.«

Gloria erwiderte das Grinsen. »Wenn sie sich nicht schon getroffen haben, werden sie es noch.«

»Sagen Sie Ihren Kindern, daß jeden Tag drüben auf den Feldern ein Spiel stattfindet«, schlug Mullins vor. »Nicht das Feld im Park, das ist für die städtische Softball-Liga, aber hinter Doaks Teich. Fängt ungefähr um ein Uhr nachmittags an.«

»Das ist ein bißchen weit.«

»Nicht zu weit. Sie können die Wälder durchqueren und kommen an der Williams Avenue 'raus. Ist nur einen Block vom Feld entfernt.«

Die Vorstellung, daß die Jungen regelmäßig die Waldwege benutzen müßten, gefiel Gloria nicht. Aber die Wälder waren hinter ihrem Haus, und es sah ganz so aus, als ob die Hastings-Familie sich für eine ganze Weile hier niederlassen würde, also entschied sie, daß sie sich an die Idee gewöhnen sollte. Als sie mit dem Arbeiter auf das Haus zuging, sagte sie, daß sie ihren Söhnen von dem Baseball-Treffen erzählen werde.

Mullins drehte sich um und rief seinem Kompagnon einige Instruktionen zu, und der winkte zur Bestätigung. Kurz darauf stolperten die Jungen mit Bad Luck an der Leine durch die Tür, und Gloria sagte: »Mr. Mullins hat einen Sohn in eurem Alter.«

»Casey Mullins?« fragte Patrick.

Der Mann nickte, während Sean sagte: »Wir hatten gestern mit ihm im Park gespielt. Er ist ein guter Innenfeldspieler.«

Gloria sagte: »Ich geb's auf.«

»Nun, er ist jetzt grade dort. Es gibt jeden Tag ein Spiel, drüben am Doaks Teich. Ich bin sicher, sie würden sich freuen, euch an Bord zu haben.« Er warf Gloria einen Blick zu, spürte plötzlich, daß er vielleicht voreilig gewesen war. »Wenn eure Mutter nichts dagegen hat.«

Patrick antwortete für seine Mutter. »Hat sie nicht.«

»Na toll, so mag ich das«, meinte Gloria.

»Können wir gehen, Mom?« fragte Sean.

»Kommt nur nicht zu spät zum Essen, und wenn irgend etwas passiert, ruft ihr an. Ich komm' euch dann holen. Ich möchte nicht, daß ihr so spät durch die Wälder streift. Habt ihr passend Geld zum Telefonieren?«

»Telefonieren kostet fünfundzwanzig Cent, Mom«, sagte Patrick mit einer unverhohlenen Verachtung über so viel Mißtrauen. »Und wir haben etwas Geld.«

»Okay, Diamond Jim. Seid nur vorsichtig.«

»Okay!« riefen die Zwillinge im Chor und stürzten in Richtung Wälder davon.

»Scheint, als ob sie die Abkürzungen schon kennen«, sagte Mr. Mullins.

6

Patrick ärgerte sich schwarz. »Junge, du kannst ganz schön doof sein.«

»Es war nicht mein Fehler!« antwortete Sean schlagfertig.

»Du kannst nicht losrennen, um den Innenfeldspieler mit einem Wurf zu unterstützen, der den Läufer 'rausschmeißt, du Dummchen. Jeder weiß das!« Patricks Stimme kippte vor Zorn um.

Sean drehte sich weg und stapfte schweigend weiter. Sein Fehler hatte ihrer Mannschaft das Spiel gekostet, was allein noch kein Problem war. Es hatte ihr Ansehen bei den ortsansässigen Jungen vermindert, das war das Problem. Sie müßten eine harte Woche durchmachen, in der sie unter den letzten wären, die auf jeder Seite ausgesucht würden, zusammen mit den Stubenhockern und Feiglingen, bis sie ihren Ruf wiederhergestellt hätten. Patrick kritisierte immer Seans angeschnittene, kurze Würfe. Offenbar glaubte er, daß Sean alles könne, was er, Patrick, auch konnte, immerhin waren sie Zwillinge. Sean war ein guter Werfer, während Patrick normalerweise besser fing.

Endlich sagte Sean: »Vielleicht sollten wir es trainieren?«

Patrick zuckte mit den Schultern. »Okay, wenn es hilft. Aber ich sehe nicht, wo das Problem ist, aus dem Weg zu gehen, wenn ich den verdammten Ball werfe.«

Sie wendeten am Ende der Williams Avenue und stiegen den kleinen Hügel hinter Barney Doyles Reparaturwerkstatt hinauf. Die Tür wurde geöffnet, und Barney trat heraus. Schnell schloß er die Tür hinter sich und legte vor der Veranda etwas auf den Boden. Er drehte sich um, erblickte die Zwillinge und sagte: »Na dann, das sind doch die Hastings-Kerle, oder?«

Sean zuckte mit den Schultern, während Patrick sagte: »Hi, Barney.«

Sie schlenderten zwanglos auf ihn zu, während er seine Schlüssel wegsteckte. Barney schaute sich um und sagte: »Wird sicher eine schöne Sommernacht, mit etwas weniger Feuchtigkeit, denke ich. Wir können ein bißchen trockene Luft gebrauchen, ab und zu.«

Sean bemerkte, wie Bad Luck um eine Untertasse mit Milch herumschnüffelte, die vor der Tür stand, und sagte: »Hast du eine Katze?«

Barney beugte sich nach vorne und kraulte Bad Luck am Kopf. Der Hund schien ihn als akzeptablen Menschen zu beurteilen und ertrug die Ferundschaftsgeste bereitwillig. »Keine Katze, Jungs. Ist für *Daonie Maithe.*« Als die Jungen ihn verblüfft ansahen, sagte er: »Was ihr, wenn eure Erziehung keinen Mangel hat, als gälisches Wort für gute Menschen kennen müßtest.«

Sean und Patrick warfen sich einen Blick zu, jeder klagte still den anderen an, das Vertrauen ja nicht zu mißbrauchen. Barney bemerkte die Veränderung, aber mißverstand den Grund und sagte: »Ist in Ordnung, Jungs. Ich bin nicht vollkommen verrückt. Viele von uns aus dem alten Land lassen draußen Milch stehen, für die kleinen Menschen.« Die Jungen blieben still, und Barney schaute umher, als ob er sichergehen wollte, daß sie nicht belauscht wurden. Er kniete sich langsam hin, was durch sein Alter erschwert wurde, und flüsterte: »Als ich ein Junge war, drüben im Kreis Wexford, lebte ich auf einer Farm, ein ganzes Stück von Foulkmills entfernt. War schön da, obwohl wir arm wie Kirchenmäuse waren.« Seine Augen, wäßrig und gerötet, schienen etwas Zurückliegendes zu sehen. »Eines schönen Tages im Mai war ich draußen, um nach dem Bullenkalb zu sehen, das mein Onkel Liam meinem Vater gegeben hatte. Es war ein prächtiges Kalb, hatte aber eine stark ausgeprägte Neigung, auf Entdeckungstour zu gehen. Das war zwar schön für das Kalb, denn es konnte viele neue Dinge sehen und interessante Bekanntschaften machen, aber für mich war es eine Last, denn ich war derjenige, der es wieder einfangen und nach Hause bringen mußte – sehr zum Vergnügen meiner Brüder und Schwestern. Nun gut, an diesem Tag im Mai war der kleine Bulle auf halbem Weg nach Wellington Bridge – das ist, zu eurer Erklärung, eine entfernte Stadt –, und es war schon lange dunkel geworden, als ich ihn nach Hause brachte. Die Nacht war warm und roch nach Blumen und Gewürznelken, und der Wind wehte vom Kanal, alles in allem eine prächtige Nacht, um draußen zu sein. Da ich kaum ein paar Jahre älter war als ihr Jungs jetzt, war ich vorsichtig, so allein mit dem Kalb, aber nicht ängstlich, denn die Unruhestifter waren alle in den Kneipen, und die Straßenräuberei hatte schon lange nachgelassen. Dann hörte ich die Musik und sah die Lichter.«

Die Jungen schauten sich gegenseitig an, und es war Patrick, der sagte: »Leprechauns?«

Barney nickte feierlich. »Das ganze *Daonie Sidhe*«, flüsterte er. »In jeder ihnen möglichen Schattierung und Größe tanzten sie oben auf einem Hügel, und es war ein majestätischer und angsteinflößender Anblick.« Langsam erhob er sich. »Seitdem hab' ich es nicht wieder gesehen, bis diesen Frühling.«

»Die *danny she?* Sind sie böse?« fragte Sean, und in seiner Stimme schwang Besorgnis mit. Patrick schaute ihn verächtlich an, war aber in Wirklichkeit auch erleichtert, daß die Frage ausgesprochen wurde.

»Es heißt Daonie Sidhe, obwohl ›danny she‹ dem schon ganz schön nah kommt. Böse?« wiederholte Barney und rieb sich das Kinn. »Nun ja, es gibt eine Geschichte. Es wäre schwer, ihnen etwas Gutes oder Böses zuzuordnen, sie sind, wie sie sind. Sie können beides oder keines sein, das hängt von der Laune ab. Es heißt, sie belohnen die Rechtschaffenen und bestrafen die Bösen, aber meistens lassen sie uns in Ruhe. Wartet hier eine Minute.«

Barney steckte eine Hand tief in eine der Taschen seiner Latzhose und schien etwas zu suchen. Als er es gefunden hatte, zog er seine Hand wieder 'raus und hielt den Jungen etwas unter die Nase. Es war ein glatter Stein mit einem Loch in der Mitte, der an einem Lederband hing. »Was ist das?« fragte Patrick.

»Das is' der Elfenstein.«

»Oh!« rief Sean.

Patrick sah verwirrt aus. »Es ist nur ein Stück Felsen.«

»Das ist wahr, in gewisser Hinsicht. Aber andererseits ist ein magischer Zauberstab auch nur ein Stock, wenn man es von der Seite betrachtet.«

»Ist es Magie?« fragte Sean.

»Auf seine Art, Kumpels, auf seine Art. Es hat die Kraft, die ›Guten Menschen‹ davon abzuhalten, dir etwas anzutun, also muß es ja wohl Magie sein.«

»Wie denn?« fragte Patrick, der immer noch nicht überzeugt war.

»*Wie,* kann ich euch nicht sagen, nur *daß* es so ist. Und nicht jeder Stein mit einem Loch eignet sich dafür. Ihr könnt nicht hingehen, einen Kieselstein nehmen und ihn durchbohren. Es muß ein Stein sein, der in einem Strom gewaschen wurde, mit einem natürlichen Loch, und den findet man auf dem trockenen Ufer. Es muß Magie sein, denn warum gäbe es sonst so viele Regeln?«

Das leuchtete den Jungen ein. Patrick zeigte nicht viel Interesse, aber Sean befingerte den glatten Stein. Etwas brachte Barney dazu, sich umzuschauen. »Ich vermute, ihr kommt zu spät zum Abendessen. Eure Mutter wird sich sorgen. Nun gut«, sagte er zu Sean, »behalte den Stein, so daß die ›Guten Menschen‹ euch auf dem Nachhauseweg kein Unbehagen bereiten, und ich werde einen anderen finden.«

»Ich kann ihn also behalten?« fragte Sean ungläubig.

»Klar, Junge, aber beeilt euch jetzt. Und denkt daran, daß die ›Guten Menschen‹ euch freundlich zugetan sind, wenn ihr ihnen ein bißchen Milch oder Brot nach draußen stellt.«

Sean legte das Band um seinen Hals, und der Stein reichte ihm fast bis zu seinem Bauchnabel. Er würde es zu Hause kürzen. »Danke, Mr. Doyle«, sagte Sean.

»Tschüß«, sagte Patrick.

Die Jungen stapften ohne ein weiteres Wort davon, Bad Luck trabte an ihrer Seite, und als sie die Wälder betraten, fingen sie an zu laufen. Sie rannten mit einer wundersamen Empfindung für die Gefahr, als die Schatten länger und tiefer wurden und die Wälder in ein bedrohliches Zwielicht tauchten.

Sie riefen und waren vergnügt, denn sie waren acht Jahre alt, und sie hatten einen schier endlosen Sommer vor sich, bevor die rauhe Schulwirklichkeit sie wieder einholte. Anfangs hatten sie ihre Freunde und das Tal vermißt, doch die Kinder in Pittsville schienen in Ordnung zu sein, man spielte die ganze Zeit Ball, und das war toll. Es lief alles auf einen wundervollen Sommer hinaus.

Dann, bevor sie noch wußten, wo sie waren, bemerkten sie, daß sie jenen bösen Hügel überquerten, den Jack Erlkönig-Hügel nannte. Beide Jungen grinsten nervös und teilten eine geheime Erregung bei dem Gedanken an Mysterien und Magie. Eine plötzliche stumme Kommunikation entspann sich zwischen ihnen, und ein improvisiertes Spiel des Folge-dem-Führer begann. Patrick rannte kreisförmig auf der Spitze des Hügels herum, und Sean ahmte seine Bewegungen nach. Bad Luck wollte spielen, schaffte es aber nicht, zuerst an der Seite des einen und dann an der Seite des anderen Bruders entlangzurennen. Sie jaulten vor Freude darüber und sprinteten zurück zwischen die Bäume. Sie jagten durch die Wälder mit dieser endlosen Energie, die nur Kindern zu eigen ist, und sie lachten über das einfache Vergnügen, am Leben zu sein. Schließlich erreichten sie die Brücke.

Beide Jungen zögerten. Bad Luck blieb mit erhobenem Schwanz stehen, und ein leises Knurren drang aus seiner Kehle. Nach Luft schnappend, verstanden die Zwillinge ohne Worte, daß die Brücke wieder einmal ein Ort war, der einem einen Schreck einjagen konnte. Seit ihrer ersten Begegnung mit Jack hatten sie die Troll-Brücke schon oft überquert, und es war nie eine angenehme Erfahrung gewesen, allerdings auch nie etwas Bedrohliches – wie, zum ersten Mal, jetzt. Patrick rollte den Baseballschläger von seiner Schulter und hielt ihn wie einen Knüppel vor sich. Sean umgriff den Stein, den Barney ihm gegeben hatte, und sagte leise: »Es ist wieder da.«

Keiner wußte, was *es* war, aber beide wußten, daß es dort eine bösartige Erscheinung gab, die sich in dem dunklen Ort unter der Brücke versteckte. Bad Luck fletschte die Zähne und begann, sich vorwärts zu bewegen. Sean packte rasch zu, »Bei Fuß!«, und der Hund kam widerstrebend an Seans Seite. Er winselte und knurrte, schien aber bereit, zu gehorchen. Patrick nickte, und sie wagten sich voran, setzten ihre Füße auf die Steine der Troll-Brücke.

Plötzlich schwappte das Böse von unten hoch, umwirbelte sie wie eine übelreichende Brise. Beide Jungen bewegten sich schnell, mit vor Angst weit aufgerissenen Augen und marschierten zielbewußt über die Brücke. Sie konnten weder nach unten noch zurück schauen. Sie konnten nicht rennen. Und sie konnten nicht anhalten.

Denn das alles, so ahnten sie, würde dem Ding unter der Brücke erlauben, hochzustürzen, um die Jungen zu schnappen und sie hinunter an seinen Zufluchtsort zu ziehen. Die Jungen hatten die Regeln nicht gemacht, sie kannten sie einfach und befolgten sie.

In der Mitte der Brücke fühlte Sean den überwältigenden Drang zu rennen und warf Patrick einen fragenden Blick zu, der mit einer dunklen Warnung beantwortet wurde. Jetzt loszurennen würde bedeuten, ins Verderben zu stürzen. Mit gleichmäßigen Schritten führte Patrick seinen furchtsameren Bruder über die Brücke, bis sie aus dem Grenzgebiet des uralten dunklen Bogens befreit waren. Bad Luck zögerte, doch Seans Hand schoß nach unten, um sein Halsband zu packen, und zwang den Hund, in angemessenem Tempo mit ihnen zu kommen. Sobald ihre Füße die Steine verlassen hatten und wieder auf dem Weg waren, galoppierten die Jungen gleichzeitig nach vorne und starteten ein aussichtsloses Rennen. Bad Luck zögerte kurz und bellte die Brücke frech und nachdrücklich an, bevor er hinter den Jungen herrannte.

Sean warf einen Blick zur Seite, nicht sicher, ob die Regel über das Zurückschauen jetzt, wo sie die Brücke hinter sich hatten, noch bestand. Als die Brücke hinter den Bäumen, durch die sie geflohen waren, verschwand, sah er flüchtig die dunkle Erscheinung. Es hat ihn gesehen! Sean kämpfte gegen die Panik an und überholte seinen Bruder. Patrick sah Sean an sich vorbei laufen, und das Rennen ging weiter.

Als sie nach Hause kamen, waren alle Vorstellungen bezüglich der schwarzen Erscheinung unter der Troll-Brücke vergessen, und ihre einzige Sorge war, wer als erster die

Gittertür erreichen würde. Wie üblich war Patrick einen Schritt schneller, mit Bad Luck an seiner Seite.

Gloria stand in der Küche und beendete die letzten Vorbereitungen fürs Abendessen. »Beherrscht euch ein bißchen, Jungs«, sagte sie trocken und schaute auf die Uhr. Sie aßen während des Sommers um sieben zu Abend, während der Schule um sechs. »Ihr habt gerade noch genug Zeit, euch zu waschen – und putzt eure Hände nicht nur am Handtuch ab!« rief sie ihnen nach, während sie in Richtung Badezimmer verschwanden.

7

»Sieh dir das mal an«, sagte Gary und reichte Mark ein Buch. Mark schlug es auf und begann zu lesen, dann grinste er.

»Was ist?« fragte Phil, während er auf seinem Tisch herumstöberte.

»Schmutzige deutsche Dichtung«, sagte Gary. »Der alte Herman hatte einige Laster.«

Mark legte das Buch nieder. »Nicht sehr gut.« Zu Phil sagte er: »Sieh' mal, wenn wir dir im Wege stehen, laß es uns wissen.«

Phil winkte ab. »Ich habe den ersten Entwurf fertig, und Gloria liest ihn oben. Ich gehe mit den Jungen zum Fischen. Einer der Gründe, warum ich L.A. verlassen hab', war, daß ich mehr Zeit mit meinen Kindern verbringen könnte. Fünfzehn Stunden im Studio zu sein ist nichts für Familienväter.« Er legte einige Unterlagen beiseite und ging auf die Tür zu. »Gabbie ist mit Jack unterwegs, also könnt ihr die Bibliothek ganz für euch haben.«

Mark Blackman betrachtete die vom Boden bis zur Decke reichenden Bücherregale und schüttelte seinen Kopf. »Das dürfte länger dauern, als ich dachte.«

Phil drehte sich an der Tür um. »Im Keller und auf dem Speicher gibt's noch mehr. Viel Spaß.«

»Fang einen Großen«, sagte Gary mit einem Grinsen.

Phil steckte seinen Kopf ins Wohnzimmer, das jetzt das Fernsehzimmer der Familie war. Sean und Patrick saßen vor dem neuen Großwand-Fernseher, den Phil eine Woche vorher bestellt hatte. Gloria hatte sich zu dem Kauf nicht geäußert – sie konnten es sich ja leisten –, aber es wollte ihr nicht recht einleuchten, warum sowohl ihr Gatte als auch ihre Kinder Matchbälle und Touchdowns in Lebensgröße sehen mußten.

»Kommt mit, Jungs«, sagte Phil.

Sean sprang auf und schaltete die Übertragung vom Baseballspiel aus Chicago ab.

Phil öffnete die Vordertür und stand Hemingway gegenüber, der sich für sein Nickerchen die Mitte des Türrahmens ausgesucht hatte. Der Kater öffnete seine Augen und betrachtete drei der Menschen, die er in seinem Haus tolerierte. Phil blickte hinunter und stieg über den alten Kater, der keinerlei Anstalten machte, sich vom Fleck zu bewegen.

Als Sean die Tür hinter seinem Bruder zumachte, murmelte er: »Wünsch uns Glück, Ernie. Vielleicht fangen wir dir einen Fisch.«

Der Ausdruck der Katze war nicht geeignet, dem Jungen Optimismus und Übermut einzuflößen.

Gloria hörte, wie sie weggingen, und lächelte in sich hinein. Sie legte das Manuskript auf das Bett neben sich und dachte über das Kapitel nach, das sie soeben beendet hatte. Phils Arbeit war gut, aber die Erzählung schweifte an diesem Punkt der Arbeit ab. Sie wußte, daß Phil sie beim Umschreiben wieder einfangen und straffen würde. Aber sie wußte auch, daß er von ihr erwartete, ihn darauf hinzuweisen.

Als sie das Starten des Motors hörte, nahm sie das Telefon, das neben dem Bett stand, und wählte. Beim zweiten Klingeln hob jemand ab. »Aggie?« Die Stimme am anderen Ende antwortete. »Sag es Jack und Gabbie jetzt.«

Sie legte auf, und mit einem geheimnisvollen konspirativen Lächeln auf ihrem Gesicht erhob sie sich vom Bett, tippelte auf nackten Füßen über den Boden und steuerte nach unten. Als sie den Korridor erreichte, schaute sie in die Räuberhöhle und ging einen Schritt zurück. Gary Thieus war am Kamin.

Mark Blackman stand mit dem Rücken zur Tür und schaute über Garys Schulter, während der jüngere Mann etwas in der Rückwand untersuchte. Gloria trat leise ein und sagte: »Ich glaube nicht, daß ihr dort drin' Bücher findet, Jungs.«

Mark drehte sich herum und war von ihrem Eintreten anscheinend nicht überrascht. »Sieh mal hierher.« Er deutete auf das Regal, aber sie sah nur ein leeres Fach.

»Die Tiefe des Bücherschrankes neben dem Kamin paßt nicht zu der Tiefe der anderen. Es gibt einen nicht ausgewiesenen Raum hinter den Regalen.«

Vom Innern das Kamins sagte Gary: »Ich hab' was.«

Gary kam aus dem Kamin und reichte ihnen einen Schlüssel. »Viele dieser alten Häuser haben Geheimfächer, zum Beispiel hinter Ziegeln im Kamin oder unter falschen Bodenbrettern und in geheimen Kellern. Manchmal sind zwei oder drei verschiedene im selben Haus. Hier ist eine kleine Vertiefung im Boden, die von einem falschen Stein verdeckt wird.«

Sie nahm den Schlüssel, bemerkte, daß er mit Ruß beschmutzt war, und fragte: »Was ist das?«

»Ich weiß es nicht«, antwortete Mark. »Gibt es hier eine Tür, die Sie nicht abschließen können?«

»Nein, es sei denn, eine im Keller, die mir noch nicht aufgefallen ist«, sagte Gloria. »Ich hab' nicht viel Zeit dort unten verbracht.« Abwesend klopfte sie mit dem Schlüssel auf ihre Wange, der einen kleinen Schmutzfleck hinterließ. »Mark, wonach suchst du?«

Blackman sagte: »Ich bin mir nicht sicher. Wenn ich es wäre, wüßte ich besser, wie ich vorgehen würde.« Er zeigte auf Glorias Wange und auf den Schlüssel.

»Das macht weiter nichts«, sagte sie und wischte sich den Schmutzfleck weg.

Mark ging zu Phils Schreibtisch und lehnte sich dagegen, während Gary auf einem Haufen Bücher saß. »Gloria, hast du eins von diesen Büchern gelesen?«

»Nein«, sagte sie ohne Verlegenheit.

»Das ist nicht erstaunlich. Die meisten sind noch lieferbar, aber sie stehen eher in Büchereien oder in den Regalen einiger dieser ziemlich merkwürdigen Läden – weißt du, neben den Büchern von Leuten, die in fliegenden Untertassen auf der Venus waren, oder wissen, wo Atlantis ist. Der größte Teil meiner Arbeit widmet sich der Suche nach der Wahrheit, die Mythen und Legenden zugrunde liegt, im besonderen im Bereich des Okkulten und der Magie. Wenn hinter einem Mythos eine wahre Geschichte steckt, will ich über sie Bescheid wissen. Ich habe eine lange Abhandlung geschrieben, die sich der Idee widmet, daß die mythischen Visionen der Peyote-Riten ursprünglich tiefe rassistische Erinnerungen waren, die durch Halluzinogene, die sich in den Spitzen der Kaktusblüte befanden, hervorgerufen wurden. Meine Theorie ist, daß die ursprüngliche amerikanische Kultur des Südwestens eine anderes psychologisches Muster hatte als die europäische und diese ›primitiven‹ Menschen eine Stelle in ihrer genetischen Erinnerung erreichen ließ, von der die meisten ›zivilisierten‹ Menschen gar nicht wissen, daß sie in ihrem Kopf existiert.«

»Hört sich für mich ziemlich nach Jung an«, meinte Gloria.

Mark lächelte, und Gary sagte mit einem Grinsen: »Es ist irgendwie Jung.«

»Aber was hat das damit zu tun, daß ihr an meinem Kamin 'rumgrabt?«

»Sieh mal, ich möchte nicht über meine Arbeit sprechen, bevor ich sie nicht meinem Herausgeber gezeigt habe. Nur Gary weiß, was wir machen, aber du hast Anspruch auf eine Erklärung. Aber glaube mir, wenn ich dir sage, daß wir hinter nichts Ruchlosem her sind. Es ist nur so, daß ich nicht über meine gegenwärtige Arbeit sprechen möchte.« Er machte eine Pause. »Erinnerst du dich, bei Aggie habe ich euch erzählt, daß ich hinter Informationen über Fredrick Kessler her sei?« Sie deutete an, daß sie sich erinnern konnte. »Er ist einer der wenigen Männer, die ich aufspüren konnte, die irgendwie an einigen ziemlich merkwürdigen Begebenheiten beteiligt waren, für die ich mich interessiere.«

»Wie was zum Beispiel?«

»Nun, eine Menge von Dingen, die ich noch ausknobeln muß. Aber was ich bis jetzt weiß, ist, daß nach der Jahrhundertwende in einem Teil des heutigen Süddeutschlands – Bayern und ein Teil von Württemberg – sich ein plötzlicher Wechsel zu einer ursprünglicheren Haltung vollzog, als wenn das Landvolk zum Glauben ihrer Vorfahren, die Jahrhunderte vorher gelebt hatten, zurückgekehrt sei. Die scheinbaren Christen wandten sich wieder heidnischen Glaubenssystemen zu. Und es waren Massen. Geschichten von Magie und Zauberei griffen um sich.«

»Großartig«, meinte Gloria lapidar. »Und jetzt erzählst du mir, daß sich der Großvater vom alten Kessler mit diesen heidnischen Priestern abgegeben hat?«

»Nein«, korrigierte Mark. »Ich sage nur, daß der Vater des alten Kessler ein mysteriöser Mann war, über seinen Stand als kleiner Kaufmann hinaus bekannt, und das zu einer Zeit, als die Hölle unter dem Landvolk in Süddeutschland losbrach. Es gibt mehr als ein halbes Dutzend Hinweise auf Fredrick Kessler und andere, von denen man weiß, daß er mit ihnen verbündet war. Aber das Verrückte ist . . . Ich schaue in eine undurchdringliche Kiste. Es ist etwas drinnen, ich weiß nur nicht, was.« Er kreuzte die Arme, und eine tiefe Frustration zeigte sich auf seinem Gesicht. »Etwas Ungewöhnliches und ziemlich Mysteriöses passierte vor achtzig, fünfundachtzig Jahren in Süddeutschland, und es war sehr wichtig, aber was es genau war, ist nicht klar. Und Fredrick Kessler war daran beteiligt. Ich wollte mit seinem Sohn sprechen, aber der war schon in Europa, als ich letztes Jahr hierherkam. Ich versuchte, von seinem Rechtsanwalt die Genehmigung zu bekommen, hier herumzustöbern, aber er erlaubte es nicht. Also kam ich hier 'raus und untersuchte die Gegend. Ich bin nicht in das Haus eingebrochen. Aber der Rechtsanwalt hat irgendwie Wind davon bekommen und drohte damit, den Sheriff zu rufen, wenn ich nochmals einen Fuß auf das Grundstück setze. Also verbrachte ich einige Zeit damit, jede nur mögliche Nachforschung durchzuführen, wühlte in den örtlichen alten Zeitungsausschnitten und in den Büchereien der Gegend und interviewte Leute, die den alten Kessler kannten – obwohl es nur noch wenige gab. Als Herman starb, war ich in Washington und überprüfte alte Bankakten. Zu der Zeit, als ich zurückkam, hatten Sie und Phil schon ein Angebot für das Haus gemacht. Was ich zusammengesucht habe, ist, daß Fredrick Kessler und seine Verbündeten bei dieser Rückkehr zu dem heidnischen Glauben führend waren. Das Deutschland der Jahrhundertwende war nicht unbedingt der Ort für solche Vorkommnisse.

Es war, als ob jeder Bürger von Connecticut im Jahre 1905 plötzlich wieder an Geister, Elfen und die alten Götter glauben würde. Dann, und das ist das erstaunlichste, verbündeten sich die Köpfe der protestantischen und katholischen Kirchen, und selbst die Führer der jüdischen Gemeinschaft, die einst ihren Verfolgungen ausgesetzt waren, mit den örtlichen Autoritäten, um die plötzliche Rückkehr zum Heidentum abzustempeln. Es war die reinste Hexenjagd. Viele Menschen wurden gefangengenommen, einige wurden aus ihren Dörfern und Städten verlegt, und nicht wenige verschwanden einfach – ich nehme an, daß sie exekutiert wurden. Es wurde jahrelang vertuscht. Es war wie eine Inquisition.«

»Mann, das ist eine teuflische Geschichte«, sagte Gloria. »Aber weshalb dieses Mysteriöse? Warum erzählst du uns nicht die Wahrheit?«

Mark zuckte mit den Schultern. »Wie ich schon sagte, mag ich nicht über meine Forschungen sprechen. Das ist ein Teil davon. Dann ist da auch noch die Frage der Religion. Die etablierten Kirchen möchten nicht an diesen Teil ihrer früheren Aktivitäten erinnert werden. Und einige Leute werden selbst heutzutage ganz nervös, wenn man das Thema des alten heidnischen Glaubens wieder hochbringt.«

»Vor allem in diesen Tagen«, fügte Gary hinzu. »Die Fundamentalisten können ziemlich viel Krach schlagen, wenn sie wollen.«

Mark nickte. »Dann sind da noch die Geschichten über den Schatz.«

»Du hast es bei Aggie erwähnt und dich lachend darüber hinweggesetzt.«

»Nun gut, es mag ein Scherz sein. Was auch immer der Grund gewesen sein mag – eine Beteiligung an diesen heidnischen Dingen oder andere Gründe –, der ältere Kessler und seine Busenfreunde verließen Deutschland zu dieser Zeit sehr eilig und wurden in Kanada, den Staaten und Südafrika wieder gesehen. Dort hielten sich ungefähr ein Dutzend von ihnen auf. Alle reisten mit leichtem Gepäck, aber alle waren wohlhabende Geschäftsleute, die innerhalb von zwei Jahren ihr neues Zuhause geschaffen haben wollten. Wo das Geld her kam? Wenn man die Aufzeichnungen überprüft, dann hätte Kessler zwanzig- oder dreißigtausend Dollar Startkapital gehabt, vermutlich sogar noch mehr.«

»Das kommt heutzutage einer Viertelmillion gleich.«

Gloria konnte sich des Gefühls nicht erwehren, daß mehr dahintersteckte, als Mark ihr offenbarte. Aber bevor sie sich dazu äußern konnte, wurde die Vordertür geöffnet, und Gabbie rief: »Wir haben es!«

Jack schwankte mit einer großen Kiste herein, stellte sie neben dem Tisch auf den Boden und rannte wieder nach draußen. Gloria sagte zu Mark: »Wir reden später weiter.«

Jack und Gabbie brachten beide weitere Kisten herein und öffneten sie geschwind.

»Was geht hier vor?« erkundigte sich Mark.

»Es ist Dads Geburtstag«, verkündete Gabbie und holte etwas aus der Kiste, das wie ein Fernsehgerät aussah. »Wir haben ihm einen Computer gekauft.« Mit einem Grinsen sagte sie: »Reine Selbstverteidigung. Dad ist ein lausiger Maschinenschreiber. Im Studio hatten sie Leute, die die Skripte abtippten. Ohne das hier werden Gloria und ich die restliche Zeit damit verbringen, seine Manuskripte neu zu tippen.« Innerhalb einer halben Stunde wurde ein vollständiger Personal-Computer auf Phils Schreibtisch aufgebaut. Ein Drucker wurde mit dem Computer verbunden, und Jack ließ schnell einige Tests durchlaufen. »Es ist alles perfekt«, verkündete er.

»Nun gut«, meinte Mark, »wenn ihr eine Party für Phil

arrangieren wollt, sollten wir wohl besser gehen. Wir kommen morgen zurück.«

Gloria sagte: »Nein, bleibt hier. Sieh mal, Phil ist genauso schlimm wie du, wenn es darum geht, über seine gegenwärtige Arbeit zu sprechen, aber da du jetzt das Geheimnis verraten hast, wird er fasziniert sein. Und Gabbie fährt nach Pittsville, um chinesisches Essen zu holen, also gibt es kein Problem wegen ein paar zusätzliche Esser.«

»Okay«, antwortete Mark. »Ich nehme an, daß Aggie sich uns anschließen wird?«

»Natürlich.«

»Was haltet ihr davon, wenn ich jetzt das Abendessen hole?« fragte Gabbie.

»Du wurdest dazu auserwählt«, antwortete ihre Stiefmutter. »Ach, nebenbei, Mr. Laudermilch hat angerufen und gesagt, es wäre in Ordnung, daß My Dandelion für den Rest des Sommers bei uns bliebe, da wir jetzt den Schuppen fertiggestellt hätten. Er sagt, du seist eine ziemlich gute Reiterin.«

Gabbies Augen weiteten sich. Sie drehte sich zu Jack um. »Du Schlange! Du hast mir keinen Ton davon gesagt.«

Er lachte. »Es sollte eine Überraschung sein. Nebenbei, es war die Idee deiner Leute.«

Gabbie schlang ihre Arme um Glorias Hals. »Danke, Gloria. Sie ist ein tolles Pferd. Ich mag sie fast so wie Bumper. Ich werde gut auf sie aufpassen.«

»Bitte, Gabbie.« Gloria wollte noch etwas äußern. »Phil hat ihn auch dazu gebracht, John Adams bei uns zu lassen. Aber du mußt mit beiden arbeiten und den Jungen das Reiten beibringen, das ist ein Teil des Handels.«

Mit scherzhaftem Unterton sagte Gabbie: »Also muß ich mich auch jeden Tag mit *ihm* abgeben, nehme ich an«, und sie deutete dabei auf Jack.

»He!« protestierte das Objekt ihres unechten Zorns.

»Los, holt die Tiere, wenn dann Phil und die Jungs zurück sind, gibt's Abendessen. Okay?«

»Okay!« sagte sie enthusiastisch und griff nach Jacks Hand, halb führte sie, halb zog sie ihn aus der Räuberhöhle.

Gloria beobachtete, wie die beiden fortgingen, dann sagte sie: »Warum macht ihr nicht mit eurer Arbeit weiter, und ich werde Phils Manuskript zu Ende lesen. Wir können mit Kesslers Schatz, oder was immer es sein mag, nach dem Essen weitermachen. In Ordnung?«

Mark erklärte sich damit einverstanden.

Er und Gary begaben sich wieder daran, die Bücher zu überprüfen und einen Katalog zu erstellen, während Gloria nach oben ging. Sie hatte den Schlüssel in der Tasche ihrer Jeans nicht vergessen, und sie war sicher, daß Mark ihn ebenfalls nicht vergessen hatte.

In der kleinen Abstellkammer unter der Treppe hörte ihnen ein schwarzes Ding zu, das an der Unterseite der Stufen hing. Es gab einen zufriedenen, seufzenden Ton von sich und entschied, daß es an der Zeit sei, zu verschwinden. Es bewegte sich wie eine riesige schwarze Spinne, seine langen Arme und Beine schienen an allem klebenzubleiben, was es berührte. Direkt neben der Scheuerleiste hielt es an und betrachtete den engen Bruch zwischen den Leisten. Die Kreatur schien in sich selbst zusammenzuschrumpfen, seine Knochen und Gelenke zusammendrückend, bis es durch den Bruch schlittern konnte. Mit einem beinahe stillen Flüstern zischte es: »Der Schlüssel, der Schlüssel.« Dann verschwand es durch den Bruch und lachte sich ins Fäustchen.

8

Am Rande der Lichtung in Sichtweite des Königinnen-Hofes wurde er langsamer und verachtete ihre Stärke. Im Schatten der Baumstämme duckte er sich, der Verrückte aus weichem Licht und süßem Duft, und erwartete seinen Diener. Das schwarze Ding rannte durch die Wälder, bis es zu Füßen seines Meisters stand und zu ihm flüsterte.

Sein Meister schaute auf die die dünne Maske aus schwarzer

Leidenschaft nieder, ein Gegenstück aus Zorn und Verrücktheit zu seinem eigenen Ausdruck. Perfekte weiße Zähne saßen eng beieinander, eingeschlossen in einem abscheulichen Grinsen, während seine Augen groß waren, Augäpfel aus blauer Geisteskrankheit mit unmenschlicher Helligkeit. »Gut, gut«, flüsterte er seinem Diener zu und tätschelte seinen knorrigen Kopf in der Art, wie ein Mann seinen Hund getätschelt hätte. Die kleine, affenartige Kreatur schnurrte glücklich über die Freude seines Meisters. Es war ein so seltener Zustand. »Nun kehre zurück und warte, und wenn es an der Zeit ist, zeigen wir ihnen das Schloß.« Ohne zu zögern, rannte das Ding zurück durch die Wälder, heimlich genug, daß kein menschliches Auge seinen Weg erfassen konnte, ganz zu schweigen von seiner Geschwindigkeit.

Das Wesen des Lichts stand still, breitete seine Arme weit aus und schaute himmelwärts. Es schlug seine Hände über dem Kopf zusammen, und Donner erklang in den Wäldern.

Eine unerwartete Brise wehte über den Hügel, und die Königin erhob sich, ihr Hofstaat wendete die Augen der Quelle des Donners zu. »Du wagst es . . .«, begann sie, aber der Schatten war leer. Voller Zorn zischte sie durch die Zähne, die ebenso perfekt und unmenschlich waren wie die des anderen. Wieder war er fort. Langsam setzte sie sich, blickte zu jemandem, der nickte, seine Augen reflektierten ihre eigene, verborgene Angst. Mit einem Winkzeichen erteilte sie einen Befehl, und die Musiker nahmen ihr Spiel wieder auf, aber ein Teil der Freude war durch den Donner verscheucht worden. Und alle wußten, daß nur derjenige, der sie verspottete, solch eine Beleidigung wagen konnte. Nur er hatte die Stärke. Und mit diesem Wissen würde die bevorstehende Nacht kälter werden.

9

Phil trug einen vollen Fischkorb und ließ die Jungen zuerst durch die Tür. »Hey!« sagte er. »Wir sind wieder zu Hause.«

Gloria kam in die Küche und rümpfte übertrieben die Nase. »In den Spülstein damit!«

Phil und die Jungen legten ihren Fang nieder, und Gloria blickte auf die sieben Fische. »Wißt ihr Witzbolde denn nicht, daß ihr nur die Würmer eintauchen, nicht irgend etwas fangen solltet?« Die Jungen grinsten nur stolz.

Phil küßte sie auf ihre Wange. »Ich werde sie säubern. Ich muß den Jungen beibringen, wie man das macht.«

Patrick zog ein Gesicht und sagte: »Ugh, Fischeingeweide!«, während Sean lachte.

»Säubern zuerst, ausnehmen später«, befahl Gloria. »Ich möchte euch etwas zeigen.«

Sie trieb sie nach draußen zu dem Spülstein im Waschraum und paßte auf, bis sie den Fischgeruch von ihren Händen gewaschen hatten. »Ihr müßt euch alle fürs Abendessen umziehen, aber zuerst kommt mal mit.«

Sie führte sie zu Phils Arbeitszimmer und schlich zur Seite. Gabbie rief: »Überraschung!«, während Aggie, Jack, Mark und Gary zum Geburtstag gratulierten.

Phil schüttelte den Kopf und sagte: »Ich hatte gehofft, ihr würdet es vergessen. In meinem Alter kann ich es mir erlauben, ein paar zu überspringen.« Gloria betrachtete ihn mit einem mißbilligenden Blick. Dann erblickte er den Computer auf seinem Tisch, mit einer großen roten Schleife oben drauf. »Was!« Langsam setzte er sich an seinen Schreibtisch.

»Herzlichen Glückwunsch, Daddy!« sagte Gabbie und umarmte ihn von hinten.

Phil starrte auf den blanken Monitor und schwieg eine lange Minute. Endlich sagte er: »Wie bedient man ihn?«

»Jack kann es dir zeigen.«

Phil räumte den Stuhl, während Aggie ihren Kommentar abgab: »Ist fast wie der, den ich benutze, nur moderner.«

Phil lachte. »Ich dachte, du hättest einen alten Remington Noiseless.«

»Mein Junge, wir leben im technologischen Zeitalter, falls dir das entgangen sein sollte«, tadelte sie. »Laß es nicht zu, daß dieses Ding dir einen Schrecken einjagt. Wenn du dich erst einmal daran gewöhnt hast, wirst du mit Steinen nach deiner alten Schreibmaschine werfen. So, und jetzt kommen wir zum traditionellen Teil.« Sie überreichte Phil einen Karton. »Herzlichen Glückwunsch, Philip.«

Phil öffnete den Karton und entnahm ihm einen wunderschön verzierten, silbernen Brieföffner. »Aggie! Das war Henrys. Das kann ich nicht annehmen.«

»Natürlich kannst du, du dummer Mann. Ich werde sicher in den nächsten Jahren sterben, und ich möchte lieber, daß du ihn bekommst als der Staat New York.« Sie betrachtete das wundervoll gestaltete Silberfutteral. »Ich hab's ihm gekauft, als wir in Mexico auf unserer Hochzeitsreise waren. Es wurde irgendwo im Silberterritorium hergestellt. Du mußt es regelmäßig putzen. Alles ist aus feinem Silber, Griff, Klinge, Futteral, eben alles, und läuft schrecklich schnell an.« Sie lächelte. »Nein, du behältst es, Philip.«

Phil schien von dem Geschenk wirklich gerührt zu sein, ein persönlicher Besitz von Aggies Gatten. »Danke«, sagte er und erhob sich, um ihr einen Kuß auf die Wange zu geben.

Die Jungen scharten sich hinter Gabbie, untersuchten den Computer, und Sean sagte: »Welche Spiele kann man damit spielen?«

»Wie ist es mit *Agentenjagd?*« erkundigte sich Patrick.

Jack lachte. »Klar, man kann damit spielen, aber . . .«

»Keine Spiele!« sagte Gloria. »Es ist für euren Vater, und es ist kein Spielzeug. Ein Computerspiel, und er wird ihn nie benutzen.«

»Ach, Mom«, protestierte Patrick.

»Sag nicht ach Mom zu mir«, sagte sie in scherzhafter Empörung. »Ihr zwei geht euch jetzt waschen. Abendessen gibt's in einer halben Stunde.« Die Jungen fügten sich und marschierten die Treppe hinauf, um sich gründlich zu waschen und saubere T-Shirts anzuziehen.

Phil beugte sich über Jacks Schulter, während der junge Mann ihm die Grundbefehle des Systems erklärte. Er deutete auf das Handbuch und sagte: »Wenn Sie ein Problem haben, rufen Sie mich an . . .«

»Er wird draußen in der Scheune sein«, unterbrach ihn Gabbie.

Jack grinste. »Wahrscheinlich.«

Gloria sagte: »Nun gut, wer möchte einen Drink?«

»Das ist mein Stichwort«, sagte Gabbie.

»Was?« fragte Phil.

»Das Abendessen. Ich werde es holen. Loo Fongs beste Hunan- und Szechwan-Gerichte. Bin in fünfzehn Minuten zurück.«

Als Gabbie aus der Tür lief, sagte Gloria: »Phil, du beschäftigst dich mit deinem neuen Spielzeug. Ich werde etwas mit diesen Fischen machen.«

Er nickte abwesend, während er versuchsweise an der Tastatur spielte.

Gabbies Porsche 911 Turbo war drüben in Kalifornien und erwartete ihre Ankunft zum neuen Schuljahr, also nahm sie den Pontiac von ihrem Vater, sie fuhr wie gewöhnlich schnell, aber nicht rücksichtslos. Sie haßte es, herumzutrödeln. Das Essen war schon verpackt und wartete in zwei Pappkartons, sie mußte es nur noch auf den Rücksitz des Wagens legen. Gabbie machte eine unerlaubte Wende an der McDermott-Straße – nachdem sie sich vergewissert hatte, daß beide Seiten frei waren – und nahm Kurs auf das, was die Einwohner Autobahn nannten. Für Gabbie war es eine zweispurige Landstraße und, verglichen mit denen in Südkalifornien, eine sehr kleine. Auf der Autobahn fuhr sie 10 km/h über der Geschwindigkeitsbegrenzung und war sicher, daß die örtliche Polizei das als legale Überschreitung ansehen würde. Sie erreichte die Abzweigung nach Hause, als ein Lichtstrahl blendete, weil die Sonne durch die Bäume auf einem entfernten Hügel schien. Sie wendete ihren Kopf ein wenig und klappte die Sonnenblende herunter. Dann weiteten sich ihre Augen, und sie schaute zurück in Richtung des Sonnenuntergangs. An der Spitze eines Hügels an der Straße, die von der Autobahn wegführt, zeichnete sich etwas gegen den Himmel ab.

Das Signal einer Autohupe lenkte ihre Aufmerksamkeit wieder dem Fahren zu, sie traf auf die Bremse und schleuderte. Sie war nach links abgedriftet, der verärgerte Fahrer auf der entgegenkommenden Fahrspur warf ihr einen bösen Blick zu und schnippte ihr zu, als er vorbeiraste. Gabbies Herz pochte, und sie nahm die Abfahrt von der Autobahn. Sie war doppelt aufgewühlt, als sie mit dem Wagen an den Rand der Straße driftete und stehenblieb. Sie atmete mehrmals tief durch, untersuchte dann den Rücksitz und sah nach, ob nichts verschüttet war, bevor sie ihren Weg nach Hause fortsetzte.

Gabbie murmelte vor sich hin, daß sie sich wohl Sachen einbilde. Für einen Augenblick hatte sie etwas gesehen, das sich deutlich vom Abendhimmel abhob und wie ein alter Wagen, der von einem einzelnen Pferd gezogen wurde, aussah. Eine undeutliche Erinnerung näherte sich ihr, sie hatte sie fast wieder ins Gedächtnis gerufen, aber dann verschwand sie. Alles, was ihr blieb, war der Name Wayland. Und sie konnte nicht verstehen, warum ihr Tränen über die Wangen liefen.

10

Nach dem Abendessen saßen die Erwachsenen im Wohnzimmer, während sich die Jungen in die Diele zurückzogen, um ein wenig fernzusehen, bevor sie zu Bett gingen. Jack und Gabbie waren draußen in der Scheune, sie überprüften die beiden Pferde, die sie von Mr. Laudermilch gemietet hatten, obwohl es eigentlich keinen Grund dafür gab. Gabbie hatte bereits Pläne für einen neuen Zaun von der Scheune hinüber zur südlichen Weide geschmiedet, so daß die Pferde die Möglichkeit hätten, umherzulaufen. Gloria hatte Phil gegenüber einige langfristige Pläne geäußert, bald für kurze Zeit nach Kalifornien zu gehen.

Keiner hatte Gabbies Idee Beachtung geschenkt, nur Gary meinte: »Sie wird einen Schock kriegen, wenn sie sieht, wieviel so ein Zaun kostet.«

Phil und Gloria brachen in Gelächter aus. Mark und Gary warfen sich einen fragenden Blick zu, und Aggie sagte: »Geld ist kein Problem.«

Mark sagte: »Du mußt mit diesen *Star-Pirates*-Filmen sehr gute Geschäfte gemacht haben, Phil.«

»Wir sprechen hier nicht über mein Geld.« Als Mark einen verständnislosen Gesichtsausdruck machte, sagte Phil: »Gabbie möchte nicht, daß wir darüber reden, aber es ist ja bekannt. Sie ist eine Erbin.«

»Die Larker-Familie stammt aus Phoenix«, meinte Aggie.

Mark blinzelte, dann sagte er: »Natürlich. Ihre Mutter ist Corinne Larker.«

Aggie nickte. »Sie wurde von Helen Larker verstoßen, die Gabbie zur Alleinerbin des Besitzes machte.«

»Aber sie ist . . .«

»Was?« fragte Phil.

Mark zuckte mit den Schultern. »Ich weiß nicht. Normal? Wie ein Kind, das nicht reich ist – wie kommt das?«

»Gabbie ist ziemlich vernünftig«, erklärte Gloria. »Sie protzt nicht mit den Reichtümern. Sie hatte während ihrer Schulzeit nur ein geringes Taschengeld, bis sie achtzehn wurde. Sie hat gelernt, mit einem anständigen Einkommen umzugehen. Jetzt kann sie aus dem Treuhandvermögen des Besitzes ihrer Großmutter bekommen, was immer sie will, sie braucht nur anzurufen, und das gefällt ihr sehr gut. Sie hat nur zwei Schwächen: ihr Pferd, das sie mehr Geld kostet, als ich glauben möchte, und ihren Porsche, den sie viel zu schnell fährt. Bei anderen Dingen kommt sie mit recht wenig aus. Die Treuhänder werden ihr alles aushändigen, wenn sie heiratet oder fünfundzwanzig ist.«

»Wenn es nicht zu unverschämt ist«, sagte Gary, »darf ich fragen, um wieviel es hier geht?«

»Ich weiß es nicht«, sagte Phil, »aber viele, viele Millionen.«

»Nun gut«, bemerkte Gary, »wenn sie einen Zaun möchte, bekommt sie einen Zaun.« Ein spaßhaft-böses Grinsen wurde von der Bemerkung gefolgt: »Ich würde ja gerne wissen, wie teuer es wäre, Jack einen Wink zu geben?«

Sie lachten, und Mark sagte: »Frag Ellen. Du gehst zu Gabbie, und sie gibt dir dann einen Wink.«

»Ehrlich?«

»Wann lernen wir diese Freundin kennen, Gary?« sagte Phil.

»Nun ja, Mark und ich wollten euch bald in unser Haus mitnehmen, und dann wird sie da sein. Heute abend sind wir so eine Art unerwarteter Gäste.«

Phil zog eine Augenbraue hoch, und Mark erklärte die Sache mit dem Schlüssel. Er wiederholte seine Vermutungen über Kessler und die Wahrscheinlichkeit, daß es hier einen Schatz gäbe, und als er fertig war, schwieg jeder für eine Minute.

»Tja, das ist eine verrückte Geschichte«, sagte Phil. »Was ist mit dem Schatz? Glauben Sie wirklich, daß er hier irgendwo versteckt ist?«

»Ich glaube, das ist möglich. Kessler kam aus Deutschland, baute ein großes Unternehmen ohne hiesige Geldgeber auf, und schrieb zwei Jahre vor dem Zusammenbruch rote Zahlen. Es ist ziemlich klar, daß er ein ordentliches Vermögen aus Deutschland 'rausgeschafft haben muß. In Deutschland gibt es fast keine Informationen über ihn, also kann man nur vermuten, woher das Geld kommt. Aber es gibt einen winzigen Hinweis, den ich in einigen Bankunterlagen in New York entdeckt habe. Ein Vertreter einer der Einrichtungsfirmen berichtete, daß der Bankwechsel, den Kessler für den ersten Transport umfangreicher Einrichtungsgegenstände ausstellte, mit ›Kapital abgesichert durch Gold‹ gekennzeichnet war, eine sehr unübliche Bezeichnung. Und er bezahlte mit seinem Firmenprofit, so wurde das Gold nie angerührt, soweit ich es ausmachen kann.«

»Also«, sagte Phil, »denkst du, daß Kessler einen geheimen Goldvorrat in Deutschland geplündert hat, um seine Fabrik aufzubauen?«

»Hört sich ziemlich wirr an, wenn man es so ausdrückt«, stimmte Mark zu. »Aber bevor ich fertige Theorien aufstellen kann, brauche ich noch mehr Fakten. Ich habe nicht mal genug für einen guten historischen Roman, ganz zu schweigen von einer Geschichte.«

»Was ist mit dem Schlüssel?« fragte Gloria.

Mark stand auf. »Wenn ihr die Tür findet, die dieser Schlüssel öffnet, findet ihr vielleicht etwas, das mir erzählt, was ich über Fredrick Kessler wissen möchte: was er und sein plötzlicher Reichtum mit all den merkwürdigen Vorgängen in Deutschland zu jener Zeit zu tun hatten, und der ganze Rest.«

»Und«, fügte Gary hinzu, »ihr könntet den Schatz finden – wenn es ihn gibt.«

»Wir sollten schon weg sein«, sagte Mark. »Wenn ihr keine Einwände habt, machen wir morgen mit den Büchern weiter.«

»Selbstverständlich dürft ihr«, sagte Phil und begleitete sie zur Tür.

Als sie gegangen waren, sagte Gloria: »Ich habe immer noch das Gefühl, als ob es hier mehr gibt, als er uns erzählt.«

Aggie sagte: »Mark neigt dazu, etwas mysteriös zu sein, aber er ist harmlos, meine Liebe. Nebenbei, er bringt diese unglaublichen und sehr unwahrscheinlichen Häppchen von Unsinn immer ans Tageslicht.«

Als Phil zurückgekommen war, fragte Gloria: »Sie glauben, daß dies alles Unsinn ist?«

»Nein«, sagte Aggie. »Ich lehne es nur ab, Marks Neigung nachzugeben, von Fakt zu Fakt zu springen und dann einen ursächlichen Zusammenhang anzunehmen. Es macht Spaß, Marks Arbeit zu lesen, aber ich nehme das meiste nicht allzu ernst. Er ist besessen von uralten Geheimnissen und Überlieferungen, und er kann es nicht ertragen, etwas nicht zu wissen. Er ist nicht so verrückt wie dieser holländische Schwachkopf mit seinen Göttern, die angeblich nur Abfall der Astronauten seien, aber Mark ist eben auch kein exakter Forscher. Er hat viele Kritiker, und das nicht ohne Grund.«

»Aber, zu seiner Verteidigung, vieles in Marks Arbeit ist brillant. Es gab einige Dinge, die er geltend machte, die später von seriöser vorgehenden Forschern bestätigt wurden. Nein, Mark ist kein Schaumschläger. Er ähnelt nur viel mehr Indiana Jones als Margaret Mead.« Sie hielt inne. »Aber fragt euch mal selbst, wen würdet ihr eher nach einem vergrabenen Schatz suchen lassen, Indiana Jones oder Margaret Mead?« Sie erhob sich und sagte: »Nun gut, es ist spät, und ich sollte gehen. Laßt es mich wissen, wenn ihr noch mehr Wunder aufdeckt.«

Sie begleiteten sie zur Tür, und Phil ging mit ihr zur Scheune, um Jack zu holen. Gloria steckte ihren Kopf in die Diele und teilte den Zwillingen mit, daß es Zeit zum Schlafen sei. Während sie die beiden nach oben führte, wurde sie das Gefühl nicht los, daß Mark ihnen nur einen Teil dessen offenbart hatte, hinter dem er her war. Und sie wollte unbedingt daran denken, sich nach einem Schloß umzusehen, das zu dem Schlüssel in ihrer Tasche paßte.

August

1

Gabbie fürchtete den August, denn nach August kommt September, und mit dem September würde die Entscheidung kommen: nach Kalifornien zurückkehren oder in Pittsville bleiben. Schon war die erste Woche im August vergangen, und die Zeit schien davonzufliegen. Jack war mit Aggie nach New York gefahren, um sich mit den Mitgliedern irgendeines Komitees zu treffen. Er würde eine Woche fort sein, und das gab Gabbie die Möglichkeit, über alles nachzudenken. Sie war in Jack verliebt, fühlte zumindest mehr für ihn als für jeden anderen Jungen, den sie gekannt hatte. Und das beunruhigte sie. War sie verliebt? Manchmal fühlte sie sich wie ein kleines Kind, und alles und jedes jagte ihr Angst ein. Sie hatte ihr Leben bis jetzt mit der Fähigkeit gemeistert, ihre Angst vor anderen zu verbergen und trotz allem ruhig und gefaßt auszusehen. In der Privatschule war sie das Objekt des Zorns der meisten anderen Mädchen, sowohl wegen ihres guten Aussehens als auch wegen ihres Geldes, aber ihre Schutzfassade war nie eingebrochen. Gabbie konnte innerlich bluten, ohne den Schmerz nach außen zu verraten.

Auf der High-School hatte sie nur einen ernsthaften Freund, Danny. Gabbie hatte angenommen, sie sei in ihn verliebt. Er schien sich von den meisten anderen Jungen zu unterscheiden. Sie hatte gedacht, ihre Beziehung würde seinen Weggang vom College verkraften. Nachdem er sich in Stanford immatrikuliert hatte, bekam sie drei Briefe von ihm. Im dritten erzählte er ihr, daß er ein anderes Mädchen kennengelernt hatte.

Gabbies Gesicht errötete bei dieser Erinnerung. Voller Empörung war sie danach losgerannt, in ihr Auto gesprungen und nordwärts gefahren, und sie hielt nur an, um zu tanken. Sie hatte ihren Porsche bei über 190 km/h an verschiedenen Punkten der Interstate 5 abgestoppt und schaffte die Fahrt nach

Palo Alto in weniger als fünf Stunden. Sie war bis fast ein Uhr morgens durch Stanford gestürmt, bis Danny zu seinem Studentenwohnheim zurückkam, von einem Treffen mit seinem neuen Mädchen. Die Begegnung war demütigend. Dannys neue Beziehung war ganz entschieden sexueller Natur. Gabbie und Danny hingegen hatten nie wirklich miteinander geschlafen. Ihr Liebesspiel war immer dadurch beendet worden, daß Gabbie ihn in Schach hielt. Während der letzten Wochen hatten sie einige Petting-Spiele durchlaufen, aber Gabbie hatte es abgelehnt, weiterzugehen. Irgendwie konnte sie Danny nicht in sich aufnehmen, als ob dieser Akt ein zu großes Zugeständnis an Liebe gewesen wäre. Aber dieses neue Mädchen hatte gleich bei ihrem ersten Treffen mit Danny geschlafen. Er war völlig verrückt nach ihr, sexuell hörig und betrachtete Gabbie als einen unwillkommenen Eindringling aus seiner Vergangenheit, den man am besten so schnell wie möglich und ohne Mitgefühl wieder loswird. Er hatte sie ein prüdes Frauenzimmer genannt, dann beschrieb er in anschaulichen Details die sexuellen Erlebnisse mit seinem neuen Mädchen. Gabbie war in Scham und Schmerz geflohen.

Sie hatte erwartet, daß die Hölle über sie hereinbrechen würde, aber ihr Dad und Gloria waren wundervoll, boten ihr Unterstützung an und kritisierten es nicht, daß sie außer sich geraten war. Sie war nie wieder mit Danny in Verbindung getreten. Heute verstand sie, daß ihre Reaktion verletzter Stolz und sie besitzergreifend war. Die Eifersucht, die sie beim Picknick des vierten Juli überkam, war etwas völlig anderes; es war die Angst vor dem Gedanken, Jack zu verlieren.

Jetzt stand Gabbie wieder in der Scheune und begann das Heu zu wenden; bei dem Gedanken an Jack lächelte sie. Jack und Danny waren aus anderem Holz geschnitzt. Danny war die meiste Zeit ein netter Junge, aber eben ein Junge. Jack war ein höflicher und warmherziger Mann. Er sprach nie über Ginger, das Mädchen unten in Atlanta, außer, wenn er eine konkrete Frage von Gabbie beantworten mußte. Er hatte Gabbie erzählt, er wäre durch diese Beziehung etwas verwirrt, und sie billigte sein Unbehagen, darüber zu sprechen. Wann immer Gabbie über das Morgen besorgt war, sagte Jack nur: »Das wird sich ergeben.«

Gabbie dachte dann, verdammt richtig, es wird sich ergeben, Jack Cole. Sie wurde plötzlich von einer starken Welle des Gefühls für ihn erfaßt, und ihre Augen wurden feucht. Verdammt, sie liebte ihn tatsächlich. Er hatte sie nie gedrängt, war offenbar zufrieden, sie führen zu lassen. Zweimal hatte sie es schon bedauert, daß er nicht ein wenig fordernder war. Seit ihrem ersten Spaziergang, seit der Nacht bei Aggie, wartete sie eigentlich nur darauf, daß Jack sie liebe. Aber die Tatsache, daß er sich zurückhielt, untermauerte ihr Gefühl, er sei der richtige Mann, um ihr erster – und vielleicht einziger – Liebhaber zu sein. Gabbie atmete tief ein und wurde sich plötzlich ihrer Nervosität bewußt. Jack kam sicherlich in ein oder zwei Stunden zurück, und Gabbie hatte die Ahnung, daß diese Nacht *die* Nacht sein würde.

Gabbie hörte auf, das Heu im Stall aufzufrischen, und stellte die Gabel weg. Die Pferde waren draußen auf der Weide und würden in dieser Jahreszeit auch nachts draußen bleiben, aber das Heu wurde immer noch schimmelig. Vor ihrem regulären nachmittäglichen Ballspiel hatten die Jungen eine weitere Reitstunde genommen. Gabbie war erstaunt, wieviel Freude es ihr machte, die beiden zu unterrichten. Als sie aus Arizona hierhergekommen war, waren die Jungen sechs Jahre alt gewesen, nett, aber häufig im Weg. Jetzt hatten sie sich zu richtigen kleinen Kerlen und Persönlichkeiten entwickelt. Selbst die leichten Gelegenheitsarbeiten, die sie rund um die Scheune erledigen mußten, brachten sie ohne großes Nörgeln zu Ende. Davon abgesehen, daß sie sie wegen Jack aufzogen, schienen sie ihre ältere Stiefschwester und ihren Freund wirklich zu mögen und waren für jede mit ihnen gemeinsam verbrachte Stunde dankbar. Und sie selbst liebte die beiden, abgesehen davon, daß sie ins Badezimmer gestürmt kamen, ohne vorher anzuklopfen, was sie rasend machte. Mehrere geruhsame Bäder wurden dadurch beendet, daß Gabbie mit dem Schwamm nach dem einen oder anderen Bruder warf.

Gabbie rieb sich den Schweiß von der Stirn. Sie wußte nicht, ob sie sich nach den Jahren in der trockenen Hitze von Arizona und Los Angeles jemals an diese Feuchtigkeit gewöhnen würde. Die unerwarteten Sommerregen waren ihr fremd, und der heutige Morgen war wunderschön gewesen. Selbst am frühen Abend, wenn die Sonne hinter die Hügel im Westen tauchte, war es in der Scheune wie in einer Sauna. Sie zog an ihrem T-Shirt und ließ frische Luft an ihre Haut. Sie trug nur selten einen BH, und die Luft auf ihren Brüsten fühlte sich kühl an. Sie knöpfte ihr Hemd auf und fächelte, so daß die verdunstende Feuchtigkeit sie kühlte. Sie beobachtete sich, während ihre Hände die Form ihrer Brüste nachzeichneten. Gar nicht schlecht, dachte sie abwesend, und berührte sich selbst. Als ihre Finger über ihre Brustwarzen fuhren, wurden diese hart, und sie dachte an Jack. »Großer Gott«, murmelte sie laut vor sich hin, »ich hab' nur Sex im Kopf.«

Ein Geräusch ließ Gabbie erstarren. Es war ein Lachen. Sie schleuderte herum und bedeckte sich schnell. Sie suchte die Quelle dieses Geräusches und blickte nach oben zum Heuboden, der versteckt im Abendlicht lag. »Ist da oben jemand?« Aus dem Schatten brach ein Lachen hervor, mit einem jungenhaften Klang. »Sean? Patrick?« Wieder das Lachen. »Seid ihr die Monster, die mir nachspionieren?« Ihre Stimme hörte sich ärgerlich an, und sie merkte, wie sie rot wurde.

Das Lachen hielt an, und plötzlich hatte Gabbie Angst. Das waren nicht Sean und Patrick. Es haftete etwas Zermürbendes, beinah Verrücktes an diesem Geräusch. Gabbie wollte sich zum Scheunentor umdrehen, als eine flüsternde, musikalische Stimme sagte: »Halt, bleibe eine Weile, Gabrielle.«

Gabbie drehte sich schnell um und sah einen Jungen, nicht älter als vierzehn oder fünfzehn Jahre alt, der sich am Rand des Heubodens niederkauerte. Er war nur teilweise von den Schatten verdeckt. »Wie . . .? Wer bist du?«

Der Junge sprang herunter, und Gabbie spürte, wie ihr Herz klopfte. Sie beobachtete den Fall, mehr als dreieinhalb Meter, aber wie ein Sportler von einem hohen Barren landete er, und beide Füße pflanzten sich fest auf den Boden. Er trug ein paar ungewöhnlich anmutende Hosen aus grobem Leinen, die von einem Lederriemen gehalten wurden. Sie erinnerten Gabbie an die Krankenhaushosen, die von einigen der Kinder in der Schule getragen wurden. Er war barfuß und barbrüstig und kaum größer als sie. Sein Körper war muskulös, aber weich, weniger der eines Mannes als der eines athletischen Jungen, und sein Haar war ein Wirrwarr von braunen Locken. Sein Gesicht war ungewöhnlich – hohe Backenknochen, eine hohe Augenbraue, beinah grausame Lippen und große, tiefe Augen. Die strahlend blauen Augen machten Gabbie betroffen, und sie war sicher, sie vorher schon einmal gesehen zu haben. Weich und ganz durcheinander, sagte sie: »Wer . . . bist du?«

»Ein Wanderer, einer auf der Suche, ein ehrlicher.« Er starrte sie an, und seine Augen strichen über ihren Körper, als würden sie ihn liebkosen. Sein Verhalten war abschätzend, ganz offen begehrend. »Geh jetzt noch nicht, denn deine Gesellschaft ist sehr angenehm.« Er sprach in einer lustigen Art, mit einem Akzent, den man unmöglich einordnen konnte, der ihr aber irgendwie bekannt vorkam. Er streckte seine Hand aus, und Gabbies Herz machte erneut einen kleinen Sprung, sie spürte, wie sich eine schreckliche Angst in ihr aufbaute. Sie war kurz davor, laut zu schreien oder zu rennen, war aber irgendwie unfähig, beides auszuführen. Der Jugendliche berührte ihr Haar, dann ihre Wange. Als seine Fingerspitzen über ihr Gesicht streiften, spannte sich Gabbies Körper an, weil eine Erregung ihren Hals herunterlief, zwischen ihre Brüste, bis zu ihren Lenden. Ihre Brustwarzen verhärteten sich wieder, und als sie zitterte, wurde ihr Körper von einer Hitzewelle durchflutet. Der Geruch von Blumen und Gewürzen stieg in ihre Nasenlöcher, und ihr Kopf schwebte.

Sie schwankte, während der Jugendliche um sie herum ging. Gabbie war unfähig ihm zu folgen, als wenn ihr Kopf es ablehnte, sich zu drehen, und ihre Augen nach vorne fixiert wären. Hinter ihr lehnte sich der Jugendliche nach vorne, bis sein Gesicht neben ihrer Wange war und sein Kinn auf ihrer Schulter lag. Mit weicher Stimme sagte er: »Ich hätte dich nicht gestört, Gabrielle, aber dein Verlangen klingt in meinen Ohren. Ich spüre deine Hitze, und weil ich sie spüre, wird meine

Begierde angeheizt.« Er kicherte, ein Geräusch, das Gabbie einen Schauer über den Rücken laufen ließ. »Anziehend, deine Figur ist eine Freude für meine Sinne. Auch dir will ich solche Freude erwidern, denn dein Verlangen ist so augenscheinlich für mich wie der Sturm am Himmel für einen Raben.« Sie spürte, wie seine Hand gegen ihr Kreuz drückte, dann zu ihrer rechten Pobacke hinunterglitt. Sie schüttelte sich, unfähig sich zu bewegen, war sie wie ein Hirsch in der Nacht im Scheinwerferlicht eines heranfahrenden Autos gefangen. Ihr Geist schrie, und dennoch konnte sie keinen Laut von sich geben; und tief in ihrem Inneren wurde ein Verlangen aufgebaut. Der jugendliche Mann stellte sich vor sie, und sie konnte ihn wieder deutlich sehen. Unter seiner Hose trug er nichts, und seine fortgeschrittene Erregung blieb ihr nicht verborgen. Seine Augen waren wie elektrisierend, ein Blau wie bei einem Blitzlicht. Seine jungenhaften Merkmale wurden von einem Schatten der Jahrhunderte überdeckt. Er wirkte auf sie wunderschön, aber auch Angst einflößend. Er kam ganz zu ihr, und sie konnte nur seine Augen sehen. Blau wie die schimmernde Oberfläche des Lapislazuli, wie perfekt geformtes Eis, seine Augen sogen ihren Willen auf. Seine Stimme liebkoste sie, weich und sinnlich. »Soll solch eine Blume in den Boden sinken, weil sie Zärtlichkeit braucht? Nein«, flüsterte er ihr ins Ohr. Sein heißer Atem strömte über ihre Wangen und ihr Ohr, und sie erschauerte. »Wenn die Blüte verloren geht, soll sie nicht in den Boden sinken, sie soll ausgerissen werden. Komm, folge mir, Kind.« Er gab ihr einen kleinen Stoß, und sie merkte, wie sie sich auf das Scheunentor zu bewegte. Teils springend und teils tanzend, erreichte der Jugendliche das Tor einen Moment vor ihr. Er hielt an, um nach draußen zu schauen, und schob das Scheunentor, nachdem er zufrieden festgestellt hatte, daß alles in Ordnung war, weit auf.

Gabbie bewegte sich fast willenlos, ihr Geist schien sich von ihrem Körper zu lösen, der jeder Willenskraft beraubt war. Sie bewegte sich in ungewöhnlichen und sprunghaften Rhythmen, als ob das, was ihr Befehle erteilte, nicht an ihren Körper gewöhnt sei.

Der junge Mann wirbelte herum, damit er ihr ins Gesicht sehen konnte, ein Lächeln versengender Hitze brannte in ihren Augen wie ein Blitzschlag. Mit einer Stimme, die wie Musik war, sagte er: »Du kennst deine Begierden. Bleib nicht stehen. Komm, mit mir.« Mit seiner Hand machte er eine leichte Geste, einen langsamen Halbkreis, und sagte: »Hör zu, hör zu, Gabrielle.«

In der Entfernung konnte man das Geräusch von Musik hören, eine schluchzende Melodie, so lieblich, daß Gabbie Tränen in die Augen stiegen. Große musikalische Themen überwältigten sie, obwohl der Klang nur ein wenig mehr als ein Quintett war, eine Harfe und drei Flöte, mit einem anderen, kaum wahrnehmbaren Blasinstrument. Noch immer schwappte es über sie wie eine Welle, setzte Gefühle frei, die aus einem Ort tief in ihrem Innern hervorkamen. Gabbie schrie, denn das Lied war zu schön, um von dieser Erde zu stammen, sowohl wunderbar als auch traurig. Es war das lieblichste Lied, das sie jemals gehört hatte, und zugleich das melancholischste.

Dann wurde das Thema der Musik lebhaft, eine muntere Flöte von fröhlichen Synkopen. Gabbie spürte, wie ihr Körper antwortete, wie ihr Puls schneller wurde, während sie sich im Takt zu der Musik bewegte, halb gehend, halb tanzend hinter dem merkwürdigen jungen Mann her. Er drehte sich um und vollführte Luftsprünge um sie herum. Und von irgendwoher brachte er eine Panflöte herbei, und vier Rohrflöten erklangen dazu. Gabbie hätte am liebsten laut losgelacht. Es war ein Drang zu lachen, der zwischen Freude und Verrücktheit gefangen war. Ein winziger Teil von ihrer Persönlichkeit stand gleichsam abseits und versuchte das Verrückte, das sie umschlossen hielt, herauszutrennen, aber der einsame Teil ist das einzig logische Wesen in einem kranken Universum, denn alles um Gabbie herum war außerirdisch geworden.

Die Scheune sah verschwommen aus, als wenn man durch ein schmieriges Fenster sehen würde, und das Licht am Himmel war wie elektrisch, eine versengende blaue Schwingung mit nie gesehenen, nur gespürten Energien. Die Bäume rauschten im Wind und sprachen eine uralte Sprache. Und der

Schlamm unter ihren Füßen war ein feuchter und warmer Teppich, über den man tanzen konnte.

Der Junge bewegte sich über die Weide, Gabbie an seiner Seite. Sie war eine Puppe, eine Marionette, deren Fäden er geschickt manipulierte. Sie merkte, wie sie herumwirbelte, Kreise bildete, als wäre sie noch ein Kind, das sich aus reiner und schlichter Freude an der Bewegung bewegte. Ein fröhliches Geräusch ahmte ihr eigenes Gelächter nach, und sie sah, wie der Junge sie angrinste.

Scheinbar ohne Anstrengung sprang er mit nur einer Hand über den Zaun, auf die Spitze eines Pfostens. Gabbie kletterte, aber selbst diese normalerweise ungeschickte Bewegung blieb im Takt mit dem Lied, alles war Rhythmus und Harmonie. Er führte sie in die Wäler, in das kühle Grün des Forstes. Und im ruhigen Abend sangen die Bäume, und Gabbie lauschte.

Niemals hatten die Wälder so ausgesehen, lebendig, zuckten sie vor Leben und Energien, die sie sehen konnte. Das Düstere wurde weiche, schützende Dunkelheit, durchsichtig für ihre Augen, als sich ihr eine neue Dimension offenbarte. Sie konnte jeden Zweig, jedes Blatt und jeden Baum sehen, jeder war einzigartig. Sie sah, daß es noch eine andere Welt gab, eine verborgene Welt, umfaßt und umgeben von der Welt ihrer Geburt. Sie wußte, daß diese andere Welt schon immer dagewesen war, daß sie jedoch nie die Fähigkeit besessen hatte, sie wahrzunehmen. Jetzt, inmitten dieses verrückten und freudigen Tanzes, konnte sie diese andere Welt sehen. Und in der Dunkelheit leuchtete der Junge in seinem eigenen, schwachen blauen Licht.

Dann tanzte der Junge in Kreisen um sie herum und spielte die ganze Zeit auf seiner Panflöte, hüpfte umher wie Pan auf einem Zechgelage. Gabbie betrachtete die Schulter und den Rücken des Jungen, während er hüpfte, die jungen Muskeln zeichneten sich deutlich unter der Haut ab. Der Duft von wilden Blumen, Honig und Gewürzen überfiel ihre Nase, während der Körper sich näher und näher zu ihr hin bewegte. Gott, er war schön, dachte sie, als sie seine Nähe spürte. Bei bestimmten Bewegungen seines ausgelassen-verrückten Tanzes sah Gabbie, daß seine Erektion noch da war, eine Huldigung an ihre Lieblichkeit. Gabbie wurde von dem Verlangen nach diesem Jungen überwältigt. Ihr eigener Körper wurde zu einem Ding in sich selbst, lebendig im Bewußtsein; jede Muskelfaser wollte sich krümmen und spannen, zusammenziehen und loslassen, und sie vereinigten sich im Tanz. Ihre Haut war wie elektrisch geladen, ihr Haar flog umher wie ein dunkler Heiligenschein. Ihre Brustwarzen waren in einem schmerzhaften Stadium gehärtet, und ihr Magen und ihre Lenden wurden in einer feuchten Hitze von Wasser umspült. Eine entfernte, innere Stimme schrie verzweifelt, flehte sie an, zu fliehen. Sie wies diese Stimme zurück.

Ohne zu wissen, wie er es geschafft hatte, vor ihr zu stehen, wurde Gabbie sich vage seiner Hände bewußt, die ihr Hemd aufknöpften, und sie spürte die kühle Luft auf ihren Brüsten, als seine Zunge gegen ihre Wange stieß. Ihr Körper spannte sich an, wand sich wie eine Feder, und dann berührte er sacht ihre linke Brust. Sie explodierte in einem Blitz feuchter Hitze, ihr Körper löste sich auf in einem wilden, unkontrollierten Krampf.

Gabbies Knie wurden schwach, und sie begann zu kollabieren, aber ein erstaunlich kraftvoller Arm umschloß sie, hielt sie aufrecht wie ein kleines Kind. Ihre Haut war durchnäßt, weil der Schweiß an ihr herablief, und sie schnappte nach Luft. In einer entfernten Ecke ihres Geistes duckte sich das selbstbewußte Wesen namens Gabbie plötzlich in furchtbarer Angst, als ihr Körper außer Kontrolle geriet und zu etwas Abgesondertem wurde. Sie merkte, wie sich ihr Untergang in einen sachten Fall zu Boden wandelte. Sie erschauerte, als Wellen des Vergnügens sie durchfuhren und ihren letzten Funken Willenskraft betäubten. Sanft sagte er: »Komm, junge Schönheit, komm und laß mich dir Freude schenken.« Er lehnte sich nach vorne und küßte sie. Und dann trank er ihre Seele.

Geschickt knöpfte er den Schlitz ihrer Jeans auf. Seine Hand erzeugte Feuerkreise auf ihrem Bauch, und der Atem blieb ihr in der Kehle stecken. Er neigte seinen Kopf und küßte ihre Brüste, und sie spürte, wie die Sprungfeder in ihren Lenden wieder anfing, sich langsam zu drehen. Ihr Verstand wurde von einem heißen, feuchten Verlangen überwältigt, und sie konnte nicht denken. Er schob seine Hand unter das Gummi ihres Schlüpfers und zwischen ihre Beine. Gabbie schüttelte sich und hing schlaff herab und bockte dann wie ein wildes Tier, während Laute einer primitiven Freude ihren Lippen entrannen.

In sich selbst gefangen, losgelöst von ihrem eigenen Körper, wurde Gabbies Verstand unterdrückt. Und durch die greifbare Hitze konnte sie Bilder sehen, ein Kaleidoskop von Erinnerungen, brillante Farben verbreiteten sich hinter ihren Augen und tanzten wie lichtdurchlässige Tropfen, die im blendenden Licht herumwirbelten. Sie war in der Lage, jeden Mann zu sehen, der sie je gereizt hatte, und sich an jeden detailliert zu erinnern. Sie standen vor ihr, alle aufgerüttelt und bereit, jeder ein Objekt ihrer Begierde, jeder willig, ihrer Laune zu gehorchen. Aus ihrer Schulzeit erinnerte sie sich an einen Hengst, der bereit war, eine Stute zu besteigen, und an das Gelächter der Mädchen, während sie den Stallburschen beobachteten, der das große Glied hielt und versuchte, es in die Zuchtstute zu führen, ohne selber von dem entflammten Tier getreten zu werden. Das Gekichere verwandelte sich in Seufzen und Stöhnen der Leidenschaft, während die Mädchen plötzlich an dem Akt mit der Stute teilnahmen. Dann stellten sich die Mädchen um Gabbie herum auf, und der verhaßte Duschraum in der Turnhalle verwandelte sich in eine sinnliche Arena, während feste junge Körper sich in dem heißen Dampf wanden und unter dem blauen Licht glänzten. Unerwartetes Verlangen erhob sich im Innern, und sie hatte Lust, die anderen Körper zu liebkosen, ihre feuchten Geheimnisse zu erforschen und ihre Lippen zu schmecken. Rote Lichter brannten – nein, jetzt konnte sie Feuer sehen –, und ein riesiger Mann stand entblößt vor ihr. Die Muskeln seiner Arme kontrahierten, während er auf einen Amboß schlug, sein perfrekter Körper war von Schweiß durchnäßt. Wayland, dachte sie. Dann wußte sie, daß der Junge neben ihr war, seine Zunge untersuchte die Konturen ihres Bauches.

Durch den karmesinroten Nebel ihres eigenen pulsierenden Blutes konnte sie erkennen, daß der Jugendliche versuchte, sich über sie zu bewegen. Sein Gesicht war verschwommen und veränderte sich, und für einen Augenblick schaute ein anderer auf sie herunter, einer, in dessen Gesichtsausdruck Verrücktheit lag, gefestigt von einem geisteskranken Artisten. Ein Gesicht von grausamer Schönheit betrachtete sie, dann neigte sich das Gesicht, um das ihre zu berühren. Sein heißer Atem war so süß wie würziger Apfelwein, seine drängende Zunge deutete die Schärfe eines Pfefferkorns an. Sein Kuß versengte ihre Lippen; seine Berührung elektrisierte ihre Haut, und ein Vergnügen stieg in ihr auf, dessen Intensität über das hinausging, was sie ertragen konnte. Die brennende, feuchte Hitze zwischen ihren Beinen wurde elektrisch, und während sie neue Höhen der Lust erklomm, konnte die Befriedigung eben dieser Lust nicht erreicht werden. Nach unerreichbarer Befreiung suchend, überquerte Gabbie die Grenze zwischen Leidenschaft und Qual. Die Lust verflog in dem Moment, als sich Freude in Schmerz verwandelte.

Gabbie kannte Agonie. Und schreckliche Angst überwältigte sie. Eine profunde und unkontrollierbare Furcht, das Wissen, daß sie an einem Punkt schwebte, hinter dem sie unrettbar verloren wäre, schwappte über sie und trug sie in ein Land jenseits körperlicher Leidenschaft; sie war im Begriff, sich im Geist zu verlieren. Innerhalb ihres eigenen Verstandes schrie sie in schrecklicher Angst, aber ihre Lippen stöhnten nur vor Freude, während ihr Körper als ein Ding abseits von ihr bestehen blieb. In sich selbst gefangen, wußte sie, daß das keine Liebe war. Liebe war etwas Gebendes, und dies war etwas Nehmendes, ein Zerreißen von etwas Wertvollem. Wieder schrie Gabbie, gab rauhe Töne der sexuellen Befriedigung von sich.

Der junge Mann griff sie mit seinem tierischen Pelz an, seine Zähne und Fingernägel hinterließen ein Brennen auf ihrer weißen Haut, jeder Biß und Kratzer entlockte ihr einen Aufschrei des Vergnügens. Tief im Innern verkoch sich Gabbie vor Angst, beobachtete ihren eigenen Körper, der in seiner grotesken Lust so willenlos war, daß selbst dieser Schmerz zum Vergnügen wurde. Ruhig, innerlich weinte sie in tödlicher Angst. Gabbie spürte, wie die Hände des Jungen ihrem Fleisch irreführende Zauberei bereiteten, und wußte, daß er im Begriff war, sie ganz zu nehmen. Und sie wußte, wenn er sie einmal genommen hatte, würde sie nie wieder in die Welt, die sie kannte, zurückkehren. Denn tief in ihrem Innern ahnte sie, daß hinter dieser Freude und diesem Schmerz nur noch der Tod lag.

In dem Augenblick, als die Leidenschaft und die Angst zum Höhepunkt aufstiegen, schob sich ein Geräusch in den Vordergrund, und der entfernte, gefangene Teil in Gabbies Geist wendete sich diesem Geräusch zu. Jemand rief ihren Namen. Die Stimme war noch entfernt, aber sie kam näher. Dann hörte sie, wie eine vertraute Stimme rief: »Gabbie?« Versengende Qual durchfuhr ihre Lenden, es fühlte sich an, wie ein elektrischer Schock an Fleisch angelegt, das zu sensibel ist, auch nur die zarteste Liebkosung zu ertragen. Sie wölbte und wandt sich, keuchte still, unfähig, auch nur zu schreien, so intensiv war der Stoß der Energie. Selbst in diesem Moment wußte sie, daß das nur ein Vorzeichen des vollständigen Ausmaßes der Qual war, die noch kommen würde. Sie konnte nur still wimmern, während Wellen der Hitze und des Schmerzes vorpreschten, um sie zu verzehren, und sie wußte, daß sie diese eine Ewigkeit erdulden mußte, bevor der Tod sie erreichen würde.

Dann verschwand die rote Hitze, und der Schmerz blieb. Gabbie spürte etwas Ähnliches wie einen Wasserfall von kühlem Wasser über ihren fiebernden Körper laufen. Ihr Herz krallte sich fest, und ihr Atem gefror in ihr, während sie starr wurde. Dann nahm ihr Herz das Schlagen wieder auf, und ein einziger Atemzug brachte Eissplitter in ihre Lungen. Sie lag dort kalt und krank, ihr verwüsteter Körper erschauerte bei der Antwort auf den verrenkenden Übergang von schwitzender Hitze zu eisiger Dunkelheit. Etwas war von ihr gegangen und ließ sie auf einem kalten Meeresstrom treiben, das Pochen in ihren Ohren war das Geräusch eines entfernten Brechers, der auf tiefschwarze Felsen schlägt. Sie trieb in diesem lichtlosen arktischen Ozean. Das erste, das in diese Dunkelheit eindrang, war ein Geruch. Feuchte Erde. Nicht länger schwankte ihr Kopf von süßen Düften; jetzt roch sie die Fülle von Lehm und die Mischung aus Holz und Blattdüften, den Geruch von Gras und das Moschus einer entfernten Füchsin, und alle Gerüche von der kühlen Nachtluft getragen. Auf eine unverbundene, vorläufige Weise wurde ihr Verstand mit ihrem Körper verbunden. Sie wurde sich eines Zitterns bewußt, ein Eindruck näherte sich irgendwie, bis sie bemerkte, daß es ihr eigener Körper war, der sich schüttelte, und ihre Zähne, die hörbar klapperten. Sie bewegte ihren Kopf, und der Schmerz schoß hinter ihre Augen und brachte sie dazu, laut zu schreien. Dann war es hell, beinah blendend. »Was!« sagte die entfernte Stimme. »Gabbie! O mein Gott!«

Gabbie spürte, wie sich der schwarze Nebel lichtete. Sie blinzelte und schüttelte ihren Kopf. Die schreckliche Angst war verschwunden, aber der Schmerz und die schreckliche Kälte blieben, und sie konnte nicht aufhören, sich zu schütteln. Dann stand Jack über ihr.

Er stellte die Lampe auf den Boden, und Gabbie drehte ihren Kopf wegen des blendenden Lichtes zur Seite. »Mein Gott, was geht hier vor?« flüsterte er rauh. Ihre Augen wollten sich nicht scharf einstellen, und sie konnte Jacks Worte nur sehr vage verstehen; ihre Bedeutung entschlüpfte ihr, bevor sie sie erfassen konnte. Gedankenfragmente vereinigten sich, und sie schaute herunter. Ihr Körper war fast nackt, ihr T-Shirt aufgeknöpft und zurückgeschoben, ihre Jeans und ihr Slip baumelten an einem Knöchel. Sie lag im Schmutz längsseits des Pfades zur Troll-Brücke im Wald. Ihre Brüste waren mit Zahnspuren und Kratzern überdeckt, ebenso wie ihr Bauch. Ihre Brustwarzen hatten sich wegen der Kälte zusammengezogen, und jedes Mal, wenn sie sich bewegte, schoß der Schmerz in ihre Lenden. Gabbie bemerkte das feuchte Haar, das an ihrem Kopf und Gesicht klebte und ihr die Sicht verdeckte, und sie versuchte kraftlos, einige dunkle Strähnen von ihren Augen zu schieben. Sie blinzelte verwirrt und begann zu schreien.

Schwach griff sie nach Jack. »Mein Gott, Gabbie, was ist passiert?« fragte er, während er sie in seinen Armen wiegte.

Endlich sprach sie. »Jack?« Ihre Stimme war ein trockenes Flüstern.

Gabbie spürte, wie er sie schnell aufhob. Während er sie zum Haus zurücktrug, fühlte sie, wie ihr die Kontrolle entglitt. Der letzte Hinweis auf den herzzerreißenden Terror und die Erinnerung an die verrückte, blinde Lust verschwanden, und an deren Stelle trat ein so tiefer Gefühlsumschwung, daß ihr Verstand sich vor Qualen verknotete. Sie schrie, und ein tiefes Schluchzen folterte ihren Körper mit unbändigem Zittern. Einen Moment später drehte sich ihr der Magen um, sie drehte ihren Kopf und übergab sich. Schluchzend flüsterte sie: »Jack, ich hab' solche Angst.« Sie weinte noch immer, als er sie in die Küche trug, kurz bevor sie bewußtlos wurde.

2

Gabbie blinzelte. In ihrem Kopf pochte es, und ihr Mund war trocken. »Wasser«, sagte sie, und ihre Stimme glich einem trockenen Krächzen. Gloria schüttete ihr ein Glas Wasser aus einem Krug ein und half ihr sich aufzusetzen, um zu trinken. Gabbies Kopf wandt sich bei dieser Anstrengung, während sie von einem Schwindelanfall überwältigt wurde. Das Wasser war kühl und frisch, und Gabbie trank gierig. Der Schwindelanfall ging schnell vorüber, und sie betrachtete ihre Umgebung. Sie befand sich in ihrem Schlafzimmer.

Gloria stand neben dem Bett, Phil direkt hinter ihr. »Bist du in Ordnung, Liebling?« fragte Gloria.

»Sicher, ich denke schon.« Gabbie lächelte schwach. »Was ist passiert?«

Gloria schaute Phil an, der sagte: »Wir hofften, du könntest es uns erzählen. Erinnerst du dich nicht?«

»An was erinnern?« fragte Gabbie.

Gloria setzte sich auf einen Stuhl neben dem Bett. »Du bist gestern so gegen halb acht in die Scheune gegangen. Jack erschien um acht, und ich dachte, du wärst in dein Zimmer zurückgekehrt. Als ich feststellte, daß du nicht hier warst, schnappte sich Jack eine Lampe und ging zur Scheune. Er konnte dich nirgendwo finden, aber er sah Fußspuren auf dem schlammigen Boden, die über die Weide in Richtung der Wälder zeigten. Er folgte ihnen und fand dich auf dem Pfad.«

Gabbie runzelte die Stirn, während sie nachdachte. »Ich . . . ich erinnere mich, daß ich das Heu für die Pferde wendete, und ich dachte nach . . .« Ihre Stimme kippte um. »Ich kann mich an nichts anderes erinnern.« Plötzlich wurde sie von einem Grauen heimgesucht; aber sie konnte den Grund dieses Gefühls nicht ausmachen. Es war nur ein namenloser und betäubender Terror. Die Farbe wich ihr aus dem Gesicht, und sie flüsterte: »Was ist passiert?«

Phil sagte: »Liebling, jemand hat versucht, dich zu vergewaltigen.«

Gabbie hüllte sich in Schweigen. Irgendwie erschien ihr das ein Ding der Unmöglichkeit. Sie dachte, wenn jemand versucht, dich zu vergewaltigen, müßtest du dich daran erinnern. Sanft sagte sie: »Vergewaltigung?« Sie schaute ihren Vater an und sah, daß sein Gesicht einer Maske kontrollierten Zornes glich. Zum ersten Mal, seitdem sie bei ihm lebte, sah sie ihren Vater wirklich wütend. »Jemand hat versucht, mich zu vergewaltigen?«

»Du warst ziemlich schlimm zugerichtet, Liebes«, sagte Gloria. »Und du branntest vor Fieber. Du lagst dort . . .«

Gabbie schaute an sich herunter, als würde sie versuchen, durch die Decke und das T-Shirt, das sie trug, zu sehen, als würde sie versuchen, einen Blick in ihr Inneres zu werfen. »Getan . . .? Was . . .?«

Gloria nahm Gabbies Hand. »Der Arzt wird bald hier sein. Schau, wir können auch später noch darüber reden. Du brauchst deine Ruhe.«

Gabbie lehnte sich in die Kopfkissen zurück. »Ich bin nicht müde. Nur durcheinander.«

»Erinnerst du dich an gar nichts?« fragte Phil.

Gabbie spürte, wie ihre Ängste abebbten. Die Möglichkeit einer Vergewaltigung schien irgendwie ganz weit entfernt. Sie fühlte sich einerseits zerschunden, als ob sie braune und blaue Flecken hätte, aber andererseits auch wieder nicht . . . Sie wußte nicht, was sie fühlte. Dann sagte sie: »Jack?«

»Er ist unten und wartet«, sagte Phil. »Er war die ganze Nacht hier und hat auf der Couch geschlafen, wenn er überhaupt geschlafen hat.«

»Die Jungen?« Plötzlich machte sich Gabbie um ihre Brüder Sorgen. Wenn hier ein Verrückter frei rumläuft, könnten sie in Gefahr sein.

»Ihnen geht's gut.«

»Kann ich Jack sehen?«

»Natürlich«, sagte Gloria und erhob sich von dem Stuhl neben dem Bett. Phil gab Gabbie einen Kuß und folgte seiner Frau aus dem Zimmer. Fast unmittelbar danach war Jack neben Gabbie. Er sah übernächtigt, unrasiert und zerzaust aus. Er lächelte auf sie herab. »Hi.«

»Selber Hi«, sagte sie und erwiderte sein Lächeln. »Bekomm' ich keinen Kuß?«

Er beugte sich nach vorne und küßte sie. »Bist du in Ordnung?«

»Ich . . . weiß nicht. Ach, ich kann mich nicht an sehr viel erinnern«, sagte sie und erforschte seinen Gesichtsausdruck; offensichtlich fiel es ihm schwer, fröhlich zu ein. Hinter den sanften Worten und dem schnellen Lächeln war er sehr erregt und tief getroffen. »Bist du in Ordnung?«

Die Maske fiel in sich zusammen, und Tränen traten ihm in die Augen. Seine Stimme wurde schwerfällig und gefühlsbetont. »Nein, ich . . . ich komme nicht sehr gut damit zurecht.« Er atmete tief ein. »Ich bin kein gewalttätiger Mensch, Gabbie, aber ich schwöre, wenn ich dieses Tier zu fassen kriege, bring' ich ihn um.«

Die Stärke seine Gefühle überraschte Gabbie. »He! Nimm's leichter.«

Jack hatte die Kontrolle verloren, und Tränen liefen über seine Wangen. Er nahm ihre Hand in seine und schaute sie an. »Ich . . . ich liebe dich, weißt du?«

Sie lächelte. »Ich weiß. Ich liebe dich auch.«

Er saß auf der Bettkante, lehnte sich nach vorne und küßte sie wieder. »Wenn irgendwas passiert ist . . . würde ich verrückt werden, weißt du?« flüsterte er.

»Ja, weiß ich«, flüsterte sie und hielt seinen Kopf so, daß seine Wange an ihrer lag, und ignorierte das Kratzen der Bartstoppeln. In diesem Moment spürte sie das Band zwischen ihnen und wußte, daß jedwede Zweifel, die sie je gehegt hatte, nicht mehr da waren. Es folgte eine lange Stille, dann sagte sie: »Es ist komisch, aber ich fühle mich nicht vergewaltigt.« Jacks Stimmung verdüsterte sich, dann sagte sie: »He, bleib ruhig, Jack. Ich meine es ernst. Ich fühle mich . . . müde, und als ob ich braune und blaue Flecke hätte, aber . . . irgendwie glaube ich nicht . . .« Sie schaute ihn an. »Ich glaube, ich weiß es nicht.« Sie schloß die Augen, während sie Jack küßte. Sie lockerte ihre Arme, die um seinen Nacken lagen, so daß er sich zurücksetzen konnte. »Etwas ist passiert«, sagte sie sanft. Sie senkte ihre Stimme zu einem Flüstern, als Bruchstücke einer Erinnerung wieder aufleuchteten. »Aber . . . es war nicht das, was ihr denkt.«

Bevor Jack antworten konnte, rief einer der Jungen von unten: »Der Doktor ist da!« Man konnte hören, wie die Tür unten geöffnet und wieder zugeschlagen wurde, während Sean und Patrick einen lauten Willkommensgruß von sich gaben. Einen Moment später trat Dr. John Latham ein, trieb Jack aus dem Zimmer, während er seine Patientin genau untersuchte. Jack ging nach unten und fand Phil und Gloria im Wohnzimmer, wo sie sich mit einem Mann unterhielten.

Der Mann blickte auf, als Jack eintrat, und Phil sagte: »Jack, das ist Detective Mathews.« Der Detective war direkt nach dem Doktor angekommen und kehrte zu dem zurück, was er gesagt hatte, als Jack den Raum betrat. »Es tut mir leid, Mr. Hastings, aber wenn sie sich nicht an Einzelheiten erinnern kann, können wir nicht viel tun.«

Phil sah wütend aus. »Meine Tochter wurde vergewaltigt, und Sie können nichts tun?«

Der Detective hob seine Hände. »Mr. Hastings, ich verstehe ja, daß Sie aufgebracht sind, aber wir können nicht wirklich wissen, ob sie vergewaltigt wurde, bevor der Arzt es bestätigt. Nach dem, was Sie über ihren Zustand sagten, ist das Mädchen grün und blau geschlagen, also gibt es genügend Anhaltspunkte für einen Überfall. Aber solange wir keine Beschreibung des Täters haben, stecken wir in einer Sackgasse. Wir werden hier draußen in den nächsten Tagen zusätzliche Patrouillen fahren, und wir werden ein Auge auf jeden Fremden, der in die Stadt kommt, werfen, aber wir haben die Fäden nicht in der Hand. Mein Gott, wenn es ein Durchreisender ist, könnte er jetzt schon überall sein.«

Kurze Zeit später kam Dr. Latham die Treppe herunter. »Gabbie geht's gut«, sagte er. »Werfen Sie nur während der nächsten ein, zwei Tage ein Auge auf sie und benachrichtigen Sie mich, wenn das Fieber zurückkommt.« Er sah Phil und Gloria mißbilligend an. »Es wäre besser gewesen, wenn Sie sie letzte Nacht in die Notaufnahme gebracht hätten.«

Gloria sah etwas befangen aus. »Ich [illegible] es sah nicht so besonders schlimm aus, ich meine, die Bisse und Kratzer fingen erst heute morgen oder während der Nacht an zu schwellen.« Ihre Stimme wurde schwächer, als sie hinzufügte: »Ich habe so meine Meinung über Krankenhäuser . . .«

»Nun gut, ich hab' ihr eine Tetanusspritze und Tetracyline gegeben, so daß diese Kratzer nicht viel anrichten können, aber . . . sehen Sie, ich will Sie nicht belehren. Sie sollten nur in Zukunft keine vorschnelle Diagnose stellen, okay?«

Phil sagte »Werden wir nicht«, und warf seiner Frau einen tadelnden Blick zu. Letzte Nacht war Phil völlig außer sich, doch Gloria war die Ruhe selbst und versuchte ihren Mann davon zu überzeugen, daß Gabbie nur ein paar braune und blaue Flecke habe. Er hatte zugeben müssen, daß die Kratzer auf ihrer Brust und ihrem Bauch nicht furchterregend aussahen. Gloria hatte Gabbies Temperatur gemessen: knapp über 38 Grad, so hatte er widerstrebend eingewilligt, daß man das

Mädchen nicht ins Krankenhaus bringen müsse. Am Morgen, als Gloria Gabbie besuchte, war das Fieber immer noch da. Gloria hatte die Striemen gesehen, die während der Nacht deutlicher geworden waren, und hatte sich bemüht, von Aggie Name und Adresse des Arztes zu bekommen. Das hatte Glorias ganze Überredungskunst gefordert.

»Doktor, was ist los? Wurde Gabbie vergewaltigt?« fragte Phil.

»Ich denke, nein. Es gibt keine körperlichen Merkmale eines Eindringens.«

»Sind Sie sicher?« fragte Phil.

Der Doktor verstand Phils Sorge. »Hundertprozentig? Nein, alles ist möglich, aber ich verwette dreißig Jahre Praxiserfahrung, daß man nicht in sie eingedrungen ist. Nein, Ihre Tochter ist ganz schön geschlagen worden – diese Zahnspuren sind ein Symptom für einen ziemlich krankhaften Verstand.« Er war einen Moment in Gedanken verloren. »Die Stellen sind ungewöhnlich, eher Brandwunden als Abschürfungen. Und ich könnte schwören, daß auf der Haut unter ihrem Schamhaar Blasen sind.« Er beobachtete den verstörten Ausdruck von Gloria und Phil und sagte: »Nein, ich glaube nicht, daß sie vergewaltigt wurde.« Nach einem kurzen Schweigen sagte er: »Aber das ändert nicht viel an der Tatsache, daß ihr Gewalt angetan wurde; sie braucht Hilfe, um damit zurechtzukommen. Ich kann Ihnen jemanden empfehlen, wenn Sie möchten.«

»Einen Psychiater?« sagte Phil.

»Oder einen Psychologen. Oder vielleicht jemanden von der Vergewaltigungsfürsorge oben in Buffalo. Die emotionalen Schwierigkeiten können eine Zeit lang verborgen bleiben, also achten Sie darauf. Wenn sie Schwierigkeiten beim Einschlafen bekommt oder ein ungewöhnliches Verhalten zeigt, wie zum Beispiel plötzliche Erregung oder Manie, oder wenn sie über längere Zeit ruhig ist, lassen Sie es mich wissen. Ich bin auf der Stelle da.«

Phil dankte dem Doktor, und der Detective ging nach oben, um Gabbie kurz zu befragen. Als sie beide gegangen waren, stieg Gloria die Treppe hinauf und setzte sich neben Gabbie. Phil und Jack standen im Wohnzimmer und tauschten Blicke aus, die zeigten, daß sie beide dasselbe fühlten: Gewalt und Hoffnungslosigkeit.

3

Gabbie zog ihr großes T-Shirt aus, das sie als Nachthemd benutzt hatte. Sie blieb einen Moment ruhig stehen, um ihren nackten Körper in dem großen Spiegel an der Tür zu betrachten, und erschauerte. Die Striemen waren zurückgegangen, aber jetzt hatten sich häßliche Narben gebildet, wie kleine, sonnenverbrannte Blasen, geschwollene Hinweise auf irgendein schreckliches Erlebnis, an das sie sich nicht erinnern konnte. Sie seufzte, nahm einen Slip aus dem Kleiderschrank und schlüpfte hinein. Nachdem sie ein Hemd und eine Jeans angezogen hatte, stieg sie in ihre Stiefel und beschloß, diese ganze merkwürdige Sache zu vergessen. Außerdem mußte sie den Pferden Bewegung verschaffen.

Wieder im Flur, bemerkte sie, daß die Jungen fort waren, und nahm an, daß sie zum nachmittäglichen Baseballspiel im Park unterwegs waren. Phil und Gloria verbrachten den Tag oben in Buffalo. Man hatte Phil gefragt, ob er in der Cafeteria einer Bücherei einen Vortrag halten könne, und Gabbie mußte fast einen Wutausbruch kriegen, um ihn zur Zusage zu zwingen. Unbedingt wollte er in ihrer Nähe bleiben, trotz ihrer Beteuerung, daß sie wieder wohlauf sei. Phil willigte erst ein, als Mark sich bereit erklärte, den Babysitter zu spielen, also hatten er und Gloria beschlossen, einen ganzen Tag zu bleiben, einkaufen zu gehen und bei Cloister zu Abend zu essen, das den Ruf hatte, eins der besten Restaurants im ganzen Land zu sein.

Als sie an der Bibliothek vorbeikam, erblickte sie Mark, der hinter Dads Computer saß, und steckte ihren Kopf durch die Tür. »Hi. Wie läuft's?«

Mark schaute hoch und lächelte sie an, und Gabbie hatte plötzlich das Gefühl, er sei ein sehr netter Mann. Sie hatte nur wenig Zeit mit Mark und Gary verbracht, wohl mehr mit Gary, denn Jack und sie spielten mit Gary und dessen Freundin Ellen Tennis. Aber wenn sie in der Nähe von Mark war, fand sie seine Gesellschaft angenehm.

Er sagte: »Ziemlich gut. Bin hier bald fertig und werde morgen den Keller herausfordern. Wie läuft's bei dir?«

Sie zuckte mit den Achseln. »Ich hab' immer noch braune und blaue Flecken. Aber ich lebe.«

»Das ist gut.«

»Was treibt dich an Dads Computer?«

»Ich benutze ihn, um die Bücher zu katalogisieren. Ich mache einen Ausdruck, und dein Vater behält die Disketten. Er kann sie auf den neuesten Stand bringen, wenn er etwas kauft oder verkauft.«

Sie schüttelte den Kopf. »Ich bezweifle, daß er sich daran erinnernt, obwohl er den Computer mag.«

Mark lachte. »Ich weiß. Ich habe das Programm für die Katalogisierung geschrieben.«

Gabbie lungerte an der Tür herum und war für einen Moment nicht in der Lage, etwas zu sagen. Nach einer Weile fragte Mark: »Willst du darüber reden?«

»Das ist ziemlich unheimlich.«

»Das Unheimliche ist mein Job.« Er schaute sie ernst an. »Gabbie, wenn du nicht reden willst, wird das meine Gefühle nicht verletzen. Aber wenn du ein Ohr brauchst, werde ich glücklich sein, zuzuhören.« Er lächelte. »Und ich bin ein Psychologe.«

»Das wußte ich nicht.« Sie schien überrascht zu sein.

»Die meisten Menschen wissen das nicht. Ich praktiziere nicht, aber ich habe meinen Ph.D. in Psychologie und eine Lizenz des Staates New York, die besagt, daß ich ein Psychoanalytiker bin. Deshalb kam ich auch zum Okkultismus, indem ich unheimliche psychologische Phänomene untersuchte. Mein erstes Buch behandelte Parapsychologie, und das führte mich zu anderen Dingen im Bereich des Okkulten. Ich bin zwar von meiner klinischen Assistenzzeit recht weit entfernt, aber ich weiß noch, wie man zuhört.«

Sie zögerte, als müßte sie sich überlegen, was sie sagen sollte. Dann endlich sagte sie: »Im Vertrauen?«

»Absolut.« Er drückte einige Tasten, um abzuspeichern, woran er gearbeitet hatte, während sie zu einem Stuhl ging. Er lehnte sich zurück, der Schreibtisch stand zwischen ihnen, und sagte nichts.

Nach einer Weile fing sie an. »Was mir angst macht ist, daß ich mich an so wenig erinnere. Ich meine, ich habe gehört, daß Menschen Lücken oder so was von einem Traum haben, aber ich fühle mich nicht besonders . . . traumatisch, weißt du?« Er nickte. »Aber es ist wie ein . . . Traum. Wie wenn du aufwachst und dich an etwas aus dem Traum erinnerst, vielleicht ein Bild oder sonstwas, aber eben nicht an alles.«

»An was erinnerst du dich?«

»Ich erinnere mich . . . etwas zu hören. Und ich erinnere mich . . . etwas zu riechen.«

»Was?«

»Wilde Blumen, glaub' ich. Zumindest roch es nach Blumen. Und es muß ziemlich schwierig gewesen sein, das in der Scheune zu riechen.« Sie lachte und sah ein wenig verlegen aus. »Das ist ziemlich dumm, nicht wahr?«

»Nein, ganz und gar nicht. Gerüche sind ziemlich wichtig, wichtiger, als du dir vorstellen kannst. Du kannst ein Bild von deiner Großmutter betrachten und dich zum Beispiel nicht mehr an sie erinnern, dann riechst du ihr Lieblingsparfum und löst damit lebendige Erinnerungen aus. Das ist weit verbreitet.«

»Nun, ich glaube nicht, daß ich vorher etwas ähnliches gerochen habe. Es war würzig. Es erinnerte mich . . .« Ihre Stimme kippte um, und ihre Augen weiteten sich.

»Was?« fragte Mark sanft.

Die Farbe wich aus Gabbies Gesicht. »Ich *habe* diesen Blumengeruch schon vorher gerochen. Ich . . . ich bin überrascht, daß ich mich nicht sofort daran erinnert habe, denn das war auch ziemlich unheimlich.«

»Wann?« fragte Mark und war offensichtlich interessiert.

»Als My Dandelion ihr Hufeisen verloren hatte, am vierten Juli.« Sie erzählte ihm von ihrer Begegnung mit dem Hufschmied. Mark lehnte sich vor, so daß seine Ellbogen auf dem Schreibtisch lagen, während er sprach. »Das ist sehr merkwürdig. Ich konnte mich bis jetzt an nichts davon erinnern. Muß die Grippe gewesen sein.«

»Welche Grippe?«

»Ich hab' mir am vierten einen Bazillus gefangen. Jack hat mich gefunden. Er glaubt, daß dieser Schmied nur Einbildung ist. Ich glaube das nicht. Ich denke, er war einer dieser Amish-Leute aus Cattaraugus. Er sah wie so einer aus, großer Hut, Hosenträger, schwere Stiefel. Und er sprach mit Akzent. Er hatte diesen alten Wagen mit einem tragbaren Schmiedefeuer. Aber es sah . . . weißt du, wirklich alt aus, nicht wie die modernen hinten auf den Trucks. Irgendwie weiß ich nicht, wie ich es beschreiben soll.«

Mark sagte nichts; endlich sagte Gabbie: »Weißt du, ich hatte mich über Jack geärgert, und ich fand diesen Schmied sehr nett. Irgendwie dachte ich, es wäre schön, ihn wieder zu treffen, aber ich glaube, ein Amish-Junge würde nicht . . . ich weiß nicht, sich außerhalb seines Glaubens verabreden? Was auch immer.«

Mark lächelte und sprach sanft. »Nein, ich glaube das nicht. Schau, Gabbie. Den Hufschmied mag es gegeben haben. Ich weiß nicht viel über die Amish. Aber ich könnte es für dich rausfinden. Hat er dir seinen Namen gesagt?«

Sie zog ihre Augenbrauen zusammen, dann weiteten sich ihre Augen. »Smith. So hieß er. Sein Name war Wayland Smith.«

Die einzige Veränderung in Marks Gesichtsausdruck war ein leichtes Zusammenziehen seiner Augenwinkel. »Wayland Smith«, wiederholte er mit monotoner Stimme.

»Ja.« Sie schien sich krampfhaft an etwas erinnern zu wollen. »Er sagte, er stamme aus irgendeinem Ort namens White

Horse. Ich nehme an, das ist seine Heimatstadt. Das ist alles, außer . . .« Sie kniff ihre Augen zusammen.

Nach einer langen Stille sagte Mark sanft: »Was?«

»Nun ja, er hat mich irgendwie . . . angemacht, weißt du.«

Mark schwieg und stieß abwesend mit einem Bleistift auf seine Wange. »Hat dich das gestört?«

Gabbies Augen begegneten seinen, und sie sah verlegen aus. »Ja, irgendwie schon. Es sieht so aus, als wären da zwei verschiedene Menschen, schau« – sie tippte mit einem Finger auf ihre Brust – »hier drin.« Gabbie schwieg und bemühte sich, die richtigen Worte zu finden. »Ich, das wahre Ich, weißt du, ist normal.« Ihre Stimme wurde leiser, und ihr war unbehaglich. »Ich spürte eine starke Lust, weißt du. Ich wurde . . . erregt, von Jack, weißt du.«

Mark lächelte. Ein ruhiges und warmes Lächeln, kein spöttisches. »Ja, weiß ich.«

Die Stimmung schien lockerer zu werden, und Gabbie entspannte sich. »Schau, wenn ich mit Jack zusammen bin, reizt mich das, aber das ist irgendwie normal . . .« Sie wollte irgend etwas sagen, hielt dann inne und veränderte es in »verstanden?«

Sie lachten beide. »Verstanden«, sagte nun auch Mark.

»Aber bei diesem Hufschmied . . . Na ja, er war nett und so, aber während er arbeitete, konnte ich nur an seinen Körper denken.« Sie seufzte laut. »Ich meine, er war irgendwie anders, aber . . .« Sie dachte lange nach und sagte letztlich: ». . . aber ich denke normalerweise nicht viel über den Körper eines Jungen nach. Ich meine, Jack hat einen tollen Körper, und ich hatte mal Schwierigkeiten mit jemandem, der mich zurückgewiesen hat, aber was mich wirklich interessiert, ist, glaube ich, was ein Kerl sagt und denkt und was er fühlt.« Erneut schien sie nach den richtigen Worten zu ringen.

»Und dieser Wayland war anders?«

Gabbie sagte: »Gott, ja!« Sie schwieg wieder, während sie sich erinnerte. »Ich beobachtete ihn bei der Arbeit, und ich habe am ganzen Körper geschwitzt, und alles, woran ich denken konnte, war, ihn zu berühren.« Sie lachte befangen, als sie eine schnappende Bewegung machte, und schüttelte verblüfft ihren Kopf. »Er hob mich in den Sattel, nachdem er den Huf repariert hatte, und als er mich berührte, zog es mich fast aus den Hosen.« Gabbies Tonfall wechselte von Verlegenheit zu Verzweiflung. »Mark, das macht mir angst. Ich hätte ihn dort auf dem Boden nehmen können. Ich meine, ich dachte weder an Liebe oder Loyalität gegenüber Jack, geschweige denn an meine Jungfräulichkeit oder irgend etwas anderes. Ich wollte ihm nur die Hosen ausziehen.« Ihre Stimme senkte sich. »Es war, als hätte er diese Macht über mich. Bin ich verrückt, oder was?«

Mark lächelte. »Meine Vermutung ist, daß du nicht mehr oder weniger verrückt bist als andere.« Gabbie erwiderte sein Lächeln. »Sex ist in jedem Fall eine ziemlich schwierige Erfahrung. Besonders, wenn das noch Neuland für dich ist. Du kannst mit der sexuellen Anziehung etwas besser umgehen, wenn du erfahrener bist, dennoch ist es etwas, daß einen ganz schön durcheinanderbringen kann. Hin und wieder treffen wir jemanden, der uns verwirrt, ohne daß wir irgend etwas von ihm oder ihr wissen. Meistens brauchen wir Gemeinsamkeiten, Vertrauen, müssen Zeiten miteinander verbringen, um eine Beziehung aufzubauen, weißt du?« Beide lachten darüber. »Aber diese andere Sache, Chemie, Liebe auf den ersten Blick, ein Blitz, der einschlägt, wie immer du es nennen willst, kann einem einen ziemlichen Schreck einjagen. Selbst so alte Kerle wie mich trifft es von Zeit zu Zeit. Gerade vor einem Jahr lernte ich jemanden bei einem Schriftstellertreffen kennen . . . Na ja, ohne ins Detail zu gehen, als wir die Hände schüttelten, um Abschied zu nehmen, war es wie ein elektrischer Schlag. Hat mich verdammt aus den Socken gehauen.«

Gabbie wurde lebhafter. »Das ist es! Ich bin fast aus meinen Kleidern gesprungen, als er mich berührte.« Sie senkte ihre Augen. »Es war fast ein Orgasmus.«

»Es ist eine kraftvolle und ursprüngliche Sache. Und es ergibt keinen Sinn. Daran liegt es, daß Menschen sich auf einen Partner einlassen, der nicht gut für sie ist.«

Gabbie nickte. »So wie meine Mom und Dad?«

»Ich habe deine Mom nie kennengelernt, aber das wenige, was dein Vater erzählt hat, legt den Verdacht nahe, daß es so gewesen war. Ich habe Bilder von deiner Mutter gesehen, sie ist eine tolle Frau.« Er zwinkerte ihr zu. »So wie ihr Kind.« Gabbie lächelte über dieses Kompliment, ohne verlegen zu werden. »Und dein Dad war noch ziemlich jung, als sie sich kennenlernten. Bei allem, was recht ist, es war eine stürmische Beziehung. Selbst heute sind sie wahrscheinlich nicht in der Lage, dir zu sagen, was sie damals ineinander sahen.« Er zögerte. »Was ich dir damit sagen will, ist, wenn wir uns von dieser chemischen Sache in die Höhe treiben lassen, ist es überwältigend, und es ergibt keinen Sinn. Und du fürchtest dich. Außerdem gibt es dir das Gefühl, daß jemand anderes Macht über dich hat, und das ist normalerweise nicht angenehm. Wir verärgern häufig die, die wir lieben, nur wegen dieser Macht, die sie über uns ausüben.« Gabbie schien immer noch verängstigt zu sein. »Schau, du sagtest, du hattest Fieber, richtig?« Sie deutete ein Ja an. »Nun gut, wenn wir fiebern, können wir merkwürdige Dinge tun. Ich bin kein Arzt, aber ich lese Fachzeitschriften und weiß, daß Fieber unheimliche Sachen bei Hormonen und anderen Dingen in der Biochemie hervorruft. Vielleicht war die Anziehungskraft dieses Kerls zum Teil Schuld des Fiebers. Oder vielleicht hast du stärker als normal darauf reagiert, weil die Chemie deines Körpers etwas durcheinander und deine normale Hemmschwelle gedämpft war. Oder irgend etwas in der Richtung.«

Gabbie seufzte. »Ich hoffe. Ich . . . hoffe, es ist nicht etwas . . . weißt du, wie etwas, das ich wirklich wollte . . . im geheimen oder so.« Sie blickte auf ihre Hände herab, die sie in ihrem Schoß gefaltet hatte. »Daß der Kerl in den Wäldern vielleicht . . . etwas in mir gesehen hat . . .«

Sanft sagte Mark: »Gabbie, daß man durch einen gutaussehenden, starken Mann angeregt wird, ist kein Hinweis auf ein Flittchen. Es malt dir kein Leuchtzeichen auf die Stirn, das jeden vorbeigehenden Mann einlädt, auf dich zu springen. Und selbst wenn du aus Sex einen Sport machst, selbst wenn du schon ein Dutzend Liebhaber gehabt hättest, Vergewaltigung ist etwas anderes. Sehr viel anderes.«

Mark prüfte Gabbie einen Moment, ohne ein Wort zu sprechen. Sein Ausdruck war ernsthaft, aber sein Tonfall war beruhigend, als er sagte: »Es ist nichts Ungewöhnliches, daß die Opfer verwirrt sind und den Blick dafür verlieren, wer verantwortlich ist und wer nicht. Es kann dich ganz schön durcheinander bringen, und du fühlst dich verantwortlich, daß du das Opfer bist. Verstanden?« In ihrem Ausdruck lagen immer noch Zweifel. »Schau, du sagst dann plötzlich: ›Ich hätte das irgendwie verhindern können‹ oder ›ich wollte im geheimen vergewaltigt werden‹ oder ›Gott muß es für mich vorgesehen haben‹ oder irgendwelche andere Sachen, und dann bricht die Schuld aus dir heraus.«

Sie hob ihre Augen ein wenig. »Irgendwie habe ich an solche Sachen gedacht. Ich dachte, daß er vielleicht . . . weißt du, daß ich ihn dazu aufgefordert habe . . . daß es mein Fehler war.«

»Ist es nicht. Aber du kannst Angst bekommen und verwirrt werden und dann denken, daß es so war.« Er sah sie ernst an. »Und manchmal sind auch die Menschen um uns herum verwirrt und verstärken diese Gefühle. Wie Freunde oder Väter. Irgendwelche Probleme damit?«

»Nein, Dad und Jack haben sich vorbildlich verhalten.« Ihre Augen schienen sich dabei zu erhellen, und sie lächelte. »Jaaa, sie waren wundervoll.«

Mark lächelte wieder. »Denk daran, es war nicht dein Fehler. Okay?« Sie nickte. »Nun gut, hast du irgendwelche Fortschritte gemacht bezüglich dessen, was in der Scheune geschah?«

Sie zuckte mit den Schultern. »Ich weiß nicht. Ich kann mich besser an diesen Schmied erinnern als an das, was in der Scheune geschah. Der Junge in der Scheune? Nur, daß er jung war, vielleicht jünger als ich. Und er war . . . entzückend, aber irgendwie auch gespenstisch, beinah verrückt. Vielleicht charismatisch. Er sprach mit mir, aber es kommt mir so vor, als könnte ich die Bewegung seiner Lippen zwar sehen, aber die Worte nicht verstehen, so als ob man einen Film ohne Ton sieht. Dann war er plötzlich über mir. Ich erinnere mich nicht an vieles, wirklich. Ich kann mich noch nicht mal daran erinnern, wie wir in die Wälder kamen.« Sie lehnte sich zurück. »Also bin ich nicht verrückt?«

Er lachte. »Nein . . . Na ja, vielleicht ein bißchen.« Sie lächelte. »Es gibt keinen Weg, ›richtig‹ über eine solche Sache zu denken, Gabbie. Zorn, Bedauern, Feinseligkeit, Depression, selbst Euphorie, alles ist zu verschiedenen Zeiten möglich. Versuch nur, dir darüber klar zu werden, wie du dich im Moment fühlst, und wenn es zuviel wird, hab keine Hemmungen, mich anzuschreien, okay?«

Gabbie nickte. »Ich schaffe es ziemlich gut, mit meinen Gefühlen umzugehen. Ich mußte in meinem Leben schon mit vielem klarkommen.«

»Also hast du mich verstanden.« Er hielt inne. »Wenn ich du wäre, würde ich ganz einfach weiterleben. Versuche nicht, es zu vergessen, laß alles, was dir einfällt, herauskommen, und mach dir in der nächsten Zeit keine Sorgen wegen der Gedächtnislücken. Es fällt dir ein, wenn es soweit ist.«

Sie stand auf und sagte: »Nun ja, das leuchtet mir ein.« Sie biß sich auf ihre Unterlippe, während sie nachdachte. »Ich glaube, dieser Geruch war . . . irgendwie ein Teil dieser ganzen Sexsache.« Sie seufzte. »Nun gut, wenn ich mich noch an irgend etwas anderes erinnere, kann ich dann mit dir reden?«

»Natürlich, jederzeit.«

Sie bewegte sich in Richtung Tür. »Ich muß mich um die Pferde kümmern. Jack hat das sicherlich alles durcheinander gebracht, weißt du«, sagte sie fröhlich.

»Bist du okay wegen der Scheune?«

Sie lächelte. »Ich glaube nicht, daß er sich da noch herumtreibt, glaubst du das?«

»Wenn du möchtest, komme ich mit dir.«

»Nein, ist schon in Ordnung. Ich bin ein großes Mädchen.« Sie wollte gerade gehen, hielt dann an und sagte: »Danke, Mark.«

»Bitte, Gabbie.« Er beobachtete, wie sie hinausging. Sie war ein liebes junges Mädchen. Er lächelte, als er sich an Garys Bemerkung erinnerte, Jack gegenüber einen Hinweis fallen zu lassen. Wenn sie zehn Jahre älter wäre, würde er dasselbe denken. Als er hörte, wie sie die Hintertür zuschlug, seufzte er und fügte in Gedanken hinzu: Oder wenn ich fünfzehn Jahre jünger wäre. Kichernd erhöhte er auf zwanzig Jahre. Er schob den Gedanken amüsiert beiseite und griff zum Telefon. Nach dem zweiten Klingeln hob jemand ab. »Gary? Tu mir einen Gefallen. Geh zum Archiv und schlage den Namen Wayland Smith nach. Sieh mal nach, was wir über ihn haben. Ruf nicht zurück. Warte, bis ich zu Hause bin.« Er hörte eine Weile aufmerksam zu. »Nein, ich denke, daß ich bis elf Uhr hier bleibe. Dann sollten Phil und Gloria zurück sein. Du und Ellen amüsiert euch im Kino.« Er hängte ein.

4

Als Mark nach Hause kam, wartete Gary schon in dem Zimmer, das sie als Büro benutzten. Blackman legte den Ausdruck, den er von Phils Computer mitgenommen hatte, nieder und sagte: »Du bist früher zurück, als ich dachte.«

»Ellen muß arbeiten, erinnerst du dich. Sie kann morgens nicht eine Stunde länger schlafen, so wie einige von uns. Möchtest du einen Brandy?« Gary deutete auf sein eigenes Glas, doch Mark schüttelte den Kopf.

»Ich habe im Archiv nach Wayland Smith nachgeschlagen«, meinte Gary.

»Was hast du gefunden?«

»Er ist ein Folkloredarsteller, der in dem altenglischen Gedicht *Deor's Complaint* und später in Scott's *Kenilworth* auftaucht. Er wird als Verwandter von Volund angesehen; in dieser Form gibt es eine lange Geschichte über ihn und die *Ältere Edda.* Er scheint eine Art von Superschmied zu sein, was Paul Bonyan für die Holzfäller war. Aber das hast du wahrscheinlich alles schon gewußt. Also, willst du mir den Grund für dein Interesse verraten?«

Aber Mark wich aus und fragte Gary, ob er wisse, wo der Schmied gelebt habe.

Murrend erhob sich Gary und ging zu dem unaufgeräumten Schreibtisch hinüber. Er zog einen Stapel Karten heraus und überflog sie. Als er die richtige gefunden hatte, legte er den Rest nieder. »Es heißt hier nur: White Horse.«

»Schlag in meinem Ortsverzeichnis unter White Horse nach.«

Gary tat, wie ihm geheißen, und las von einer anderen Karte vor. »White Horse. Uffington, in der Nähe von Wantage, südwestlich von Abingdon in dem Berkshire-Tal. White Horse ist ein Monument unbekannter Herkunft, vielleicht vordruidisch, entdeckt wurde es dadurch, daß man die oberste Lage der Grasnarbe freigelegt hat und so das Kreidefundament auf der Hügelseite bloßlegte. Andere Monumente wurden in Wiltshire, Yorkshire und noch anderswo gefunden, aber Uffington ist das berühmteste.« Gary legte die Karten zur Seite. »Gut. Erzählst du mir jetzt, was hier vorgeht?«

»Gabbie sagte, daß sie Wayland Smith am vierten Juli getroffen habe.«

Gary setzte sich hin. Ganz ruhig sagte er: »Scheiße.«

»Gut gesagt, wie immer.«

»Nein, ich meine, vielleicht ist der Name eine zufällige Übereinstimmung«, schlug Gary vor.

»Ein umherziehender Schmied mit einem uralten tragbaren Schmiedefeuer hinten im Wagen, den sie wegen seiner altertümlichen Kleidung und Sprache für einen Amish hielt?«

»Wer sagt, daß er in White Horse lebte?«

Mark erzählte weiter und schilderte detailliert, was Gabbie ihm berichtet hatte. »Und denke daran, das war eine Konsultation, fast wie bei einem Arzt, denn ich habe es hoch und heilig versprochen.«

»Seit wann halten Kandidaten der historischen Lingustik psychologische Konsultationen ab?« Gary schob die Frage beiseite. »War nur Spaß. Ich werde Gabbie nicht erzählen, daß du über ihr Sexualleben geschwatzt hast.« Er lehnte sich zurück und klopfte mit seinen Fingern auf die Stuhllehne. »Es ergibt keinen Sinn, Mark. Es ist, als würde jemand den Fluß hinunter paddeln und Huckleberry Finn auf einem Floß treffen. Jemand muß sie auf den Arm genommen haben.«

Mark schwieg lange. »Es ist doch möglich, daß es hier eine Reihe von Übereinstimmungen gibt. Vielleicht hat Gabbie ja recht, und es handelt sich um einen Amish aus Cattaraugus, dessen Name Wayland Smith ist und der aus einer Stadt namens White Horse kommt. Obwohl die Chance, daß ein Amish einen englischen Namen trägt, so unwahrscheinlich ist wie das Auftauchen eines Schneeballs in der Hölle.«

Gary war wieder aufgestanden, nahm einen Atlas aus dem Regal und überflog das Inhaltsverzeichnung. »Hier. Es gibt zwei Städte mit Namen White Horse. Eine wird aus einem Wort gebildet. Whitehorse, Yukon, Kanada . . .«

»Ich denke, die können wir ausschließen.«

Gary runzelte die Stirn wegen dieser Unterbrechung. »Die andere liegt« – er lächelte über den Beweis – »in William Pitt County, New York.« Er schlug die angegebene Seite auf. »Liegt auf halbem Wege zwischen hier und Pearlington, es könnte also sein, daß dort Amish in der Nähe leben.«

»Tu mir einen Gefallen.«

»Ich weiß, hingehen und überprüfen, ob dort in der Gegend ein Hufschmied namens Wayland Smith arbeitet.«

»Ja. Er wird nicht im Telefonbuch stehen, wenn er ein Amish ist.« Mark seufzte. »Ich glaube nicht, daß du ihn findest, aber wir sollten alles versuchen.«

»Das macht mich noch ganz verrückt. Entweder hatten die Zufallsgötter ihren großen Tag, oder Gabbie hatte die abscheulichste übernatürliche Erfahrung, der wir jemals begegnet sind.«

»Oder jemand spielt ein ziemlich böses Spiel«, warf Gary ein.

»An was denkst du?«

Gary schaute Mark über den Rand seines Glases an. »Vielleicht wollte jemand das Mädchen in einen groß angelegten, betrügerischen Schwindel hineinziehen.«

»Warum?«

Gary lehnte sich gegen den Schreibtisch. »Es gibt Millionen Gründe.«

»Ihre Erbschaft?«

Gary nickte. »Ich hab' mich in der Stadtbücherei umgeschaut, in einigen alten Ausgaben von *Fortune* und *The Wall Street Journal.* Das mit den Millionen war kein Spaß von Phil. Ich bezweifle, daß Gabbie eine Ahnung hat, wie umfangreich der Besitz ihrer Großmutter war. Eldon Larker, Gabbies Urgroßvater, war ein richtiger Raubritter, verglichen mit den Vanderbilts und Mellons dieser Welt zwar ein kleiner Fisch, aber ziemlich patent, wenn es darum ging, Geld zu machen. Und ihr Großvater hat darauf mit großem Erfolg aufgebaut. Wir sprechen über Öl aus dem Mittleren Osten, südafrikanisches Gold und Diamanten, High-Tech-Gesellschaften in Kalifornien, eine Hemdenfabrik in Taiwan, ein Parfum-Konzern in Paris, einen Anteil an einer kleinen, aber profitablen, landesweiten Autovermietung, eine Hundefutter-Fabrik, eine Kette von christlichen Buchläden . . . und Dutzende anderer Sachen. Und solange Gabbies Mutter nicht einen Weg gefunden hat, den Letzten Willen anzufechten – was unwahrscheinlich erscheint: die Rechtsanwälte von Helen Larker sind zu gut –, ist das Kind reich.«

»Wie reich?« wollte Mark wissen.

»Eine schnelle Schätzung? Drei, vier Millionen vielleicht. Aber wenn sie sich aus den Holdings zurückzieht, wer weiß? Ihr Eigenkapital liegt schätzungsweise bei über achtzig Millionen.«

»Weshalb dein Interesse?«

Gary zuckte mit den Schultern. »Neugierde.« Dann grinste er. »Vielleicht laß ich Ellen ja auch fallen und eise Jack von seinem Geld los – und mache daraus ihr Geld.«

»Das kann doch nicht wahr sein.« Mark fiel in Schweigen.

Nach einer Weile sagte Gary: »Das macht dich ja wirklich ganz verrückt.«

»Es ergibt keinen Sinn.« Er setzte sich zurück. »Ich nehme jetzt noch einen Brandy, bitte.«

Gary schenkte ihm ein Glas voll ein. Mark sagte: »Wenn

jemand hinter Gabbies Geld her war, hätte es tausend andere listige Möglichkeiten gegeben. Ich wäre viel mißtrauischer bei einem kriecherischen jungen Tennisprofi mit einem hollywoodähnlichen Auftreten, einem südamerikanischen Akzent und einer Marathonausdauer im Bett, als bei einem ländlichen Hufschmied. Ich weiß nicht. Aber ich glaube, es ist ein aussichtsloses Unternehmen, durch einen Schwindel an ihr Geld zu kommen.«

Mark schloß seine Augen und war plötzlich müde. »Ich weiß nicht. Aber ich wette mit dir um ein Essen in der Stadt, daß du in White Horse, New York, keinen Wayland Smith findest.«

»Keine Wette«, sagte Gary. »Ich habe gelernt, deine Vorahnungen ernstzunehmen.« Er nippte an seinem Drink. »Okay, also fahr' ich dahin und komme mit leeren Händen zurück. Was dann?«

»Weiß ich nicht. Ich weiß es wirklich nicht.« Nach einer weiteren langen Stille erkundigte er sich, wann Aggie zurückkomme.

»Ich glaube, in den nächsten zwei Tagen. Jack ist nach New York gefahren, um ihr zu helfen, das ganze Zeug nach Hause zu schleppen. Warum fragst du?«

»Gib ihr einen Tag, dann fahr vorbei und besuche sie. Sei vorsichtig, aber ich möchte, daß du sie über einige Sagen aushorchst, die allmählich in meinem Kopf Gestalt annehmen.«

Gary stellte seinen Drink nieder und nahm sich Bleistift und Papier. Wenn die Dinge anfingen, sich in Marks Kopf herauszukristallisieren, führte das normalerweise zu einem neuen Projekt oder zum Durchbruch bei einem laufenden. »Aggie weiß mehr über die Volksmythen der britischen Inseln und ihre Beziehung zu historischen Vorkommnissen als sonst jemand. Finde heraus, was sie über die druidische Priesterschaft weiß . . .« Mark instruierte Gary, sich nach einer langen Serie scheinbar unzusammenhängender Themen zu erkundigen. Abschließend sagte er: »Finde heraus, ob sie etwas über die Schmied-Legenden weiß.«

Gary schloß seine Notizen ab. »Das könnte man als einen Smalltalk verkleiden.«

Mark lächelte. »Du findest schon einen Weg.«

»Ja. Sahib.« Gary erhob sich. »Ich werde jetzt zu Bett gehen. Zwischen einer athletischen Freundin, die mich auf der Zielgeraden geschlagen hat, dann während des Films darüber lacht, und einem merkwürdigen Chef bin ich reizbar und erschöpft. Und es sieht so aus, als ob morgen ein langer Tag würde.«

Mark winkte ihm eine gute Nacht zu und verbrachte noch lange Zeit damit, in seinen Brandy zu starren. Im Geist durchdachte er nochmals alle Dinge. Wenn er richtig lag, dann erschien dieses mysteriöse Ding, welches Deutschland zur Jahrhundertwende erschüttert hatte, nun wieder im William-Pitt-Bezirk, New York.

5

Patrick schaute sich um, und Sean signalisierte ihm, daß alles klar war. Sie öffneten die Hintertür und rannten die drei Stufen herunter. Patrick stellte die Schale mit der Milch auf den Boden, und die Jungen hasteten zurück ins Haus. Für einige Minuten beobachteten sie die Milch, dann sagte Sean: »Vielleicht kommen sie nicht, wenn man auf der Lauer liegt. Wie der Nikolaus.«

Patrick zuckte mit den Schultern. »Vielleicht. Komm. Wenn Mom uns hier erwischt, kriegen wir was zu hören.«

Sie verdrückten sich und gingen so dem Zorn ihrer Mutter aus dem Weg, die mit ihrem Dad in der Diele saß und irgendeinen Stummfilm ansah. Sie rannten auf Zehenspitzen die Treppe hinauf und erreichten den geschützten Ort ihres Schlafzimmers. Im Nu lag jeder in seinem Bett, tief unter der Decke.

Ihre Besuche bei Barney Doyle waren regelmäßiger geworden, und er faszinierte sie mit seinen wilden Geschichten von großen irischen Helden und magischen Zaubertricks. Er stellte die Milch vor die Tür, und sie machten es ihm nach. Sie konnten kaum einschlafen, so gespannt waren sie auf den nächsten Morgen, an dem sie feststellen konnten, ob die guten Menschen, wie Barney sie nannte, die Milch genommen hatten.

Unten stand die Milch unberührt, bis ein paar glühende Augen unter dem Haus hervorspähten. Mit leisen Bewegungen trat eine Gestalt hinaus ins Mondlicht und betrachtete die Schüssel. Ernies Nase schnüffelte entzückt, und als er merkte, daß der unerwartete Schmaus frisch war, begann er, ihn aufzuschlecken.

Ein winziges Geräusch brachte den Kater dazu, sich umzudrehen. Hinter ihm kam etwas Ungewöhnliches und Verwirrendes näher: ein kleiner Mann, nicht größer als die Katze, schwang seinen kleinen Spazierstock auf Ernie zu. Mit leiser und hoher Stimme schrie er: »Shuu! Weg da!«

Die Katze sprang zurück, wollte zuerst den Mann unsanft anspringen, aber irgend etwas hielt den alten Kater davon ab. Hinter dem Mann kamen noch andere Gestalten zum Vorschein, und eine innere Stimme sagte der Katze, daß sie nicht zum Spielen da wären: Sie waren keine Beute und keine Feinde, nur merkwürdig. Ernie zog sich ein kurzes Stück zurück und setzte sich, um die Kreaturen zu beobachten. Es waren ein halbes Dutzend, alle kleine Leute, einige mit winzigen Flügeln am Rücken, einige auf ungewöhnliche Weise gekleidet, doch für die Katze sahen sie falsch aus und rochen fremdartig. Sie umkreisten die Milch, dann steckte einer von ihnen den Finger hinein, zog ihn wieder heraus und probierte. Er nickte, und die anderen beugten sich über das Geschirr und begannen zu trinken.

Dann tauchte noch etwas aus der Dunkelheit auf: etwas Gefährliches. Die Katze machte einen Buckel und zischte. Ein schwarzes und angsteinflößendes Ding kam aus der Dunkelheit, es wirkte so böse, daß die Katze aufstand und zischend und jaulend nach hinten tänzelte. Die kleinen Leute drehten sich um, sahen, wie die schwarze Kreatur näherkam, und zogen sich alle von der Milch zurück, während sie ihre winzigen Fäuste in Frustration und Zorn schwangen. Aber auch sie ließen die Milch vor dem nahenden Bösen stehen und flohen unter das Haus. Ernie zögerte nur einen Moment länger, bevor er das Feld räumte. Er drehte sich um, rannte auf die Scheune zu und sprang hoch in einen der kleinen Apfelbäume. Als er den höchsten Ast erreichte, der ihn noch tragen konnte, kauerte sich der Kater nieder und beobachtete, wie das schwarze Ding zu der Milch ging. Seine Bewegungen boten einen höchst sonderbaren Anblick, als wenn ein Affe sich mit einer Spinne gepaart hätte. All das ging über das Verständnis des Katers hinaus, bis auf eins: Diese Kreatur war gefährlich. Sie war von einer dunklen Aura umgeben und einem bösen Gestank, als sie sich vor der Milch hinkauerte, und gab weiche Laute der Freude von sich, während sie trank.

6

Gabbie steckte den Kopf durch die Tür. »Gesellschaft gefällig?«

Mark saß auf dem Kellerboden inmitten eines Stapels alter Bücher und Koffer, schaute die Treppe hinauf und sagte: »Nee.«

Gabbie kam die Treppe herunter und setzte sich auf die unterste Treppenstufe, so daß Mark gezwungen war, zu ihr aufzuschauen. »Probleme?«

»Nur irgendwelche Alpträume.« Sie schwieg eine Weile, als würde es ihr widerstreben, zu sprechen. Sie schaute sich das Durcheinander im Keller an. »Was hast du gefunden?«

»Eine Tonne voll ungewöhnlichem Zeug. Beide Kesslers sammelten ziemlich komische Sachen.« Er deutete auf ein Buch. »Thomas Mann; entweder eine Erstausgabe, die Hunderte von Dollar wert ist oder gänzlich wertlos. Ich muß einem befreundeten Buchhändler schreiben, damit er es herausfindet.« Er griff sich ein anderes Buch, Herman Hesses *Steppenwolf*. Mark deutete auf einen weiteren Bücherstapel: »Schlecht geschriebener Schund über das Okkulte, hinterhältige medizinische Theorien über schleimfreie Ernährungsweise sowie die Vorteile von Eisbädern, dann Pornographie, Bestseller der Künstler, die sich nach dem Geschmack des Publikums richten, um ihre Werke gut verkaufen zu können, verrückte Philosophie, alle Arten von Unsinn. Ich weiß wirklich nicht, wo sie das alles gefunden haben.« Mark erhob sich. »Es ergibt wenig Sinn.«

Gabbie nahm sich ein Buch oben vom Stapel neben der Treppe und las den Buchrücken. Es handelte sich um Thomas Keightleys *The World Guide to Gnomes, Fairies, Elves, and Other Little People.* »Hat das irgendeinen Wert?«

»Ich habe das Original, das 1850 als *The Fairy Mythology* veröffentlicht wurde. Das ist eine moderne Wiederauflage ohne jeden Wert«, gab Mark zur Antwort.

Gabbie bemerkte ein kleines Stück Papier im Buch und öffnete es auf der entsprechenden Seite. Dort war der Neudruck einer alten Zeichnung zu sehen. Gabbie ging die Treppe hinauf, wo sie im Licht über der Tür besser sehen konnte. Mark kehrte zu seiner Sortierarbeit zurück und nahm sich ein anderes Buch aus einem offenen Koffer.

Gabbie studierte angestrengt das Bild und konnte ihre Augen nicht davon losreißen. Nach einer Weile sagte sie »Das ist falsch.«

Mark legte das Buch, das er gerade studiert hatte, zur Seite und kam zum Fuße der Treppe. »Was meinst du damit?«

»Er ist zu jung.« Sie sah auf Mark herunter, und er sah offensichtliche Furcht in ihren Augen. Ihre Worte kamen dick und gewürgt, als ob sie sie heraushusten müsse. »Das zeigt ihn als Baby, als kleinen Jungen. Jetzt ist er älter.«

Mark rannte die Treppe hinauf und nahm das Buch sanft aus Gabbies zitternden Händen. »Was meinst du?« sagte er ruhig.

Tränen traten Gabbie in die Augen. »Schau dir dieses Gesicht an. Es ist kaum zu erkennen, aber er ist es.«

»Wer?«

Gabbie mußte schlucken. »Es ist der Junge aus der Scheune. Der versuchte . . .« Mark streckte sanft seine Hände aus und nahm Gabbie in die Arme. Sie zitterte wie ein verängstigtes Tier. »O mein Gott!« sagte sie, ein verzweifeltes, furchtsames Flüstern. »Ich werde verrückt.«

Während er sie festhielt, brach Gabbie in Tränen aus. Der Psychologe wußte, daß die Auflösung einer angestauten Furcht und anderer dunkler Gefühle auf lange Sicht gesund sein würde. Aber als Erforscher dunkler Mysterien wunderte sich Mark, daß ihn ihre Enthüllung nicht überraschte. Er hielt das Buch hinter Gabbies Rücken, wo er die Illustration, die sie sich angeschaut hatte, sehen konnte. Das Wort, das von dem jungen Kessler in alt-deutscher Schrift an den Rand gekritzelt worden war, hieß *Butze.* Er wußte, es war eine Variante von *Putzel* oder *Putz.* Er schaute auf das Bild und schüttelte seinen Kopf. Sollte er so unsensibel gegenüber Wundern geworden sein, daß das Unmögliche ihn nicht mehr bewegte? Denn wenn Gabbie weder krank noch furchtbar durcheinander war, oder die Zufallsgötter sich nicht austobten, wäre dasselbe Mädchen, das Wayland Smith in den Wäldern traf, von Puck überfallen worden.

7

Phil schaute Mark mit offenkundiger Mißbilligung an. Als Gabbie und Mark aus dem Keller heraufkamen, war das Mädchen einer Hysterie nahe, unfähig, mit dem Weinen aufzuhören. Gloria war jetzt mit ihr oben, und Mark hatte angemerkt, daß man Dr. Latham konsultieren solle, falls sie sich nicht bald beruhigt habe. Phil hatte Mark mit Fragen bombardiert und war mit den Antworten nicht zufrieden.

»Phil, ich weiß, sie ist deine Tochter, und du bist aufgebracht, aber ohne ihre Erlaubnis kann ich über das, was sie mir erzählt hat, nicht reden.«

Phil kochte innerlich vor Empörung. Er stand in der Halle, die Hände an die Hüften gelegt, und war nicht in der Lage seinen Zorn in Worte zu fassen. In seinem Innern schien etwas aufzubrechen, und die Wut kochte sozusagen vor Marks Augen. An ihre Stelle trat Angst. Er nahm einen tiefen Atemzug und sagte: »Entschuldigung. Ich hatte mich nicht mehr unter Kontrolle.«

Mark zuckte mit den Schultern. »Immerhin gibst du gute Vater-Sprüche von dir.«

»Komm schon. Ich könnte einen Drink gebrauchen, und ich möchte nicht allein trinken.«

Mark schaute auf seine Uhr. Es war kurz nach Mittag. Normalerweise trank er so früh am Tag nichts, selbst bei Essen mit Verlegern, aber Phil sah so aus, als könne er einen Zuhörer gebrauchen.

Sie hatten sich gerade einen Scotch eingeschüttet, als Gloria erschien, nun ebenfalls zornentflammt. Sie nahm Phil dessen Drink aus der Hand, genehmigte sich einen großen Schluck und sagte: »Danke. Nun gieß dir einen ein.« Phil tat, wie ihm geheißen, während sie gegenüber von Mark Platz nahm. »Also, was verdammt geht hier vor?«

Phil sah seine Frau an, die normalerweise eine solche Ausdruckweise vermied. Er konnte sehen, daß sie ebenso aufgebracht über Gabbies Zustand war, wie sie es wäre, wenn es um die Jungen ginge. Komischerweise fühlte er sich nun besser, da seine Frau ihre Stieftochter so verhement beschützte.

»Ich habe gerade schon Phil gesagt, daß ich ohne Gabbies Erlaubnis nicht darüber sprechen kann«, gab Mark bekannt.

»Was bist du, ihr Arzt?!« sagte Gloria aufgebracht. »Ich hab' da oben ein Kind gelassen, das sich in eine Ohnmacht weint. Sie sieht aus, als käme sie frisch aus der Hölle. Sie ist offensichtlich verdammt verängstigt. Verdammt noch mal, Mark, was geht hier vor?«

Mark beugte sich nach vorne. »Zuerst einmal, ja, ich bin ihr Arzt.« Gloria blinzelte. Mark erzählte ihnen von seinen Zeugnissen und fuhr fort: »Ich hörte ihr ohne Bezahlung zu, aber ich bin ebenso ernsthaft bei der Sache, wie ich es wäre, wenn Sie mir 75 Dollar die Stunde bezahlen würden und meine Praxis in der Park Avenue von New York läge.«

»Verdammt«, sagte Gloria mit einem Anflug von Zorn, »sie ist unser Kind! Und sie verhält sich wie eine Arm- und Beinamputierte. Also, was ist los!«

Mark wurde von einer plötzlichen Einsicht heimgesucht, als er Phil beobachtete, der neben seiner Frau saß und sie mit einer Mischung aus Stolz und Sorge ansah. Gloria hatte genausoviel Angst wie Gabbie, und Mark verstand, warum. Der Gedanke an eine geistige Krankheit – eine Krankheit in jedweder Form – erschreckte Gloria. Mark versuchte seine Sorge um Gabbie mit dem neu entdeckten Wunsch, die Dinge für Gloria so einfach wie möglich zu machen, in Einklang zu bringen. Ganz sacht, um sie nicht noch mehr aufzuregen, sagte er: »Schau, ich kann dir einige Sachen erzählen. Wenn Gabbie aufgewacht ist, erzähle ich dir, was immer sie mir erlaubt. Aber wenn sie nein sagt, kann ich es nicht. Du verstehst das doch.« Er erzählte schnell weiter, bevor Gloria noch irgend etwas einwenden konnte, und er deutete an, daß Gabbie das Opfer einer Vergewaltigung geworden sein könnte. Als er geendet hatte, blickte Gloria Mark hart an, ein Versuch, hinter seine professionelle Maske zu sehen. Zuletzt sagte sie kleinlaut: »Okay.«

8

Als Gary hereinkam, hatte Mark sich gerade in ein Buch vertieft, das er nun zur Seite legte. Gary ging hinüber zur Bar, schenkte zwei starke Scotch ein und reichte Mark einen. Mark zog eine Augenbraue hoch. »Du brauchst es«, sagte Gary und zog seine warme Windjacke aus.

»Na gut, du siehst mich in gespannter Ewartung. Was hast du gefunden?«

»White Horse ist ungefähr so Amish wie Salt Lake City.«

»Also hast du Wayland Smith nicht gefunden.«

»Nein, du schuldest mir ein Essen. Ich habe ihn gefunden.«

»Oh?« sagte Mark, erleichtert, einen konkreten Hinweis zur Bestätiung von Gabbies Erlebnissen zu haben. »Hast du mit ihm gesprochen?«

»Das war etwas schwierig. Er ist seit einiger Zeit tot.«

»Okay, erzähl.«

»Ich kam in die Stadt und hab' mich umgehört, ob es irgendwelche Hufschmiede in der Gegend gäbe. Der örtliche Besitzer der Eisenwarenhandlung war sehr hilfreich. Es gibt drei Schmiede, die in der Gegend arbeiten und alle in unterschiedlichen, benachbarten Städten leben. Dann fragte er, warum ich denn nicht das Telefonbuch benutze, also mußte ich ihm erklären, daß der Schmied, den ich suche, ein Amish sein und kein Telefon haben könnte. Er sagte, er habe noch nie einen Amish-Schmied gesehen und selbst wenn es einen gäbe, versicherte er mir, wäre es unwahrscheinlich, daß er in White Horse viel Arbeit fände. Die Bevölkerung ist fraglos aufklärerisch, aber, glaube ich, ein wenig fanatisch. Wie auch immer, später traf ich diesen alten Knacker mit Namen Ry Winston, der erinnerte sich daran, daß sein Vater von Wayland gesprochen hatte. Er führte mich zum Friedhof, wo es einen kleinen Stein mit Smith' Namen gab. Sieht so aus, als wär er 1905 gestorben.«

Mark schüttelte seinen Kopf und stöhnte. Er nahm einen Schluck und sagte: »Genau das, was wir brauchen: Geister.« Er runzelte die Stirn. »Warum ist das Datum unbekannt?«

»Ich bin darauf gekommen.«

Mark seufzte. Gary hatte einen Hang zum Dramatischen und haßte es, angetrieben zu werden, wenn er seine Geschichte erzählte. »Also haben wir einen gedanklichen Zusammenprall?«

»Wir können einen seltsamen Schwindel ziemlich wahrscheinlich ausschließen«, meinte Gary. »Wenn es einer sein sollte, dann handelt es sich um eine Spitzenleistung der ungewöhnlichen Einfälle. Ich kann keinen Sinn daran sehen, diesen Kerl nachzuahmen. Ich hab' vieles überprüft. Smith war ein richtiger lokaler Charakter, es gab eine Menge Geschichten über die alten Völker, die Generation von Rys Vater und Ry selbst kannten die meisten. Und in der Bücherei gab's eine

Menge ziemlich interessanter Sachen. Eine Todesanzeige in der lokalen Zeitung war ziemlich ehrlich bezüglich seines Rufes.« Gary nahm einen Schluck und fuhr fort: »Sieht so aus, als wäre der alte Wayland eine Art Geordie in Miniaturausgabe gewesen, das stärke Küken im Stall. Er gewann alle diese unheimlichen Prüfungen, weißt du, wie Pferde umwerfen, Ambosse in zwei Hälften schneiden, Bauten anheben oder was auch immer.«

Mark lachte. Wenn das Temperament mit ihm durchging, schwelgte Gary gern in üppigen Bildern. Jetzt fuhr er fort: »Eines der merkwürdigsten Dinge dabei ist, daß der Kerl nur ein halbes Jahr oder so in dieser Gegend lebte.«

»Er muß etwas an sich gehabt haben, daß der Vater vom alten Ry sich an so vieles über ihn erinnert.«

»Stadtbekannt, ohne zu übertreiben, ein erstklassiger Unruhestifter, schon zu seinen Lebzeiten eine Legende. Er arbeitete im örtlichen Saloon, der Rooster Tavern, wo er seinen Wagen unterstellte. Mietete sich dort das obere Stockwerk oberhalb der Schankstube. Angeblich starb er im Jahre 1905, aber seinen Körper hat man nie gefunden. Eines Nachts verschwand er nach einer Party. Vermutlich war er betrunken und bewegungsunfähig und fiel in den Fluß nahe der Taverne. Der Gedenkstein wurde als Erinnerung von seinen Kneipkumpanen aufgestellt. Sieht so aus, als wäre er der Anführer einer Gruppe gewesen, so 'ne Art Vorläufer moderner Motorradgangs: ›Raufbolde aller Sorten, Fuhrmänner, Landarbeiter und arbeitslose Randalierer‹, in den Worten der Zeitung. Er hat, so behauptet es zumindest der alte Ry, jedes hübsche Mädchen der Stadt regelmäßig besprungen, einschließlich einer ansehnlichen Anzahl der jungen verheirateten Frauen. Dabei scheint etwas Mysteriöses mitzuschwingen, weil diese Schäferstunden nicht vertuscht wurden, und das ist etwas, was Ry nicht verstehen kann. Die Leute dort sind heute noch ziemlich prüde, also müssen sie damals durch und durch puritanisch gewesen sein. Nun überlege folgendes: Ich sagte zu Ry, es sie merkwürdig, daß keiner der gehörnten Ehemänner versucht habe, ihn 'rauszuwerfen. Selbst wenn er der stärkste Mann im

Ort war, ein Gewehr hinter einem Baum ist ein verdammt guter Ausgleich. Als Antwort zuckte Ry mit den Schultern und sagte: ›Das war eben Wayland. Pa sagte, daß kein Mann seine Hand gegen ihn erheben würde. Er hatte die Macht.‹«

Mark überlegte. »Welche Macht?« Er schwieg eine Weile, dann fragte er: »Was noch?«

»Angesichts seiner vielen Sexabenteuer fragte ich Ry, ob Wayland hier irgendwelche Nachkommen habe, und Ry sagte: ›Der alte Wayland hat nie Kinder hinterlassen.‹ Das beste, was Ry sich vorstellen konnte, war, daß der alte Junge steril war, und deshalb mochten ihn die Damen so sehr, weil sie keine Angst haben mußten, schwanger zu werden.«

»Also war er ein Casanova«, meinte Mark.

»Ja, aber hier ist ein Datum, das deine empfindliche Neugierde kitzelt. Er erschien am selben Tag wie Kessler.«

Marks Gesichtsausdruck zeigte lebhaftes Interesse. »Was?«

»Ich fand eine Bemerkung über Kesslers Ankunft: Ein ›Deutscher Gentleman sucht Investitionsmöglichkeiten‹, in derselben Zeitung, die Smith' Geschäftseröffnung ankündigte. Beide Männer kamen am vierten Mai 1905 an.«

»Aber Kessler kam nicht vor dem zweiten Juni nach Pittsville.«

»Richtig. Kessler mietete sich für wenige Wochen ein Zimmer in White Horse, in der Rooster Tavern – wir nahmen an, daß er einen Teil der Zeit in New York verbrachte – und dann zog er aus und kam nach Pittsville.«

»Okay, notier das als auffällige Übereinstimmung. Was noch?«

»Hier ist die beste Geschichte von allen. Einige Jahre früher importierte irgend jemand eine Gruppe armer Deutscher – eine Art inoffizielle Arbeitssklaven, sie arbeiteten ihre Überfahrt einige Jahre mühselig ab. Wahrscheinlich lief das Ganze illegal ab, und ebenso wahrscheinlich waren die Stadtbeamten darin verwickelt. Wie auch immer, es gibt eine wirklich pikante Geschichte über Wayland, eine ansässige Matrone und ein deutsches Mädchen. Es scheint, als ob die Matrone eines Nachts in die Küche kam, um die Hors d'œuvres für die Gäste zu servieren, als sie Wayland vorfand, wie er das Mädchen auf dem Küchenboden um den Verstand brachte. Wie auch immer, es gab einen lauten Krach, und es kam heraus, daß er der alten Dame auch einige Freuden bereitet hatte, und daraus ergab sich eben jene Art von Skandal, wie ihn diese kleinen Städte so sehr lieben. Aber die Quelle des Vergnügens liegt darin, daß die Matrone die Frau vom Major und das Mädchen Helga Dorfmann war. Der Major verheiratete sie mit Kessler, um sie kurz danach aus dem Haus und, wie es aussieht, aus der Stadt zu vertreiben.«

»Kesslers Frau?«

»Keine andere. Sie heirateten keine Woche später.«

»Also gibt es berechtigte Hoffnungen, daß Kessler und Smith sich kannten oder zumindest voneinander wußten.« Mark saß eine Weile schweigend da, dann lachte er spöttisch. »Warum konntest du keinen Schmied finden, der ein Amish ist, Gary!« sagte er mit gespieltem Zorn. »Also haben wir einen prächtigen Volkshelden im Staate New York, der sich anhört wie das Gegenstück zu dem in Uffington. Aber wie sollen wir ihn mit dem Wayland Smith verbinden, den Gabbie getroffen hat?«

»Was ist mit dem Wagen, der, so wie Gabbie ihn dir beschrieben hat, ziemlich viel hergibt?«

»Du hast ihn gesehen?«

»In der Zeitung. Das Bild war alt und faserig, aber es war da. Sie haben ein Bild von ihm gemacht, nachdem er einen Baum oder sonstwas beim Wettkampf am vierten Juli vernichtet hat. Und das Pferd war ein alter Apfelschimmel.«

»Ich nehme nicht an, daß du eine Kopie hast?«

Mit einem Grinsen und einer großen Geste brachte Gary eine Fotokopie zum Vorschein. Die Reproduktion war schlecht, aber sie zeigte einen Schmied, der vor seinem Wagen stand. Die Schlagzeile lautete: ›Wayland Smith, vor kurzem in White Horse eingetroffen, Gewinner des Hufeisen-Wettbewerbs am Unabhängigkeitstag.‹

»Was denkst du?« Mark sah verwirrt aus. »Parapsychologische Phänomene? Sieht Gabbie Geister? Bringt sie irgendwelche telepathischen Felder dieser Gegend in Erfahrung? Vielleicht haben wir Beweise für unseren ersten wirklichen Zeitsprung, so daß sie für eine Zeit lang ins Jahr 1905 zurückging? Oder er ging für einige Minuten in der Zeit nach vorne? Eine über das Leben hinausgehende Erfahrung?« Er seufzte resigniert. »Ich weiß nicht, was ich denken soll.«

Gary sah Blackman streng an. »Ich kenne dich zu lange, Mark. Du hast schon an etwas Bestimmtes gedacht. Du willst es mir nur nicht erzählen.«

Mark bedeckte seine Augen, als wäre er müde. Nach einem Moment des Schweigens sagte er: »Du hast recht. Laß mich einen Moment nachdenken.«

»Okay, du denkst nach. Ich muß Ellen anrufen. Ich bin spät dran, und ich schulde ihr noch einen Anruf.«

Gary lief nach oben, um das Telefon in seinem Zimmer zu benutzen. Mark blieb alleine, trank seinen Scotch, während er über eine Antwort nachdachte, die sich tief in seinem Kopf entwickelte. Es war so fantastisch, daß er jede Antwort, die wahrscheinlicher war, völlig durchdenken wollte. Und es gab immer noch zuviele Leerstellen. Er lehnte sich zurück und wünschte sich plötzlich, ein Student der experimentellen Psyche geblieben zu sein. Ratten und Tauben bereiteten einem nicht so viel Ärger. Oder so viel potentiellen Terror.

9

Der Regen trommelte. Er traf die Jungen und Bad Luck wie tausend kleine Hammerschläge, die hartnäckig, unnachgiebig in den Augen schmerzten, irgendwie bis in die Nase gelangten und sie niesen ließen. Patrick und Sean marschierten entschlossen durch die Wälder, mittlerweile bis auf die Haut durchnäßt. Ihre Stimmungen glichen sich aneinander an, gefangen zwischen Irritation über den heftigen Regenguß und der Freude darüber, völlig durchnäßt und schmutzig zu werden und eine gute Entschuldigung dafür zu haben. Noch nie hatten sie in

Kalifornien einen plötzlichen sommerlichen Sturzregen erlebt, der mit diesem vergleichbar war. Das Donnergetöse war ohrenbetäubend, und die Blitze zuckten eindrucksvoll. Das dunkler werdende späte Nachmittagslicht konnte hinter den Gewitterwolken beinah übersehen werden und ließ die Wälder matt und ungewöhnlich dicht aussehen. Gartenhäuser wurden zu Höhlen von bedrohlicher Melancholie, mit vertrauten Pfosten, die jetzt zu unheilverkündenden schwarzen Schatten vor dem dunklen Grau wurden. Die Jungen fanden Gefallen an dem herrlichen Schrecken, den die schattenhaften Wälder hervorriefen, als würden sie sich auf ein Abenteuer von gigantischen Ausmaßen einlassen. Bad Luck schien der Regen nichts auszumachen, er war zumindest mehr von der Freude der Jungen gefangen als von der Sorge über ein nasses Fell.

Sie überquerten den Erlkönig-Hügel und kamen wie üblich hinten von der Lichtung, und als sie die Spitze des Hügels erreichten, brachte sie eine heftige Explosion von Blitz und Donner dazu, anzuhalten. Beide sprangen gleichzeitig auf, denn diese Darbietung war entschieden erschreckender als die vorhergehenden. Patrick entfuhr ein Schrei, halb Schlachtruf, halb ängstliches Kreischen, und er rannte den Hügel hinunter, wobei Sean einen Schritt hinter ihm her war. Auf halbem Weg packte sich Patrick an die Brust und schrie: »Ich bin getroffen!« Er stürzte, und Sean rollte hinter ihm her. Beide Jungen erreichten den Fuß des Hügels, bedeckt mit nassem Gras, Schmutz und Dornen. Sie waren jetzt ein völlig wirrer Haufen. Bad Luck bellte vor Freude und stieß mit der Schnauze erst an einen, dann an den anderen und beleckte die ohnehin schon nassen Gesichter. Patrick sprang auf und rannte zu dem Weg, der nach Hause führte.

Der Regen trieb sie an. Wo sich den Tropfen keine Blätter in den Weg stellten, trafen sie auf schlammigen Boden, der die Jungen mit Schlammtröpfchen bespritzte. Die Aufschläge ihrer Hosen wurden schwarz. Wo die Tropfen auf Blätter trafen, versammelten und vereinigten sie sich, um dann größer und irgendwie nasser nach unten zu schießen und die Jungen mit einem hörbaren Knall zu treffen. Bis jetzt hatten die Zwillinge nichts von einem so magischen Regen gewußt. Selbst wenn er bedrohlich war, war er der wundervollste, hervorragendste, beste Regen.

Patrick wandte sich von dem Pfad ab zu der Sandbank, der Abkürzung, die durch den Bach führte. Sean schrie hinter seinem Bruder her, der ihn jedoch ignorierte. Sean wußte nicht, ob Patrick sich entschlossen hatte, ihn nicht zu hören, oder ob die Regengeräusche und der Wind seine Stimme übertönten, aber er war über die Mißachtung erbost.

Im unteren Teil des Waldeinschnittes ergriff er Patrick und schleuderte ihn herum. »He!«

»Was!«

»Geh da nicht runter.«

»Warum nicht?«

»Wir müssen zurückgehen und die Brücke nehmen. Jack sagte, dort könnte es eine Flut geben.«

Patrick giftete seinen Bruder mit einem Blick an, der besagte, daß seine Sorge unbegründet war. »Es ist noch zu früh. Der Regen hat erst vor einer halben Stunde eingesetzt! Junge, du kannst manchmal ganz schön feige sein.«

Sean war sprachlos. Da war etwas an Jacks Warnung, an das er sich krampfhaft erinnern wollte, aber er konnte es nicht – etwas über den Regen in den Hügeln. Patrick drehte sich um, ging die kurze Strecke zum Ufer des Baches hinunter und hielt dort an. Der Bach war bis auf Knöchelhöhe angestiegen, und das schnell fließende Wasser bot einen ganz anderen Anblick als die sich schlängelnden Rillen, die die Kinder kannten. Bad Luck wartete auf halbem Weg zwischen Patrick und Sean und war unsicher, welchem der beiden Brüder er folgen sollte. Patrick zögerte, anscheinend kurz davor, umzudrehen, aber dann erblickte er seinen Bruder, und seine Entscheidung stand fest: Er sprang ins Wasser.

»Patrick!« schrie Sean. »Mom wird dich schon kriegen!«

Patrick stapfte weiter und bemerkte, daß ihm das Wasser schon bis zu den Knien reichte. »Warum? Wirst du es erzählen?« Er drehte sich um und blickte seinem ängstlicheren Bruder ins Gesicht. »Huh?«

In den Hügeln hatte der Regen vor zwei Tagen eingesetzt, zuerst sanft plätschernd, wurde er von Stunde zu Stunde heftiger. Zwischen den Felsen bildeten sich kleine Teiche, die sich anhäuften, bis sie einen Fluchtweg nach unten fanden. Rinnsale wurden zu Bächen, die sich zu einem Strom vereinigten. In der Nähe von Wurtsburg war die Wasserstandsmarke im Flutkontrollbecken derart angestiegen, daß der Techniker entschied, es abzuführen, und das Schleusentor öffnete. Die schmale Flut lief durch das normalerweise trockene Flußbett in Richtung Munson Springs. Bei Dowling Mills wirbelte das Wasser durch einen zerbrochenen Abzugskanal und wurde zu einem kleinen Fluß umgeleitet, der es in Richtung Pittsville leitete. An der nördlichen Seite der Märchenwälder sammelte sich Wasser hinter einem Hindernis von Blättern, Ästen, Schlamm und Schutt. Es sickerte durch und ließ den Bach, der unter der Troll-Brücke verlief, ansteigen, als Tausende Gallonen Wasser über die normalerweise trockenen Felsen strömten. Dann traf die Welle aus Wurtsburg, die in Dowling Mills zur Seite gelenkt wurde, das Hindernis aus Holz und Gestrüpp. Der nachlässige Damm hielt zuerst, wurde dann plötzlich in seine Bestandteile aufgelöst und weggeschwemmt. Ein Wellenkamm, der fast einen Meter höher war als vorher, rollte das Flußbett hinunter.

Dem tiefen Donnerschlag und dem verhüllten Geräusch des Regens folgte ein Geräusch, das größeres Unheil verkündete . . . ein sich wälzendes, wogendes Rollen. Patrick zögerte und schaute stromaufwärts, statt sich zu einer Uferseite zu bewegen.

Sean blickte in dieselbe Richtung wie sein Bruder und sah, wie sich die Wasserwand voranwälzte. »Patrick!« kreischte er, als das Wasser seinen Bruder verschlang. Er kletterte hinunter und versuchte, seinen Bruder zu erreichen.

Das Wasser stieg auf Hüfthöhe, es schlug Patrick nieder, hob ihn wieder auf und trug ihn mit sich. Sean sah, wie der Kopf seines Bruders unter der trüben braunen Gischt verschwand. Mit einem Schrei des Entsetzens sprang Sean nach vorne und schnappte sich Bad Luck, der gerade ins Wasser springen wollte, Patrick nach. Sean wußte, daß der Labrador nun auch fortgespült würde, also zog er fest an dem Hundehalsband und kletterte das Ufer hinauf. Seine Füße wühlten den Schlamm auf, als er versuchte, zur Troll-Brücke zu gelangen.

Der Regen verwandelte alles in eine graue Fläche ohne Farben, und plötzlich hatte Sean sich verlaufen. Er schrie in heller Panik, er rief den Namen seines Bruders, während er herumwirbelte und den Pfad suchte, auf dem er gerade noch gestanden hatte. Bad Luck zögerte und sprang mit einem Bellen zwischen zwei Bäumen davon. Sean lief hinter dem Hund her, in der Hoffnung, dieser könne ihn zum Pfad führen.

Patrick würgte, als er gegen die Kraft des Wassers kämpfte; spuckend und hustend tauchte er auf. Der Strom war nicht so tief, aber er bewegte sich mit ungeheurer Kraft; und die Felsen schienen alle gleich schlüpfrig zu sein, so daß es unmöglich war, sich festzuhalten. Er wollte nach Hilfe rufen, aber jedesmal, wenn er seinen Mund öffnete, schluckte er Wasser. Er versuchte klaren Kopf zu behalten und kämpfte tapfer gegen den Strom an. Vergebens! Plötzlich war er im Dunkeln.

Sofort wußte er: Er befand sich unter der Brücke. Und dort war auch das Böse Ding.

Krallen packten ihn, und er fühlte, wie sein T-Shirt zerriß, während der Schmerz durch seinen Arm schoß. Er schlug mit seinen Fäusten um sich, die auf etwas Weiches und Fleischiges trafen. Er fühlte, wie er hochgehoben wurde, und in seine Nase stieg der Duft von verfaulendem Fleisch.

Das Böse Ding hing an drei Gliedmaßen unter der Brücke, kopfüber wie eine riesige Spinne. Es umschloß den Arm des Jungen mit einer klauenhaften Hand, und neben dem trommelnden Geräusch des Wassers konnte Patrick seine unmenschlichen Geräusche hören. Der Junge mußte sich übergeben, sein Bauch zog sich vor Entsetzen zusammen. Er trat und schlug um sich und schrie nach seiner Mutter und seinem Vater.

Das Wasser drückte ihn wieder nach unten, und scharfe Krallen rissen am Fleisch des Kindes. Das Böse Ding versuchte das Kind mit seinen Krallen zu greifen. Patrick wurde gepackt und hochgehoben, und für einen Moment erhellte ein Blitz die Gegend. Ein merkwürdiges und entferntes, schnappendes Geräusch drang in das Bewußtsein des Jungen, bevor der Horror seine Welt erfüllte. Eine schwarze Maske mit gelben Augen schwebte wenige Zentimeter vor seinem Gesicht. Ein böses, scharf gezahntes Affengrinsen teilte das Gesicht, als die Krallenhand Patrick schmerzhaft näher zog. Das Böse Ding war kleiner als der Junge, aber unwahrscheinlich stark.

Eine andere Welle jagte mit freundlicher Genehmigung des Flutkontrollbeckens in Wurtsburg den Strom hinunter. Die Welle schlug gegen die Seiten der Brücke und zögerte, als die Barriere ihren ersten heftigen Angriff zurückschlug. Dann zwängte sie sich durch die Öffnung, stieg an und nahm an Geschwindigkeit zu. Patrick spürte, wie das Wasser ihn traf und ihn aus dem Griff des Bösen Dinges herauszerrte. Er würgte vor Wasser und Angst und spürte, wie die Krallen ihn wieder packten. Ein unmenschliches Kreischen klang ihm als Gegenpol zu seinen eigenen Angstschreien in den Ohren, Schreie, die durch Wasser erstickt wurden, das ihm in Mund und Nase lief. Patrick spuckte und übergab sich. Seine Lungen lechzten nach Luft; er versuchte zu inhalieren, aber es war nichts da, und seine Lungen verkrampften sich und stießen das Wasser wieder aus. Wieder hörte er das schnappende Geräusch; dann stürzte Dunkelheit über ihn ein, und Wasser drang in seine Nase. Blut ergoß sich in seinem Mund, als er sich auf die Zunge biß. Und dann wieder ein stechender Schmerz, als die Krallen seine Arme packten und ihn grausam schnitten.

Dann bewegte ihn das Wasser wieder, und die Krallen waren gezwungen, von der Beute zu weichen. Patrick traf die Steine an den Seiten der Brücke mit betäubender Kraft und fühlte, wie ihn das Bewußtsein verließ, als Müdigkeit, Schmerz und Entsetzen ihren Tribut verlangten. Er wurde hochgehoben und fühlte Wasser aus seinen Lungen explodieren, als er ein letztes Mal hustete, spuckte und Wasser erbrach.

Durch einen entfernten Nebel hörte er, wie sein Name gerufen wurde, und verstand vage, daß es Seans Stimme war. Das schnappende Geräusch löste sich in Bad Lucks Bellen auf.

Patrick öffnete krampfhaft die Augen und bemerkte, daß ein vertrautes Gesicht auf ihn niederschaute. Durch den beinah undurchdringlichen Regen beugte Jack sich über ihn herab. »Alles in Ordnung, Patrick. Du bist okay.«

Patrick bemerkte, daß Jack ihn in den Armen wiegte und durch die Wälder nach Hause trug – ein etwas linkischer, humpelnder Gang; Gabbie und Sean waren neben ihm, Bad Luck hing an seinen Fersen. Patrick wunderte sich, wie Jack und Gabbie zur Brücke gekommen waren, und warum das Böse Ding ihn freigegeben hatte. Dann fiel er in Ohnmacht.

10

Glorias Gesicht war zu einer Maske erstarrt. Sie hielt ihre Augen auf Patrick, während der Doktor seine Wunden untersuchte.

Als es langsam spät geworden war, die Jungen nicht vom Spiel zurückgekehrt waren und der Regen eingesetzt hatte, da hatte sie angefangen, sich Sorgen zu machen. Jack und Gabbie hatten sich freiwillig zum Durchsuchen der Wälder gemeldet. Sie waren nur 50 Meter von der Brücke entfernt, als sie Bad Luck bellen hörten. Gloria öffnete gerade die Küchentür, als sie Jack rufen hörte und feststellen mußte, daß ihr Sohn arg verwundet war. Sie wartete nicht auf die Ambulanz, sondern tat, was sie in der Eile konnte, packte Patrick warm ein und fuhr durch den Regen zum Pittsville-Memorial-Krankenhaus. Dann rief Gloria bei Aggie an, wo Phil über sein neuestes Manuskript diskutierte.

Nun warteten sie alle darauf zu erfahren, wie es Patrick ging. Phil war sofort ins Krankenhaus gekommen, und gemeinsam mit seiner Frau versuchte er herauszufinden, was passiert war.

Zum vierten Mal sagte sie: »Wenn ich je wieder einen von euch in der Nähe des Flusses erwische . . .

Patrick machte ein leidendes Gesicht. Sean stand etwas abseits, draußen bei seinem Vater, bei Gabbie und Jack.

Auf der anderen Seite der Tür zum Warteraum saß Sean und blickte stur auf seinen Bruder. Gloria schaute in seine Richtung und bemerkte, daß er in seinem Stuhl zusammenzusinken schien. Er hatte große Angst um seinen Bruder ausgestanden, aber er war ebenso böse, daß er für Patricks Dummheit getadelt wurde. Er erhob seine Stimme und sagte: »Es ist nicht meine Schuld, Mom. Ich bin nicht dort 'runter gegangen, sondern Patrick.« Sein Vater blickte auf ihn hinunter, schüttelte seinen Kopf und lächelte. Es war in Ordnung, schien er zu sagen. Es ist nur Mom, die böse ist. Es wird vorübergehen.

Gloria blickte nach hinten, wo der Arzt Patrick untersuchte, und Tränen drohten sich in ihren Augen zu formieren, aber sie sagte nichts.

Der Arzt überließ es der Krankenschwester, die letzte Bandage zu beenden, und lächelte beruhigend. Er führte Gloria dahin zurück, wo Phil und die anderen saßen, dann sagte er: »Es ist nichts Schlimmes.«

Gloria spürte eine innere Erleichterung aufbrechen, und die Tränen kamen. »Gott sei Dank«, sagte sie ernst.

Der Arzt war ein junger Ortsansässiger, kaum älter als Jack. Er lächelte, als er sagte. »Er ist ziemlich durchgeschüttelt worden, und ein paar dieser Schnitte sehen häßlich aus, aber die meisten sind oberflächlich.« Er blickte sich um. »Nur, wie konnte er sich so viele Schnittwunden einfangen?«

»Er wurde in dem Strom drüben in den Märchenwäldern gefangen und unter die Troll-Brücke mitgerissen«, antwortete Jack. »Dort war eine Barriere aus Baumästen, durch die er hindurchgedrückt wurde.«

Der Arzt zuckte bei dieser Beschreibung zusammen. »Danach sieht es aus. Wie auch immer, das kalte Wasser hat einen zu großen Blutverlust verhindert, und wir haben die eine große Wunde auf seiner Kopfhaut genäht. Die kleineren haben wir verbunden, und er bekam eine Tetanusspritze. Ich glaube nicht, daß ihm sonst noch etwas fehlt. Sie können ihn mit nach Hause nehmen. Behalten Sie ihn im Auge, wenn er Fieber oder andere Anzeichen einer Infektion bekommt. Ich möchte, daß er in ein paar Tagen wiederkommt, damit ich die Verbände wechseln kann. In einer Woche werden die Fäden gezogen.«

Gloria ging direkt neben Patrick, als dieser aus dem Krankenhaus gefahren wurde. Er schien in einer Art Halbschlaf zu liegen. Sean trottete schweigend hinterher. In der Zwischenzeit begab sich Phil auf den Weg zum Aufnahmepult. Draußen auf dem Parkplatz wurde ein niedrig hängender Mond, der durch die Wolken spähte, vom Wasser reflektiert. Weich, fast zu sich selbst, sagte Sean: »Das waren nicht die Zweige. Es war das Böse Ding.«

Keiner schien ihn zu hören, obwohl Gabbie ihren Druck auf seine Hand verstärkte. Patrick lag auf dem Schoß seiner Mutter, und er protestierte nicht, wie ein Baby behandelt zu werden, was er normalerweise getan hätte. Sean zog sich in sich selbst zurück und war sich sicher, daß er nicht wiederholen sollte, was er über das Böse Ding gesagt hatte. Es gab Dinge, die waren dazu bestimmt, in einem selbst zu bleiben, und er hatte den Verdacht, daß die letzte Konfrontation mit dem Bösen Ding allein ihm und Patrick zugewiesen wurde und daß kein Erwachsener ihnen helfen konnte.

11

Patrick unterdrückte das Erschrecken über sein Erlebnis unter der Brücke besser, als es normal war. Er hatte es abgelehnt, mit irgend jemandem darüber zu sprechen. Phil fing an zu glauben, daß der Unfall das Kind stärker als zuerst angenommen verwirrt hatte.

Nach einer Woche wurden die Verbände abgenommen, und die Narben begannen unter der Sonnenbräune zu verschwinden. Aber aus dem lauten und spielfreudigen Jungen war ein nachdenkliches, in sich gekehrtes Kind geworden. Sean war auch etwas milder geworden, aber da er üblicherweise Patrick die Führung überließ, dachte sich Phil nichts dabei.

An diesem Tag hatten die Jungen mit großer Ausdauer die Baseball-Spiele im Fernsehen verfolgt. Jetzt schaltete ihr Vater das Gerät aus. »Geht ihr in den Park?«

Patrick zuckte mit den Achseln. »Vielleicht«, antwortete Sean.

»Nun ja, dann braucht ihr das hier wohl.« Der Vater stieß die Tür zum Abstellraum auf, holte einen brandneuen Schläger heraus und reichte ihn Patrick, der seinen Schläger und die Handschuhe bei dem Unfall unter der Brücke verloren hatte. Beide Jungen bedankten sich artig.

Dann gab der Vater Patrick einen neuen Fängerhandschuh und empfahl ihm, diesen erst einzuspielen.

Patrick sah dankbar aus; Sean versuchte, keinen Anflug von Neid und Enttäuschung zu zeigen. Phil schwieg einen Moment, dann zog er einen nagelneuen Spielerhandschuh für Sean hervor. »Ich dachte, ihr könntet sowieso beide neue gebrauchen. Sean, warum stiftest du deine alten nicht für den Jungenclub?«

Sean grinste und schlug seine Faust in das straffe neue Leder. »Sicher.«

Phil sagte: »Laßt euch das eine Lehre sein. Man kann in einen Schlamassel geraten und manchmal doch dabei vorankommen. Laßt es bloß nicht zur Gewohnheit werden, okay?« Beide Jungen stimmten zu.

Phil dachte über seine Söhne nach, als sie weggingen. Was ihm die größten Sorgen bereitete, war, daß die Jungen seit dem Unfall vor zwei Wochen nicht mehr im Park gespielt hatten. Bald würde die Schule wieder anfangen, und Phil hatte gehofft, daß die Jungen noch einen normalen Sommer erleben könnten, bevor sie sich an die neue Schulumgebung anpassen mußten. Er beobachtete sie, wie sie zur Vordertür hinausgingen. Langsamer als sonst, weniger ausgelassen und übermütig. Selbst die neue Ausrüstung schien ihnen nicht zur alten Fröhlichkeit zu verhelfen. Gerade als er darüber nachdachte, ob er mit einem Psychologen reden sollte, durchschnitt Patricks Stimme die stille Luft. »Post ist da!«

Phil lächelte. Einige Dinge hatten sich nicht geändert. Patrick würde nie durch die Tür zurückgehen, um seinem Vater etwas zu sagen, wenn er es über den Hof schreien konnte.

Phil lief hinaus und traf seine Frau, die von der Rückseite kam, wo sie und Gabbie den Aufbau einer neuen Umzäunung neben der Scheune beaufsichtigt hatten. Gloria lächelte ihn an. »Ich wurde beinah umgerannt.«

»Die Jungen?«

»Ja. Sie hatten es ziemlich eilig, wegzukommen.«

Phil spürte Erleichterung; allein die Tatsache, daß sie sich wieder in vollem Tempo von Ort zu Ort bewegten, schien ihm ein beruhigendes Zeichen zu sein. Er und seine Frau erreichten den Briefkasten und mußten lachen, als ihre Hände zusammenstießen, weil sie gemeinsam den Kasten öffnen wollten. »Nach dir, mein lieber Alphonse«, sagte Gloria.

»Danke, Gaston.« Phil öffnete den Kasten und nahm die Post heraus. Er sortierte sie schnell. Schließlich öffnete Gloria einen Brief und las.

»Hör zu«, sagte sie, »Tommy kommt nächste Woche hier vorbei und schaut bei uns 'rein.«

»Das ist schön«, sagte Phil. »Wie geht's dem Superagenten?«

»Sagt er nicht. Und ich frage mich, was ihn wohl nach hier draußen verschlägt?«

»Tja, wie ich Tommy kenne, sind es irgendwelche äußerlichen Gründe. Er hat nicht einmal reingeschaut, als er damals zwei Wochen auf der anderen Seite des Hügels in Beverly Hills wohnte. Wir mußten dort hingehen. Vielleicht hat er ein Stellenangebot für dich.«

Gloria schnaufte spöttisch. »Das wird nicht passieren.« Sie gingen wieder zum Haus zurück. »Ich habe seit zehn Jahren nicht mehr in New York gearbeitet. Die Aufmerksamkeitsspanne eines durchschnittlichen Produzenten am Broadway bei der Betrachtung junger Schauspielerinnen beträgt ungefähr zehn Minuten – es sei denn, du hast einen Tony gewonnen – und auch dann nur, wenn du mit ihm schläfst oder ihm Geld schuldest. Und wie du bemerkt haben solltest, habe ich nicht gerade die Stadt auf den Kopf gestellt.«

»Man weiß, daß merkwürdige Dinge geschehen. Hier.« Er gab ihr den Brief, den er geöffnet hatte.

Sie las ihn schnell, dann schlug sie ihm hart auf den Arm. »Du Gemeiner. Du läßt mich hier plappern und sagst kein Wort.« Sie schnappte ihn und umarmte ihn fest. »Herzlichen Glückwunsch.«

»Nun ja, ich habe noch nicht zugestimmt. Sie wollen einige Sachen . . .«

Sie brachte ihn mit einem Kuß zum Schweigen. »Oh, hör doch auf. Dafür sind Agenten doch da. Du arbeitest die Details aus. Ich bin so stolz auf dich, Darling. Der erste Verleger, den du aus dem Sack gezogen hast, und du bekommst ein Angebot.« Sie machte einen Schritt zurück und sagte: »Die Bezahlung ist nicht berühmt, aber es ist auch kein albernes Kleingeld.«

»Tja, du solltest dich erinnern, ich hab' wohl nicht gerade die Bestsellerlisten der New York Times mit meinen Büchern aufgerissen. Aber mein Ansehen beim Film wirkt ansteckend bei Verlegern.«

»Schau, das ist ein Deal, wie mein Vater immer sagt. Nimm ihn an, dann kümmere dich um die Details.«

»Komm schon. Wir gehen heute zum Abendessen aus.«

»Gute Idee.« Sie lächelte und hielt ihren Arm um seine Taille, während sie ging. Seit der Nacht, in der Gabbie überfallen wurde, fühlte sich Gloria zum ersten Mal entspannt.

12

»Hilfe!«

Gabbie hämmerte nicht länger auf die Planke, die Jack festhielt, und sie tauschten überraschte Blicke aus. Dann legte Jack die Planke nieder, und sie rannten zur Vorderseite des Hauses.

Sie liefen um die Ecke und entdeckten einen der Arbeiter, der am Sturz unter dem Dachgiebel hing, während Phil wütend versuchte, eine Leiter zu richten, die der mit sich kämpfende Mann umgeschubst hatte. Phil hielt die Leiter, während Jack hochkletterte und den Mann packte. Zähneknirschend sagte der Arbeiter: »Meine Hand ist eingeklemmt.« Er versuchte seine Füße zurück auf die Leiter zu stellen, aber es war ihm unmöglich, seine Hand zu befreien.

Jack blickte nach oben und sah, daß sich eine der merkwürdigen wasserspeierähnlichen Skulpturen verdreht hatte und die Hand des Arbeiters wie in einem Schraubstock gefangenhielt. Jack sagte: »Gebt mir ein Brecheisen oder einen großen Schraubenzieher.«

Ted nahm einen sehr großen Schraubenzieher aus der Werkzeugkiste und reichte ihn nach oben. »Halte dich bereit, ihn zu fangen«, sagte Jack, während er den Schraubenzieher zwischen der einen und der nächsten Skulptur als Hebel benutzte. Dann hob Jack sie mit aller Kraft an, benutzte den Schraubenzieher als Hebel und drückte die Skulptur nach oben, so daß der Mann seine Hand zwischen den umklammernden Pfoten herausziehen konnte.

Der Mann fiel zurück und wurde von Phil und Ted aufgefangen. Jack untersuchte die Skulptur. Sie war an ihrer Spitze weggedrückt, was dazu führte, daß sie nach vorne kippte. Der untere Teil der Skulptur hatte einen Stützbalken getroffen, und der häßliche Kopf war hinter dem alligatorähnlichen Kinn aufgesprungen, aber nicht durchgebrochen. Wenn er gebrochen wäre, so wäre der Mann einfach 'runtergefallen. Die Skulptur hatte die Hand des Mannes eingeklemmt, und sein eigenes Gewicht diente dazu, die Hand zwischen den Kiefern festzuhalten.

»Es ist, als hätte dieses verdammte Ding mich gebissen«, rief der Mann und wickelte seine Hand in ein Taschentuch. Die Haut war aufgesprungen, und das weiße Taschentuch färbte sich rot.

»Sie lassen das besser untersuchen«, sagte Phil

»Ich bringe ihn ins Krankenhaus«, sagte Ted.

Er nahm den Mann ins Schlepptau, und Phil schaute Jack und Gabbie an: »Das ist ziemlich ungewöhnlich.«

»Klar, es ist verrückt«, stimmte ihm Gabbie zu. »Was hat er da überhaupt gemacht?«

»Die Kabel von der Schüssel laufen dort ins Haus.«

Jack schaute nach. »Ich seh' sie nicht.«

Phil zeigte ihm, wo die konzentrischen Kabel und die Kontrolleitungen ganz nahe bei der Schüssel an dem Träger hochliefen und durch ein Loch am Boden des Sturzes verschwanden. »Sie müssen nach innen laufen.«

Jack kletterte wieder die Leiter hoch. »Die Skulpturen sind alle in ein großes Stück Holz eingesetzt. Hier drüben sind ein paar neue Schrauben.« Er schaute nach unten. »Sieh in dem Haufen da unten nach.« Phil entdeckte unten neben der Leiter ein Dutzend Schrauben oder mehr. »Er hat die letzte herausgenommen, als sich das Brett verschob – merkwürdig, es sieht so aus, als wäre von innen dagegengedrückt worden.« Jack drehte die letzte Halterung heraus und steckte sie in seine Tasche. Er griff sich die Reihe der Wasserspeier.

»Vorsichtig«, ermahnte ihn Gabbie, als Jack das sperrige Stück Holz nach außen zog.

Nach mehreren Zentimetern konnte Jack die Kabel sehen. »Sie laufen hier entlang«, sagte er und blickte an dem Brett entlang, »und sie laufen in Richtung Wohnzimmer.«

»Da kommen sie 'raus. Mullins hat sie dorthin zurückgesteckt, damit man sie sehen kann«, sagte Phil.

»Ordentlich. Aber es macht die Schadensüberprüfung zu einer echten Schinderei.« Jack schaute das Brett herunter; etwas führte seinen Blick zurück unter das Dach. »Dachte, ich hätte gesehen, wie sich etwas bewegte. Ernie? Kriechst du hier herum?« Er kniff die Augen halb zusammen, so als versuche er, die Dunkelheit allein mit seiner Willenskraft zu durchdringen. »Hast du 'ne Taschenlampe?« fragte er Phil.

»Ja, ich hole sie«, sagte Gabbie.

Jack blieb zurück und hielt die lange, hölzerne Verblendung mit den ungewöhnlichen Skulpturen fest, während sie nach drinnen lief. Sie kam wieder und reichte Jack das Licht nach oben. Jack leuchtete in die Dunkelheit. »Hallo, was haben wir denn hier? Dahinten ist irgend etwas drin.«

»Was?« fragte Phil.

»Kann ich nicht sagen. Selbst mit der Taschenlampe ist es schrecklich dunkel. Und es ist eine ganze Ecke weiter hinten.«

»Wie hast du es gesehen?« fragte Gabbie.

Jack nahm die Taschenlampe wieder zurück. »Für einen Moment dachte ich, es hätte etwas sich bewegt. Wahrscheinlich eine Täuschung meiner Augen.«

Er legte das Brett an seinen Platz zurück und drehte die Schraube, die es hielt, schnell wieder hinein. Er beeilte sich, die Leiter hinunterzuklettern, und sagte: »Mullins wird die Kabel noch überprüfen wollen, also hinterlasse ich es so, wie ich es vorgefunden habe.«

»Was ist mit dem Ding, das du gesehen hast? Kannst du es herausfischen?« fragte Gabbie.

»Es ist ziemlich weit hinten. Ich könnte es selbst mit einem Besenstiel nicht erreichen.«

»Wie kam es dorthin?« fragte Phil verwundert.

Jack betrachtete die Dachlinie. »Ist das da oben das Zimmer der Jungen?«

»Richtig.«

»Können wir uns da 'mal umsehen?«

»Sicher.« Sie liefen nach drinnen und die Treppe hinauf. Im Zimmer der Jungen ging Jack zum Fenster und blickte hinaus, um seine jetzige Position in Beziehung zum Verandadach festzustellen. »Ich denke, ungefähr hier«, sagte er und deutete dorthin, wo die Wand auf den Boden traf.

Er schob eine Spielzeugkiste zur Seite und inspizierte die

Wand unterhalb des Fensters. Nach ein paar Minuten schlossen sich Phil und Gabbie ihm an. Nichts Ungewöhnliches fiel ihnen auf, bis Phil eine merkwürdige Druckstelle nahe dem unteren Ende der Wand bemerkte. »Gib mir mal den Schraubenzieher«, sagte er.

Jack und Gabbie beobachteten, wie Phil den Schraubenzieher in die Lücke steckte und nach oben drückte. Ein Teil des Bodens bewegte sich gerade so viel, daß man seine Finger an der Seite darunterschieben konnte, drei Bretter lagen so eng aneinander, daß sie mit dem Rest der Bodenbretter fast eine Einheit bildeten. Der Deckel war ungewöhnlich, denn die Bretter waren ungleichmäßig lang, der Falldeckel verlief so wie die natürliche Linie der Bretter, so daß man keine ungewöhnliche Nahtstelle sehen konnte. »Mann, ich fahr' zur Hölle«, sagte Phil.

Jack grinste. »Davon findest du viel in diesen alten Häusern. Sie wurden gebaut bevor die Regierung die Banken versicherte. Die meisten Leute hier können dir zeigen, wo der Urgroßvater seine Habseligkeiten vor den Yankees versteckt hat. Du wachst sie ein paar Mal ein, um die Brüche zu füllen, und du kannst mit der Hand den ganzen Tag darüberstreichen, ohne sie zu finden.«

Phil leuchtete nach unten, und der Schein fiel auf einen Beutel oder irgendein Paket. Jack griff hinein und holte behutsam ein scheinbar eingewickeltes Bündel Papier heraus. »Schatzkarten, oder was denkst du?« fragte Phil.

Jack betrachtete das Paket. Es war ein weißgeflecktes Bündel aus einem Kleidungsstück. »Komm, wir bringen es runter ins Arbeitszimmer.«

Sie brachten es nach unten und legten es auf den Tisch. Jack betrachtete die weiße Substanz auf seiner Hand und sagte: »Ich glaube, das ist Wachs.«

Phil ließ behutsam den Stoff durch seine Finger gleiten. »Fühlt sich ziemlich brüchig an. Muß alt sein.«

»Vielleicht nicht.« Jack verrieb die Flocken zwischen seinen Fingern und roch an den Rückständen. »Paraffin«, stellte Jack fest. »Es wird zum Imprägnieren benutzt. Das einzige Problem ist, daß es sehr gut brennt. Bei den Pfadfindern haben wir immer Streichhölzer darin getaucht.«

»Ich wußte nicht, daß du ein Pfadfinder warst«, sagte Gabbie neckisch.

»Es gibt viele Dinge, die du nicht weißt, Darling«, stichelte Jack zurück.

»Können wir das Paket öffnen?« fragte Phil.

»Ich denke schon«, antwortete Jack. »Das Wachs ist brüchig, nicht das Papier oder was immer es ist.« Es stellte sich heraus, daß Jacks Vermutung richtig war, denn der Einwickelstoff war leichtes Ölzeug. Innen fanden sie mehrere Dokumente.

Jack und Phil blätterten sie rasch durch, und Gabbie sagte: »Was ist es?«

Jack zuckte mit den Schultern. »Sie sind alle in Deutsch geschrieben. In dem Fach bin ich aber über ein C minus auf der High-School nicht hinausgekommen, und außerdem ist es schon eine Weile her. Kannst du Kraut lesen?«

Gabbie schüttelte mit dem Kopf.

Sie konnten das Geräusch eines Autos in der Auffahrt hören. Gabbie schaute aus dem Fenster und sagte: »Wir sind gerettet. Es ist Mark.« Sie rannte aus dem Zimmer.

Jack lächelte, und Phil warf einen Blick auf seine Uhr. »Er ist ein bißchen früh.«

Mark und Gary betraten das Zimmer, Gabbie an Marks Seite. Jack schaute sie an, überprüfte dann seinen Eindruck nochmals und bemerkte mit einigem Unbehagen die Art und Weise, wie Gabbie an Marks Arm hing. Seit sie mit den regelmäßigen Therapiesitzungen begonnen hatten, redete Gabbie sehr viel über Mark. Jack sträubte sich gegen diesen unsachlichen Schmerz der Eifersucht.

»Gabbie sagte, ihr hättet etwas Interessantes gefunden«, begann Gary.

Phil wies auf den Beutel, und Mark hob das Papier auf. Er überflog es schnell und gab es Gary. Einer nach dem anderen blickten sie sich an und fingen dann laut an zu lachen. »Das ist wunderbar!«

»Was ist es?« fragte Gabbie, die aufgeregt von einem Bein auf's andere hüpfte.

»Frederick Kesslers Aufzeichnungen. Der alte Gauner war ein sorgfältiger Mann.«

Gary deutete auf ein Blatt Papier. »Er war, um es ganz offen zu sagen, ein Betrüger.«

»Was?«

»Ich muß das hier erst sorgfältig durchlesen, aber es sieht so aus, als hätte er ungewöhnliche Transaktionen mit verschiedenen Banken zur gleichen Zeit vorgenommen. Und wenn ich nicht falsch liege . . . hmm . . .« – er verglich drei verschiedene Papiere – »benutzte er für drei Anleihen dieselbe zusätzliche Deckung.« Mit einem breiten Grinsen sagte er: »Und ich bin davon überzeugt, daß diese Art Geschäft mißbilligt wird.«

»Zumindest von den Banken«, sagte Mark, dessen Lächeln jetzt verschwand. »Schau dir das an.«

Gary tat es und pfiff. »Oh, verdammt. Das ist unglaublich.«

»Was?« fragte Gabbie, die sich über den Fund freute.

»Es ist eine Aufzeichnung eines Bankpräsidenten, ah, eines Herrn Schmidt bei der German Manufacturers Trust in New York, welche beglaubigt, daß er das Gold gesehen hat, das als Deckung verwand wurde.« Er durchforschte kurz die anderen Dokumente. »Schau, hier sind noch andere. Dies ist von der First German American Bank in Brooklyn.«

»All diese Bankiers hatten deutsche Namen, und alle Dokumente sind in Deutsch.«

»Das war allgemein üblich«, sagte Mark. »Immigranten machen gern mit ihren eigenen Leuten Geschäfte. Die Bank of America wurde vor Jahren als Bank of Italy in San Francisco gegründet.«

»Könnten sie daheim in Deutschland noch Verbindungen gehabt haben?« fragte sich Gary verwundert.

»Ich weiß es nicht, aber es ist eine Möglichkeit. Vielleicht gegenseitige Geschäftsbekanntschaften aus der alten Heimat. Vielleicht deutsch-amerikanische Banken mit Niederlassungen in beiden Ländern. Wie auch immer, eins ist sicher: Dieser alte

Gauner benutzte dasselbe Gold verschiedene Male als Deckung für Anleihen.«

»Wie konnte er das machen?« fragte Jack. »Haben die Banken nicht nachgeprüft, ob es schon Anleihen auf dieses Gold gab?«

»Die Dinge wurden vor dem großen Bankenzusammenbruch während der großen Depression etwas lockerer gehandhabt«, stellte Hank fest. »Damals schossen sie sozusagen aus der Hüfte. Es gab viel mehr Mißbrauch, regelmäßig gingen Banken pleite.« Mark fuhr fort, alle Dokumente durchzuschauen, und sagte zuletzt: »Aber es gibt immer noch keinen Anhaltspunkt, was er mit dem Gold gemacht hat.«

»Vielleicht hat er es verkauft?« sagte Jack.

»Wenn, dann würde ich von ihm erwarten, daß er eine Aufzeichnung hinterlassen hat.« Er deutete auf das Bündel.

Gary nickte. »Er scheint bei allem anderen wählerisch gewesen zu sein. Diese Aufzeichungen könnten ihn den Kopf gekostet haben, wenn die Banken es herausgefunden hätten, bevor er seine Rechnung getilgt hatte.«

Gabbie schien enttäuscht zu sein. »Ich hatte auf eine Schatzkarte gehofft.«

»Und ich hatte auf etwas gehofft, um Kessler in all die ungewöhnlichen Vorkommnisse in Deutschland zur Jahrhundertwende mit einzubauen«, sagte Mark. »Dennoch, dies ist ein weiteres Stück des Puzzles.«

»Vielleicht gibt es hier irgendwo noch einen anderen geheimen Unterschlupf.«

Gary ginste. »Du möchtest auf Schatzsuche gehen?«

»Wenn ihr das wollt, könnt ihr vier es machen. Gloria und ich fahren zum Abendessen in die Stadt«, sagte Phil. »Da ihr alle hier seid, sag' ich es euch jetzt. Ich habe ein Angebot für mein Buch.«

Die Ankündigung traf auf allgemeine Glückwünsche, und Gloria, die unter der Dusche war, rief vom Flur im zweiten Geschoß: »Was geht da unten vor?«

Phil rief ihr zu: »Komm runter. Wir machen eine Party!«

»Nicht bevor ich mir etwas mehr als ein Badehandtuch übergeworfen habe. Warte bis ich angezogen bin!«

Ein paar Minuten später kam Gloria in einem Kleid herein, ihre Haare waren noch feucht von der Dusche. »Worum geht es hier?«

»Schatzkarten und verlorenes Gold«, sagte ihr Gatte und vollführte einen kleinen Tanz um den Tisch. »Geschichten um Korruption in den höheren Kreisen. Bankiers im Bund mit mysteriösen Deutschen.« Mark und Gary fingen an, laut zu lachen. »Schwindel, die einem Pharmavertreter die Schamesröte ins Gesicht treiben würden. Und Geheimnisse der Zeitalter, Wunder und Entsetzen, alles eingewickelt für ein großes Abenteuer.« Er küßte sie sacht auf die Wange und fügte gut gelaunt hinzu: »Und wir feiern ein wirkliches Wunder, ein Herausgeber, der den Genius erkennt, wenn er ihn liest.«

Gloria lächelte. »Also hat es dich letztlich doch getroffen.« Er grinste zurück und küßte sie erneut. Dann nahm sie ihn in die Arme. Über die Schulter sagte sie: »Nun ja, ich denke, wir haben eine Party. Gabbie, ruf den Pizza-Mann an. Jack hol' das Bier.« Sie kreischte in einer Mischung aus Freude und Ärger, als Phil ihr in den Nacken biß und sie auf den Po klopfte. »Du Tier!« Als Gabbie den Raum verließ, rief sie hinter ihr her: »Und finde die Jungen!«

Oben, in dem engen Raum zwischen der Decke und dem Boden, bewegte sich das Böse Ding. Es hatte das Paket ausfindig gemacht – der Meister würde sich darüber freuen. Die Dinge standen immer besser, wenn der Meister sich freute. Die einfache Kreatur verlangte es wahrhaft danach, den Meister zu erfreuen. Aber der Meister war zornig gewesen, als er entdeckte, daß das Böse Ding den Jungen unter der Brücke angegriffen hatte. Und dem Bösen Ding gefiel es nicht, wenn der Meister böse war. Eigentlich wollte es den Willen des Meisters nicht ignorieren, aber der Junge war in seinen Zufluchtsort eingedrungen, und er hatte so frisch und jung gerochen, so warm und weich. Für einen Moment erschauerte das Böse Ding vor Vergnügen, als es sich an den warmen, feuchten Duft von Patricks Blut erinnerte. Dann erinnerte es sich an die Unzufriedenheit des Meisters, und der Schmerz und sein Erschauern wurden zu etwas Angstvollem. Mit einem weichen Geräusch, das dem Seufzen eines Babys ähnelte, bewegte es sich wie eine Spinne durch den geheimen Kriechgang zwischen dem Boden oben und der Decke unten, es hing die meiste Zeit kopfüber. Am Sturz, in der Ecke unter dem Zimmer der Jungen, stieß es ein enges Brett zur Seite, kroch nach draußen und rannte eine Regenrinne hinunter. Es mochte sich nicht im Licht aufhalten, denn das Tageslicht brachte die Erinnerung an längst vergessene Zeiten, als das Böse Ding noch jung war. Solche Erinnerungen schmerzten. Und das Licht gab diesen Erinnerungen einige Stellen, wo sie sich verstecken konnten. Aber der Nachmittag und die Schatten wurden länger, so daß es die Wälder sicher erreichen konnte. Nebenbei überlegte es sich, daß niemand in dem Haus eine bedrohliche Haltung einnahm. Niemand.

13

Patrick stellte seine Narben mit einer Mischung aus Stolz und Besorgnis zur Schau. Stolz über seine Mutabzeichen, hatte er Angst vor dem, was Barney über das Böse Ding unter der Brücke sagen würde.

Sie standen vor dem Gelegenheitsarbeiter, der sich nun auf den Hocker neben seiner Werkbank setzte.

»Nun, er hat dich tüchtig geschnitten, nicht wahr, Patrick Hastings?« Er betrachtete den Jungen mit dem trüben Blick, den er schon an ihm kannte.

Patrick nickte. »Er hat versucht, mich zu beißen. Aber ich konnte entkommen, Barney.«

Mit einem Seufzer nahm sich Barney einen Schluck aus der Flasche, die er stets bei sich trug. Anschließend erhob er sich von dem Schemel, führte die Jungen zur Tür hinaus, und sie setzten sich auf die Veranda. Er schaute sich um, als würde er erwarten, etwas zu sehen. »Ein wenig mehr als zwei Monate.

Wir müssen nur noch die nächsten zwei Monate und etwas mehr aushalten.« Er genehmigte sich einen weiteren Schluck.

»Was ist in zwei Monaten?« fragte Sean.

»Der Tag der Bewegung, Sean. Die Guten Menschen packen und machen sich um Mitternacht auf den Weg, sind vor Sonnenaufgang am Allerheiligen verschwunden. Und wenn wir Glück haben, sehen wir ihresgleichen in diesem Leben nicht mehr wieder. Zweimal in meinem Leben ist zweimal zuviel.« Er zwinkerte den Jungen verschwörerisch zu. »Das is' der Grund, warum ich wieder zum Trinker wurde. Die Guten Menschen haben ein weiches Herz für Narren und Trunkenbolde, sagt man, und sie ärgern mich so lange nicht, wie ich den Geruch von Barley in meinem Atem habe. »Er zwinkerte erneut und strich sich mit dem Zeigefinger über den Nasenflügel.

»Die Trolle werden gehen?« fragte Patrick.

»Aye, und seine ganze Familie, obwohl ich nicht glaube, daß er durch und durch ein Troll ist, jetzt nicht. Ein Troll ist ein großes und angsteinflößendes Ding, das jeden Übertreter anspringt. Ich denke, du bist mit einer Bestie des dunklen Volkes zusammengestoßen, diese Kleinen, die die Hoffnung auf Gottes Erlösung aufgegeben haben. Vielleicht selbst . . . Nun, es hat keinen Zweck sich mit der Frage abzuquälen, was es sein könnte.« Er machte das Zeichen des Kreuzes. »Aber wenn es ein Troll wäre, hättest du keine Chance gehabt, die Brücke zu überqueren. Dieses Böse Ding bleibt da unten mit sich allein. Aber der Fluß hat dich in seinen Zufluchtsort geschwemmt, und erst mal dort drinnen, bist du ein jagdbares Wild. Halte dich von unterhalb der Brücke fern, und es geht dir gut. So wie er sich nicht ins Licht wagt, in der Regel.« Er dachte nach. »Obwohl die Regeln von Zeit zu Zeit gebrochen werden.«

Mit plötzlichem Eifer sagte Patrick: »Ich will es kriegen.«

»Was willst du?« fragte Barney verblüfft.

Der kleine Junge hatte beinah Tränen des Zorns in den Augen und sagte: »Ich will abrechnen. Es hat mir weh getan, und ich will ihm weh tun. Ich werde es dazu bringen, fortzugehen.«

»Langsam, Burschen«, warnte Barney und legte seine Hand auf die Schulter des Jungen. »Also, zum ersten, du hast keine Zauberkraft. Zum zweiten, er ist sicher einer der kleineren Kameraden seiner Art, und wenn du ihm Schmerz zufügst, könntest du die Aufmerksamkeit eines seiner größeren, weniger fürsorglichen Verwandten auf dich ziehen. Wenn es das ist, was ich glaube, steht es in den Diensten eben eines solchen, der dir Leid ohne Ende bereiten kann. Und drittens, es wird im November vorbei sein. Mein Rat an dich ist, die Dinge ruhen zu lassen.«

»Nein, ich will, daß es zurückgeht.«

Als er Patricks Entschiedenheit sah, schüttelte Barney seinen Kopf. »Nun, das ist ein gewaltiger Plan.« Er setzte sich mit einem Seufzer zurück und sah nachdenklich aus; nach einem Moment fragte er den Jungen, ob er mit einem Schwert umgehen könne.

»Ich kann einen Schläger schwingen«, antwortete Patrick.

»Na sicher, das is' wirklich elegant, wenn du mit einem großen zweihändigen, ungewöhnlichen Schwert Amok läufst und in wunderbarer Sorglosigkeit mit Händen und Füßen um dich schlägst. Aber diese Bestie macht den Eindruck eines schnellen und beweglichen Kameraden, schwer zu treffen.« Barney sah Patrick streng an. »Wie steht's mit dem Bogen? Hast du einen silbernen Pfeil, um damit zu schießen?«

»Das ist für Werwölfe«, sagte Patrick ungläubig.

»Das kann schon sein, aber es gilt ebenso für das Gute Volk. Sie haben recht wenig Vorliebe für Metalle, verschmähen Eisen – obwohl ich glaube, sie haben weniger Schwierigkeiten damit, als manche Geschichten es erzählen. In anderer Hinsicht waren sie, lange bevor der Mensch zum ersten Mal zum Schmiedefeuer kam, verschwunden. Und sie lieben ihr Gold, hamstern es in großen Schätzen unter der Erde – sie schätzen es ebensosehr wie der Mensch. Aber Silber, Klingen und Pfeile, oder das Geschoß aus einer Schleuder oder einem Gewehr, nein, sie lieben wirklich kein Silber. Es ist das Metall des

Mondes, und da sie Kreaturen der Nacht sind und Silber auf einer Stufe mit ihrer Macht steht, haben sie Angst davor.« Er stand langsam auf. »Ich muß noch arbeiten, einen Auftrag erledigen.« Er schaute auf Patrick herunter und sagte: »Also geh jetzt nach Hause, und wenn du einen Bogen mit einem Silberpfeil oder ein silbernes Schwert hast, kommst du zurück, und ich sage dir, was als nächstes zu tun ist.«

»Ach, Barney, das ist nicht fair!« beschwerte sich Patrick.

Barney lehnte sich nach vorne, die Hände auf den Knien, und sagte: »Wie meine selige Mutter – Gott gebe ihrer Seele Ruhe – bei mehr als einer Gelegenheit zu sagen pflegte, ›Was hat fair damit zu tun? Es ist, wie es ist.‹ Jetzt macht, daß ihr nach Hause kommt, bevor es dunkel wird und das Ding unter der Brücke unruhig wird.«

Das war alles, was die Jungen an Antrieb brauchten; gemeinsam liefen sie durch die Wälder nach Hause. Als sie aus dem Blickfeld verschwunden waren, schüttelte Barney seinen Kopf und murmelte: »Und wenn der heilige St. Patrick sich um seinen Namensvetter kümmert, Patrick Hastings, wirst du so bald kein silbernes Schwert in die Hände bekommen.

14

Die Party war um so fröhlicher, als sie aus dem Stegreif organisiert worden war. Aggie war durch einen Telefonanruf herbeigelockt worden, und Ted Mullins, der gerade seinen Arbeiter in die Notaufnahme gebracht hatte, ließ sich ebenfalls rasch in die Festivität einbeziehen. Als die Pizza geliefert wurde, trafen auch die Jungen ein und langten kräftig zu. Zwar bemerkte Gloria, daß Patrick und Sean noch gedämpfter Stimmung waren, aber sie glaubte auch, leise Anzeichen eines Stimmungsaufschwungs zu erkennen.

»Oh, verdammt«, sagte Gabbie plötzlich. »Ich habe das

Werkzeug liegen lassen. Ich hole es besser.« Ohne Kommentar stand Jack auf und ging mit ihr nach draußen.

Als sie den Zaun erreichten, meinte Gabbie: »Du warst so still. Hast du was?«

Jack zuckte mit den Schultern. »Ich glaube nicht, daß es dir aufgefallen ist. Du warst ziemlich vertieft in deine Unterhaltung mit Mark.«

Für einen Moment sah Gabbie Jack streng an, dann bückte sie sich, um das Werkzeug aufzuheben. Sie heftete ihre Augen auf den Boden, während sie Nägel in einen Sack steckte, und sagte: »Nun ja, er ist ein vortrefflicher Gesprächspartner.«

Ihr scherzhafter Tonfall behagte Jack ganz und gar nicht. Er sammelte die Hammer zusammen und legte sie in die offene Werkzeugkiste.

Gabbie lächelte still in sich hinein, während Jack schweigsam und erregt die Werkzeugkiste hochhob. Schließlich sagte er: »Ich stell' das hier weg. Willst du das Holz in die Scheune bringen?«

»Nein. Laß uns nur eine Plane drüberziehen.«

Gabbie schlich bei der Tür umher, als Jack nach drinnen ging und das Werkzeug auf das Regal links neben der Tür stellte. Es hörte sich beiläufig an, als er sagte: »Ich schätze, wenn wir es richtig machen, wird es vier oder fünf Wochen dauern, bevor die ganze Umzäunung fertig ist.«

Dann herrschte eine Weile angespannte Stille innerhalb der Scheune, bis Jack wieder aus der Dunkelheit auftauchte: »Wirst du nun hier bleiben?«

Gabbie entschied, die Antwort in der Schwebe zu halten. »Ich habe mich noch nicht entschieden. Aber ich denke, ich kann jemanden anheuern, der es für mich fertigstellt, wenn ich gehe.« Jacks Gesichtsausdruck verdunkelte sich, und das Mädchen fügte hinzu: »Ich komme auf alle Fälle zu Weihnachten und im nächsten Sommer zurück.«

Wortlos schritt Jack an ihr vorbei, schnappte sich einen Stapel Zaunlatten und trug sie hinein, wobei er Gabbies Vorschlag, eine Plane zu benutzen, völlig ignorierte. Gabbie fing langsam an, innerlich vor Wut zu kochen. In einem Moment konnte Jack eine Mimose sein und im nächsten ein Dummkopf. Eigentlich hatte sie sich schon zum Bleiben entschlossen, aber sie wollte das nicht zugeben, bevor er sich nicht eindeutig äußerte. Sie war bereit, alles für Jack zu tun, aber, verdammt, ein Mädchen will auch gefragt und gebeten werden. Und allem Emanzipationsbewußtsein zum Trotz, sie hatte nicht vor, ihn zu fragen. Was auch immer ihm damals mit Ginger passiert war, es hatte ihn im Hinblick auf endgültige Versprechen oder Verpflichtungen gegenüber Frauen zurückhaltend gemacht.

Sie seufzte, als sie ihn geschäftig in der Scheune klappern hörte, wo er die Hölzer aufstapelte. Sie ertrug es kaum, ihn so durcheinander zu sehen. Vielleicht ist meine Haltung doch kindisch, dachte sie. Sie wollte gerade etwas sagen, als irgend etwas ihren Blick gefangen hielt. In der Dunkelheit, während der westliche Himmel sich in ein blasses Blau verwandelte, um sich über einer Reihe von tiefblauen Wäldern zu erheben, stand am Rande der Bäume eine leuchtende Figur. Und der Duft von Blumen und Gewürzen strömte in Gabbies Nase ein.

Gabbie schrie laut auf.

Im Nu war Jack aus der Scheune heraus, während fragende Rufe aus dem Haus kamen.

»Was ist los?« erkundigte sich Jack.

Mit Tränen in den Augen deutete Gabbie in Richtung der Wälder. »Er!« stammelte sie kaum hörbar.

Als die Küchentür geöffnet wurde, sagte Jack: »Bleib hier!« sprang über den Zaun des Pferches und sprintete auf die Wälder und die dahinschwindende Figur zu. Die Jungen bestürmten ihre Schwester, und im Hintergrund erschollen die Ermahnungsrufe ihrer Mutter, im Haus zu bleiben.

Inzwischen hatten Phil, Gary und Mark Gabbie erreicht, und Phil schickte die Jungen zurück in die Küche. Mark fragte, was in aller Welt denn los sei?

»Ich hab' ihn gesehen.« Gabbie zeigte auf die Wälder. »Ich habe den Jungen gesehen, der . . . in den Wäldern war.«

»Bis du sicher?« fragte Phil. Er schaute sich um, und ohne daß er etwas sagte, war es klar, daß er nicht verstand, wie sie in dem schwachen Abendlicht etwas sehen konnte.

Gabbie nickte nur. »Wo ist Jack?« fragte Mark.

»Er ist hinter ihm her«, sagte sie und zeigte in die Richtung.

Ohne ein Wort sprang Gary über den Zaun und rannte auf den Waldweg zu.

Kurze Zeit später erschienen sowohl Jack als auch Gary in der Küche, wo die anderen warteten. Jack, der humpelte, sagte: »Ich glaube ihn gesehen zu haben, aber dieses verdammte Krüppelbein hat mich im Stich gelassen.«

»Ich hab' die Polizei gerufen«, sagte Phil. »Sie werden bald jemanden schicken.«

Aggie und Ted Mullins standen beide zur gleichen Zeit auf. »Besser, ich gehe jetzt«, meinte Aggie.

Mullins stimmte ihr zu, es sei ja schon spät geworden, und er würde am nächsten Tag wiederkommen, um die Überprüfung der Satellitenschüssel abzuschließen. Er wollte Aggie zu ihrem Auto begleiten und ihr bis zu ihrem Haus folgen, dann weiterfahren. Die Jungen waren in ihre Zimmer geschickt worden, obwohl es eine Stunde vor der Schlafenszeit war. Angesichts ihrer Beschwerden befahl Gloria ihnen, sich eine Weile selbst mit irgend etwas zu beschäftigen.

Mark wollte von Jack wissen, was er denn nun gesehen habe.

»Es war das abscheulichste Ding«, sagte dieser und rieb sich wie abwesend die Schulter. »Ich glaube, ich sah einen Jungen von ungefähr fünfzehn Jahren. Und ich könnte schwören, daß er leuchtete. Es muß das Abendlicht gewesen sein. Aber ich konnte ihn durch die Bäume hindurch gut genug erkennen, um ihm über die Brücke und in Richtung Erlkönigs-Hügel zu folgen.«

Mark und Gary tauschten fragende Blicke aus, und Mark sagte: »Ich glaube, ich werde mich dort mal umschauen.«

»Meinst du nicht, es wäre besser, auf die Polizei zu warten?« fragte Phil.

»Ich gehe auch schon mal«, sagte Gary entschieden. »Wenn es ein Jugendlicher ist . . . nun ja, er kann sich auf ein Mädchen stürzen, aber ich bezweifle, daß er gegen zwei Erwachsene Männer ankommt. Habt ihr eine Laterne?«

Gloria nahm eine Coleman-Laterne aus dem Schrank neben

dem Eingang zur Speisekammer und reichte sie Gary mit ein paar Streichhölzern. Er nahm die angebotene Laterne und schaffte es schnell, deren Glühstrümpfe hell zu erleuchten.

»Wir vergewissern uns nur, daß er sich nicht mehr hier rumtreibt«, sagte Gary grinsend. »Und sind schnell wieder zurück.«

Jack saß auf einem Stuhl und rieb sich seine Schulter. »Vielleicht sollte ich auch gehen.«

Gabbie sagte: »Nein, dein Bein tut dir weh. Und was ist mit deiner Schulter?«

Jack sah erstaunt aus bei dieser Frage, dann fiel ihm endlich selbst auf, daß er sich schon eine Weile seine Schulter massierte. »Ich weiß nicht. Ich muß sie mir verrenkt haben oder so, als ich über den Zaun gesprungen bin.«

»Damit wäre es geklärt«, entschied Gabbie. »Du bleibst sitzen.«

»Uns wird schon nichts passieren«, meinte Mark, und ohne ein weiteres Wort gingen sie.

Gloria sagte: »Kann mir vielleicht mal jemand erklären, was zum Teufel an diesem verrückten Ort vorgeht?«

Phil sagte: »Ich wünschte, ich wüßte es.«

15

Gary streckte den Arm aus. »Da drüben«, flüsterte er.

Mark nickte. »Ich gehe hier lang.« Seine Hand beschrieb einen Kreis, und Gary begab sich auf den Weg, die Laterne markierte deutlich sein Vorrücken, während Mark durch die Dunkelheit schlich.

Seit zehn Minuten wurden sie von kaum wahrnehmbaren Bewegungen auf die Folter gespannt, als ob jemand am Rand ihres Lichts herumlungerte, gerade nahe genug, um sein Vorhandensein anzudeuten, aber ohne sich selbst zu offenbaren. Mark bewegte sich still und leise, versuchte so wenig

Geräusche wie möglich zu machen, aber in seinen Ohren klang es dennoch, als würde er durch das Gestrüpp poltern. Er fragte sich, ob es wirklich wahr sei, daß Indianer sich einst ohne jedes Geräusch durch diese Wälder bewegt haben.

Ein hochtöniges Lachen von oben ließ ihn jedesmal hochfahren. Er reckte den Hals und versuchte zu erkennen, was in den Bäumen war. »Wer ist da?«

Wieder das Lachen, gefolgt von einem Trippeln, als ob sich etwas zwischen den Ästen bewegte. Dann hörte Mark das Geräusch von etwas Großem, das auf einem anderen Baum landete. Offenbar bewegte sich hier ein Wesen durch die Wälder, indem es sich wie Tarzan von einem Baum zum anderen schwang. Mark lief dem Geräusch nach.

Mark bewegte sich so schnell wie möglich, aber die Dunkelheit und die dicht beieinander stehenden Bäume ließen ihn den Kontakt zu dem Gegenstand seiner Neugierde verlieren. Er stieß mit seiner Schulter an einen Baum, fluchte laut und war aufs äußerste überrascht, ein kindliches Lachen zu vernehmen. Er folgte dem Geräusch und stellte nach ein paar Minuten fest, daß er sich verlaufen hatte.

Er hielt an und rief laut: »Gary!«

Sofort wurde sein Ruf von einer entfernten Stimme wiederholt, die ihn nachahmte. »Gary!« rief sie. Mark versuchte die Richtung, aus der der Ruf kam, abzuschätzen und rief erneut Garys Namen. Das Echo war zu hören, eine verspottende Nachahmung, aber dieses Mal aus einer anderen Richtung.

Mark schaute sich um, ohne die leiseste Ahnung zu haben, wo er war. Er versuchte die Position des aufgehenden Mondes zu bestimmen, aber sein Blick konnte das dichte Blattwerk nicht durchdringen. Dann hörte er, wie in einiger Entfernung sein Name gerufen wurde.

Als er den ersten Schritt in Richtung der Stimme machte, ertönte eben diese Stimme wieder aus einer anderen Richtung. Mark hielt an: Es war eine Nachahmung von Garys Ruf, und Mark fühlte sich verspottet. Mark hatte plötzlich Angst. Irgend jemand spielte mit ihnen.

Langsam und vorsichtig blickte sich Mark nach einer

Lichtung oder einem Weg um. Bei dem Versuch herauszufinden, wo Gary war, schaute er hinter sich. Er marschierte um einen Baumstamm und setzte sich nach vorne in Bewegung.

Marks Brust zog sich zusammen, und ihm stockte der Atem. Er blinzelte, als wollte er seinen Blick klären, und seine Beine fingen an zu zittern. Er zwang sich dazu, zuerst einen unsicheren Schritt nach hinten zu machen und dann den nächsten. Langsam wich er von dem Anblick zurück, der sich ihm darbot: Nicht mehr als sechs Meter vor ihm befanden sich drei Frauen von erstaunlicher Schönheit.

In weißen Kleidern, die über den Boden streiften, lächelten sie mit einer verführerischen Windung ihrer vollen Lippen, während sie ihm ihre Arme entgegenstreckten und sich mit einer schwingenden, unmenschlichen Grazie bewegten. Mark schnappte nach Luft, versuchte, ruhig zu atmen, und strich sich mit der linken Hand durch die Haare. »Mein Gott«, flüsterte er und war unfähig, einen weiteren Schritt zu machen. Er taumelte und streckte seine Hand aus, um einen nahen Baumstamm mit seiner rechten Hand zu ergreifen. Er war sich sicher, könnte er auch die Füße dieser wunderbaren Gestalten sehen, würde er merken, daß jede Frau Vogelkrallen oder Ziegenhufe hatte. Ja, vor seinen Augen wurde eine Legende lebendig: die Weißen Frauen. Mark war überwältigt von dem Duft der Blumen und Gewürze, und eine Hitzewelle traf ihn in der Tiefe seines Magens. Er fühlte, wie es in seinem Kopf zu schwimmen anfing und die Lust in seinen Lenden aufstieg. Sein Körper wurde derart intensiv von Verlangen geschüttelt, daß sich seine Brust zusammenzog; es schien unmöglich, zu atmen. Ihm kam es vor, als wäre die Luft drückend heiß und schwül, eine heiße Augustnacht in New Orleans, ohne den leisesten Windhauch. Schweiß trat ihm auf die Stirn, und er preßte seine rechte Hand so hart gegen den Baum, daß sich die Rinde in seine Handfläche drückte. Der Schmerz darüber war das einzige, das ihn bei Verstand halten konnte. Der Schmerz in seiner Hand war wirklich.

Seine Gedanken schwammen. Er versuchte sich zu bewegen, war aber gelähmt durch Erstaunen und Angst. Er kannte die

Geschichte von den Weißen Frauen, und er wußte, daß ihre Umarmung den Tod bedeutete. Er bot all seine Kräfte auf, zog seine Hand zurück, stieß sie hart gegen die rauhe Rinde und schürfte sie sich an der Seite auf. Der Schmerz von aufgerissener Haut schoß durch den heißen Strudel der Begierde und schenkte ihm einen Moment Klarheit. Verzweifelt versuchte er, einen Schritt nach hinten zu machen. Er erinnerte sich an Bruchstücke einer Überlieferung, und darin stand, daß ein Gebet angeblich vor den Weißen Frauen schützen konnte. Kaum fähig zu sprechen, flüsterte er die altdeutschen Worte.

Ein Ausdruck des Bedauerns huschte über die verblüfften Gesichter der Weißen Frauen. Die mittlere der drei schien traurig zu sein, während sich die anderen einfach umdrehten und aus dem Blickfeld verschwanden, als würden sie durch Türen in eine andere Welt treten. Auch die traurige folgte, ihr durchsichtiges Kleid umhüllte ihren Körper und offenbarte erregende Einzelheiten: Aufgerichtete Brustwarzen, durch den dünnen Stoff noch hervorgehoben, feuchte, vor Begierde angeschwollene Lippen; sie deuteten ein Versprechen von sexueller Verzückung an, welches jenseits der menschlichen Vorstellungskraft lag. Hin und her gerissen zwischen Angst und Leidenschaft, mußte Mark beinahe schreien. Mit Ausnahme der Füße, die man nicht sehen konnte, war die Frau perfekt und in dieser Vollkommenheit angsteinflößend, denn keine menschliche Frau konnte solche Schönheit besitzen. Ihre Umarmung zu erleben hieße, Ekstase jenseits der Leidensfähigkeit zu kennen. Sie würde mit Liebe töten. In einer entlegenen Region seines Verstandes bildete sich die dumpfe Ahnung heraus, sie würde ihn, Mark, sprichwörtlich zu Tode drücken. Ein weicher, feuchter Geruch berührte seine Sinne, ein schwacher Duft von Gewürzen und Blumen, vermischt mit einem beißenden Duft, der irgendeinem tiefliegenden Zentrum seines Gehirns eine deutliche Botschaft gab. Schwach dachte er an eine Art von Pheromonen. Mark kämpfte den beinahe überwältigenden Drang, wieder auf die Frau zuzugehen, nieder und schlug seine Handfläche erneut gegen die rauhe Rinde, ängstlich um die Haut seiner Hand bedacht, benutzte er den Schmerz als Schutzschild. Er überwand sich, einen weiteren Schritt nach hinten zu machen, und wiederholte das jahrhundertealte, deutsche Gebet. Verdoppelte Furcht traf Mark wie ein körperlicher Schlag, denn dieses Mal schien das Gebet keine Wirkung zu zeigen. Die Weiße Frau bewegte sich bis Armeslänge auf ihn zu, und Mark merkte, wie er schwankte, als sie vor ihm ankam. Sein Geist schien in ihm selbst begraben zu sein und war Zeuge, wie sein Körper außer Kontrolle geriet. Er ignorierte den Schmerz in seiner Hand und machte einen kleinen Schritt in Richtung seiner Zerstörung. Und in den Mauern des Gefängnisses seines Geistes schrie Mark vor Verzweiflung gellend auf.

Dann wirbelte die Weiße Frau herum, als ein entferntes Horn erklang, gefolgt von einem verrückte Freude ausdrückenden Lachen. Das Jagdhorn posaunte in die Nacht, und das Schlagen von Hufen hallte durch die Bäume. Als sie zögerte, spürte Mark, wie ihre Macht über ihn abnahm. Sie sah ihn an, und er fühlte wieder, wie die Leidenschaft in seinem Körper explodierte. Die Weiße Frau schritt nach vorne und hielt die Hand ausgestreckt. Plötzlich fiel eine Gestalt oben aus den Bäumen, ein Junge oder ein kleiner Mann. Er stellte sich vor Mark und hielt eine Hand hoch, die Innenfläche der Weißen Frau zugewandt. Augenblicklich schrumpfte die Weiße Frau zusammen, und dann war sie plötzlich fort, als ob sie durch eine unsichtbare Tür geschlüpft wäre.

Mark zögerte nicht, sondern drehte sich um und floh; er stolperte durch die Dunkelheit, fort von dem Verrückten. Sein Fuß traf auf eine knorrige Wurzel, und er fiel. Der junge Mann versuchte aufzustehen, schaffte es aber nur, sich hinzusetzen. Er fühlte sich wie im Fieber, seine Kräfte schwanden. Dann glaubte er, Geräusche zu vernehmen, als ob Reiter durch die Wälder in seine Richtung preschten. Er kam mit Mühe auf die Füße, griff nach einem Baum und atmete tief, um seinen Kopf zu klären. Er zwang sich zur Ruhe und schaute sich um. Er hatte keine Ahnung, wo er sich befand. Von hinten wurde das Geräusch der Reiter lauter.

Mark drehte sich in Richtung des Geräusches um, dann

schreckte er gegen den Stamm zurück; winzige Gestalten konnte man erkennen, die zwischen den Bäumen hin und her stürzten. Dutzende leuchtende Körper, nicht größer als Spatzen, einige klein wie Insekten, eilten durch die Nacht. Das Schlagen ihrer winzigen Flügel verursachte ein Summen von geradezu hypnotischer Kraft, ein musikalischer Gegenpol zu dem Pochen des Blutes in Marks Schläfen. Eine Kreatur schoß hinter Marks Baum hervor, wurde für einen Moment sichtbar – eine winzige Frau, kleiner als ein Kanarienvogel, nackt, mit goldenem Haar, dem schwachen Bild von kolibriähnlichen Flügeln auf dem Rücken, und eingetaucht in den blau-grünen Strahlenkranz aus Licht. Kleine Gestalten sprangen herum und hüpften wie Heuschrecken durch die Wälder. Mark fürchtete, das Bewußtsein zu verlieren, als er kleine Männer in grünen und roten Cutaway-Jacken, kleine Frauen in Kleidern aus feiner Gaze und Licht beobachtete. Er fühlte die Tränen sein Gesicht hinunterlaufen. Er fragte sich, ob er verrückt wurde, denn diese Kreaturen waren beides, unwirklich und doch nur zu wirklich. Aber sie hatten fremdartige Farben, als ob sie von innen aus leuchteten. Jede Kreatur war in scharf umrissenen Details zu sehen, während sie vorbeischoß.

Das krachende Geräusch von Pferdehufen, die auf das Unterholz schlagen, kündigte die Ankunft des nächsten Anschlags auf Marks Sinne an. Reiter von unglaublicher Erscheinung rasten Mark entgegen, und er fühlte, wie sich ein Schrei in seiner Kehle formte. Dann bedeckte eine Hand seinen Mund, und plötzlich tauchte der junge Mann wieder vor ihm auf. Er schnappte sich Mark mit einem erstaunlich starken Griff und zog ihn um einen Baum herum, hielt ihn fest, so, daß er Mark vor der Entdeckung durch die Reiter schützte. Mark wurde hart gegen den Baum gedrückt, wie in einem Schraubstock festgehalten, indem sich der Körper des Jungen gegen seinen drückte. Derselbe Geruch von Blumen und Gewürzen, den Mark gerochen hatte, als er die Weißen Frauen zum erstenmal sah, überfiel seine Nase, die Wirkung war aber weder erotisch noch berauschend, im Gegenteil, eher ernüchternd. Die Wälder hallten im Geräusch der vorbeischießenden

Reiter wider, denen es offensichtlich unmöglich war, Mark und seinen Beschützer zu sehen. Mark konnte sich nur darüber wundern, daß die Reiter sie nicht entdeckten, wie sie sich beide an den Baum drückten, während die Pferde in so geringer Distanz, daß man sie berühren konnte, vorbeigaloppierten. Mark erspähte Gestalten von unmenschlicher Schönheit, die auf Pferden vorbeischossen, die nichts ähnelten, was Mark je gesehen hatte, merkwürdig würdevolle Tiere mit glühenden Augen, die beim Laufen beinah sacht schwebten, derart weich waren ihre Bewegungen. Die Tiere waren unwahrscheinlich weiß, eine glühende Schneefarbe tanzte mit eisblauen Höhepunkten, und in der Dunkelheit erschienen ihre langen Mähnen und federgeschmückten Schweife wie mit silbernem und goldenem Licht durchwirkt. Die Reiter trugen Rüstungen von ungewöhnlicher Farbe und Schnitt, in prächtigem Design, obwohl irgend etwas nicht stimmte. Verzierte Helme waren geschmückt mit etwas Herausragendem, welches die Klinge eines Schwertes fassen, sie aber nicht auf den Kopf stellen würde, einer war mit tiefschwarzen Adlerschwingen gekrönt, ein anderer mit elfenbeinfarbenen Hörnern, ein dritter mit Hirschgeweihen aus Gold. Die Helme und langen Speere und schlanken Lanzen, die sie trugen, schienen daran gewöhnt zu sein, die Zweige der Bäume, an denen sie vorbeiritten, zu beschädigen. Die Brustpanzer waren gekräuselt und mit Schnörkeln bedeckt; die Beinschienen, die Halsketten und Schilde, alles sah höchst dekorativ und nicht funktional aus. Dennoch waren es Gestalten von erschreckender Erscheinung, und Mark schwankte bei dem Anblick.

Sie verschwanden in den Wäldern, und Mark wurde immer noch gegen den Baum gedrückt. Von oben kam ein Geräusch, als ob etwas durch die Äste weglaufen würde bei dem hoffnungslosen Versuch, mit den Reitern mitzuhalten. Es hastete durch das Blattwerk wie ein Affe, über Kopf schwingend, und für einen Augenblick spürte Mark die Anwesenheit von etwas Bösem und Gefährlichem, und seine Furcht wurde tiefer. Dann löste sich der Druck auf seine Brust, als der andere zurücktrat.

Langsam stürzte Mark auf den Boden, seine Knie waren zu weich, um ihn zu halten. Er lehnte sich an den Baum und rieb sich über die Augenbrauen. Seine Hand war voller Tropfen, ob vom Schweiß oder vom Blut, wußte er nicht.

Er zwang sich dazu, langsam zu atmen, und beobachtete seinen Beschützer. Er war ein Junge, ein Teenager, auf den die Beschreibung paßte, die Gabbie von ihrem Angreifer gegeben hatte. Mark blickte dem Jungen ins Gesicht und studierte es. Dann wußte er es. Es gab in diesem Gesicht, das ihn in der Dunkelheit betrachtete, nichts Jugendliches. Unendlich viele Jahre blickten aus den Augen. Sanft sagte der Junge: »Der Narr und seine Rennpferde reiten heute nacht. Von ihnen gesehen zu werden heißt, verloren zu sein.«

Mit einer Stimme, die kaum mehr als ein Krächzen war, flüsterte Mark: »Du . . .«

»Ich bin nicht der, den sie meinen«, unterbrach ihn der Junge, sein Gesicht zu einer unerbittlichen Maske verzerrt. Er sprach sanft. »Es ist dir noch nicht alles enthüllt, Mark Blackman. Wisse nur, das, was hier vorgefallen ist, wurde von einer anderen Hand verübt.« Der unerbittliche Ausdruck wurde weicher. »Und was man versucht hat, folgte nur daraus, daß das Verlangen des Mädchens seine Aufmerksamkeit erregt hat.« Die Augen des Jungen verengten sich, und selbst in der Dunkelheit konnte Mark ein blaues Leuchten in ihnen sehen, wie nicht von dieser Welt. »Ich diene einem anderen, der solches Leid bei dem Mädchen vermeiden würde.« Beinahe entrüstet sagte er: »Später werdet ihr alles erfahren.« Das Gesicht des Jungen zerbrach in ein unheilvolles Grinsen. »Oder vielleicht auch nicht. Nun bist du in meiner Schuld, Hüter der Überlieferung. Vergiß.« Mit einem Wink sprang er nach oben in die Äste und verschwand. Mark kauerte sich nieder und schloß die Arme um seine Schultern, um gegen ein Frösteln seiner Seele anzukommen; Tränen rannen seine Wangen hinab. Er griff in seine Manteltasche und zog den kleinen Kassettenrecorder heraus, den er bei sich trug. Er drückte den Aufnahmeknopf und begann in das Mikrofon zu sprechen, während er in seiner Geiste versuchte, etwas Ordnung in die verrückte Szene zu bringen, deren Zeuge er soeben geworden war. Er nahm das Blut von seiner verletzten Hand kaum wahr, das den Recorder verschmierte, während er sich zwang, zu sprechen. Es war ein schwieriges Unterfangen, selbst für einen Mann seiner unerbittlich professionellen Disziplin und Erfahrung, denn seine Stimme kippte um, und er war gezwungen, Pausen einzulegen, während unkontrolliertes Schluchzen aus seiner Kehle brach und seine Brust sich in eisigem Schmerz zusammenzog. Und er merkte, daß die Bilder in seinem Kopf scharf ausradiert, von Minute zu Minute weniger deutlich und diffuser wurden. Mark beeilte sich, jede Kleinigkeit hervorzuholen. Zum ersten Mal in seinem Leben hatte Mark wirklich Angst.

16

Als Gary und Mark eintraten, schaute Gabbie auf. Ein Blick auf Mark sagte ihr, daß irgend etwas nicht stimmte. Ein brauner Fleck, der wie getrocknetes Blut aussah, zog sich über seine Stirn. Aber mehr noch war es sein Blick: Sein Gesicht war eine einzige Maske, völlig ausdruckslos und ohne Farbe. Die anderen bemerkten es sofort, und Gloria fragte, ob ihm auch nichts passiert sei. Sie zog einen Stuhl hervor, und Blackman setzte sich.

Mark schüttelte den Kopf. »Nein, ich habe nur eine Dummheit begangen. Ich verlor Gary aus den Augen. Man ahnt wirklich nicht, welchen Schrecken einem die Wälder einjagen können, bis man selbst da draußen im Dunkeln umherirrt.« Er zwang sich zu einem Lächeln. »Ich glaube, ich bin nur noch ein bißchen durcheinander.« Er hielt seine Hand hoch. »Ich bin hingefallen und hab' sie mir bei dem Versuch aufgerissen, mich an einem Baum festzuhalten.«

Gabbie zog ein Gesicht und sagte: »Och, das ist langweilig.«

»Nur etwas aufgerissene Haut«, sagte Mark. Gloria lief nach draußen und kam augenblicklich mit einem Erste-Hilfe-Kasten zurück und begann, seine Hand zu verbinden, während Phil ihm einen Drink anbot. Mark schüttelte seinen Kopf. »Ich denke, wir fahren nach Hause, jetzt, wo die Polizei hier ist.«

Zwei Polizisten hatten Mark gefunden, wie er auf der Erde hockte. Gary war von ihren Lichtern angezogen worden. Er hatte Mark zurückgebracht. Die Polizisten waren noch draußen, um nach dem Verdächtigen zu suchen, hatten aber wenig Hoffnung, ihn zu finden. Sie hatten ebenfalls klar zum Ausdruck gebracht, was sie darüber dachten, daß Mark und Gary im Dunkeln gefährlichen Krimminellen nachstellten.

Gary wünschte den Polizisten eine gute Nacht, während Mark nichts sagte. Es sah so aus, als würde er sich auf etwas konzentrieren, aber es war nicht zu übersehen, daß er verstört war, und so nahm niemand Anstoß daran, daß er sie ohne ein Wort verließ. Als sie das Auto erreichten, zog Mark seinen Recorder aus der Tasche und gab ihn Gary. »Ich möchte, daß du mir das morgen vorspielst, bevor ich aufwache und aufstehe.« Er dachte nach, dann sagte er: »Laß noch ein anderes Aufnahmegerät laufen, ja?«

Gary sagte: »Du bist der Ansicht, hier geht etwas vor, das nur von deinem Unterbewußtsein verstanden werden kann, nicht wahr?«

»Vielleicht, aber ich brauche eine Nacht, damit dieser Computer« – er tippte an seine Schläfen – »es ein wenig aufwühlt.«

Gary startete den Wagen und fragte, was denn nun da draußen passiert sei.

Weich antwortete er: »Ja. Ich bin in Ordnung.«

»Was ist da draußen passiert? Etwas hat dich hart geschlagen.« Er erhielt keine Antwort. Nach einem Moment sagte Gary: »Für einen Moment dachte ich, ich hörte . . . ich weiß nicht. Es klang wie Pferde. Und eine Art ungewöhnlicher Musik. Was ist passiert?«

Mark fing an zu sprechen und schloß seinen Mund dann wieder. »Ich weiß nicht, ob ich es beschreiben kann. Ich weiß im Moment eigentlich nichts mehr. Ich erzähle es morgen, nachdem du das Band für mich gespielt hast.«

Gary kannte Mark zu gut, um weiter zu argumentieren. Er würde es ihm zu gegebener Zeit erzählen. Mit einem Seufzer der Resignation brachte er das Auto auf Touren und fuhr vom Haus der Hastings fort.

17

Gary blickte auf seinen Arbeitgeber und Freund herunter. Marks Atem ging langsam und regelmäßig, aber seine Augen bewegten sich unter den Augenlidern. Er befand sich in jener Phase des Schlafes, die die Psychologen REM-Schlaf nennen: rapid eye movement. Er träumte, das könnte ihn empfänglich für Suggestionen stimmen und ihn befähigen, tief in seiner Erinnerung verborgene Dinge hervorzurufen. Schon dreimal hatten sie diese Methode bei ihm angewandt und immer interessante Resultate erhalten.

Gary hatte sich das Tonband vor dem Zubettgehen angehört und wünschte, er hätte es nicht getan, denn es hatte beides: seine Neugier erregt und ihn bis zu einem Punkt durcheinandergebracht, der ihn bis zum Morgengrauen wach hielt und in der Küche Kaffee trinken ließ. Er hatte sich entschlossen, Mark bis zu seiner üblichen Aufwachzeit um acht Uhr schlafen zu lassen. Jetzt war es ungefähr Viertel vor acht. Gary schlich an Marks Bett und kniete nieder. Mit dem Daumen drückte er die Aufnahme-Taste von einem der tragbaren Bandgeräte nieder, richtete das Mikrofon auf Mark. Leise, so als wolle er ihn nicht aufwecken, spulte Gary das andere Band zurück. Er betrachtete die braune Blutspur auf dem kleinen Gerät, als Marks Stimme durchkam, bedrückt und ängstlich wie nie zuvor. In all den Jahren, die sie schon zusammenwaren, hatten sie unheimlichere Situationen erlebt, als es sich die meisten Menschen vorstellen können, und Gary hatte es nie erlebt, daß Mark als erster Anzeichen von Angst zeigte. »Dunkle Wälder in der Nacht. Eine spöttische Stimme ruft meinen Namen. Drei

Frauen in Weiß, die verdammten Weißen Frauen. Gott, o Gott!« Es folgte ein hörbares Schniefen und Schluchzen. »Lichter und winzige Gestalten . . . o Gott. Es sind Elfen! Kleine verdammte Elfen. Kleine nackte Menschen mit Flügeln. Freche Kobolde – Leprachauns – und Heinzelmännchen, hüpfen vorbei . . .« Wieder ein Schluchzen. »Dann Reiter. O Gott, es ist die Wilde Jagd. Dann ein Junge, der nach Gewürzen riecht. Reiter in Rüstungen lauern überall um uns herum. Der Junge verhindert, daß sie mich sehen. O mein Gott.« Marks Stimme verlor sich, als der Recorder in seine Tasche gesteckt wurde. Für lange Zeit war nichts zu hören, Gary wußte, daß, kurz bevor das Band zu Ende war, die entfernte, gedämpfte Stimme von einem der Polizisten und Marks Antwort folgen würden. Fast hatte er seine Fassung wieder zurückerlangt. Gary stellte das Gerät ab, weil er wußte, daß Mark kein Interesse an diesem Teil der Aufnahme hatte.

Gary blickte auf Marks Gesicht, als er das Band herumdrehte und erneut abspielte. Während des zweiten Durchlaufs bemerkte er, daß sich ein Hauch von Schweiß auf Marks Gesicht bildete. Seine Atmung wurde flacher, schneller. Dann fing er an, Laute von sich zu geben, stieß abrupt einen unartikulierten Schrei aus und setzte sich auf, die Augen weit geöffnet und wach.

Er blinzelte nach dem Recorder, den Gary neben ihm liegengelassen hatte, und sprach: »Es war . . . Nacht. Wir waren in den Wäldern und suchten Gabbies Angreifer. Ich rief deinen Namen, Gary, und irgend jemand verspottete mich. Dann glaubte ich, dich rufen zu hören, aber die Stimme kam aus allen Richtungen, als ob dich jemand nachahmte. Dann drehte ich mich um und sah die drei *Weißen Frauen*, die mir zuwinkten, mich ihnen anzuschließen. Als ich versuchte, ihrer Anziehungskraft zu entkommen, näherte sich das Geräusch von Pferden und von den Bäumen . . .« Seine Augen nahmen einen gequälten Ausdruck an. »Hunderte von winzigen Kreaturen, leuchtend, näherten sich mir, flogen und hüpften und rannten. Sie wurden von Reitern gefolgt. Es war die Wilde Jagd. Dann sprang ein Junge, ein Teenager, ich glaube derselbe, der versucht hat, Gabbie zu vergewaltigen, aus dem Baum und beschützte mich vor den Reitern. Nachdem die Reiter passiert hatten, sagte er: ›Der Narr und seine Rennpferde reiten heute nacht. Von ihnen gesehen zu werden verheißt großes Unheil.‹ Dann sagte er, er wäre nicht . . . etwas zu tun mit dem, warum er . . . versuchte Gabbie zu machen . . . er diente jemandem, und jetzt war er nicht . . . etwas wie das . . . und . . . dann lächelte er und sagte: ›Jetzt bist du in meiner Schuld, Hüter der Überlieferungen. Vergiß.‹ Dann verschwand er.« Mark strich mit einer Hand über sein Gesicht. »Das ist alles, an was ich mich erinnere.«

Gary zögerte und fragte dann: »Hast du die Reiter gesehen?«

Mark stand aus dem Bett auf und zog sich einen Bademantel an, Gary hielt ihm das Mikro des Recorders hin. »Ja. Sie waren nicht menschlich, und ich habe noch nie Pferde wie die gesehen, die sie ritten.« Er beschrieb kurz die fremden Rüstungen und Tiere.

»Hatte der Anführer einen Hirschkopf?« Mark blinzelte. »Der Anführer der Wilden Jagd hat in einigen Legenden einen Hirschkopf.«

Mark schüttelte seinen Kopf. »Ich sah einen, er könnte der Anführer gewesen sein, dessen Helm mit Geweihen gekrönt war. Vielleicht war er das.« Mark sah wieder eingefallen aus. »Ich muß mich waschen. Wir reden, wenn ich geduscht habe.«

Mark ging langsam ins Badezimmer, während Gary nach unten rannte und eine Kanne frischen Kaffee kochte. Als der Kaffee fertig war, trug er zwei Becher in Marks Zimmer. Gary trat ein, und Mark war inzwischen fertig geduscht und halb angezogen. Er nahm den angebotenen Becher und trank. Nach einem Moment sagte er: »Was für ein Traum. Ich muß zu viel von diesem Zeug gelesen haben, das wir über Kessler 'rausfanden. Vielleicht brauche ich einen Urlaub.«

Gary blinzelte. »Was?«

»Ich sagte, ich muß wohl zu viel arbeiten. Du würdest nicht glauben, was ich letzte Nacht geträumt habe.«

Gary ging rüber zu dem Recorder, den Mark in den Wäldern benutzt hatte, drehte die Kassette um und spielte sie Mark vor.

Während Mark seine eigene Stimme hörte, hielt er inne, sich anzuziehen, steckte nur seinen Arm durch den Ärmel seines Hemdes. Als das Band abgelaufen war, fuhr er langsam fort, sich anzuziehen. Während er sich hinsetzte, um seine schweren Wanderschuhe überzuziehen, sagte er: »Sie lehren dich vergessen.«

»Wer?« fragte Gary.

»Die Feen. Die Elfen, wer immer – was immer – sie sind. Daher hatte Gabbie nur ein paar der normalen Reaktionen, die ein Vergewaltigungsopfer normalerweise zeigt. Sie vergißt den Vorfall, bis jemand anderes sie wieder darauf aufmerksam macht.« Er blickte herunter auf seine Schuhe, Ellbogen und Knie. »In dem Moment, als ich aus der Dusche kam, dachte ich, das Ganze wäre ein Traum. Ich dachte, ich hätte mir die Hand verletzt, als wir hinter dem Jungen durch die Wälder gelaufen sind, und daß wir ihn nicht gefunden haben.« Er strich mit seiner unverletzten Hand über sein Gesicht. »Es ergibt einen Sinn.«

»Gut«, sagte Gary, der auf einem Stuhl neben der Frisierkommode saß. »Dann kannst du es mir erklären.«

»Wer immer diese Leute sind, sie bringen Menschen dazu, den Kontakt mit ihnen zu vergessen. Verstehst du nicht, deshalb betrachtet man sie als Mythen, weil sich keiner erinnern kann, sie gesehen zu haben. Alles, was wir je gehört haben, sind Teilerzählungen, Fragmente, Häppchen und Stückchen. Und in Anbetracht des Aberglaubens früherer Jahrhunderte haben die Leute lieber nicht so viele Fragen gestellt. Stell dir mal für eine Minute vor, du seist ein Landbauer im Mittelalter, und jemand kommt in deine Hütte gerannt, brabbelt dir etwas von kleinen leuchtenden Kobolden oder so vor, und kann sich am nächsten Tag jedoch an nichts mehr erinnern. Genauso wurde die Legende ausgeheckt.«

Gary schaltete die Bandmaschine ein und fragte: »Was weißt du noch von der letzten Nacht?«

Mark dachte nach. »Wir gingen los, um Gabbies Angreifer zu suchen. Wir . . . wurden getrennt.« Seine Augenbrauen runzelten sich. »Ich dachte . . . ich dachte, ich hätte jemanden gesehen, vielleicht mehr als eine Person. Ich versuchte zu folgen. Ich . . . denke ich . . . Dort war noch etwas anderes. Er . . . sagte etwas. Dort war ein Geräusch. Vielleicht der Wind. Dann war ich allein, und die Cops und du tauchten auf.«

Gary drehte das Band um und spielte es noch einmal. Mark hörte zu, und wieder wich ihm die Farbe aus dem Gesicht. »Wir müssen davon Kopien machen, ich darf es nicht verlieren. Dann wirst du mich hypnotisieren und die Voraussetzung dafür schaffen, daß ich nichts vergesse. Und ich werde dasselbe mit dir machen. Es mag nicht viel helfen, aber es kann auch nicht schaden.« Er sah Gary an. »Du und ich, wir werden all unsere Zeit darauf verwenden, etwas über Kessler herauszufinden und über die Zeit zwischen seiner Ankunft in Amerika und seinem Auftauchen in White Horse. Und wir werden etwas über Wayland Smith herausbekommen. Und wir stöbern auf dem Dachboden und dem Keller der Hastings herum, um . . . ich weiß es nicht.« Er rieb sich das Gesicht, als ob er nicht geschlafen hätte. »Hinter all dem muß ein Sinn stecken.«

»Mark, was zum Teufel geht hier vor?«

»Wenn du deine reichlich vorhandene Phantasie mit dem hier vergleichst, wirst du keine Schwierigkeiten haben, das Wesentliche zu erkennen. Was immer es auch war, das damals zur Jahrhundertwende in Deutschland passiert ist, passiert jetzt wieder genau hier in William Pitt County, New York.«

Gary grinste. »Wenn du recht hast, könnte das der Coup des Jahrhunderts für dich sein.«

»Ich möchte im Moment nicht einmal an alle Möglichkeiten denken. Ich möchte nur mit dem, was wir bis jetzt erfahren haben, fertig werden, und ich denke, die Antwort ist Fredrick Kessler. Egal, ob wir es mit Geistern, Außerirdischen vom zehnten Planeten oder Elfen zu tun haben, Kessler ist der Schlüssel . . .«

Garys Augen weiteten sich. »Der Schlüssel! Das hatte ich ganz vergessen.«

»Wir müssen noch ein bißchen mehr herumstöbern und das Schloß finden, zu dem dieser Schlüssel paßt.«

Gary stand auf. »Weißt du, ich bin durch all das irgendwie ganz aufgeregt. Es ist verblüffendes Zeug.«

Mark hatte seine Schnürsenkel zugebunden. »Erinnere dich nur daran, was in Deutschland passiert ist.«

»Du meinst all die alten Volksriten und das Zeug?«

»Ich meine, viele Menschen sind dort gestorben.«

Gary machte einen niedergeschlagenen Eindruck. »Ja, ich verstehe, was du meinst.« Ohne weiteren Kommentar ging er die Treppe hinunter.

September

1

»Mark!«

Mark stieß sich von Phils Schreibtisch ab, er dachte nicht einmal daran, das Programm zu sichern, derart dringend war der Ton von Gabbies Stimme.

Er betrat die Küche und fand Gabbie, die Jack dabei half, sich an den Tisch zu setzen. Schweiß rann ihm in Strömen übers Gesicht, und sein Hemd klebte an seinem Körper. In Anbetracht der Hitze und Feuchtigkeit dieses Tages war es nicht verwunderlich, daß er schwitzte, wohl waren die Schweißmengen erstaunlich, die er vergoß. Obwohl sie Seite an Seite mit ihm am Zaun gearbeitet hatte, zeigte Gabbies Gesicht nur einen leichten Hauch von Feuchtigkeit.

»Was ist los?« fragte Mark.

»Jack ist krank, aber er will nicht nach Hause gehen.« Ihr Ton war ebenso zänkisch-gereizt wie besorgt.

Jack versuchte, seine schlechte Verfassung zu überspielen. »Ich bin in Ordnung. Es ist nur ein Bazillus. Gebt mir ein paar Minuten zum Luftholen, und wir können zurückkehren und weiter an dem Zaun arbeiten.«

Mark griff nach unten und sagte: »Jack, wenn du krank bist, nimm's . . .«

Seine Worte wurden jäh unterbrochen, als seine Hand Jacks Schulter berührte. Der junge Mann schrie vor Schmerz auf. Gabbies Hände flogen zu ihrem Mund, und der unerwartete Schrei ließ sie ein Stück zurückspringen. »Jack, was ist los?« fragte sie, ihre Augen vor Sorge weit aufgerissen.

Mark kniete nieder. »Laßt mich mal einen Blick auf diese Schulter werfen.«

Jack nickte schwach, während er sich von Mark das Hemd aufknöpfen ließ. Mark tastete einen Moment lang ungeschickt die Schulterpartie ab, seine bandagierte rechte Hand behinderte ihn. Er öffnete alle Knöpfe und schob das Hemd vorsichtig zurück.

O mein Gott!« murmelte Gabbie, als sie auf Jacks Schulter blickte. Sie war von einer Entzündung flammenrot, eine Birne aus rotem Fleisch erhob sich über dem Gelenk. Das Zentrum der Geschwulst war beinah purpurfarben.

»Das ist kein Bazillus, Jack. Du hast eine möderische Infektion«, stellte Mark fest. »Wir müssen dich ins Krankenhaus bringen, und zwar sofort. Bevor du eine handfeste Blutvergiftung hast.«

Jack blickte hinab auf seine Schulter und versuchte seine Augen auf einen Punkt zu richten. »Heute morgen war sie noch in Ordnung«, sagte er verzagt.

Mark fischte die Autoschlüssel aus seiner Tasche und gab sie Gabbie mit den Worten: »Ich schalte nur noch den Computer deines Vaters aus, du gehst und läßt schon mal den Motor an. Fahr den Wagen hier zur Rückseite, und ich helfe Jack nach draußen.«

Gabbie lief durch die Vordertür nach draußen, und Mark legte Jack sacht das Hemd über die flammende Schulter. Innerhalb einer Minute war der Computer ausgeschaltet, die Türen abgeschlossen, und Marks Auto jagte über die Straße, die zum Pittsville Memorial Hospital führte.

2

Der junge Doktor in der Notaufnahme untersuchte die Schulter und berührte sie nur ein wenig, aber selbst diese sanfte Berührung ließ Jack zusammenzucken und stöhnen. Gabbie stand an seiner Seite, während Mark sie aus kurzer Entfernung durch die Tür zur Notaufnahme beobachtete.

Der Doktor sagte zu Gabbie: »Ich glaube, Sie sollten dort drüben warten. Es wird kein besonders angenehmer Anblick.« Gabbie sagte nichts, schüttelte nur mit dem Kopf.

Der Dokotor verlangte Novocain und injizierte es Jack genau über der Schwellung, in noch gesundes Gewebe. Vor Schmerz umgriff Jack den Rand des Untersuchungstisches, auf dem er saß, preßte die Lippen aufeinander. »Diese Schulter ist wirklich sehr heiß. Das hier wird den stechenden Schmerz im Nu herausziehen.« Der Arzt wartete, dann berührte er die Umgebung des Einstichs. Als Jack sich nicht beschwerte, spritzte der Doktor näher am Zentrum der Entzündung. Als er wartete, bis die ganze Schulter betäubt war, sagte er: »Sie hätten es wirklich nicht so weit kommen lassen sollen, Mr. Cole. Es mag vor einer Woche nur eine Beule gewesen sein, aber jetzt ist es eine erstklassige Infektion, und Sie sind um Haaresbreite an einer Blutvergiftung vorbeigekommen.«

»Ich hatte letzte Woche keine Beule«, sagte Jack, dessen Gesicht jetzt, da der Schmerz dumpf wurde, wieder ein wenig Farbe bekam. »Doktor, ich hatte selbst heute morgen keine Beule.«

Der Arzt blickte seinen Patienten ungläubig an. »Ich will mich nicht mit Ihnen streiten, Mr. Cole, aber das kann nicht innerhalb weniger Stunden plötzlich aufgetaucht sein. Hatten Sie nicht kürzlich Schmerzen in der Schulter?«

Jack schüttelte den Kopf, aber Gabbie sagte: »Du hast sie dir vorgestern nacht gerieben, nachdem du in den Wäldern warst, erinnerst du dich? Und du hast sie den ganzen gestrigen Tag bewegt, als hätte sie sich versteift. Ich habe dich gesehen.«

»Ich dachte, ich hätte sie mir nur beim Sprung über den Zaun verrenkt.« Dann dachte Jack nach und fügte hinzu: »Klar, sie hat gestern weh getan.«

Der Doktor nickte nur, als ob dies ein Eingeständnis der Fahrlässigkeit seines Patienten sei. Er nahm sich ein Skalpell und sagte: »Wenn Sie kein Blut sehen können, würde ich vorschlagen, Sie schauen Ihre hübsche Freundin an.« Er schnitt ins Zentrum der Schwellung, und die Krankenschwester an seiner Seite begann damit, das Blut aufzuwischen. »Wau, was für eine Bescherung.« Der Doktor untersuchte die Wunde eingehend. »Wenn ich gewußt hätte, daß es so eine tiefe Wunde ist, hätte ich Sie in den OP geschickt und einen

Chirurgen gerufen.« Er orderte eine weitere Schale, um den Eiter aufzufangen, und nickte der Krankenschwester zu. Eine weitere Krankenschwester kam herei, brachte Gabbie weg, und ohne ein Wort drehte sie Jack so, daß er sich auf den Bauch legen mußte. Der Doktor verlangte eine Spritze Antibiotika.

Er stach in Jacks Schulter und versuchte, den Infektionsherd zu öffnen. »Was ist das?« Er hielt die Lanzette an die geschwollene Stelle und verlangte nach einem langen Rektraktor, während er den Einschnitt aufdrückte. Dann suchte er nach etwas, das tief drinnen lag, und beförderte einen kleinen weißen Gegenstand zutage. »Ich glaube, wir haben das Problem gefunden.« Er plazierte den Gegenstand auf einem sauberen, grünen Tuch und sagte: »Ich glaube, ein Knochensplitter hat sich gelöst und entzündet, Mr. Cole.«

Jacks Stimme hörte sich schwach an. »Ich hatte noch nie Probleme mit meiner Schulter, Doktor. Ich habe mir vor einigen Jahren das Bein zerschmettert.« Er schloß für einen Moment seine Augen und sagte dann: »Wenn ich dort einen Knochensplitter hätte, wäre ich nicht überrascht.« Er beschrieb seinen Segelunfall, während der Doktor die Schulter säuberte.

Als er fertig war, befahl er Jack, an der Apotheke zu halten und eine Wochenration Penizillin zu holen, er riet ihm, sich noch ein paar Tage zu schonen. Er schlug vor, Jack sollte die Schulter am nächsten Tag und noch einmal in einer Woche überprüfen lassen, und Jack versicherte, er würde sich bei Dr. Latham melden.

Gabbie und Mark brachten Jack nach draußen, während der Doktor sich um die Reinigung des Notaufnahmezimmers kümmerte. Er ging zum Instrumentenschrank, um das Knochenfragment zu untersuchen, und bemerkte, daß das Tuch, auf dem es lag, nicht mehr da war. Er schaute sich um, und wollte zu dessen Verschwinden gerade einen Kommentar abgeben, als ihn die Warnsirene störte. Ein Krankenwagen näherte sich der Tür zur Notaufnahme, so daß der Doktor sehr schnell Jacks Schulter vergaß.

3

Mark saß ruhig hinter seinem eigenen Schreibtisch. Gary war mit Ellen zum Abendessen ausgegangen, und Mark erwartete nicht, seinen Assistenten vor dem Morgen zu sehen; es war anzunehmen, daß Gary diese Nacht bei Ellen bleiben würde, da sie die Abgeschiedenheit ihres Apartments bevorzugten. Geistesabwesend starrte Mark auf das krankenhausgrüne Tuch, das er im Notaufnahmezimmer geschickt eingesteckt hatte. Es war jetzt mit braunen Flecken von Jacks Blut beschmiert, und auf dem blutigen Flecken lag ein winziger weißer Gegenstand.

Seit fast einer Stunde starrte Mark auf den Gegenstand. Er seufzte und öffnete die Schreibtischschublade. Mark war ein unregelmäßiger Pfeifenraucher, und das Anzünden von Tabak in seinem Arbeitszimmer war ein Zeichen von Unruhe, von Sorgen.

Er sog an der Pfeife, erhob sich und goß sich einen Brandy aus der beinah leeren Karaffe in der Bar ein.

Mark kehrte an seinen Schreibtisch zurück, stellte den Drink hin und legte die Pfeife in den selten benutzten Aschenbecher. Er nahm die kleine Lupe, die zusammen mit der Gesamtausgabe des *Oxford Englisch Dictionary* gekommen war, und betrachtete das weiße Fragment auf dem Handtuch näher.

Was der Doktor für einen Knochensplitter gehalten hatte, war das dreieckige Stück eines weißen Kiesels, nur wenig mehr als drei Millimeter lang. Mark öffnete die oberste Schublade seines Schreibtisches und zog eine Schachtel mit Feinwerkzeugen heraus. Der gewöhnlichen Kollektion von Klingen und Griffen hatte er eine lange Pinzette hinzugefügt, die von Briefmarkensammlern benutzt wird, und zwei schmale nadelähnliche Zangen.

Mark benutzte die Zangen, um den winzigen Pfeil von dem Tuch aufzuheben, vorsichtig, denn seine bandagierte Handfläche erschwerte jede Bewegung, hielt ihn unter das Glas und drehte ihn hin und her, um ihn aus jedem Winkel zu untersuchen. Sein Geist kämpfte gegen den Verdacht an, der sich ihm immer stärker aufdrängte, und im stillen versuchte er zu bestimmen, wie dieses winzige Geschoß entstanden sein könnte.

Er lehnte sich zurück und legte das Glas nieder. Ohne nachzudenken, legte er den kleinen Pfeil in seine gesunde Hand und bemerkte, daß er beinah kein Gewicht hatte. Seine Gedanken flogen zwei Tage zurück, während er versuchte, sich die Fragmente und überschatteten Bilder der merkwürdigen Begegnung in den Wäldern ins Leben zu rufen. Ein Dutzend Mal hatte er sich die Bänder angehört, und Gary und er hatten sich gegenseitig bis zur Vergeßlichkeit hypnotisiert, aber selbst nachdem er die Bänder gehört hatte, fand er, daß die Erinnerungen entfernte, farblose Dinge waren, die jeder Substanz entbehrten, als wenn ein verschwommener Film ins Gedächtnis zurückgerufen würde, nicht einer der glücklichsten Momente in seinem Leben. Welche Macht konnte das Gedächtnis eines Menschen verdunkeln? grübelte er. Die Schatten? antwortete er und wußte, daß die wenig überzeugende Stichelei aus Frustration geboren wurde, weil er nicht verstand, welche Macht sich draußen in den Wäldern bewegte.

Plötzlich wurde sein Traum von einem kleinen Stich in der Handfläche seiner linken Hand unterbrochen, als ob ihn ein Insekt gestochen hätte. Er zuckte unfreiwillig zusammen und schaute dann nach unten. Die winzige Pfeilspitze steckte nun im fleischigen Teil seiner Handfläche, unterhalb des Daumens. Er wunderte sich darüber, wie er es geschafft hatte, sich selbst zu stechen. Er fühlte sich nicht alarmiert; der Schmerz war kaum wahrnehmbar. Er griff nach den Zangen, um ihn herauszuziehen, dann aber spürte er, wie sein Herzschlag eine Sekunde aussetzte, als das winzige Geschoß in seiner Hand verschwand, als würde es von seinem eigenen Fleisch aufgesogen.

Mark war wie betäubt und zog seine Finger zusammen. Er vernahm zwar ein merkwürdiges Unbehagen in der Handfläche seiner Hand, als ob er einen Muskel überspannt hätte, ansonsten aber keinen Schmerz. Dann wußte er es. Er schnappte sich eins der Präzisionsmesser aus der Schachtel auf seinem Tisch und machte, Zähne zusammenbeißend, einen Einschnitt an der Stelle, wo der Pfeil verschwunden war. Der Schmerz traf ihn wie eine heiße Welle, und seine Augen füllten sich mit Wasser, aber er drückte das Messer tief hinein. Blut floß in Hülle und Fülle, und er hielt seine Hand über das Krankenhaustuch. Geschwind legte Mark das Messer nieder und nahm die Zangen auf. Er drückte die blutende Wunde gegen das Tuch, und für einen Moment säuberten der Druck und das aufgenommene Blut die Wunde. In dem Einschnitt konnte er einen winzigen Pfeil sehen, er tauchte die Zange ein und packte ihn. Er ignorierte den durchrüttelnden, elektrischen Schmerz und blinzelte wütend, um seine Augen von den Tränen zu befreien. Sie flossen ihm die Wangen herunter, als er den Pfeil aus seiner Hand zog und ihn auf dem mittlerweile blutdurchtränkten Tuch deponierte.

Mark erhob sich und spürte, daß seine Knie ganz weich waren. Er bahnte sich einen Weg ins Badezimmer, wobei er versuchte, kein Blut auf den Boden tropfen zu lassen, und neigte seine Wunde zur Seite. Glücklicherweise hatte er schnell gehandelt, und das Geschoß war nicht tiefer vorgestoßen. Er benutzte einen Wattebausch, um den Blutfluß zu stillen, und hielt seine Hand höher als das Herz, um die Blutgerinnung zu beschleunigen. Dann untersuchte er den Schaden. Was sich angefühlt hatte wie eine Amputation und geblutet hatte wie eine tödliche Wunde, war nur ein Schnitt, kaum länger als zweieinhalb Zentimeter und vielleicht fünf Millimeter tief. Er verteilte reichlich Neosporin-Salbe auf der Wundstelle und verband sie. Der Schnitt würde heilen, ohne genäht werden zu müssen. Jetzt schmerzten Mark beide Hände, aber dieses Unbehagen war noch seine geringste Sorge.

Er kehrte an den Schreibtisch zurück, hob den kleinen Pfeil auf und war vorsichtig genug, die Zangen zu benutzen. Mit großem Bedauern griff er nach seiner Butangas-Lampe und zündete sie an. Ohne einen Moment zu zögern, hielt er den kleinen Pfeil in die Flamme und schaute zu, wie der schlanke Holzschaft verbrannte und der Kiesel sich schwarz färbte. Als er fertig war, verrieb er die schwarze Pfeilspitze zwischen seinem Daumen und Zeigefinger. Wie er es erwartet hatte, zerbröckelte sie wie Ruß.

Mark lehnte sich zurück, dann nahm er einen tiefen Schluck des vernachlässigten Brandys. Er hatte eine wirkliche Elfen-Spritze gesehen, war von ihr verletzt worden. Er hatte das Beweismaterial zerstört, aber er benötigte kein Beweismaterial mehr. Er selbst war sich seiner Sache sicher, und er wußte, das Überzeugen von anderen war zu diesem Zeitpunkt nicht vorrangig. Jetzt wußte er, was zwischen den Bäumen der Wälder hinter dem Haus der Hastings herumschlich.

Jack war von einer dieser winzigen Kreaturen verwundet worden, die Mark gesehen hatte, wie sie vor der Wilden Jagd vorbeigehüpft waren. Nun verstand Mark, warum mittelalterliche Legenden von solchen Wunden berichteten, die den Tod zur Folge hatten. Die winzige Waffe überforderte die Fähigkeiten der Heiler jener Zeit. Ohne Antibiotika wäre Jack dem Tode schon sehr nahe gekommen.

Mark überlegte und stand dann auf. Er fing an, das Wohnzimmer zu durchschreiten. Stundenlang kämpften seine Gedanken mit dem Problem, was als nächstes zu tun sei.

Als der Sonnenaufgang sich näherte, fing er an, Bücher aus dem Regal zu nehmen und sie auf dem Schreibtisch aufzustellen.

Drei Stunden später kam Gary durch die Vordertür herein und sah seinen Arbeitgeber hinter dem Schreibtisch angestrengt arbeiten. Ein kurzer Blick sagte Gary, daß Mark die ganze Nacht aufgewesen war, und der beißende Geruch von abgestandenem Pfeifenrauch hing noch in der Luft. Gary übersprang seine gewöhnlich schiefen, bissigen Bemerkungen und sagte: »Was ist es?«

Abwesend zeigte Mark auf die Bücher. »Wir müssen einige Sachen aus einem Haufen Abfall ausgraben.« Er schaute hoch zu Gary. »In der Nacht, als wir alle rumgelaufen sind, wurde Jack von Elfen angeschossen.«

Gary setzte sich mit weit aufgerissenen Augen hin. »Richtig?«

»Ich bin mir sicher.« Mark hielt seine linke Hand hoch. »Ich habe den Fehler gemacht, das verdammte Elfengeschoß auf mein eigenes Fleisch zu legen, und es hat sich selbst eingegraben.«

Gary wollte etwas sagen, hielt sich aber zurück. Er schaute Mark an, fing wieder an zu sprechen, stoppte dann. Letztendlich konnte er nur den Kopf schütteln und sagen: »Kaffee?«

»Gute Idee.«

Als Gary aufstand und sich in Richtung Küche bewegte, sagte er: »Was tun wir?«

»Wir graben jede Beschreibung aus, die wir finden können und die von Elfen handelt und davon, wie man sich ihrer erwehren kann: Riten, Gebete, Gebräuche, Niederschriften, eben alles. Wenn wir fertig sind, brauche ich ein Handbuch darüber, wie man mit Elfen umgeht.«

Gary stand nur da, denn es hatte ihm die Sprache verschlagen. Lange Zeit war er still, dann begann er erneut zu sprechen. Einmal mehr stoppte er, unfähig, sein Erstaunen in Worte zu fassen. Zuletzt sagte er: »Kaffee« und ging in Richtung Küche davon.

4

Gabbie hob an, und der Koffer bewegte sich ein wenig. »Komm, warte einen Moment«, sagte Jack. »Das ist ziemlich schwer.«

Er ging um einen Stapel Magazine herum und stand neben dem Mädchen. Zusammen zogen sie an dem Griff, und der große Koffer glitt langsam über den Boden, während er die Hälfte des Bücherschrankes, den er blockiert hatte, freigab.

Mark und Gary waren zwei Wochen lang nicht dagewesen, seitdem Mark Jack ins Krankenhaus gebracht hatte. Mark hatte angerufen, um zu sagen, sie seien über etwas gestolpert, aber sie würden die Arbeit am Katalog bald wieder aufnehmen. Letzte Nacht hatte Gary angerufen, um mitzuteilen, daß er und

Ellen für ein langes Wochenende nach New York City fahren würden, während Mark oben in Buffalo an der Uni einen seiner Vorträge hielt.

Gloria hatte beschlossen, daß man wenigstens damit weitermachen sollte, das Zeug im Keller für Mark zum Katalogisieren auszugraben, also hatte sie Jack und Gabbie dafür abgestellt. Ein Dutzend alter Koffer war geplündert worden, und ihr Inhalt wollte sortiert werden, bis Mark eine endgültige Einteilung vornehmen würde. Jack kniete nieder und begann, die Titel zu überfliegen. »Einige davon kann ich lesen, andere nicht. Mein Deutsch ist ziemlich bruchstückhaft.« Er zog eins heraus. »Eine Art physikalischer Text, glaube ich.«

Die Tür am oberen Ende der Treppe wurde geöffnet. Gloria rief nach unten: »Gabbie, Tommy ist da.«

»Toll!« sagte Gabbie und sprang auf. »Los komm. Du wirst Tommy mögen. Er ist ein echtes Unikum.«

Jack wischte sich die staubigen Hände an der Jeans ab und folgte Gabbie die Stufen hinauf. In der Diele stand Phil und schüttelte einem Koloß von Mann die Hand, mindestens dreihundert Pfund auf einem einsfünfundachtzig großen Gerüst. Sein rot-braunes Haar war glatt zurückgekämmt und sein Bart beinahe orangefarben.

Gabbie umarmte den großen Mann und ließ sich einen spielerischen Klaps aufs Gesäß gefallen. »Tommy, schön, dich zu sehen«, sagte sie.

Der Mann namens Tommy drückte sie fest an sich. »Gabrielle, du bist so lieb, ich glaube, ich verlasse meine Frau und laufe mit dir davon.«

Gloria lachte. »Tommy, du bist nicht verheiratet.«

Mit spöttischer Überraschung sagte Tommy: »Was! Hat Caroline sich schon wieder von mir scheiden lassen?«

Sie nahm Tommys Ellbogen und antwortete: »Ja, vor ungefähr fünf Jahren.«

Mit spöttischem Bedauern sagte er: »Oh weh. Frauen sind so schwierig im Auge zu behalten. Das macht vier, glaube ich. Gabbie, würde es dir was ausmachen, Mrs. Raymond Nummer fünf zu werden? Du hättest die beste Figur und wärst von allen meinen Ehefrauen die hübscheste. Ich könnte dich mit Juwelen und hautengen Kleidern behängen und überall Staat mit dir machen.«

Gabbie lehnte lachend ab, während Gloria Tommy ins Wohnzimmer führte. »Wie lange bleibst du?«

»Ich fürchte, nur bis nach dem Mittagessen«, antwortete er, während er sich schwerfällilg in einen mit Stoff bezogenen Stuhl setzte. »Ich habe vor, nach Erie, Pennsylvania, weiterzufahren, wenn du dir das vorstellen kannst. Ich habe eine Stiefschwester, die morgen ihre Tochter verheiratet, also habe ich beschlossen, so, wie die Dinge liegen, alle meine Reisen in einem Aufwasch zu erledigen. Ein unvorstellbar dreister Besuch, ich weiß, aber notwendig. Wenn das Schicksal mir hold ist, werde ich schon bald in mein eigenes kleines Nest in Manhattan zurückkehren, nicht das schlechteste nach so einer Reise.«

Gabbie lachte. »Kleines Nest.« Zu Jack sagte sie: »Es ist ein Penthaus, das leicht zwei Millionen Dollar wert ist.«

Gloria sagte: »Tommy, das ist Jack Cole. Jack, dieses Unikum ist Tomy Raymond, mein früherer Agent.«

Jacks Hand wurde von Tommys gigantischer Faust verschlungen. »Jack Cole! Gut, ich wollte Phil schon anrufen, um zu fragen, ob Sie nicht schon hier wären.« Er setzte sich wieder auf den Stuhl.

Jack sah überrascht aus. Er konnte sich nicht vorstellen, weshalb Glorias Ex-Agent überhaupt wissen wollte, daß er existiert, am allerwenigsten, warum er ihn sehen wollte. Er warf Gabbie einen Blick zu und bemerkte, daß sie ihren Kopf schüttelte, während ein besorgter Ausdruck über ihr Gesicht huschte.

Blind für jede Warnung fuhr Tommy Raymond fort. »Ich bin diesen netten Leuten seit einiger Zeit einen Besuch schuldig, und nachdem ich Ihre Arbeit gelesen habe, entschloß ich mich, ein kleines Geschäft mit dem Vergnügen zu kombinieren, während ich hier durchfahre.«

Jack war offensichtlich verblüfft und blinzelte wie eine überraschte Eule. »Gelesen . . . meine Arbeit?« Er drehte sich so um, daß sich seine Silhouette vom Fenster abhob, sein Gesicht war eine Mischung aus Überraschung und Verstimmung.

»Ja«, sagte Tommy. »Den Manuskriptteil, den Phil mir geschickt hat.«

Alle Augen im Zimmer blickten nun auf Phil, der Tommy verständnislos ansah. »Ich habe dir gar nichts von Jacks Arbeit geschickt, Tommy.«

Dann bewegten sich alle Augen langsam von Phil zu Gabbie, die Jack schuldbewußt ansah. »Ah . . . ich habe in meinem letzten Jahr die letzten Zeugnisse gefälscht, Dad. Ich kann deine Unterschrift ziemlich gut.«

Jack sah irritiert aus. »Du hast ihm Kopien von meinem Stoff gesandt?«

Sofort ergriff Gabbie die Gegenoffensive. »Ja, das hab' ich!«

»Das stinkt!« Jack schrie es beinah.

»Hey, ihr zwei, beruhigt euch«, sagte Phil vergeblich.

»Der Deal besagte, daß wir gegenseitig unsere Arbeiten lesen, nicht, daß wir sie herumzeigen«, sagte Jack.

»Es war einiges Gute dabei.«

»Interessiert mich nicht! Das sollte keiner lesen.«

»Halt!« sagte Gloria.

Sowohl Gabbie als auch Jack schwiegen sofort. Gloria sagte: »Nun gut. Also, was geht hier vor?«

Gabbie holte weiter aus bei ihrem Bericht. »Jack und ich haben uns geeinigt, einige Sachen auszutauschen, die wir während der letzten Jahre geschrieben hatten, weißt du, so 'ne Art gegenseitige Trostvereinigung. Und einiges von dem, was er geschrieben hatte, war wirklich gut.«

»Also hast du es Tommy geschickt?« fragte Phil. »Warum hast du es mir nicht gezeigt?«

Gabbie zuckte mit den Achseln. »Du bist mein Dad. Und ich dachte, wenn Jack etwas Positives von jemandem hört, der kein Freund ist, würde er vielleicht wieder anfangen zu schreiben.«

Jacks Wut kochte nur noch auf kleiner Flamme. »Du hattest kein Recht dazu«, sagte er, ebenso sanft wie erzürnt.

Tommys Gelächter verhinderte weitere Rechtfertigungsversuche. »Richtig oder nicht, junger Mann, sie hat es getan, und ich habe es gelesen. Also, interessiert es Sie, was ich denke?«

Jacks Neugier gewann die Oberhand über seinen Zorn. »Ja, ich denke schon.«

»Nun gut, Sie sind ein sehr schlechter Schriftsteller, was die Prosa betrifft.« Jacks Gesichtsausdruck verdunkelte sich wieder, aber Tommy fuhr fort. »Aber Sie schreiben exzellente Dialoge. Tatsächlich, Sie sind wohl einer der besten Dialogschriftsteller, die ich je gelesen habe. Ihre Darsteller sind wie kleine Bleistückchen, bis sie ihren Mund öffnen. Dann tanzen und tollen sie auf den Seiten herum, voller Licht und Überraschungen. Ihr Manuskript *Durham County* wäre als Prosa eine schlechte Parodie von Edna Ferber. Dennoch glaube ich, daß es in einem anderen Medium vortrefflich wirken könnte.«

»Als Stück?« sagte Gloria.

»Vielleicht, aber ich neige eher zu einem Drehbuch. Ich glaube, das könnte ein wunderschöner Film werden.«

Jack war vollkommen gefangen und nicht auf der Hut. »Einen Film?«

»Ja. Vielleicht auch Fernsehserien. Ich vermittle hauptsächlich Schauspieler, aber meine Agentur handelt mit allen Arten von Theater- und Filmleuten, Schreibern und Direktoren sowie mit Schauspielern. Also haben wir an beiden Küsten Agenten, die es gewohnt sind, mit Schriftstellern zu arbeiten. Und ein paar Meter von Ihnen entfernt sitzt einer der erfolgreicheren Drehbuchautoren der letzten Jahre, und wenn ich die Situation richtig deute, wäre er gewillt, Ihnen zu helfen, das Ganze in die richtige Form zu bringen. Wenn Sie meinen, daß Ihr Stoff vorgestellt werden darf, werde ich mehr als glücklich sein, wenn Sie bei den Studios richtig repräsentiert werden.«

»Wird ein anderer Agent mit mir arbeiten wollen, nur weil Sie gefragt haben?« Jack schien noch immer ganz durcheinander zu sein.

Tommy lachte. »Mein Sohn, Sie haben die Situation falsch verstanden. Natürlich wird ein Agent aus meinem Büro zur Zusammenarbeit mit Ihnen bereit sein. Es ist meine Agentur. Ich bin, kurz gesagt, der Boß.«

Gloria neigte ihren Kopf in Tommys Richtung. »Jack, wenn ich nur halb so gut als Schauspielerin wäre wie Tommy als Agent, wäre ich ein Star. Tu es.«

Tommy lachte. »Du, mein Liebling, hattest ausgezeichnete schauspielerische Anlagen. Dein einziger Nachteil war ein entschiedener Mangel an Ehrgeiz. Daher hast du die richtige Entscheidung getroffen, zu heiraten und das Theater zu verlassen.« Zu Jack sagte er mit einem Lächeln: »Also nun, Jack Cole, was sagen Sie?«

Jack setzte sich zurück auf die Fensterbank. »Jaa, danke. Ich . . . das alles ist eine Art Schock. Ich muß darüber nachdenken.«

»Gut, das ist kein Problem.« Er blickte Phil an. »Könnte ich einen Brandy haben?«

Phil lachte. »Natürlich, Tommy. Ein Brandy kommt sofort.«

Jack sah für einen Moment aus, als würden dunkle Gewitterwolken aufziehen. Dann sagte er sanft zu Gabbie. »Du. Nach draußen.« Er wartete nicht auf eine Antwort, sondern ging entschlossen auf die Tür zu. Den ganzen Weg durch die Diele und die Tür heraus blickte er sich nicht um, ob sie ihm folge. Als er das Geländer der Veranda erreichte, drehte er sich um und sagte: »Du hattest wirklich kein Recht dazu.«

Beinah trotzig sagte sie: »Okay, wahrscheinlich nicht. Aber Tommy hat gesagt, du seist gut.«

Jacks Blick schweifte in die Ferne. »Ich bin von all dem irgendwie durcheinander. Ich weiß nicht, ob ich mich betrogen fühlen soll oder ob du mir irgend etwas beweisen willst.«

Sie kam näher und blickte zu ihm auf. »Du bist manchmal ein Dummkopf, Cole.« Sie stand auf Zehenspitzen und küßte ihn. »Warum baue ich trotzdem immer noch auf dich?«

Aller Ärger verflog, als er seine Arme um sie legte. Nach einer Weile sagte er: »Also, was soll ich machen?«

»Was willst du machen?«

Für einen Moment war er ruhig. »Wie wäre es, wenn wir heiraten?«

Sie schlug auf sein T-Shirt, als sie ihren Kopf an seine Schulter legte. Dann schlüpften ihre Arme um seine Taille, und sie umarmte ihn fest. Tränen traten ihr in die Augen. »Für mich ist es gut.« Sie küßte ihn lange und fordernd und sagte: »Ich liebe dich so sehr.«

Er hielt sie eng umschlungen. »Ich liebe dich auch, Gabbie.« Für einen Moment war er wieder ruhig, dann sagte er: »Weißt du, ich war ganz schön außer mir, daß du zurück an die Küste gehen wolltest. Ich wußte nicht, was ich tun sollte.«

»Wie ich schon sagte, du bist manchmal ein Dummkopf. Es ist der zehnte September. Das Semester in Los Angeles beginnt in zwei Wochen. Wenn ich zurückgehen würde, müßte ich nächste Woche hier weg. Hast du irgend etwas bemerkt, das darauf hindeutet, daß ich fort will. Ich habe schon an die Uni geschrieben und ihnen mitgeteilt, daß ich hierbleibe. Und das alles wegen dir, du Idiot.« Sie schwieg. »Aber vielleicht sollte ich ihnen noch einmal schreiben und sagen, daß ich zum Wintersemester komme.«

»Warum?«

»Schau, wenn du ein Drehbuch schreiben willst, müssen wir an die Küste gehen und einen Platz finden, wo du arbeiten kannst.«

»Warte eine Minute.« Er sah besorgt aus. »Ich muß meine Dissertation beenden und meinen Dr. phil. machen. Ich kann uns auf die Liste der Unihäuser setzen, oder wir bleiben beide bei Aggie, aber ich kann es mir nicht leisten, eine Frau in L.A. zu unterhalten, während ich versuche eine Karriere als Drehbuchautor anzufangen.« Er hielt inne. »Nebenbei, ich bin nicht sicher, ob ich das wirklich will. Aber wenn ich es versuche, wäre ich ein Idiot, mir nicht von deinem Dad helfen zu lassen, wenn er dazu bereit ist, und das bedeutet, hier zu bleiben. Schau, das alles kommt so verdammt schnell.«

Sie wollte etwas sagen, dann hielt sie inne; Jack war kurz davor, irgend etwas Wichtiges zu äußern, da war sie sicher. Schließlich sagte er: »Als ich an der Uni meinen Abschluß machte, waren Ginger und ich voller Pläne.« Er stoppte, erinnerte sich. »Nun ja, meistens war sie voller Pläne. Aber . . . na ja, ich wurde ängstlich. Wahrscheinlich liebte ich sie nicht wirklich.« Er schaute Gabbie tief in die Augen. »Wahrscheinlich nicht. Oder vielleicht wollte ich mich weder preisgeben noch nehmen, was sie mir anbot. Aber der Gedanke, sie zu heiraten, machte mir lächerliche Angst. Wie auch immer, ich kam hierher, und sie ging nach Atlanta, und nach einiger Zeit war es so, als wären wir nicht mehr zusammen. Ich glaube, es war größtenteils mein Fehler. Ich wollte nicht Verantwortung für sie tragen, glaube ich.«

Gabbie lächelte. »Du *bist* ein Dummkopf, Jack.« Sie sagte das mit einer Mischung aus Affektiertheit und Irritation. »Ich meine es so. Du mußt dich um mich nicht kümmern. Ich bin ein widerstandsfähiger Mensch. Was du noch lernen mußt, ist, daß ich mich um dich kümmere . . . wenn dein Südstaaten-Männer-Ego damit zurechtkommt.«

»Warum? Willst du arbeiten gehen, während ich schreibe?«

Sie schüttelte den Kopf. »Laß uns mal sehen, wie emanzipiert du bist, Junge. Wie wäre es, wenn du schreibst und ich zur Schule gehe, während wir von meinem Geld leben.«

»Schau, ich will nicht, daß dein Dad uns unterstützt.«

»Ich habe kein verdammtes Wort über Dads Geld gesagt, Jack! Ich sagte: *mein Geld.*« Sie schaute weg und war sich nicht sicher, wie er auf ihre nächste Enthüllung reagieren würde, stürzte sich dann aber einfach hinein. »Wenn du es bis jetzt noch nicht mitbekommen hast, wirst du es wahrscheinlich nie, wenn ich es dir nicht erzähle.« Sie machte eine Pause und schöpfte Luft. »Ich bin reich. Eimer von Geld reich. Erinnerst du dich, als wir das erste Mal ausritten, erzählte ich dir, die Larkers hätten bedeutendes Geld? Und als meine Oma Larker starb, bekam ich alles. Sie warf meine Mutter aus dem Testament. Mit Ausnahme von etwas Geld, das sie der Wohltätigkeit und der Universität von Arizona vermacht hat, bekomme ich jeden Pfennig. Es ist in einem komischen Treuhandvermögen festgelegt; der Treuhänder muß jeden Betrag, nach dem ich frage und der über dem Erlaubten liegt, genehmigen, er gibt mir, was immer ich will, wenn ich heirate oder fünfundzwanzig werde, fällt der Treuhänder weg, und ich bekomme alles ohne Einschränkungen. Ich glaube nicht, daß wir alles ausgeben können, selbst wenn wir's versuchen.«

Jack sah überrascht aus. »Du machst Spaß.«

»Nee. Wir bekommen an unserem Hochzeitstag viele, viele Millionen, Sportsfreund.«

Er pfiff. Dann grinste er. »Ich wollte immer ein reiches Mädchen heiraten.«

Sie fing auch wieder an zu grinsen. »Nun ja, das wirst du. Kannst du es verkraften, daß ich für eine Weile die Rechnungen bezahle?«

Er nickte. »Ich denke schon. Aber selbst wenn diese Schriftstellerei beendet ist, möchte ich noch meinen Doktor machen und teilweise unterrichten, okay?«

»Okay. Aber laß uns darüber jetzt nicht besorgt sein.« Sie umarmte ihn und küßte ihn. »Laß es uns unseren Leuten erzählen, dann hier verschwinden und irgendwohin gehen, damit wir alleine sein können.«

»Aggie ist über's Wochenende in New York. Bei ihr ist niemand.« Er blickte ihr tief in die Augen. »Bist du sicher?«

»Verdammt sicher«, sagte sie mit leuchtenden Augen.

Sie kehrten zum Haus zurück und schafften es in kürzester Zeit, Gloria zum Weinen zu bringen, und Phil, eine Flasche kühlen Champagner köpfen zu lassen. Telefonanrufe zu entfernten Freunden und Verwandten wurden getätigt, und Tommy Raymond bestand darauf, jeden zum Abendessen einzuladen, bevor er in die Wildnis von Erie aufbrach. Aber schließlich machten sich Gabbie und Jack aus dem Staub, nahmen den Wagen ihres Vaters und fuhren rüber zu Aggies Haus.

5

Ein lautes Geräusch weckte Gloria. Sie lauschte einen Moment in verschlafener Desorientierung, bevor sie den Radau lokalisieren konnte. Irgendwo im unteren Teil bellte Bad Luck sehr laut, während die fragenden Stimmen der Kinder die Nacht langsam erfüllten. Sie schaute auf die Uhr, während Phil sich schon aus dem Bett rollte. Das Leuchtzifferblatt gab 3:10 Uhr an.

»Was zum Teufel ist das?« sagte Phil.

»Sei vorsichtig«, drängte sie ihn, als er in seinen Bademantel schlüpfte. Einen ungewöhnlichen Moment lang dachte sie über die Beschaffenheit des menschlichen Verstandes nach. Es könnte sein, daß Phil nach unten ging, um einem Landstreicher gegenüberzustehen, und er lehnte es ab, dies nackt zu tun. Seine Schlafanzughosen waren irgendwo in die Ecke geworfen worden, das Resultat eines enthusiastischen Liebesaktes in der früheren Nacht.

Phil zögerte. »Was sollten wir in solch einem Fall tun? Die Polizei rufen?«

»Ich erinnere mich nicht. Mach ein Geräusch oder irgendsowas. Sie verscheuchen, glaube ich.«

Man konnte von unten einen dumpfen Schlag hören, und Bad Luck bellte weiter. Gloria erschrak bei dem Geräusch. »Nun gut, tu irgend etwas.«

»Ich gehe nachschauen. Du rufst die Polizei.«

Gloria fing an zu wählen, während Phil ruhig die Diele herunter ging. Als er an Gabbies Zimmer vorbeikam, sah er, daß sie mit einem ängstlichen Gesichtsausdruck in der Tür stand. »Bleib hier, Liebes«, beruhigte er sie. Ihr beunruhigter Blick sprach Bände über ihre Sorge um den Vater. Die Jungen waren vor ihrem Zimmer, Patrick bewaffnet mit seinem Baseball-Schläger. Phil befreite sie von dem Scheinknüppel und sagte: »Ich nehme das. Ihr beiden bewacht die Treppe.« Patrick wollte gerade protestieren, als sein Vater sagte: »Kümmert euch um die Frauen.« Sean und Patrick positionierten sich beide resolut oben an der Treppe, die Arme gekreuzt, unerschrocken gegen jeden Eindringling, der versuchen würde, an ihnen vorbei zu kommen.

Langsam schlich Phil die Treppe hinunter und lauschte. Nichts alarmierte ihn, daß sich ein Einbrecher in der Nähe aufhielt, das einzige Geräusch war Bad Lucks Bellen. Abwesend hob er den Schläger hoch, um das Gewicht abzuschätzen, hielt ihn wie eine lange Lanze, bereit, ihn zu schwingen oder zu werfen. Er kam sich ein wenig albern vor, aber auch selbstsicherer, da er wenigstens eine Waffe hatte.

Ein knurrendes und jaulendes Geräusch, von einem lauten, dumpfen Schlag gefolgt, ließ Phil zusammenzucken. Sofort fing Bad Luck wieder an zu bellen, jetzt noch wilder als zuvor. Der Labrador stand vor der Tür zum Keller, bellte und winselte, um hereingelassen zu werden. Geräusche von schnellen Bewegungen und ein lautes Knallen drangen von unten herauf, als ob jemand Dinge umstoßen würde. Dann das Jaulen einer Katze. Phil lachte befangen, als er sich auf die Kellertür zubewegte. Es hörte sich an, als ob Hemingway einem Störenfried im Keller begegnet sei. Einem weiteren dumpfen Schlag folgte ein schmerzvolles Kreischen, das sich zur Tonlage der Agonie erhob. Phil riß die Kellertür auf, während von oben Fragen zu hören waren.

Bad Luck stürzte sich mit lautem Gebell die Treppe hinunter, während Phil das Licht anschaltete und den Schläger in Position brachte. Wenn etwas außer einer streunenden Katze in den Keller gekommen war, mußte Hemingway wahrscheinlich gerettet werden. Phil schossen vage Erinnerungen an Jacks oder Gabbies Erzählungen von einem Waschbär durch den Sinn, welcher die Gegend terrorisierte. Phil rannte die Stufen hinunter.

Etwas Schwarzes und Flinkes, und im Vergleich zur Katze auch verdammt Großes, hüpfte von einem Stapel Bücher herab zu einem hohen Kellerfenster und verschwand nach draußen, bevor Phil einen Blick darauf werfen konnte. Bad Luck hüpfte hinterher und kletterte auf einen umgefallenen Bücherhaufen zu dem Arbeitstisch unter dem Fenster. Er stand auf den Hinterbeinen und bellte wütend. Phil schrie: »Bad Luck! Sei ruhig, du Held! Komm da runter!« Nach einem letzten Bellen hob der Hund seinen Schwanz und sprang mit trotzigem Schnaufen von der Werkbank. Phil blickte sich um. »Hemingway?«

Ein schwaches, ängstliches Miauen antwortete ihm, und Phil ortete die Katze unter einem umgekippten Bücherschrank.

Dutzende von Büchern lagen über den Boden verstreut. Der Kater war völlig konfus. »Hemingway?« sagte Phil weich, während er nach ihm griff. Er berührte etwas Weiches und Warmes, und ein stechender Schmerz durchfuhr ihn, als Krallen seinen Handrücken trafen. Fluchend zog Phil seine Hand weg. Hemingway hatte noch nie ein Familienmitglied angegriffen und gekratzt. Phil stieß den umgefallenen Bücherschrank weg, und Hemingway lag enthüllt im Schein der kahlen Glühbirne.

»O Gott«, flüsterte Phil. Die Katze lag oben auf einem Stapel von blutigen Magazinen und Büchern, ihr Magen von den Vorderbeinen bis zu den Hinterbeinen aufgerissen. Was eine unmögliche Länge von Eingeweiden zu sein schien, ergoß sich unterhalb von Hemingways Magen. Gloria kam ans obere Ende der Treppe. »Phil?« fragte sie ängstlich.

»Komm nicht runter!« rief Phil. Die Katze blickte zu ihm hoch, mit einem, wie es Phil schien, flehentlichen Ausdruck in den Augen. Hemingways kleine Zunge schoß heraus, beleckte die eigene Nase; er schien die Orientierung verloren zu haben. Hemingway versuchte zu miauen, doch es war nur die würgende, traurig schwache Imitation seines normalen Miauens. Der Kopf der Katze kippte langsam weg, soweit, bis er ein grün-bezogenes Buch berührte, dann rollte er in einem merkwürdigen Winkel nach einer Seite. Glasige Augen schauten Phil blind an. Hemingway war tot.

Gloria ignorierte Phils Warnung und kam die Treppe herunter. An der untersten Stufe schaute sie sich das Durcheinander an, einen Moment lang schien sie sich nicht sicher zu sein, was sie sah. Dann sagte sie sanft: »O Scheiße.«

»Irgend etwas ist eingedrungen, und Hemingway hat versucht, es zu vertreiben. Was immer es war . . . es hat ihn ausgeweidet.«

Als die Zwillinge an der Tür erschienen, drehte Gloria sich um. »Ihr beiden, *bleibt hier draußen*!« Ihr Ton war überaus streng. Sie zogen sich zurück, und Gabbie erschien am Treppenabsatz.

»Was ist passiert?« fragte sie.

»Etwas Großes ist eingedrungen und . . . hat Ernie getötet«, antwortete Gloria.

Gabbies Augen füllten sich mit Tränen. »O nein«, sagte sie leise. »Armer Ernie. Was war es? Eine andere Katze?«

»Nein«, sagte Phil. »Es war zu groß. Vielleicht ein Wiesel oder ein Fuchs oder so was. Ich konnte es nicht richtig sehen. Es war zu schnell. Sah irgendwie aus wie ein großer schwarzer Kater. Vielleicht war es dieser Waschbär, von dem Jack den Jungen erzählt hat. Wie auch immer, es war gewaltig.«

Die Jungen hörten von der Diele aus zu und tauschten schweigend Blicke aus. Sie wußten es. Sie nickten, als sie sich wortlos *Das Böse Ding* sagten.

Gabbie kam die Treppe herunter, während Phil eine alte Zeitung benutzte, um Hemingway zuzudecken. »O mein Gott, so viel Blut!« rief sie voller Entsetzen aus. Sie warf einen flüchtigen Blick auf das Durcheinander. »Wie konnten sie den Bücherschrank umkippen?«

Phil schaute sich um und zuckte mit den Schultern, »Hemingway war direkt darunter.«

»Ich glaube nicht, daß eine Katze das hätte umkippen können.« Sie blickte sich um. »Jack und ich haben einen Tag gebraucht, um das aufzustapeln.« Sie ließ die Beschwerde unausgesprochen, daß sie von vorne anfangen müßten. Hemingway war die Katze ihres Dads gewesen, und sie wußte, daß ihn der Verlust, trotz seiner äußeren Ruhe, tief traf.

»Wir werden Ernie begraben«, verkündete Sean.

»Bei den Apfelbäumen«, stimmte Patrick zu.

Gloria sagte: »Nun gut, am Morgen. Früh. Morgen ist Schule. Jetzt zurück ins Bett.« Ihre Augen weiteten sich. »Ich rufe besser noch einmal die Polizei an, und sage ihnen, daß es sich um einen Kampf zwischen Katzen handelte. Sie schicken uns einen Wagen raus.«

Als Gloria die Zwillinge vor sich her die Treppe hochjagte, sagte Gabbie: »Schau dir das an.«

Phil kam zu seiner Tochter, die etwas hinter dem Bücherschrank anschaute. »Es ist eine Tür.«

»Warum ist sie hinter dem Bücherschrank versteckt?« fragte

Gabbie, kletterte ein Brett hinauf und lehnte sich nach vorne, wobei sie sich mit der rechten Hand an der Wand abstützte. Mit der linken langte sie hinüber und rüttelte am Knauf. »Es ist verschlossen.«

»Vielleicht wird der Schlüssel, den Mark gefunden hat, sie öffnen«, meinte Phil. »Laß es uns morgen versuchen.«

»Wenigstens könntest du ihn holen, und wir versuchen es jetzt.« Gabbies Stimme klang aufgeregt.

»Du mußt all das Zeug wegräumen, bevor du die Tür öffnen kannst.« Er schaute sich um, als ob es unmöglich wäre, sich zu entscheiden, was zuerst zu tun sei. »Und es ist ziemlich schmutzig hier unten. Ich denke, wir sollten keine Sachen herumstoßen, bevor wir saubermachen.«

Gabbie drehte sich um und blickte ihren Vater an. »Okay, aber wenn wir den Schlüssel ins Schloß stecken, können wir sehen, ob es sich lohnt, all den Schund wegzuräumen.«

Während er sich die Sache durch den Kopf gehen ließ, ging Phil nach oben und nahm sich den Schlüssel, den Gloria in die Schublade der Frisierkommode gelegt hatte. Als er wieder herunterkam, hängte Gloria gerade den Hörer auf die Gabel. »Was?« sagte sie.

Er erklärte es ihr, während sie in den Keller zurückkehrten. Phil reichte Gabbie, die ihren Platz nicht verlassen hatte, den Schlüssel. Gabbie lehnte sich nach vorne und steckte den Schlüssel ins Schloß. »Er paßt!« verkündete sie. Sie drehte ihn um. »Funktioniert!« Die Tür öffnete sich ein paar Zentimeter. »Ich kann etwas sehen.«

Gloria sagte: »Dann komm jetzt. Du kannst morgen noch hier rumsuchen. Du und Jack könnt den ganzen Tag etwas ausgraben, wenn ihr wollt. Aber jetzt laßt uns dieses Durcheinander saubermachen, und dann zurück ins Bett.«

Gabbie sprang wendig von dem Brett herunter. »Alles klar. Ich würde sterben, um zu erfahren, was da drin ist.«

»Wahrscheinlich noch mehr Trödel«, brummte Phil, während er vorsichtig das Papier um Hemingway herum aufsammelte. Gloria und Gabbie zogen sich nach oben zurück, ließen Phil mit seiner Katze allein. Phil ignorierte die feuchte, stickige

Weichheit unter seinen Fingern und trug die Katze rüber zu einem leeren Pappkarton. Während er die blutige Masse in den Karton legte, sagte er: »Genauso wie Papa. Hast wohl gedacht, du könntest etwas tun, es mit jedem aufnehmen, nicht wahr? Tja, Dummkopf, letztlich hast du dich überschätzt.« Er seufzte und versuchte nicht, die Tränen, die ihm in die Augen traten, zurückzuhalten. »Tja, du warst viele Jahre lang ein ziemlich guter Kumpel, Hemingway.« Er seufzte und ließ den Karton neben der Tür bei der obersten Stufe stehen, so daß die Jungen ihn morgens begraben konnten. Ohne ein weiteres Wort wischte sich Phil die Tränen aus den Augen und knipste das Licht aus.

Außerhalb des Kellerfensters beobachtete das schwarze Ding, wie das Licht ausging. Mit einem krankhaften Geräusch, einem gequälten Lachen zog es sich vom Haus zurück. Sein Meister würde erfreut sein. Sein einziges Bedauern lag darin, daß der Mann gekommen war, bevor es den Kater weiter quälen konnte. Den Kater durch den Keller zu treiben, so daß die Menschen das Schloß finden würden, hatte den Sportsgeist der Kreatur angestachelt. Es hatte Freude daran gehabt, die Katze auszuweiden, dann die dampfenden Innereien herauszuziehen, aber der Kater war immer noch am Leben gewesen, als das schwarze Ding gezwungen war, zu fliehen. Es war ihm nicht vergönnt gewesen, die Quälerei ein paar Minuten länger hinauszuzögern. Es fühlte sich betrogen. Vielleicht ein anderes Mal. Vielleicht ließ der Meister es mit einem der Jungen spielen. Während es diese glückliche Möglichkeit durchdachte, entschwand das schwarze Ding tiefer in die Dunkelheit.

6

Jack packte ein Brett, hob die Seite des Schrankes an, schwang es in einem Bogen herum und ließ die andere Ecke als eine Art Drehpunkt ruhen. Er setzte es mit einem hörbaren Grunzen nieder, dann bewegte er seine schmerzende Schulter. In den zwei Wochen seit der Verarztung in der Notaufnahme hatte sie sich wieder entzündet, Dr. Latham hatte die Wunde erneut öffnen und reinigen müssen und Jack einen zweiten Schub Antibiotika verschrieben. Zuletzt schien alles unter Kontrolle, aber seine Schulter war immer noch empfindlich. Bevor der Schrank den Betonboden berührte, hatte Gabbie die Tür schon geöffnet.

Sie deutete auf die Lampe, die sie mitgebracht hatte, und schaltete sie an. Sie machte einen Schritt in den großen Raum und hielt an. »Jack«, sagte sie sanft.

»Was?« sagte er, während er in dem Durcheinander umherging und hinter ihr hielt.

»Hol Dad.«

Jack warf einen Blick durch die Tür und nickte. Er rannte die Stufen hinauf und ein paar Minuten später stand Phil hinter Gabbie. Er schaute sich um, als sie das Licht über die Einrichtung des kleinen Raumes gleiten ließ.

Er war aus dem Boden neben dem Haus ausgehoben worden, so daß es im Grundriß keinen Hinweis auf die Existenz des Raumes gab. Die Decke war verstärkt, so daß eine Erdsenkung draußen den Standpunkt nicht verraten konnte. In der rechten Wand befanden sich Haken, an denen antiquierte Roben hingen. Sie waren weiß, außer einer, die rot war, und so wie das Licht in ihnen funkelte, könnten sie aus Seide gewesen sein.

Beim Betrachten der Roben sagte Phil: »Was? Kessler gehörte zum Clan?«

»Ich denke nicht«, sagte Jack, als Gabbie das Licht durch den Raum streifen ließ. An der anderen Wand waren Bretter, mit Büchern und aufgerollten Schriftrollen bedeckt. Im hinteren

Teil stand ein hölzerner Tisch mit einem Lesepult, auf dem ein großes Buch lag, flankiert von Kerzen auf beiden Seiten. An der Wand hinter dem Tisch hing ein Gobelin, der irgendeine Art Jagdszene im Renaissance-Stil zeigte, und eine Gruppe Reiter, alle mit merkwürdigen Waffen, die aus einem Wald ritten. Zur Rechten der Reiter tanzten liebliche Frauen in Weiß in einem Kreis vor einem Thron, auf dem eine schöne Königin saß. Am rechten Rand des Gobelins wurde die Darstellung entschieden erotisch: Mitglieder des Königshofes hatten ihre Kleidung abgelegt und umarmten sich gegenseitig. Die am rechten Rand abgebildeten Figuren vergnügten sich offensichtlich beim sexuellen Akt, in Pärchen oder Gruppen. Ganz links sah man Jagdtrophäen. Gabbie wurde ganz übel, als sie sah, daß einige der Trophäen, die an den Bäumen hingen, Menschen waren. Unter dem Tisch, in ungewöhnlichem Kontrast zum Rest des Raumes, befand sich eine beinah moderne Bankkassette aus Metall, mit zwei Schlössern.

»Was ist das für ein Ort?« sagte Gabbie.

»Ich weiß es nicht«, sagte Phil sanft. »Besser, wir holen Mark.«

7

Mark und Gary kamen fünfzehn Minuten später an. Phil, Jack und Gabbie waren über das Aussehen der beiden Männer bestürzt. Mark sah aus, als hätte er seit einer Woche nicht mehr geschlafen, und Garys Gesichtsfarbe legte die Vermutung nahe, daß er mit einer Erkältung oder einer Grippe zu kämpfen hatte. Es war klar, daß beide Männer hart gearbeitet hatten. Sie standen unter starkem Streß. Kaum daß Mark den Raum genauer in Augenschein genommen hatte, wurde er munter. »Habt ihr irgend etwas angefaßt?«

»Nein, wir haben nur beeindruckt rumgestanden«, antwortete Phil.

»Gut.« Als er die blutige Masse der verstreuten Bücher und Magazine sah, fragte er, was geschehen sei.

»Etwas hat gestern nacht Hemingway getötet«, sagte Phil. Als Mark und Gary beide verwirrt und verständnislos ausschauten, fügte er hinzu: »Meine Katze.«

»Getötet?« fragte Mark.

»Ausgeweidet. Die Jungs haben ihn begraben, bevor Gloria sie in die Schule gebracht hat.«

Mark und Gary tauschten fragend Blicke aus: »Hat es im Raum merkwürdig gerochen?« erkundigte sich Mark.

»Nicht, daß ich es bemerkt hätte«, meinte Phil. »Warum?«

Mark kniete einen Moment nieder, um das Durcheinander zu inspizieren, stand dann wieder auf und schüttelte seinen Kopf, als ob die Frage unwichtig wäre. »Es ist nur so, daß Füchse oder andere wild lebende Tiere einen ziemlich starken Geruch ausdünsten. Tja, tut mir leid, Phil.«

Phil schien sich mit dem Tod der Katze abgefunden zu haben. »Ist okay. Er war ein harter alter Bursche, wäre sowieso irgendwann im Kampf von uns gegangen.«

Mark nickte. »Wer hat das gesehen?«

»Nur wir«, antwortete Phil leise. »Gloria ist in der Stadt geblieben, um Lebensmittel zu kaufen, nachdem sie die Jungen an der Schule abgesetzt hat. Sie müßte in der nächsten Stunde zurückkommen.«

Mark sagte: »Und ich will, daß keiner davon erfährt, im Moment.«

»Warum?« Phil runzelte die Stirn.

Mark seufzte leise. »Ich bin mir noch nicht sicher, was hier vorgeht, Phil.« Er hielt inne und dachte einen Moment nach. »All das hier«, sagte er und zeigte auf den Raum, »hat mit der mysteriösen Umgebung von Kessler zu tun. Und vielleicht auch einige andere merkwürdige Dinge. Wie auch immer, ich denke, bevor nicht ein paar Fakten auf dem Tisch liegen, ist es besser, niemanden hiervon wissen zu lassen, sofern es nicht absolut notwendig ist. Wir erzählen es Gloria, natürlich, aber wenn ihr die Jungen fernhalten oder zumindest warnen könntet, darüber nicht in der Schule zu reden . . .«

Phil sagte: »Wir sagen ihnen, du hättest etwas Geheimes gefunden. Ich kenne meine Jungs. Sie werden unleidlich, wenn wir versuchen, sie von allem fernzuhalten. Wenn wir sie mit einweihen, werden sie Ruhe bewahren – für eine Weile.«

Mark stimmte widerstrebend zu. Es war Phils Haus und sein Eigentum, also entschloß er sich, keine große Sache daraus zu machen, daß die Jungen den Geheimraum sehen würden. Er wandte sich an Gary und händigte ihm einige Schlüssel aus. »Hol den großen Kassettenrecorder und einige unbespielte Kassetten, beide Kameras und einen Abreißblock, dann können wir anfangen.« Als Gary auf die Treppe zusteuerte, rief Mark hinter ihm her: »Und pack den Schlafsack auch in den Koffer, wenn du möchtest.« Dann wandte er sich mit einer Bitte an Phil: »Kannst du eine Lampe und eine Verlängerungsschnur holen?«

Phil lief nach oben und kam mit einer Lampe aus dem Wohnzimmer und einem langen Verlängerungskabel aus seinem Arbeitszimmer zurück. Mark nahm ihm den Lampenschirm ab und stöpselte die Lampe in die Verlängerungsschnur, während Phil das andere Ende der Schnur in einer Steckdose in der Kellerwand unterbrachte. Der Raum wurde von einem grellen weißen Licht erhellt.

Mark zog den kleinen Rekorder hervor, den er in seiner Tasche trug, und schaltete ihn ein. »Hier ist Mark Blackman. Es ist der zwölfte September. Ich befinde mich im Keller des Philip-Hastings-Wohnsitzes, 76 Frazer Road, Rural Route, William Pitt County, New York, im Ort auch bekannt als Old Kessler Place oder Erlkönig-Hügel. Ich nehme den Fund eines versteckten Raumes auf, gefunden am . . .«

»Ungefähr um Viertel nach drei heute morgen«, ergänzte Gabbie, die genau zugehört hatte.

Gary kam mit dem Zubehör, das Mark verlangt hatte, die Treppe herunter und begann mit dem Aufbau, um Bilder zu machen.

Mark schaltete den Rekorder ein und fuhr fort. ». . . ungefähr 3:15 Uhr, heute. Der Raum ist ungefähr neun Meter tief, fünf Meter breit, drei Meter hoch. Exakte Messungen werden noch vorgenommen.« Während er noch sprach, machte Gary ein Zusatzbandmaß fertig, das er aus dem Koffer geholt hatte. »Es wurde im Osten des Hauses ordentlich ausgehoben, der Standort ist bei flüchtiger Betrachtung kein Hinweis dafür, daß der Raum existiert. Die Decke wird durch doppeltes Gebälk und eine über Kreuz angebrachte Tragkonstruktion abgestützt und verhindert so einen Einsturz. Die Konstruktion der Wand ist bei einer flüchtigen Inspektion nicht erkennbar. In der rechten Wand, von der Tür aus gesehen, befinden sich acht Haken, angeordnet in ungefähr dreißig Zentimeter Abstand. An jedem hängt eine Robe in weißer Farbe, mit Ausnahme derjenigen, die am weitesten von der Tür weg hängt, diese ist rot. Sie scheinen aus Seide oder Satin zu sein. An der linken Wand sind Bücherregale von der Decke bis zum Boden . . .« Er fuhr mit seiner Beschreibung des Raumes fort, hielt alles, was er sah, detailliert fest. Als er den Altar erreichte, sagte er: »Die Kerzen scheinen aus gewöhnlichem Wachs zu sein, könnten aber auch exotischer in ihrer Zusammensetzung sein. Analysen werden noch gemacht. Die Leuchter scheinen aus Gold zu sein. Der . . .«

»Gott!« platzte Gabbie heraus, und Jack sagte, sie solle leise sein. Jeder war von Marks Spurensicherung fasziniert.

». . . Tisch scheint aus Esche oder einem anderen Holz, das ähnlich aussieht, hergestellt zu sein, vielleicht Ölbaum.« Er untersuchte ihn von unten, ohne etwas zu berühren. »Die Ausführung ist typisch für die Herstellungsweise in dieser Gegend im neunzehnten Jahrhundert. Eine Spekulation: Es könnte in Kesslers Fabrik hergestellt worden sein, vielleicht gar von Frederick Kessler persönlich. Das Buch ist offen. Es ist ungefähr siebenunddreißig Zentimeter lang und vierundzwanzig Zentimeter breit. Es ist . . . in Deutsch, in gotischen Lettern geschrieben, aber in einem Dialekt, den ich nicht kenne, vielleicht Alt- oder Mittelhochdeutsch.« Er beschrieb einige Eigentümlichkeiten der Schrift und merkte dann an: »Es ist sehr wahrscheinlich die Kopie eines älteren Textes, denn dieses Buch scheint nicht älter als hundert Jahre alt zu sein.« Er wendete seine Aufmerksamkeit dem Gobelin zu und schaltete den Rekorder für einen Moment ab.

Er blickte Phil und Jack an und bat um mehr Licht.

Während Jack eine weitere Lampe holte, Gabbie ein ordentliches Essen vorbereitete, zog Mark seine Kordjacke aus und warf sie achtlos über ein staubiges Brett. Er machte mit seiner Arbeit weiter, beschrieb einläßlich die Illustrationen auf dem Gobelin, dann öffnete er die oberste Schublade der Bankkassette. »Die Bankkassette ist aus Metall, scheint über zwanzig Jahre alt zu sein. In der obersten Schublade die Korrespondenz und andere Dokumente.« Er schloß die oberste Schublade, öffnete die untere. »Vielleicht zwei- oder dreihundert Dokumente.« Er drückte die Aus-Taste des Rekorders. Gary griff in den Koffer und holte eine Reihe verborgener Bänder hervor und einen schwarzen Stift, den er Mark gab. Zu Gabbie sagte er: »Jetzt beginnen wir alles zu katalogisieren.«

»Das ist faszinierend«, sagte Gabbie mit weit aufgerissenen Augen.

Mark lächelte. »Erzähl mir das noch mal in sechs Stunden, wenn wir immer noch dabei sind.« Gary riß ein Stück Band ab und reichte es Mark, der eine große ›1‹ darauf schrieb. Er legte es auf das oberste Brett im Bücherregal, links, unter ein aufgerolltes Pergament. Er machte weiter, bis Jack und Phil zurückkamen und die Lampen aufstellten. Dann nahm er die Polaroid-Kamera hervor und schoß einige Bilder.

8

Drei Stunden später arbeitete Mark immer noch. Phil überarbeitete den letzten Teil seines Manuskriptes, bevor der Verleger es in die Produktion gab. Gloria war nach Hause gekommen und hatte die Entdeckung gesehen. Sie hatte Mark und Gary ein wenig zugeschaut, verschwand dann nach oben, als die Zwillinge aus der Schule kamen. Die Jungen vom Keller fernzuhalten hatte Schwierigkeiten bereitet. Sie hatten ein paar Minuten verfolgt, wie Mark in seinen Rekorder sprach, wie er Pergamente herunterzog und sie öffnete und Gary davon Bilder machte. Mark hatte zwei Neunzig-Minuten-Bänder besprochen und war nun beim dritten, während Gary Fotos machte. Als Jack und Gabbie hereinkamen, schaltete er den Rekorder ab und stand auf, wobei er hörbar stöhnte. »Diese Knie werden zu alt, um lange auf dem kalten Betonboden zu hocken.« Als er aus dem Raum ging, ließ er das Licht brennen. »Zeit für eine Pause.«

Sie gingen nach oben, wo ein Haufen Sandwiches wartete. Sie waren mittags zubereitet worden, und jetzt war es kurz nach drei. Gabbie zog die Wachspapierfolie ab, legte die Sandwiches auf Platten und reichte sie herum, während Jack eine Kanne Limonade aus dem Kühlschrank auffrischte. Als Gloria und Phil die Geräusche in der Küche hörten, gesellten sie sich hinzu.

»Schon herausgefunden, was das für ein Zeug ist?« fragte Phil.

»Nicht die Hälfte davon, und es ist unglaubliches Zeug«, sagte Mark.

Gary nickte zustimmend. »Diese Rollen sind in Griechisch, Althochdeutsch, Altrussisch, Amharic und wenige in Latein, Hebräisch . . . geschrieben. Einige Sprachen sind mir gänzlich unbekannt. Ich muß noch ein paar Bücher ausgraben, aber ich glaube, ein paar der Rollen sind in Pahlavi geschrieben.«

»Was ist Pahlavi?« fragte Gabbie.

»Mittelalterliches Persisch«, antwortete Gary. »Es ist eine tote Sprache.«

Jack und Gabbie tauschten Blicke aus. »Persisch?« wunderte sich Jack. »Was macht Kessler mit Pergamentrollen, die auf persisch und in all den Sprachen beschrieben sind.«

Mark zuckte mit den Schultern und blickte Gary an. »Kannst du sie übersetzen?«

Gary sprach mit dem Mund voll Sandwiches. »Einige. Meine Linguistik-Kenntnisse sind ein wenig eingerostet. Ich würde besser mit dem alten Kirchenslowanisch oder Altpreussisch zurechtkommen. Ich bin nur ein oder zweimal mit Pahlavi in Berührung gekommen. Ich habe ein paar Nachschlagewerke und werde es versuchen, aber es ist ein wenig zu weit östlich für mich.« Er schüttelte den Kopf. »Aber ich kenne jemanden in Washington, der das lesen kann wie einen Comic Strip. Wir können die Rollen fotokopieren, und per Expreßpost hätten wir die Antwort in wenigen Tagen.«

Mark schüttelte seinen Kopf. »Sieh zu, was du vorher tun kannst. Wir können deinen Freund anrufen, wenn wir ihn brauchen.«

»Was ist mit den Roben?« fragte Gloria.

»Ich habe ein paar vage Ideen, aber ich werde mich hüten, darüber zu reden, bevor wir nicht einige dieser Bücher und Rollen übersetzt haben. Das Deutsch kann ich lesen, dann braucht Gary nur die älteren Sprachen zu machen. Es wird ein bißchen dauern, aber ich glaube, wir haben das Zeug gefunden, hinter dem ich während der letzten zwei Jahre her war. Was immer auch in Deutschland im ersten Jahrzehnt des zwanzigsten Jahrhunderts vorging, es hängt mit Kessler und seinen Kumpanen zusammen, und . . .« Er hörte auf, während er nachdachte. Obwohl er äußerlich ruhig wirkte, schien er doch beunruhigt zu sein. Zuletzt sagte er: »Irgend etwas lief falsch, furchtbar falsch, und Kessler und seine Freunde mußten fliehen. Hier sind Dinge geschehen, die so . . . abscheulich sind, ich möchte nicht einmal auf sie hinweisen.«

»Mark«, sagte Gloria, »ich mag diese Geheimniskrämerei nicht. Was geht hier vor?«

Mark blickte Gary an, und der jüngere Mann zuckte mit den Schultern. Mark dachte einen Moment still nach, dann sagte er: »Ich weiß es nicht wirklich. Ich habe euch ein bißchen davon erzählt, was ich über Kessler und seine Sippe in Deutschland weiß und über all die merkwürdigen Sachen, die damals passierten. Es kann sein . . . vielleicht gibt es Interesse an all dem. Deshalb möchte ich es geheimhalten. Ich weiß mehr über das, was hier vorgeht, wenn wir hier mit unserer Untersuchung fertig sind.«

»Wie lange wird das dauern?« fragte Phil.

»Wir haben soeben die grobe Katalogisierung beendet. Wir können jetzt die Bankkassette öffnen und die Briefe zählen. Dann kann ich anfangen, das Deutsche und Französische zu übersetzen« – er grinste –, »während Gary Kopfschmerzen von dem Pahlavi und dem anderen bekommt.«

»Ich beginne mit etwas weniger exotischem und arbeite mich dann zu dem Pahlavi vor«, warf Gary ein. »Ich muß zurück zum Haus und meine linguistischen Nachschlagewerke suchen. Ich hoffe, ich kann mich daran erinnern, wo ich sie hingelegt habe.«

»Die meisten deiner College-Sachen sind auf dem untersten Regal hinter meinem Schreibtisch.«

Gary nickte, aß sein Sandwich auf und sagte: »Ich gehe jetzt.«

»Gut«, antwortete Mark. »Gabbie und Jack können mir helfen. Wenn ihr nichts dagegen habt«, wendete er sich an die beiden.

»Nein«, sagte Gabbie, und Jack nickte. Beide schienen sich geschmeichelt zu fühlen.

Mark aß sein Sandwich auf, trank den letzten Rest seiner Limonade und sagte: »Nun gut, laßt uns gehen.« Als er Glorias besorgten Ausdruck sah, berührte er ihren Arm. »Es ist nichts Gefährliches daran, Gloria.«

Sie erwiderte seinen Blick und nickte langsam. Sie drehte sich um und säuberte den Tisch, während Phil in sein Arbeitszimmer ging und Gabbie und Jack in Richtung Keller verschwanden.

Als er die Küche verließ, fragte sich Mark, ob Gloria wohl erkannt hatte, daß er log.

9

Das letzte Schriftstück im Regal war eine helle, feine Pergamentrolle. Mark ließ Jack und Gabbie das große Stück Papier halten, während er es fotografierte. Er sprach in den Rekorder: »Beleg 136: ein einzelnes Blatt, anscheinend aus Pergament, sechs mal sieben Zentimeter, keine sichtbare Schrift. Sieben Linien, in ungeordneter Reihenfolge, befinden sich am rechten Rand, wie man auf der Fotografie erkennen kann. Eine Linie vom Boden, ungefähr in einem 60-Grad-Winkel zum Boden laufend . . . endet in einem Kreis, der weniger als zwei Zentimeter im Durchmesser ist. Drei Zeichen scharen sich in der linken oberen Ecke. Eine Linie verläuft in einer enger werdenden Spirale von diesem Kreis zu einem größeren Kreis« – er zählte –, »umschließt neun ganze Drehungen gegen den Uhrzeigersinn. Die Herkunft dieses Schriftstücks ist nicht ersichtlich.«

Er ließ sie es wieder zusammenrollen und sagte: »Nun, das reicht. Jetzt können wir mit dem Übersetzen anfangen.« Er lächelte, offensichtlich mit dem Fund zufrieden. »Laßt uns eine kurze Pause machen, bevor Gary zurückkommt.«

Beim Kaffee in der Küche sagte Mark: »Ich denke, wir bekommen die Antworten, die wir gesucht haben. Ich spüre sie beinahe in Reichweite.« Er wirkte zufrieden, aber auch zerstreut.

»Was genau hat dich dazu veranlaßt, hiermit anzufangen?« fragte Gabbie.

Mark dachte nach. »Vor ungefähr zehn Jahren arbeitete ich an einem Buch über Geheimbünde; es wurde letztendlich nie geschrieben. Ich konnte keinen Verleger finden, weil zwei vergleichbare Bücher gut eingeschlagen waren. Wie auch immer, ich versuchte, in Deutschland Stoff auszugraben, in Münster – wo ein Geheimbund mit dem Namen *Holy Vehm* im späten fünfzehnten Jahrhundert tätig war –, als ich zufällig ein paar Briefe von einem katholischen Priester aus Ulm, das liegt in der Nähe von Stuttgart, durchsah, die auf den Oktober 1903 datiert waren. Der Priester, dem er in Münster geschrieben hatte, war ein Freund aus seiner Seminarzeit. Die Briefe gehörten nicht ins Archiv der örtlichen Diözese, sondern wären wahrscheinlich besser in den Tiefen des Vatikangewölbes vergraben worden. Sie erzählten von einigen ›Prozessen‹ und wiesen auf Hinrichtung hin. Der Priester aus Ulm war völlig verstört, sowohl von den Vorkommnissen, die in seiner Gemeinde passierten, als auch von der Reaktion der Kirche. Das war der erste Hinweis, den ich erhielt, daß sich im Süden Deutschlands zur Jahrhundertwende etwas sehr Ungewöhnliches ereignet hatte. Was ich zusammenstückeln konnte, ist so ziemlich genau das, was ich Phil und Gloria schon erzählt habe: Alle Arten heidnischer Praktiken waren wieder lebendig geworden. Die Menschen kehrten zu Glaubensmustern zurück, die in der Gothisch-Germanischen Kultur und Mythik wurzelten, einige komplizierte primitive Riten, die sich auf die Verehrung einer Weißen Gottheit konzentrierten: ähnlich den druidischen Praktiken des alten Britannien. Eine ganze Weile lang wurde ich nicht schlau aus dem, was ich entdeckt hatte. Es gab Hinweise auf schreckliche Dinge . . . möglicherweise Menschenopfer.« Wieder folgte ein Augenblick des Nachdenkens, als ob Mark unsicher sei, was er als nächstes sagen sollte. Dann entspannte er sich und fuhr fort: »Meine Phantasie wurde entfacht. Seitdem habe ich jahrelang an anderen Projekten gearbeitet, behielt aber immer im Hinterkopf, daß ich eines Tages herausfinden wollte, was zum Teufel damals vor fünfundachtzig Jahren in Deutschland geschehen ist.« Er lächelte bei der Erinnerung. »Als ich mein Buch über Voodoo vor zwei Jahren beendet hatte, entschloß ich mich, Ferien zu machen. Ich denke, mein Unterbewußtsein hatte seine Hand im Spiel, denn ich suchte mir Deutschland aus. Ich war auf dem Oktoberfest in München, fuhr dann nach Ulm und stöberte dort herum. Wieder einmal hatte ich Glück. Ich konnte nichts in den Aufzeichnungen der örtlichen katholischen und lutheranischen Kirchen entdecken, aber ich fand im Archiv der Lokalzeitung etwas über eine Gruppe örtlicher Geschäftsleute, die plötzlich in die Staaten, Kanada und Afrika abgereist waren. Das brachte mich zu Kessler und seinen Kumpanen.« Er schüttelte seinen Kopf. »Worin sie auch immer verwickelt waren, sie haben viel auf sich genommen, um ihre Spur zu verdecken, und einige Aufzeichnungen sind in beiden Weltkriegen verlorengegangen. Ich konnte selbst von einer Geschichte zur nächsten keine Übereinstimmung darüber finden, wie viele Männer beteiligt waren . . . woran auch immer. Manchmal waren es fast zwanzig, manchmal nur zehn. Und sie änderten ihre Namen – selbst die Staatsangehörigkeit auf ihrer Reise, wenn sie konnten.

Ich bin ergebnislos hinter drei anderen dieser Gruppe hergetrieben, verlor die Spur des einen in Alberta, Kanada, eines anderen in New South Wales, Australien, und die eines dritten dort, wo damals Deutsch-Ostafrika war. Dann folgte ich Kessler. Wenn ich den alten Kessler zuerst rausgefischt hätte, wer weiß? Ich hätte einiges von diesem Zeug früher entdecken können. Aber jetzt spielt das keine Rolle mehr.« Es schien eine versteckte Bedeutung hinter diesen Worten zu stecken, und Gabbie wollte gerade etwas sagen, als Mark auch schon fortfuhr. »Als ich aus Deutschland zurückkam, verbrachte ich einige Wochen in New York, rief Gary aus Seattle zurück und zog nach Pittsville. Wir begannen nach Neuigkeiten über den alten Fredrick Kessler herumzustöbern und versuchten die Wahrheit aufzudecken. Und letztendlich sieht es so aus, als ob uns das gelingen würde.«

Gary tauchte wieder auf, trug drei große Bücher unter einem Arm und noch einige mehr in einer Büchertasche. »So, ich hab' meine Nachschlagwerke beisammen.«

Mark stellte seine Tasse Kaffee nieder. »Gut; laß uns anfangen, die Pergamentrollen zu entziffern.«

10

Gloria steckte ihren Kopf durch die Kellertür und sagte: »Mark! Wirst du die ganze Nacht arbeiten?«

Mark blickte von seinem offenen Notizbuch hoch, er übersetzte eins von Kesslers Büchern und schaute auf seine Uhr. »Ist es schon nach acht?«

»Ja. Aggie ist hier und macht sich fertig, um nach Hause zu fahren. Warum macht ihr beiden nicht Feierabend und kommt herauf, um noch einen Happen zu essen und auf ein Schnäpschen?«

Gary stand langsam auf, und in wenigen Minuten hatten sie den Keller aufgeräumt, die Tür zum geheimen Raum zugemacht und abgeschlossen.

Oben bot Phil den beiden einen Brandy an, und Gloria gab ihnen Teller mit dem aufgewärmten Abendessen. Gary fragte, wo Gabbie und Jack seien.

Phil zuckte mit der Schulter, aber Aggie sagte: »Ich nehme an, drüben in meinem Haus.«

Phil nippte an seinem Drink. »Also, wir sterben vor Neugierde, was ihr aufgedeckt habt.«

Mark und Gary tauschten Blicke aus, und Mark ergriff das Wort: »Ich habe bisher nur einen Teil von einem Buch übersetzen können – wir haben seinen Sinn erst flüchtig berührt und noch lange nicht ausgeschöpft. Aber es scheint, daß all diese Bücher und Rollen mit einer bestimmten . . . Tradition verbunden sind.«

»Tradition?« fragte Phil. »Versteh' ich nicht.«

»Möglicherweise eine Art Religion, ein Kult. Erinnert euch, ich befaßte mich mit Geheimbünden, als ich über den Brief stolperte, mit dem alles begann. Wie auch immer, wenn Kessler und seine Kumpanen verantwortlich oder zumindest an all den unheimlichen Geschäften in Deutschland zur Jahrhundertwende beteiligt waren, dann war das nur ein Teil von etwas viel Größerem.«

»Kannst du etwas genauer werden?« sagte Aggie, offensichtlich fasziniert.

»Nicht bevor wir noch mehrere Wochen lang übersetzt haben. Einige dieser Schriftstücke stammen, wenn sie authentisch sind, aus einer Zeit, die weit zurückliegt.«

»Wie weit?« fragte Phil.

»Diese Pahlavi-Rollen stammen aus dem achten, vielleicht aus dem siebten Jahrhundert. Ein paar der griechischen . . . können Jahrhunderte älter sein. Vielleicht sogar aus dem ersten Jahrhundert vor Christus.«

»In was für einem Zustand befinden sie sich?« fragte Gloria. »Ich habe gelesen, daß derart alte Rollen zerfallen können.«

»Nein«, sagte Mark. »Die hier sind in überraschend gutem Zustand. Irgend jemand hat sichergestellt, daß sie gut gelagert wurden. Wenn du diesen Raum im Keller überprüfst, wirst du vermutlich feststellen, daß er gegen Kälte und Feuchtigkeit isoliert wurde. Außerdem . . . könnten es Kopien sein, keine Originale. Wir bräuchten die Ausrüstung, um das Material untersuchen zu können – Pergamentfasern, Tinte, was immer sie zum Schreiben benutzten –, um sicher zu sein. Aber wenn sie so alt sind, geraten wir in das bekannte Problem mit uralten Dokumenten: Schriftgelehrte, die falsch schreiben, die ihre eigene Kurzschrift haben oder einen örtlich begrenzten Dialekt benutzten. Die Chance, etwas zu verdrehen, ist ziemlich hoch.« Er seufzte, wollte sprechen, schwieg, fing wieder an. »Phil, ich sage das nicht gerne, aber . . . ich würde vorschlagen, es ist besser, das Geheimnis noch ein bißchen länger zu wahren.«

»Wenn diese Schriftstücke so alt sind, wie du annimmst«, warf Aggie dazwischen, »wäre sicherlich jede Menge Historiker daran interessiert.«

Mark schüttelte den Kopf. »Nein, ich meine nur, jemand könnte daran interessiert sein, die Dinge zu verheimlichen.« Er stellte seinen mittlerweile leeren Teller beiseite und nippte an seinem Brandy.

Gloria schien verwirrt zu sein. »Meinst du . . .«

Mark unterbrach sie. »Wahrscheinlich nicht. Ich sagte, es

könnte der Fall sein, und ich kann das nur unterstreichen. Mach dir deswegen keine Sorgen, bevor wir es nicht sicher wissen.«

Aggie zuckte mit den Achseln. »Mysteriöser Mark Blackman.«

Mark schien eine scharfe Entgegnung auf der Zunge zu liegen, dann sagte er: »Entschuldigt, ich bin müde. Wirklich, ich glaube nicht, daß es etwas Beängstigendes gibt. Sagen wir einfach, ich bin nur ein bißchen vorsichtig, okay?«

Aggie erhob sich. »Nun gut, ich bin dafür, nach Hause zu gehen.«

Mark und Gary stimmten zu und wünschten Phil und Gloria ebenfalls eine gute Nacht. Sie brachten Aggie zu ihrem Auto und folgten ihr die Zufahrt hinunter.

Als Marks Auto verschwand, sagte Phil: »Geheimbünde, was?«

»Und unheimliche Dokumente. Irgendwie jagt einem das alles einen Schreck ein.«

Phil schaute seine Frau an. »Einen Schreck einjagen? Ich würde eher aufregend sagen. Und da ist immer noch die Frage nach dem Gold. Vielleicht war das ja noch nicht die ganze Geschichte.«

Beinah sarkastisch fragte Gloria: »Willst du dir eine Schaufel nehmen und nach einem vergrabenen Schatz suchen?«

11

Gloria hängte den Hörer ein. »Das war Mark.«

Phil, der hinter seinem Schreibtisch saß, blickte zur Diele, wo seine Frau stand, und fragte, was los sei.

»Er fliegt diese Nacht nach New York. Er sagt, sie wären gegen eine Wand gestoßen, also müßten sie sich mit ein paar Leuten beratschlagen. Gary bringt ein paar Kopien von dem exotischeren Stoff zu seinem Freund an der Universität von

Washington, und Mark will mit ein paar Leuten sprechen, die er an der New Yorker Uni kennt.«

Phil wurde von einem ungewöhnlichen Klang in der Stimme seiner Frau alarmiert. »Beunruhigt dich etwas, Liebes?«

Gloria stand da und schüttelte sich, als hoffe sie, dadurch einen klaren Kopf zu bekommen. »Nein, ich glaube nicht. Es ist nur . . .«

»Was?«

»Ich weiß nicht, aber ich hatte so ein merkwürdiges Gefühl, als Mark auflegte, daß . . . daß ich nie wieder von ihm hören würde.«

Phil wollte eine spöttische Bemerkung fallen lassen, überlegte es sich aber anders, als er bemerkte, daß seine Frau wirklich verstört war. Er stand auf und ging zu ihr hin. »Hey, mein irisches Mädchen, was ist denn?« sagte er sanft, nahm sie in seine Arme und hielt sie fest.

»Du hast mich seit Jahren nicht mehr so genannt«, sagte sie. Sie legte ihren Kopf an seine Brust. »Es ist nur so ein frostiges Gefühl.«

Phil zögerte einen Moment, dann griff er hinter seine Frau, nahm den Telefonhörer auf und begann zu wählen.

Der Apparat am anderen Ende klingelte, und wurde dann abgenommen. Es war Mark. »Wann fährst du los?« fragte Phil, der dann eine Weile zuhörte und schließlich vorschlug: »Nun gut, schau. Warum kommt ihr nicht beide vorbei, dann könnten wir zusammen nach Buffalo zum Abendessen fahren? Wir bleiben mit Gary in der Flughafenbar, bis sein Flugzeug startet. So muß er nicht zwei Stunden lang allein am Terminal sitzen. Und du ersparst dir teure Parkgebühren am Flughafen. Wir würden uns freuen.« Er legte auf.

»Was war das?« fragte Gloria.

»Marks Flugzeug geht heute abend um zehn, und Gary nimmt das Überlandflugzeug um Mitternacht. Auf diesem Weg kannst du das Gefühl abschütteln, daß du Mark nie wiedersehen wirst.« Er blickte auf seine Uhr. »Du kannst ihn in ungefähr zwei Stunden sehen. Er kommt um fünf.«

Gloria lächelte. »Danke.«

»Wofür.«

»Dafür, daß du dich nicht lustig gemacht hast.«

Er tat die Bemerkung mit einem Achselzucken ab, als die Küchentür hinter den Zwillingen zugeknallt wurde. »Ma!« hallte es durch das Haus, womit Patrick die Ankunft von sich und seinem Bruder ankündigte. Die Schwingtür ging auf, und die Zwillinge kamen in Sicht. Sean trug einen Haufen Briefumschläge. »Die Post ist da«, rief er.

Phil nahm die Briefe an sich, während Gloria sagte: »Ratet mal, wer heute Schokoladenplätzchen gebacken hat?«

Mit einem Ruf der Zustimmung gingen die Zwillinge mit ihrer Mutter in Richtung Küche, während Phil den silbernen Brieföffner benutzte, den Aggie ihm geschenkt hatte, um herauszufinden, wie hoch in diesem Monat die Rechnung von American Express sein würde. Der Öffner erinnerte ihn an Aggie, und er rief seiner Frau zu: »Besser, du rufst Aggie an und sagst Gabbie, daß wir sie heute nacht als Babysitter brauchen.« Er schüttelte seinen Kopf. Gabbie hatte angefangen, die Nächte in Aggis Haus zu verbringen, und ward in den letzten Tagen im Hastingschen Haushalt kaum gesehen, außer in der Scheune. Wie verliebt sie in Jack auch war, sie würde niemals ihre Pferde vernachlässigen. Dann warf Phil einen Blick auf den letzten Brief in dem Stapel; er blickte ihn wieder an, starrte auf den Absender, als ob er seinen Augen nicht traue. Dann rief er: »Und sage ihr, daß sie einen Brief bekommen hat. Von ihrer Mutter.«

12

Gabbies Gesicht war eine schwer deutbare Maske, als sie den Brief beendet hatte. Während sie ihn langsam faltete, blickte sie ihren Vater an und begann zu lachen. »Mom hat geheiratet.«

Phil blinzelte und sagte: »Sie ist verheiratet?«

Gloria betrachtete die Reaktion mit Interesse. Das einzige

Thema aus Phils Vergangenheit, das tabu war, hieß Corinne. Phil hatte Gloria nur die nackten Tatsachen erzählt und es abgelehnt, über seine erste Heirat zu diskutieren. Als sie anfingen, miteinander auszugehen, hatte Gloria Angst, daß in Phil noch eine Flamme für seine erste Frau brannte. Sie merkte sehr schnell, daß diese Annahme weit von der Wahrheit entfernt war.

Gabbie lachte immer noch, aber in ihrem amüsierten Tonfall schwang auch eine Prise Bitterkeit mit. »Sie hat Jacques Jeneau geheiratet.«

Glorias Augen weiteten sich. »Den französischen Millionär?«

Phils Mundwinkel zogen sich nach oben, und seine Augen traten hervor. Einen Moment lang befürchtete Gloria, er würde gleich anfangen zu schreien, aber plötzlich warf er seinen Kopf zurück und fing an zu lachen. Es durchzuckte ihn, er lachte so sehr, daß er über die Armlehne der kleinen Couch gegenüber von seinem Schreibtisch nach hinten fiel und mit einem dumpfen Schlag landete. Er lag auf dem Rücken und lachte. »Jeneau!« krächzte er.

Gabbies Gelächter und das ihres Vaters vereinigten sich, und sie mußte sich eine Träne wegwischen, als sie von der Fröhlichkeit ihres Vaters angesteckt wurde.

Jack, der schweigsam an der Tür zur Diele gestanden hatte, sagte zu Gloria: »Was ist daran so lustig?« Sie zuckte mit den Achseln und deutete damit ihre Unwissenheit an.

Phil legte sich einen Moment zurück, den Arm über seinen Augen, und sein Gelächter verebbte. Gabbie bedeckte ihr Gesicht mit ihrer Hand und wischte sich die Nässe von ihren Wangen. Jack fragte höflich: »Wer ist Jacques Jeneau?«

Phil setzte sich auf und wischte sich ebenfalls die Tränen aus dem Gesicht, während er sagte: »Ah, darin ruht eine ganze Geschichte.«

Er stand auf und kniete sich neben seine Tochter. Er legte seine Arme um ihre Schulter und drückte sie fest an sich, eine seltene Darbietung physischer Zuneigung zwischen den beiden. »Bist du in Ordnung, Kleines?«

Gabbie hatte aufgehört zu lachen und blickte ihren Vater mit vor Tränen geröteten Augen an. Sie schneuzte und nickte und küßte ihn auf die Wange.

»Wenn es keine Mühe macht, was ist so verdammt lustig?« fragte Gloria.

Phil kniete immer noch neben Gabbie. »Jacques Jeneau ist ein französischer Playboy, der seine Zeit mit langsamen Booten und schnellen Frauen verbringt. Seine Hobbies sind, Jachtrennen zu verlieren, und Scheidungsprozesse.« Er saß auf dem Boden, sein Arm ruhte auf Gabbies Knien. »Wir haben ihn auf einem Empfang in New York getroffen, ich glaube '66. Irgendsoeine Wohltätigkeitssache. Wie auch immer, Corinne bekam wegen ihrer Familie 'ne ganze Menge Einladungen zu solchen Anlässen, obwohl wir selbst arm waren und gerade noch über die Runden kamen. Und wir gingen zu einer ganzen Anzahl – zu denen, wo wir keinen Beitrag leisten mußten, um reinzukommen, wie auch immer. Es gab immer eine Menge Drinks umsonst und ein ziemlich gutes Buffet. Jeneau wurde Corinne gegenüber zudringlich.« Bei der Erinnerung daran lächelte er. »Das war, bevor sie radikal wurde, aber selbst zu der Zeit nannte sie ihn einen Parasiten. Wir sahen ihn danach bestimmt noch ein halbes Dutzend Mal, und jedes Mal stürzte er sich auf sie. Wir behandelten die ganze Sache wie einen Witz. Er verfolgt und jagt sie seit zwanzig Jahren. Sieht aus, als ob er sie letztendlich gefangen hätte. So ein Witz.«

»Der Witz ist dieser Brief.« Gabbie seufzte und schaute zu Jack. »Soviel zur großen Dame der Linken. Würdest du dir dieses gravierte Schreibpapier ansehen! Es muß aus irgendeinem Designer-Laden in Paris kommen, um Himmels willen.«

Gloria konnte es nicht länger aushalten und nahm Gabbie den Brief aus der Hand. Sie las ihn und sagte: »Also tun ihr die verlorenen Jahre leid, und sie möchte auf Besuch kommen?«

Gabbie stand auf. »Das ist ein bißchen spät.« Sie ging zu Jack, der seine Arme um sie legte.

»Sei nicht zu hart, Gabbie«, sagte Phil, als er aufstand. »Vielleicht wird sie verständnisvoller in ihrem Alter.«

»Wenn sie Jeneau geheiratet hat, ist sie nicht verständnisvoller geworden; sie ist vermodert.« Sie zog eine verächtliche

Grimasse. »Ich traf ihn auf einem Reiche-Leute-Empfang bei Großmutter. Er wurde zudringlich zu mir! Und ich war gerade fünfzehn!«

Jack grinste. »So? Du warst wahrscheinlich ziemlich heiße Ware für eine Fünfzehnjährige, oder ist er nur der Typ des schmutzigen alten Mannes?«

»Alt?« Gabbie seufzte resigniert. »Nein, in Wahrheit ist er fabelhaft. Wie Robert Redford mit großen braunen Augen und rotblonden Haaren und perfektem Grau an den Schläfen. Und ein Körper wie ein Turner. Alles trieft vor gallischer Höflichkeit. Es ist nur, er ist so verdammt leicht durchschaubar. Er ist es gewöhnt, daß sich ihm die Frauen an den Hals werfen. Ich glaube, er war teils geschockt und teils amüsiert, als ich ihn einfach stehenließ.«

»Wie die Mutter, so die Tochter«, sagte Phil. »Er hat seit Jahren ein Verhältnis mit Corinne. Ich glaube, er konnte es einfach nicht ertragen, zurückgewiesen zu werden.«

Gloria klopfte sich mit dem gefalteten Brief aufs Kinn. »Wie die Chinesen sagen: ›Mögen sie in interessanten Zeiten leben.‹ Nun gut, das waren Späße, Kinder, aber wenn ihr jemals Abendessen haben wollt, sollte ich wohl besser den Grill überprüfen. Mark und Gary werden bald hier sein.« Als sie an Gabbie vorbei ging, gab sie ihr den Brief zurück.

Phil steuerte auf die Diele zu und sagte: »Das mögen keine schlechten Flitterwochen sein, Kinder. Der Süden Frankreichs ist keine schlechte Sache.«

Gabbie schaute Jack an. »Was meinst du?«

»Ich glaube, wir machen, was du willst. Wir können es so einrichten, daß wir einen Tag durch Nizza fahren. Cocktails auf der Jacht; und so. Dann können wir abhauen, wenn es zu ungemütlich wird.«

Gabbie seufzte. »Ich denke darüber nach. Vielleicht sollten wir Mom sehen, zumindest einmal.«

»Ah, jetzt weißt du, wo sie ist, vielleicht solltest du sie zur Hochzeit einladen?« meinte Phil.

»Auch darüber werde ich nachdenken.« Mit einem Anflug von Zorn sagte sie: »Sie hat mich zu ihrer nicht eingeladen.«

Phil legte seine Hand auf die Schulter seiner Tochter. »Ich verstehe. Was immer du möchtest, okay?« Das Geräusch eines näherkommenden Autos drang ins Haus. »Das werden Mark und Gary sein. Wir sind nach Mitternacht zurück.«

Gabbie nickte. »Viel Spaß.«

Gloria erschien und nahm ihren Mantel aus dem Wandschrank, als Mark an die Tür klopfte. Schnell gab Gloria letzte Instruktionen bezüglich des Abendessens und steckte ihren Kopf in den Flur, um den Jungen gute Nacht zu sagen. Bald danach steuerte Marks Wagen die Auffahrt hinunter, und Gabbie und Jack blieben allein im Arbeitszimmer zurück.

Jack beobachtete Gabbies Gesicht im sanften Schein der Verandalampe, deren Licht durchs Fenster fiel, und fragte sich, was wohl in ihrem Kopf vorgehen würde. Er wußte, daß sie gemischte Gefühle durchlebte, wenn es um ihre Mutter ging, aber er wußte ebenfalls, daß sie sich für das Richtige entscheiden würde, ohne zu schwindeln oder zu rechtfertigen. Das war eine der Eigenschaften, die ihn ganz verrückt nach ihr machten. Sie seufzte und legte wortlos ihren Kopf an seine Schulter, und sie fielen in das warme Wohlgefühl, daß es genügte, einfach beisammen zu sein. Vom Flur waren plötzlich Schließgeräusche zu hören, was sie darauf brachte, daß die Zwillinge etwas Ablenkung entdeckt hatten. Eine Weile wurde nicht gesprochen, dann küßte Gabbie Jack leicht auf die Wangen und sagte: »Komm, Geliebter. Laß uns die Monster füttern.« Mit einem gespielten Stöhnen, das Wohlbehagen des Sofas verlassen zu müssen, erhob sich Jack und folgte Gabbie in die Küche.

Oktober

1

Gabbie lief die Diele entlang, als das Telefon zum fünften Mal läutete. Sie versuchte, das Handtuch um sich geschlungen zu halten. Als sie am Zimmer der Zwillinge vorbeischoß, sagte sie: »Danke, ihr Lausbuben!«

Sean und Patrick schauten von ihren Comic-Heften auf und blickten sie fragend an. Sie hatten keine Ahnung, wovon sie sprach. Sie befanden sich beide in einer vierfarbigen Welt, die von kostümierten Superhelden und Raumabenteuern bewohnt wurde, und etwas so Weltliches wie das Klingeln eines Telefones konnte ihre Konzentration nicht durchbrechen. Patrick schaute aus dem Fenster, das ganz streifig vom Regen war, und er fragte sich leise: *Wird es jemals wieder aufhören?*

»Sicher«, sagte Sean. »Pünktlich zur Schule am Montag.« Keiner von ihnen fand es ungewöhnlich, daß sie von Zeit zu Zeit diese stille Kommunikation teilten. Sie machten das seit ihrer Geburt.

Patrick kehrte zu seinem Comic zurück, während er hörbar brummte. Die Schule lief schon mehr als zwei Monate, und seit dem zweiten Tag schien es immerzu zu regnen. Entweder regnete es, oder der Boden des Parks war zu schlammig für ein Ballspiel. Sie hatten in drei Wochen kein Spiel gehabt, und beide fühlten sich beraubt. Irgendwie wollten die Kinder in der Schule nicht mehr so viel Baseball spielen. Es war die Football-Saison, aber Football hielt keinem Vergleich mit einem guten Baseball-Spiel stand.

Sean beobachtete seinen Bruder. Sean wußte, daß Patrick innerlich kochte und mit dem Bösen Ding abrechnen wollte, hoffte aber, daß die Schule seine Energien beanspruchen würde und Patrick bereit sei, die letzten zwei Wochen im Oktober abzuwarten, bis zum ersten November, wenn all die Guten Menschen fortgingen. Aber tief im Innern wußte er, daß das unwahrscheinlich war. Patrick war für Sean ein offenes Buch. Irgendwann in naher Zukunft würde Patrick etwas unternehmen.

Gabbie stürmte in die andere Richtung zurück, blieb aber lange genug stehen, um zu sagen: »Verdammter Handlungsreisender! Wenn das Telefon wieder klingelt, während ich im Bad bin, geht einer von euch Monstern besser dran, oder ich werde . . .« Sie ließ den Satz unausgesprochen, da ihre kleinen Brüder keine Anstalten machten, Bedauern über diese vage Drohung zu zeigen; sie hatte nicht die leiseste Ahnung, was sie machen würde, wenn sie es nicht taten. Und das Handtuch war klein genug, daß es das meiste von dem, was Gabbie bedecken wollte, nicht bedeckte. Der komische Kampf mit dem Handtuch untergrub ihren Versuch, drohend auszusehen. Sie gab auf und ging.

»Sie duscht und badet sich ziemlich viel«, bemerkte Patrick.

Sean nickte. »Mädchen machen das. Sie mögen keinen Schmutz.« Mit dieser Weisheit kehrten sie zu ihren Comics zurück.

Nach einer Weile schellte das Telefon erneut. Sean blickte auf und sah, daß Patrick im letzten Abenteuer der *Wonder Woman* versunken war. Er lauschte und hörte Gabbies Stimme durch die Diele hallen: »Geh ans Telefon, verdammt!«

Sean stand auf und rannte zum Apparat, nahm den Hörer auf und sagte: »Hallo.«

»Patrick? Sean?« sagte die Stimme, die sich wegen der großen Entfernung kratzig anhörte.

»Sean.«

»Hier ist Mark. Ist dein Vater zu Hause?«

»Nein. Mom und Dad sind einkaufen. Sie werden zum Abendessen zurück sein.«

»Ist Jack da? Oder Gabbie?«

»Jack kommt gleich. Gabbie ist im Badezimmer. Du bist schon lange weg. Wann kommst du zurück?«

»Bald. Ich bin in Deutschland. Jetzt hör mir mal gut zu, Sean. Ich möchte, daß du deinem Vater eine Nachricht überbringst. Es ist wichtig. Ich weiß nicht, wann ich zurückkomme . . .« Ein

Gequietsche von statischen Entladungen folgte, dann sagte Mark: ». . . aber egal, wann, sag deinem Vater, er soll das Zeug im Keller in Ruhe lassen, bis ich zurückkomme, ganz gleich *was* er findet. Und wenn er noch etwas anderes findet, irgendwo auf eurem Grundstück, sage ihm . . .« Wieder verzerrten atmosphärische Störungen seine Worte. »Es ist sehr wichtig, daß er *nichts* anfaßt. Hast du das begriffen?«

»Sicher. Du bist in Deutschland, und Dad soll das Zeug im Keller nicht durcheinander bringen.«

»Okay. Jetzt sag deinem Vater, daß ich Teile der Übersetzung der Pergamentrollen und einige weitere neue Informationen habe . . .« Ein plötzlicher lauter Ausbruch von Störungen trat ein, als es draußen blitzte und donnerte; am anderen Ende war die Leitung tot. Sean lauschte einen Moment und konnte mehrmals ein *Klick!* hören, dem nach einer langen Stille jeweils ein Wählton folgte. Etwas an Marks Stimme und auch an der plötzlichen Stille verwirrte Sean. Er hielt den Hörer solange fest, bis eine automatische Aufnahme begann, die ihn aufforderte, einzuhängen. Er tat es und steuerte zielstrebig in sein Zimmer zurück.

Gabbie öffnete die Badezimmertür, wobei eine Dampfwolke entkam, und fragte, wer angerufen habe.

»Mark. Er ist in Deutschland.«

Gabbie tauchte mit einem konfusen Ausdruck auf ihrem Gesicht aus dem Badezimmer auf, sie trug einen weißen Frotteebademantel. »Er hat aus Deutschland angerufen?«

Sean nickte. »Jaah, er ist in Deutschland. Er sagte, ich soll Dad erzählen, daß er im Keller nichts unternehmen soll, bis er zurück ist.«

Gabbie trocknete ihre Haare ab. »Ich frage mich, was das bedeuten soll. Deutschland? Ich dachte, er sei die ganze Zeit in New York. War da noch etwas?«

»Ja . . .« Sean dachte lange nach. »Aber ich hab's vergessen.«

»Toll. Na, du läßt es dir besser wieder einfallen, bevor Dad zurückkommt. Wann kommt Mark?«

»Er sagte, er wüßte es nicht.« Ohne weiteren Kommentar betrat er sein Zimmer und kehrte zu dem letzten Abenteuer des

Batman zurück. Lange Zeit überflog Sean die herrlich bunten Seiten, aber er konnte den Eindruck eines ungewöhnlichen Tons in Marks Stimme nicht abschütteln. Sean konnte sich kein rechtes Urteil bilden, aber er meinte, Mark habe sich ängstlich angehört.

2

Phil war von der Nachricht gar nicht begeistert. »Also«, fragte er, »sollen wir gar nichts tun, hat er das gesagt?«

Sean nickte.

»Was noch, Liebes?« fragte Gloria.

Sean strengte sein Erinnerungsvermögen noch mal an. »Er hatte etwas für dich, glaube ich. Wie auch immer, er sagte, er würde es dir erzählen, wenn er hierher kommt.«

Gloria betrachtete den strömenden Regen draußen. »Aber er hat nicht gesagt, wann das sein würde?«

Sean zuckte mir den Achseln. »Er sagte nur bald.«

Gabbie aß schweigend. Sie hatte es abgelehnt, die Verantwortung für die unvollständige Nachricht zu übernehmen, indem sie auf ihrem Recht bestand, ungestört ein Bad nehmen zu können. Die Jungen waren alt genug, Nachrichten aufzuschreiben. Prinzipiell hatte ihr Vater dem zugestimmt, dennoch war er immer noch verärgert über seine Tochter. Er hatte ihr die Verantwortung übertragen.

Es klopfte an der Hintertür, und Jack trat ein. Er war tropfnaß, lächelte aber. »Bist du fertig?«

»Warte eine Minute«, sagte Gabbie und sprang vom Tisch auf. »Wir sind heute spät dran.«

»Wir haben noch Zeit. Der Film beginnt erst in einer Stunde.«

»Nein, ihr geht jetzt«, sagte Gloria. »Bei diesem Regen möchte ich nicht, daß ihr euch beeilen müßt, und ich weiß ja, wie Gabbie fährt.« Gabbie lief aus dem Zimmer, die Treppe hinauf. Gloria betrachtete den durchnäßten Jack. »Weshalb um

Himmels willen konnte sie dich nicht abholen? Selbst der Regenmantel scheint dir nichts genutzt zu haben.«

Jack winkte ab. »Wenn ich bei Aggie geblieben wäre, hätte Gabbie bis zur letzten Minute gewartet, um mich einzusammeln, und *ich* weiß *auch*, wie sie fährt.«

»Das hab' ich gehört!« kam es von oben.

»Gabbie deutete an, du verläßt uns für ein paar Tage«, sagte Gloria.

Jack knöpfte seinen Regenmantel auf. »Ja, morgen geht's los. Ich habe einen alten Freund in Fredonia, der mir hilft, mein Material zu organisieren, und mich dann für meine zweite mündliche Prüfung vorbereitet, die in der übernächsten Woche statt findet.«

»Das ist es dann?« sagte Phil.

Jack nickte und verriet eine leichte Nervosität. »Wenn ich diese mündlichen Prüfungen schaffe, nähere ich mich der Kandidatur. Meinen Doktorgrad bekomme ich nicht automatisch, aber es kommt nur darauf an, die Arbeit vernünftig zu machen. Aber dabei sieben sie die Studenten aus, von denen sie denken, daß sie es nicht schaffen, sozusagen die letzte Auslese der Herde.«

»Du wirst es schaffen«, sprach Phil ihm Mut zu.

Gloria wechselte das Thema. »Mark Blackman hat angerufen. Er ist in Deutschland.«

»Deutschland?«

»Wenn Sean es richtig verstanden hat, hält er sich seit zwei Wochen in Deutschland auf.«

Für einen Moment sah Jack verwirrt aus. »Das hat alles mit dem Zeug im Keller zu tun, nehme ich an. Deutschland? Sieh mal einer an.«

»Ich denke, ja«, sagte Phil. Er legte seine Gabel beiseite. »Das erklärt immer noch nicht das Geheimnis, das Gary zugestoßen ist. Ich habe ihn vor ein paar Tagen erwartet.«

Patrick schaute von seinem Teller hoch, mit einem schuldigen Ausdruck auf seinem Gesicht. »Er ist noch in Seattle.«

»Wie kannst du das wissen?« fragte Phil.

»Er hat angerufen.«

»Wann?«

»Letzte Woche. Ich hab's vergessen, dir zu sagen. Er sagte, Mark sei von New York aus nach Deutschland gefahren und er wolle eine Weile in Washington bleiben.«

»Ich glaube, morgen kaufe ich einen Anrufbeantworter.« Phil sah sich zwischen Zorn und Spott hin und her gerissen. »Wenn fünf Menschen in diesem Haus leben, warum ist es da nicht menschenmöglich, Nachrichten zu bekommen . . .?«

3

Bei dem Geräusch eines herannahenden Autos sprang Gabbie auf. Sie ließ das Buch, das sie gerade las, auf den Boden fallen, während sie aus dem Fenster spähte. Jack war kaum aus Aggies Auto gestiegen, als sie schon die Verandastufen hinunterflog, um ihm entgegenzustürmen. Er taumelte zurück gegen die Stoßstange des Autos und ließ das Buch, das er trug, fallen. Er hob sie hoch, als sie ihn küßte. Als sie sich endlich von ihm trennte, sagte er: »Hey, ich bin kaum eine Woche weg gewesen.«

Sie küßte ihn erneut, langsam und fordernd. »Es kam mir vor wie ein Monat.« Sie sagte grinsend: »Ich bin so verdammt erregt, ich kann es nicht glauben.«

Jack erwiderte das Grinsen. »Dagegen müssen wir etwas tun.« Sie steckte ihre Zunge in sein Ohr, sie hatte entdeckt, daß ihn das total verrückt machte, und er sprang auf und schüttelte sich. Schnell befreite er sich von ihr. »Aber nicht vor heute nacht, du schamloses Ding.« Über ihr spöttisches Schmollen sagte er: »Aggie hat ein paar Matronen aus dem Ort zum Tee bei sich. Sie sucht wieder nach guten Einfällen für ihr Buch. Es sei denn, hier sind alle ausgeflogen?« fragte er hoffnungsvoll.

»Kein Glück. Die Zwillinge sind in einer Stunde aus der Schule zurück, und Gloria arbeitet in der Küche. Dad beschäftigt sich gerademit einem Computerspiel, obwohl wir alle glauben sollen, daß er hart arbeitet.« Sie zwickte Jack ins Hinterteil. »Wir könnten uns eine Decke schnappen und in die Scheune schleichen.«

Jack sprang hoch und lachte. »Du bist unersättlich, Weib.« Er küßte sie. »Und deine beiden Brüder haben Radarantennen. Sie würden im schlechtesten Moment in die Scheune kommen. Nebenbei, es wird langsam feucht, und das Scheunendach ist leck, und es ist kalt. Also, sei lieb!«

Gabbie knuffte ihn wieder und grinste. »Lieb? Ich bin großartig. Das hast du selber gesagt.«

Jack lachte resigniert. Einige zerstreute Tropfen kündigten die Ankunft eines Regengusses an, der schon den ganzen Tag den Himmel verfinstert hatte. »Laß uns nach drinnen gehen«, sagte Jack.

Sie legte ihren Arm um seine Taille, und sie gingen auf das Haus zu.

In seiner Höhle beugte sich Phil über den Computer und konzentrierte sich angestrengt auf das, was er auf dem Bildschirm las. Nach einer Weile öffnete er die oberste Schublade seines Schreibtisches und holte einen Stift und ein Stück Papier hervor. Er überprüfte seine Notizen und tippte die Instruktionen ein, die ihn dorthin zurückbrachten, wo er zuletzt aufgehört hatte. So oder so mußte er sich entschließen, das hier zu beenden, ohne die angestrebte Trefferquote von 400 Punkten in diesem Spiel ›Zork‹ zu erreichen. Er schaute auf und lächelte Jack an. »Wie stehen die Dinge?«

»Ziemlich gut. Ich glaube, ich bin für meine mündlichen Prüfungen nächsten Dienstag gerüstet. Mein Freund Mike ließ sich Fragen einfallen, an die selbst Aggie nicht denken würde. Wo wir gerade von Aggie sprechen, ich dachte, ich könnte ein paar Stunden hierbleiben, bevor ich nach Hause gehe. Dann sollte ihr Kaffeeklatsch zu Ende sein.«

»Gut«, sagte Gabbie. »Wir können die Zeit gut nutzen.«

»Wie gut nutzen?«

»Es sind immer noch haufenweise Koffer auf dem Speicher, die wir noch nicht geöffnet haben. Laß uns herumstöbern und sehen, ob wir nicht etwas Interessantes zusammenkratzen können.«

»Wozu soll das gut sein?« fragte Jack.

»Wer weiß? Vielleicht finden wir etwas, das Mark und Gary hilft, wenn sie zurück sind.« Es war bereits die dritte Woche im Oktober, und Mark und Gary befanden sich immer noch irgendwo auf der Suche nach Einsichten in den ungewöhnlichen Fund im Keller der Hastings. »Gary hat vor ein paar Tagen angerufen. Er ist bei seinem linguistischem Freund in Seattle steckengeblieben. Und er hat die Spur von Mark verloren und wollte wissen, ob wir etwas von ihm gehört hätten.«

»Die Spur verloren?« grübelte Jack. »Das ist merkwürdig.«

»Gary schien sich keine großen Sorgen zu machen. Er sagte, Mark käme auf seinen Reisen häufig vom Weg ab. Er muß etwas Unterhaltsames aufgedeckt haben, nachdem er seine Rückkehr angekündigt hat. Also habe ich uns freiwillig gemeldet, um auf dem Dachboden herumzuschnüffeln. Wie auch immer, ich denke mir etwas Sinnvolles aus, das wir heute nachmittag tun können.«

Jack schüttelte nur den Kopf. »In Ordnung. Du hast es mir eingeredet, du redegewandter Teufel.«

Phils Aufmerksamkeit hatte sich schon wieder dem Computerbildschirm zugewandt. »Viel Spaß, ihr beiden«, sagte er abwesend.

Gabbie wandte sich an Jack. »Los komm, laß uns auf den Speicher gehen und herumstöbern.«

Er zeigte ein böses Grinsen, als sie die Treppe hochkletterten, und sagte: »Du weißt, das hört sich schlimm an.«

Ein kurzer Stoß mit dem Ellbogen in seine Rippen war ihre einzige Antwort, als sie auf die Treppe zum Dachboden zusteuerten.

4

Es schien unmöglich zu sein. Wenn man versuchte, mit einer hellen Fackel durch den gasgefüllten Raum zu gehen, flog man in die Luft, aber wenn man die Fackel ausmachte und sich im Dunkeln bewegte, fing einen der gräßliche Grue. Phil wurde vom Geräusch des gegen das Fenster prasselnden Regens vom Bildschirm abgelenkt. Er schaute hinaus und entdeckte, daß sich der Nieselregen in einen heftigen Regenguß verwandelt hatte. Dann wurde das Geräusch von Wasser, das auf Glas schlug, von Gabbies und Jacks Stimmen durchschnitten. Er schaute auf die Uhr und sah, daß er bereits seit einundeinhalb Stunden spielte. Schnell speicherte er seinen Spielstand ab und schaltete den Computer aus.

Jack kam mit einer Papierrolle herein. »Phil, schau dir das mal an«, sagte er.

Phil studierte kurz das Papier. »Es ist eine Karte von dem Grundstück.« Er bemerkte die vergilbte Farbe der Karte. »Und nach ihrem Aussehen scheint es eine alte zu sein.«

Jack deutete auf eine Aufschrift in der rechten unteren Ecke und sagte: »Hiernach 1906. Das ist ungefähr der Zeitpunkt, als Fredrick Kessler das Grundstück kaufte.«

»Die Scheune liegt woanders. Und sie ist kleiner«, meinte Gabbie.

»Muß eine neue sein, die später gebaut wurde«, sagte Phil. Er las die kurzen Bemerkungen durch und fuhr fort: »Es ist sicherlich der Originalflächenplan für das Grundstück. Es gibt keinen Aussichtsturm und keinen Werkzeugschuppen neben der Scheune, und die Auffahrt biegt in einem anderen Winkel ab.« Etwas an der Karte brachte ihn aus der Ruhe, aber er wußte nicht genau, was es war.

Er blickte auf und sah, wie Jack ihn beobachtete. »Du auch?« fragte Jack.

»Irgend etwas an dieser Karte ist komisch, Dad.« Gabbie schüttelte ihren Kopf.

»Ja, aber was?«

»Es sieht aus wie etwas, das wir schon einmal gesehen haben, aber eben anders.«

»Ich kann mich nicht erinnern, irgendwelche Karten vom Grundstück gesehen zu haben, außer auf der Bank, als wir das alles kauften, und das waren die kleinen, die von der Landvergabegesellschaft bereitgestellt werden.«

Gabbie blickte angestrengt auf die Karte, als ob sie der alten Zeichnung Kraft ihres Willens das Geheimnis entreißen könnte. Dann veränderte sich ihr Ausdruck, als ob sie es verstanden hätte. »Ich hab's!« rief sie.

»Was?« fragte Jack.

»Bleibt hier, und ich zeige es euch.« Sie rannte aus dem Zimmer, und Jack und Phil hörten, wie die Kellertür unter der Treppe geöffnet wurde. Sie hörten ihre Fußabtritte auf der hölzernen Treppe zum Keller, dann das entfernte Geräusch, wie die Tür zum geheimen Raum geöffnet wurde. Im Nu war sie mit einer Pergamentrolle zurück. »Es ist dieses merkwürdige Ding, das wir gefunden haben, als wir Mark halfen.« Sie rollte es auf, und erneut betrachteten sie das merkwürdige, unmarkierte Pergamentpapier mit seinen ungewöhnlichen Linien und Kreisen. »Schaut euch die sieben Linien rechts und die unterstrichenen Worte auf der Karte an!« Sie sprach aufgeregt.

»Gabbie, du bist ein Genie!« rief jack aus. »Es ist eine Planpause. Seht her.« Jack legte das durchsichtige Pergament oben auf die Karte. »Durch Drücken kann man die untere Karte sehen.«

Phil sah es sich an und sagte: »Kaum.«

»Vielleicht hatten sie damals noch kein Durchschlagpapier«, sagte Gabbie.

»Oder sie wollten etwas haben, das ein bißchen länger hält«, sagte Jack. Er wies auf etwas hin. »Schaut euch diese sieben Linien auf der rechten Seite an.«

Jede Linie auf dem Pergament unterstrich ein Wort der Beschreibung auf der Karte, als Teil der Aufzeichnung, die von dem protokollierenden Anwalt gemacht wurde, als die Karte zur Jahrhundertwende angemeldet wurde.

»Diese Windung von Linien wickelt die Grundfläche des Erlkönig-Hügels mit ein«, sagte Jack. Er bewegte die Planpause und las den unteren Paragraphen. »von der mittleren Linie der Landesstraße 15, in einem Abstand von exakt zwei Meilen südlich der Kreuzung zur Staatsstraße 7, bis zu dem Punkt, der beschrieben wird als Berührungspunkt der Linien verlängert von . . .« Es ging weiter mit der Beschreibung der Grundstücksgrenzen der Farm, wobei geographische Ortsbestimmungen der damaligen Zeit benutzt wurden. Die Worte ›bis zu‹ waren unterstrichen. Die letzte Zeile lautete: ». . . das Grundstück ist allgemein als Erlkönig-Hügel bekannt«, wobei das Wort ›Erlkönig‹ unterstrichen war.

Gabbie las die sieben Worte laut vor. »›Für das Heim von dem Erlkönig.‹ Was bedeutet das?«

»Ich glaube, es ist ein Code innerhalb eines Codes«, äußerte Jack. Gabbie und Phil sahen ihn fragend an. »›Das Heim von dem Erlkönig‹ bedeutet etwas für Kessler und vielleicht für einige andere, aber . . . wißt ihr, falls jemand wie wir die Karte und die Planpause findet, wüßten immer noch nicht, was es über die Ortsangabe aussagt.«

Phils Augen folgten den langen Linien, und er sah, daß sich der größere Zirkel eine halbe Meile hinter dem Haus befand. Während er auf die Windung mit dem Kreisformat deutete, tippte er mit seinem Finger darauf. »Was ist das?«

Jacks Stimme klang aufgeregt. »Ich weiß es nicht. Aber der große Kreis ist in der Nähe der Grundfläche des Erlkönig-Hügels.« Er schaute Phil und Gabbie an. »Wißt ihr, was ich glaube?«

»Du glaubst, dort hätte Kessler sein Gold vergraben?« fragte Phil.

»Und was ist mit der exakt markierten Stelle?« meinte Gabbie.

»Das ist ein hoffnungsloser Versuch«, erklärte Phil.

»Was könnte es sonst sein?« fragte Jack. »Warum soviel Mühe, um einen Ort an der Seite eines kahlen Hügels zu markieren? Und diese Planpause und Heimlichtuerei. Dort wird etwas verborgen.«

Phil schaute sich die anderen Linien an. »Was ist mit diesem anderen Kreis hier?« Er deutete auf einen kleineren Kreis auf der Karte, der eine Stelle ungefähr dreißig Meter östlich von der durch den größeren Kreis markierten hervorhob.

Gabbie schob die Pergamentrolle zur Seite und las eine Notiz auf der Karte. »Das ist dort,wo dieser große Eichenstumpf ist. Schaut, hier heißt es: ›Eine vom Blitz getroffene Eiche muß gefällt werden‹.«

Phil grinste, als Jacks Lächeln verschwand, und sagte: »Wenn ich Gold vergrübe, würde ich es dort machen, wo ich es ohne Karte finden könnte, wie das Fundament eines leicht zu findenden Baumstumpfes.«

»Was bedeutet dann dieser andere Kreis?« wunderte sich Jack.

Phil ging an seinen Platz zurück. »Vielleicht ein verdeckter Schacht? Oder eine andere weltliche Sache, über die ein Grundstücksbesitzer Bescheid wissen möchte.«

Jack schüttelte den Kopf. »Nicht, wo sich dieser ganze andere geheime Mist befindet, Phil. Schau dir all diese unheimlichen Linien und Sachen an. Einer von diesen beiden Kreisen zeigt, wo Kessler sein Gold vergraben hat. Darum wette ich.«

Phil lachte. »Nun gut, wenn du es ausgraben willst, du hast meine Erlaubnis. Mach nur die Löcher wieder zu, wenn du fertig bist, okay?«

Jack lächelte etwas befangen. »Tja, okay.« Zu Gabbie sagte er: »Komm laß uns mal nachschauen.«

»Bei dem Regen!« fragte sie ungläubig.

»Wir stöbern nur ein bißchen herum, nichts Ernstes. In Ordnung?«

Mit einem resignierten Seufzer warf Gabbie ihre Hände in die Luft und sagte zu ihrem Dad sotto voce: »Sieh' zu, daß er aus der Scheune eine Schaufel mitnimmt.«

Gabbie folgte Jack aus dem Zimmer, und Phil lehnte sich zurück, halb amüsiert und halb neugierig. Vielleicht würde er nachher seinen Regenmantel anziehen und hinausgehen, um

Jack zur Hand zu gehen. Er knipste den Computer an und konzentrierte sich darauf, durch den mit Gas gefüllten Raum zu kommen, ohne in die Luft zu fliegen.

5

Phil stieß die Tür auf und blieb stehen, als er seine Tochter erblickte. Gabbie tropfte vor Nässe, war mit Schlamm bedeckt, während Gloria und die Jungen sie überrascht ansahen. »Dad! Du mußt mitkommen. Wir haben etwas gefunden!«

»Was?« fragte Phil ungläubig.

»Unter dem Stumpf, wie du es vermutet hattest. Wir haben dort herumgestöbert und ein Loch zwischen den Wurzeln gefunden. Wasser hat den Boden im Laufe der Jahre ausgewaschen. Jack brauchte die Schaufel nur hineinzustecken, und es brach in sich zusammen. Er räumte den umliegenden Schlamm weg, und nachdem er weniger als dreißig Zentimeter tief gegraben hatte, berührte er den Deckel.«

»Deckel von was?«

»Ich weiß es nicht«, antwortete Gabbie. »Da unten liegt irgend etwas. Wir haben es ausgeleuchtet, und Jack gräbt gerade danach. Ich kann nicht sagen, was es war, Dad, aber es ist groß.«

»Ich hole meinen Mantel«, sagte Phil.

»Ich hole meinen«, meinte Gloria.

Im Nu stürmten die Jungen in die Diele, wo die Regenmäntel hingen, doch Phil hielt sie auf. »Hey, was glaubt ihr, wo ihr hingeht?«

»Och, Dad«, fing Patrick an. »Wir möchten auch mitkommen und zuschauen.«

»Falsch. Ihr Jungs bleibt hier und schaut Fernsehen oder macht sonst irgendwas und achtet auf das Telefon. Und schreibt die Nachrichten gefälligst auf!« rief er den mürrischen Jungen zu, während sie die Küche verließen.

Minuten später liefen die drei Erwachsenen über die Troll-

Brücke. Sie fanden Jack, der bei dem Stumpf in der Nähe der Brücke grub. Phil inspizierte das Loch, es hatte sich mit Wasser gefüllt, und Jack schaufelte weiter, bis ein kleiner Kanal Gestalt annahm, um das Wasser abzuleiten. Dann kniete er nieder und leuchtete mit der schweren, gummiverkleideten Taschenlampe in eine Vertiefung unter dem Stumpf. Phil kauerte sich nieder und lugte in das Loch. Die schwache Spur einer ungewöhnlichen Form bot sich ihm dar, als das Wasser Schmutz im Loch wegspülte. Eine lange Minute schwieg Phil, dann stand er auf, während Gloria und Gabbie das Loch betrachteten.

»Was machen wir, Dad?« fragte Gabbie.

»Laß' uns mal sehen, ob wir das Ding rausziehen können.« Er gab Jack ein Zeichen, der die Schaufel niederlegte und sich neben Phil kniete. Gemeinsam griffen sie hinein, und jeder packte etwas, das sich wie eine große hölzerne Kiste anfühlte. Sie zogen, aber das Ding wollte sich nicht bewegen. »Großer Gott!« fluchte Phil. »Das Ding wiegt eine Tonne.«

Jack begann um die Kiste herum zu graben, während Phil das Licht über die Kiste gleiten ließ. Bald stand Jack knietief im Schlamm, den er dann schaufelweise hochhob und an den Rand des Loches warf. Phil deutete Jack an, etwas Schmutz von der Vorderseite wegzunehmen, und sagte: »Das Ding hat einen Griff. Gabbie, im Kofferraum des Wagens liegt ein Seil. Würdest du es holen? Jack, benutze die Schaufel, um eine Rampe aus dem Schlamm zu machen.« Sie nahm die Schlüssel und lief los, während Phil die Kiste beleuchtete und Jack heftig weitergrub.

Als sie zurückkam, hatte Jack eine seichte Rampe aus Erde hinunter zur Kiste gegraben, die bis unter den alten Stumpf reichte. »Wenn es nicht so regnen würde«, beobachtete Jack, »hätte das Stunden gedauert.« Er schnappte immer noch nach Luft, und unter der Kapuze seines Ölzeugs liefen Schweiß und Regenwasser seine Stirn hinunter. »Mal sehen, ob wir sie jetzt rausziehen können.«

Sie banden das Seil an den Metallgriff, nahe der Rampe. Phil und Jack zogen, und als das schwere Ding keine Anstalten machte, sich zu bewegen, packte zuerst Gabbie und dann

Gloria zu. Sie zogen, aber die Kiste bewegte sich nicht von der Stelle. Jack schrie, man solle aufhören, und setzte sich auf den Boden des Loches. Er steckte die Schaufel zwischen die Kiste und den Boden. Dann sprang er auf und lehnte sich auf den Griff.

»Was machst du da?« rief Phil durch den jetzt trommelnden Regen.

»Saugen. Ich versuche das Vakuum zwischen der Kiste und dem Schlamm aufzubrechen.«

Phil nickte und stieg hinunter, mit auf den Griff, sein Fuß neben dem von Jack, fügte so sein Gewicht dem der Schaufel hinzu. Nach einem langen Moment, indem die beiden ihr ganzes Gewicht auf die Schaufel gelegt hatten, bewegte sie sich. Phil konnte es gerade noch verhindern, auf Jack herunterzuplumpsen, und sprang zurück. Jack zog die Schaufel heraus und rannte aus dem Loch heraus. Er forderte die anderen auf, das Seil zu ergreifen, und alle zerrten daran. Der Standort war schlüpfrig, aber nach einem festen Ruck bewegte sich die Kiste ein wenig. Danach ließ sie sich nicht mehr bewegen. »Sieht so aus, als ob die Wurzeln des Stumpfes die Kiste an ihrem Platz festhalten«, sagte Jack. Er sprang erneut in das Loch und benutzte den Rand der Schaufel, um die Wurzeln zu durchschlagen, mit wenig Erfolg.

Nachdem er ein paar Minuten vergeblich gehackt hatte, bot Gabbie sich an, die Axt aus der Scheune zu holen. Sie stürmte fort und kehrte kurz darauf mit einer Axt und einem Beil zurück. Jack verbrachte fast eine halbe Stunde damit, die Wurzeln oberhalb der Kiste durchzuschneiden. Mehrere laute Klänge deuteten ihnen an, daß sich auf der Kiste Metall befand.

Jack warf die Axt aus dem Loch und machte mit dem Beil weiter. Nachdem er annahm, daß der Weg aus dem Wurzeldreieck frei sei, sagte er: »Laßt es uns nochmal versuchen.« Alle vier ergriffen das Seil. Sie bewegten sich gleichzeitig, und langsam kam die Kiste unter dem Stumpf hervor. Während sie weiterrutschte, unterstützte die Schwungkraft ihre Bemühungen, und als die Kiste einmal den Rand der Rampe, die Jack gegraben hatte, erreicht hatte, rutschte sie vollständig ins

Blickfeld. Es war eine hölzerne Truhe, an jeder Seite sechzig Zentimeter, rundherum festgehalten von zwei eisernen Bändern, mit eisernen Verstärkungen an den Ecken. Das Metall war braun vor Rost, sah aber grundsätzlich noch intakt aus; silberne Schimmer spähten durch die Schrammen von Jacks Axtschlägen. Es gab keinen sichtbaren Riegel oder ein Schloß, nur eine eiserne Krampe über einem eisernen Ring. Ohne zu warten, sagte Gabbie. »Was ist drin?«

Sie kniete nieder und öffnete den Deckel, während Phil auf sie herunter leuchtete. Sie hob den Deckel an und offenbarte das Innere. Schimmernde Reflektionen tanzten auf den goldenen Münzen, die die Kiste beinahe zum Überlaufen brachten. Sanft sagte Jack: »Kein Wunder, daß sie so schwer war.«

»Scheiße!« sagte Gloria. »Eine wahrhaftige Schatztruhe!«

»Kesslers Gold«, meinte Gabbie. »Es ist wahr.«

Dann fing Phil an zu lachen, und kurz darauf brüllten und schrien sie alle. Nach diesem kurzen Begeisterungsausbruch sagte Gabbie: »Was machen wir jetzt?«

»Ich denke, wir sollten zurück zum Haus gehen und zu Abend essen«, sagte Phil.

Gloria schaute zu ihrem Mann auf. »Meinst du, wir sollten es jemandem erzählen?«

»Ich rufe morgen früh Darren an und bitte ihn, in den Gesetzen über Grundstücksrecht oder Schürfrechte oder Bergungsrechte nachzuschlagen, oder was immer zum Teufel es ist, das hier angewendet werden muß.«

»Darren?« fragte Jack.

»Der Rechtsanwalt der Familie«, sagte Gabbie.

»Nach allem, was wir wissen«, fügte Phil hinzu, »könnten wir hier einen deutschen Nationalschatz haben oder etwas, worauf jemand anderes einen gesetzlichen Anspruch hat. Also laßt es uns nach Hause in Sicherheit bringen, und dann können wir es herausfinden. Solange wir den Mund halten, und ich beziehe mich hier insbesondere auf die Zwillinge. Also los. Laßt uns ins Trockene gehen und essen.«

Jack schob den Schlamm in das Loch zurück, das sich schnell füllte. Dann packte er einen der zwei Griffe von der Kiste, und er und Phil hoben sie an. Sie war schwer, aber, von der Kraft des Schlammes befreit, leicht zu handhaben. Sie gingen über die Brücke zurück und nahmen Kurs auf die trockene und warme Küche daheim.

Zwischen den Bäumen folgten zwei Augenpaare ihrer Reise. Die große Gestalt hielt die kleinere, wiegte sie wie ein Baby. Lange Finger streichelten die lederne Haut des Bauches von dem Ding, dann hielten sie inne. Mit einem plötzlichen Stoß, der einen Schrei des Schmerzes von dem Kleineren hervorgebracht, sagte das große Wesen mit den verrückten Augen: »Ahh! Es ist nah!« Das Geräusch drückte auch Frustration aus. Er packte das schwarze Ding im Nacken, wirbelte es herum, so daß er es ansehen konnte, und sagte: »Bald, mein Liebling. Bald.«

Mit einem halben Wurf, einem halben Schlag deponierte es die kleine schwarze Kreatur auf dem Boden. Das Böse Ding traf den Schlamm mit einem hörbaren Platschen, drehte sich aber um und rollte herum, rannte auf seinen Füßen, bewegte sich schon, um die Bitte seines Meisters zu erfüllen. »Geh und beobachte, Kleines«, flüsterte er, seine Stimme war ein Widerhall aus uralten Zeiten. »Geh und bewache es, bis die Tat vollbracht ist.« Er warf seinen Kopf zurück und jaulte vor Freude, seine Schreie wurden von dem rollenden Donner im Himmel verborgen. Dann, mit einem Lichtblitz in der Dunkelheit, war er verschwunden.

6

Am nächsten Tag hatte der Regen aufgehört. Als Phil den Hörer aufgelegt hatte, lachte er, ein kurzes amüsiertes Husten. »Darren war gar nicht froh. Er denkt, ich sei verrückt. Aber er wird jedwede Information über verlorene Schätze, wie er es nennt, raussuchen und uns zurückrufen. Er sagte, wir sollten die Kiste nicht bewegen, bevor er sich meldet. Das wird ein paar Tage dauern, weil er mit der Steuerbehörde und der Polizei herumtanzen muß, ohne sie wissen zu lassen, was los ist. Andernfalls würde der eine oder andere sich alles aneignen, und wir müßten vor Gericht gehen, um den Anteil, auf den wir ein Anrecht haben, zurückzubekommen.«

»Glaubst du, daß die Ausgrabung geheim bleibt?« fragte Gloria.

»Klar. Jack hat das Loch mit Schlamm gefüllt, und nach dem Regen wird es fast keine Spuren geben, daß hier gegraben worden ist. Nebenbei, wie viele Leute haben diesen Weg genommen, seitdem wir weggegangen sind? Nur einige Schulkumpane der Jungen und Jack. Kein Mensch weiß, daß die Kiste im Keller ist. Sie wird dort während der nächsten Tage sicher sein.«

Gloria setzte sich auf das Sofa gegenüber Phils Schreibtisch. Gabbie und Jack waren noch nicht von einem Ritt zurück, ihrem ersten seit zwei Wochen, und die Jungen drückten die Schulbank – nach einem langen Vortrag darüber, die Neuigkeit über das Gold keinem mitzuteilen. »Meinst du, wir sollten Gary anrufen?« fragte Gloria.

»Klar, wenn ich wüßte, wie ich ihn erwischen könnte. Vielleicht könnte ich ihn in der Linguistischen Abteilung der Universität von Washington ausfindig machen.« Phil beobachtete seine Frau. »Worüber denkst du nach?«

Gloria saß dort und war ganz ruhig. »Phil, ich habe Angst. Ich meine Angst, die durch und durch geht, bis in die Zehenspitzen. Die Sachen, die hier vor sich gehen, sind . . . unmöglich zu erklären. Ich weiß es nicht. Aber bei dem, was Gabbie passiert ist, und all dem was Mark und Gary über Kessler erzählt haben und wie Ernie getötet wurde . . .«

Phil kam hinter seinem Schreibtisch hervor, setzte sich neben seine Frau und legte seine Arme um ihre Schultern. »Schau, Liebling, ich bin sicher, daß es für alles eine einfache Erklärung gibt. Ich weiß nicht genau, welche, aber ich bezweifle, daß an all dem etwas Bedrohliches ist. Klar, die Sache mit Gabbie war furchterregend, aber Mark hat gesagt, daß sie ohne sichtbare Probleme damit fertig würde, und jetzt hat sie Jack. Der

Vergewaltiger ist sicherlich schon tausend Kilometer weit weg. Und dieses Geheimnis um Kessler und seine Kumpane in Deutschland? Na ja, ich denke, es wird sich herausstellen, daß alles eine . . .«

»Ich weiß, eine ganz rationale Erklärung hat.« Sie kreuzte ihre Arme. »Schau, vielleicht kommt jemand hierher und sucht nach dem Gold.«

Phil zuckte mit den Achseln. »Warum jetzt? Das Haus stand lange Zeit leer, seit Kessler nach Deutschland reiste und bevor wir hier eingezogen sind. Wenn jemand von dem Gold wüßte, hätte er sich hier herumtreiben und es ausgraben können, ohne daß jemals irgend jemand Verdacht geschöpft hätte. Nebenbei, wer könnte sonst davon wissen? Ich bin sicher, daß es das Gold ist, von dem Mark uns erzählt hat, das Fredrich Kessler für diese zweifelhaften Anleihen benutzte.«

Gloria schien nicht überzeugt zu sein, aber sie führte ihren Einspruch nicht zu Ende. Etwas nagte an ihr, das tiefe Gefühl einer bösen Vorahnung. Ihre Gedanken wurden von der Rückkehr der Zwillinge aus der Schule unterbrochen. Sie kamen herein, und Phil sagte: »Hi, Jungs. Wie lief es heute?«

Beide Jungen taten die Frage in einer gemeinsamen Geste des Achselzuckens ab, die andeutete, daß es sich nicht lohne, darüber zu reden. Sean sagte: »Robbie Galloway ist nach Hause geschickt worden, weil er Maria Delanys Pullover zerrissen hat.«

Gloria versuchte interessiert auszusehen, aber sie war mit ihren Gedanken bei ihren Vorahnungen. Patrick sagte: »Jaa, er hat versucht, sie zu kitzeln. Er mag es, die Mädchen zu kitzeln. Der Lehrer hat gesagt, er müsse mal mit Robbies Vater reden.«

Phil lächelte verständnisvoll, als Gloria ihre Augen nach oben verdrehte. Sie flüsterte: »Bitte, Gott, keine frühzeitige Pubertät in diesem Haus.«

Phil sagte: »Na ja, da Mark nicht in Frage kommt, versuche ich Gary aufzuspüren, um ihm zu sagen, was hier vorgeht.« Zu den Jungen sagte er: »Wißt ihr, wo Gary in Seattle wohnt?«

»Lupinski«, sagte Patrick.

»Wer?« fragte Gloria.

»Er kennt den Kerl noch vom College«, erklärte Sean. »Hat er uns erzählt. Der Kerl arbeitet für die SuperSonics. Gary ging mit ihm zu vielen der Spiele. Er sagt, dort hätte er seine elegante Jacke bekommen, und das ist der Kerl, bei dem er wohnt.« Beinahe schuldbewußt fügte er hinzu: »Ich habe ihn gefragt, ob er uns auch solche Jacken besorgen könne.«

Phil blickte auf seine Uhr. »An der Küste ist es jetzt Mittagszeit. Ich rufe die Vermittlung in Seattle an und lasse mir das Büro der SuperSonics geben . . .« Er telefonierte und erhielt die Nummer, dann wählte er und wartete, bis das Klingeln am anderen Ende beantwortet wurde. »Hallo, könnte ich bitte mit Mr. Lupinski sprechen?« Er nickte, als man ihn bat zu warten. Nach einem Moment sagte er: »Mr. Lupinski? Mein Name ist Philip Hastings . . . Guten Tag. Ich versuche, Gary Thieus aufzutreiben . . .« Phil zog die Augenbrauen hoch. »Wirklich? Bitte.« Nach mehreren Sekunden sagte er: »Hey, Gary, wie geht es dir? Ich hätte nicht damit gerechnet, dich so leicht zu finden.«

Er hörte für einen Moment zu, dann sagte er: »Nein, hier ist alles in Ordnung. Aber bist du bereit für einen Schock? Nein, nichts Schlimmes, Gott sei Dank. Jack und Gabbie haben nur Kesslers Gold entdeckt.« Er grinste bei der Antwort am anderen Ende, und selbst Gloria konnte Garys Ausruf hören, weil Phil den Hörer von seinem Ohr weghielt. »Nein, ich mache keine Späße, mein Alter. Dieses merkwürdig aussehende Stück Pergament, das du und Mark gefunden habt, war eine Planpause zu einer Karte, die Kessler in einer Truhe auf dem Dachboden verborgen hatte. Jack und Gabbie sind nur zu den Markierungen gegangen, auf die sie durch die Karte hingewiesen wurden, haben ein bißchen gegraben, und *voila!* Gold.«

Kichernd hängte er ein. »Gary ist schon unterwegs. Er wird vom Sea-Tac-Flughafen anrufen und uns mitteilen, wann er in Buffalo landet.«

Gloria stand auf. »Ich glaube, ich mache eine Kanne Tee. Möchtest du auch?« Er deutete ein Ja an, als sie auf die Tür zusteuerte. »Kommt, Jungs, laßt euren Vater weiter arbeiten.«

Die Jungen bewegten sich hinter ihrer Mutter in Richtung Diele. An der Tür sagte sie: »Und, Liebling, danke.«

»Wofür?«

»Dafür, daß du mir gesagt hast, alles sei in Ordnung.«

Als sie und die Jungs aus seinem Blickfeld verschwanden, lehnte Phil sich zurück und seufzte. Die Zwillinge warfen sich einen Blick zu und fragten sich, worum es hier wohl gehe, aber da es hoffnungslos war, Erwachsene zu verstehen, entschlossen sie sich, etwas Unterhaltsameres zu finden, und gingen still hinaus. Phil hoffte inbrünstig, daß Gloria sich nicht allzusehr über die geheimnisvollen Vorkommnisse der letzten Zeit aufregte. Seit Gabbies Überfall hatte auch er das Gefühl von etwas Fremdem, etwas Störendem . . . etwas nahe Bevorstehendem.

Er fegte diese Gefühle beiseite, nahm sie nicht sonderlich ernst, dachte, er sei nur allzu empfänglich für Glorias Sorgen. Er schaltete seinen Computer ein, ließ das Textverarbeitungsprogramm laufen. Zork wurde für eine Weile beiseite gelegt, zum einen, weil er frustriert war, nicht durch den mit Gas gefüllten Raum zu kommen, zum anderen, weil er eine Idee für ein neues Buch hatte und einige Sachen zu Papier bringen wollte. Bei dem letzten Gedanken kicherte er über sich selbst, während er das elektronische ›Papier‹ betrachtete. Er legte eine neue Diskette in das zweite Laufwerk ein und fing an zu schreiben. Schon bald war er in Gedanken verloren und in der Aufregung gefangen, ein neues Projekt begonnen zu haben.

7

Gary pfiff ungläubig beim Anblick der geöffneten Truhe auf dem Küchentisch, seine müden Augen leuchteten fast wieder. »Hol mich der Teufel.« Er hatte das Militärflugzeug von Seattle nach Buffalo genommen.

Jack, der ihn vom Flughafen abgeholt hatte, sagte: »Nicht schlecht, was?«

Gloria reichte Gary eine Tasse Kaffee und sagte: »Ich muß eingestehen, daß ich nicht die Hälfte geglaubt habe, als du und Mark uns anfänglich diese Geschichten über Kessler und den ganzen Rest erzählt habt. Aber bei all dem Gerümpel im Keller und jetzt das hier, na ja . . . man muß es glauben.«

»'ne Ahnung, was es wert ist?« fragte Phil.

Gary nahm eine Münze heraus und untersuchte sie. Da die Kiste nicht wasserfest war, hatte sich durch den Regen von Jahren eine dünne Schlammkruste darauf abgelagert. Keiner hatte die Münzen berührt, seit sie vor zwei Tagen transportiert worden waren. Gary säuberte die Münze im Spülstein und trocknete sie mit einem Papiertuch ab. Seine Augen weiteten sich. Er zog die Papierrolle mit Schwung aus der Halterung und begann aufs Geratewohl ziemlich heftig den Schmutz von den Münzen zu reiben und legte sie auf den Tisch. »Das glaube ich nicht.«

»Was ist?« rief Phil.

»Ich kenne die Hälfte dieser Münzen nicht, aber über ein paar weiß ich Bescheid. Er zeigte auf eine kleine Münze, die auf dem Papiertuch lag. »Die ist für einen Sammler wahrscheinlich tausend Dollar wert.«

»Wirklich?« begann Phil, schon nicht mehr erstaunt über das, was hier vorging.

»Es ist ein Fünf-Dollar-Goldstück, und der einzige Grund, warum ich weiß, daß es ein Sammlergegenstand ist, ist meine Semesterarbeit auf der High-School. Ich habe auch einige der anderen Münzen schon mal in Lehrbüchern gesehen.« Er hielt eine große Münze hoch. »Wenn ich mich nicht täusche, ist dies eine Kaiserlich-Österreichische Krone aus dem späten neunzehnten Jahrhundert. Diese hier« – er wies auf eine grobe Münze, die neben der Fünf-Dollar-Goldmünze lag – »ist eine echte spanische, ungefähr siebzehntes Jahrhundert. Und dieser kleine Kerl hier drüben ist ein Acht-Escudo-Stück aus« – er warf einen Blick auf die blasse Schrift – »Peru. Zeit der spanischen Kolonialherrschaft.« Er schüttelte seinen Kopf. »Diese paar sind leicht zehntausend Dollar wert oder sogar noch mehr, Phil.« Als ob er plötzlich schläfrig würde, zog er einen Stuhl vom Tisch weg und setzte sich hin. Er zeigte auf eine Münze, die beinah gleichmäßig abgenutzt war. »Ich denke, diese ist römisch.«

»Also haben die alle Sammlerwert?« fragte Gloria.

»Ich bin mir noch nicht ganz sicher, aber ich denke, daß diese Münzen mehr wert sind, als der Preis des Goldes, aus dem sie gemacht wurden. Einige, so wie dieses römische Baby, sind wahrscheinlich hundert Mal mehr wert als ihr Gewicht.«

Plötzlich verdichtete sich die Bedeutung dessen, was Gary gesagt hatte. Phil öffnete seinen Mund. »Mein Gott. Das bedeutet, diese Kiste ist . . .«

»Vielleicht eine Million wert«, führte Gary den Satz zu Ende.

»Was machen wir jetzt?« fragte Gloria.

»Ich denke«, sagte Gary, während er aufstand, »ihr ruft euren Rechtsanwalt zurück. Was mich betrifft, ich werde wohl nach Hause gehen und eine Runde schlafen. Ich muß noch Seattle zurückrufen und den Jungs und Mädels, die diese Fotokopien von mir übersetzen, mehr Instruktionen geben. Ich bin ziemlich überstürzt abgefahren.« Er lächelte ein wenig, und die Müdigkeit stand ihm ins Gesicht geschrieben. Sanft fügte er hinzu: »Und vielleicht ruft Mark in diesen Tagen wieder an. Ich bin nicht ängstlich, aber . . . nun gut, ich würde nur gerne wissen, was er in Europa ausgräbt.«

»Ja«, sagte Gabbie, die auf dem Ablaufbrett saß. »Was habt ihr Jungs bezüglich dieser Dokumente erreicht?«

Gary zuckte mit den Schultern. Er schien etwas abzuwägen, als sei er unsicher, was zu sagen sei. Letztendlich sagte er: »Nichts, das im Moment viel Sinn ergibt. Aber einzelne Stücke beginnen zusammenzupassen. Soweit ich es beurteilen kann, hatte Mark recht mit seiner Vermutung, daß es eine Art von Geheimorganisation gibt.« Es sah so aus, als wolle er noch etwas hinzufügen, aber er schwieg.

Gloria bemerkte es und sagte: »Was?«

»Nichts, wirklich«, entgegnete Gary. »Ich bin nur müde.«

Gloria betrachtete Gary einen Moment. »Nein, du wolltest gerade etwas sagen. Was?«

Gary seufzte tief. »Okay, nehmt mal nur für einen Moment an, daß es eine Organisation gab, an der Kessler beteiligt war. Sie könnten von dem Geld gewußt haben. Und sie . . . nun ja, es könnte sein, daß ihnen die Idee gar nicht gefällt, daß jemand anderes es ausgräbt.«

Die Farbe wich aus Glorias Gesicht, und sie warf Phil einen Blick zu, als ob Garys Bemerkung sein eigenes Versprechen von vor ein paar Tagen widerlegte. »Vielleicht sollten wir es niemandem erzählen?«

»Das bringt Schwierigkeiten mit sich. Ich werde die Polizei anrufen. Ich werde das alles ins Polizeibüro bringen lassen. Dann setze ich die Zeitung von dem Gold in Kenntnis und sorge dafür, daß Malcolm Bishop druckt, daß das Gold fortgeschafft wurde. Wenn jemand hinter dem Gold her ist, können sie ja versuchen, die Polizeistation zu berauben.«

Gary sagte: »Nicht so hastig, Phil.« Phils Gesichtsausdruck spiegelte sein Erstaunen über Garys Bemerkung wieder. »Ich meine, für mich hört es sich vernünftig an.« Er schien sich zwingen zu müssen, seiner Stimme einen freundlichen Ton zu geben. »Ihr wißt, daß ich ein Vorstellungsspiel zwischen den Sonics und den Lakers aufgegeben habe, um das hier zu sehen. Aber es ist es wert. Ich muß in Kürze einen Trip nach Kanada machen – vielleicht schon morgen –, um einiges zu überprüfen, wie ich's Mark versprochen hab'. Also keine Ruhe für die Verliebten.« Er machte eine Pause, und sein Lächeln verschwand. »Seht mal, was ich damit sagen will, ist, daß euer Anwalt vielleicht zu rasch anfängt, jemandem von all dem zu erzählen, vielleicht sogar der Polizei. Vielleicht solltet ihr ihn zurückrufen?« Phil dachte darüber nach, und Gary fügte hinzu: »Nun gut, kann mich jemand nach Hause bringen?«

Phil erhob sich. »Natürlich, ich hole meinen Mantel.«

Sobald sie aus dem Haus waren, sagte Phil: »Etwas verzehrt dich doch. Was ist es?«

Gary öffnete die Autotür und stieg ein, während Phil hinters Steuer rutschte. Er schwieg lange, während er darüber nachdachte, was er sagen sollte. Er mühte sich immer noch mit den Dingen ab, die Mark und er während der letzten Monate aufgedeckt hatten. Soviel von dem, was sie erfahren hatten, war so ganz und gar phantastisch und außerhalb des normalen Erfahrungsbereiches, daß selbst Gary es kaum glauben konnte. Und er hatte Angst, weil Mark nicht da war. Er entschloß sich, noch ein wenig zu warten, bevor er ihnen mehr als nötig mitteilte. Wenn Mark nicht zurück wäre, bevor er aus Kanada käme, vielleicht würde er Phil dann erzählen, was er wußte.

Gary schaute zur Seite und stellte fest, daß Phil ihn intensiv beobachtete. Er sagte: »Ich wollte vor Gloria nichts sagen. Sie scheint in letzter Zeit ein wenig . . . nervös zu sein.«

»Na ja, das Zeug im Keller und das Gold . . . es reimt sich alles zu einer ziemlich gespensterhaften Geschichte zusammen.«

Gary dachte über die Aufnahme nach, die Mark in dieser Nacht in den Wäldern gemacht hatte, und fragte sich eine Sekunde lang, ob er sich nicht besser fühlen würde, wenn er sein Wissen mit jemandem teilen könnte. Er entschloß sich, bei seiner Entscheidung zu bleiben und zu warten, bis er aus Kanada zurückgekehrt war, und sagte. »Ich kann mich jetzt damit nicht auseinandersetzen.« Er ließ ein Schweigen zwischen sie treten, bis Phil das Auto startete und das Getriebe in Gang setzte.

Während sie die Auffahrt zur Straße hinunterrollten, starrte Gary in die Ferne. Schließlich sagte er: »Ich wollte Gloria gerade nicht aufregen, Phil.«

Phil gab ein unverbindliches Geräusch von sich.

Gary dachte darüber nach, wer Mark eingeholt haben und wer der mysteriöse Jugendliche gewesen sein könnte, der ihn rettete, und er dachte an Marks Behauptung, daß Jacks entzündete Schulter das Resultat des Elfen-Geschosses war, daß ihn selbst getroffen hatte. Hier gab es Möglichkeiten, die Gary zutiefst beunruhigten. Er schwieg, bis Phil vor dem Haus, das er und Mark gemietet hatten, anhielt. Als er zur Tür griff, sagte er: »Nun gut, ich begebe mich morgen in den großen weißen Norden. Wenn ich irgend etwas entdecke, das mit dem

Gold zusammenhängen könnte, melde ich mich; ansonsten unterhalten wir uns, sobald ich zurück bin.«

Phil verabschiedete sich und konnte auf dem ganzen Heimweg das Gefühl nicht loswerden, daß die Entdeckung des Goldes sie alle nicht unbedingt glücklicher machte.

8

Gabbie saß am Küchentisch und versuchte die Münzen in eine Ordnung zu bringen. Ständig schlug sie in einem Leitfaden über Münzsammlung nach, den sie in der örtlichen Bücherei ausgeliehen hatte und der auf dem Tisch geöffnet neben ihr lag. Den größten Anteil hatten deutsche Münzen, aber es gab dazwischen noch viele andere. Britische, französische und spanische Münzen aus dem siebzehnten, achtzehnten und neunzehnten Jahrhundert waren reichlich vorhanden, aber einige waren noch viel älter. Gabbie hielt eine in der Hand. »Diese ist griechisch, glaube ich.«

Jack nahm sie an sich und sagte: »Schau dir die Farbe an. Sie ist ganz unrein, beinah überall rot.«

»Kupfer«, sagte Gloria vom Spülstein aus. »So haben sie aus Rot Gold gemacht.«

»Das ist wirklich alt«, meinte Gabbie. »Und die hier drüben sehen aus wie römische.«

Jack setzte sich neben Gabbie. »Irgend jemand hat dieses Gold über eine verdammt lange Zeit gesammelt.«

Phil kam in die Küche; er hatte Gary nach Hause gebracht, war nun zurückgekehrt und hatte das Haus rechtzeitig betreten, um ans Telefon zu gehen. »Darren hat angerufen. Er kommt her.«

»Wirklich?« fragte Gloria. »Er muß das für sehr wichtig halten, wenn er dafür L.A. verläßt.«

»Er sagte, wichtig genug, es niemandem zu erzählen. Er kommt heute nacht in Buffalo an. Er hat morgen als erstes ein

Treffen mit einem Notar im Hotel. Sie werden um zehn hier sein. Er verlangt eidesstattliche Aussagen von uns allen. Er sagte, das beste, was wir tun können, sei, das Gold bei der Steuerbehörde abzuladen, den Atem anzuhalten und zu warten. Wenn niemand sonst Anspruch erhebt, bekommen wir alles. Wir müssen Steuern bezahlen, aber bei dem neuen Steuergesetz behalten wir mehr als die Hälfte.«

Gloria schaute aus dem Fenster in den dunklen Regen und fragte sich, warum sie sich derart leer fühlte. Irgendwie konnte sie die Freude der anderen über den entdeckten Schatz nicht teilen. Etwas rührte sich in den Wäldern, das kurze Flackern einer Bewegung, und war sofort wieder verschwunden. Für eine Sekunde spürte sie, wie Kälte durch ihren Körper schoß. Dann war dieses Gefühl vorbei und ließ einen Rest, eine merkwürdige Mischung aus Prophezeiung und Resignation, zurück. Etwas Schreckliches würde passieren, und sie hatte nicht die Kraft, es zu stoppen. Niemand konnte es stoppen.

Zwischen den Bäumen, unter dem Mantel aus Regen und Wind, bewegten sie sich. Der Große mit den verrückten Augen hatte die Führung und stand am nächsten am Waldrand. Er schaute hinunter auf das menschliche Heim, mit seinem Metall und der Elektrizität. Zu seinen Kumpanen sagte er weich: »Bald werden sie den Schatz von diesem Land fortbringen und sich in dem Glauben wiegen, er sei dann sicher.« Mit einem Grinsen, das den klaffenden, großen Lücken in einem Totenschädel glich, wandte er seinen Kopf, um seine Begleiter anzublicken. »dann werden wir wieder einmal frei umherschweifen.« Der Himmel spuckte Blitze aus und verkündete dröhnend seinen Ärger, und die Lichtung war leer, weil die, die sich kurz zuvor noch versammelt hatten, plötzlich fort waren. Sie verschwanden in die Wälder und aus dem Blickfeld wie Regentropfen, die in Pfützen im Schlamm flossen.

9

Drei Tage lang wurde das Hastingsche Haus zu einem Camp. Darren Cross, der Rechtsanwalt der Hastings, hatte einen Blick auf das Gold geworfen und einen privaten Sicherheitsdienst angerufen. Zwei finstere, einschüchternd große Männer wurden mitgebracht, einer von ihnen marschierte unaufhörlich um das Haus und die Scheune, während der andere ruhig in der Ecke der Küche stand und die Arbeit überwachte. Um drei Uhr am Nachmittag würden sie von zwei ähnlich finsteren, großen und einschüchternden Männern abgelöst, die wiederum um elf Uhr von einem anderen Paar befreit wurden, welches bis sieben Uhr am nächsten Tag blieb, wenn die ersten beiden wiederkamen. Alle sechs Männer waren höflich, aber schweigsam und lehnten es ab, sich an der Unterhaltung zu beteiligen. Sean war davon überzeugt, sie seien von der CIA.

Darren Cross nahm Aussagen von der ganzen Familie, die Jungen eingeschlossen, dann schickte er den Notar mit einem mächtigen Sonderzuschlag für sein Schweigen fort. Er rief einen Taxator herein, um sowohl den Wert so klar wie möglich aufzudecken, als auch eine Bestandsaufnahme machen zu lassen. Der Münzhändler war beim Anblick des Inhalts der Kiste beinah ohnmächtig geworden. Nach nur einer Stunde hatte er darauf gedrängt, einen Kollegen herbeizurufen, da er behauptete, einige der Münzen seien Antiquitäten und gehörten somit nicht in sein Sachverständigengutachten. Darren hatte eingewilligt, aber erst nachdem er sich überzeugt hatte, daß die Sicherheit nicht gefährdet war, was alles entschieden verlangsamte.

Die beiden Münzhändler wurden auf Darrens Drängen hin im Zimmer der Jungen untergebracht, um zu verhindern, daß die Geschichte vorzeitig publik wurde. Die Jungen schliefen im Zimmer ihrer Schwester, während diese bei Jack und Aggie blieb. Mittlerweile hatten die beiden Männer die Aufstellung beendet und sich, nach mehreren weniger bedeutenden Auseinandersetzungen, auf die endgültige Summe geeinigt.

Cross, ein fetter, kahlköpfiger Mann, der dachte, daß Mode mit dem dreiteiligen, grau-gestreiften Anzug begann und endete, saß neben Phil im Wohnzimmer. Gloria hatte es sich auf der Armlehne des Sofas bequem gemacht. Nelson Toomes, der erste Münzhändler, und Murray Parenson, der Antiquitätenhändler, saßen in Stühlen auf der anderen Seite des Teetisches und beratschlagten sich.

Darren blickte auf die Papiere, die den Fund zusammenfaßten. Endlich sagte er: »Allem Anschein nach ist dies so etwas wie ein großer Fund, nehme ich an.«

Parenson, dünn und an einem chronischen nervösen Lächeln leidend, sagte: »Das ist sicherlich der Fall. Einige der Münzen in Mr. Hastings' Besitz sind in ihrer Art einmalig. Es gibt sechzehn, die einzigartig sind. Allerdings ist ihr Wert nur schwer zu schätzen – wir könnten ihren wahren Wert nur dann erfahren, wenn wir sähen, was sie auf einer Auktion einbrächten. Aber abgesehen von diesen wenigen ausgefallenen Münzen haben die meisten der in Frage kommenden Münzen einen klar umrissenen, historischen Wert . . .«

»Worauf läuft das hinaus?« fragte Phil.

»Darauf, daß du ein sehr reicher Mann bist«, sagte Cross. »Vorher warst du einfach wohlhabend. Jetzt kannst du dich zur Ruhe setzen, wenn du willst.«

»Wie reich?« fragte Gloria.

»Also, für den Augenblick werden wir von diesen Zahlen ausgehen.« Cross reichte Phil ein Blatt und deutete auf die unteren Zahlen.

Phil las sie, blinzelte und las sie erneut. Leise fragte er: »Zwei Millionen Dollar?«

»Und einige Wechsel«, sagte Cross. Er zog seine Brille von seiner Nasenspitze.

Parenson sagte: »Da wären noch diese einzigartigen Münzen, die ich erwähnte. Dürfte ich Sie drängen, in Betracht zu ziehen, sie vom Verkauf zurückzuhalten. Wenn wir sie an

Museen stiften, könnte man einige Steuervorteile in die Tat umsetzen, und außerdem würden sie zu treuen Händen der Öffentlichkeit gehalten, statt in irgendeiner Sammlergruft zu vermodern.«

Toomes schien gerade protestieren zu wollen, aber Cross unterbrach ihn, indem er sagte: »Soweit ich sehe, wurde für diese Münzen aufgrund ihrer Einzigartigkeit kein Wert festgelegt. Es sieht also so aus, als würden wir über den Wert dieser Sammlung sprechen ohne . . . ah, sechzehn Münzen miteinzubeziehen.« Toomes war sichtbar irritiert. »Das sollten Sie wissen, meine Herren«, sagte Cross. »Wenn wir uns dazu entschließen, die Münzen zu verkaufen, möchten wir eine Preisanpassung. Andernfalls ziehen wir Ihren Vorschlag in Betracht, Herr Parenson. Also, ich danke Ihnen für Ihre wertvolle Arbeit, meine Herren, ich habe ein Auto, das Sie zum Flughafen zurückbringt.« Er schaute auf seine Uhr. »Sie sollten in den nächsten zehn Minuten aufbrechen, wenn Sie Ihre Flugzeuge noch erreichen wollen.«

Sie gingen, und Cross sagte: »Ich verlasse euch heute nacht, Phil. Ich habe viel zu viel Zeit an der Küste vertan, während wir hier auf Schatzjagd waren. Ich denke, daß hier alles in guten Händen ist.«

Phil sagte: »Ich weiß nicht, wie ich dir danken soll, Darren.«

»Du mußt mir nicht danken. Du bist gerade dabei, die Schulerziehung meines Enkels zu finanzieren. Und ich nehme an, daß er nach Havard gehen wird.« Ohne ein weiteres Wort schob er sich die Treppe hinauf, um zu packen.

»Ich bin froh, daß es vorbei ist«, sagte Gloria.

»Du hast dich gut gehalten, Kleines. Sorgen?«

»Seit zwei Wochen scheint hier die Zeit von Alice im Wunderland zu herrschen. Und ich mache mir Sorgen um Mark. Er ist schon viel länger weg, als Gary vermutet hatte – Gary würde es nicht zugeben, aber er macht sich auch Sorgen. Ich habe Angst, daß irgend etwas passiert ist. Und ich mache mir immer noch Sorgen wegen dem, was Gary gesagt hat.«

Phil umarmte seine Frau. »Es wird sich alles ergeben. Da wir jetzt dieses Goldgeschäft hinter uns gebracht haben, können wir zur Normalität zurückkehren. Laute Kinder, undichte Dächer, eine Hochzeit nächstes Frühjahr – du weißt schon: der ganz normale Alltag.«

Sie seufzte und drückte Phil enger an sich. »Hoffentlich hast du recht.«

10

Der Motor des Polizeiautos ratterte und klang reichlich verstimmt. Entspannt, aber wachsam beobachteten die beiden Polizisten Phil und Jack dabei, wie sie die hölzerne Geldkassette in den Kofferraum von Phils Wagen hievten. Sekunden später waren Phil und Darren im Auto und krochen die Auffahrt hinunter in Richtung Straße. Gloria beobachtete sie, ging dann zurück ins Haus und schloß die Tür hinter sich.

Aus den Wäldern beobachtete ein weiteres Paar Augen die Autos, wie sie sich entlang der schmalen Auffahrt zur Grenze des Grundstücks bewegten. Phils Auto zögerte an der Straße, weil andere Autos vorbeifuhren. Als die Straße frei war, reihte er sich in den Verkehr ein und beschleunigte, während der Polizeikreuzer dicht hinter ihnen folgte.

Mit einem Ton der Befriedigung, gleich einer widerhallenden Drohung, flüsterte der Beobachter in den Bäumen: »Der Vertrag ist gebrochen!« Mit einem Wirbel und einem Glitzern verschwand er. Sein Kumpan, der oben an einem nackten Ast hing, beobachtete mit glühenden gelben Augen, wie die Autos hinter dem Hügel verschwanden. Das Böse Ding verstand die Sorge seines Meisters nicht ganz, denn es war eine einfache Kreatur, seine Intelligenz war in den Jahren der Schmerzen und der Perversion abgestumpft. Aber es wußte, daß sein Meister glücklich war, und das war gut. Das war sehr gut. Vielleicht erlaubte ihm der Meister jetzt, den Hund zu holen oder, noch besser, einen der beiden Jungen. Mit einem leichten Seufzer und stillen, ungewöhnlichen Mordvisionen in seinem gemarterten Herz, kroch das Böse Ding an der Seite des Baumes hoch und verschwand oben in dem rotbraunfarbenem Blattwerk.

DER NARR

1

Die Zwillinge waren bemüht, es sich bequem zu machen und einzuschlafen, aber es wollte ihnen nicht gelingen. Draußen gab der Wind ungewöhnliche Geräusche von sich. Es war kalt geworden, der Wind tobte in einer Art und Weise, die ihnen fremd war. Es war ein unangenehmer und schmerzender Wind, der die Wärme aus dem Körper zog, wenn er einen traf, und das trotz der neu erstandenen, wattierten Daunenjacken von Sears drüben in der Mall. Der Wind schien genau in dem Moment aufgekommen zu sein, als ihr Vater heute nachmittag das Gold weggebracht hatte. Und er hatte eine elektrische Beschaffenheit, ein zischendes Summen, mit dem er die Blätter und Zweige des Baumes draußen vorm Fenster folterte. Deshalb meinte Sean, er müsse die Luft anhalten, darauf warten, daß etwas passierte, als ob sich ihm von Minute zu Minute etwas näherte und jetzt beinah bei ihm wäre. In der oberen Koje rieb er abwesend an dem Märchenstein, den Barney ihm gegeben hatte; er rief leise den Namen seines Bruders.

»Was ist?« antwortete Patrick verschlafen.

»Was wirst du anziehen?«

Patrick wußte, daß Sean von der Halloween-Feier am nächsten Samstag sprach. Bei dem ganzen Chaos, das den Goldfund umgab, hatte niemand mit den Jungen über Kostüme gesprochen. Dann, plötzlich, hatte sich Mom daran erinnert. Sie mußten sich zum Frühstück etwas ausgedacht haben, und diese Entscheidung wurde nicht rückgängig gemacht, man durfte nicht aus der Fassung geraten, weil die Idee des anderen sich besser anhörte. Es folgte eine kurze Pause, dann sagte Patrick: »Wir tun nichts. Was meinst du?«

Sean verstand seinen Bruder. »Pirat. Kapitän Billy Kidd.«

Patrick lachte. »Du Dummkopf. Es heißt Kapitän Kidd. Billy the Kid war der Geächtete.«

Sean legte sich zurück und starrte an die Decke, er fühlte sich etwas verlegen. »Du weißt, was ich meine. Was wirst du tragen?«

»Ich weiß nicht«, antwortete sein Bruder, seine Stimme hörte sich ungewöhnlich irritiert an. »Ich hatte gerade diesen Traum, als du mich aufgeweckt hast.«

»Du hast nicht geschlafen«, entgegnete sein Bruder.

»Hab' ich doch«, beharrte Patrick. »In dem Traum . . . sah ich diesen Kerl in einer netten Ritterrüstung. Du weißt schon, Pfeil und Schwerter und ein Pferd. Vielleicht gehe ich als Ritter.«

»Ein Traum?« fragte Sean.

»Ja, ein gruseliger. Aber die Ritterrüstung war nett. Sie trugen diese Geweihe, weißt du, wie Hirsche sie auf dem Kopf haben. Und der Kerl ritt ein nettes Pferd. Und er glänzte.«

Sean antwortete nicht. Er hatte wach gelegen, während sein Bruder im Traum vor sich hin döste. Aber in seiner Vorstellung hatte Sean den fremden Ritter gesehen. Er hatte in stiller Dunkelheit beobachtet, wie die Gestalt deutlich in Erscheinung trat. Es war furchterregend.

Die Zwillinge verfielen in tiefes Schweigen. Bald befand sich Sean in einem halbtraumartigen Zustand, von dem rhythmischen Atem des einschlafenden Patrick besänftigt. Aber jedesmal wenn der Schlaf sich Sean näherte, ließ ihn irgendein Wechsel im Wind, ein ungewöhnliches Geräusch – vielleicht das Knarren des Hauses – wieder ganz plötzlich auffahren. Dieser Zustand hielt lange Zeit an. Eine Zeitlang war er ruhig und versuchte zu schlafen, aber das einzige, was ihm gelang, war ein unruhiges Halbdösen. Der pfeifende Wind draußen kündigte ihm an, das etwas herankam, sich von Minute zu Minute näherte. Sean warf sich ununterbrochen hin und her, er konnte sich nicht ausruhen, denn mit jeder Minute wurde das Gefühl stärker. Etwas kam tatsächlich.

Seans Augen klappten auf, und sein kleines Herz raste, als er die Ankunft von etwas Schrecklichem spürte. Dann ließ ihn ein Atemzug der Angst starr hochfahren, als er von einem plötzlichen, überwältigenden Angstgefühl gepackt wurde. Es kam! *Es war hier!*

Es war dieselbe schreckliche Angst wie in jener Nacht, in der das Böse Ding in ihrem Zimmer war. Sean lag wie ein Eisklotz in seinem Bett, hatte Angst, sich umzuschauen, war kaum in der Lage zu atmen. Aus der Ecke kam ein ungewöhnliches Geräusch, eine Bewegung, ein leichtes Scharren von Masse, die sich an der Wand entlang schob, aber es war ebenso ein Widerhall mit einem Oberton aus Musik, fremd und ganz schrecklich. Dann erreichte der Duft von Blumen und Gewürzen Sean. Mit einem scharfen Atemzug zog er sich die Bettdecke bis über das Gesicht, so daß er gerade noch über den Rand spähen konnte.

Jemand stand in der Ecke.

In der Dunkelheit bewegte er sich zwar nicht, aber seine Umrisse konnte man schwach erkennen. Dann bewegte er sich sacht. Der Hauch eines silber-blauen Schimmers, wie die Leuchtkraft einer warmen Meeresströmung bei Nacht, flimmerte durch seinen Körper, als würde die Bewegung Energien freisetzen. Kurz darauf verschwand das Leuchten, und die Gestalt verlor sich in Schatten, bewegungslos, ruhig und unbeobachtet, aber real.

Sean *spürte*, daß es da war. Kalter Terror umklammerte die Brust des Jungen. Er rang um Luft, wollte schreien, aber dazu war er nicht imstande. Er konnte sich nicht bewegen. Die Zeit blieb stehen, und in dem grenzenlosen Raum zwischen zwei Monenten lag Sean gefangen, bewegungsunfähig, starr vor Schreck, weil er wußte, daß am anderen Ende des Zimmers etwas wartete. Es stand nur drei Schritte weit weg. Seans Zähne fingen an zu klappern, und seine Hände zitterten, als er die Decke unter seinem Kinn umklammerte. Dann, mit einem Geräusch, das kaum mehr war als ein erstickter Seufzer, bewegte sich das Ding in der Ecke.

Sean war nicht in der Lage, Details auszumachen; er konnte nur das helle Blau sehen, das kurz durch den Körper des Dings schimmerte, als wenn blasser Phosphor auf eine schwarze Schaufensterpuppe gemalt würde. Die Silhouette war die eines großen, dünnen Mannes, der seinen Körper mit der Fertigkeit eines Tänzers bewegte, seine Muskeln so weich wie unbewegliches Wasser. Die Details seiner Erscheinung, die Farbe von Haar, Augen und der Haut, die Gesichtszüge, das alles wurde vom schwarzen oder blauen Glühen verdeckt. All das war auch völlig unwichtig für Sean. Er wußte nur, daß der Mann hinter den Jungen her war.

Und er wußte noch etwas: Dieser blauglimmernde, dunkle Mann stellte etwas Böses dar, das über das Böse Ding hinausging.

Der dunkle Mann bewegte sich und blieb in der Mitte des Zimmers stehen, man konnte sein Gesicht verrückterweise nicht richtig erkennen. Die Form seines Kopfes war lang, das Kinn irgendwie zu schmal, aber es zeigten sich keine Einzelheiten wie Augen oder Lippen, Haare oder Augenbrauen. Er lachte, ein entferntes, sturmloses Echo, ein Geräusch aus uralten Zeiten. Sean lag reglos da, während sich sein Magen bei dem Geräusch zusammenzog. Er folgte der Bewegung des dunklen Mannes, der langsam auf die Tür neben dem Kopfteil der Doppelbetten zuging. Der Junge folgte ihm mit seinen Augen, bis der dunkle Mann an der Grenze seines Sichtfeldes angelangt war. Plötzlich erhaschte Sean aus den Augenwinkeln einen flüchtigen Blick auf das Gesicht. Er drehte sich zur Seite, um nochmals zu schauen, aber das Detail verschwand, als ob man bei direkter Betrachtung des Mannes die Fähigkeit verlöre, ihn zu sehen. Sean setzte sich auf, voller Angst, diese Bewegung könnte ihn verraten haben, doch er war nicht mehr in der Lage, ruhig zu bleiben. Noch immer konnte er die Gestalt im Zimmer nur schwach erkennen. In stiller Furcht drehte Sean seinen Kopf weg. Als er das tat, erschien das Gesicht des Mannes kurz wieder. Sean versuchte seine Augen abzuwenden, als wenn er dadurch die schwach glimmernde, gespenstische Gestalt verschwinden lassen könnte, aber es gelang ihm nicht. Sein Blick wurde von einer schrecklichen Faszination gefangen und festgehalten. Er saß bewegungslos da, zitterte jetzt; er atmete in kurzen, keuchenden Zügen, und seine Zähne klapperten. Für einen kurzen Moment, als der Mann lächelte, konnte er Merkmale in der düsteren Maske erkennen. Seine Zähne waren perfekt und schienen in dem schwarzen Gesicht zu leuchten. Und in diesem Totenkopf-Grinsen sah Sean, daß Terror und Verrücktheit gekommen waren, um Patrick und ihn zu stehlen, bevor die Merkmale wieder verschwanden.

Mit einem stillen Atemzug, der eher einem Hinunterwürgen des Atems glich, warf Sean seinen Rücken gegen die Wand, auf halber Strecke zwischen Fuß- und Kopfende des Bettes. Er versuchte, seine Augen zu schließen und die Vision zum Verschwinden zu bringen, aber es gelang ihm nicht. Alles, was er tun wollte, war, sich zu einem Ball zusammenzurollen und an einem warmen, sicheren Platz zu verstecken. Aber er konnte sich nicht vom Fleck rühren. Er wurde gehalten von einer Macht, die seiner kindlichen Natur fremd war. Er war vor Hoffnungslosigkeit wie gefroren.

Der dunkle Mann machte einen Schritt nach vorne, verringerte die Distanz zum Bett, um die Jungen besser sehen zu können. Weitere Gestalten bewegten sich zu seinen Füßen, als würden ihn kleine Kreaturen begleiten. Sean zwang seine Muskeln, die Leichenstarre zu blockieren, sich zu bewegen, und drehte sich langsam um, seine Wange und seine Seite fest gegen die Wand gedrückt, beobachtete er den angsteinflößenden Mann aus den Augenwinkeln heraus. »Patrick«, brachte er gerade mit einem heiseren Krächzen heraus. Dann stand der Mann neben den Doppelbetten.

Weich, mit einer Stimme, die tausendfachem Geflüster glich, sprach der Mann. »Zwei.« Es war eine heiße Sommernachtsbrise, die einem Wort ihre Stimme gab, und dieses Wort war Verzweiflung.

Für Sean fühlte es sich an, als ob eine Hand in die Tiefe seines Daseins gegriffen hätte und ihn mit einem versengenden Griff packte, der niemals wieder loslassen würde. Dann kam das schwache, verrückte Gekicher, und Seans Augen füllten sich mit Tränen der Furcht. Sein Magen zog sich erneut zusammen, als ob er sich übergeben müsse, und er schluckte fest, um den bitteren Geschmack, der ihm in den Mund drang, zu bekämpfen. Er wünschte sich nichts mehr, als nach Mommy und Daddy schreien zu können, aber kein Laut kam hervor. Der Schrei war in ihm gefangen und kämpfte, um zu entfliehen. Er konnte seine Augen von der Figur am Rand des Bettes nicht losreißen. So nah besehen, glühte der Mann und war von einem schwachen Strahlenkranz aus silbrig-weißem Licht umgeben, durchschnitten von blauer Energie, blieben seine Merkmale noch verborgen. Aber Sean konnte die Andeutung von Augen in dem schwarzen Gesicht ausmachen.

Der dunkle Mann krümmte sich nach vorne, entglitt so einen Moment lang Seans Blickfeld, und der Junge spürte einen ungewöhnlich kalten Stich in seinem Herz, als ob die Hand, die noch vor einem Moment nach seinem Inneren gegriffen hatte, nun etwas Wertvolles herauszog. Er wußte, der Mann hatte Patrick! Sean spürte den Schrei in sich, der wütend nach draußen wollte. Er schluckte, seine Kehle war vor Furcht wie zugeschnürt.

Dann erhob sich der dunkle Mann und stand vor Sean, während Patrick in seinen ausgestreckten Armen schlief. Plötzlich verlagerte der Mann Patrick, hielt ihn wie eine Flickenpuppe in seinem linken Arm, während seine rechte Hand nach vorne und Sean entgegenschnellte.

Mit einem heiseren Flüstern, das wenig mehr war als ein trockenes Krächzen, brachte Sean »Mommy« heraus.

Ein geflüstertes Echo tanzte durch das Zimmer, verspottete ihn, indem es »Mommy, Mommy, Mommy« sang und schwächer und schwächer wurde.

Die matte, glühende Hand zögerte, und der dunkle Mann zog sie zurück. In einem harten Flüsterton äußerte er ein einziges Wort. »Schützling.«

Sean legte seine Hand fest um den Märchenstein, während er den Kopf schüttelte und seinen fast nicht zu vernehmenden Schrei wiederholte: »Mommy.« Erneut ertönte das verspottende Echo, wiederholte das Wort wieder und immer wieder, weich, ruhig.

Der dunkle Mann, dessen geisterhafte Stimme wie der Laut einer Flöte klang, sprach: »Entferne es.«

Plötzlich bewegte sich Sean, seine Haut prickelte in einem fremden Fieber, als ob dieser düstere Terror eine Hitze ausstrahlte. Er floh überstürzt ans Kopfende des Bettes, versuchte, sich soweit wie möglich von der glühenden, schwarzen Figur zu entfernen. Er drückte sich so tief wie nur irgend möglich in die Ecke, und seine kleinen Füße scheuerten gegen die Laken und Decke. Tränen liefen sein Gesicht hinunter, als seine Augen sich verengten und den Eindringling anstarrten. Patrick machte es sich in dem Arm des Mannes wie ein Küken gemütlich, seine Augen waren leer. »Der Schützling, Junge!« Die Stimme war ebenso weich und ruhig wie vorhin, aber bestimmter. Als Sean sich nicht bewegte, gab der finstere Mann ihm ein Zeichen.

Plötzlich sprang das Böse Ding vom Boden zum Fuß des Bettes. Es rannte vorwärts und kauerte vor Sean nieder. Große braune Augen starrten aus dem Gesicht eines geisteskranken Affen, mit den Fangzähnen eines Pavians, die zu glühen schienen, als es Sean angrinste. Sein Körper sah aus wie der eines kleinen Mannes, aber mit zu vielen Gelenken in zu langen Armen und Beinen, und seine Haut hatte eine rußige Holzkohlenfarbe, wie die einer uralten Mumie oder einer Fledermaus. Das Wesen stank nach etwas, was schon jahrelang tot war, und sein heißer und pulsierender Atem blies Sean direkt ins Gesicht, während es sabbernde, saugende Geräusche von sich gab. Eine klauenhafte Hand wollte nach dem Jungen greifen, zögerte jedoch.

Plötzlich sprang eine weitere Gestalt von unten hoch, und Seans Herz machte einen Satz. Patrick stand am Fuße des Bettes und duckte sich. Dann bemerkte Sean, daß es gar nicht Patrick war, sondern irgendeine böse Karikatur seiner selbst! Der Junge glich Sean körperlich, war aber nackt, und sein Kopf bewegte sich in ungewöhnlicher Art und Weise, fast wie ein Affe, wie er ihn in die eine und andere Richtung drehte, während er Sean betrachtete. Während der Doppelgänger Sean anschaute, spielte er abwesend mit sich selbst, wieder wie ein Affe im Zoo. Ein böses, lüsternes Grinsen erschien auf seinem Gesicht, als er die Hand ausstreckte, um Sean zu berühren. Er näherte sich Sean, zog ebenso wie das Böse Ding seine Hand heftig zurück.

Seans Augen waren weit aufgerissen, das Weiße um die Iris war komplett sichtbar, und Tränen strömten über seine Wangen. Seine Nase lief, und sein Mund arbeitete schweigend. Die Kreaturen schienen gegen etwas anzukämpfen, während sie versuchten, nach dem Märchenstein am Hals des Jungen zu greifen. Einmal, zweimal, dreimal hintereinander, jeder versuchte den Schutz zu ergreifen, nur um wenige Zentimeter vorher anzuhalten. Letztendlich drehte sich das Böse Ding um, sah den dunklen Mann an und sprach. Seine Worte waren entstellt, ein Gespött auf die menschliche Sprache, undeutlich und dick, als ob die Zunge die falsche Größe hätte und der Mund mit Baumwolle gefüllt sei. »Meister. Schmerzt.« Der Mund des falschen Sean öffnete sich weit, und er schrie, ein verrücktes Affengeräusch.

Seans Zittern ging in ein gewaltvolleres Schütteln über, und ein beinahe unkontrollierbares Pulsieren lief durch seinen gesamten Körper. Seine Haut brannte vor vergiftendem Fieber. Ein Gifthauch des Bösen überschwemmte ihn, füllte seine Nasenlöcher, zog ihm die Luft aus den Lungen, würgte ihn, drohte ihn in rücksichtsloser Panik zu ertränken. Seans Kiefer arbeitete, während er um einen Hilfeschrei kämpfte, aber alles, was dabei herauskam, waren kurze, erbärmliche Aufschreie, die bei dem heulenden Wind draußen fast nicht zu hören waren.

Sean sah, wie das Böse Ding sich drehte, um ihn erneut zu betrachten, und wieder näherte sich die klauenhafte schwarze Hand, um ihn zu berühren.

Für eine angstverzerrte Sekunde versuchte Seans Geist aus seinem Körper zu entfliehen, und er spürte, wie er nur von seinem Willen von dem Bett hochgehoben wurde. Gleich einer überdrehten Uhrfeder wurde die Spannung so groß, daß er sie kaum mehr ertragen konnte. Wie ein gefangenes Tier gegen die Gitter seines Käfigs rennt, suchte er nach einem Fluchtweg und verdoppelte seine Wut, als er einen gefunden hatte. Wieder griff das Böse Ding nach dem Jungen und zog seine Hand wieder zurück. Sean flüsterte »Mommy.«

Der erstickte Klang einer gequälten Violine verspottete ihn, während das Böse Ding grinste und das Wort wiederholte. »Mommy, Mommy, Mommy«, sang es, sein Atem füllte Seans Nase mit dem Gestank des Verfalls, sein Gesicht war eine glückliche Maske, als würde ihn etwas an diesem Wort amüsieren oder ihm gefallen. Der verspottete Sean nahm das Wort in den Mund, während das Böse Ding es sang, aber das so hervorgerufene Geräusch war das Grunzen eines Tieres.

Dann lehnte sich der dunkle Mann nach vorne, bis sein Gesicht nur wenige Zentimeter von Seans entfernt war. Plötzlich strahlte er derart intensiv, daß es in Seans Augen schmerzte. Und für einen kurzen Moment in diesem hellen Schein sah Sean das Gesicht des Mannes. Augen, die in tiefen Höhlen lagen, waren mit Seans verbunden, und Sean fühlte, wie sich sein Geist verdrehte, und letztlich entfloh den Lippen des Jungen ein schmerzerfülltes Geräusch. Denn in diesen Augen sah Sean Blitze tanzen, elektrisch-blaue Himmelskörper, die versuchten, seine Seele zu verbrennen. Eine Schönheit, so rein, daß sie angsteinflößend war, grüßte Sean in dieser Sekunde, es war etwas Fremdes, das jenseits der Fähigkeit des menschlichen Geistes lag, es zu akzeptieren. Und in diesem Moment wollte Sean nur noch aufgeben und mit dem Mann gehen, und in diesem Sog des unerwarteten Verlangens wirbelte eine so reale Begierde, daß sich Seans Körper aufbäumte. Denn diese Begierde war etwas, für das er noch nicht bereit war, etwas, das erst kommen sollte, wenn Liebe und Zärtlichkeit sich in Leidenschaft verwandelten. Aber jetzt traf es Sean mit einer lüsternen Hitze, einem derart intensiven sexuellen Hunger, daß sein Körper diese Begierde nicht interpretieren konnte. Sean sah, wie sein kindlicher Penis sich unerwartet versteifte, während sein Körper erschauerte und seine Haut in fröstelnden Schlägen prickelte. Schweiß drang ihm aus den Poren und benäßte seinen Pyjama. Er blickte zu seinem falschen Zwilling und sah eine lüsterne Kreatur, die einen Meter von ihm entfernt kauerte, seine Zunge hing ihm aus dem Mund, während er sich selbst zärtlich streichelte und sich von einer Seite zur anderen rollte. Die Augen des bösen Zwillings waren so wie Seans weit geöffnet, aber sein Ausdruck war eher ein verderbtes, unmenschliches Verlangen.

Seans Herz schlug heftig in seiner Brust, er konnte es bald nicht mehr ertragen. Sein Inneres zog sich zusammen, und seine Erektion verschwand, als sich seine Blase leerte. Sein

Magen zuckte unkontrolliert, als würde man einen Knoten eng zusammenziehen. Und in dieser Sekunde des blendenden Lichts, als das Verlangen der Erwachsenen den Körper des Kindes schockierte, als wunderschöne Leidenschaft zu schwarzer Lust wurde, begriff Sean. Es war etwas, von dem er dachte, es schon gekannt zu haben, als das Böse Ding zum ersten Mal in ihr Zimmer gekommen war oder als Patrick im Sturm fortgeschwemmt wurde. Aber diese Begegnungen waren nur graue Schatten verglichen mit diesem endgültigen Schwarz. Was Sean nun erkannte, war Horror. Es hatte ihn durchdrungen und eingeschlossen, und jetzt wurde es fest. Und es stand in der Maske des Wesens vor ihm, an das er sich später als den Leuchtenden Mann erinnern sollte. Diese Erkenntnis löste alles auf, was in ihm gefangen war.

Sean schrie.

Er schrie, wie er es sich nie hätte träumen lassen, ein Geräusch, das die Seele durchdrang. Er schrie so laut, daß es schien, als würde die Stimme seiner Mutter antworten.

Die Zeit schien für Sean zu gefrieren, und Dutzende von Bildern fielen über ihn her. Das Licht um den Leuchtenden Mann verschwand, brachte ihn zurück in die Dunkelheit, umgeben von einem schwachen, blauen Glühen. Er bewegte sich, und Sean erhaschte sein Gesicht aus dem Augenwinkel. Für einen Moment sah Sean einen unmenschlichen Ausdruck von Haß, böse und geisteskrank. Sean schrie weiter. Das Böse Ding stolperte nach hinten, fort von dem plötzlichen Geräusch, unsicher, was zu tun sei, während sich der falsche Sean mit einem Affenschrei nach hinten rollte, aus dem Blickfeld fiel und auf dem Boden landete.

Sean konnte erkennen, daß der Leuchtende Mann Patrick wie eine Puppe in seinen Armen hielt. Sein Bruder schien ganz bleich zu sein, ohne Farbe. Sean schrie weiter. Er konnte hören, wie seine Eltern aus der Halle seinen Namen und den seines Bruders riefen; dann ertönte Gabbies Stimme, die fragte, was los sei. Bad Luck stürmte die Treppe hinauf, sein Bellen forderte alles und jeden heraus, der seiner Familie schaden wollte. Sean schrie weiter.

Wieder machte der Leuchtende Mann einen Schritt auf Sean zu, griff nach ihm. Er zog seine Hand zurück, als hätte er erkannt, daß er Sean nicht mehr gefangennehmen konnte. Einem hohlen Seufzer der Enttäuschung folgte eine entfernte Stimme, die sagte: »Wir werden uns wieder treffen.« Dann erklang ein fröstelndes Lachen.

Sean wußte jetzt, was Verzweiflung war.

Der Leuchtende Mann zog sich in die Ecke zurück. Das Böse Ding und der falsche Sean hasteten, um zu Füßen ihres Meisters zu stehen, während der Leuchtende Mann Patrick in seiner Armbeuge hielt, als würde er nichts wiegen. Das verbliebene Glühen wurde schwächer, und die Dunkelheit nahm die vier Figuren in der Ecke in sich auf.

Dann loderte das Zimmerlicht auf, und Gloria stand in der Tür. Sie fror einen Moment, als sie die finsteren Gestalten sah, wie sie sich in der Ecke neben einer männlichen Figur kauerten, die einen ihrer Söhne in ihren Armen hielt. Alle glichen ruhigen Schatten, denn das Zimmerlicht konnte die Finsternis nicht ganz durchdringen. Dann waren die finsteren Figuren fort. Gloria hielt im Schritt inne, blinzelte verwirrt und zweifelte an ihren sieben Sinnen. Der Moment verstrich. Langsam schüttelte Gloria ihren Kopf, als wolle sie ihre Einbildung abschütteln. Sie blickte herunter und sah Patrick schlafend in seinem Bett liegen und ging an die Seite des Bettes. Sie griff nach Sean und sagte: »Liebling! Was ist los?«

Sean zitterte und bebte. Er hatte ins Bett gemacht, und seine Pyjamahose war naß. Seine Augen konnten nicht stillstehen. Sein Mund war weit geöffnet, der Kiefer zog sich zusammen, während sein herzzerreißender Schrei anhielt. Speichel lief ihm am Kinn herunter, und sein Körper war in Schweiß gebadet. Er konnte nur ein einziges Geräusch machen: *den Schrei.*

Der Schrei wurde für Sean zur Realität. Er war etwas Greifbares in einer Welt, die sich bis zur unwirklichen Geisteskrankheit verdreht hatte. Er konnte sich in diesem Schrei verstecken, ihn um seine ganze Familie wickeln und alle innerhalb seiner Umarmung beschützen. Seine Kehle war rauh, und sein Körper war geschunden durch die Spannung und den

Schmerz, als die Angst versucht hatte, wie ein brennendes Gift durch seine Haut zu dringen, aber der Schrei wurde fortgeführt, beruhigend und real. Er füllte das Zimmer aus, umgab ihn und seine Familie mit einer realen Barriere, so wirklich wie Holz oder Stein oder Stahl. Der Schrei ging weiter und weiter, denn Sean wußte, in dem Moment, in dem er aufhörte, würden der Leuchtende Mann und seine Kumpane wieder auftauchen, um Seans Mutter und Vater und Gabbie zu holen.

Phil betrat das Zimmer und ging zum Bett hinüber; Gabbie stand auf der Türschwelle mit einem alarmierten Ausdruck auf dem Gesicht, als Phil sich zu der unteren Koje kniete. Gloria streckte ihre Hand aus, um Sean zu berühren, aber der Junge stieß sie weg, versuchte noch tiefer in die Ecke zu kriechen. »Sean! Was ist los, mein Kind? Bitte hör auf zu schreien. Es ist alles in Ordnung.« Ihre Augen sprudelten über, und ihr Gesicht reflektierte den Schmerz und die Angst, die sie in ihm fühlte.

Sean wollte ihr sagen, daß nichts in Ordnung war, und er wußte, daß seine Mutter dies auch verstehen würde. Er konnte es in ihrem Gesicht sehen, aber er wußte, daß er den Schrei nicht unterbrechen konnte, um es ihr mitzuteilen. Wenn er aufhören würde, würden sie alle von dem Leuchtenden Mann eingefangen. Alles, was er tun konnte, war, auf die Ecke zu deuten und zu schreien. Er versuchte es seinen Eltern verständlich zu machen. Seine rechte Hand zeigte in die Ecke, und seine linke trommelte auf die Wand, um es ihnen verständlich zu machen. Er warf sich vor und zurück und schwankte von Seite zu Seite, während er auf die Wand schlug, um es ihnen begreiflich zu machen. Gloria stand da und hielt ihre Hand unentschlossen auf halber Entfernung zu ihrem Sohn. An Sean erkannte sie, daß die Folter Rache an den Unschuldigen nimmt, und sie war unfähig, ihm zu helfen. Sean schrie immer noch.

»O mein Gott!« rief Phil, und Gabbie griff mit weißen Knöcheln nach dem Türpfosten.

»Was!« Gloria machte einen ängstlichen Schritt nach vorn.

»Patrick ist bewußtlos. Er brennt vor Fieber. O Gott. Gabbie, ruf im Krankenhaus an, daß wir kommen.« Phil wickelte Patrick in eine Decke und trug ihn nach unten in die Halle.

Gloria zwang sich dazu, ihre Hand auszustrecken und Sean zu berühren, und sagte: »Er ist auch ganz heiß.« Von dem Gedanken, ihrem Sohn helfen zu müssen, angespornt, ignorierte sie die nasse Decke und den Zustand des Pyjamas, riß den immer noch schreienden Jungen in ihre Arme und schlug die Decke um ihn. Die Bedeutung dieses Augenblicks verscheuchte den konfusen, angsteinflößenden Anblick, der sich ihr an der Tür zum Zimmer der Jungen dargeboten hatte aus ihrem Gedächtnis, und sie rannte hinter ihrem Mann her, in die Halle.

Gabbie eilte in ihr Zimmer zurück und nahm den Hörer von ihrem Telefon, wählte die Auskunft und bat darum, mit der Notaufnahme des Krankenhauses verbunden zu werden. Gabbie hörte, wie ihr Vater draußen den Wagen startete; die Reifen wirbelten den Kies auf, als er die Auffahrt hinunterschoß. Und in der Nacht, noch lange nachdem das Geräusch des Autos verklungen war, konnte Gabbie Sean schreien hören.

2

Jack reichte Kaffee herum. Er und Gabbie waren zwanzig Minuten nach Phil und Gloria im Krankenhaus eingetroffen. Gabbie hatte bei Aggie angerufen, und er hatte sich sofort in Marsch gesetzt. Er hatte einen Kaffeeautomaten ausfindig gemacht und jedem eine Tasse mitgebracht.

Eine halbe Stunde nachdem Jack und Gabbie angekommen waren, kam der junge Arzt aus dem Notaufnahmezimmer, eine Akte unter seinem Arm und einen Becher Kaffee in seiner Hand. Gloria sprang sofort auf. »Wie geht's den Jungen, Dr. . . .?«

»Murphy, Jim Murphy, Mrs. Hastings.« Der Arzt saß ihnen

im Wartezimmer gegenüber. Er nippte an dem Kaffee, und plötzlich wurde sich Gloria bewußt, daß sie hier die einzige war, die stand. Sie nahm ebenfalls Platz, und Dr. Murphy öffnete die Akte und sagte: »Der Junge, der bei Bewußtsein war . . .«

»Sean«, ergänzte Phil.

»Sean«, fuhr der Arzt fort, »war ziemlich erregt. Aber außer seinem hohen Fieber – ohne ersichtlichen Grund – haben wir bei ihm nichts gefunden. Wir haben ihm Beruhigungsmittel gegeben und bringen ihn jetzt auf die Kinderstation. Wenn sich innerhalb eines Tages nichts ändert, kann er nach Hause. Der andere Junge« – er schaute in die Akte – »Patrick, ist ein anders gelagerter Fall. Er hatte über vierzig Fieber und . . . nun ja, wir haben es runter bekommen, aber wir müssen ihn noch genau beobachten.« Noch während er sprach, wurde Patrick von zwei Wärtern aus dem Notaufnahmezimmer hereingefahren.

Gloria beobachtete, wie die Trage außer Sicht rollte, und sagte: »Wo bringen sie ihn hin?«

Aus ihrer Stimme war Panik herauszuhören, so daß der Arzt sie einen Moment anschaute, bevor er antwortete. »Wir müssen ihn sehr genau beobachten. Wir bringen ihn auf die Intensivstation.«

Sofort wurde Panik in Glorias Augen sichtbar. »Intensivstation! Mein Gott, was fehlt ihm!«

Der Arzt versuchte beruhigend zu wirken. »Mrs. Hastings, Patrick hatte sehr hohes Fieber. Wir haben es auf ungefähr vierzig herunterbekommen und halten es eine Zeitlang auf dieser Temperatur. Bei sehr hohem Fieber verliert der Körper häufig die Fähigkeit, seine eigene Temperatur zu regulieren. Wir möchten Patrick im weiteren Verlauf der Nacht einfach sehr genau beobachten, als Vorsichtsmaßnahme sozusagen.« Er blickte wieder auf das Formular, bei welchem Phil der Aufnahmeschwester geholfen hatte. »Die Wahrheit ist, daß wir keinen Hinweis darauf haben, was Ihren Jungen fehlt. Wir können eine ganze Reihe von Ursachen ausschließen, weil sie vor dem Zubettgehen keine Beschwerden zeigten. Es könnte eine ungewöhnliche Art einer Lebensmittelvergiftung sein, aber sie haben sich alle nicht angesteckt.«

»Dr. Murphy, den Jungen ging es gut, als sie zu Bett gingen«, sagte Phil.

»Ich weiß, Mr. Hastings. Ich nehme an, daß wir es mit einem ziemlich robusten Virus zu tun haben, das hart und schnell zuschlägt. Aber bevor wir nicht einige Laboruntersuchungen vorgenommen haben, sind das nur Vermutungen. Alles, was wir im Moment tun können, ist, es den Jungen bequem zu machen, sie im Auge zu behalten, sie aufgrund von Symptomen zu behandeln und am Morgen als erstes mit der Arbeit zu beginnen.«

Mit ihren weit geöffneten Augen und einem fast panikartigen Blick schien Gloria unfähig, sich zu bewegen oder zu sprechen. Sie schien zu zittern. Der Arzt sagte. »Ma'am, wir tun alles Menschenmögliche.« Sie antwortete nicht, brachte nur ein angedeutetes Nicken zustande. Der Arzt sagte: »Ich stelle Ihnen ein Rezept für ein Beruhigungsmittel aus, Mr. Hastings. Ich denke, es ist für Sie und Ihre Frau von Vorteil, heute nacht jeweils eine Tablette einzunehmen. Wir werden vor morgen nachmittag nicht die leiseste Ahnung haben, um was es hier geht.«

Gloria lehnte sich schwerfällig gegen Phil, der »Danke, Doktor« sagte.

Der Arzt erhob sich und ging hinüber zur Schwesternwache, wo er etwas auf einen Rezeptblock kritzelte. Er reichte Jack das Rezept. »Sie können das in der Apotheke in der Eingangshalle einlösen. Sie haben die ganze Nacht geöffnet.« Jack entfernte sich rasch. Der Arzt sagte: »Ihr solltet wirklich alle nach Hause gehen. Ich befürchte, das hier nimmt viel Zeit in Anspruch. Sie sollten damit rechnen, daß Patrick mindestens ein paar Tage hierbleibt.«

Gloria lehnte sich an Phil, ihren Kopf an seiner Schulter. Sie schloß für einen kurzen Moment ihre Augen und sah wieder das Bild von der Dunkelheit in der Ecke des Zimmers der Jungen. Eine schwache Erinnerung an ein Geräusch, wie der Rhythmus des Windes, und ein vager, würziger Geruch von

Blumen wurden ihr ins Gedächtnis gerufen und für eine Sekunde spürte sie einen Stich, der Panik bedeutete.

Gloria hatte die Orientierung verloren, als sie versuchte, die Erscheinung zu zentrieren. Phil sah die Panik in ihren Augen: »Es wird alles gut werden, Liebling. Sie tun alles Menschenmögliche.«

Gloria schien ihren Mann nicht zu hören. Sie blickte wirr durch das Zimmer. Plötzlich ließ sie einen qualvollen Schrei heraus. »Patrick!« Sie bewegte sich nach vorne, als wolle sie zur Intensivstation rennen. Gabbie und Phil hielten sie zurück, und ihre Stimme überschlug sich hysterisch, während sie immer lauter wurde.

Der Arzt rief in Richtung Schwesternstation nach einem Sedativ, welches von einer Schwester schnell gebracht wurde. Er injizierte es der tobenden Gloria, und innerhalb einer Minute befand sie sich in einem halb-betäubten Zustand. Jack kehrte mit dem Rezept zurück und erfaßte sofort, was geschehen war. Der Arzt sagte: »Ich denke, Sie sollten jetzt alle nach Hause gehen und retten, was die Nacht an Schlaf noch hergibt. Und bevor Sie zurückkommen, wäre es besser, eine von diesen Tabletten zu nehmen, die ich verschrieben habe, allerdings sollte Sie jemand fahren.«

»Danke«, sagte Phil. Zu Jack sagte er. »Sieh zu, daß Gloria und Gabbie nach Hause kommen, ja?«

Gabbie legte ihre Hand auf den Arm ihres Vaters. »Dad?«

»Ich bleibe.«

Der Arzt wollte protestieren, aber etwas in Phils Augen ließ ihn nachgeben. »In Ordnung, ich spreche mit den Schwestern auf der Kinderstation, daß Sie die Erlaubnis haben, die Nacht in Seans Zimmer zu verbringen. Aber die Intensivstation ist verboten.« Phil sah aus, als wolle er Einspruch erheben, aber der Arzt sagte: »Das ist nicht übertragbar. Keine Besucher dürfen länger als zehn Minuten auf die Intensivstation, und das auch nur während der Besuchszeiten. Keine Ausnahme, Mr. Hastings.«

Phil stimmte zu und schickte Gloria, Gabbie und Jack fort. Er dankte dem Arzt und nahm den Aufzug zur Kinderstation, wobei er auf der Hinweistafel an der Wand des Aufzuges las, daß sich die Intensivstation zwei Etagen tiefer befand. Er meldete sich im Schwesternzimmer, und man sagte ihm, daß Sean in Zimmer 512 liege. Er ging hin und fand seinen schlafenden Jungen in einem Zweibettzimmer vor. Das andere Bett war leer.

Phil lehnte sich an das Gitter des Bettes. Er schaute auf das Gesicht seines Sohnes, und er sah in Seans Gesicht das von Patrick. Er bedeckte seine Augen und begann zu weinen. Sein ganzes Leben lang hatte sich Philip Hastings für einen vernunftbestimmten Mann gehalten, jemanden, der mit der Verrücktheit seiner ersten Frau mit dem launischen Temperament und mit einer Karriere auf einem Gebiet, wo abrupte und unvorhergesehene Veränderungen an der Tagesordnung waren, zurechtkommen mußte. Er hatte sich selbst für einen Mann gehalten, der fähig ist, dem Unerwarteten zu wachsen. Aber das hier zwang ihn in die Knie.

Es war nie seine Stärke gewesen, starke Emotionen zu zeigen, und nun kämpfte Phil darum, sich zusammenzureißen. Er betrachtete einen Moment lang das leere Bett, entschied sich dann aber anders. Etwas hielt ihn davor zurück, ein Krankenhausbett zu benutzen. Er ging hinüber zu dem großen Sessel neben Seans Bett und machte es sich bequem. Innerhalb weniger Minuten verlangte die vorgerückte Stunde ihren Tribut, und er glitt in einen Halbschlaf.

Phil spürte, wie er in eine graue Landschaft abdriftete, in einen Ort im Halbschatten, der übersät war mit vom Blitz zerschmetterten schwarzen Bäumen, ein finsterer und lebloser Wald, in dem sich schattenhafte Figuren aus seinem Gesichtsfeld herausbewegten. Flüstertöne, die sich ungewöhnlich anhörten und kaum zu verstehen waren, täuschten Vertraulichkeit vor. Dann rief ihn eine entfernte Stimme. Es war Patrick! Er konnte ihn rufen hören: »Daddy!«

Phil richtete sich geschwind wie ein Pfeil auf, sein Herz raste, während die ruhige Stimme der Lautsprecheranlage ihre Botschaft wiederholte. Er blinzelte und stellte fest, daß er von kaltem Schweiß durchnäßt war; er schüttelte seinen Kopf, um sein vernebeltes Gehirn zu klären. Erneut wiederholte die Stimme ihre Nachricht. »Code Blau, Intensivstation. Dr. Murphy zur Intensivstation, dringend.«

Phil ging an dem Schwesternzimmer vorbei, bevor die beschäftigte Schwester mit ihm sprechen konnte. Er ließ den Lift links liegen und nahm die Treppen, zwei Stufen auf einmal. Zwei Etagen unterhalb Seans Zimmer drückte er auf die Querstange der großen Tür und betrat einen Vorraum. Doppeltüren wiesen darauf hin, daß er vor der Intensivstation stand, und daß das Betreten verboten war. Er ging hindurch und befand sich neben dem Schwesternzimmer mit sechs Monitoren gegenüber einer Glaswand, durch die er sechs Betten sehen konnte. Eine Gruppe von Ärzten beugte sich geschäftig über ein Bett, während eine Krankenschwester Phil ermahnte, ihr zu gehorchen.

Ohne Entschuldigung griff sie nach ihm. »Sir, Sie können hier nicht bleiben.«

Phil, noch halb betäubt, ließ sich von der kleinen Frau durch die Türen zurückdrängen. Draußen sagte er: »Was . . .«

»Der Doktor kommt so bald wie möglich zu Ihnen.« Sie lief durch die Türen und ließ Phil im Wartebereich allein zurück.

Eine Stunde später kam Dr. Murphy heraus und setzte sich zu Phil. »Mr. Hastings . . . Sehen Sie, ich war noch nie gut darin, Angehörige zu beruhigen, also sage ich es einfach gerade heraus: Patrick hatte, was wir einen Herzzwischenfall nennen.«

»Einen Herzanfall?« fragte Phil ungläubig.

Der Doktor sah müde aus. »Nicht ganz. Eine leichte Fibrilation. Es ist unter Kontrolle, und wir beobachten Patrick genau. Der Körper des Jungen mußte während der letzten sechs Stunden viele Strapazen durchmachen . . . und manchmal passieren dann solche Sachen. Eine Menge der regulativen Funktionen wurden durcheinandergebracht.«

»Aber er ist in Ordnung?«

»Soweit es den Herzteil betrifft, denke ich schon. Es werden einige Tests vorbereitet, die wir durchführen, um zu bestimmen, ob die Herzmuskulatur einen dauerhaften Schaden davongetragen hat. Aber . . .«

»Was?« sagte Phil und spürte die furchtbare Gewißheit, daß etwas Schreckliches passiert war.

Der Doktor erhob sich. »Kommen Sie mit mir, Mr. Hastings.«

Phil folgte dem jungen Arzt zurück auf die Intensivstation, wo er einen anderen Arzt und mehrere Krankenschwestern erblickte, die die Anzeige über Patricks Kopf mit versunkenem Gesichtsausdruck beobachteten.

Mit einem müden Tonfall in seiner Stimme sagte Dr. Murphy: »Mr. Hastings, Patricks Fieber war schrecklich hoch und hält an . . . wer weiß wie lange? Ich befürchte, daß wir einen ziemlich ernsten neurologischen Schaden vorfinden werden.«

»Neurologisch?« Phil flüsterte, als wäre das Wort ihm fremd und die Bedeutung ihm gänzlich unbekannt.

»Gehirnschaden, Mr. Hastings«, erläuterte der Arzt, dem diese Worte offensichtlich zuwider waren.

Phils Augen schlossen sich, und er zuckte bei diesen Worten zusammen. »Wie schlimm geschädigt?« fragte er ruhig.

Der Doktor schüttelte den Kopf. »Normalerweise würde ich nicht glauben, daß er durchhält.«

»Was meinen Sie mit ›normalerweise‹?«

Dr. Murphy deutete auf die Ansammlung von Maschinen, an die Patrick angeschlossen war. Die Bildschirme zeigten tanzende Linien, die in rasender Geschwindigkeit hin und her schnellten. »Sehen Sie diese Monitore, Mr. Hastings?« Phil nickte. »Sie verraten uns, was von Minute zu Minute mit Patrick geschieht.«

Er ging hinüber zu einem Bildschirm neben dem Bett. »Das ist ein Elektroenzephalograph, ein EEG.« Sein Finger deutete auf drei zackige Linien auf dem Bildschirm, die sich heftig bewegten. »Wenn bei Patrick ein Gehirntod vorliegen würde, wären diese flach.«

»Dann ist er also in Ordnung?« sagte Phil.

Murphy sagte: »Mr. Hastings, ich bin hier erst in meinem zweiten praktischen Jahr. Im Moment weiß ich noch nicht einmal meinen eigenen Namen. Ich habe noch nie etwas derart Ungewöhnliches wie das gesehen – und ich bezweifle, daß unser Neurochirurg es hat. Dies hier ist so weit von einem normalen Gehirnwellenmuster entfernt . . .«

»Ist Patrick in Ordnung?«

Murphy trat wieder an Phils Seite, nahm seinen Arm und führte ihn zurück durch die Tür zum Wartebereich. »Mr. Hastings, ich habe nicht die leiseste Ahnung.« Er nahm Phil mit nach draußen.

Der Vater setzte sich und schaute den Arzt an. »Was tun wir also?«

»Als erstes rufe ich morgen Dr. Winegate herein, er ist der Chef der Neurochirurgie. Er könnte in der Lage sein, herauszufinden, was hier vorgeht, aber darüber hinaus habe ich keine Ahnung.«

Phil lehnte sich zurück. Nach einer Weile schloß er seine Augen. Der Doktor blieb neben ihm sitzen. Durch den Lautsprecher ertönte eine Stimme, sie kündigte einen weiteren Notfall in der Notaufnahme an. Dr. Murphy stand auf. Hier konnte er nichts mehr tun.

Während Phil benommen im Wartebereich saß, schaute eine der Schwestern durch das Glas bei Patricks Bett. Sie hätte schwören können, für einen kurzen Moment ein Flackern um den Jungen herum gesehen zu haben, als wenn irgendeine Art von Energie vorwärts glühte und dann verschwand. Sie führte es auf den aufreibenden Code Blau und die Müdigkeit sowie all die unheimlichen Bildschirme zurück. Sie schaute hinüber zu Patricks Monitorschirmen und schüttelte ihren Kopf. Wenn irgend etwas falsch lief, wie würde sie es wissen? Die Schirme waren unlesbar. Sie blickte auf ihre Uhr und sah, daß sie in zwei Stunden Feierabend hatte; dann müßte sich jemand anderes den Kopf zerbrechen. Sie kehrte zum Ausfüllen ihres halbstündigen Berichtes zurück.

In dem Bett hinter dem Glas, neben der weißen Decke, bewegten sich Patricks Füße, ein kaum merkliches Zucken der Muskeln, als würde er im Traum fröhlich tanzen, und ein winziges Lächeln durchzuckte seine Mundwinkel für eine Sekunde. Dann hielt die Bewegung inne.

3

Gabbie stand im Türrahmen und blickte auf ihren Vater hinunter, der bei Sean saß und ihn anstarrte. Jack hatte sie am Eingang 'rausgelassen, während er versuchte, einen Parkplatz zu ergattern. Sie war vor einem Moment gekommen. Sie blickte ihrem Vater über die Schulter auf den schlafenden Jungen, der sich ruhelos bewegte. »Dad?«

Phil blickte auf, und Gabbie fühlte sich, als würde ihr beim Anblick des Schmerzes in seinen Augen das Herz zerbrechen. Schnell stand sie an seiner Seite und kniete nieder. Sie griff nach seiner Hand.

Mit einer Stimme, die durch seine Gefühlserregung ganz rauh war, sagte er: »Hi, Liebes.«

Gabbies Augen füllten sich mit Tränen, denn ohne daß er irgend etwas sagen mußte, wußte sie, daß etwas Schreckliches mit Patrick passierte. Gabbie kämpfte eine lange, stille Zeit gegen den Kummer, bis Jack leise ins Zimmer kam.

Kurz danach erschien Dr. Murphy. Gabbie sprach weich, aber sie zögerte nicht, als sie sagte: »Doktor, ist mein Bruder tot?«

Dr. Murphy schaute an ihr vorbei zu Phil, der nickte. Der Doktor bewegte Gabbie und Jack dazu, ihn in der Halle zu treffen. Vor dem Zimmer sagte er: »Nein, Miss Hastings, Ihr Bruder ist nicht tot. Er litt letzte Nacht an sehr hohem Fieber, welches seinen höheren Gehirnfunktionen anscheinend etwas Ungewöhnliches zugefügt hat. Im Moment haben wir ihn an eine Reihe von Überwachungsgeräten angeschlossen, aber um ehrlich zu sein, wir haben nicht den leisesten Hinweis auf das, was Ihrem Bruder fehlt.«

»Wird er wieder in Ordnung kommen?« wollte Gabbie wissen.

Der Doktor schien einen Moment unsicher zu sein. »Miss, wir wissen es im Moment einfach noch nicht.«

Gabbie stand wie vom Schlag getroffen da. Schließlich fragte sie mit weicher Stimme: »Wann werden Sie es wissen?«

»Dr. Wingate, unser bester Neurochirurg, schaut ihn sich gerade an. Er ist sehr scharfsinnig. Er wird . . . sich mit Ihnen und Ihrem Vater ehrlich unterhalten. Mir ist aufgefallen, daß Patrick vor einiger Zeit wegen ein paar Schnittwunden aufgenommen wurde, und Sie deuteten an, daß Dr. Latham Ihr Arzt war. Er wird in Kürze hier sein, und ich werde als erstes mit ihm sprechen. Beide werden dann mit Ihrem Vater reden.«

Gabbie nickte, während sie zu Phil hinüberschaute. Er saß nur da und starrte auf Seans Gesicht und beachtete anscheinend Gabbies Gespräch nicht.

In Seans Zimmer achtete Gabbie nicht auf die unbequeme Armlehne, auf der sie saß, als sie ihren Vater fest umarmte. Jack stand jetzt neben ihr und legte seine Hand auf ihre Schulter. Es wurde kein Wort gesprochen. Sie konnten nur warten.

Zwei Etagen weiter unten blickte eine Schwester durch die Glastrennwand zu Patrick. Als sie den Blick kurz von ihm abwandte, fing sie das kurze Zucken einer Bewegung auf und blickte schnell zurück. Der Junge lag noch immer genauso da, wie sie ihn vorgefunden hatte, als sie ihren Dienst antrat, aber irgendwie hatte sie für einen Moment gedacht, er habe sich bewegt. Geringfügig, vielleicht, aber sie konnte das Gefühl nicht loswerden, daß er sich in der Tat bewegt hatte. Sie schaute auf Patricks Monitor, aber der Bildschirm war immer noch unleserlich. Sie schüttelte das Gefühl ab und murmelte zu sich: »Zu viele Jahre, um nervös zu werden. Ich glaube, ich brauche einen Urlaub.«

In einem fremden Land kämpfte Patrick darum, eine entfernte Stimme zu hören. Seine Mutter? Dann verschwand die Stimme, und seine Aufmerksamkeit kehrte zu seiner Umgebung zurück. Wie merkwürdig, dachte er. Die schwarzen Bäume und die entfernten Sterne, die Düfte, die der warme Wind mit sich bringt. Die Gedanken kamen wie Licht, das sich durch den verschwommenen und schweren Nebel kämpfte; Patrick wußte, daß etwas nicht stimmte, aber er wußte nicht was, und ungewöhnlicherweise machte ihm das nichts aus. Er ließ seinen Gedanken freien Lauf, und bald war die Stimme in Vergessenheit geraten.

4

Dr. Theodore Wingate überprüfte den Computerausdruck mit den Überwachungsdaten auf der Intensivstation. Dr. Latham stand hinter dem Neurochirurg, während er das auseinandergefaltete Papier überprüfte. Dr. Murphy war bei Patrick.

Phil saß bei den Ärzten in Wingates Büro. In Kürze müßten Gabbie und Jack Sean abholen, der heute entlassen werden sollte. Gloria stand zu Hause unter Beruhigungsmitteln, und Aggie kümmerte sich um sie.

Wingate gab sich hart, war aber ein rücksichtsvoller, liebenswerter Mann und ein kompetenter Neurochirurg, wie Phil schnell erkannte. Er hatte ein rundliches Gesicht, und sein Haar war vorzeitig weiß geworden, was sein gesundes Aussehen zur Geltung brachte. »Phil, ich weiß nicht, was das alles bedeuten soll«, sagte Dr. Wingate nun.

Phil seufzte. Ihm kam diese Unsicherheit beklemmend vor, und mit jeder Stunde, die vorüberging, wurde er zunehmend ungeduldiger. »Was tun wir also?«

»Wir warten«, sagte Wingate mitfühlend. »Phil, Patrick hat ein ernsthaftes Fieber durchgemacht, welches sein Gehirn irgendwie geschädigt hat.« Er blickte auf die Fahnen. »Augenscheinlich sind höhere Funktionen durcheinandergeraten. Seine Gehirntätigkeit ist . . . einzigartig. Ich kann ihnen nicht einmal sagen, was sein Herz schlagen und seine Lungen atmen läßt. Seine Herzkrise ist vorbei, aber warum er noch lebt . . . Phil, ich weiß nicht, worüber zum Teufel ich rede. Es kann sein, daß es eine Art von Gehirn . . . Kurzschluß gegeben hat, der sich selbst bestraft. Es kann sein, daß er . . . sich wieder erholt. Aber ich weiß es einfach nicht.«

»Was kann ich tun?« flüsterte Phil rauh.

»Was der Rest von uns auch tut: warten«, sagte John Latham. »Sie gehen besser nach Hause, Phil. Sie brauchen Ruhe.«

Phil nickte schweigend. Er wußte, daß er Gloria gegenübertreten mußte. Doch was konnte er ihr sagen?

Nach einer langen, schmerzvollen Pause sagte Wingate:

»Gehen Sie nach Hause, Phil. Wenn Sie möchten, rufe ich Ihre Frau an.«

Phil schüttelte seinen Kopf und schaute mit geröteten Augen hoch. Er schien plötzlich befangen zu sein. Dr. Latham nahm eine Schachtel Kleenex oben vom Schreibtisch und reichte sie ihm. Phil putzte sich die Nase. »Nein, Teddy. Gabbie und Jack kommen . . .« Er blickte zu einer Wanduhr und sagte: »Mist. Sie sind wahrscheinlich schon da und warten draußen.« Er erhob sich, schwankte ein wenig.

Dr. Latham drückte ihn zurück in den Stuhl. »Ich werde sie holen.«

»Nein, das mache ich lieber selber.« Während er auf die Tür zuging, sagte Phil: »Danke, euch beiden.«

Dr. Wingate sagte: »Phil, ich wünschte von ganzem Herzen, daß wir etwas tun könnten. Ja, wirklich.«

Phil ging, und beide Ärzte schienen etwas an sich vorbeilaufen zu lassen, um ein wenig schwächer werden zu dürfen, jetzt, da der trauernde Vater fort war. Dr. Latham sagte: »Wird wohl niemals einfacher, oder?«

»Nein«, antwortete Wingate ruhig. »Als ich ständiger Vertreter war, hatten wir einen brillanten Assistenzarzt, der turnusmäßig in unseren Diensten war. Der Junge war so verdammt smart, ich fühlte mich ganz dumm – kein einfacher Fall, wie Sie wissen. Als er seinen Turnus beendet hatte, versuchte ich, ihn für das nächste Jahr zu gewinnen. Ich kann mich noch an seine Antwort erinnern. Er sagte: ›Neurochirurgie? Ich bin nicht Arzt geworden, um meine Patienten sterben zu sehen.«‹

John Latham nickte verständnisvoll und sagte: »Das ist wahr, Teddy. Deshalb bin ich froh, nur ein praktischer Arzt zu sein. Nun gut, ich muß meine Runde machen«, und er ging auf die Tür zu. »Ich seh' dich dann . . .«

Plötzlich ging die Tür auf, und Dr. Murphy steckte seinen Kopf herein. »Kommen Sie, schnell!«

Beide Ärzte folgten Murphy durch die Halle zur Treppe. Selbst der untersetzte Wingate rannte die Stufen zur Intensivstation herauf. Als sie durch die Türen drangen, kam ihnen ein heiseres, tierähnliches Kreischen entgegen. Patrick saß aufrecht im Bett, mit einem bösartigen Grinsen im Gesicht schrie und jaulte er. Er hatte das Krankenhaushemd ausgezogen, saß im Bett und eine Hand umklammerte seine Lenden. Mit der anderen verrieb er eine dunkle Substanz in seinem Haar, während er wie ein Verrückter lachte. Die Sensoren der verschiedenen Überwachungsgeräte waren herausgezogen und zur Seite geworfen worden; jetzt baumelten sie an den Maschinen.

Eine der Schwestern stand in der Nähe der Tür, während eine andere heftig die Vorderseite ihrer Uniform säuberte. Wingate schaute zu der Schwester mit dem Handtuch und sagte: »Nancy, was ist passiert?«

Mit einem Todesblick sagte die junge Frau: »Ich überprüfte gerade die Leitungen zu der Maschine, als er aufwachte. Die Bildschirme konnte man unmöglich lesen, also wurde ich auch nicht gewarnt.«

Als Wingate sich daran machte, Patrick zu untersuchen, sagte Murphy: »Was ist das für ein Zeug auf Ihrer Uniform?«

Die Schwester sagte: »Scheiße. Können Sie das nicht am angenehmen Duft erkennen?«

Dr. Latham sagte: »Hat er das gemacht?«

Sie bemühte sich, etwas von ihrem professionellen Gleichgewicht zu behalten, und sagte: »Ich spürte, wie etwas nach meiner rechten Brust griff, und blickte nach unten. Er war wach und hatte sich ins Bett entleert. Er rieb es auf meine Brust.«

Lathams Ausdruck zeigte offensichtlichen Unglauben. Die Stimme der Schwester war in eine ruhigere Tonart übergegangen, aber ihr Gesichtsausdruck verriet Zorn. Latham konnte sich nicht vorstellen, was diese heftige Reaktion hervorgerufen haben könnte. Nancy Roth war eine geschulte, erfahrene Schwester und war wiederholt mit den häßlicheren Seiten der Pflege fertig geworden. Sie hatte vorher Patienten säubern müssen, die sich auf sie erbrochen hatten, und sie hatte Blutspritzer abbekommen. Nichts, was so weltlich ist wie Exkremente, hätte auch nur ein Zehntel der Verzweiflung und des Zornes hervorgerufen, den sie jetzt an den Tag legte. »Was noch?« fragte er.

Die Augen der Frau ähnelten einem kontrollierten Zornessturm.

»Ich schob sie weg und der . . . *Patient*«, sagte sie, »masturbierte.« Ihre Stimme wurde sanfter, und ihr Tonfall drückte mehr Verwirrung als Zorn aus.

Murphy und Latham schauten beide durch die Glastrennwand dorthin, wo Wingate und eine andere Schwester versuchten, das kreischende Kind zu beruhigen. Die Schwester fuhr mit ihrer Geschichte fort. »Ich weiß nicht, ob ich es Ihnen erzählen kann . . . ich wurde angesehen . . . Doktor, er hatte einen Ausdruck auf seinem Gesicht, den . . . so etwas sollte man niemals bei einem Kind sehen.«

Beide Ärzte drehten sich um und betrachteten die Schwester. Dr. Murphy sagte: »Nancy, was meinen Sie mit ein Blick?«

»Er schaute mich wie ein Matrose in einer Oben-ohne-Bar an. Nein, es war schlimmer. Es war ein obszöner Blick.« Sie schaute Patrick an und wendete dann ihre Augen ab. Ihre Stimme reduzierte sich zu einem Flüstern, als sei sie verlegen. »Ich weiß, er ist nur ein Kind, aber . . . es war, als wäre er bereit zu vögeln.« Beide Ärzte blickten sich fragend an. Schwester Roth winkte resigniert ab und sagte: »Ich weiß. Es ist unmöglich. Aber . . . irgend etwas stimmt nicht. Der Patient . . . Doktores, ich weiß nicht, was es war. Aber es war krankhaft. Und er hat versucht, nach mir zu greifen, als ich ihn zurückhalten wollte.« Sie blies ihre Wangen auf, als versuchte sie, sich unter Kontrolle zu bekommen. »Ich . . . er griff mir genau zwischen die Beine . . . wie ein unflätiger Geistesschwacher. Uff!« Mit dem letzten Geräusch ließ sie alles von sich abgleiten. Sie warf das Handtuch beiseite. »Ich muß mich umziehen.«

»Machen Sie das«, stimmte Latham ihr zu. Die Schwester verließ sie, als Wingate zurückkehrte. Zu Murphy sagte er: »Finden Sie Phil Hastings, bevor er nach Hause geht.« Als der junge ständige Vertreter aus dem Zimmer rannte, rief Wingate ihm nach: »Und sagen Sie ihm um Himmels willen, er solle sich auf einen weiteren Schock vorbereiten.« Wingate und Latham drehten sich wieder zur Glasscheibe und beobachten, wie das kreischende, jaulende Kind mit den drei Schwestern kämpfte, die versuchten, ihn von den Exkrementen zu säubern, die er sich über den ganzen Körper gerieben hatte.

5

Phil stand vor der Tür zur Psychiatrischen Abteilung und wartete auf Gloria und Aggie. Durch das schmale Glasfenster konnte Phil sehen, wie Patrick auf seinem Bett saß, wieder nackt, weil er jedes Kleidungsstück, das man ihm anzog, von sich riß. Er stieß sich vor und zurück und hielt seinen Penis, während er schrie und kreischte, und er hatte die ganze Zeit die Augen auf den Fernseher oben an der Wand gegenüber seinem Bett fixiert. Der Fernseher war hinter gesichertem Plastik, so daß alle Speisen und die Exkremente, die Patrick dagegen geworfen hatte, lediglich das Plastik mit einem Überzug aus einer vielfarbigen Masse versehen hatte.

Phil spürte eine Hand auf seiner Schulter und drehte sich zu Gabbie um, die mit Jack an ihrer Seite hinter ihm stand.

Teddy Wingate und ein anderer Arzt betraten die Abteilung und kamen zu Phil. »Ich habe die Karte an Dr. Webster weitergegeben, unseren Chef der Psychiatrie.«

Phil gab ihm die Hand. »Was ist mit meinem Sohn passiert?« fragte er.

Dr. Webster entgegnete: »Es ist zu früh, etwas darüber zu sagen, Mr. Hastings. Aber durch den Gehirnschaden scheinen Patricks mentale Funktionen auf das Niveau eines Babys zurückgeworfen worden zu sein.«

Phil sackte gegen die Tür und ignorierte die Geräusche, die hindurchdrangen. »Was können wir tun?«

Webster warf einen Blick auf die Karte. »Wir werden weitere Tests machen und versuchen, Teile dieses feindlichen Verhaltens abzuschwächen. Sehen Sie, ich werde mich nachher mit Ihnen unterhalten, in Ordnung?«

Webster wandte sich ab und ging durch eine andere Tür, ohne auf Phils Antwort zu warten. Gabbie drehte sich zu ihrem Vater um und sagte: »Ich mag ihn nicht.«

Wingate sagte: »Peter kann sehr direkt sein, aber er ist gut.« Als er Gabbies zweifelnden Blick sah, sagte er: »Wirklich, er ist gut.«

»Ich möchte einen Spezialisten hinzuziehen«, meinte Gabbie.

»Wen?« fragte Wingate ohne Verlegenheit.

»Wer ist der Beste?«

Ohne zu zögern, sagte Wingate: »Michael Bergmann, unten am John Hopkins in Baltimore. Er hat mehr mit ungewöhnlichen Gehirnfehlfunktionen gearbeitet als irgendein anderer. Und er hat diesen Prototyp, der magnetisch Reaktionen aufzeichnet, welcher einem ein gutes Bild dessen ergeben würde, was in Patricks Kopf vor sich geht. Dieser Zögling ist transportabel, zumindest können ihn zwei starke Männer tragen.«

»Er ist der Beste?« sagte Gabbie.

»Für diese übernatürliche Krankheit«, sagte Wingate, »zweifellos. Ich habe ihn einmal bei einer Tagung getroffen. Er ist ein scharfsinniger Kerl.«

»Dann hole ich ihn.«

Murphy lächelte. »Sie können ihn dazu bringen, hierher zu kommen?«

Gabbie nickte. »Kann ich Ihr Telefon benutzen?« Wingate nickte und geleitete Phil, Jack und Gabbie aus der Psychiatrischen. Einmal in Wingates Büro, setzte sich Gabbie hinter den Schreibtisch, griff zum Telefonhörer und wählte die Vermittlung außerhalb des Krankenhauses an. Sie gab ihr Instruktionen, sich zu beeilen, und wartete, während der Apparat am anderen Ende mehrere Male schellte. »Helen? Gabbie. Ich muß John sprechen.« Nach einem Moment verdunkelte sich Gabbies Gesichtsausdruck, und sie sagte: »Dann unterbrich das Treffen. Das hier ist lebenswichtig.« Die Stimme am anderen Ende begann zu sprechen, und Gabbie sagte: »Komm mir nicht blöde, Helen. Mein kleiner Bruder ist sehr krank, und ich will John in sechzig Sekunden in der Leitung haben, oder du kannst dich in einundsechzig Sekunden nach einem neuen Job umsehen. Klar?« In weniger als einer Minute sagte sie: »John? Gabbie Hastings. Passen Sie auf, haben wir in der Nähe von Baltimore ein Firmenflugzeug? In Washington? Gut, jemand soll dem Piloten sagen, er müsse so schnell wie möglich nach Baltimore fliegen. Ich will . . .« Nach einem Moment sagte sie mit eisiger Stimme: »Jetzt hören Sie zu: Mein kleiner Bruder ist sehr krank und ich brauche das Flugzeug, um einen Spezialisten herzuholen, sobald ich ihn ausfindig gemacht habe.« Wieder kam eine Antwort. »Zwing den Aktionär. Ich besitze 51 Prozent Larkercorp, und wenn ich aus persönlichen Gründen einen Firmenjet haben möchte, dann werde ich ihn mir verdammt noch mal nehmen. Die Gesellschaft kann es mir in Rechnung stellen, wenn Sie meinen, daß das den Ausschuß glücklich macht. Und jetzt lassen Sie den Piloten bitte in Alarmbereitschaft setzen, und sobald der Doktor angekommen ist, möchte ich, daß er nach Buffalo geflogen wird. Nein, der hiesige Flughafen kann nicht mit einem Jet umgehen. Ich werde jemanden bereitstellen, der ihn abholt. Der Name des Mannes ist Dr. Michael Bergman, am John Hopkins. Nehmen Sie jemanden von der Larker Foundation, um ihn zu holen. Er hat so eine Art Prototyp-Maschine . . .« Wingate sprach, und sie wiederholte: »Einen magnetischen Reaktionsaufzeichner. Wir brauchen den ebenfalls hier. Bezahlen Sie ihm jede Summe, John, oder geben Sie ihm einen Eine-Million-Dollar-Zuschuß oder sonstwas. Bringen Sie ihn nur her.« Sie teilte ihm die Einzelheiten mit, ihren Aufenthaltsort und Dr. Wingates Namen. Nach einer kurzen Ruhepause sagte sie: »Danke. Oh, John, tut mir leid wegen des Treffens. Und sagen Sie Helen, daß es mir leid tut, solch eine Hexe gewesen zu sein.«

Sie hängte ein. »Er sagte, er würde sich darum kümmern. Jetzt müssen wir auf Dr. Bergmans Anruf warten.«

»Ich bin schwer beeindruckt«, sagte Jack.

»Es ist nur Geld, Jack. Nichts, weswegen man beeindruckt sein müßte.« Sie lächelte schwach.

Dr. Wingate sagte: »Nun gut, Gabbie, sind Sie sich im klaren darüber, daß, wenn das Spielzeug von unserem Dr. Bergman unterwegs kaputtgeht, Sie ihm ein neues kaufen müssen?«

Sie sagte: »Wenn Sie Patrick helfen können, kaufe ich Ihnen beiden ein neues.«

Wingate grinste. »Ich werde mich daran erinnern, hübsches Mädchen, ich werde mich daran erinnern.« Er stand auf und sagte: »Ich muß mich auf den Weg machen. Ich habe Patienten, um die ich mich kümmern muß. Fühlen Sie sich solange in meinem Büro wie zu Hause.«

Gabbie drehte sich zu ihrem Vater und griff über den leeren Raum zwischen ihren Stühlen, um ihn zu umarmen. »Es wird schon wieder, Dad.«

Mit einem weichen, kurzen Schmerzensseufzer sagte er: »Gott, ich hoffe es.«

Gabbie nickte Jack zu, daß sie einen Moment mit ihrem Vater allein sein möchte. Jack nickte zurück und verließ das Zimmer. Als sie allein waren, sagte Gabbie: »Dad, willst du nicht eine Zeitlang nach Hause gehen? Du bist erschöpft. Und Gloria steht wirklich unter Druck. Ich weiß nicht, was hier vorgeht, aber sie hat ein paar ziemlich unheimliche Sachen gesagt. Ich glaube, sie würde sich besser fühlen, wenn du bei ihr wärst. Wenn sie kommt, um Sean abzuholen, geh mit ihr nach Hause.«

Phil sagte: »Ich habe auch Angst, Gabbie. Ich . . . ich weiß nicht, warum, aber irgendwie habe ich das Gefühl, hier gebraucht zu werden.« Er schaute seine Tochter durch rotgeränderte Augen an und flüsterte: »Er braucht Schutz.«

Gabbies Augen verengten sich. Sie wollte etwas sagen, aber eine schwach widerhallende Erinnerung schob sich davor, eine Andeutung von Melodien und Musik, und der Geruch von Blumen und Gewürzen fiel ihr wieder ein. Sie spürte, wie sie rot wurde, und stand auf. Sie sagte nichts, griff nur nach der Schulter ihres Vaters und drückte sie. Dann lehnte sie sich nach vorne und küßte seine Wange, wobei sie die Stoppeln ignorierte. Sie lehnte ihr Gesicht an seins und konnte die Wärme einer Träne zwischen ihrer und seiner Wange spüren.

Sie wußte nicht, von wem sie war. »Ich liebe dich, Dad«, sagte sie sanft.

»Ich liebe dich auch, Küken«, flüsterte er. Ohne ein weiteres Wort ließ sie ihren Vater allein, und sie wußte, daß sein Gefühl, Patrick benötige Schutz, nicht einfach eine emotionale Reaktion auf die Krankheit des Kindes war. Auf irgendeine Weise gab es eine Gefahr, eine Gefahr um alle herum, und sie hatte sich noch nicht offen gezeigt. Gabbie hatte es gefühlt, und Gloria wußte es, und jetzt empfand es auch ihr Vater. Jack stand draußen auf dem Flur und wartete, sie ging zu ihm hin, und ohne ein Wort nahm er sie in seine Arme. Für einen Moment fühlte sie sich sicher und wünschte, das Gefühl würde anhalten.

Gloria und Aggie kamen in Sichtweite, und Gabbie umarmte sie beide, während Jack die Tür öffnete und Phil Bescheid gab. Er küßte seine Frau und sagte: »Sean scheint es gut zu gehen. Sie können nichts Auffälliges finden, und er kann jetzt nach Hause.«

Gloria, die mitgenommen, aber dennoch gefaßt aussah, schien diese Neuigkeit aufzunehmen. »Gut. Patrick?«

Phil nahm seine Frau am Arm und führte sie an den anderen vorbei, die in kurzer Entfernung folgten. Er führte sie die Treppenflucht hinauf, dann den langen Korridor entlang zur Psychiatrischen Abteilung. Bevor er sie zur Tür von Patricks Zimmer brachte, sagte er: »Du mußt stark sein, Liebes. Patrick hat sich verändert.«

Glorias Augen weiteten sich. »Verändert?«

»Er hat einen . . . Gehirnschaden.«

Mit einem animalischen Schrei drehte sich Gloria, um an ihrem Mann vorbeizukommen, und stieß die Tür auf. Eine diensthabende Schwester begann aus einiger Entfernung über den unauthorisierten Eintritt zu protestieren, während Gabbie rief: »Holt Dr. Latham!«

Phil, in einem unachtsamen Moment überrascht, reagierte langsam und betrat das Zimmer, als seine Frau an Patricks Seite stürzte. Die Schwestern hatten versucht, ihn ganz zu säubern, aber er hatte ins Bett uriniert, und das Zimmer stank nach Ammoniak. Er saß dort und hielt sich selbst umschlungen, schaukelte vor und zurück und beobachtete das Fernsehen. Er blickte seine Eltern an, und der Ausdruck seines Gesichts ließ beide mitten in ihrem Schritt erfrieren. Es war etwas derart Fremdes in seinen Zügen, daß sie es nicht fertigbrachten, die letzten Schritte zu gehen. Phil streckte seine Arme aus und legte seine Hände auf Glorias Schultern, und sie schrie laut: »Patrick!«

In weicher Dunkelheit liegend, hörte Patrick erneut die entfernte Stimme und spürte einen Moment lang ein Alarmzeichen. Dann entfloh es, als der dunkle Diener zurückkam. Patricks Gedanken verschwammen wieder, als er in die dunklen Blumen versank, die das Bett des Meisters umgaben. Ein paar der anderen dort regten sich unregelmäßig, schliefen den ganzen Tag, bis die Nacht sich über die Welt des Lichtes senkte und es Zeit wäre, wieder zu gehen und zu spielen. Zum ersten Mal, seit er hierher gekommen war, spürte Patrick ein merkwürdiges Gefühl der Freude über die Aussicht, bald wieder zu spielen. Dann drängte sich ein Gedanke auf. Es war etwas wegen der äußeren Welt . . . Der Gedanke verschwand, als der dunkle Diener neben Patrick in voller Blüte einsank. Der Junge prüfte den kränklich-süßen Geruch des Dunklen, und ihm fiel auf, daß er nicht so abstoßend war, wie er zuerst angenommen hatte. Als der Schlaf wiederkehrte, wunderte sich Patrick darüber und darüber, wie schnell er die Kreatur, die er einst das Böse Ding genannt, als seinen Kumpan akzeptiert hatte. Die dunkle Kreatur griff über Patrick, legte seine klauenhafte Hand auf den Bauch des Jungen, und zum ersten Mal spürte Patrick ein ungewöhnliches Wohlbehagen bei der Berührung der ledernen Haut. Und für eine kurze Sekunde wunderte er sich über die vertraute Stimme, die ihn geweckt hatte.

6

Phil lungerte vor dem Untersuchungsraum herum. Niemand hatte etwas dagegen, solange Phil nicht im Wege stand. Jeder kannte die Qualen, die er litt, wenn er durch das kleine Glasfenster schaute. Es war jetzt Mittag. Die Ärzte hatten fast den ganzen Morgen an Patrick gearbeitet und beendeten den letzten der Tests, die sie durchgeführt hatten. Gloria war zu Hause bei Sean, der Anzeichen zeigte, daß er sich von der Krankheit erholt hatte. Der Junge hatte darauf bestanden, daß sein Traum Realität war, etwas über einen leuchtenden Mann und ein böses Ding gesagt. Die Geschichte schien Gloria zu entnerven, aber Phil wußte, daß es sich lediglich um das Ergebnis des Fieberdeliriums handelte. Nun wartete der ziemlich ausgelaugte Vater auf den letzten Bericht über Patrick. Phil dachte abwesend darüber nach, was mit Gabbie und Jack passiert war, dann fiel ihm ein, daß sie sowohl den Einkauf für Gloria übernommen hatten als auch einige Rechnungen, die Phil auf dem Tisch liegengelassen hatte, zur Post brachten und kurz danach wieder ins Krankenhaus kommen wollten.

Patrick lag festgeschnallt auf einem Untersuchungstisch, in dem Zimmer, welches für Dr. Bergmans magnetischen Reaktionsaufzeichner reserviert worden war. Die vier Ärzte, Wingate, Bergman, Latham und Murphy, ein paar Pfleger und zwei Techniker, beobachteten, wie auf drei großen Farbbildschirmen und mehreren kleineren Monitoren Linien durch Diagramme tanzten. Inmitten all der Maschinen um ihn herum sah Patrick winzig aus, sein Gesicht war durch den Sensorenring, der um das Kopfende des Tisches geschlungen war, eine verzerrte Maske aus Zorn. Er kreischte und schrie wie ein geisteskranker Affe, während die Wärter ihn davon abhielten, an seinen Fesseln zu zerren und sich selbst zu verletzen. Jedesmal wenn er Zeuge dieser Vorführung wurde, spürte Phil, wie sich sein Magen zusammenzog. Sein Baby sah wie ein fremdes Ding aus, und es gab nichts, was Phil tun konnte, um ihm zu helfen. Für einen kurzen Moment wurde Phil von dem Bild aus der ersten

Nacht heimgesucht, Patrick gefangen in irgendeinem entfernten, dunklen Ort. Phil atmete tief durch und hatte zum ersten Mal seit neun Jahren, seit er aufgehört hatte – seit Glorias Schwangerschaft –, den Wunsch nach einer Zigarette.

Phil konnte sehen, wie die Ärzte redeten, konnte jedoch nicht hören, was sie sagten. Er schaute auf den Rücken von Michael Bergman, der darauf bestand, daß ihn jeder Mickey nannte. Bergman war ein lebhafter Mann in den Fünfzigern, der einen teuer geschnittenen italienischen Seidenanzug unter seinem Krankenhauskittel trug. Sein Haar war gestylt, ein hübsches Stahlgrau, und er trug einen kleinen Schnurrbart zur Schau. Er ging um die Maschine herum und untersuchte ein Dutzend Sensoren, die an einem großen Metallring angebracht waren, der den Untersuchungstisch und Patricks Kopf umschloß. Er verfolgte die Leitungen zurück zur Maschine und versicherte sich, daß alle eingestöpselt und ordnungsgemäß angebracht waren. Bevor er sich abwendete, konnte er nicht widerstehen, sanft die Wange des Kindes zu streicheln, ein großväterlicher Impuls. Er schnellte gerade noch rechtzeitig zurück, als Patrick versuchte, ihn zu beißen.

Zuletzt ging er zur Vorderseite der Konsole und untersuchte die Diagramme. Nach ein paar Minuten drängte er die anderen Ärzte nach draußen, während ein paar kräftige Wärter anfingen, Patrick von den Fesseln zu lösen.

Bergman und Wingate, gefolgt von Murphy und Latham, verließen das Zimmer. Phil sagte erwartungsvoll: »Und?«

Wingate sagte: »Kommen Sie, Phil. Wir müssen uns unterhalten.«

»Ich muß einige weitere Patienten überprüfen«, sagte Murphy zu Phil. »Wir hatten eine unerwartet hektische Zeit in der Notaufnahme während der letzten beiden Nächte. Ich habe die Schule geschwänzt, damit ich bei dem interessanten Stoff zusehen konnte.«

Als er gerade gehen wollte, sagte Phil: »Dr. Murphy? Ich . . . Nur danke. Und Sie haben im Umgang mit Angehörigen nicht versagt.«

Der müde Stellvertreter brachte ein schwaches Lächeln

zustande. »Man kann es nur versuchen, Mr. Hastings.« Er schaute an Phil vorbei, dorthin, wo der üblicherweise wortgewandte Dr. Wingate gemeinsam mit Bergman und Latham wartete, und gab Phil einen beruhigenden Knuff in den Arm. »Glauben Sie mir, Bergman ist der Beste, den es gibt. Wenn etwas getan werden kann, wird er es machen.« Phil nickte zustimmend, während Murphy sich entfernte.

Phil begleitete die Ärzte in Wingates Büro. Teddy Wingate ließ sich in einen Stuhl hinter seinem Schreibtisch fallen, Phil und Bergman setzten sich ebenfalls. Dr. Latham stand neben der Tür.

Bergman seufzte. »Phil. Ich habe in den letzten zwanzig Jahren einige hundert Fälle gehabt. Jetzt haben Sie mir den merkwürdigsten Fall übergeben, den ich jemals gesehen habe.« Er wies auf die Ausdrucke. »Diese lassen alles andere, das ich gesehen habe, wie normal aussehen.«

»Was ist los?« fragte Phil.

»Gemäß meinem Enzophalogramm . . . hat Ihr Sohn kein Gehirn.«

Phil war nicht imstande, etwas zu sagen. Bergman sagte: »Ich habe eine Testreihe durchgeführt, um sicherzugehen, daß während der Untersuchung nichts beschädigt wurde, aber die Maschine ist in Ordnung. Doch gemäß meiner Auslegung passiert in Patricks Schädel nichts, was man im entferntesten als normal bezeichnen könnte.«

»Was meinen Sie damit?« fragte Phil endlich.

Die Ärzte sahen sich an. »Ich kenne heute nicht einmal meinen Namen, Phil«, sagte Wingate. »Das EEG zeigt genau denselben Blödsinn, den wir schon vorher hatten. Und Mickeys Maschine zeigt auf die Stimulanz keine elektrochemische Gehirnreaktion.« Er klopfte mit seiner Brille auf die Tischoberfläche. »Entweder lügt eine der beiden Maschinen, oder wir haben hier etwas, das allen vernünftigen Erklärungen ausweicht.«

Phil war ganz durcheinander. »Ich . . . verstehe das nicht.«

»Phil, es ist für Patrick unmöglich, zu atmen und keine Gehirnchemie zu haben«, erklärte Bergman. »Selbst wenn seine höheren Funktionen durch die Krankheit vollkommen ausgebrannt sind und nur den Hirnstamm funktionsfähig gelassen haben – ein Karen-Anne-Quinlan-Fall –, wir müßten dennoch eine Menge Gehirnchemie aufspüren können. Also müssen wir daraus folgern, daß meine Maschine beschädigt ist – Trotz all meinem diagnostischen Gerede, sie sei in Ordnung – oder daß Patrick an einer Art schwerem Gehirnschaden leidet, was all die unerklärlichen EEGs erklären würde.« Er schaute sich einige der Ausdrucke an, die auf Wingates Schreibtisch lagen, und sagte: »Obwohl die Bedeutung von all dem jenseits meines Verständnisses liegt.«

»Das ergibt keinen Sinn«, sagte Phil.

»Richtig«, sagte Wingate. »Es ergibt keinen Sinn. Wir haben einen Patienten, der uns nichts als normale Reaktionen auf das gibt, was er durchgemacht hat.«

»Was können Sie tun?« sagte Phil.

»Ihn beobachten«, sagte Wingate. »Ich möchte ihn noch ein paar Tage hierbehalten, dann können wir darüber nachdenken, ob wir ihn in ein voll ausgerüstetes Psychiatrisches Pflegeheim bringen.«

Bergman nickte. »Ich bleibe noch eine Weile hier. Vielleicht können wir hinter das Problem kommen, wenn ich ihn noch ein paar Tage länger beobachte.«

Wingate seufzte und kämpfte offensichtlich gegen ein Gefühl der Depression an. Phil sagte: »Wie stehen seine Chancen, sich zu erholen?«

Bergman gab ihm die Antwort. »Ich kann Ihnen die Hoffnung auf eine künftige Besserung nicht bieten, Phil.« Er blickte gedankenverloren auf die Papiere. »Wir wissen noch nicht einmal, was physiologisch nicht in Ordnung ist. Und ich beschäftige mich jetzt schon eine ganze Weile mit Krankheitsbildern des abnormen Verhaltens.«

Wingate nickte zustimmend. »Es gibt einige Dinge bei ihm, die autistisches Verhalten vermuten lassen. Die ständige Masturbation ist ein klassisches selbst-stimulierendes Verhalten, ebenso das Vor- und Zurückschaukeln.«

Phil rutschte unbehaglich in seinem Sessel. »Ich hatte mich über diese sexuelle Sache schon gewundert.«

Bergman sagte: »Wir wissen nicht, ob es die Art Sex ist, an die Sie normalerweise denken würden. Obwohl die Art, wie er nach den Schwestern grapscht, mich trotz seiner Jugend davon überzeugen könnte –, deshalb haben wir seine Pflege den Pflegern und Wächtern übertragen. Nach wie vor ist es ein weit verbreitetes Verhalten männlicher Babys, nach dem Penis zu schnappen. Aber sein Schreien und Lachen und der Rest, es ist . . .« Bergmans Augen blickten in die Ferne.

»Was?« fragte Phil.

»Als Patrick versuchte, mir in die Hand zu beißen . . . hätte ich schwören können, für einen Moment Intelligenz in seinen Augen gesehen zu haben. Als ob das alles hier eine Art wichtiges Spiel sei.« Er schloß die Augen und rieb sie sich. »Es tut mir leid, Phil. Ich sollte ihnen meine Müdigkeitsphantasien nicht zumuten. Sie könnten sonst noch denken, Patrick sei von einem bösen Geist besessen.«

Phil schüttelte frustriert seinen Kopf. »Ich wäre schon dankbar, wenn er Erbsensuppe hochwerfen und seinen Kopf herumdrehen würde. Ich würde einen Exorzisten rufen, und es hätte sich.«

Latham sagte: »Phil, wir können die Qualen, die Sie und Gloria ausstehen, nur erahnen. Gehen Sie nach Hause, und wir kümmern uns während der nächsten Tage um ihn. Ich arrangiere den Transport ins Tonawanda State Hospital oder eine private Institution, wenn Sie es möchten, aber laßt uns später darüber reden.« Er schaute auf einen Wandkalender. »Wir besprechen das am Montag, dem zweiten November, in Ordnung?«

Bergman erhob sich. »Ich stimme dem zu. Wir müssen zu den althergebrachten und langsamen, aber erprobten Methoden zurück: Beobachtung, verschiedene Medikamente, Therapie. Entweder schaffen wir es damit, oder es ist Magie.« Latham und Wingate machten ebenfalls Anstalten, das Büro zu verlassen.

Phil erhob sich und folgte den Ärzten aus dem Raum. Gabbie

und Jack warteten draußen. Gabbie küßte ihren Vater und fragte: »Was nun?«

»Wir gehen nach Hause, erzählen Gloria, was los ist.« Er hielt inne und schaute seine Tochter und seinen zukünftigen Schwiegersohn an. »Und wir machen Pläne.« Jack nickte und wußte, daß er über eine Langzeitpflege für Patrick sprach. Phil zwang sich zu einem Lächeln. »Kommt. Ich glaube, ein Tag ohne das Krankenhaus würde mir gut tun.« Ohne ein weiteres Wort gingen sie auf die Eingangstür zu.

Latham wendete sich zu Wingate und sagte: »Teddy?«

Der normalerweise gesprächige Wingate war ungewöhnlich ruhig, seitdem sie aus der Psychiatrischen zurückgekehrt waren. »Ich wollte in Phils Beisein nichts sagen, aber hat einer von euch beiden diese weitere merkwürdige Sache an unserem kleinen Patienten bemerkt?«

»Wie ich schon sagte«, antwortete Bergman. »Ich dachte, etwas in seinen Augen gesehen zu haben.«

»Das ist es«, sagte Latham. »Manchmal schaut er die Dinge an, als wüßte er, was los ist. Meinst du das?«

Wingate schüttelte seinen Kopf, während er sich vorwärts bewegte. »Nein, das nicht, obwohl ich dieses Gefühl auch habe. Wenn ich mich länger als ein paar Minuten in der Nähe des Kindes aufhalte, bekomme ich eine höchst unprofessionelle Gänsehaut.«

Latham und Bergman schauten sich an, aber keiner kommentierte Teddys Bemerkung.

7

Patrick stand im Zentrum des Kreises, seine Augen waren verschwommen und glasig. Um ihn herum bewegten sich Figuren von dunklem Aussehen, Dinge, die sich dem Versuch der Augen, sie zu definieren, widersetzten. Geräusche wurden vom dunklen Nebel gedämpft, und schwache Lichter durchdrangen die Dunkelheit. Dann manifestierte sich eine Erscheinung, etwas so Schreckliches, daß man es nicht ertragen konnte. Patrick drehte sich langsam, um den näherkommenden Horror anzuschauen, und seine Augen blieben schwarz. Dann war der Terror über ihm, er hob Patrick hoch und trug ihn fort.

»Nein!« schrie Gloria und setzte sich im Bett auf. Ihr Herz trommelte, und sie unterdrückte einen Schluchzer. Sie schaute sich um und sah, daß Phils Seite leer war. Sie wußte, sie würde ihn schlafend auf der Couch in seinem Arbeitszimmer finden, bestimmt lief der Fernseher.

Dann erreichte sie die Stimme von Sean. »Mommy!«

Gloria rannte zum Zimmer ihrer Söhne. Sean schlief in Patricks Bett, seitdem er nach Hause zurückgekehrt war. Gloria saß auf dem Bett neben Sean, nahm ihn in die Arme. Er weinte, ein bemitleidenswertes und schmerzvolles Geräusch. »Ich habe schlecht geträumt«, schluchzte er in ihre Schulter. »Von Patrick.«

Ihre Tränen vermischten sich mit seinen, und sie sagte: »Ich weiß, Baby. Ich weiß.«

Gloria wiegte ihr Kind, als Gabbie in der Tür erschien. »Ist er okay?« fragte sie verschlafen.

»Ja«, sagte Gloria mit angespannter Stimme. »Geh wieder schlafen, Liebes.«

Gabbie zögerte einen Moment und zog dann in ihr Zimmer ab. »Kann ich bei dir schlafen?« fragte Sean.

Gloria sagte nichts, sondern brachte ihren Sohn in ihr Schlafzimmer. Der Junge kletterte in das Ehebett und kuschelte sich in Phils Kopfkissen. Gloria legte sich nieder, sie vermißte Phil schrecklich, wußte aber, wenn er einmal aufwachen würde, könnte er die ganze Nacht nicht mehr einschlafen.

Gloria beobachtete, wie Seans Atemzüge tiefer und regelmäßiger wurden.

8

Bei dem Geräusch eines Autos in der Auffahrt spähte Gabbie aus dem Fenster. »Es ist Gary!« rief sie den anderen zu. Jack und Phil waren in Phils Arbeitszimmer und diskutierten in Ruhe über eine Langzeitpflege für Patrick. Aggie war in der Küche und half Gloria bei der Teezubereitung, während Sean in der Halle Fernsehen schaute.

Sie alle trafen Gary an der Tür, und Gabbie umarmte ihn. »Du siehst erschöpft aus.«

»Möchtest du eine Tasse Tee?« fragte Gloria.

»Wie wäre es, wenn ich statt dessen einen Drink von euch schnorre?« fragte Gary.

»Kein Problem«, antwortete Phil.

Sie betraten das Wohnzimmer, wo Aggie Grant ein Teeservice auf einem Tablett vor die Couch stellte. Gary zog seinen Sommermantel aus und blickte sich im Zimmer um. Er bemerkte die Spannung und sagte: »Ist irgend etwas nicht in Ordnung?«

Glorias Augen füllten sich mit Tränen, und sie beugte ihren Kopf zu ihrem Mann. Phil erläuterte Patricks Krankheit. Gary setzte sich und sagte: »Das ist schrecklich, Phil. Das tut mir wirklich leid. Vielleicht sollte ich . . .«

»Nein«, unterbrach ihn Phil. »du rührst dich nicht von der Stelle. Es würde nichts helfen, wenn du jetzt weggehst.«

»Also wie geht es dir?« fragte Jack.

»Müde.« Er nippte an dem Drink, den Phil ihm gegeben hatte. »Danke. Ich bin müde und verängstigt.«

»Warum?« fragte Phil.

Gary sagte: »Mark ist weg.«

»Worüber redet ihr?« fragte Gabbie.

»Mark ist irgendwo in Deutschland verschwunden.« Gary wartete einen Moment, dann sagte er: »Es hängt eng mit dieser Fredrick-Kessler-Angelegenheit zusammen. Ich habe mit Mark gesprochen, als ich in Seattle und er noch in New York war, und wir haben unsere Aufzeichnungen verglichen. Ich habe ihm Kopien der Übersetzungen der Pergamentrollen geschickt. Sie sind nicht bizarrer, als andere uralte, religiöse Sachen uns modernen Menschen erscheinen. Aber Mark ist über irgend etwas in New York gestolpert, das ihn nach Deutschland geschickt hat. Er hat nicht gesagt, was. Wie auch immer, ich kenne ihn gut genug, um zu wissen, daß er wirklich beunruhigt war. Und«, sagte er mit einem Seufzer, »irgendwann, seit ich das letzte Mal mit ihm gesprochen habe, ist er einfach verschwunden.

Er hat mich in Seattle aus seinem Münchner Hotel angerufen und mich gebeten, nach einem Freund von Kessler zu forschen, der sich in Kanada niedergelassen hatte. Ich fuhr nach Ottawa, dann London, Ontario, dann wieder zurück nach Ottawa. Ich habe sein Hotel in München zur verabredeten Zeit angerufen, und er war abgereist. Sie gaben mir seine Adresse, aber er kam dort nie an. Nun ja, Mark ist schon früher mal vom Weg abgesprungen, Randausflüge, die eine oder zwei Wochen gedauert haben, aber er hat mir immer Bescheid gegeben, wo man ihn erreichen kann. Dieses Mal . . . nichts.«

Gary nippte an seinem Drink, während die anderen sich anschauten. Phil fragte: »Sollten wir versuchen, mit jemandem in Deutschland Kontakt aufzunehmen?«

Gary zuckte mit den Schultern. »Ich weiß es nicht. Vielleicht die amerikanische Botschaft. Sie könnten wissen, an wen man sich wendet.« Er schüttelte seinen Kopf. »Ich habe so ein Gefühl, daß, wenn Mark in Schwierigkeiten ist, wir ihn wahrscheinlich nicht wiedersehen werden.«

Diese Worte hatten einen niederschmetternden Effekt auf jeden im Zimmer. Gloria flüsterte fast: »Gary, du machst mir angst.« Sie erinnerte sich an die Vorahnung, die sie in der Nacht hatte, als sie Mark zum letzten Mal sah.

Gary sagte: »Tut mir leid, Leute. Es liegt wohl daran, daß die Dinge in Kanada ziemlich unheimlich waren.« Er nippte wieder an seinem Drink. »Was mich in Kanada am meisten . . . durcheinandergebracht hat, war nicht, was ich gefunden habe, sondern was ich nicht finden konnte.«

»Was meinst du damit?« fragte Gabbie.

»In Kanada bin ich ständig gegen Wände gerannt. Kesslers Kumpan, der nach Kanada gekommen war, hieß Hans von Leer. In London änderte er ihn in Hans Van der Leer.«

»Ds klingt holländisch«, sagte Jack.

»Richtig. In der örtlichen Zeitung wurde er als Holländer beschrieben. Er traf dort ein, ungefähr zwei Jahre, nachdem Kessler nach Pittsville gekommen war. Wo er vorher war, ist schwer zu sagen. Mr. Van der Leer, oder von Leer, wenn ihr wollt, handelte sich viel Ärger ein, um seine Herkunft zu verbergen. Überall, wo ich hinkam, fehlten Seiten in Dokumenten, waren Akten verlegt, Aufzeichnungen ausgelöscht, tausend Dinge, um es unmöglich zu machen, einen Hinweis zu bekommen, wer Van der Leer in Deutschland war. Ich denke, wegen dieser Sachen ist Mark nach Deutschland gegangen, um herauszufinden: Wer war dieser Van der Leer und wie stand er mit Kessler und den anderen aus Süddeutschland in Verbindung? Wie paßte das alles zu den Geschäften der Jahrhundertwende?«

»Also stellte ich genaue Untersuchungen an, blieb aber auf dem Trockenen. Was mich nervös macht, ist . . . es sieht so aus, als würde Kesslers Organisation noch immer existieren, noch aktiv sein.«

Gabbie sagte: »Das kann einem ja einen Schreck einjagen.«

Phil sagte: »Gary, Mark erzählte etwas über die Geschäfte dieses Geheimbundes, aber nicht viel mehr. Hast du eine Ahnung, worum es hier geht?«

Gary sagte: »Wenn das, was Mark vermutet, wahr ist, dann ist jemand oder eine Gruppe in der Lage, dein Erinnerungsvermögen durcheinander zu bringen, dich sogar Begegnungen mit ihnen vergessen zu lassen.« Gary zögerte einen Moment und sagte dann: »Keiner sonst antwortet jetzt. Gabbie, was fällt dir über die Scheune ein?«

Gabbie schaute die anderen im Raum an, war verwirrt, doch dann lächelte sie. »Die Scheune?« Sie lachte. »Du meinst, ob sie gestrichen werden muß oder ob das Dach leckt?«

»Nein, ich meine den Kerl, den du dort getroffen hast, der versuchte, dich zu vergewaltigen.«

Gabbies Ausdruck zeigte ihre Verwirrung. »Vergewaltigung?« Dann verwandelte sich ihr erstaunter Blick in einen Blick der Angst, während die Farbe aus ihrem Gesicht wich. Leise, kaum hörbar sagte sie: »Hatte ich vergessen.«

Jack konnte es nicht glauben. »Du hast es vergessen? Wie ist das möglich?«

Gary hielt seine Hand hoch, als Fragen auf ihn einstürzten. »Langsam, Leute. Ich wollte nur etwas demonstrieren, das Mark in der Nacht entdeckt hat, als wir den Angreifer in den Wäldern aufspüren wollten. Gabbie hat es vergessen, denn der Kerl hatte . . . irgendeine Fähigkeit, sie vergessen zu lassen, was in dieser Nacht passiert ist. Wenn ich tiefer grabe, wird sich Gabbie an Sachen erinnern, aber sobald ich aufhöre, wird sie erneut anfangen, alles zu vergessen. Ich bin nicht sicher, aber es könnte sein, daß sie den Vorfall vollständig vergißt, wenn wir sie eine genügend lange Zeit nicht daran erinnern. Vielleicht« – er schaute sich im Zimmer um – »sogar ableugnet, daß es passiert ist.«

»Wenn ich mich konzentriere, kann ich . . . Es ist unheimlich, aber es ist so ähnlich, als würde ich mich gerade so eben an einen Film erinnern, den ich vor langer Zeit gesehen habe, oder . . . an einen Traum aus meiner Kindheit«, erklärte Gabbie.

»Es ist mehr als unheimlich«, meinte Gary. »Es ist verdammt noch mal fast unmöglich. Nach dem wenigen, was ich von Überfällen und Vergewaltigungen weiß, solltest du alles, was passiert ist, in lebhaften Details in dein Gedächtnis ätzen – oder, um bei der klassischen Verweigerung zu bleiben, es ausstreichen.« Er nippte an seinem Drink. »Mark war ein Objekt für dieselbe Sache.« Er erzählte, was in der Nacht, als Mark und Gary den Angreifer in den Wäldern gesucht hatten, passierte und wie Mark sich ohne die Bandaufnahme, die er gemacht hatte, nicht daran erinnern konnte, bis Gary ihn hypnotisierte, um sich zu erinnern. Er blickte Jack an und sagte: »Wie geht es deiner Schulter?«

Jack schien diese Frage zu überraschen. »Gut . . . Welche Schulter?«

»Die rechte, die entzündet war.«

Jack stieß einen leisen Pfiff aus. Er blickte die anderen an. »Verdammt, ich auch.«

»Mark . . . hatte so eine Art kleinen Pfeil in seiner Hand verborgen . . . Der Arzt dachte, es wäre ein Stück von einem Knochen, erzählte er mir.«

Glorias Beunruhigung war offensichtlich. »Gary, was erzählst du uns da? Daß sich irgendwelche Verrückte draußen in den Wäldern verstecken? Die vergewaltigen und vergiftete Pfeile abschießen und . . . verdammt was?«

Gary fügte dem hinzu: »Ich weiß nicht, ob ich Ihnen das alles erzählen sollte, aber . . . verdammt . . . wenn Mark nicht . . . zurückkommt, möchte ich mich nicht ganz allein darum kümmern. Mark hat in dieser Nacht nicht gerade ein Kind gesehen.« Er erzählte ihnen, was er auf dem Tonband gehört hatte und was Mark ihm während seiner Hypnose anvertraut hatte.

Alle waren verblüfft bei der Beschreibung der Reiter in den Wäldern. Aggie war die erste, die etwas sagte. Mit ausgeglichener Stimme sagte sie: »Gary, das ist unmöglich.«

»Wenn ich nicht neben Mark gesessen und ihn beobachtet hätte, während er das Tonband hörte, und seine Reaktion gesehen hätte, nun ja, würde ich dir zustimmen, daß die ganze Sache unmöglich ist. Ich habe viel darüber nachgedacht, Aggie; entweder hat Mark das Unmögliche gesehen. Oder« – er hielt inne – »sein Gehirn wurde kontrolliert.«

Gabbie sagte: »Vielleicht kamen Reiter an ihm vorbei« – ihre Stimme wurde schwächer – »in Kostümen?«

Aggie sagte: »Mädchen, was Mark beschrieben hat, ist die Wilde Jagd. Es ist eine Legende. Die Reiter der Wilden Jagd preschen Nachts in die Wälder und treiben die, welche . . . böse sind oder welche die Reiter beleidigt haben oder – gemäß der Version der Legende – einfach am falschen Ort zur falschen Zeit sind.«

Phil sagte: »Was ist das?« Seine Stimme zeigte ein nervöses Lachen, als ob das für ihn kaum zu begreifen wäre. »Eine Art irischer Ku Klux Klan?«

An Aggies Stimme konnte man hören, daß sie verstört war. »Philip, die Reiter sind Daonie Sidhe – die Alten Menschen. Ihr Anführer ist eine Kreatur mit dem Kopf eines wilden Hirsches. Sie reiten Pferde, die kein Sterblicher je besteigen kann. Es ist eine irische Märchenlegende.«

»Das ist unmöglich«, wandte Jack ein.

»Dad«, sagte Gabbie weich, »erinnerst du dich an den Gobelin? Er zeigt diese Reiter, und einige der . . . Opfer, die an den Pfosten hängen, sind Menschen.«

Phil schüttelte seinen Kopf. »Ich werde so eine Art Gruppe von Verrückten kaufen, sie fein machen und diesen Stoff vorspielen lassen . . . vielleicht. Selbst wenn Kessler und seine Kumpane aus Deutschland vertrieben wurden, weil man sie als religiöse Terroristen überführt hatte – aber was hat das alles mit dem Überfall auf Gabbie und dem Zusammenprall von Mark zu tun?«

Gary gab sich geschlagen. »Ich weiß es einfach nicht. Hauptsächlich, weil ich nicht weiß, was Mark in Deutschland macht. Er ist ungewöhnlich verschlossen, wenn es um seine Vermutungen geht. Nach dem zu urteilen, womit er mich beauftragt hat, kann ich so in etwa zwei und zwei zusammenzählen.« Er seufzte. »Ich kann nur sagen, daß wirksames Beweismaterial dafür vorliegt, daß es noch Menschen gibt, die heute in das verwickelt sind, in das Kessler vor achtzig jahren verwickelt war. Nehmen wir an, daß diese geheime Gruppe, bei der Kessler und Van der Leer Mitglieder waren, in irgendeine geheime Gedächtniskontrolle eingeweiht war – stellt euch das mal für eine Minute vor –, die sie befähigt, Menschen vergessen zu lassen . . . oder ihnen die Macht gibt, Menschen Visionen sehen zu lassen. Vielleicht hat noch jemand anderes außerhalb der Vorsehung die Macht, den Geist des Menschen zu trüben.« Beim letzten erhob sich Garys Stimme, und seine Frustration war offenkundig. Er zwang sich zur Ruhe. »Entschuldigt, ich bin zerschlagen. Seht, wenn solch eine Gruppierung einmal bestanden hat und wenn sie eine ungewöhnliche Kraft hatten, erklärt das, warum sie immer noch da sein, ja selbst gedeihen könnten, ohne daß ein anderer weiß, daß sie aktiv sind. Nehmen wir an, daß all dem nichts Übernatürliches anhaftet. Setzen wir einen Moment voraus, daß Phil recht hat, daß es sich um eine Gruppe handelt, die sich verkleidet und umherreitet, und daß es eine rationale Erklärung für die unheimlichen Eigenschaften gibt, die Mark ihnen zugeschrieben hat. Vielleicht gaben sie Mark und Gabbie eine Droge – durch den Pfeil, mit dem Jack angeschossen wurde. Wir vertreten immer noch die Meinung, daß es eine Gruppe ziemlich merkwürdiger Spaßvögel gibt, die sich verkleiden und nachts durch die Gegend reiten, wobei sie etwas aus der keltischen Mythik imitieren wollen. Das war es, nebenbei gesagt, wonach Mark mich suchen ließ, bevor ihr das Zeugs im Keller gefunden habt. Ich mußte zuerst seitenweise Notizen über keltische Legenden beschaffen und später irische und schottische Mythen. Wie auch immer, vielleicht sind wir mit etwas in Kesslers Gruppe zusammengestoßen, und dieses Zeug ist nur eine Vorspiegelung falscher Tatsachen. Aber bis wir verstehen, wer sie sind, was sie machen, haben wir keinen Hinweis, womit wir es hier zu tun haben. Mark wußte mehr darüber, aber er ist . . . weg. Dennoch ist es klar, daß das, was zur Jahrhundertwende in Deutschland geschah, hier wieder geschieht, wenn auch in einem geringeren Ausmaß.« Eine Minute lang schwieg er. »Und nach dem, was ich in Kanada herausgefunden habe, denke ich, daß jemand versucht, Außenseiter an der Entdeckung dessen zu hindern, was sie vorhaben.«

Gabbie legte die Hand an den Mund. »Oh, Gary, jetzt machst du mir aber wirklich angst.«

»Ich habe auch Angst, Gabbie. Das ist so unheimlich. Unheimlicher als der andere Stoff, mit dem wir es üblicherweise zu tun haben. Und je tiefer wir vordringen, desto schwieriger wird es, alles zu verstehen. Je mehr ich aufdecke, desto weniger weiß ich. Ich wünschte nur, ich wüßte, wo Mark ist.« Gary schloß die Augen und rieb sich darüber. Mit einem Kopfschütteln sagte er: »Nun gut, nachdem ich euch allen den Tag versaut hab', könnte ich etwas Schlaf gebrauchen. Also werde ich wohl gehen.«

»Möchtest du nicht bleiben und etwas essen?« fragte Phil. »Wir haben einen Schinken im Ofen.«

»Danke, aber nein. Ich bin nicht hungrig, und ich brauche wirklich ein Nickerchen. Nebenbei, wie ich Ellen kenne, wird sie vorbeikommen und irgend etwas in Ordnung bringen wollen, wenn man bedenkt, daß ich im letzten Monat nur drei Tage da war. Gebt mir einen Tag, um alles zu ordnen, dann platze ich wieder herein. Und laßt mich wissen, wie es um Patrick steht.«

Alle standen auf. Sie verabschiedeten sich, und als Gary ging, erschien Sean an der Tür und erkundigte sich nach dem Abendessen. Aggie trieb ihn durch die Halle in die Küche, um ihm einen Snack auf die Hand zu geben, während Gabbie sagte. »Was für 'ne üble Sache. Es ist ziemlich furchterregendes Zeug.«

Jack nickte. »Und da ist immer noch Kesslers Gold. Vielleicht ist es das, wohinter sie her sind.«

»Könnte sein«, orakelte Gabbie. »Vielleicht wissen sie nicht, daß wir es schon gefunden haben, und versuchen uns rauszuscheuchen, damit sie es selber suchen können.«

Nach einem längeren ratlosen Schweigen begab sich Gloria mit Phil in die Diele. An der Tür blieb er stehen und sagte: »Jack, in diesem ganzen Durcheinander habe ich ganz vergessen dich zu fragen. Was ist mit deinen mündlichen Prüfungen?«

Jack zuckte zusammen. »Morgen nachmittag um drei. Ich wollte sie verschieben . . .«

»Aber ich hab' ihn nicht gelassen«, sagte Gabbie.

Gloria brachte ein halb-trauriges Lächeln zustande. »Gut für dich, Kleines. Also, viel Glück, Jack.«

Phil wünschte ihm ebenfalls Glück, und dann verließen die Eltern den Raum.

Gabbie blickte Jack an. »Die Sache mit der Vergewaltigung war unheimlich.«

»Hast du es wirklich vergessen?«

»Alles. Wenn Gary oder du oder irgend jemand es nicht

erwähnt hätte, hätte ich mich wahrscheinlich nie mehr daran erinnert. Und selbst jetzt muß ich mich dabei anstrengen.«

»Es ist gruselig. Ich muß mich nicht anstrengen, um mich zu erinnern, wie entzündet meine Schulter war.«

»Was denkst du?«

»Ich weiß nicht. Gary hat uns einige Sachen erzählt, die sich ziemlich unheimlich angehört haben. Vielleicht hat dein Dad recht. Vielleicht gibt es für alles eine vernünftige Erklärung.« Er stand auf. Mit einem theatralischen Seufzer sagte er: »Schau, ich muß noch ein paar Minuten für mein Examen lernen. Ich könnte einen Trainer gebrauchen, wenn es dir nichts ausmacht.«

Gabbie nahm seine Hand. »Später, heute nacht.« Sie stand auf, und ihr Gesichtsausdruck erhellte sich. »Im Moment möchte ich einen ruhigen Spaziergang mit meinem Freund machen. Laß uns die Straße herunterschlendern. Heute ist der erste trockene Tag seit einer Woche, und es ist nicht zu kalt.«

Jack lächelte. »Das hört sich genau richtig an.«

Sie zog an seiner Hand und führte ihn durch die Küche. Sie versprachen Aggie schnell, rechtzeitig zurück zu sein, um beim Abendessen zu helfen, und steuerten auf die Straße zu. Aggie beobachtete sie, während Sean schweigend ein halbes Sandwich mit Erdnußbutter aß. Sie bemerkte, daß hinter dem täglichen Einerlei etwas Schreckliches auf sie zukam, und ein Frösteln erhob sich in ihrer Brust.

Einen Moment lang stand Aggie dort, ohne etwas zu sagen, dann bemerkte sie, daß Seans Augen auf sie gerichtet waren. Sie kämpfte gegen den Drang an, sich zu schütteln.

Sean beobachtete, wie Jack und Gabbie fortgingen, und wendete seine Aufmerksamkeit dem Sandwich zu. Abwesend überlegte er, was Patrick zum Abendessen mit dem – Er ließ sein Sandwich auf den Teller gleiten, während sich seine Augen weiteten. Mit dem . . . Einen Augenblick lang hatte er etwas verstanden, dann war dieses Wissen verschwunden. Er saß eine lange Minute ganz ruhig, während sein Herz raste und er vergeblich versuchte zu rekapitulieren, was er für einen winzigen Augenblick begriffen hatte. Er wartete eine Minute und hoffte, der Gedanke würde zurückkehren. Als das nicht geschah, seufzte Sean und hob sein Sandwich wieder auf, aß es halbherzig, während er daran dachte, daß Patrick im Krankenhaus von einem Plastikteller gefüttert wurde. Aber er konnte das Gefühl von etwas Dunklem, das in der Ecke schien, nicht loswerden. Zuletzt legte er das halb aufgegessene Sandwich nieder und verließ die Küche.

9

Gloria wusch abwesend das Geschirr und starrte aus dem Fenster, sie war sich des stillen Jungen nicht bewußt, der am Tisch saß. Stumme Verzweiflung hatte sie übermannt. Sie konnte nicht ohne Tränen von Patrick reden, und die wenigen Besuche im Krankenhaus waren mehr, als sie ertragen konnte. Niemand von der Familie sagte etwas über ihre Weigerung, ins Krankenhaus zu gehen. Wäre Patrick körperlich krank, würde sie an seiner Seite bleiben. Aber dieses gräßliche Ding, zu dem er geworden war, dieser Gifthauch des . . . des Gottlosen . . . bei ihm brachte sie dazu, mehr als nur Kummer zu fühlen. Eine Dunkelheit umgab Patrick, eine Aura, die nicht von der normalen Welt war. Jetzt hörte sie kaum, wie Sean sein Glas mit der Frühstücksmilch abstellte.

Sean hatte schlechte Laune, weil seine Mutter ihn Samstagnacht nicht auf die Halloween-Party gehen lassen würde. Er wollte eigentlich nicht wirklich zu der Party gehen, er wollte nur nicht alleine rumsitzen – und Patrick vermissen. Er hatte seine Krankenhaus-Erfahrung noch nicht verdaut; etwas umschattete seine Erinnerung, verdunkelte die Dinge. Dennoch, er schien auf dem besten Weg, es zu verstehen. Den Märchenstein zu halten schien zu helfen. Und Tag für Tag konnte er die Bilder schneller hervorholen, und sie wurden immer deutlicher. Er hatte den Versuch aufgegeben, jemanden dazu zu bringen, diese Bilder zu verstehen. Sie hörten einfach nicht zu. Sie verstanden einfach nicht. Sean seufzte still.

Er umgriff den Märchenstein mit seiner Faust und starrte ihn an. Es gab etwas, an das er sich aus dieser Nacht, als Patrick krank wurde, erinnern konnte. Es war eine vage Schattierung, die von Dunkelheit umgeben war, etwas, das in einer Ecke seiner Erinnerung kauerte, etwas, das seine Arme ausgestreckt hatte und . . .

Seans Augen öffneten sich weit, und sein Herz machte einen Sprung. Er erinnerte sich! Der Leuchtende Mann! Und das Ding, das wie Sean aussah! Der Leuchtende Mann und das Böse Ding hatten Patrick! Sean krümmte sich in seinem Stuhl, seine Erregung wurde von seiner Mutter nicht bemerkt. Er mußte etwas tun; er war sich nur nicht sicher, was. Und er konnte es nicht tun, solange er zu Hause eingesperrt war. Er mußte Hilfe bekommen, und er wußte, wo er welche finden könnte. Sean schob das halb aufgegessene Sandwich beiseite und sagte: »Mom, kann ich nach draußen?«

»Nein!«

Sean zuckte bei der vehementen Antwort zusammen. Sie blickte Sean mit müden Augen an und linderte ihren Ton. »Nein, Liebling. Du warst krank.« Niemals würde sie Sean in die Nähe der Wälder gehen lassen.

»Aber, Mom . . . .« Sean wollte etwas sagen, aber dann drehte seine Mutter sich um und blickte ihn an, und er sah einen neuen Blick, einen, der ihm angst machte. Sie wußte es! Oder zumindest ahnte sie es. Er zog seine Beschwerde zurück und verließ die Küche, fand seinen Weg in die Diele, wo er sich damit abfand, eine weitere Runde der samstäglichen Cartoons im Fernsehen zu sehen, während er einen Weg austüftelte, fortzugehen. Vielleicht könnte er früh zu Bett gehen und sich dann hinausschleichen, nachdem Mom schlafen gegangen war. Er setzte sich auf den Boden, lehnte seinen Rücken gegen einen Stuhl und benutzte die Fernbedienung, um den Fernseher einzuschalten. Er benutzte die Bedienung für die Satellitenschüssel, um ein Footballspiel empfangen zu können. Es interessierte ihn nicht, wer spielte.

Knapp eine Stunde darauf steckte Gabbie ihren Kopf herein und fragte: »Warum hängst du hier herum, Kleiner? Es ist wunderschön draußen, Indian Summer.«

Sean dachte über seine Antwort nach und sagte: »Ich habe mir nur dieses Spiel angeschaut.« Beiläufig stand er auf und schaltete den Fernseher ab. »Wo ist Mom?«

»Macht ein Nickerchen. Warum?«

Er zuckte mit den Schultern. »Nur so. Ich gehe in den Park, okay? Die Jungs wollen ein Punktspiel machen.«

Gabbie wollte gerade nein sagen, sie dachte an Garys Vermutung, aber sie erinnerte sich, daß er erwähnte, alle ungewöhnlichen Vorgänge fänden nach Sonnenuntergang statt. »Sicher, sei nur wieder zurück, bevor es dunkel wird.«

»Sicher. Ich bin früh zurück.« Er winkte beiläufig zum Abschied und zog durch die Küche ab, dann hinaus durch die hintere Verandatür. Sobald seine Turnschuhe den Boden berührten, war er schon weg zu einem aussichtslosen Rennen. Er sprintete durch die Wälder und erreichte die Troll-Brücke in Rekordzeit. Er stoppte, um Atem zu holen, und spürte die schlimme Aura, die die Präsenz des Bösen Dings unter der Brücke signalisierte. Er holte den Märchenstein unter seinem Hemd hervor und umklammerte ihn fest. Fest entschlossen marschierte er über die Brücke. Sobald er auf der anderen Seite des Baches war, hatte er das schwindelerregende Gefühl der vollendeten Arbeit. Als er zur Brücke zurückschaute, erinnerte er sich deutlich, und eine Gewißheit stieg in ihm auf. Es *war* seine Aufgabe, Patrick zu helfen. Nicht die seines Vaters oder seiner Mutter. Auch der Arzt war unfähig gewesen, den Kindern zuzuhören, ihre Reden ernst zu nehmen. Selbst Seans Vater, der sich normalerweise immer die Zeit nahm, zuzuhören, schien unfähig, auch nur einen Moment lang über die verwirrten Versuche seines Sohnes nachzudenken, der beschreiben wollte, was in dieser Nacht passiert war.

Sean verstand nun, was er tun mußte. Er mußte dem Leuchtenden Mann und dem Bösen Ding noch einmal gegenübertreten. Sie ängstigten ihn immer noch, aber irgendwie wußte er, dadurch, daß er in dieser Nacht den Höhepunkt der

Angst durchlitten hatte, würde er sich niemals wieder derart ängstigen. Er hatte ihnen gegenübergestanden und überlebt. Und er wußte, daß er es noch einmal machen mußte, nur daß es dieses Mal eine Schlacht sein würde. Patricks Schicksal hing davon ab.

Sean wußte, daß es nur einen Menschen gab, der eventuell verstehen würde, was die Jungen gesehen hatten. Sean raste durch die Wälder. Da er den ganzen Weg lief, klopfte er bald an die Tür von Barney Doyles Arbeitsschuppen.

Die Tür wurde geöffnet, und Barney blickte auf Sean nieder. »Hallo du, was ist das für ein Krawall?«

Sean platzte heraus: »Barney, es war der Leuchtende Mann! Jeder denkt, ich und Patrick seien nur krank geworden. Aber es war der Leuchtende Mann. Er und das Böse Ding kamen mit diesen beiden Dingern, die wie wir aussahen, in unser Zimmer, und sie nahmen Patrick mit. Sie hätten mich auch genommen, aber ich hatte den Stein . . .« Sean sprach nicht weiter, als er sah, wie sich eine weitere Person in der Dunkelheit hinter Barney bewegte. Aggie Grant kam nach vorne und hatte einen besorgten Ausdruck auf ihrem Gesicht.

»Was bedeutet das?« sagte sie.

Sean zog sich zurück, aber Barney legte eine Hand auf seine Schulter und sagte: »Ist schon in Ordnung, Junge. Komm rein.«

Sean gestattete es, daß man ihn in die Bretterbude führte, und sah, daß Aggie in einem großen Notizbuch nachschlug. Er schaute sie an, und Barney sagte: »Miss Grant hat auf ihrem Weg nach Hause kurz hereingeschaut, um sich noch ein paar Geschichten anzuhören, Sean.«

»Was hast du über einen Leuchtenden Mann gesagt?« fragte Aggie geduldig.

Sean sah Barney an, der seine Augen nicht von dem Jungen ließ. Ruhig sagte der alte Gelegenheitsarbeiter: »Der Amadan-na-Briona.«

Aggie sprach leise. »Der Narr?« Ihre Augen waren ganz groß vor Unglauben. »Das kann nicht dein Ernst sein. Patrick ist wegen eines Fiebers krank.«

Barney rieb sich mit der Hand über sein Gesicht, war sich

unsicher, sprach dann mit leiser und kontrollierter Stimme, aber mit einem ungeduldigen, frustrierten Tonfall, den weder Aggie noch Sean je vorher an ihm wahrgenommen hatten. »Aggie Grant, es gibt Wahrheiten, die du in keinem Buch findest, und das ist eine Tatsache. Gott hat einen Plan, und nur diejenigen von uns, die voller Stolz sind, denken, sie wüßten von diesem Plan. Du kommst hierher und bittest darum, Geschichten von den Guten Menschen zu hören . . .« Er hielt inne, als würde er nach Worten suchen. »Aber was du nicht verstehst, ist, daß diese Geschichten nicht . . . erfunden sind. Es sind Geschichten, die erzählt und wiedererzählt werden, weil sie belehren. Sie lehren uns, wie man mit den Guten Menschen lebt. Es sind Geschichten, die zuerst von Menschen erzählt wurden, die die Guten Menschen getroffen haben« – seine Stimme wurde leiser – »und das Treffen überlebt haben.«

Aggies Gesichtsausdruck verriet deutlichen Zweifel. »Barney«, sagte sie verwundert, »du glaubst doch nicht wirklich an diese alten Geschichten, oder?« Das Gesicht des Mannes war eine finstere Maske. Entschlossenheit, die verdeutlichte, daß er sehr wohl daran glaubte.

Aggie schaute Sean an und sagte: »Ich denke, ich sollte dich nach Hause bringen.«

Sean tat so, als wolle er davonstürzen. »Nein! Ich muß mit Barney sprechen. Bitte.« Sean flehte, doch Aggie hörte einen merkwürdigen Tonfall in seiner Stimme: Da war noch etwas anderes, eine Empfindung endgültiger Verzweiflung.

Aggie schaute wieder zu Barney und war nicht gewillt, seine Bemerkung so einfach zu akzeptieren. »Barney, welche Geschichten hast du den Jungen erzählt?«

»Die bekannteren«, antwortete er ehrlich, »aber kein Wort über den Narr. Ich würde die Jungs nicht derart verängstigen. Und ich habe immer noch nicht herausgefunden, was das Böse Ding sein könnte.«

Aggie setzte sich auf Barneys Hocker zurück, wobei ihre Augen von Sean zu Barney und wieder zurück wanderten. Die Jahre der Lehrtätigkeit hatten sie empfänglich für die Frustration gemacht, denen junge Menschen begegnen, die merken, daß man ihnen nicht zuhört. Sie dachte lange Zeit nach, dann sagte sie: »In Ordnung, mach weiter.«

»In der Nacht, in der wir krank wurden, wurden wir nicht krank«, erklärte Sean. »Der Leuchtende Mann und das Böse Ding kamen in unser Zimmer . . .« Sean erzählte weiter, bis er die Geschichte dieser Nacht beendet hatte.

Aggie hörte aufmerksam zu, und als Sean fertig war, sagte sie: »Sean, wie sah dieser Leuchtende Mann aus?« Intuitiv wußte sie: Vor ihr stand ein Junge, der nicht einfach eine Geschichte weitergab, die er ein oder zweimal gehört hatte, sondern eher ein Junge, der etwas enthüllte, von dem er fest überzeugt war. Nachdem er alle ihre Fragen beantwortet hatte, wurde ihr Verhalten milder, ihre Stimme war kaum mehr als ein Flüstern. »Barney, das ist unglaublich. Ich glaube nicht für einen Moment, daß der Junge tatsächlich den Amadan-na-Briona gesehen hat. Auch du kannst das unmöglich glauben.« Ihr Gesicht war leichenblaß.

»Ich kann das sehr wohl glauben«, stellte Barney fest. »Und ich werde es auch, Aggie Grant. Du steckst deine Nase zuviel in Bücher und zu wenig in die wirkliche Welt.« Er stand auf und deutete auf das Fenster. »Da draußen sind Mysterien über Mysterien verborgen, und Wunder von so tiefgründiger Magie, daß all deine Wissenschaften sie nicht beschreiben können. Unsere Geschichte erzählt davon, wie wir nach Irland kamen: wie wir herausfanden, daß der Firbolg und der Tuatha De Danann bereits auf der Insel lebten, und wie wir ihnen das Land abkämpften. Die Briten und ihre amerikanischen Kinder haben sich zu weit von ihren keltischen Wurzeln entfernt und von dem alten Wissen.«

»Aber . . .«, begann Aggie.

»Kein Aber, jetzt, wenn ich bitten darf, Miss Agatha Grant«, unterbrach Barney, während seine Augen aus dem schmutzigen Fenster seiner Bretterbude in die Ferne blickten. »Du kennst die Geschichten, die von den alten Völkern erzählt werden. Du hast sie niedergeschrieben, sie altmodisch und farbig gewichtet. Du hast keine der Personen, die du interviewt hast, gefragt, ob sie daran glaubt. Oder?«

Aggie schüttelte ihren Kopf. Wo sie dachte, daß ein einfacher Ire leben würde, entdeckte sie nun, wohnte ein Mann mit einem tiefen Verständnis für sein kulturelles Erbe. Er erinnerte sich an alles, was er gehört hatte, und er war ein guter Zuhörer. Und er gab die Lehre weiter. Auf seine Art war Barney Doyle ein Barde, der die uralte Tradition am Leben erhielt. »Ich vermutete nur . . .« sagte sie schwach.

»Ja, und das ist dann das Wort, nicht wahr? Vermuten. Sie halten die alten Geschichten für nichts als Mythen und Legenden. Wir wissen, daß sie wahr sind«, flüsterte er. Er ließ seine Augen nicht von dem dunkler werdenden Himmel. »Ich denke, wir werden bald Regen kriegen.« Seine Stimme wurde leiser. »Was würdest du also sagen, wenn ich dir erzählte, daß ich selber den Daonie Sidhe einmal gesehen habe, als er auf einem Hügel im Mondlicht tanzte? Ich war noch ein Junge, nicht viel älter als Sean. Aber ich werde den Anblick niemals vergessen. Wunderschön, aber auch angsteinflößend, freudig und traurig, es war alles auf einmal. Die Musik war so schwach wie der Atem des Windes, und der Geruch der Blumen . . . Blumen aus einer anderen Welt. Ich spürte Wünsche und Verlangen, vermischt mit nicht zu geringer Furcht.« Er verkreuzte die Arme. »Und Gefahr für meine unsterbliche Seele. Sie verschwinden häufig aus unserem Blickfeld, die Alten Menschen, die Guten Menschen.« Er schaute Aggie hart an. »Aber sie sind immer noch hier, bei uns. Sie leben in derselben Welt, und es ist eigene Dummheit, die Wahrheit zu leugnen, weil es nicht modern ist zu glauben.«

Die Sicherheit von Barneys Rede machte Aggie hilflos.

»Bitte, Barney, wir müssen Patrick zurückholen. Wo kann ich ihn finden?« fragte Sean.

Barney starrte aus dem Fenster, während die Nachmittagssonne die Farbe des Himmels in gelbe Rosen veränderte, die zwischen den zunehmend schwarzen Wolken hingen. »Er ist bei dem Narren, Junge, und dort ist er so gut wie verloren.«

»Wer ist der Narr?« fragte der Junge und schien nicht bereit, zu akzeptieren, daß Patrick verloren war.

Barney schaute unter buschigen Brauen hervor, und in

seinen Augen konnte man nichts lesen. Doch es war Aggie, die sprach. »Dein Leuchtender Mann, Sean. Der Amadan-na-Briona, der Anführer des Dunklen Volkes. Er ist der Kopf von dem, was die Schotten den Unseely Court nennen, die Bösen unter den Sidhe.«

Sean, der ganz verwirrt war, sagte: »Aber warum hat er Patrick genommen?«

Aggie beobachtete Barneys Gesicht, als dieser Sean und dann wieder sie ansah. »Weil sie eine boshafte und perverse Gesellschaft sind, Sean. Das ist sicher, der Junge war ein Wechselbalg.«

»Ein Wechselbalg?« sagte Aggie. »Aber er ist im Krankenhaus.«

»Das ist nicht Patrick in dem Zimmer«, sagte Barney entschlossen.

Sean schaute zu Barney hoch, und Tränen traten dem Jungen in die Augen. Ein Gefühl der Erleichterung durchströmte ihn. Endlich hatte er jemanden gefunden, der verstand. Barney wußte, daß das Ding im Krankenhaus, das wie Patrick aussah, nicht Seans Bruder war.

Aggie stand auf. »Das ist alles zuviel für mich, Barney Doyle. Ich werde nicht hier rumsitzen und zuhören, als würden wir über Kidnapping reden.« Barneys Worte hatten sie offensichtlich durcheinandergebracht, und sie kämpfte um ihre Fassung. »Komm, Sean, ich denke, du solltest nach Hause gehen. Das Wetter schlägt um, also fahre ich dich.«

Sean stand auf und wollte zur Tür stürmen, aber Barney legte eine Hand auf seine Schulter und hielt ihn so zurück. »Nee, Junge, du würdest gut daran tun zu gehen.« Barneys Augen schienen zu schimmern, als ständen ihm die Tränen fast in den Augen. »Es gibt nichts. Nichts, das du tun kannst. Es gibt keinen Weg, Patrick nachzusteigen.« Er wartete, bis Aggie ihre Börse und ihr Notizbuch zurückbekam, und öffnete ihnen die Tür. Nachdem sie durchgegangen waren, schloß Barney sie vorsichtig. Dann sagte er ruhig: »Wir leben nicht mehr im Zeitalter der Helden, Sean. Ist 'ne traurige Sache, zugegeben, aber es ist die Wahrheit.«

Sean dachte daran, wegzulaufen, aber Aggie hatte ihr Leben lang mit Jungen aller Größen und Temperamente zu tun gehabt und wußte einem solchen Impuls zuvorzukommen. Ruhig stieg er in ihr Auto und erlaubte es, nach Hause gebracht zu werden.

10

Sean saß brütend in seinem Zimmer, während die untergehende Sonne hinter dem alten Baum verschwand und tanzende Schatten auf die Wand warf. Seit er gestern von Barney zurückgekehrt war, befand er sich in stiller Verzweiflung.

Unten wurde die Tür geschlossen, und Sean sprang auf. Er lief die Diele und die Treppe hinunter zu seinem Vater. Phil schaute seinen Sohn an und lächelte. »Hi, Sportsmann. Wie läuft's?«

Sean bemühte sich, möglichst sorglos dreinzublicken. Er umarmte seinen Dad kurz und landete dann seinen Wurf. »Mom läßt mich nicht zur Halloween-Feier heute nacht.«

Phil bewegte sich langsam auf die Küche zu. »Schau, es gibt noch mehr Feiern und . . . na ja, deine Mom ist in letzter Zeit ziemlich durcheinander.« Er hielt inne und studierte das Gesicht seines Sohnes. Bei all seiner Sorge um Patrick hatte er Sean nicht ignoriert. Nach einem Moment sagte er: »Aber für dich war es ja auch kein Picknick, oder?«

Ein merkwürdiger Ausdruck huschte über Phils Gesicht, und er stieß die Tür zur Küche auf. Gloria und Gabbie bereiteten beide das Abendessen vor. Sie begrüßten sich, und Gabbie sagte: »Jack hat angerufen. Er ist auf dem Weg, mit einem Kater und so. Er wird in einer Stunde hier sein.« Jack hatte seine mündliche Prüfung am Freitag bestanden, was ihn zu einem Doktorkandidaten aufrücken ließ. Er hatte angerufen, um es ihr zu erzählen, und wollte sofort zurückkommen, doch Gabbie hatte ihn überredet, mit seinen Kommilitonen zum Feiern auszugehen, auf eine Party, die dann sehr lange dauerte. So hatte Jack es nicht geschafft, vor Samstagnachmittag mit einer Schreibarbeit zu beginnen, die als erstes am Montag auf dem Schreibtisch seines Mentors liegen sollte. Deshalb stand es außer Frage, daß er samstags runter nach Pittsville fuhr. Gabbie wäre gern bei ihm gewesen, hatte es sich aber versagt, weil Gloria in einer derart schlimmen Verfassung war.

»Liebling, ich glaube, es ist schon in Ordnung, wenn wir Sean heute zu der Feier gehen lassen«, meinte Phil.

Glorias Kopf schnellte hoch, und sie hatte einen panisch-angstvollen Blick in den Augen. Bevor sie etwas erwidern konnte, sagte er: »Ihm geht es seit ein paar Tagen besser, und es würde ihm gut tun, hier mal raus zu kommen.« Sean warf Gabbie einen flehenden Blick zu, bat sie schweigend, nicht von seiner gestrigen Begegnung mit Aggie zu sprechen. Gabbie schüttelte unmerklich ihren Kopf und zwinkerte ihm zu, dann wandte sie sich wieder dem Salat zu.

Gloria schien gerade etwas sagen zu wollen, drehte sich statt dessen dem Kochtopf zu und sagte: »Nun gut . . . er hat kein Kostüm.«

Sean sprang ein. »Ich kann als Pirat gehen! Ich kann ein farbiges Tuch um meinen Kopf binden und meine Hosen in die Gummistiefel stecken, und ich kann einen von Dads Gürteln so tragen, und Gabbie kann mir mit Lippenstift eine Narbe malen. Bitte, Mom.«

Gloria schien den Tränen nahe zu sein, und Phil sagte ruhig: »Die Feier findet in der Schule statt. Sie werden beaufsichtigt, und er wird um neun zu Hause sein. Wie sieht's aus?«

Gloria kämpfte innerlich mit sich. Etwas baute sich um sie herum auf, aber sie konnte nicht verstehen, was genau. Ihr Verstand sagte ihr, daß es keine wirkliche Gefahr bedeute, Sean an einer beaufsichtigten Schulveranstaltung teilnehmen zu lassen, aber ihr Magen, ihr Instinkt gaben ihr zu verstehen, es sei ein schreckliches Risiko. Dennoch konnte sie diese furchtbaren Ängste nicht in Worte fassen, so daß sie zuletzt nur mit verzerrtem und aschfahlem Gesicht nickte. Sean sprang schreiend vom Stuhl: »Danke, Mom!« und wirbelte durch die Tür.

Phil ging zu seiner Frau und umarmte sie. »Wir laden ihn auf unserem Weg ins Krankenhaus ab.«

»Und Jack und ich können ihn abholen«, schlug Gabbie vor.

Gloria legte für einen Moment ihren Kopf an Phils Schulter. Die jähe Erkenntnis überstieg ihre Auffassungsgabe: Etwas erschreckend Mächtiges bewegte sich durch die Nacht, etwas, das ihre Familie hereingelegt hatte. Sie wurden von uralten Mysterien, dunkler Magie und verlorenem Gold überwältigt, und von Kreaturen, die nicht von dieser Welt waren. Diese Kreaturen hatten einen ihrer Söhne mitgenommen. Und mit furchtbarer Sicherheit wußte sie, daß sie heute nacht den anderen verlieren würde. Aber sie wußte ebenfalls, daß sie nicht die Kraft zum Handeln hatte. Die Menschen um sie herum, die sie am meisten liebte, würden das alles niemals verstehen. Gloria schloß ihre Augen für einen Moment und sagte dann mit einem resignierten Seufzer: »Gabbie, nimmst du das Hühnchen heraus, wenn es fertig ist? Ich denke, ich lege mich vor dem Essen noch ein wenig hin.«

11

Sean ging zwischen seinen Eltern aus dem Haus. Er gefiel sich in dem Behelfskostüm. Eine von Gabbies alten weißen Blusen hatte den richtigen Kragen, mit den aufgerollten Puffärmeln glich sie einem Piratenhemd. Seine Jeans steckten in seinen Gummistiefeln, und ein alter Gürtel von seinem Vater hing als Imitation eines Wehrgehänges über einer Schulter. In Piratenmanier hatte sich Sean ein rotes Tuch um den Kopf gebunden. Gloria öffnete die Autotür, sie sagte nichts, als sie ins Auto einstiegen, ihre Augen waren nur rot gerändert. Während des Abendessens hatte sie geschlafen, war aber aufgestanden, um ihren Mann und ihren Sohn zu begleiten. Sie sagte wenig, ermahnte Sean nur wiederholt, vorsichtig zu sein. Sean hörte nicht zu, denn er war zu sehr damit beschäftigt, aufzupassen, daß niemandem sein komischer Gang auffiel, denn in seinem rechten Stiefel hatte er den silbernen Brieföffner seines Vaters versteckt.

Unterwegs machte Phil einen kleinen Scherz, als wolle er Normalität erzwingen. Es fing wieder an zu regnen, und Phil sagte: »Du hättest dir eine Jacke mitnehmen sollen, mein Sohn.«

»Geht schon in Ordnung«, erwiderte Sean. »Es ist nur ein kurzer Weg von der Straße zur Aula, und ich warte drinnen, bis Jack und Gabbie mich abholen.«

»Okay, Pirat«, sagte Phil mit erzwungener Heiterkeit. Er fuhr auf den Bordstein vor der Grundschule und beobachtete, wie erst Gloria und dann Sean ausstiegen. Als er an seiner Mutter vorbeiging, griff sie nach ihm, und für einen angstvollen Augenblick befürchtete Sean, sie würde ihn ins Auto zurückdrängen. Statt dessen drückte sie ihn nur verbittert, schwieg die ganze Zeit, dann ließ sie ihn ohne ein Wort gehen, stand in dem trüben Sprühregen und beobachtete, wie Sean zum Hörsaal ging. In einem plötzlichen Gefühl der Melancholie spürte Phil, wie eine Träne seine Wange hinunterlief, und das Gefühl überkam ihn, daß er Sean zum letzten Mal gesehen hatte. Er schüttelte die Empfindung ab, dachte, es läge an dem Streß und der Müdigkeit der letzten Woche, und nachdem Gloria wieder im Wagen war, fuhr er los.

Sean erreichte die Aula. Die anderen Kinder hatten sich schon aufgestellt. Es gab einige organisierte Aktivitäten, eine Menge Automaten waren aufgestellt worden mit Glücksspielen – einen Pfennig werfen, um einen Goldfisch zu gewinnen, Pfeile und Ballons, ein Glücksrad, Bohnensackstoßen und anderes mehr.

Sean hörte, wie das Auto seiner Eltern fortfuhr, und schaute zurück, damit er sehen konnte, wie sie davonfuhren. Die hohen Wolken verbargen die letzten Strahlen der untergehenden Sonne, verwandelten die Landschaft in ein trübes Grau, während der Dunst sich in einen anständigen Schauer verwandelte. Sean überlegte: Es war vorgesehen, daß die Feier von sechs bis neun dauerte, also mußte er die Zeit perfekt einteilen. Sean schaute sich um, schloß sich einem Haufen Kinder bei der Tür an und wartete.

12

Aggie mied die Auffahrt zum Highway 117, der Hauptader für den Verkehr runter nach Pittsville. Sie blinzelte bei dem blendenden Licht der entgegenkommenden Autos, das von der schlüpfrigen Straße reflektiert wurde. Sie war dankbar, daß der Regen aufgehört hatte, denn ihr großer Ford schlingerte auf diesen nassen Straßen wie ein Schlachtschiff. Sie fuhr von der Autobahn ab, auf die Landstraße in Richtung zum Hastingschen Anwesen.

Hinter der Unterführung fiel der Regen wieder in gewaltigen Mengen. Die Regenmassen ließen alles außer der gestrichelten Linie auf der Straße verschwimmen. Aggie schaltete die Scheibenwischer auf Höchstgeschwindigkeit und verringerte ihr Tempo. Es gab noch zwei gefährliche Abbiegungen, bevor sie die Abkürzung zur Hastings Farm erreichte, und sie war sich nicht hundertprozentig sicher, wo genau sie sich befand. Öffentliche Grenzsteine existierten nicht. Ohne Straßenlampen war alles, was sie sehen konnte, der Bereich innerhalb ihres Fernlichtes. Sie fuhr durch einen Tunnel der Nacht. Entfernte Blitze erzeugten im Radio krächzende Geräusche, also schaltete Aggie es aus.

Sie fuhr eine Weile, bis sie sich fragte, ob sie irgendwo eine falsche Abbiegung genommen hatte. Sie war müde, weil sie zu wenig geschlafen hatte – sie war innerhalb der letzten Woche viele Stunden bei den Hastings gewesen. Und sie hatte wegen der Sorge um Patrick ebenfalls eine heftige Müdigkeit in den Knochen. Die gestrige Unterhaltung mit Barney und Sean hatte sie an ihre Grenzen stoßen lassen, machte sie mit einer unscharfen, nachdenklichen Besorgnis bekannt. Sie wurde von einem namenlosen Gefühl verwirrt. Seitdem Mark sie angerufen hatte, wußte sie einen Namen für das Gefühl: Angst.

Aggie blickte zu ihrem Passagier, der stoisch mit geradeaus gerichteten Augen dasaß und nichts sagte. Vor weniger als sechs Stunden hatte sie einen Anruf von Mark Blackman erhalten. Er hatte versucht, Gary anzurufen, aber der jüngere Mann war für einen Tag mit seiner Freundin unterwegs. Mark hatte es bei den Hastings versucht, aber es war immer besetzt. Voller Verzweiflung hatte er Aggie angerufen und hatte sie durch dieses merkwürdige und geheime Ferngespräch in eine angsterfüllte Welt gestoßen, eine Welt, die sie zum erstenmal erblickte, als Sean gestern zu Barney Doyles Schuppen kam.

Dann kam noch ein Anruf, und mit einer Überredungskunst, die Aggie nicht verstehen konnte, hatte ihr Passagier sie davon überzeugt, nach Buffalo zu fahren und ihn am Flughafen abzuholen. Und alles, was Aggie von diesem Mann wußte, war, daß er Deutscher war und sagte, er würde von Mark Blackman erwartet, wenn der auftauchen würde. Aggie war nicht in der Lage, ihre Verwirrung in Worte zu fassen, als sie einwilligte, den Fremden abzuholen. Irgendeine Macht hatte heute nacht ihre Finger im Spiel, und es lag jenseits ihrer Fähigkeit, diese Macht zu erkennen, aber sie konnte Teile des Ganzen klar sehen; sie konnte sehen, wie fremd diese Macht war. Und erkennen, daß diese fremde Eigenschaft ihrem Verständnis hinzugefügt wurde.

Was sie letztendlich zu verstehen glaubte, selbst wenn es nur ein Teil eines größeren Ganzen war, flößte ihr Angst ein, flößte ihr mehr Angst ein, als sie jemals gedacht hätte, daß irgend etwas es tun könnte. Sie war derart mit der Anwesenheit ihres Passagieres beschäftigt, daß sie sich zwingen mußte, sich aufs Fahren zu konzentrieren. Mark und Garys Vermutungen über einen Geheimbund, dem Kessler angehörte und der in dieser Gegend existierte, war keine Theorie mehr. Denn ein Mitglied dieser Organisation saß auf dem Beifahrersitz, nach einem langen Flug von Deutschland. Und sie fuhren bei diesem schrecklichen Sturm zu den Hastings, weil dieser Mann aus irgendeinem Grund vor Mark dort ankommen mußte.

Mark hatte Aggie nicht erzählt, wo er war. Er hätte aus New York oder Buffalo anrufen können, oder aus Toronto. Er hätte eine Stunde vor diesem Mann ankommen können, sich ein Auto mieten und gerade ein paar Meilen vor ihnen sein, oder er könnte rasen, um sie zu überholen. Aber wie auch immer er kam, Mark hatte gesagt, daß es dringend notwendig sei, den Erlkönig-Hügel vor Mitternacht zu erreichen, dennoch sollte niemand wissen, daß er kommen würde. Und ohne daß Mark etwas sagte, wußte Aggie, daß sein Leben in Gefahr war.

Und trotz ihres Versprechens, nichts über Marks Rückkehr zu sagen, hatte der Fremde ihren Willen bezwungen, hatte sie dazu gebracht, ihn abzuholen, sie erzählen lassen, was sie wußte, und ihm zu helfen, Mark zu finden. Jetzt wurde jeder Schatten zur Bedrohung, jede dunkle Stelle eine Androhung von Zerstörung.

Aggie dachte darüber nach, was Wissen bedeutete, und über die nie verstandene Weisheit, die den alten Geschichten innewohnt: »Ignoranz ist Glückseligkeit.« Für einen Farmersjungen war die Bedrohung eines Gangsters unwirklich, während sie bei einem Stadtbewohner Furcht entfachte. Derart war der Preis des Wissens. Jetzt wurden Drohungen, die Aggie noch vor ein paar Tagen als fantastisch und unmöglich abgetan hatte, zu einer greifbaren Gefahr. Sie fühlte sich so ähnlich wie der Farmersjunge, der sich plötzlich in einer Gasse wiederfindet, mit einem Gewehr, das von einem drogenverrückten Rauschgiftsüchtigen auf seinen Kopf gerichtet wird.

Aggie wünschte sich, sie hätte Gary aufspüren können, bevor sie nach Buffalo losfuhr, und ihm erzählen können, daß sie sich bei den Hastings treffen. Aber irgendeine Macht in dem Willen dieses Mannes hatte das verhindert. Sie entschloß sich, Gary anzurufen, sobald sie dort ankommen würden – angenommen ihr Passagier würde es zulassen. Sie schaute zu ihm rüber. Er hatte kaum ein Dutzend Worte zu ihr gesprochen, seit sie ihn auf dem Flugplatz gefunden hatte, und alle mit schwerem deutschen Akzent. Er sah aus wie ein kleinstädtischer Geschäftsmann, korpulent, kahlköpfig und trug einen recht billigen, ramponierten Anzug. Alles, was sie wußte, war sein Name, August . . . irgend was. Sie trat das Pedal weiter durch. Sie hatte Angst, denn neben der harmlosen Erscheinung des Mannes umgab ihn diese fremde Kraft, die sie die ganze Nacht gespürt hatte.

Aggie blinzelte mehrere Male und fragte sich, wo sie war. Dann sah sie den ersten Markstein, den Briefkasten von Lonny Boggs. Die Hastings wohnten zwei Farmen weiter oben. Sie nahm die erste Abzweigung in die Straße vorsichtig, aber als sie die zweite erreichte, wurde sie schneller. Sie sprach leise zu ihrem Fahrgast und sagte ihm, daß sie ihr Ziel beinahe erreicht hätten. Alles, was der Mann von sich gab, war ein halbes Grunzen, was ebenso ›gut‹ hätte bedeuten können. Als Aggie aus der Kurve kam, erhellte ein Blitz die Straße.

Etwas kam aus dem Wald und sprang über die Straße. Für einen knappen Moment dachte Aggie, es sei ein Hirsch, denn sie hatte Geweihsprossen gesehen. Einen Moment später riß sie das Lenkrad heftig herum, denn die seltsame Kreatur hatte in der Mitte der Straße angehalten statt weiterzugehen. Das Auto schleuderte, und Aggie trat automatisch auf die Bremse, während ihr Fahrgast auf deutsch einen Ausruf des Erstaunens ausstieß. Plötzlich wirbelte das Auto herum, geriet außer Kontrolle, und Aggie versuchte vergeblich, es in die Fahrtrichtung zurückzubekommen.

Aggie kam es vor, als würde sich alles in Sekundenschnelle zur Seite bewegen. Eine Sekunde lang wurde, was auch immer sich auf der Straße befand, von den Scheinwerfern erhellt, und Aggie sah eine Figur, die auf einem Pferd saß. Als das Auto herumwirbelte, dachte Aggie kurz, daß Jack oder Gabbie im Regen ausreiten würden, dann, nachdem das Auto den Kreis vervollständigt hatte, konnte sie die Figur im Licht wieder sehen. Es waren weder Jack noch Gabbie. Das Pferd war unwahrscheinlich weiß, glühte beinah im Regen, die Mähne und der Schwanz flammten in goldenen Glanzlichtern. Und der Reiter war nicht menschlich. Direkt oben auf seinen Schultern ruhte ein Helm mit Geweihsprossen aus Elfenbein. Und durch das geöffnete Visier des Helmes beobachtete ein Antlitz mit unmenschlichen Zügen das aus der Kontrolle geratene Auto. Augen, die wie durch ein inneres Licht glühten, folgten den herumwirbelnden Spuren. Aggies Mund öffnete sich zu einem Angstschrei, eher wegen des sicheren Wissens dessen, was sie in diesem Moment sah, als wegen der Angst vor einem Unfall. Durch ihre eigene Angst bekam sie vage mit, daß ihr Beifahrer schrie, aber nicht so sehr aus Furcht, sondern vielmehr aus Zorn und Warnung. Aggies Gewissen lehnte sich gegen die Wahrheit auf, die sie sah, obwohl sie wußte, was es war, und sie schloß ihre Augen und klammerte sich an das Lenkrad, als das Auto sich überschlug.

Als Aggies Auto von der Straße abkam und in einen Baum krachte, warf der Reiter seinen Kopf zurück und jaulte ein unmenschliches Lachen. Das Geräusch des Unfalls wurde von dem stürmenden Regen verschluckt.

Aggie war bewegungslos, hatte für kurze Zeit einen Schock, dann schüttelte sie ihren Kopf, um wieder klar denken zu können. Ihre Augen brannten, und sie rieb sich darüber. Ihre Hand war ganz warm, und sie wußte, daß sie blutete. Sie blickte zu ihrem Fahrgast und sah, daß der Kopf des Mannes das Seitenfenster zerschmettert und dem Glas ein Spinnweben-Muster zugefügt hatte. Eine Menge Blut floß ihm über die Stirn, doch der leere, lethargische Ausdruck und die leeren Augen sagten Aggie, daß der Mann tot war.

Irgendwie war der Wagen fast aufrecht gelandet und zeigte von der Uferstraße aus zur Straße. Aggie versuchte vergeblich ihren Sicherheitsgurt zu lösen, ihre Finger waren nicht in der Lage, einen einfachen Knopf zu drücken. Durch das Fenster, auf das der Regen schlug, konnte sie die Bewegung sehen. Während sie versuchte, sich zu befreien, schwappten Wellen der Übelkeit über ihr zusammen, und sie kollabierte, als es in ihrem Kopf zu schwimmen anfing, sie lehnte sich gegen das Seitenfenster, und alles verschwamm vor ihren Augen.

Aggie schloß ihre Augen, aber das machte das Schwindelgefühl noch schlimmer, also zwang sie sich, wachsam zu bleiben, und öffnete sie wieder. Sie spürte eine merkwürdige Verselbständigung und fragte sich, ob sie sterben werde. Auf der

Straße konnte sie einen Reiter erkennen, und sie konnte den feindseligen Blick der Kreatur auf sich spüren.

Als die Kreatur sein Roß in Richtung des Wracks antrieb, spürte Aggie, wie ihre Kraft abebbte, und wußte, daß sie bald tot sein würde. Der Reiter wußte von ihrem Kommen, und er wußte, daß Aggies Fahrgast ein Feind war. Sie erinnerte sich an alte Geschichten, Geschichten, die es gibt, wie Barney gesagt hatte, wahre Erzählungen, diese alten Geschichten ließen sie verstehen, daß die Zerstörung mit ruhigem Schritt auf sie zuritt. Aggies Furcht war durch die Gewißheit des Todes verflogen, aber sie spürte ein tiefes Bedauern, weil die anderen bald gezwungen sein würden, einen Preis zu bezahlen.

Dann wurde die Nacht von aufblitzenden roten und blauen Lichtern erhellt, als ein anderes Auto um die Ecke fuhr, das Auto des Sheriffs. Aggie sah, wie der Reiter sein Roß anspornte und es zurück in den Wald trieb. Als die Dunkelheit Aggie einhüllte, nahm sie nur noch schwach das heisere Geräusch des Radios im Polizeiauto wahr. Sie dachte, daß jemand von der Lonny-Boggs-Farm den Unfall gehört haben mußte und die Polizei gerufen hatte. Aggie schrie auf, und in ihrem eigenen Ohr klang ihre Stimme schwach und ganz weit weg. Sie kämpfte darum, bei Bewußtsein zu bleiben, denn es blieb nur noch so wenig Zeit, nur Stunden.

Als die Dunkelheit sich um sie schloß, glaubte sie einen weiteren herannahenden Wagen sowie das Schlagen einer Tür zu hören. Aus sehr großer Entfernung konnte sie eine Stimme ausmachen, Marks Stimme, der ihren Namen rief. Ihre letzten Gedanken waren, *armer, armer Patrick*. Dann sank sie in eine schwarze Leere.

13

Um halb acht ging Sean zur Tür der Aula und fragte Mr. Hanes, den Lehrer der dritten Klasse, ob er ›in den Raum für Jungs gehen‹ könne. Der Lehrer nickte abwesend, denn die Kinder waren den ganzen Abend ein und ausgegangen. Sean verschwand also auf die Toiletten, wo reger Betrieb war, zog dort eine kleine Show ab und tauchte dann, statt in die Aula zurückzukehren, in einer Nebenhalle unter. Dann rannte er in die entgegengesetzte Richtung der Aula zur Bibliothek. Er erinnerte sich an eine unwichtige Mitteilung, die er zufällig mitgehört hatte: Während einer jeden Schulaktivität sind alle Türen im Gebäude so einzustellen, daß die Querbalken den Menschen erlauben, hinauszugelangen, selbst wenn sie von außen nicht geöffnet werden können. Sean erreichte die Außentür neben der Schulbibliothek, drückte leise auf den Querbalken, und die Tür öffnete sich mit einem lauten Klick. Sean führte seine Flucht erfolgreich durch. Innerhalb weniger Minuten rannte er durch den Park in Richtung von Barneys Schuppen.

Es regnete wieder heftig, und es war kalt. Sean war naß und fror, als er den Schuppen erreichte. Er schlug mit der Faust auf die Tür und schrie Barneys Namen.

Nach einer Weile, die ihm wie eine Ewigkeit erschien, öffnete sich die Tür, und Barney stand mit einer Flasche Jameson Whiskey vor ihm, offensichtlich fast schon betrunken. Der Gelegenheitsarbeiter sagte: »Ah! Bist du wegen der Bewirtung hier, Sean Hastings? Ich habe nichts, wie du zweifelsohne wissen solltest. Komm halt rein, denn du holst dir noch den Tod, wenn du da stehenbleibst und blöde starrst.« Der Junge kam herein, und Barney suchte nach einem halbwegs sauberen Handtuch und warf es dem Jungen zu, der sich so gut wie möglich trocknete. »Ist falsch, was du machst, durch den Regen laufen, ohne Mantel, Sean, und du hast gerade ein hohes Fieber hinter dir.«

»Barney, ich muß Patrick finden. Du hast gesagt, daß die Guten Menschen heute nacht fortgehen!«

»Richtig. Beim ersten Schlag zu Mitternacht packen sie ihren ganzen Kram und gehen fort. Und beim zwölften Schlag werden sie außer Sicht sein und ein anderes Fleckchen Wald – Gott weiß, wo – und eine andere Gesellschaft finden, die sie terrorisieren können. Gott läßt zu, daß es die Englischen sind.« Er hob seine Whiskeyflasche, um zu salutieren, und trank. Er nahm den Jungen mit noch beherrschtem Blick ins Visier und sagte: »Hast du also einen silbernen Pfeil und einen Bogen, oder ein silbernes Schwert, wie ich es deinem Bruder gesagt habe?«

Sean griff in seine Stiefel und holte den silbernen Brieföffner hervor. »Ich habe das.«

Langsam kniete sich Barney vor dem Jungen hin. Er nahm den Brieföffner und drehte ihn in seiner Hand. Es war Silber. Er sah ihn, wie es schien, eine lange Zeit an, dann blickte er zu Sean. Er stieß einen leisen Seufzer aus. Tränen traten ihm in die Augen, als er die Schulter des Jungen mit seiner unsicheren Hand berührte. »Du bist also entschlossen, das zu machen?«

»*Ich muß*, Barney. Patrick wird heute nacht mit ihnen gehen, oder?«

Barney flüsterte beinah, als er antwortete: »Ja, und er wird ewiglich verloren sein, denn die Chancen, die Guten Menschen noch einmal zu finden, sind winzig. Ich habe sie in meinem Leben einmal und dann noch einmal gesehen, und dazwischen lagen gut fünfzig Jahre. Und die meisten sehen sie in ihrer sterblichen Zeit gar nicht. Doch es ist ein furchtbares und gefährliches Unternehmen, das du dir vorgenommen hast, Sean Hastings. Deine Eltern könnten diese Nacht zwei Söhne betrauern. Hast du dir das auch gut überlegt?«

Sean nickte kurz mit dem Kopf und fragte, wo Patrick sei.

Barney stand auf und nahm den Brieföffner. Er drehte sich um und griff nach einem Schleifstein, den er für Klingen, Scheren und Messer benutzte, und gab der Klinge einen scharfen Rand, wobei er besonders darauf achtete, ihr eine böse Spitze zu geben. Zufrieden, daß der Ersatzdolch so scharf wie möglich war, gab er ihn Sean zurück. Barney nahm einen Mantel vom Haken, steckte die halbvolle Flasche Whiskey in eine der großen Taschen und eine lange, wasserdichte Taschenlampe in die andere. Er nahm einen kleinen Krug und schüttete alle Schrauben aus. Er suchte und fand einen Deckel und plazierte ihn an der richtigen Stelle. »Wenn du dich also dazu verpflichtet hast, bewaffnest du dich am besten mit allem, was du finden kannst. Nun komm schnell mit mir, denn in Wirklichkeit haben wir wenig Zeit.« Er wollte losgehen, dann fiel ihm etwas ein. Er zog eine Schublade auf, durchsuchte sie, bis er endlich einen Rosenkranz und ein Kreuz hervorholte. »Ist schon 'ne Ewigkeit her, seit ich die passende Empfindung zum Beten hatte, Sean, aber heute nacht mache ich diese vergessenen Tage wieder wett.«

Barney führte den Jungen aus dem Schuppen und schlug die Tür hinter sich zu, ohne sie jedoch zu verschließen. Halb rannte, halb ging er, so schnell wie ihn seine alten Füße tragen konnten, während Sean neben ihm hertrottete. »Zuerst«, sagte Barney, »müssen wir nach St. Catherine's gehen.«

Er trieb Sean zu der großen Kirche in der Third Street, vier Blocks vom Park entfernt. Er stieß die großen Türen auf und flüsterte: »Bald ist Allerheiligen, und sie werden beim Beten sein, also geh leise.« Er führte den Jungen durch die Vorhalle der Kirche zum Weihwasserbecken, das auf die Gemeinde wartete. Barney schraubte den Deckel ab und füllte den Krug, dann schraubte er den Deckel schnell wieder zu.

Barney geleitete den Jungen in das Hauptschiff. Sie kamen an ein paar Kirchgängern vorbei, die aber keine Notiz von ihnen nahmen. Im Querschiff stand eine Statue der Jungfrau, vor der ein halbes Dutzend Kerzen brannten. Barney kniete vor dem Altar nieder, bekreuzigte sich, und Sean machte es ihm nach. Dann ging er zum Altar der Jungfrau Maria und durchwühlte seine Tasche nach Münzen. Er hinterlegte einige Centstücke in der Kiste, nahm eine Kerze und gab sie Sean. »Zünde sie an und bete währenddessen zu unserer lieben Frau, damit sie über dich wacht, Sean. Diese Art Unternehmung braucht eine heilige Weihe, oder es ist zum Scheitern verurteilt. Verstehst du?«

Sean nickte. Seine Eltern hatten so etwas nie gemacht, aber er war mit seiner Großmutter O'Brian in der Kirche gewesen. Er zündete die Kerze an und stellte sie vor der Statue der Jungfrau Maria auf. Er schloß die Augen und sagte leise: »Bitte, liebe Frau, hilf mir, Patrick zu finden und ihn sicher zurückzubringen.«

Barney betrachtete den kleinen Jungen lange, und in seinen Augen war Zustimmung zu sehen. »Das ist so ehrlich, wie ein Gebet nur sein kann, wahrhaftig. Nun müssen wir uns beeilen.«

Er führte den Jungen durch ein Seitenschiff, vorbei an den Beichtstühlen. Außerhalb der Kirche prasselte der Regen auf sie nieder, während sie die Straße entlangliefen, vorbei an Barneys Schuppen und dann in die Wälder. Barney zog die Taschenlampe hervor und knipste sie an. »Ab jetzt mußt du sehr gut aufpassen, denn die Strecke ist gefährlich. Solltest du dich verlaufen, bist du für immer verloren. Verstehst du?«

Sean unterdrückte seine Angst und nickte. Barney seufzte resigniert: »Dann hör zu: Der Weg zum Gebiet der Guten Menschen liegt unter dem Hügel auf eurem Grundstück.«

»Erlkönig-Hügel«, sagte Sean.

»So nennen ihn die Deutschen. Es ist ein richtiger Elfenhügel, ohne Zweifel.« Sie gingen langsam zwischen den Bäumen hindurch, entlang des Pfades, den die Jungen zum Park und wieder zurück benutzten. Sean kannte den Weg und hatte keine Schwierigkeiten, Barneys Führung zu folgen. Der halb betrunkene Ire fuhr mit seinen Instruktionen fort. »Sieh die untergehende Sonne an, geh neun Mal *widdershins* – das ist entgegen dem Uhrzeigersinn, Junge –, bis du den Eingang zum Gebiet der Guten Menschen findest.« Er wischte sich übers Gesicht und zwang sich, zur Oberfläche der längst vergessenen Lehre vorzudringen. »Wenn du erst die Höhle durchquert hast, findest du den Weg.«

»Wie die Yellow Brick Road?«

»Du kannst es auch so sehen, Junge. Aber er wird nicht gelb

sein. Aber wenn du das sagst: ›Beim heiligen St. Patrick, unserer lieben Frau, und im Namen Gottes, leite meinen Weg‹, findest du einen Führer.«

»Einen Führer? Wen?«

»Weiß ich nicht, Junge, die Geschichten sind nämlich verworren. Es könnte ein Rabe sein, bei dem du mißtrauisch sein mußt, denn er ist ein verschlagener und hinterhältiger Führer, der versuchen wird, dich in die Irre zu führen, wenn du nicht ein Auge auf ihn hast und ihn zur Wahrheit aufforderst. Es könnte ein Mann oder eine Frau sein, die in einer fremden Sprache sprechen und versuchen, dich zu täuschen. Oder es könnte ein Kind sein. Aber sehr wahrscheinlich ist es eine goldene Lichtkugel. Oder so ähnlich sagen es die Legenden. Folge dem Zeichen. Du darfst die sichere Fahrbahn nicht verlassen. Du darfst nicht länger als einen Atemzug anhalten, sonst verlierst du deinen Führer. Und du darfst niemandem, den du triffst, vertrauen, unwichtig, wie ehrlich er zu sein scheint.« Er dachte nach und sagte dann: »Außer einem. Laut den Geschichten könnte es einen Mann geben, der Ehrlicher Tom heißt. Er kann nicht lügen, wenn du ihn also triffst, kannst du glauben, daß seine Antworten frei von Lüge sind. Du erkennst ihn an seiner Sprache, denn er ist ein Schotte, das heißt, er ist fast Ire.« Dann fügte er mit einem Schulterzucken hinzu: »Letztendlich ist er kein Engländer.«

Sean nickte, aber er fühlte sich langsam von der Ungeheuerlichkeit seines Vorhabens überwältigt. Er behielt nur, was Barney ihm gesagt hatte, und es stellte sich heraus, daß die Konzentration auf die lange Liste der erlaubten und unerlaubten Dinge ein geeigneter Weg war, seine Furcht zu ignorieren.

»Also, entlang des Weges könntest du Anzeichen von Wunder und Schönheit sehen, aber du darfst nie, niemals den Pfad verlassen, außer dein Führer bittet dich darum. Es gibt dort ein Haus voller Licht und Musik und eins, dessen Eckpfosten aus mächtigen Bäumen bestehen, die größer als Mammutbäume sind. Du wirst versucht sein, einzutreten, aber tu es nicht. Du würdest nicht zurückkehren.« Barney drehte seinen Kopf weg, als versuche er, etwas in der Nacht zu erkennen, und seine rot-geränderten Augen füllten sich mit Tränen. »Es gibt so viele Geschichten, mein Junge, und ich kann mich gerade an ein Zehntel erinnern. Oh, wo ist mein Verstand geblieben? Ich kann mich nicht erinnern.« Mit Nachdruck sagte er: »Sean, was auch immer passiert, erinnere dich an eine Sache. Verlasse den Pfad nicht, außer, wenn du von dem Führer, den Gott dir geschickt hat, gebeten wirst.«

Sie erreichten die Rückseite des Hügels, und Barney führte Sean zu einer Seite, wobei er mit der Taschenlampe auf den nassen Boden leuchtete. Er griff nach unten und riß eine Handvoll Gras aus.

»Was machst du da?« fragte Sean.

»Ich ermögliche es dir, zu erkennen, was wahr ist«, antwortete Barney und streckte seine Hand aus, damit Sean es sehen konnte. »Shamrocks.«

»Das ist Klee«, sagte Sean.

»Und was, glaubst du, ist ein Shamrock, Sean Hastings? Ein verdammter kalifornischer Kaktus?« Er schraubte den Deckel von dem Krug mit dem Weihwasser ab. Er zermalmte den Shamrock in den Deckel, während er den offenen Krug unter seinem Mantel hielt. Er fügte etwas Weihwasser hinzu und benutzte seinen Daumen, um alles miteinander zu vermischen. »Ich glaube nicht, daß Gottes sauberer Regen das hier zu sehr verdünnt«, flüsterte er, fast wie im Gebet. Er zog Sean zu sich und tauchte seinen Daumen in die grünliche Masse. »Schließ deine Augen«, befahl er ihm. Er rieb seinen angefeuchteten Daumen sacht über Seans Augendeckel. »Bedecke deine Augen mit der Hand, damit der Regen die Farbe nicht abwäscht.«

Sean tat, wie ihm befohlen. Sofort fing Barney an zu singen: »Heiliger St. Patrick, wache über diesen Jungen und laß seine Augen erkennen, was wahr ist und was nicht. Amen.« Zu Sean sagte er: »Wenn wir den Saft des Shamrocks nicht mit dem Weihwasser vermischt hätten, wärst du nicht in der Lage, ihren Arglistigkeiten zu widerstehen. Der Märchenstein hält sie von deinem Körper fort, Junge, und das hier beschützt deinen Geist vor ihren Reizen und Versprechungen, aber nur solange du es nicht abwäschst. Denke daran, viele Dinge im Gebiet der Guten

Menschen sind schön, aber trügerisch. Sei vorsichtig.« Er leerte den Deckel und benutzte den Regen, um die Farbe aus dem Deckel zu wischen, wobei er das Weihwasser immer noch abschirmte. Als er zufrieden war, den Deckel von fremden Substanzen gereinigt zu haben, schraubte er ihn wieder auf den Krug.

Er reichte Sean den Krug und führte ihn zur Troll-Brücke. »Wenn du am Ende deiner Reise ankommst, triffst du auf den Narr.« Barney blieb vor dem ausgebrannten Baumstumpf stehen, unter dem Jack das Gold gefunden hatte. Barney kniete nieder, achtete nicht auf den Schlamm und ergriff Seans Schultern: »Hör gut zu, wenn du irgendeine Hoffnung für deinen Bruder und dich selbst suchst. Man nennt ihn den Narr, denn in der alten Sprache ist das sein Name, aber denke nicht, daß er ein dummer oder tölpelhafter Kamerad ist. In der alten Sprache deutet ›Narr‹ auf jemanden, der rücksichtslos gegenüber einem Risiko ist: eine zügellose, rücksichtslose Art von Schurke, der keine Rücksicht auf die Gefahr nimmt, einer, der Dinge wagt, die kein geistig normaler Mann wagen würde. Und die Gefährlichkeit dieses Narren geht über unsere Vorstellungskraft hinaus. Verstehst du, was ich dir sage, Sean Hastings?«

Sean nickte, aber es war klar, daß vieles von dem, was Barney erzählt hatte, ihn verwirrte. Zuletzt sagte Barney: »Nun gut, sei dir nur bewußt, daß er so gefährlich ist, wie jemand auf der Seite des Teufels nur sein kann, aber du stehst ja auf der richtigen Seite. Also, das mußt du tun, Junge. Du mußt ihn bei seinem richtigen Namen nennen. Amadan-na-Birona. Sage diesen Namen.« Sean wiederholte den Namen, und Barney sagte: »Nein, das reicht nicht.« Er paukte Sean den Namen ein Dutzend Male ein, bis er mit der Betonung zufrieden war.

Barney blickte zum Hügel, einem schwarzen Schatten, der sich gegen die unvollständige Dunkelheit der Bäume abhob. »Wenn du seinen wahren Namen aussprichst, hast du Macht über ihn. Nicht viel, aber es reicht. Befiehl ihm, im Namen unseres heiligen Herrn Jesus, dir deinen Bruder zurückzugeben und euch freizulassen. Du mußt ihm und seinen Anhängern die Anweisung geben, euch unbehelligt gehen zu lassen. Darauf muß er eingehen. Aber achte darauf, wie du es sagst, Junge, denn du kannst ihm nur einmal befehlen.« Barney erzählte Sean genau, was er zu sagen hatte, dann verdunkelte sich sein Gesicht. »Ich wünschte, wir wüßten, was für eine Art Bestie dein Böses Ding sein könnte, aber wir wissen es nicht, also besteht kein Grund, sich damit abzugeben. Wenn es kommt, dann kommt es. Der Märchenstein wird ihn dir gegenüber mißtrauisch machen, aber du mußt Patrick beschützen. Benutze deinen Dolch und eventuell etwas von dem Weihwasser. Diese Kreaturen waren es, die neben dem Satan standen, als er seine Heerscharen gegen unseren Himmlischen Vater rebellieren ließ. Sie waren nicht rechtschaffen genug, um in Gottes Himmel zu bleiben, aber sie waren auch nicht so schlecht, daß sie einen Anspruch auf die Hölle und den Teufel hatten, also wurden sie in dieses Zwischenreich verfrachtet. Noch immer sind sie geneigt, heilige Dinge zu vermeiden, also benutze das Wasser, wenn es nötig ist, aber behalte etwas davon zurück. Das ist sehr wichtig.« Barney umgriff die Schultern des Jungen fester, als könne er ihm dadurch besser seine Ratschläge einschärfen: »Wenn du deinen Bruder einmal gefunden hast, tröpfel etwas von dem Weihwasser über seinen Kopf, mache das Kreuzzeichen auf seiner Stirn und sage: ›Im Namen des Herrn, du bist frei.‹ Wiederhole es.« Sean gehorchte und machte es richtig.

»Übersieh das nicht in der Aufregung. Denn bis du das gemacht hast, bleibt Patrick der Diener des Narren, und es könnte sein, daß er darum kämpft, dort zu bleiben. Dann mußt du schnell verschwinden, denn wenn es irgendeine Möglichkeit für den Narren gibt, dir zu befehlen, ihm zu folgen, wird er es tun. Und wenn er euch aus dem Hügel heraus folgt, könnte er euch wieder einfangen. Und das wäre dann für immer und ewig. Draußen kann ihn keiner übertreffen, außer einem wirklichen Barden oder einer anderen Art Zauberer, aber weder du noch ich haben den Bogen der Magie 'raus. Also gebiete ihm, hinter euch zu bleiben, wenn er deinen Bruder freiläßt, denn nach Mitternacht muß er diesen Ort verlassen.

Und nun das letzte: *Halte nicht an, um auszuruhen,* selbst wenn dein Führer es erlaubt. Zeit ist dort nicht dasselbe wie hier. Ein Halt wegen eines Schläfchens, und du wachst Jahre später wieder auf, nicht älter als eine Nacht, aber für einen Rückweg hoffnungslos verloren und zu weit weg, ihn wiederzufinden. Also bleib wach und bleib in Bewegung.«

Tränen traten Barney in die Augen, und er sagte: »Ach, ist ein riskanter Weg, den du dir ausgesucht hast, Sean. Bleib in Bewegung, denk an das, was ich dir erzählt habe, und glaube keinem außer dem Ehrlichen Tom, wenn du das Glück hast, ihn zu treffen. Wenn du wieder hier bist, komm aus der Höhle und bewege dich *deasil* – im Uhrzeigersinn – neun Mal um den Hügel herum, und du wirst zurück sein. Du mußt den Hügel bis Mitternacht verlassen haben, wer weiß, wo du sonst rauskommst.« Seine Stimme wurde leiser, und er drückte den Jungen fest an sich. »Wenn ich ein Mann wäre und kein betrunkener, alter Saukerl, würde ich diese tapfere Tat vollbringen, anstatt ängstlich dabeizustehen, während ein Junge sie ausführt. Du bist ein netter und mutiger Junge, Sean O'Brian Hastings, selbst wenn du nur zur Hälfte Ire bist. Geh jetzt und komm schnell zurück, und mögen der Heilige St. Patrick und die Heilige Mutter Gottes dich beschützen.«

Mit dem Zeichen des Kreuzes und einem Schubs schickte er Sean fort. Der Junge wirbelte herum und sah den Hügel. Er ging nach rechts und machte einen vollständigen Kreis um den Hügel. Nach dem achten Durchgang verschwand er aus Barneys Blickfeld. Der alte Gelegenheitsarbeiter kniete noch immer im Schlamm, zog den Rosenkranz hervor und rief in die Nacht. »Ich bete für dich, Sean Hastings. Ich bete zu St. Jude, der über die unmöglichen Unternehmungen wacht, und zu unserer Jungfrau und St. Patrick . . . und selbst zu diesem Engländer, St. George, damit er deinen Dolch leitet, wenn du ihn benutzen mußt.« Seine Stimme wurde leiser, und er fügte hinzu: »Und ich werde nicht vor dem zwölften Schlag um Mitternacht fortgehen, lieber, braver Junge.« Ungeachtet des Regens, der auf ihn niederprasselte, und des Schlamms, in dem er kniete, betete Barney Doyle. Und er betete mit einer Inbrunst, die er seit seinen Jugendtagen nicht mehr verspürt hatte.

14

Sean bewegte sich von Barney fort und bedeckte seine Augen vor dem starken Regen. Er nahm alles um sich herum bewußt wahr, das Trommeln des Regens in den Bäumen und das ungewöhnliche Echo, das die Geräusche um ihn herum von sich gaben. Es lag ein scharfer und nasser Geruch in der Luft, ein derart intensiver, feuchter Waldgeruch, Sean wurde ganz berauscht, als er ihn einatmete. Er spürte und hörte das Platschen des klebrigen Schlammes, der nur widerstrebend von seinen Gummistiefeln abrutschen wollte. Gabbies Bluse klebte an seinem Körper, und er spürte die fröstelnde Liebkosung des Windes. Er schob diese Sorgen beiseite und versuchte, sich an alles, was Barney gesagt hatte, zu erinnern, während er sich um den Hügel herum bewegte und aus Barneys Blickfeld verschwand.

Bei seiner dritten Runde hörte der Regen auf, und er nahm seine Hand herunter, die die Grasfarbe um seine Augen geschützt hatte. Er sah, daß Barney ungewöhnlich aussah, als würden sie durch ein merkwürdiges Fenster aus bernsteinfarbenem Glas getrennt.

Bei der vierten wurde es wärmer.

Bei der sechsten schien es heller zu werden.

In der siebten Runde war der Hügel ganz eindeutig heller, während die umgebenden Wälder in glänzendes Schwarz getaucht waren, so daß er den knienden Barney nicht länger sehen konnte. Der Wind glich einem entfernten Flüstern, und der Geruch von Fichtenholz und nasser Erde wurde zu einer blassen Erinnerung.

Bei dem achten Gang wurde der Hügel zu einer Insel im

Raum, ohne einen Hinweis auf das umgebende Land. Kein Licht oder Geräusch existierte jenseits des Hügels.

Bei dem neunten Gang um den Hügel kam Sean an eine Höhlenöffnung. Darin konnte er in großer Entfernung Licht sehen.

Sean hielt an und atmete tief durch.

15

Der Junge betrat die Höhle an der Seite des Erlkönig-Hügels. Zuerst vorsichtig, kroch er durch einen langen Tunnel, ertastete sich einen Weg ins Dunkel. Plötzlich fiel Sean nach vorn, als wäre er in ein tiefes Loch getreten. Für eine Sekunde schrie er vor Angst laut auf, und sein Magen drehte sich. Dann stand er abrupt auf festem Boden. Er schrie erneut auf, als er sich des plötzlichen Orientierungswechsels bewußt wurde. Es war, als hätte sich die Welt um neunzig Grad gedreht; er war gefallen und stand dann plötzlich wieder aufrecht, als die Schwerkraft ihn einholte.

Sean wußte, daß er an irgendeinem fremden Ort war.

Er konnte nichts sehen, außer einem schwachen Leuchten weit entfernt am Ende des Tunnels. Er zwang sich, mit dem Schreien aufzuhören, und tastete in der Dunkelheit um sich, bis er seinen Dolch entdeckte. Er überprüfte das Weihwasser und war erleichtert, daß sich der Krug sicher in seinem Hemd befand. Sean atmete tief, dann sagte er zu sich: »Sei still, Schreihals.« Nach dieser Ermahnung fühlte er sich besser und nahm seine Reise wieder auf.

Er wanderte anscheinend lange Zeit durch den dunklen Tunnel, wobei ihn die üppigen, muffigen Gerüche der feuchten Erde umgaben. Nach einer Zeit, die ihm persönlich wie eine Ewigkeit vorkam, sah er, wie das entfernte goldene Licht größer wurde. Er ging darauf zu und trat aus der Höhle auf einen Abhang.

Sean machte sich Luft, während seine Augen in die fremdartige Landschaft vor ihm eintauchten. Bäume, die zu perfekt waren, um auf der Erde zu existieren, neigten sich in einer weichen Brise unter einem blau-schwarzen Himmel. Es war Tageslicht, aber gespenstisch, als ob das Licht aus allen Richtungen käme und nicht nur einen einzigen Ursprung habe und so nur zum Teil normale Erleuchtung war. Es war ein verschwommener Strandtag ohne diesen hellen Schimmer. Und es gab etwas Goldenes in dem Licht, eine champagnerfarbene Schattierung, die die Wahrnehmung des Auges leicht einschränkte. Alles innerhalb Seans Blickfeld wirkte schwarz, dennoch konnte er Details erkennen.

Der Junge erschauerte und kämpfte gegen seine erste wirkliche Panikattacke an. Das glich bei weitem nicht dem, was er erwartet hatte. Er hatte an eine Art Walt-Disney-Ort gedacht, gestrichen in hellen Farben mit einer intensiven Schattierung. Statt dessen blickte er über eine Landschaft aus Halbschatten, goldenen Nebeln und weichen Rauchschwaden, jede Farbe war verschnitten und abgedämpft, als betrachte man sie durch graue Linsen. Es war ein Ort des Nebels, obwohl man den Nebel nicht sehen konnte. Das Licht war weich, als ob es hier andere Gesetze des Lichtes gäbe. Kein Sonnenlicht, dachte Sean; für immer.

Ein Pfad oder eher eine Straße wand sich unter seinen Füßen und lief in die Ferne: Steine von heller, fast weißer Farbe. Sean war unfähig, sich zu bewegen. Er schaute in die Ferne und sah einige Leute aus den dunkleren Stellen zwischen Bäumen am Rand der Wiese hervorkommen. Vor einer Sekunde hatte er sie noch nicht gesehen. Sie bewegten sich auf ihn zu, als wären sie in guter Stimmung, zeigten sie auf ihn und unterhielten sich in einer unbekannten Sprache. Seans Augen stutzten, als sie nahe genug waren, daß er Details erkennen konnte. Sie trugen jede Art von Kleidung, waren entweder vollkommen nackt oder von Kopf bis Fuß mit reich verzierter Epochenkleidung aus feiner Webart und vielschichtiger Machart bedeckt. Aber alle hatten eine grüne Haut. Der Wind trug die schwachen Geräusche von Gelächter zu ihm, und Sean erschauerte. Es war nicht das verrückte Lachen des Narren, aber es war auch nichts Menschliches in diesem Geräusch.

Sean unterdrückte eine schwindelerregende Angst und griff nach oben, um die Farbe auf seinem rechten Augenlid zu überprüfen. Die ölige Flüssigkeit war noch da, wenn Barney also die Wahrheit gesagt hatte, kamen grüne Leute auf ihn zu. Er unterdrückte den Drang zu schreien und sprach die Worte, die Barney ihm eingebleut hatte. »Bei dem Heiligen Patrick, der Jungfrau und im Namen des Herrn, leitet meinen Weg.« Seine Stimme war ganz hell und angespannt durch die Angst, aber irgendwie schaffte er es, die Worte laut auszusprechen.

Sofort wurde die Luft von einem summenden Geräusch erfüllt, und die grünen Leute hielten in ihrer Bewegung inne. Am entfernten Ende des Pfades erschien ein Objekt und kam in schnellen Bewegungen auf ihn zu. Eine Miniatursonne schleuderte Sean entgegen, als sie jedoch näherkam, sah er, daß sie nur in dieser abgetönten Landschaft, in der er sich selbst befand, so hell wirkte. Es war eine goldene Lichtkugel, die sich schnell drehte, so daß kein Merkmal oder Detail ihrer Oberfläche sichtbar war. Die grünen Leute unterhielten sich leise, wobei sie in Richtung des Jungen und des goldenen Himmelskörpers gestikulierten. Es raste mit einem leichten Summen auf ihn zu, bis es zuletzt vor dem Jungen kreiste. Sean sagte: »Bist du mein Führer?«

Die Kugel bewegte sich ruckartig, als wolle sie ihre Wirkungsweise erläutern, und Sean sagte: »Hilf mir. Ich möchte meinen Bruder Patrick finden. Der Narr hat ihn.«

Die Kugel schien für einen Moment wahllos herumzuwirbeln, als hätte sie die Angst gepackt, aber nachdem sie sich eine Sekunde so ungewöhnlich bewegt hatte, umkreiste sie Sean und bewegte sich die Straße hinunter. Sean sog einen tiefen Atemzug ein, bemerkte die Tränen auf seinen Wangen und wischte sie weg. Mit einer Darbietung von Entschlossenheit, die er nicht besaß, marschierte er hinter der langsamen Kugel her und war dazu bestimmt, ihr bis zum Ende der Jagd zu folgen. Die grünen Leute schwiegen, als der Junge an ihnen vorbeiging. Sie schienen sich von dem, bei dem sie zugeschaut hatten, nicht stören zu lassen, aber sie hatten ihr vergnügtes Verhalten eingebüßt, als der Name des Narren erwähnt wurde, und jetzt traten sie Sean aus dem Weg, so daß er seinem Führer ungehindert folgen konnte.

16

Es schien keine Zeit mehr zu geben. Barney hatte dieses Phänomen wohl angedeutet, aber Sean konnte sich nicht mehr daran erinnern. Der Junge spürte ein wenig Hunger und wünschte sich, etwas zum Essen mitgenommen zu haben, vielleicht ein Erdnußbutter-Sandwich. Aber man konnte nicht erwarten, daß er an alles dachte. Er umklammerte seinen silbernen Dolch mit der rechten Hand und folgte der goldenen Lichtkugel. Er hatte versucht, mit dem Licht zu reden, aber es blieb stumm. Die Landschaft, durch die sie sich bewegten, war eine schaurige Sinnesfreude, Waldungen von dunkler und fremder Schönheit. Ströme aus kristallklarem Wasser flossen in der Nähe, und Sean fragte sich, ob man das Wasser wohl trinken könne. Barney hatte nichts darüber gesagt, und Sean dachte, es wäre am besten zu warten, bis er unbedingt etwas trinken mußte.

Die Kugel bewegte sich in einem ungewöhnlichen Rhythmus, schwankte von Seite zu Seite über die Straße, fast als würde sie tanzen oder hüpfen. Sean stapfte schweigend auf der Mitte der grenzenlos weißen Steine.

Nach einer ausgedehnten und nicht meßbaren Zeitspanne sah Sean in der Ferne eine Burg. Die Zeit, sie zu erreichen, kam ihm unendlich lang vor, denn die Burg war groß und wuchs beim Näherkommen nur langsam. Sie ging um eine Kurve, und Sean sah einen Mann, der am Straßenrand saß. Er hatte sich auf einem großen Felsen niedergelassen, der an einer Kreuzung von der weißen Straße und einem kleineren Weg lag, der zur Zugbrücke der Burg führte.

Der Junge kniff die Augen zusammen, um die im Nebel liegende Burg besser erkennen zu können, doch bei all seinen Anstrengungen konnte er nur feststellen, daß es ein gewaltiger Ort war, mit Mauern, die eher aus Glas zu sein schienen denn aus Stein. Auf den entfernten Türmen flatterten Fähnchen tapfer in der ungewöhnlichen Brise, und Menschen bewegten sich, obwohl Sean nicht hundertprozentig sicher war, ob es sich wirklich um Menschen handelte. Das Licht an diesem Ort ließ alles Entfernte lustig aussehen. Die Burg erhob sich an einem Strand, der Küste eines großen Sees oder einer Bucht. Sean wunderte sich, daß er eine solch große Ansammlung von Wasser noch nicht sehen konnte. Er schaute zur anderen Seite der Burg und sah, wie die Küste rasch vom Nebel verschleiert wurde, der dann zu silbernem und goldenem Licht verblaßte. Ein Zittern durchfuhr Sean bei dem Versuch, das Gesehene zu verstehen. Ihm kam es wie ein Fernsehfilm vor, in dem das Bild von einer Vorstellung zur anderen sprang, aber mitten in der Auflösung irgendwie steckenblieb. Der Junge schob sein Unbehagen beiseite, ging weiter die Straße entlang, die ihn dahin brachte, wo der Mann saß.

Sean verlangsamte sein Tempo, um sich den Mann beim Vorbeigehen genauer anzusehen. Das dunkle Haar hing dem Mann bis zu den Schultern, und sein Bart war dick und ungekämmt. Er trug ein Hemd aus eisernen Ringen, mit einem Abschluß aus Leder, einfache wollene Hosen, die in Stiefeln aus weichem Leder steckte. Sean dachte, er sieht aus wie ein Wikinger, aber er hat keinen Helm mit Hörnern. Sean näherte sich vorsichtig dem Rand der Straße und kam so auf sechs Meter an den schweigenden Krieger heran, aber der Mann zeigte keine Anzeichen, daß er den Jungen bemerkte. Er schien in Trance zu sein oder so in Gedanken vertieft, daß er nichts anderes wahrnahm. Entlang seiner Kopfhaut verlief eine tiefe Narbe, um die nur sehr wenig Haar wuchs und die aussah, als wäre sie erst vor kurzem geheilt. Sean bemerkte, daß er eine leere Schwertscheide zwischen seinen Knien hielt. Sean ging noch langsamer, damit er vier Frauen in Begleitung eines Dienstgefolges beobachten konnte, die aus dem Rondell der

Burg auftauchten und die Brücke überquerten. Jede schien menschlich zu sein, hätte ihre Schönheit nicht eine außerirdische Qualität besessen. Eine trug königliche Gewänder in Karmesinrot und Gold, während eine zweite, die ebenso prächtig und eindrucksvoll war, ein Kleid in dunklem Grün trug. Die dritte war in Weiß und Silber gekleidet, während die vierte Schwarz trug. Als sie näherkamen, hielt Sean an, unfähig, seine Augen von der wundersamen Prozession zu lassen. Die Frau in Schwarz schien die einzige zu sein, die Sean bemerkte, aber sie sah ihn nur einen kurzen Moment an, mit einem traurigen und resignierten Ausdruck in ihren blauen Augen, als sie ihm den Anflug eines Lächelns schenkte und dann ihr Gesicht dem Mann auf dem Fels zuwandte. Sie sprach so leise, daß Sean die Worte nicht verstehen konnte, doch der Mann schien aus seiner Trance zu erwachen.

Die vier Frauen warteten, während der Krieger langsam aufstand. Er hielt einen Moment inne, als er Sean erblickte, dann sprach er. Er bediente sich einer Sprache, die dem Jungen fremd war, und die Worte wirkten auf ihn kaum, als würde irgendeine Kraft Sean daran hindern, klar und deutlich zu hören, was gesagt wurde, außerdem war seine Haltung unschlüssig und unsicher. Die Frau in Schwarz sprach und warf einen kurzen Blick auf den Jungen. Der Mann nickte und bot der Frau seinen Arm an. Sie nahm ihn, und das Paar bewegte sich auf die Burg zu, die anderen drei Frauen folgten, die Diener bildeten den Schluß.

Sean war von der Pracht fasziniert und fragte sich, wer diese sagenhaften Menschen sein könnten, aber seine Aufmerksamkeit wurde abgelenkt, als er bemerkte, daß sein goldener Führer hinter dem Horizont verschwand. Da erinnerte Sean sich an Barneys Warnung, nicht anzuhalten, wenn er seinen Führer nicht verlieren wollte. Er spürte, wie Panik in ihm aufstieg, als er sah, daß der Führer fort war. Er hechtete hinter der Lichtkugel her.

Er erklomm einen Hügel und sah, daß er an Boden gewonnen hatte, aber er rannte noch immer voller Furcht, er könne die einzige Hoffnung auf eine Wiederbegegnung mit seinem Bruder verlieren. In dem Moment, da er die Lichtkugel einholte, bemerkte er, daß die Baumreihen auf beiden Seiten der Straße enger und alles dunkler wurde. Diese Wälder waren beklemmender und unheilvoller als die, die sich von der Burg bis zu dem Hügel mit den grünen Menschen erstreckten. Sean griff noch fester um seinen Dolch. Er zwang sich zur Ruhe und ging verbissen hinter seinem schimmernden Führer her.

17

Phil blickte durch die Glasscheibe zu Mickey Bergman, der Patrick ein letztes Mal untersuchte, bevor er am Morgen nach Baltimore gebracht werden sollte.

Der Arzt verließ Patrick und kam aus dem Zimmer. Bergman nahm Phil am Arm und führte ihn zu Gloria, die im Wartebereich saß. Sie war von Phils Seite gewichen, unfähig, die kreischende Kreatur zu betrachten, die einst ihr Sohn war und jetzt versuchte, die Helfer, die ihn festhielten, damit Mickey Bergman ihn untersuchen konnte, zu beißen und zu kratzen. »Philip, ich hätte Sie angerufen, wenn Sie nicht vorbeigekommen wären. Es gibt etwas, das ich Ihnen erzählen muß.«

»Über Patrick?« fragte Gloria.

»Ja. Es tut mir leid, aber sein Verhalten ist noch . . . extremer geworden. Außerdem ist er . . . stärker, als ob . . . ich weiß nicht, vielleicht eine Art hysterische Stärke. Es wird immer schwieriger, mit ihm zu arbeiten. Er . . . hat heute eine freiwillige Aushilfsschwester angegriffen.«

»Wie bitte?« sagte Phil erstaunt.

Bergman setzte sich Phil und Gloria gegenüber. »Das Mädchen hat es gut gemeint, aber es war ziemlich dumm von ihr, den Raum zu betreten – sie ist neu. Sie sagte, sie hätte Patrick durch das Fenster gesehen, und er *schien* so durcheinander und verängstigt zu sein. Wir brauchten zwei Wächter und eine Schwester, um ihn von ihr zu ziehen.«

»Was hat er getan?« fragte Gloria.

Mickey schüttelte seinen Kopf. »Wenn er nicht erst acht Jahre alt wäre, würde ich sagen, er versuchte, sie zu vergewaltigen.«

Gloria schwieg vor sich hin, wußte ihre widerstrebenden Gefühle nicht in Worte zu fassen. Bergman fuhr fort: »Er hatte die Bluse des Mädchens halb aufgeknöpft und drückte sie auf das Bett.« Mickey sah etwas unsicher aus. »Er hat sie in die linke Brust gebissen, eine häßliche Wunde. Das Mädchen wird wohl eine Narbe zurückbehalten.

Sehen Sie, wenn das so weitergeht, weiß ich nicht, ob das vorgeschlagene staatliche Krankenhaus Wingate der beste Platz für Patrick ist. Ich kann ihn in eine der psychiatrischen Forschungsanlagen im John Hopkins bringen. Ich würde diesen Fall gerne noch ein wenig länger verfolgen.«

Phil sagte: »Danke, Mickey. Aber warum dieses plötzliche Interesse?«

Bergman lehnte sich zurück und kreuzte die Arme. »Kann ich Ihnen wirklich nicht sagen. Es ist nur etwas an diesem Fall, das mich auf die Palme bringt.« Er schaute zu Gloria, die gefaßter schien als je zuvor, also äußerte er vorsichtig einen Gedanken. »Ich weiß nicht, was mit Patrick los ist, aber es ist einzigartig. Und . . . wenn wir herausfinden, was es ist . . . vielleicht können wir . . .«

»Ihm helfen?« fragte Gloria mit ein wenig Hoffnung in ihrer Stimme.

Mickey schüttelte den Kopf. »Das kann ich nicht sagen. Ich denke nur, daß wir etwas sehr Wichtiges entdecken könnten. Ich kann Ihnen wirklich nicht sagen, warum. Nennen Sie es eine Ahnung.«

»Wir überlegen es uns«, sagte Phil. »wie lange dauert es, bis wir Patrick sehen können?«

»Eine Weile, fürchte ich. Sie müssen ein bißchen warten. Wir bräuchten mehr Tabletten, um ihn zu beruhigen, und mehr Zeit, bis sie wirken. Ich denke, wir sollten das Mittel wechseln, damit er sich neben allem anderen nicht auch noch ein

Suchtproblem zuzieht. Und . . . es wird eine Weile dauern, bis er saubergemacht ist.« Er schaute sie ernst an. »Haben Sie gemerkt, daß er festgeschnallt war, als Sie ihn sahen?«

Beide nickten, und Mickey erhob sich. »Sehr gut. Ich rufe Sie morgen an, wenn ich nach Baltimore fahre.« Phil erhob sich und streckte seine Hand aus. Sie schüttelten sich die Hände, und Bergman sagte: »Ich bin froh, daß ich gekommen bin. Nicht nur wegen dieses gräßlichen Bestechungsgeschenkes. Das ist allerdings einzigartig. Ich wünschte, ich hätte mehr tun können.«

Phil beobachtete, wie er ging, und setzte sich neben seine Frau. Gloria schien wie betäubt, abgetrennt in ihrer eigenen Welt, während sie auf die Schwester warteten, die ihnen sagte, sie könnten Patrick besuchen. Phil wünschte sich, das scharfe, schäumende Gefühl würde verschwinden. Er hatte fast stündlich ein Mittel gegen Magensäure genommen, seitdem dies hier angefangen hatte. Alles schien immer schlechter zu werden. Marks Verschwinden hatte eine merkwürdig verunsichernde Wirkung auf jeden, und Sean schien so launisch und verstört zu sein. Phil fuhr sich mit einer Hand über sein müdes Gesicht und sagte zu sich selbst: »Rechne dem nicht zu viel Gewicht bei, alter Junge.«

Gloria drehte sich ein wenig um: »Huh?«

Er schüttelte den Kopf. »Hab' nur mit mir selbst gesprochen.« Gloria kehrte in ihre eigene, einsame Welt zurück.

Phil tadelte sich: Natürlich waren alle reizbar, denn diese Besorgnis barg eine allgemeine Bestürzung in sich. Mark war wahrscheinlich unterwegs und stöberte herum und hatte es irgendwie nicht geschafft, mit Gary in Verbindung zu treten. Und Sean . . . nun ja, er hatte einen Bruder – mehr als einen Bruder – einen Zwilling verloren. Selbstverständlich war er launisch und verstört. Phil hoffte, daß die heutige Feier für Sean alles etwas leichter machen würde.

Phil spürte, wie Erschöpfung ihn übermannte. Eine nervöse Müdigkeit, in ihrer merkwürdig elektrisierenden, betäubenden Art, trieb ihn in einen zuckenden Halbschlaf, bei dem er seine Umgebung zwar wahrnahm, aber doch nicht ganz wach war.

Er dachte an Patrick und sah seinen Sohn nur vier Meter entfernt, als ob die Wände zwischen dem Warteraum und seinem Bett verschwunden wären. Dann passierte etwas Ungewöhnliches, und irgendwie konnte er sehen, wie Patrick auf etwas lag . . . Klee? Der Junge schien an einem anderen Ort zu dösen, eingeschlafen auf einem Bett von Blumen und Gräsern. Und neben ihm lag etwas . . . Schwarzes. Etwas . . . Böses. Phil versuchte Patrick zu warnen, ihm zuzurufen, er solle aufstehen und zu Daddy laufen, aber sein Körper wollte ihm nicht gehorchen. Er spürte, wie sich sein Körper anspannte, aber seine Arme und Beine wollten sich nicht rühren, und seine Stimme blieb stumm. Im Geist schrie er Patricks Namen. Der Junge setzte sich auf. Phils Herz machte einen Sprung, als er sah, daß der Junge sich umschaute und verwirrt blinzelte. Dann sah der Junge seinen Vater. Mit einem Lächeln stand er auf und machte einen langsamen Schritt auf seinen Vater zu. Aber das böse schwarze Ding erhob sich hinter ihm. Phil schrie dem Jungen zu, er solle weglaufen, und versuchte, zu ihm zu gelangen, aber der Junge ging nicht auf seine Forderungen ein. Patrick bemerkte die Präsenz des bösen Dings hinter sich und drehte sich, um über die Schulter zu gucken. Die Augen des Jungen weiteten sich vor Schrecken über den vagen schwarzen Schatten, und er wandte sich wieder zu seinem Vater um. Er machte einen verzweifelt langsamen Schritt in Richtung seines Vaters, als die schwarze Horrorgestalt den Jungen mit langen, rußig schwarzen Armen umschloß. Patrick öffnete seinen Mund und schrie. »Phil!«

Phil erwachte mit einem Ruck, schweißdurchnäßt und mit pochendem Herzen. Er brauchte einige Sekunden, um die Orientierung wiederzugewinnen und zu entdecken, daß er im Stuhl eingeschlafen war. Mark kniete vor seinem Stuhl. Er sagte: »Bist du in Ordnung?«

»Ja«, sagte Phil belegt. »Hab' nur eine Sekunde gedöst. Ein Alptraum.« Er wischte sich übers Gesicht, atmete tief durch und versuchte sich zu sammeln.

Dann wurde Marks Gegenwart Phil und Gloria mit einem Schlag bewußt, und beide fingen an zu sprechen. »Fragt nichts«, unterbrach Mark. An seinem Gesicht konnte man erkennen, daß er seit geraumer Zeit nicht geschlafen hatte. Der Bereich oberhalb seines normalerweise gestutzten Bartes zeigte ein Wachstum von mehreren Tagen, und seine Augen waren rot gerändert, lagen in tiefen dunklen Höhlen, und seine Haut sah kalkweiß aus. Er war naß, so als ob er eine ganze Weile draußen im Regen gewesen wäre.

»Bist du in Ordnung?« fragte Gloria.

»Kümmert euch nicht um mich«, sagte Mark. »Erzählt mir genau, was seit meiner Abfahrt passiert ist. Ich bin zu euch gefahren, und Gabbie sagte, ihr wärt hier bei Patrick.«

Phil begann, und Gloria schloß sich an, und nach ein paar Minuten hatte Mark eine einigermaßen genaue Beschreibung dessen, was seit seinem Abflug passiert war. Er kniete immer noch vor Phil, und Gloria hielt beim Nachdenken die Hand vor den Munf. Dann sagte er: »Jesus, man hat sich über euch lustig gemacht.«

»Wie bitte?« fragte Phil.

Marks Gesichtsausdruck zeigte, daß noch etwas anderes nicht in Ordnung war, und Phil fragte: »Was stimmt nicht?«

»Aggie hatte einen Unfall. Sie ist unten. Dr. Murphy nahm an, ihr wärt hier oben bei Dr. Bergman, also kam ich hoch, um es euch zu erzählen.«

»Wie ist das passiert?« fragte Phil.

»Nachdem ich von euch weggefahren bin, kam ich an der Unfallstelle vorbei«, antwortete Mark. »Ich erkannte Aggies Wagen.« Er sprach gefühllos: »Sie hat sich auf der Straße gedreht, zwischen euch und Lonny Boggs'.«

»Wird sie wieder in Ordnung kommen?« fragte Gloria und erhob sich.

Phil stand auf und wollte zum Fahrstuhl gehen, aber Mark hielt ihn zurück: »Sie hat es nicht geschafft.«

»Wie kannst du das wissen?« fragte Phil.

Ich sah, wie die Polizisten sie aus dem Wrack zogen und ein Tuch über sie und ihren Fahrgast legten. Außerdem ist sie unten in der Pathologie, nicht in der Notaufnahme.«

»Gottverdammtnochmal«, flüsterte Gloria. Ihre Augen füllten sich mit Tränen, und leise wiederholte sie: »Gottverdammtnochmal.« Phil stand ganz ruhig, zu betäubt, um die Nachricht von Aggies Tod aufzunehmen. Sie war wie ein Mitglied seiner Familie gewesen und dazu sein engster beruflicher Mentor.

Mark schaute auf die Wanduhr. »Es ist Zeit.«

»Was meinst du?« fragte Gloria.

Mark schob Phil zur Seite und stellte sich direkt vor Gloria. »In der Nacht, in der Patrick krank wurde, kannst du dich an irgend etwas Ungewöhnliches erinnern, außer den Schreien von Sean?«

Gloria schüttelte ihren Kopf, dann erinnerte sie sich schwach an das düstere Bild eines Schattens in der Ecke. »Nun ja, da war etwas.«

»Was?« Marks Augen schienen sich durch sie zu bohren.

So gut sie konnte, erklärte sie, was sie in der Ecke gesehen hatte, und Mark sagte: »Wieviel hat Gary euch erzählt?«

»Eine Menge verrückten Mist«, antwortete Phil. »Er konnte selbst nicht die Hälfte von dem glauben, was er erzählte, aber er hat mir gesagt, worin du ihn eingeweiht hast, bevor er nach Seattle flog. Aber etwas verschwieg er.«

Alles, was Mark sagte, war: »Es ist schlimmer, als er es erzählt hat. Ich muß jetzt aus zwei Gründen wieder fort. Der erste ist dieser Mann, der heute nacht bei Aggie war. Er wird Freunde haben, die ihm schnell folgen werden. Einige sind vielleicht schon jetzt auf dem Weg hierher. Wenn sie mich finden, könnten sie mich töten.«

Gloria schien am Rande eines hysterischen Anfalls zu sein, sie setzte sich mit weit aufgerissenen Augen hin und preßte eine Kugel voller zerknüllter Kleenex gegen ihre Lippen.

»Gary und ich werden für eine Weile untertauchen«, meinte Mark, »Weglaufen zögert das Unvermeidbare nur hinaus. Früher oder später finden sie uns. Aber wenn sie uns finden, hoffe ich, daß wir in der Lage sind, mit ihnen zu verhandeln.«

»Wer sind sie?« wollte Phil wissen.

Mark ignorierte die Frage. »Der andere Grund, warum ich fortgehe, ist, daß ich an einen bestimmten Ort muß, Phil, und du mußt mit mir kommen.«

»Wohin?«

»An einen Ort, zu dem nur wenige Männer jemals gegangen sind, um viele Menschen vor viel Kummer zu bewahren. Ich brauche Hilfe, aber Gary muß einiges erledigen, also kann er nicht mit mir kommen. Ich habe sonst keinen, den ich fragen kann, aber ich frage dich nicht, weil du mir helfen sollst. Du hast ein sehr persönliches Interesse daran, mitzukommen.«

»Was für einen Grund?« fragte Phil.

»Ich gehe zu dem Ort, an dem sich deine Söhne befinden. Ich bin der einzige, der dir helfen kann, hinter Patrick und Sean herzugehen.«

»Was meinst du?« fragte Gloria, und ihre Stimme war kaum ein Flüstern.

»Ich bin zu eurem Haus gefahren, und Gabbie sagte, daß Sean nicht in der Schule war, als sie und Jack ihn abholen wollten. Sie haben die Polizei gerufen, aber die haben ihn nicht gefunden. Ich weiß, wo er ist. Er ist unterwegs, um Patrick zurückzuholen.«

»Was zum Teufel erzählst du da, Mark! Du kommst hier rein, erzählst uns, daß Aggie tot ist und daß dich jemand verfolgt und all diesen mysteriösen Schwindel, und dann fährst du damit fort, daß Sean nachts hinter Patrick herläuft!« Phils Stimme wurde schriller, als sich Frustration und Zorn ihren Weg nach draußen bahnten. »Also, es mag dir entgangen sein, aber Patrick liegt da drüben in der Abteilung, mit einem geschädigten Gehirn, aber ansonsten intakt!«

Mark legte seine Hand auf Phils Schulter. Seine Stimme blieb ruhig, aber es war ein harter Ton darin, als er sagte. »Phil, das ist nicht Patrick.«

Phil zog sich vor Marks Griff zurück. »Was sagst du da? Ich kenne doch meinen eigenen Sohn.«

Mark schaute Gloria an, und plötzlich schoß er an Phil vorbei zur Tür der Abteilung. Phil war einen Moment bewegungsunfähig, bevor er hinter ihm hersprang.

Mark ging hinein und schaute durch ein Glasfenster nach dem anderen, bis er Patrick sah. Dann ging er direkt auf das Schwesternzimmer zu. Die Schlüssel lagen auf dem Tisch, während die Frau Magazine las. Zu dieser Nachtzeit waren die meisten Patienten ruhig, sie schliefen oder schauten Fernsehen.

Mark nahm sich einfach die Schlüssel, und bevor die Frau noch reagieren konnte, steckte er sie in das Schloß an Patricks Tür. »Sir!« rief die Schwester. »Was machen Sie denn da!« Bevor sie auch nur halb bei ihm war, ging die Tür schon auf, und er war eingetreten.

Die Schwester wurde rüde zur Seite geschoben, als Gloria und Phil das Zimmer betraten. »Sie können da nicht reingehen!« rief sie.

Phil sah, wie Mark am Fußende von Patricks Bett stand. Der Junge war mit schweren Lederbändern ans Bett festgebunden. Er blickte zu Mark auf und zischte wie eine aufgebrachte Schlange.

Mark deutete auf den Jungen und sagte etwas in einer fremden Sprache zu ihm. Patrick wich zurück und kauerte sich zusammen, er versuchte von Mark wegzukommen, als würde ihn die Gegenwart des Mannes ängstigen. Die Bänder wurden gespannt. Phil erreichte Mark, doch bevor er nach ihm greifen konnte, erstarrte sein Herz aus irgendeinem Grund. Zum ersten Mal seit der Nacht, in der Patrick krank wurde, war da eine scharfe Intelligenz in den Augen des Jungen. Ein schriller Ton entsprang dem Mund des Jungen, und er zog an den Riemen, dann schaute er zu Phil und sprach: »Daddy, er tut mir weh.«

Gloria schnappte nach Luft und schreckte zurück, wobei sie gegen den Türrahmen prallte. Mark fuhr mit seinem Singsang fort, und Phil erkannte, daß die Sprache irgendwie Gälisch, uraltes Schottisch oder Irisch war. Dann zog Patrick, und einer der Riemen zerriß. Nur noch drei kräftige Züge, und der Junge hatte sich von den Lederriemen befreit. Er kroch vor Marks bestimmendem Finger, krümmte seinen Kopf, als bereiteten ihm die Worte irgendwie Schmerzen. Er zog sich zurück, bis er das Kopfende des Bettes erreicht hatte, dann bewegte er sich weiter und fing an, rückwärts die Wand hinaufzukriechen.

Mark deutete weiterhin auf Patrick und fing an, ihn in einer fremden Sprache anzurufen. Gloria schrie, und die Schwester wurde ganz blaß bei Patricks Anblick, der an der Wand hochkletterte. Zwei kräftige Wächter stießen Gloria und die Schwester zur Seite und blieben beim Anblick des Jungen stehen, der rückwärts die Wand heraufkletterte.

Einer der zwei Wächter, ein gewaltiger schwarzer Mann, sagte: »Heilige Scheiße! Ein verdammter Spinnenmann!«

Dann ertönte Marks Stimme. »Im Namen Gottes, gib uns das Kind zurück!«

»Niemals!« zischte Patrick, und seine Gestalt fing an zu leuchten.

»Der Pakt ist gebrochen!« schrie das Ding, das die Wand umklammerte. »Du darfst mich nicht überwältigen!«

Mark drehte sich um, und sah einen Krug mit Wasser und warf ihn nach dem Kind. »Wasser reinigt euch! Der Zauber sei verbannt! Die Zauberformel ist gebrochen! Wechselbalg, hinfort mit dir!«

Das Wasser spritzte über den Jungen, und plötzlich existierte Patrick nicht mehr. An die Wand klammerte sich eine Kreatur von ungefähr derselben Größe wie der Junge, ein hockendes, fettes Ding mit spindeldürren Armen und Beinen, gewaltigem Unterleib und einem enormen Penis. Aber sein Kopf war zweimal so groß wie der des Jungen und sein Gesicht eine Froschmaske voller Haß und Zorn, sein großer Mund zerbarst in eine scheußliche Grimasse. Eine lange Zunge hing zwischen scharfen Zähnen heraus, die selbst durch den ganzen Raum gesehen werden konnten. Froschaugen mit gelber Farbe um eine rote Iris feuerten Schüsse durch das Zimmer. Die Haut der Kreatur war mattes Grau, und Ohren wie kleine Fächer oder Seemuscheln erhoben sich zu beiden Seiten seines Kopfes. Beide Füße und Hände hatten schwarzkrallige Finger und Zehen. Es war ein zur Wirklichkeit gewordener Alptraum.

Die Kreatur warf ihren Kopf zurück, öffnete ihren Mund weit und jaulte, ein schreckliches Geräusch, das einem elektrischen Horn mit einem schrillen Laut ähnelte und in einem tiefen Donnern widerhallte. Ein Geruch von faulen Eiern erfüllte den Raum, und die Stimme der Kreatur schoß eine Tonlage in die

Höhe, vom Baß zum Tenor, bis es schrill rief: »Mein Meister ist groß. Ihr seid sein Fleisch.« Mit schallendem Gelächter, das wie Fingernägel auf einer Tafel Gänsehaut hervorrief, sprang die Kreatur von der Wand aufs Bett und hüpfte darauf herum, als wäre es ein Trampolin. Es schleuderte unvorstellbar hoch durch die Luft und schmetterte durch das Fenster, wobei Glassplitter nach draußen flogen, als das Ding in die Nacht floh.

Mark lief zum Fenster hinüber; hupende und quietschende Geräusche ertönten von der Straße, als Autofahrer bei dem Versuch ins Schleudern kamen, der Kreatur auszuweichen, die über den Highway schoß. Das Geräusch von mehreren Auffahrunfällen erfüllte die Nacht. Einer der verblüfften Wächter schaute zu dem zerschmetterten Fenster und sagte: »Das ist unmöglich! Das ist Sicherheitsglas. Das könnte man nicht mal mit einem Vorschlaghammer zerbrechen!«

Mark nahm Phil am Arm und führte und drängte ihn an dem Mann vorbei. Gloria schrie noch immer, sie hatte einen hysterischen Schock, und die Schwester versuchte, sie zu beruhigen. Eine weitere Schwester war in der Tür erschienen und blaß geworden, und der schwarze Wächter versuchte sie wieder zu Bewußtsein zu bringen.

Als sie mitten durch das Tollhaus, das in der psychiatrischen Abteilung ausbrach, fortgingen, nahm Mark Phil beim Arm und führte ihn ruhig durch den Besucherbereich. Er tauchte ins Treppenhaus ein, wobei er Phils Arm immer noch hielt, als sie die Steinstufen hinabstiegen.

Phils betäubte Verwirrung schien nachzulassen, und er fragte: »Wo gehen wir hin?«

»Erlkönig-Hügel.«

18

Mark trieb Phil aus dem Treppenhaus und durch den relativ ruhigen Hauptwarteraum des Krankenhauses. Er sorgte dafür, daß Phil ruhig durch den Haupteingang ging. »Das wird nicht lange so bleiben. Sobald oben in der Psychiatrischen jemand anfängt zu schreien, wimmelt es hier von Schwestern, Wächtern, Sicherheitsleuten und einer Menge Ärzten. Und alle werden sie den Verrückten suchen, der in das Zimmer des Kindes eingebrochen ist.«

»Was tun wir?« fragte Phil. Er blickte über seine Schulter. »Gloria . . .«

Mark sprach leise, aber eindringlich. »Phil, jemand wird sich um sie kümmern. Die ganze Hölle bricht aus den Fugen. Du und ich, wir haben viel zu tun in der nächsten« – er schaute auf die Wanduhr, als sie den Raum durchquerten; sie zeigte elf – »der nächsten Stunde.«

»Mark, was geht hier vor?«

»Wir werden mit Hilfe von Magie die Welt retten. Und Sean und Patrick zurückholen.«

Phil blinzelte. »Magie? Klar, warum nicht. Nach dem, was ich gerade gesehen habe . . .«

Mark sagte: »Mein Mietwagen steht draußen auf dem Parkplatz. Es gibt Aufnahmen von mir. Gary hat meinen Wagen. Wir nehmen deinen.«

Sie verließen die Eingangshalle und gingen über den Parkplatz zu Phils Auto. Phil startete den Motor und fragte: »Was macht Gary?«

»Er ist meine Versicherung, hoffe ich.« Mark schaute Phil an, und es lag Traurigkeit in seinen Augen. »Die Leute, mit denen wir es zu tun haben, werden nichts davon halten, uns alle auszulöschen.« Phil setzte zurück und lenkte das Auto auf die Straße. Als ein anderes Auto in die Parklücke fuhr, streifte das Scheinwerferlicht die beiden Männer, und Mark blickte weg; er drehte seine Schulter so, daß der andere Fahrer sein Gesicht nicht sehen konnte. Kurz darauf reihte Phil sich in den Verkehr ein, und Mark meinte: »Jahrhundertelang sind Menschen gestorben, weil sie versuchten, irgendwelche unglaublichen Geheimnisse zu beschützen, Phil. Gary und ich kennen diese Geheimnisse jetzt. Wir brauchen etwas, womit wir verhandeln können.«

»O mein Gott, Mark, was zum Teufel erzählst du da? Was für Geheimnisse?«

Mark schien in den Autositz zu sinken, während Phil auf der Straße beschleunigte. »Es ist eine lange und komplexe Geschichte. Und jeder, der auch nur im geringsten damit zu tun hat, ist . . . nun ja, potentiell sind sie alle in Gefahr. Ich weiß es nicht.« Er schaute aus dem Fenster, als versuche er seine Gedanken zu sammeln, und deutete auf die nahende Querstraße, die sie durch die Stadt führen würde. »Fahr rüber zu Barney Doyle. Ich möchte zum Erlkönig-Hügel, aber ich möchte nicht den Weg bei eurem Haus benutzen, für den Fall . . . daß sie bereits auf mich warten.«

Phil drehte sich zur Seite. »Nur, wer sind die Leute, vor denen du solche Angst hast? Und was würden sie in meinem Haus wollen?«

Mark blickte in die regnerische Nacht. »Ich war in Friedrichshafen – an der Schweizer Grenze. Eine Woche lang wurde ich gefangengehalten. Eines Nachts waren sie unvorsichtig, und ich konnte fliehen. Es kostete mich drei Tage, um nach Paris zu kommen: Ich hatte Probleme an der Grenze und mußte erst meine Verbindungen spielen lassen. Ich denke, sie haben mich da fast zum zweiten Mal gefunden.«

»Mark, ich weiß, daß du ein gestreßter Mann bist; sind wir alle. Aber das ergibt keinen Sinn. Wer sind sie?«

»Die Magier.«

Phil sagte: »Magier? Wie in ›Die Drei Könige‹ . . .?«

Marks Gesicht wurde kurz erhellt, als sie unter einer Lampe an einer Kreuzung herfuhren. »Während ich noch in New York war, schickte Gary mir einige Übersetzungen von dem Zeug, das er mit nach Seattle genommen hatte, und daraus enthüllte ich die fehlenden Hinweise. Mit dem, was ich in New York übersetzt hatte, paßte alles zu der Schlußfolgerung, zu der ich gekommen war. Ich wußte, daß es Kesslers Gruppe noch gab.« Er schwieg. »Nun ja, sie fanden mich.

Der Kerl, der bei Aggie im Auto war, hieß August Erhardt. Erhardt war ein Magier.«

Phil blickte Mark an. »Wie in den Romanen von John Fowles?«

»Wir haben hier viel Geschichte, aber wenig Zeit, also werde ich von Höhepunkt zu Höhepunkt springen.

Ungefähr 550 vor Christus eroberten die Perser Medien, das heutige Aserbaidschan in der Sowjetunion. Es gab eine geheime Priesterschaft in Medien mit Namen Magi, die sich schnell an die persische Gesellschaft anglich und zu einer politischen Macht wurde. Die Historiker wissen nicht sehr viel über sie.« Ein entgegenkommendes Auto spritzte einen Haufen Wasser über Phils Pontiac und tauchte die Windschutzscheibe in einen Vorhang aus schlingernder Flüssigkeit. »Sie überlebten, als Persien an Alexander den Großen fiel. Sie überlebten ebenfalls die Römer, Genghis Khan und Timur. Im dritten Jahrhundert waren sie zu einer der dominierenden Religionen im Osten geworden. Man nahm an, daß sie von den Schiiten im Verlauf des siebten Jahrhunderts zerstört worden sind, als der Islam Persien eroberte. Aber es stellte sich als falsch heraus.«

Phil schüttelte den Kopf, konnte nicht glauben, was er hörte. »Du hast gesagt, daß dieser Mann bei Aggie ein Mitglied von irgendeinem supergeheimen persischen Kult war, den es seit zweitausendfünfhundert Jahren gibt?«

Mark nickte. »*So wie Fredrick Kessler.* Kessler, Erhardt und Garys Freund aus Kanada, van der Leer, waren alle Erben einer Tradition, die über die Jahre aus dieser uralten Priesterschaft der Magier hervorging. Und diese persische Tradition ist direkt mit einer primitiven Geistesverehrung verbunden, die sich zu Märchenlegenden und anderen geistigen Prägungen entwickelt hat, die auf der Erde Seite an Seite mit der Menschheit lebten.«

Phil sagte: »Dieses Ding in Patricks Zimmer? Ist das eine Art feenhaftes Wechselbalg?«

»So etwas Ähnliches, obwohl hier mehr im Spiel ist, als

Märchen erklären können. Ich werde mehr wissen, wenn wir unseren Bestimmungsort erreicht haben.«

»Dann erkläre mir, wie diese Magier die ganzen Jahre existieren konnten, ohne daß jemand etwas von ihnen wußte? Könnte es nicht irgendeine Gruppierung sein, die . . . nur den Anspruch erhebt, schon all diese Jahre zu bestehen?«

»Du glaubst immer noch nicht wirklich an die Magie. Du hast es gesehen, dieses Ding im Krankenhaus, aber du glaubst es immer noch nicht.« Mark dachte einen Moment nach, während Phil fortfuhr. »Die Freimaurer haben eine Geschichte, die zurückgeht bis zur Errichtung von Salomons Tempel. Und andere Gruppen nehmen ebenfalls uralte Wurzeln für sich in Anspruch. Wer kann dem widersprechen? Alles, was ich weiß, ist, daß es eine Menge über Fredrick Kessler gab, das keinen Sinn machte, bis man dann versteht, daß er eine mächtige Organisation im Rücken hatte, die ihm die Flucht aus Deutschland ermöglichte, Dinge bei der deutschen und amerikanischen Regierung beschönigte, ihm Kapital für Investitionen gab und ihn bei den örtlichen Banken einführte. Dasselbe gilt für Van der Leer in Kanada. Er genoß viele dergleichen Vorteile.

Was in Deutschland zur Jahrhundertwende geschah, war ein vollkommen unnötiger Konflikt zwischen dieser geheimen Priesterschaft und den traditionellen Religionen. Einer der Magier wurde krank und versuchte an die Öffentlichkeit zu treten. Er drehte einige der Kleinbauern um, kehrte zu uralten Riten zurück, bis die ansässigen religiösen Führer das Geheimnis von ihm und seiner Gefolgschaft preisgaben. Es herrschte eine Zeit lang offener Krieg. Und es waren die *anderen Magier*, die hinter den Bemühungen der Kirchen standen, die Dinge zu vertuschen. Jedem, dessen Beziehung zum verrückten Magier bekannt war, wurde es ermöglicht, Deutschland zu verlassen. Andere Magier nahmen deren Plätze ein.«

Phil wechselte auf die andere Fahrbahn, um einen langsamen Lieferwagen zu überholen, und fuhr gerade auf die rechte Fahrspur zurück, als ein Wagen mit hoher Geschwindigkeit um die Kurve kam. Blitze zerrissen den Himmel, während die Scheinwerfer den vorbeifahrenden Wagen kurz erhellten.

»Verdammt«, sagte Mark im Flüsterton.

»Was?« sagte Phil und blickte zu seinem Fahrgast.

»Die Männer in dem Auto, das gerade vorbeigefahren ist. Ich habe den auf dem Rücksitz vermutlich erkannt. Es ist ein Mann namens Wycheck. Er ist einer von ihnen.«

»Ihnen? Den Magiern?«

Mark nickte nur. »Sie fahren zum Krankenhaus. Das heißt, wir haben nur fünfzehn Minuten Vorsprung.«

Phil lenkte das Auto auf die Landesstraße 451, in Richtung Barneys Arbeitsschuppen. »Das ist alles zu viel für mich. Was hat das damit zu tun, daß du gefangen gehalten wurdest? Und was ist mit der Magie und diesem Ding, das Patricks Platz eingenommen hat?«

Mark sagte: »Die Priesterschaft der Magier ist nicht bloß ein weiterer Kult. Sie sind die wahre *Macht*, eine supergeheime weltweite Organisation: eine paranoische, konspirative Phantasie wurde ins Leben gerufen. Die Illumination war nur eine fehlerhafte Anspielung auf die Magier. Sie sind Männer und Frauen, die während ihrer Geschichte wichtige Positionen in Regierungen, Kirchen und der Wirtschaft innehatten. Sie führten die Schwesternschaft von Vesta in Rom an – sie hatten die Macht, zum Tode verurteilten Gefangenen durch den kaiserlichen Senat zu vergeben, einfach aus einer Laune heraus! Sie waren die druidische Klasse der alten keltischen Rassen – die Gelehrten, die Priester, die Herrscher – und soviel ich weiß, könnte die Auslöschung der Druiden durch die Römer eine Fälschung gewesen sein, oder die Konsolidierung ihrer Positionen in verschiedenen Regierungen oder es könnte ein Machtkampf zwischen Parteien gewesen sein. Wir werden es nie wissen. Und soweit ich weiß, hatten sie wahrscheinlich Schamanen und Medizinmänner in der ganzen Welt lange bevor Columbus hierher kam.

Wie auch immer, ich bin mir bei all den Feinheiten nicht ganz sicher, aber was meiner Meinung nach vorgeht, ist, daß eine Partei innerhalb der Magier versucht, ihre Macht zu vergrößern. Ich bin nicht sicher, aber ich denke, die Situation dieser Welt wird selbst für sie zu komplex, um zu gewährleisten, daß wir uns nicht irgendwann selbst in einem nuklearen Holocaust in die Luft jagen, also wollen einige von ihnen öffentlich die Geschäfte übernehmen, und um das zu bewerkstelligen, müssen sie einen Vorteil haben.« Er schüttelte seinen Kopf. »Ich denke, sie planen, diese Feen der Humanität zu befreien, uns ein wenig miteinander kämpfen zu lassen und dann zu übernehmen. Es ist ein verrückter Plan. Das Leben aller steht auf dem Spiel, aber selbst wenn ich das irgendwie verhindern kann, werden dennoch beide Parteien der Magier versuchen, mich zu töten – die eine, weil ich ihre Pläne durchkreuzt habe, die andere, weil ich einfach zuviel weiß. Und sie werden hinter mir her sein, und hinter dir« – er nickte Phil zu – »und Gloria und Jack und Gabbie und den Jungs, wenn wir sie zurückholen können, Ellen, den Ärzten und Schwestern im Krankenhaus und jedem anderen, der einen Hinweis auf ihre Existenz haben könnte.«

»O Scheiße«, flüsterte Phil. »Ich glaube, ich werde krank.« Er sah beinah grün aus vor Übelkeit.

»Du hast keine Zeit mehr«, sagte Mark.

Phils Stimme war nur ein Flüstern. »Was müssen wir tun?«

Mark sagte: »Dies ist der Teil, den Gary dir nicht erzählen konnte. Zum Teufel, er konnte das ja selbst alles nicht glauben. Das Ding im Krankenhaus war eine Kreatur einer anderen Rasse, eine Rasse, die wir Jahrhundertelang Gnome, Elfen, kleine Feen und anders genannt haben; ich bin jetzt soweit, von ihnen als Märchenwesen zu denken. Ich hatte schon vorher Hinweise auf ihre Existenz, aber verrückte Bisse und Kratzer waren eben nur Hinweise, niemals genug, um mit seriösen Forschungen zu beginnen, nichts, was den Vorkommnissen auf diesem Grundstück glich. Der Angriff auf Gabbie, Jacks Wunde, deine Probleme im Haus, alles war Teil des Plans dieser Kreaturen.

Diese Rasse hat einen Namen in ihrer eigenen Sprache, aber wie immer man sie auch nennt, sie sind eine Rasse von . . . Irrationalem. Unwirklichem. Sie sind Geisteswesen. Aber diese

Märchenkreaturen besitzen physische Qualitäten, so wie Menschen geistige Qualitäten haben. Ihre Welt ist von unserer getrennt, aber beide überschneiden sich. Nimm ihre Gebräuche . . . wir nennen es magisch.«

Phil sagte: »Das ist unmög . . .« hielt jedoch inne, bevor er geendet hatte. Es wäre eine Ausrede gewesen, kein Einwand. »Oh, Scheiße!« sagte er, als er am Abzweig zur Williams Avenue vorbeifuhr. Er konnte sich plötzlich nicht mehr konzentrieren. Er wendete verkehrswidrig und fuhr dann um die Kurve. Die weltliche Konzentration auf das Fahren schien seine Ruhe teilweise wiederherzustellen. Er sagte: »Also was haben die Magier mit den Märchen zu tun?«

»Die älteste bekannte Legende über die Märchenmenschen ist die der Peri-Frau, eines Elfenwesens aus der persischen Mythologie, die aus gefallenen Engeln entsprungen ist und aus dem Paradies ausgeschlossen wurde. Die alte Lehre bestand aus wahren Geschichten, ein Führer, wie man mit mit den Alten Menschen umzugehen hat, keine Sammlung von Legenden. Jetzt gibt es einen Vertrag, den man den Pakt nennt. Dieser Pakt hält die Märchenwesen davon ab, Krieg mit uns zu führen. Es steckt noch mehr dahinter, aber ich kann dir nicht mehr erzählen, weil das alles ist, was ich weiß. Unter den Märchenwesen gibt es ein Wesen, das versucht, diesen Vertrag durcheinanderzubringen. Das ist es, was diese Magier tun. Sie halten ihn davon ab, die Regeln und den Frieden zwischen den beiden Rassen zu brechen. Dieses Wesen hat Patrick.«

Phil wollte etwas sagen, stoppte dann aber hilflos, bis er schließlich fragte: »Was werden wir unternehmen?«

Mark blickte über seine Schulter zu Phil. »Wir müssen den Schaden ausbessern. Dadurch daß ihr das Gold genommen habt, habt ihr den Pakt für nichtig erklärt.«

»Das Gold?«

Mark nickte. »Es gehört ihnen, ein Teil des . . . Abkommens. Ich muß zu diesen Kreaturen gehen, um mit ihnen zu reden. Diese Rollen sagen uns, wie man dorthin kommt . . . und überlebt. Ich habe mir eingeprägt, was man braucht. Gary hat sie sich noch schnell geschnappt, als er und Ellen die Stadt verließen. Zur Sicherheit will ich sie nicht in deinem Haus haben.«

»Gegen die Magier?« fragte Phil. Mark nickte.

»Ich bin verwirrt«, sagte Phil. »Du möchtest, daß der Vertrag bestehen bleibt, und auch die Magier wollen den Vertrag eingehalten wissen, also, wo liegt das Problem?«

Mark lachte bitter, wurde jedoch vom Regen übertönt. »Wegen des Durcheinanders, das ich hervorgerufen habe, und weil unsere Widersacher besonders clever sind. Die Magier denken, ich hätte mich mit der Kreatur verbündet, die Patrick nahm. Sie schickten Erhardt, um den Schaden zu reparieren, aber dieser Elfe, diese Kreatur, die all den Ärger ins Leben gerufen hat, ließ Aggie von der Straße abkommen und tötete so den einzigen Menschen, der den Pakt retten konnte. Ich bin sicher, es hat den Magier verwirrt, er dachte, daß ich mit dieser Kreatur in Verbindung stehe. Die einzige mögliche Hoffnung, die ich – wir – haben, ist, daß ich irgendwie seinen Platz einnehmen kann und vor Mitternacht alles in Ordnung bringe. Andernfalls . . . .«

»Wer?« sagte Phil. »Wer hat unseren Patrick?«

»Derselbe Kerl, der den Bruch des Paktes dadurch eingefädelt hat, daß er dich zu dem Gold führte. Er ist sehr wahrscheinlich mit demjenigen identisch, der Patrick geschnappt hat. Der Erlkönig.«

Phil sagte: »Ich weiß nicht, wie ich damit umgehen soll, Mark.«

Als sie sich Barneys Schuppen näherten, verringerte Phil die Geschwindigkeit, als hätte er Angst, sein Ziel zu erreichen. »Du hast keine Wahl, Phil«, meinte Mark. »Auf der einen Seite haben wir die Magier, auf der anderen die Märchenwesen, und wenn wir nicht vor Mitternacht das Richtige unternehmen, finden wir uns alle mitten im nächsten Weltkrieg wieder, und es werden nicht die Russen sein, gegen die wir kämpfen.« Er lachte bitter. »Und selbst wenn wir es schaffen, können die Magier immer noch hinter uns allen her sein.«

Vor Barneys Schuppen stiegen sie aus. Mark fragte nach einer Taschenlampe.

Phil griff unter den Rücksitz und zog ein großes Dreifachlicht hervor: Flutlicht, Punktlicht und Ersatzlampe. Er schaltete die Lampe an und überprüfte die Batterien.

Phil schien das Auto nur widerstrebend verlassen zu wollen. »Was du mir gerade erzählt hast, hört sich verrückt an, Mark. Wenn ich dieses Ding im Krankenhaus nicht gesehen hätte, würde ich die mit den Zwangsjacken rufen, um dich abholen zu lassen. Doch viel von dem ist wohl Spekulation. Was *weißt* du wirklich?«

»Nicht viel.« Mark schaltete die Lampe wieder an und schaute auf die Uhr. »Wir haben nicht mehr viel Zeit, aber ich erzähle dir das wenige, was ich weiß, unterwegs.«

Beide Männer stiegen aus dem Auto und blickten sich an. Der Regen hatte wieder nachgelassen, es nieselte nur noch.

Mit der eingeschalteten Taschenlampe in der Hand führte Mark seinen Begleiter in den Wald.

19

Sie gingen gleichmäßigen Schrittes den Pfad entlang, aber der Weg war schlüpfrig, und trotz des Lichtes war der heimtückische Boden kaum zu sehen.

Mark fiel in Schweigen, während sie eine Rinne hinuntergingen, durch die das Wasser mit hoher Geschwindigkeit floß. Phil stand bis zu den Knöcheln im Wasser und spürte, wie seine Socken durchnäßt wurden.

Nach einer Weile fragte Phil: »Nun gut, warum sind die . . . Märchenwesen auf meinem Land?«

Mark sagte: »Irgendwo müssen sie ja sein.« Er schob einen tiefhängenden Ast zur Seite, sein Atem ging schwer, als er sagte: »Das sind alles nur Vermutungen von mir, aber . . . hast du jemals über die gesellschaftliche Entwicklung des Menschen nachgedacht? Den *Homo sapiens* gibt es nun seit so ungefähr einer Million Jahren – was ist also in den vorhergehenden neunhunderteinundneunzigtausend Jahren vor sich gegangen? Vielleicht immerwährender Krieg zwischen den beiden Rassen, wobei keiner in der Lage war, den anderen völlig zu erledigen. Tausende Versuche, die barbarische Ebene zu übersteigen, scheiterten, weil die Märchenwesen die Menschheit auf die Ebene des einfachen Jägers und Sammlers zurückschlugen. Und wir brachten viel Zerstörung über die Märchenwesen, wir fingen und versklavten sie, stahlen ihre Macht durch . . . hm, Magie, zerstörten sie, wie sie uns zerstörten.

Dann passierte etwas. Wenn wir das hier überstanden haben, wissen wir vielleicht eines Tages, was es war. Aber ein Friede trat ein, und beide Rassen durften existieren. Eine Atempause oder ein Waffenstillstand« – er dachte nach – »ein Pakt. So nannten es die Magier, die mich fanden. Der Pakt.«

»Vielleicht fand eine Schlacht statt, die für beide Seiten zu blutig war, noch weitere heftige Angriffe zu überstehen. Vielleicht drängten einige kühlere Köpfe beider Seiten auf einen Vertrag, ich weiß es nicht. Ich kann noch nicht einmal vermuten, wie diese Kreaturen denken könnten.

Aber wenn alle Vermutungen wahr sind, dann wäre es wahrscheinlich, daß, als dieser Vertrag zwischen den Menschen und den Märchenwesen aufgesetzt wurde, ein Teil der Vereinbarung besagte, daß die Priesterschaft Orte festlegte, wo die Märchenwesen ihre sechs Monate unbehelligt verbringen konnten und im Gegenzug freien Abschuß auf jeden Übertreter hätten, solange sie jeden von außerhalb in Ruhe ließen.«

»So eine Art Reservat?« fragte Phil. »Du meinst, diese Priester sind so eine Art indianische Agenten für Märchenwesen?«

»Eher wie Gefängnisaufseher«, sagte Mark, »wenn die Menschheit bei Vertragsabschluß die Oberhand hatte. Das ist eine Vermutung«, fügte er hinzu.

»Wie auch immer, es ist klar, daß Herman Kessler der letzte Magier dieser Gegend war. Und was mit Gabbie und mir in den Wäldern passiert ist, bestätigt mich in der Ansicht, daß die Dinge nicht passiert wären, wenn es noch einen Priester in der Nähe gegeben hätte.«

»Was meinst du damit?« sagte Phil.

»Die Reihe der Priester hörte hier bei Herman auf. Er hatte keine Kinder. Er hat nie geheiratet, was – wenn die Erbsache stimmt – für einen Magier ungewöhnlich ist. Trotzdem, jemand hätte zur Übernahme bereit sein müssen. Aber Herman starb unerwartet während seiner Deutschlandreise, und vielleicht breiteten sich die Nachrichten nur langsam zu den anderen Magiern aus. Etwas hat sie davon abgehalten, es herauszufinden, bis ich auf der Bildfläche erschien, und dann waren sie ein wenig mißtrauisch, weil ich herumschnüffelte – sie dachten, ich hätte etwas mit Hermans Tod zu tun.

Normalerweise hätte es bei Hermans Abgang keine Probleme mit dem Erlkönig-Hügel gegeben, er wäre vernachlässigt worden, bis die Märchenwesen aufgetaucht wären – was sie ja auch machten. Ich glaube, sie kommen und gehen ohne ein Schema, also hätte es eine gute Chance für die Priesterschaft gegeben, ›Reservate‹ wie dieses zur Verfügung zu stellen, ohne daß die Märchenwesen sich dort lebenslänglich aufhielten. Aber sie zeigten sich, und es war kein Priester anwesend, also gerieten die Dinge außer Kontrolle. Und es handelt sich nicht um einen Unfall. Es gibt bei all dem etwas, das ich nicht entdecken konnte. Sie hielten mich für fast zwei Wochen in einem Hotelzimmer gefangen.« Er wurde nachdenklich. »Als Erhardt hierhergeschickt wurde, um den Schaden zu beheben, machten sie einen Fehler – sie vergaßen, mich zu verlegen oder jemanden nach mir sehen zu lassen, dann tauchte ein Zimmermädchen auf. Ich lächelte sie nur an, steckte ihr einhundert Deutsche Mark zu und marschierte aus dem Zimmer. Ich verbrachte drei Tage in Bussen, um zur französischen Grenze zu kommen – ich wußte, sie würden denken, ich wäre nach Österreich oder Stuttgart gegangen. Ich hatte, während ich bei ihnen war, das Gefühl, daß sie den Verdacht hegten, jemand hätte sich mit einer Partei der Märchenwesen verbündet, vielleicht sogar mit dem Erlkönig selber.«

»Okay«, sagte Phil, beinahe wieder vollkommen ruhig, »was hat das alles mit meinem Sohn zu tun?«

»Etwas ist falsch gelaufen«, antwortete Mark. »Ich weiß

immer noch nicht, was es war oder ist, aber irgendwie sind die Regeln geändert worden. Wenn ich alles richtig deute, hättet ihr keinen Ärger bekommen dürfen, es hätte vielleicht einen kleinen Streich oder zwei geben können, wie saure Milch, Dinge, die im Haus plötzlich einen anderen Platz einnehmen, oder unheimliche Geräusche in der Nacht.« Als der Regen wieder stärker wurde, mußte er lauter sprechen, die hämmernde Intensität des Regens brannte in ihren Augen. Das Geräusch in den Blättern glich der rollenden Brandung an der Küste. »Aber die Dinge verliefen nicht wie erwartet. Die Grundlage all dessen, was passiert ist, ist eine Gruppe, die zu dem offenen Krieg von vor Jahrhunderten zurückkehren möchte. Deshalb haben sie dich zu dem Gold geführt.«

»Das hast du gerade schon erwähnt. Was ist mit dem Gold?« sagte Phil.

»Das Gold gehörte nicht Kessler. Es ist menschliches Gold, aber es gehört den Märchenwesen, eine Bürgschaft, die vor langer Zeit von Menschen eingesetzt wurde, damit der Pakt eingehalten werde. Jedes Jahr wurde ein Ritus durchgeführt, und immer kam etwas mehr Gold als ein Zeichen des Vertrauens zu dem Schatz hinzu. Jedes ›Reservat‹ hat seinen Vorrat an Bürgschaft. Vielleicht hat zu der Zeit die Legende davon begonnen, wie man Gold von Leprachauns, wie die Iren ihre Kobolde nennen, bekommt. Wie auch immer, du hast den Vertrag gebrochen, als du das Gold weggeschafft hast.« Er hielt eine Hand hoch. »Der Ring meiner Collegeklasse ist aus Gold. Wenn ich das Ritual durchführe und ihnen diesen Ring gebe, können wir dem hoffentlich Einhalt gebieten, bis sich ein anderer Magier zeigt. Wenn nicht . . . .«

»Was passierte in Deutschland zur Jahrhundertwende?« fragte Phil.

Mark nickte. »Das Schlimmste, fürchte ich. Tausendmal schlimmer. Es war eigentlich ein untergeordneter Konflikt, als die Ortsansässigen die Märchenwesen wegen des verrückten Magiers zu verehren begannen. Es wäre schnell vorbeigegangen, wären nicht einige der Ortsansässigen in einige sehr bizarre Riten verstrickt gewesen. Ich habe einige Akten, die beweisen, daß manche Kleinbauern menschliche Opfer vollzogen. Wie auch immer, wenn die Regierung nicht eingegriffen und eine Hexenjagd durchgeführt hätte, wäre von den Magier alles vertuscht worden. Was wir dann vorfinden würden, wäre ein totaler Zusammenbruch des Vertrages, und ich kann nicht einmal vermuten, was das bedeuten würde. Aber selbst wenn wir nicht wissen, ob Menschen daran beteiligt sind, wissen wir doch, wer in diesem Reich verantwortlich ist.«

»Der Erlkönig?« sagte Phil.

»Der Erlkönig. Und er ist ein durch und durch schlechter Täter. Die Iren nennen ihn den Narr, er hat auch noch andere Namen, aber er ist es. Er ist der beste Kandidat, den Pakt zu verübeln, in dem die Einschränkung des Landes besiegelt ist.« Nach einem Moment der Stille sagte er: »Ich weiß nicht, wie er es machte, aber ich *weiß*, daß er für den Unfall verantwortlich ist, der Aggie tötete. Und die Tatsache, daß er von Erhardts Kommen wußte, zeigt, daß er mit irgend jemandem kommuniziert, der weiß, was die Magier vorhaben.«

Phil spürte, wie Verzweiflung ihn zu übermannen drohte. Er sagte. »Wie zum Teufel können wir etwas in fünfzehn Minuten tun?«

»Wir müssen nur um Mitternacht bei diesem Hügel sein. Wenn das, was ich vermute, eintritt, dann brauchen wir nicht früher dort zu sein. Aber der Himmel helfe der Erde, wenn wir nur einen Moment zu spät kommen.«

Phil folgte Mark schweigend. Plötzlich war die Welt zu einem unmöglich fremden und furchterregenden Ort geworden.

20

Sean spürte, wie ihm vor Müdigkeit die Fersen schmerzten, während er hinter der Lichtkugel herlief. Er war immer noch auf Draht, aber die stetige, ereignislose, mühsame Reise durch den Wald hatte seine Furcht verringert. Die fremden, finsteren

Wälder waren weniger furchteinflößend als seltsam. Diese Bäume waren . . . unheimlich – das einzige Wort, das Sean dazu einfiel. Sean wußte, er würde geprüft werden, wenn er den Ort an dem Patrick inhaftiert war, erreichte, und dieser Aspekt machte ihm angst, denn er war schließlich erst achteinhalb Jahre alt, und seine Schlafenszeit war überschritten, und er war zu müde, um sich Sorgen zu machen.

Sean hielt an und hörte in den Zweigen Musik. Er nahm seinen Schritt wieder auf, und während er der Lichtkugel folgte, hörte er, wie die Musik lauter wurde. Es waren Flöten und Harfen und Glocken und Trommeln, die sich anhörten, als wären sie winzig. Die Straße stieß auf eine Lichtung, und Seans Augen weiteten sich vor Erstaunen, als er vor sich sah, was er zuerst für den Erlkönig-Hügel gehalten hatte. Ein kurzer Blick sagte ihm, daß es nur eine Ähnlichkeit war, denn die Bäume rundherum waren nicht wie die im Staate New York.

Aber auf der Spitze des Hügels wimmelte es von sich bewegenden Figuren, tanzten Männer und Frauen von fremdartiger Schönheit vor einem Thron. Die Frau auf dem Thron war eine auffallende Erscheinung, stolz, geschmeidig und schön. Um sie herum glühte ein Licht, krönte die Hügelspitze mit einem blau-weißen Strahlenkranz. In dem Halblicht dieses Landes war die Hügelspitze eine Insel des Lichts. Die goldene Lichtkugel bewegte sich die Straße herunter, vorbei an den Lustbarkeiten, doch die Frau auf dem Thron winkte mit der Hand, und das Licht wandte sich ihr zu.

Sean zögerte, dann folgte er dem Licht, den Hügel hinauf. Die Musik verklang, der Tanz nahm ein Ende, als Sean zwischen den Feiernden hindurchging. Auf der Spitze des Hügels herrschte noch Zwielicht, das jedoch viel heller war als unten auf der Straße.

Die Frau auf dem Thron war atemberaubend. Ihr rotgoldenes Haar war aus einer hohen Stirn zurückgekämmt und wurde von einem goldenen Ring zusammengehalten. Ihr Kleid war dünn und enthüllte eine füllige Brust. Ihr Hals und ihre Arme waren anmutig und ohne Makel. Sean war sich nicht sicher, aber entweder hatte sie irgendwelche ungewöhnlichen Dinge auf der Rückseite ihres Kleides, oder sie hatte durchscheinende Flügel! Sie lächelte, und Sean spürte keinen Deut von Angst. Blaß-blaue Augen betrachteten ihn, als eine musische Altstimme sagte: »Ein kleiner sterblicher Junge! Was bringt dich ans Ende des Jagdführers, du kleiner Hübscher? Bist du gekommen, um unseren Hof mit deinem süßen Lächeln zu erhellen?« Sie bog sich nach vorne und nahm Seans Kinn in ihre Hand. Ihre Finger schreckten zurück, als sie seine Haut berührten. »Du trägst einen Schutz! Das mußt du entfernen.«

Sean schaute sich um. In der Nähe des Throngrundes befanden sich winzige Wesen, alle flüsterten und deuteten auf Sean. Mehrere sehr kleine Kreaturen flogen in Kreisen um den Thronbereich, wobei sie anscheinend aufpaßten, nicht direkt über der atemberaubenden Frau zu fliegen. Neben ihr standen mehrere fremdartige Männer, alles schöne, schmale Kreaturen. In kurzer Entfernung warteten mehrere liebliche, ebenfalls schweigende Frauen. Beide Geschlechter waren höchst verschiedenartig gekleidet, von fast nackt bis zu überladenen, schwerfälligen Kostümen. Sean fragte sich, warum diese Lady nur Männer um sich hatte, und dann überlegte er, ob er ihrer Aufforderung, seinen Schutz zu entfernen, nachkommen sollte.

Hinter dem Thron stand ein Mann in mittleren Jahren, der im Gegensatz zu den anderen eindeutig menschlich war. Er trug eine aufwendige Tunika aus feinem Gewebe, Silberfäden durchzogen einen grünen Stoff, Edelsteine und Perlen waren in den Kragen genäht, sie verliehen ihm ein königliches Aussehen, obwohl er im Vergleich zum Licht der Frau nur ein Schatten war. Jetzt schüttelte er sacht den Kopf, daß Sean sicher war, es als einziger bemerkt zu haben.

Sean schaute sich um, während die schöne Frau sagte: »Komm, mein Kleiner. Bleib bei uns und tanze und singe. Wir werden dich mit Essen und Getränken festlich bewirten, und du sollst ein hübscher Page in unseren Diensten sein.« Mit einem sinnlichen Lächeln sagte sie: »Du wirst Freuden lernen, von denen deine Rasse nicht träumt, hübscher menschlicher

Junge ....« Sie maß seine Größe, dann fügte sie hinzu: ».. . wenn du ein bißchen älter bist.«

Sean atmete einmal tief durch. Etwas an dieser Frau beunruhigte ihn zutiefst. Nicht, daß sie nicht hübsch oder nett gewesen wäre. Es war kein Gefühl der Gefahr oder Furcht, daß seinen Zusammenprall mit dem Bösen Ding und dem Leuchtenden Mann begleitet hatte. Aber in dem Duft von Gewürzen und wilden Blumen in der Luft und der berauschenden Musik und dem machtvollen Reiz der Frauen war eine Eigenschaft, die Sean beunruhigte und seinen Puls rasen ließ. Vage erkannte er darin etwas, das er auf weniger beunruhigende Art und Weise gefühlt hatte, als ein Mädchen aus seiner alten Schule ihn auf einer Geburtstagsfeier geküßt hatte. Er hatte viel Aufhebens darum gemacht, daß es ihm mißfiel, sich aber insgeheim gewünscht, es nochmals zu versuchen, dennoch hatte er nichts gesagt, aus Angst, die anderen Jungen könnten auf ihm rumhacken. Er hatte dasselbe Unbehagen noch ein anderes Mal gespürt, als er ins Badezimmer stürzte und Gabbie erblickte, die sich nach dem Duschen abtrocknete. Er wurde von der Erinnerung an ihren noch feuchten und rosafarbenen nackten Körper tagelang verfolgt und wünschte sich, er hätte dableiben können, nur um sie zu betrachten. Er wußte nicht, warum. In ihren Kleidern war Gabbie nur ein weiteres doofes Mädchen, außer wenn sie den Jungen das Reiten beibrachte. Es schien, als hätte er einen Hinweis auf etwas bekommen, das er verstehen würde, wenn er älter war. Etwas, das ihn jetzt nur verwirrte. Es war ein kraftvoller, unbehaglicher und dennoch überwältigender Drang, der Sean ganz schön verwirrte und in ihm Schuldgefühle aufkommen ließ, wenn er auch nicht sagen konnte, weshalb. Sean schob die aufwühlende Empfindung des Unbehagens in seinem Magen beiseite und sagte: »Ich bin gekommen, um meinen Bruder zu finden.«

Das Lächeln der Frau wurde zu einem Blick wirklichen Bedauerns. »Du lehnst unser Angebot der Gastfreundschaft ab?« Sie schmollte beinahe.

»Ich muß meinen Bruder finden«, wiederholte Sean.

Mit einem Seufzer der Enttäuschung sagte die Frau: »Wie bist du in unser Land gekommen, hübscher sterblicher Junge?«

»Barney hat mir gesagt, ich solle neunmal um den Hügel und dann durch die Höhle gehen. Er hat mir erzählt, wie ich das Licht dazu bringe, mich zu Patrick zu führen.«

»Und wie ist dein Bruder, Patrick, hierher gekommen?«

»Der Leuchtende Mann hat ihn mitgenommen.«

Das Gesicht der Frau verlor seine Wärme, und ihre Augen wurden elektrisierend, und plötzlich verschwand Seans Gefühl, auf ihren Schoß zu klettern und seinen Kopf an ihren Busen anzuschmiegen. Die Stimme der Frau hatte einen bösen Anflug, eine barsche Eigenschaft ähnlich einer kreischenden Trompete, die Sean erzittern ließ, als sie sagte: »Erzähle mir von diesem Leuchtenden Mann!«

Sean beschrieb das Zusammentreffen mit dem Leuchtenden Mann und dem Bösen Ding und dem falschen Patrick und Sean, und als er fertig war, sagte die Frau: »Dieser hat unsere Geduld lange genug in Anspruch genommen. Hör gut zu, Junge auf der Jagd. Wenn du deinen Bruder findest, kannst du deinen Rückweg auf zwei Wegen antreten; welchen, das mußt du aussuchen. Bring ihn auf dem weißen Pfad zurück, so daß ich einen Nutzen von diesem Geschäft habe und dein Bruder und du nach Hause zurückkehren könnt. Vermeide den schwarzen Pfad.«

Sean rief sich Barneys Warnung ins Gedächtnis. Ganz weich, als wolle er die große Dame nicht beleidigen, sagte er: »Ich möchte nur meinen Bruder zurückbekommen.« Sean dachte nach, dann sagte er: »Können Sie ihn nicht für mich holen?«

»Hier in den Ländern der Helligkeit bestimmen wir, sterblicher Junge. Aber wisse, daß in der sterblichen Welt und in dem Land des Schattens er und wir gleich sind, und in dem Land der Dunkelheit ist derjenige, den du den Leuchtenden Mann nennst, der Höchste, und deshalb fürchten wir ihn. Du mußt ihn zu uns bringen«, sagte die Frau, »hier in das Land der Helligkeit, so daß wir mit ihm verhandeln können. An jedem anderen Ort wäre der Ausgang zweifelhaft. Erledige das, und wir bringen dich und deinen Bruder sicher nach Hause. Das ist unsere Meinung zu diesem Thema.«

Sean beobachtete die glühende Kugel, die ungeduldig zu wackeln schien. Er wollte die Frau nicht belügen, aber Barney hatte gesagt, er solle niemandem trauen. Dann schaute er zu dem Mann hinüber. Er schien traurig zu sein, doch er lächelte ein wenig und nickte mit dem Kopf.

Nachdem er all seinen Mut zusammengenommen hatte, fragte Sean: »Bist du der Ehrliche Tom?«

»So werde ich von einigen genannt.« Der Akzent des Mannes war rauh, wodurch man seine Worte nur schwer verstehen konnte, aber Sean erinnerte sich daran, daß Barney gesagt hatte, Tom sei ein Schotte.

»Er ist von deiner Art, obwohl wir ihn schon lange bei uns haben.« Sie lächelte ihn warmherzig an. »Manchmal gegen unser besseres Wissen. Aber er wird geliebt, und er ist loyal zu uns.«

»Ich werde mit Patrick zurückkommen«, sagte Sean. »Ihr laßt uns nach Hause gehen?«

Die Frau lachte, und ihre Stimme klang weich wie eine singende Harfe. »Ja, guter Junge, wir werden dich und deinen Bruder nach Hause gehen lassen. Aber zuerst mußt du den, wie du ihn nennst, Leuchtenden Mann finden. Dann mußt du zu uns zurückkehren, aber sei vorsichtig: Um dessen Hof zu erreichen, mußt du durch die Halle der Uralten Jahreszeiten. Vermeide alle Türen, außer denen am Ende, dann wirst du sicher ankommen. Und du mußt dich vor Betrügereien in acht nehmen. Dann mußt du geschwind zurück sein, denn unser Hof und seiner wird diese Nacht in deine Welt ziehen, und du wirst dich dann sehr weit von deinem Zuhause befinden. Geh jetzt.«

Mit einem Wink ihrer Hand entließ sie den Jagdführer, wie sie die Lichtkugel genannt hatte, und er schoß den Hügel hinunter in Richtung weißer Pfad. Sean stolperte hinterher, voller Angst, das Ding würde ihn hintenan lassen, aber als es erst einmal auf dem Pfad war, nahm das Licht seinen trägen Tanz wieder auf, wobei es sich den Pfad entlang bewegte. Sean atmete tief durch, um sich abzuhärten, und folgte der Kugel. Innerhalb weniger Minuten bemerkte Sean, daß der Pfad unter seinen Füßen von einem genzenlosen Weiß zu einem neutralen Grau übergegangen war. Und der Himmel über ihm wurde dunkler. Er schob die aufkommende Furcht beiseite und stapfte weiter.

21

Die Wälder wurden dunkler, hatten aber keinen der prophezeihenden Aspekte, die Sean von den länger werdenden Schatten erwartet hatte. Es gab einfach nur weniger Licht. Sie folgten einem Weg an einem sprudelnden Bach entlang, und Sean warf einen Blick zu dem Jagdführer. Noch immer führte er seinen gedankenlos hüpfenden Tanz von einer Straßenseite zur anderen aus, so daß er ihm mühelos folgen konnte, wenn er ihn nicht zu weit voraus ließ. Er lief zu dem Bach und kniete sich nieder, um zu trinken.

Seans Lippen berührten das Wasser, und er trank gierig. Plötzlich tauchte ein Bild vor ihm auf. Sein Kopf schnellte vor dem Bild auf dem Wasser zurück. Er schaute sich um und war sicher, daß in diesem Fluß keiner schwimmen würde. Er war nur wenige Meter breit und nur Zentimeter tief. Er schielte über den Rand und hatte erneut das Gefühl, daß dieser Ort dem Zuhause nicht glich. Die Oberfläche des Wassers glich einer Ebene, zwischen der er und ein weiterer Bereich waren, eine türkisfarbene und grüne Welt von Ozeanen und Seen. Er bewegte sich ein wenig näher auf die Oberfläche zu und betrachtete das Gesicht unter der Oberfläche. Es war das Gesicht einer Frau, dachte Sean, und es schien nur wenige Zentimeter unter der Oberfläche zu schweben. Ihre Haut war blaßblau, und etwas weiter unten konnte er verschwommen den Körper eines Fisches sehen, der dort, wo die Beine sein sollten, mit bläulichen Schuppen bedeckt war. Er konnte sehen, daß sie nackt war und von der Taille an aufwärts normal gebaut; tatsächlich – wenn Sean solche Sachen beurteilen konnte – war sie schön, mit großen Brüsten, einer lieblichen Linie zu ihrem Hals und schlanken Armen, die sich anmutig entgegengesetzt der trägen Bewegung ihres Unterkörpers bewegten. Ihr schwarzes Haar verteilte sich um ihren Kopf wie ein Kranz von dunklen und fedrigen Seidenfäden, und ihre Lippen, eher purpur als rot, lächelten. Ihr Gesicht war menschlich, außer ihren Augen, die vollkommen schwarz waren und keine Iris hatten. Sie schien Sean zuzuwinken und ihn zu bitten, ins Wasser zu kommen. Unter ihr konnte Sean in die Tiefe blicken. Die Aussicht war ähnlich der in Catalina, als seine Eltern Patrick und ihn auf ein Glasboden-Boot mitgenommen hatten. Aus der blauen Finsternis des Meeresgrundes erhoben sich gewaltige Korallen, und Sean verstand ganz plötzlich, daß es sich nicht um natürliche Spitzen handelte, sondern eher um riesige Turmspitzen irgendeiner Stadt, die sich hoch über den Meeresgrund erhob.

Der Junge zog sich vom Ufer zurück und fühlte sich eher verwirrt als verängstigt, wurde von demselben ungewöhnlichen Gefühl in seiner Magengegend heimgesucht wie damals, als er die Königin angeschaut hatte. Sein jungenhafter Körper war noch nicht bereit, mit den Trieben eines Erwachsenen fertig zu werden, und das einzige, was ihre verlockende Schönheit hervorrief, war Unruhe und Verwirrung. Der Junge bemerkte, wie der Jagdführer vorwärts kam, und rannte hinter dem Licht her, er fühlte sich erleichtert, von der schönen Fisch-Frau fort zu können. Selbst das Wasser war hier fremdartig. Er zitterte ein wenig, als er sich an Barneys Warnung erinnerte, die Straße nicht zu verlassen.

Das Licht war fast hundert Meter vor ihm, doch Sean brauchte nur eine Minute, um die sich windende Kugel wieder einzuholen. Sich zur Ruhe zwingend, fiel der kleine Junge in den Schritt hinter seinem Führer und reiste weiter.

22

Sean sah, daß sich die Wälder um ihn herum lichteten. Als er das Ufer des Flusses verlassen hatte, war er in dichte Wälder von dunkler Erscheinung eingetreten. Ungleich den anderen Wäldern, die er durchwandert hatte, wirkten diese bedrohlich, und er umfaßte seinen Silberdolch fester. Der Pfad führte geradewegs durch die Bäume und kreuzte einen anderen Pfad aus dunklen Steinen. Sean stoppte einen Moment, denn der dunkle Pfad entsprang einer Höhle. Durch die Höhle konnte er Regen sehen. Das war ein weiterer Weg nach Hause! Er erinnerte sich daran, daß die Dame gesagt hatte, er müsse zwischen zwei Wegen wählen, und er solle den weißen nehmen. Aber dieser würde ihn schnell zurück zu seinem eigenen Heim führen, ohne den anscheinend endlosen Weg zurück zu dem sonnigen Hügel, durch den er zu diesem Ort gelangt war.

Er seufzte und folgte dem Jagdführer. Die Kugel war beinah zwischen den Bäumen verschwunden, als er sich wieder bewegte, und für eine Sekunde hatte der Junge Angst, sie verloren zu haben, aber nach einem kurzen Sprint fand er die in stetigem Schritt zwanglos dahinschlendernde Kugel. Die Wälder schienen dichter zu werden, je tiefer sie vordrangen, bedrohlicher in ihrer Erscheinung. Die Bäume schienen größer zu sein und die Baumstämme enger zusammengedrängt. Bald hatte er das Gefühl, durch einen weiteren Tunnel zu wandern. Er kämpfte gegen den Drang an, umzudrehen und zu der Höhle zurückzulaufen, die ihn nach Hause brachte, und marschierte resolut hinter dem glühenden Licht her.

Der Junge und sein Führer umrundeten eine weitere Kurve, und Sean entdeckte, daß die Straße an dem merkwürdigsten Haus entlanglief, das er je gesehen hatte. Es stand zwischen vier gewaltigen Bäumen, die Sean nicht kannte, vielleicht gigantische Eichen. Als er näherkam, sah er, daß die Bäume als Ecken des Hauses dienten und die Wände sich zwischen ihnen erstreckten. Einladendes gelbes Licht schien durch die Fenster, fröhlich und warm im Gegensatz zu der Dunkelheit der Wälder. Der Jagdführer zögerte vor dem Eingang, bewegte sich ruckartig und in Kreisen hin und her. Sean stellte sich neben ihn und blickte dann zur Tür des Hauses. Nach einer Minute fragte er, ob Patrick da drin sei.

Der Führer ruckte von Seite zu Seite, und Sean wünschte sich, das Ding könne sprechen oder irgendwie mit ihm kommunizieren. Dann wurde er von einem Gedanken gepackt, als er sich daran erinnerte, wie seine erste Frage auf dem von der Sonne beschienenen Hügel beantwortet worden war. »Fragst du mich, ob ich hineingehen möchte?«

Die Kugel sprang heftig hoch und nieder. Das Ding konnte mit Ja oder Nein antworten. »Soll ich hineingehen?« Die Kugel wackelte ein bißchen. »Du weißt es nicht?«

Die Kugel sprang wieder hoch und nieder. »Wird es mir helfen, Patrick zu finden, wenn ich dahingehe?« Wieder das unentschiedene Wackeln. »Ist es da drin gefährlich?«

Wieder sprang die Kugel auf und nieder. Sean sagte: »Laß uns gehen. Bring mich zu Patrick.«

Die Kugel zögerte, bewegte sich in Kreisen. Sean verstand. »Es ist eine Abkürzung!« Die Kugel sprang hoch und nieder. »Wird es uns viel Zeit ersparen?« Wieder die Auf- und Ab-Bewegung. Sean schluckte und sagte: »Dann nehmen wir diesen Weg.«

Die Lichtkugel bewegte sich auf die Tür des großen hölzernen Hauses zu, und die Tür öffnete sich von selbst. Sean ergriff seinen Dolch und ging hinterher.

33

Einen Moment lang war Sean beeindruckt. Das Haus bestand nur aus einem einzelnen Raum. Aber was für ein Raum! Der Boden war aus poliertem Holz von einer sehr feinen Struktur, die so tief und prachtvoll war, daß sie wie ein strömender Fluß aus dunklen und hellen Linien wirkte. Die Stämme der mächtigen Bäume, die die Ecken des Raumes bildeten, waren geschnitzt, die Säulen zeigten Menschen und andere Kreaturen bei jedem vorstellbaren Vorhaben. Sean ließ seine Augen über das Basrelief gleiten und sah jedes Ereignis des Lebens: Geburt, Tod, Liebesspiel, Krieg, Entdeckung, Heilung, heroische und feige Taten, vergnügliches Irdisches und Außergewöhnliches. Er wußte nicht, wie er verstehen sollte, was die Schnitzereien darstellten, er wußte nur, was jede von ihnen bedeutete, und dieses Wissen war ihm sicher. Die Kugel bewegte sich langsam durch den gewaltigen Raum, als hätte sie Angst, ein Geräusch zu machen.

Die Wände des Gebäudes waren weiß, golden-geäderter Marmor, sie fielen Sean deshalb so ungewöhnlich auf, weil das Gebäude von außen nicht mehr als eine gigantische hölzerne Hütte war. Seine Augen waren vor stiller Bewunderung geweitet, während er hinter der Kugel her ging. In dem Raum befanden sich sechs Türen, die, durch die er eingetreten war, eine weitere gegenüber am jenseitigen Ende der Halle und zwei an jeder Seite. Die Türen an der Seite hatten die gleiche Größe, aber jede hatte ihre eigene einzigartige Zeichnung. Er erreichte das erste Paar und hielt erschreckt inne, als sich beide plötzlich öffneten.

Sean stoppte, sein Herz hämmerte, während er auf die Portale blickte. Er wußte, wenn sich diese Tür in der Wand öffnete, würde ein gewaltiger Wald enthüllt. Und dann sah er eine helle Waldlandschaft, die sich seinen Augen mit einem Trubel jedweder Färbung darbot, während sich weiter hinten Bäume in wunderbaren Herbstfarben ausdehnten. Ein frischer, nußartiger Waldgeruch zog in seine Nase, als der Junge in die wunderschöne Allee blickte. In Seans Blickfeld kamen ein Mann und eine Frau mit grauen Haaren, aber aufrechter Haltung. Sie trugen modische Kleidung, die Frau ein Hemd und eine Jacke aus Tweed sowie Wanderschuhe, und der Mann einen Kordmantel über einem Rollkragenpullover. Beide trugen Spazierstöcke, die eher dem Schein dienten als der Schwäche. Der Mann hielt an und tippte zum Gruß an seine elegante kleine Kappe, während die Frau lächelte und den Jungen zum Näherkommen bewegte.

Sean wußte, daß er weitergehen sollte, aber das Gefühl, herauszufinden, was diese beiden netten Leute von ihm wollten, war überwältigend. Er wollte gerade einen Schritt machen, als das Zwitschern eines Vogels ihn herumwirbeln und hinter sich blicken ließ. Durch die gegenüberliegende Tür sah er eine liebliche Wiese in tiefem, fast smaragdfarbenem Grün. Blumen sprenkelten den Hang, und Obstbäume standen in voller Blüte, ihre weißen Blüten luden Tausende nektarsuchender Honigbienen ein. Ein Rotkehlchen auf einem Ast neben der Tür sang aus vollem Halse. Sean seufzte. Er wußte nicht, was für ein Ort das war, und er fürchtete sich davor. Er ging auf die entfernte Tür zu, wo der Jagdführer geduldig wartete. Ein roter Ball sprang in Seans Blickfeld, und zwei Kinder, ein Junge und ein Mädchen, rannten hinterher. Beide trugen einfache Hemden, weiße Kleidung bis zu den Knien und Sandalen. Sie griffen beide gleichzeitig nach dem Ball, und ein Kampf fing an. Als sich das Zerren und Reißen einem Konflikt näherte, sah das Mädchen, das in ihrer kindlichen Schönheit beinah perfekt war, Sean durch die Tür. Sie ließ den Ball in Ruhe und zeigte auf ihn. Der Junge hatte dunkle Haare und Augen, hatte aber ebenso hübsche Züge wie das Mädchen. Er betrachtete Sean etwas mißtrauisch, aber das Mädchen lächelte und winkte und gab Sean ein Zeichen, zu kommen und mit ihnen zu spielen. Sean spürte das plötzliche Verlangen, seine Reise aufzugeben und spielen zu gehen. Die beiden Kinder schienen eine wirklich schöne Zeit zu haben.

Ein Schritt in Richtung der Tür, und Sean spürte plötzlich einen weiteren Ruck. Er schaute zurück und sah, daß der Mann und die Frau zum Rand der Tür gekommen waren und Sean heftig zuwinkten, sich ihnen anzuschließen. Der Junge fühlte sich zu dieser Richtung hingezogen, und sein Herzschlag beschleunigte sich. Etwas Magisches war passiert, dachte er. Er wußte, daß er sich dem ungewöhnlichen Drang, diese Menschen zu treffen, nicht hingeben durfte, sondern Patrick finden mußte. Der Gedanke an seinen Bruder schien ihn dazu zu bringen, sich zu der jenseitigen Tür umzudrehen und sich von den vier Figuren zu entfernen, die ihn einluden, sich ihnen anzuschließen.

Langsam bewegte er sich vorwärts und kam an den nächsten Türen vorbei, und sie öffneten sich. Sean betrachtete die rechte Tür. Hinter ihr sah er eine unwahrscheinlich schöne Winterlandschaft. In der kalten Luft, die durch die Tür eindrang, hörte er das Geräusch von Gelächter. Ein sehr alter Mann und eine Frau betraten die Szenerie, sie freuten sich offensichtlich über etwas sehr Lustiges, das einer von ihnen gerade gesagt hatte. Haar, das so weiß war wie der umgebende Schnee, schaute unter schweren Pelzmützen hervor, die denen ähnlich waren, die Sean einmal bei Russen in den Fernsehnachrichten gesehen hatte. Sie benutzten eine Sprache, die Sean nicht verstehen konnte. Sie bewegten sich, ohne zu zögern, an seinem Aussichtspunkt vorbei und bemerkten Seans Anwesenheit nicht, bis der Mann, als sie fast außer Sicht waren, Sean sah. Sofort versuchte er Sean dazu zu bringen, zu ihnen zu kommen, wobei er schnell in einer ungewöhnlichen Sprache sprach.

Sean zuckte nach hinten und bekämpfte den Drang, sich dem ältlichen Pärchen anzuschließen. Er drehte sich um und betrachtete das gegenüberliegende Portal. Dort konnte er eine Strandszene erkennen, und sein Herz schmerzte. Es sah so aus wie der Ort, zu dem seine Leute ihn und Patrick mitgenommen hatten, damals in Kalifornien, oben in der Nähe von Point Dume und Zuma Beach. Dann sausten ein Mann und eine Frau durch die Brandung. Die Frau war ebenso barbrüstig wie der Mann; jeder von ihnen trug ein enges, schwarzes, ledernes Lendentuch, das kaum etwas bedeckte. Als sie sich spielerisch bespritzten, wurden ihre vergnügten Rufe von der warmen Sommerbrise über das Geräusch der Wellenbrecher getragen. Der Duft von salziger Gischt und das Gefühl der Sommerhitze durchfluteten Sean, und er weinte stille Tränen des Verlangens, während der heisere Schrei einer Seemöwe schwach durch das Portal drang. Er wollte wieder in Kalifornien sein, bei seinen Freunden, nicht verloren an diesem schrecklichen Ort auf der Suche nach Patrick. Dann umarmte sich das junge Paar und lachte erneut, als der junge Mann die Frau in den Sand drückte. Er küßte sie, während er sich auf sie rollte, und dann blickte er auf und sah Sean. Mit einem überwältigenden Lächeln weißer Zähne in einem gebräunten Gesicht rief der Mann ihm einen freundlichen Gruß zu. Das Mädchen rollte herum, während der junge Mann sich hochdrückte und auf seine Füße kam. Sie blieb am Boden, lächelte und winkte. Sean spürte einen heißen Ansturm von Panik bei seinem Drang, zu diesem Ort zu gehen, dem bekanntesten aller vier Ausblicke. Er schluckte, zentrierte seine Gedanken auf Patrick und drehte sich zu der entfernten Tür um, zwang sich dazu, den ersten Schritt zu machen. Langsam bahnte er sich einen Weg zu der jenseitigen Tür, und als er eine Hand auf den Griff legte, sagte er zu dem Führer: »Ist dies die Halle der Uralten Jahreszeiten?«

Die Kugel sprang hoch und nieder, und Sean blickte zurück zu den noch sichtbaren Szenen hinter den Türen. »Ich wäre wohl in Schwierigkeiten, wenn ich durch diese Türen ginge, huh?«

Die Zustimmung der Kugel war heftig, während sie schneller auf ihrer Achse herumwirbelte und hoch und nieder ruckte. Sean dachte darüber nach, was passieren würde, hätte er die Möglichkeit, durch diese Seitentüren zu gehen. Wahrscheinlich wäre er dann gefangen, unfähig, nach Hause zu gelangen. Er schob seine Neugierde beiseite und betrachtete die Tür. Ungleich der Eingangstür hatte sich diese bei ihrem Näherkommen nicht geöffnet. Sean öffnete sie, indem er den großen Riegel herunterdrückte, und sie schwang ihnen schwerfällig entgegen.

Einen Moment lang stand Sean bewegungslos da, und selbst der Jagdführer schien zu zögern, bevor er in diese dunklen und prophezeienden Wälder hinter dem Gebäude eintauchte. Sean atmete tief ein und trat vorsichtig auf den schwarzen Pfad und folgte dem goldenen Licht in die Verzweiflung.

24

Die Wälder hatten jetzt etwas von der Gestalt eines hoffnungslosen Traumes, dunkle Bäume, die sich wölbten, standen so nah beieinander, daß ihre verdrehten Äste wie gewebte braune Linien aussahen, eingeritzt in einem schwarzen Zelt, ein Baldachin aus Batik voller trauriger Erscheinungen erhob sich hoch über dem Kopf. Hier konnte man die Stimmung von Jahrhunderten spüren; Sean blickte ängstlich von einer Seite zur anderen, als ob ihn an jeder Biegung etwas anspringen könnte. Die Rinde der Bäume war tief gefurcht, von der Zeit verwüstet, sah sie aus wie die ledernen Gesichter uralter Männer, Männer, die seit Ewigkeiten gefoltert wurden. Ein widerhallender Wind blies, und die schwingenden Äste schienen nach ihm zu greifen, als wollten sie drohen . . . oder flehen.

Sean ging weiter, während er sich an den Terror dieser Nacht, in der Patrick fortgenommen wurde, und an seine eigene Furcht erinnerte. Er wußte, hätte es Barneys Märchenstein nicht gegeben, wäre er zusammen mit Patrick ein Gefangener. Und als der Leuchtende Mann kam, um sie zu holen, hatte sich Sean zu etwas geringerem als einem Menschen verwandelt, einem Tier, einem Ding, das vor Furcht kroch. Nichts, was er jetzt sah, konnte dieser Hoffnungslosigkeit, diesem Ausgeliefertsein aller Überlebenssinne, gleichkommen. Sein jugendlicher Geist kämpfte mit der Realität des verletzten Stolzes und dem Drang nach Rache, und da alles völlig anders war als das, was er samstags morgens im Fernsehen gesehen hatte, erkannte er es nicht. Aber nichtsdestoweniger spürte er diesen Druck, und er wußte, wenn er dem Leuchtenden Mann einmal gegenüberstände, würde er handeln, trotz seiner schrecklichen Angst vor dieser Erwartung. Er dachte nicht darüber nach; er akzeptierte es einfach. Ohne Patrick fehlte ein Stück von ihm, denn das besondere Band zwischen ihnen – das Band, das es ihnen erlaubte, ungewöhnliche Gedanken zu teilen, zu bemerken, was der andere fühlte, zu wissen, wo der andere sich aufhielt –, dieses Band war zerrissen worden. Ohne Patrick war Sean weniger als zuvor. Das Schicksal hatte ihm die Möglichkeit geboten, seinen Bruder einzulösen, und nichts geringeres als der Tod konnte ihn stoppen.

Das flötenartige, stetige Geräusch des Windes wurde durch das Geräusch von schnell näherkommenden Hufschlägen zerrissen. Der Himmel verdunkelte sich unheilverkündend, als ob die Nacht vor dem sich nähernden Reiter vorrückte. Sean stand dort, unsicher, was er am besten tun sollte, sich verstecken, fliehen oder stehenbleiben. Er wählte die erste Möglichkeit und rannte los, um das Licht zu überholen. Er erreichte es und fand die zuverlässige Kugel von der Größe eines Baseballs. Er schnappte sie und floh in das Dickicht am Straßenrand, kroch hinter einen umgefallenen Holzklotz und blinzelte durch das hohe wilde Gras, wobei er das Licht seines Jagdführers unter seinem Körper versteckte.

Ein Reiter raste die Straße entlang, eine Gestalt aus einem Alptraum. Ein glühendes weißes Pferd streckte sich lang aus und schien zu fliegen, wobei sich lange Beine in fließendem Rhythmus bewegten. Eine feurige Mähne und der Schwanz flogen hinterher, als der Reiter sein Roß anspornte. Der Reiter war ganz in Schwarz und Silber gekleidet, Pfeil und Helm, Umhang und Waffenrock. Sein pechschwarzer Umhang schleifte wie irgendein gigantisches, aufgeblasenes Segel hinterher und flatterte in der Brise. Er hielt seinen Kopf hoch, als wäre er auf der Suche, denn schwarze Augenschlitze in dem mit Geweihsprossen bedeckten, silbernen Helm schienen in die Wälder zu spähen, während er vorbeiraste.

Hochgelegen auf seinem Steigbügel, die Stiefel seines Meisters umklammernd, befand sich das Böse Ding, und sein böses, schrilles Gelächter durchschnitt das Trommeln der Pferdehufe. Es schien seinen riskanten Ritt zu genießen. In der Zeitspanne zwischen zwei angstvollen Herzschlägen war der Reiter vorbei.

Sean wartete eine lange Minute und erlaubte seinem Herzen, sich zu beruhigen, dann erinnerte er sich an den Führer. Er bewegte sich von ihm herunter und sah eine dumpfe graue Metallkugel, die jetzt schwer und reglos war. Voller Verzweiflung blickte er sie an, denn wie sollte er Patrick ohne den Führer finden? Er spürte Tränen in seinen Augen, während er flüsterte: »Bitte. Stirb nicht. Hilf mir, Patrick zu finden!«

Er wiederholte die Worte, die Barney ihn gelehrt hatte, aber die Kugel blieb regungslos. Zuletzt fand er sich damit ab und wollte weitergehen, als er über sich ein schwaches, freundliches Lachen hörte. Sean rollte sich herum und kletterte nach hinten, wobei er seinen silbernen Dolch schwang.

Ein Junge von vierzehn oder fünfzehn Jahren fiel aus den Bäumen, seine klaren blauen Augen waren auf Sean gerichtet. Er schien sich wegen des Dolches keine Sorgen zu machen, aber Sean hielt die Spitze trotzdem auf den Jugendlichen gerichtet. Dann erkannte er den Jungen aufgrund seiner Beschreibung. »Du bist der Kerl, der Gabbie weh getan hat!«

Mit einem Grinsen schüttelte der Jugendliche seinen Kopf, und plötzlich bewegte er sich wie eine Katze. Schneller als Sean reagieren konnte, kniete der Junge vor ihm, streckte seine Hand aus und packte sein Handgelenk, wodurch er Seans Arm bewegungsunfähig machte. »Wenn ich dir Schaden zufügen wollte, Sean Hastings, wäre es ein einfaches Kunststück. Aber die Tatsache, daß ich dich trotz deines Schützlings berühren kann, zeigt mehr als alle Worte meine guten Absichten.« Der Jugendliche löste die Hand des Jungen und fuhr fort: »Ich bin nicht derjenige, der deine Schwester belästigt hat.«

Sean wich ängstlich zurück. Die Tatsache, daß der Fremde ihn hätte verletzen können, es aber nicht getan hatte, war nicht allzu beruhigend. Er nahm seinen ganzen Mut zusammen und sagte: »Du siehst aus wie er.«

Mit einem Seufzer sagte der Jugendliche: »Bei unserer Rasse ist das Aussehen ein Resultat der Laune.« Er schimmerte für einen Moment in einem blau-weißen Licht, ähnlich dem Nimbus, den der Leuchtende Mann in dieser Nacht, als er die Jungen holen wollte, angestrahlt hatte, dann veränderte sich seine Form, ein dunkler Umriß voller Leuchtkraft und das Glühen verschwanden. Die Transformation hatte nur etwa eine

Sekunde gedauert. Wo der Jugendliche gewesen war, kniete ein Mann, älter als der Jugendliche, aber immer noch jung. Er trug einen lustigen Hut mit einer breiten Krempe, einen Bart und einfache Hosen, Hemd und derbe Arbeitsstiefel. Mit einer Stimme, die jetzt tief und reif war, packte er Sean unter die Arme, und bevor der Junge noch protestieren konnte, hob er ihn hoch. »Du siehst, was wir dich sehen lassen, du aus sterblichem Blut. Es ist dein Wille, der uns Gestalt verleiht. Und mit diesem Aussehen hätte ich deine Schwester nehmen können, wenn ich es gewollt hätte.« Er lächelte, als er sich erinnerte, und sagte: »Sie ist eine der gefälligsten deiner Rasse, die ich seit Jahren gesehen habe, aber obwohl sie ihre Beine willig und mit Freude für mich geöffnet hätte, war ich nicht derjenige, der den Pakt gebrochen hat.« Er ließ Sean los, und wieder umgab ihn das Glühen, und plötzlich stand ein kleiner Junge, nach seinem Äußeren nicht älter als sechs oder sieben Jahre vor Sean.

> Kommt ihr näher, oder entfernt ihr euch, kommt das Licht von einer Kerze oder einem schimmernden Stern?
> Seht, was ihr wollt, oder wie ihr denkt, aber ist Wasser süß, bevor ihr es trinkt? Wann kann ein Mann seinen Augen trauen? Argwöhnisch über das, was die sterblichen Sinne kennen,
> denn unsre Natur springt über alle mystischen Hürden,
> die zwischen dem, was ist und was zu sein scheint, stehen,
> und wieder sind wir bei der Wahrheit . . . oder den Träumen.

Er sprach mit einer schelmischen, kindlichen Singsangstimme. Er glühte, und wieder einmal stand der Jugendliche vor ihm. »Das ist das Geheimnis unserer Macht, denn was du siehst, glaubst du, und Waffen und Rüstung, Essen und Trinken sind alle für denjenigen real, der sie als real ansieht. Die Illusion ist kraftvoll, wenn sie als Wahrheit angesehen wird. Deshalb könntest du, hättest du den Willen zu glauben, für immer von dem reinen Leben, das reichlich in der Luft vorhanden ist, Leben! Du trägst die grüne Farbe auf deinen Augen und kannst deshalb durch die Illusion blicken, nicht weil die Farbe die Kraft besitzt, sondern weil du glaubst, sie besäße sie.« Er lachte, und Sean spürte, wie bei dem Geräusch etwas Heißes seinen Rücken herunterlief. »Und du wirst dich erinnern.

Nein, ich habe deine liebe Schwester nicht belästigt, Kumpel. Ein anderer wollte Böses tun, wie er es schon vorher getan hat und wieder tun wird, wenn man ihn läßt, und auf mir lastet die Schande. Es war eine kleine Rache an mir für eine vergangene Tat, einen harmlosen Streich, der ihn immer noch ärgert.«

Sean stand auf und wollte von diesem beunruhigenden Jungen fortkommen: »Ich muß meinen Bruder finden.« Er sagte das als Aufforderung, als würde er dem Jugendlichen trotzen, wenn er ihn aufhalten wollte.

Der Jugendliche gab ein schallendes, unbeschwertes Lachen von sich. »Und ich werde deine Suche nicht aufhalten, Sean.« Er blickte die Straße herunter, als erwarte er den Reiter zurück, und sagte: »Dieser hat trotz des Paktes seit Generationen Schwierigkeiten heraufbeschworen, aber dieses Mal ist er weiter gegangen als die Königin tolerieren wird . . . .« Er lachte, als gefiele ihm dieser Gedanke. »Aber jenseits der Grenzen vom Land der Helligkeit ist er ebenso mächtig wie sie. Finde deinen Bruder, während der Narr draußen ist, dann laufe über den weißen Pfad zum Hof der Königin. Sollte er dich einholen, kämpfe so gut du kannst. Einige werden dir behilflich sein, obwohl keiner von uns – nicht einmal ich selbst – es mit dem Narr an Stärke aufnehmen kann. Nur die Königin ist ihm ebenbürtig.« Der Jugendliche lachte wieder, als ob das alles bloß ein Spiel wäre. »Dennoch, einige von uns sind zwar kleiner als der Narr, aber immer noch mehr als die meisten.« Er streckte seine Hände aus, hob die leblose Kugel hoch und hauchte sie an. Sofort erschien dort eine heiße Stelle, wo sein Atem aufgetroffen war, und entfaltete sich zu einem Glühen. Er schnipste mit den Fingern und wirbelte die Hand herum, er drehte den Ball, wirbelte ihn hoch in die Luft, und das Glühen ging in ein helles Leuchten über. »Kehre ins Leben zurück, kleiner Lichtgeist, führe dessen Jagd; bring ihn dahin, wohin sein Herz es wünscht. Finde ihn, der wie dieser eins ist mit dem Geist eines anderen, zwei aus demselben Schoß. Geh!«

Der Jagdführer wirbelte an einer Stelle über Seans Kopf und schoß dann zur Straße, wo er seine Wanderung von einer Seite zur anderen wieder aufnahm, wobei er die Straße entlang tanzte, jetzt aber schneller als zuvor. Sean rannte hinterher und holte die Kugel ein, als sie um eine Straßenbiegung wirbelte. Er blickte über die Schulter, um dem Jugendlichen seinen Dank zuzurufen, aber es gab kein Anzeichen mehr, daß irgend jemand an der Straße gewesen war. Sean zitterte und kämpfte erneut gegen die Furcht an, während er wieder mit seiner Suche nach Patrick begann.

25

Die gekrümmte, karge Landschaft zog sich über Kilometer hin. Sean hatte auf diesem Weg schon seit langem jedes Zeitgefühl verloren und sich einfach damit abgefunden, dem glühenden Jagdführer hinterherzustapfen. Er hatte das Gefühl, als würde er mittlerweile seit Jahren durch dieses trostlose Gebiet wandern.

Dann erklommen sie einen Hügel und konnten durch die Bäume ein weiteres merkwürdiges Haus sehen. Es blickte auf einen Berg oder besser gesagt einen Teil des Berges, denn man konnte nur eine Wand sehen. Es hatte den Anschein, als ob jemand eine Wand über einer Höhle oder einem Graben an der Seite des kleinen Hügels angepaßt hatte, und man konnte Stimmen durch die offene Tür hören. Sean verstand die Sprache nicht, die hauptsächlich aus Grunzen und Brüllen, Gekreische und verrücktem Lachen bestand – begleitet von Zerkleinerungsgeräuschen, als ob etwas heftig gegen die Wand geschlagen wurde –, und er hegte auch nicht den Wunsch, die

Urheber dieser lärmenden Unterhaltung zu treffen, deshalb beeilte er sich weiterzukommen.

Sean ging so schnell, daß er den Jagdführer ein wenig überholte und warten mußte, bis dieser ihn wieder eingeholt hatte. Während er wartete, bemerkte er eine merkwürdige Besonderheit des Weges. Wenn er seinen Kopf drehte, wechselte er von weiß nach schwarz und umgekehrt, was ihn an die Illusion dieser ›Holographie‹-Anhänger erinnerte, die man manchmal in Hafergrützepaketen fand. Für Sean war es klar, daß sowohl der schwarze Pfad als auch der weiße Pfad hier entlang liefen.

Sean folgte der Straße in eine Schlucht, ging an der gegenüberliegenden Seite wieder hinauf und wurde abrupt mit einem Wechsel der Landschaft konfrontiert. Vor ihm erhob sich ein merkwürdiger Wald aus dunklen Bäumen, und der Himmel wechselte sehr schnell von grau zu schwarz. Ohne es gesagt zu bekommen, wußte er, daß er nun das, wie die Königin es nannte, Land der Schatten verließ und in das Land der Dunkelheit eintrat.

Sean hielt an, erschreckt von dem, was er sah. Während das Land der Schatten eine gequälte, traurige Gegend zu sein schien, war dieses Land der Dunkelheit ein Ort von überwältigender, überirdischer Schönheit. Zarte und fremdartige Bäume neigten sich in einer seichten Sommernachtsbrise, und in ihren Ästen trällerten Nachtvögel gequälte, ergreifende Lieder. Jeder Baum hatte dunkelgrüne Blätter und einige keimende Blüten, es gab jedoch kein Licht am Himmel. Im Gegenteil, das Licht kam von den Stämmen, den Blättern, den Blüten, dem Gras, selbst von dem nackten Boden. Es war eine Landschaft aus einem unwahrscheinlich phosphoreszierenden Glühen, nicht aus einer einzigen Beleuchtungsquelle, die Schatten wirft. Der Duft von blühenden Nachtblumen hing in der Luft, und das Zirpen der Grillen bildete einen Gegenpol zu den Liedern der Vögel. Das war kein niederdrückender, böser Ort, in dem verrückte Geister ihren dunklen Haß gegen die Menschheit verbargen. Dies waren magische Wälder, Märchenwälder, Wälder voller Zauber und Wunder. Ihre Schönheit war beinahe überwältigend, denn in dieser seichten, dunklen Waldlandschaft gab es nichts, vor dem man sich fürchten mußte. Im Gegenteil, Sean hatte das Gefühl, als ging er bei Nacht durch die perfektesten und exzellentesten Wälder der Welt. Und dann waren da noch die Farben, die allerdings fremdartig und unerwartet waren. Alles sah aus wie in einem schwachen, infraroten Gemälde, mit zarten Schattierungen auf den Bäumen und Blättern, und dennoch war alles lebendig, alles war harmonisch, nicht verdreht und verdorben wie im Land der Schatten. Das war das Märchenland, das er in seinem Herzen erwartet hatte.

Sean fiel auf, daß der Jagdführer schwächer zu glühen schien; als benötige er nicht so viel Licht wie im Land der Helligkeit und im Land der Schatten. Aber andererseits schien der Gegenstand bereit, in seinem fröhlichen seitlichen Muster in Bewegung zu kommen, anscheinend ohne Rücksicht auf seinen Standpunkt. Er gab so eine beunruhigende Antwort auf Seans Anliegen, den Narr zu finden, doch der Junge sah darin ein beruhigendes Zeichen. Im stillen hoffte Sean, der Leuchtende Mann und das Böse Ding würden noch durch das Land der Schatten reiten und nicht so bald auf diesem Weg zurückkommen. Mehr als alles andere flehte der Junge darum, Patrick zu finden und schnell fliehen zu können, ohne dem Leuchtenden Mann gegenübertreten zu müssen. Irgendwie spürte er, daß das unwahrscheinlich war, aber der Gedanke versetzte ihn in eine optimistischere Stimmung.

Der Jagdführer schien seine Geschwindigkeit zu steigern, und Sean paßte sich dem schnelleren Tempo an. Er sah darin ein Anzeichen, daß sie sich ihrem Bestimmungsort näherten, oder daß irgendeine Gefahr sie einholte, woraufhin sich sein Herzschlag beschleunigte und er wieder wachsam wurde, jegliche Müdigkeit war jetzt wie fortgespült.

Sie wanderten an dicken Stämmen entlang, und der Fahrweg verengte sich stellenweise derart, daß der Junge sich wunderte, wie das Pferd des Leuchtenden Mannes hier durchkommen konnte. Dann standen sie plötzlich vor einem anderen Märchenhügel, nur daß dieser wegen der tief hängenden Äste, die beinah einen schwarzen Baldachin über dem Gipfel bildeten, größer zu sein schien als der Hügel der Königin. Sean kam er wie ausgestorben vor, oder vielleicht konnte er nur niemanden sehen.

Der Führer schaukelte vom Pfad weg und bewegte sich den Abhang hinauf, und Sean folgte ihm, wobei seine kurzen Beine beim Klettern ermüdeten. Auf dem Gipfel fand er ein großes Zelt voll schwarzer Seide und Kissen vor, und in dem Zelt fand er Patrick.

Patrick lag inmitten eines Haufens voller Kissen und schlief tief. Sean schaute auf seinen Bruder hinunter und spürte, wie sein Herz einen Sprung machte. Schon in den wenigen Tagen, die er gefangen gehalten wurde, hatte Patrick angefangen sich zu verändern. Er trug keine Kleider, außer einem kleinen Lendentuch aus Blättern, und ein schwarz blühender Kranz und Blätter im dunkelsten Grün waren in sein Haar geflochten worden. Seine Lippen waren mit einem dunklen Rot geschminkt und seine Augenlider mit etwas angemalt, das ihnen einen perlmuttartigen Glanz verlieh, genauso wie seinen Nägeln. Um ihn herum schliefen winzige Kreaturen, und keiner schien von Seans Eintreten gestört zu werden. Sean starrte sie an, denn zum ersten Mal stand er Elfen gegenüber, die zu seiner jungenhaften Erwartung paßten. Winzige Kobolde und kleine Elfen schmiegten sich an Patrick; jede war von menschlicher Erscheinung und nackt, mit köstlichen Flügeln, die ihre Rücken verzierten. Aber ebenfalls um Patrick herum schlummerten Kreaturen von weniger wohltuender Erscheinung, krötenartige Wesen und pelzbedeckte Geschöpfe mit deformiertem Aussehen. Sean wendete seine Augen von ihnen ab, als ob sein Starren sie aus ihrem tiefen Schlummer wecken könnte.

Außerhalb des Zeltes summten Nachtinsekten, sanft glimmernde Glühwürmchen, die den schwarzen Baldachin mit winzigen Pünktchen aus warmem blauen Licht schmückten. Jagdlieder kamen durch die ewige Nacht, von fremdartigen Vögeln, die ihre Mysterien sangen. Der Nachtwind war sanft, fast sinnlich in seiner Liebkosung, und Sean hätte über die

Schönheit dieses Ortes weinen können. Dann roch er in der Brise den sanften Duft von wilden Blumen und Gewürzen, der zu Blüten und Gewürzen gehörte, die es auf der Erde nicht gab. Ihr moschusartiges Aroma ließ Seans Herz pochen, und er wußte, was immer in diesem Bett, unter dieser Laube passierte, würde bei einer Fortsetzung Patrick verdrehen und verändern. Er mußte seinen Bruder sofort wegschaffen.

Er ging auf Zehenspitzen in das Zelt und streckte seine Hand aus, um Patrick zu wecken. Patrick bewegte sich schwerfällig, wie narkotisiert, so daß Sean ihn mehrere Male schütteln mußte. Endlich öffneten sich seine Augen, dann weiteten sie sich, als er seinen Zwilling wahrnahm. Sean bedeutete ihm, still zu sein, und Patrick nickte, obwohl seine Bewegung träge war. Um aufstehen zu können, mußte er behutsam eine winzige weibliche Kreatur bewegen, die sich an seine Brust geschmiegt hatte. Die Jungen warteten eine Weile, aber die kleinen, elfenähnlichen Kreaturen lagen in tiefem Schlummer und bemerkten Seans und Patricks Regungen nicht. Sean nahm Patricks Hand und drängte ihn aus dem Zelt. Patrick bewegte sich schleppend, aber schaffte es dennoch, auf keine der schlafenden Kreaturen zu treten.

Draußen angekommen, atmete Sean tief durch und schaute seinen Bruder an. Patrick blinzelte noch immer, als versuche er ein klares Bild zu erlangen, und er schüttelte seinen Kopf. Seine Augenlider schienen schwer zu sein, und sein Kiefer war ein wenig schlaff, als würde er sich anstrengen, um wach zu bleiben.

Halb zerrte und halb führte Sean Patrick hinunter zum Fuß des Hügels. »Komm«, flüsterte er unten, »wir müssen weg von hier.«

Patrick nickte, immer noch orientierungslos, und Sean fiel ein, was Barney darüber gesagt hatte, an diesem Ort zu schlafen. Patrick hatte wohl die ganze Zeit, seit der Leuchtende Mann ihn mitgenommen hatte, geschlafen! Selbst jetzt schlief er noch halb; vielleicht dachte er, das sei ein Traum. Es könnte sein, daß er keine Ahnung hatte, wo sie waren oder was ihre Bestimmung war. Sean mußte wohl oder übel die Verantwortung übernehmen und seinem Bruder einfach vertrauen, daß er ihm ohne zu fragen folgte, bis sie in Sicherheit wären.

Der Jagdführer folgte den Zwillingen den Hügel hinunter. Irgendwie hatte Sean erwartet, daß er verschwinden oder fortgehen würde, sobald er Patrick gefunden hatte, aber jetzt sagte er: »Zeigst du uns den Weg zurück?«

Der Jagdführer sprang hoch und runter und führte sie auf dem Weg zurück, den Sean gekommen war. Die Anwesenheit der glühenden Kugel hob Seans Stimmung, und zum ersten Mal hatte er tatsächlich die Hoffnung, seinen Bruder von diesem Ort fortzubringen, ohne mit dem Leuchtenden Mann zusammenzuprallen. Er wußte, könnte er bis Mitternacht den Hügel verlassen und von dem Leuchtenden Mann verschont bleiben, würden die Guten Menschen fortgehen und sie wären alle gerettet. Sean sagte sanft: »Bitte, Gott, laß uns gesund nach Hause kommen.«

Patrick stolperte hinter seinem Bruder her, ließ sich an der Hand führen, wobei seine Augen sich immer noch unstet bewegten und ein verträumter, entrückter Ausdruck auf seinem Gesicht lag. Er blieb stumm, während Sean ihn über den Pfad zurück nach Hause führte.

26

Sean und Patrick warteten. Etwas hatte den Jagdführer veranlaßt, seine sorglose Vor- und Rückwärtsbewegung über die Straße einzustellen. Unentschlossen schwebte er in der Luft, rotierte um die eigene Achse und überlegte wohl, welchen Weg er nehmen solle. Sie befanden sich seit einiger Zeit wieder im Land der Schatten – Sean kam es wie Stunden vor, obwohl es nur Minuten gewesen sein konnten. Die Wälder waren dunkel und verlassen, ein Ort der Verzweiflung, die perfekte Umgebung für böse Träume und dunkle Absichten. Bäume mit grauen Blättern und verdrehten schwarzen Ästen, die niemals Früchte oder Blüten trugen, tiefschwarze Holzstämme, die ewiglich in dem grauesten Herbst lebten, schienen am Straßenrand gefangen zu sein und um Errettung zu flehen. Ein bitterer Wind blies Sean ins Gesicht und brannte in Seans Nase und rief die schwache Erinnerung von Rauch und Untergang hervor. Er drehte sich zu Patrick um und fand seinen Bruder mit verklärtem Blick vor, als wäre er in Gedanken weit weg. Patrick war seit seiner Rettung ungewöhnlich ruhig gewesen. Sean hatte sich mehrmals wiederholen müssen, um überhaupt eine Antwort zu bekommen, die er dann in der kurzen und konfusen, in Gedanken versunkenen Art Patricks gab. Sean rechnete es Patricks Gefangenschaft zu und gab nach einer Weile den Versuch sich zu unterhalten auf, wobei Müdigkeit und Angst das Schweigen einfacher machten. Sean ging los und hielt seinen Bruder an der Hand. Patrick zögerte, folgte dann aber einen Schritt hinter ihm.

Ein Geräusch kam von den Bäumen zur Rechten, und wurde einen Moment später von links beantwortet. Sean hielt an und mußte heftig an Patricks Hand ziehen, um ihn zum Stehen zu bringen. Das Geräusch erhob sich, kam von allen Seiten, das Rascheln der sich bewegenden Äste und das Klappern von Pferdehufen und das Poltern von Waffen. Als Sean sich klar wurde, wem er gegenüberstand, tauchten Reiter von beiden Seiten der Bäume auf und formierten sich so, daß sie die Jungen mit Leichtigkeit umzingeln konnten.

Dann stießen eine Unzahl von Kreaturen aus den Wäldern hervor, alle verdreht und mißgestaltet, wenn nicht in der Form, dann in der Seele. Damen von überraschender Schönheit in durchscheinenden weißen Kleidern, die bis zum Boden flossen, kamen halb treibend, halb gehend zwischen den knorrigen Bäumen hervor. Die kleinen Kreaturen, die bei Patrick gewesen waren, etwas größer als Kolibris, schossen durch die Luft, um Sean zu begrüßen. Die Reiter und Pferde, alle mit prächtigen und aufwendigen Waffen versehen, schlossen die Zwillinge langsam ein. Kauernde Kreaturen jedweden Aussehens, auf deren abscheulichen Zügen ein spöttisches Grinsen von böser Freude lag, schossen zwischen den Beinen der Pferde hindurch. Es erstaunte Sean, daß so viel Leute, selbst die Kleinen, sich noch eben vor ihm verstecken konnten. Er spürte Angst, hielt aber die Stellung, hatte Patricks Hand in der seinen und umgriff seinen Dolch fester.

»Dies ist unser Erbe«, sagte eine Stimme von hinten.

Sean sprang hoch und wirbelte herum, sein Herz raste, während der Narr auf ihn herabschaute. Geräuschlos hatte der Reiter sich ihm von hinten genähert. Sean wußte, warum der Jagdführer angehalten hatte: Der Leuchtende Mann hatte sich der Magie bedient, um ihn zu stoppen, ebenso wie die Königin.

Der Narr sah in der schwarzen und silbernen Rüstung, mit dem Helm unter dem Arm, strahlend aus. Sein weißer Hengst betrachtete Sean schweigend aus glühend goldenen Augen. Die bewaffnete Gestalt bewegte ihren Kopf ein wenig, während sie den Jungen betrachtete, der den Dolch unentschlossen zum Kampf bereit hielt. »Du bist mutig, kleiner Krieger«, sagte der Narr und lachte. Er rief: »Begleitet mich, meine Kinder! Kommt! Wir haben einen Gast.« Er streckte seinen Helm aus, und ein jungenhafter Elfe lief zu ihm und nahm seinem Meister den Helm ab.

Als die näherkommenden Elfen ihn einkreisten, schaute sich Sean nach einer Fluchtmöglichkeit um. Der Narr ritt vorwärts und stoppte sein Roß vor dem Jungen. Er beugte sich vor, und sein Gesicht schwebte direkt über Seans. »Dies hier war einmal wie die anderen Länder, durch die du gegangen bist«, sagte der Narr. Er drehte sich um und deutete mit einer weit ausholenden, schwungvollen Handbewegung auf die unfruchtbaren Wälder. »Zwischen dem Land der Helligkeit und dem Land der Dunkelheit war dies das Land der Dämmerung, wo die Kinder der Leute wie wir spielten, die von ihren Herren beaufsichtigt wurden. Alles war ruhig und harmonisch, und der eine Hof lebte in Frieden. Ich regierte mit meinem König an meiner Seite. Und es war gut. Dann kamen die Magier mit ihren Versprechungen und Beschwörungen, und eine gewaltige Schlacht entsprang.« Er saß aufrecht in seinem Sattel, erhob sich zu seiner vollen majestätischen Größe, und seine Stimme war voller Stolz. »Der Kampf war heroisch.« Dann verstummte er. »Aber wir wurden besiegt und gezwungen, auf den Pakt zu schwören.« Er beugte sich wieder zu Sean und sagte: »Dies ist unser Erbe. Dies ist das Werk meiner Rasse, das Land der Schatten. Die Balance wurde zerstört, die Harmonie beendet, und die Kräfte rissen auseinander, so daß jetzt dort, wo der eine Hof regierte, sich zwei im Kampf gegenüberstehen. Meine Königin steht nicht mehr an meiner Seite. Und nichts ist gut.« Er begrenzte seinen starren Blick, als er Sean studierte, und sagte: »Also sage mir, kleiner und mutiger Junge, was hältst du von den Geschenken deiner Rasse an die Leute?«

Sean blickte zu Patrick, der noch immer zu dösen schien. Sean schluckte kräftig. Der Narr lehnte sich wieder nach vorne, und seine Hand bewegte sich versuchsweise zu Sean. Eine knappe Länge vor seiner Schulter zuckte sie zurück. »Du trägst noch immer den Schutz, Junge.« Er streckte seine Hand ungewöhnlich weit aus und ergriff Patrick. »Aber der hier trägt ihn nicht! Er wird bleiben, Junge, und du auch.« Mit einem verrückten Lachen fügte er hinzu: »Ich werde meine Stütze haben.« Patrick hing wie ein Küken, das im Genick beim Kragen gepackt wurde, an der Hand des Leuchtenden Mannes, ohne zu protestieren oder sich zu bewegen.

Sean schluckte die Angst hinunter. Langsam, um bloß nichts falsch zu machen, sagte er: »Amadan-na-Briona. Im Namen unseres Herrn Jesus befehle ich dir und deinem Hof, meinen Bruder und mich gehen zu lassen und uns nicht zu folgen.« Er wußte, wegen der Angst und der Zweifel hatte er es nicht ganz genauso hingekriegt wie Barney es ihn gelehrt hatte, aber er betete zur Jungfrau in der Kirche, daß es gut genug sein möge.

Der Narr warf seinen Kopf nach hinten und schrie, als hätte er Schmerzen, und die herumstehenden Elfen traten einen Schritt zurück, sogen die Luft wie einen plötzlichen Windstoß ein. Der Hengst des Narren bäumte sich auf und wirbelte herum, seine Vorderbeine scharrten in der Luft, und seine hinteren Beine stampften auf den Boden, als würde das Tier den Zorn seines Meisters teilen. Der Narr blieb im Sattel, hielt jedoch beide Arme ausgestreckt und hielt Patrick in der einen Hand, als würde er nichts wiegen. Helles Licht brannte um ihn herum, eine Aura von wütender, erbitterter Erhellung. Das Geräusch vom Gekreische des Narren ängstigte Sean, und er machte ebenfalls zitternd einen Schritt zurück, wobei er einmal schluchzte. Tränen liefen ihm übers Gesicht bei diesem schrecklichen Geräusch, aber er war standhaft, unterdrückte den Drang zu rennen. Der Schrei erfüllte die Luft, rief Erinnerungen an das Geräusch hervor, das Sean in der Nacht gemacht hatte, als der Leuchtende Mann gekommen war und Patrick gestohlen hatte. Es ging weiter und weiter, ein unmöglich rauhes Geräusch voller Zorn und Haß. Dann hörte es auf, und die bewaffnete Gestalt setzte eine Maske aus purer Geisteskrankheit auf. Die Erhellung, die den Narren umgab, nahm ab, als er Patrick losließ, und der Junge fiel hart auf den Boden, wo er seinen Kopf ein wenig schüttelte, als versuche er seinen Verstand zu sammeln, und langsam aufstand. Der schwarze Umriß des Bösen Dinges erschien aus der Bedrängnis und rannte zu Patrick, hielt ihn am Arm und wartete auf den Befehl seines Meisters. Der Ausdruck des Leuchtenden Mannes wechselte von Schmerz zu Zorn. Er griff nach unten, packte zu und ergriff einen Zipfel von Seans Bluse und hob Sean kraftvoll nach oben, ungeachtet der Tatsache, daß der Kontakt mit jemandem, der den Märchenstein trug, ihm offensichtlich Schmerzen bereitete. Sean stieß einen kleinen Schrei erschreckter Furcht aus und schlug mit seinem Dolch um sich, wobei er den Handrücken des Leuchtenden Mannes traf und rief: »Laß uns gehen!«

Der Narr schrie vor Schmerzen und ließ den Jungen los. Sean fiel auf den Weg, wo er einen Moment sitzenblieb und den Narr beobachtete. Er griff nach seiner Hand, als hätte ihn der Todeskrampf gestreift, und wand sich in seinem Sattel, das Licht um ihn herum nahm wieder zu. Das Pferd stampfte nervös, während sein Meister schrie. Das Geräusch hielt an, und die übrigen Elfen traten noch einen Schritt zurück. Dann verschwand das Geräusch, und das Licht verschwand, und der Narr saß reglos auf seinem Pferd vor Sean. Durch zusammengepreßte Zähne, mit blauen Augen, die vor verrücktem Licht blitzten, sagte der Narr: »Du kennst meinen Namen, sterbliches

Kind. Ich muß tun, was du willst, denn der *Geas* ist über mir. Aber du hast noch nicht gewonnen. Der Rückweg ist lang. Und du darfst mir nur einmal befehlen, und das hast du schon gemacht. Ich tue, was du befohlen hast, aber nicht mehr!« Er saß dort und hielt seine verwundete Hand, als rotes Blut über seinen Handrücken floß. Er winkte dreimal durch die Luft, und die Wunde verschwand. Mit einem verrückten Lachen wirbelte er sein Roß herum und betrachtete seine Günstlinge. »Laßt sie gehen, denn sie haben mein Wort!« Die Ansammlung der dunklen Elfen bewegte sich bedrohlich auf Sean zu, außer dem Bösen Ding, das anfing, Patrick an der Hand fortzuziehen.

Wieder kreischte der Narr, allerdings eher vor Freude als vor Zorn und Schmerzen. Er saß mit gespreizten Beinen auf seinem Pferd, sein Gesicht von einer Verrücktheit erhellt, die der ähnelte, die er in dieser Nacht zeigte, als er in das Zimmer der Jungen kam. Sein Tier zerstampfte den Boden, schnaufte und zeigte das Weiße in seinen Augen. Sean lief zu seinem Bruder hinüber. Das Böse Ding duckte sich, zog sich von Patrick zurück, sein einfacher Verstand war in Aufruhr wegen der geänderten Befehle seines Herrn. Sean betrachtete diese angsteinflößende Kreatur, und sie schien ihm kleiner zu sein, als er gedacht hatte. Die fast glühenden braunen und gelben Augen blinzelten, während sie Seans Bewegungen folgten, dann drehte es sich zum Leuchtenden Mann und wartete auf Befehle. Ein schrecklicher Zorn packte Sean – er war es leid, von diesen Kreaturen verängstigt und beherrscht zu werden. Sean schrie: »Laßt uns allein!« Wild hieb er auf das Böse Ding ein, und es sprang fort, zischte vor Zorn und Angst vor dem silbernen Dolch. Die Kreatur hatte Fangzähne, aber Sean bedrohte es erneut mit dem Dolch, und die Kreatur sprang zurück und duckte sich am Rand von dem Pferd seines Meisters.

Patrick schien noch immer zu dösen, seine Augen waren wirr, und er zeigte kein Zeichen, daß er etwas wahrnahm. Unsicher, was als nächstes zu tun sei, nahm Sean Patrick bei der Hand und wollte ihn wieder die Straße hinunterführen.

Patrick folgte ein paar Schritte hinter ihm; dann ertönte die Stimme des Narren: »Patrick, schnapp ihn!«

Sean spürte, wie sein Arm zuckte, und er wirbelte herum, als Patrick seinem Fuß einen Schlag verpaßte. Patrick zog noch einmal heftig, und Sean fiel hin. Dann war Patrick auf seinem Bruder. Sean war in Raufereien immer unterlegen gewesen. In seinem ganzen jungen Leben hatte ihn immer etwas zurückgehalten, Zorn gegenüber seinem Bruder auszuleben, als ob auf Patrick gerichteter Schmerz auch für ihn Schmerz bedeute. Patrick hatte diese Hemmung anscheinend nie geteilt, denn er schlug Sean ungehindert, wenn sie ihre Geschwisterkonflikte auf die Spitze trieben. Jetzt wußte Sean, diesen Kampf zu verlieren hieße, mehr zu verlieren als eine weitere brüderliche Rauferei.

Mit einer Heftigkeit, die ihm neu war, schob er seinen Bruder zur Seite und rollte weg. Dann griff eine andere Figur in die Schlägerei ein, und sein Gesicht roch nach Untergang. Kraftvolle Arme packten ihn, und das Gekreische sagte ihm, daß der Besitzer dieser Hände den Preis dafür bezahlte, daß er ihn berührt hatte, weil die magische Kraft des Märchensteins das Böse Ding quälte. Sean zögerte nicht. Blind und wild schlug er mit seinem Dolch um sich und spürte, wie die Spitze eindrang. Das Böse Ding jaulte vor Schmerzen auf und floh, ließ den halb verwirrten Sean auf der weißen Straße sitzen.

Sean hörte den Narr vor Zorn brüllen, es hallte durch die finsteren Wälder wider, und er hörte das Kreischen des Bösen Dinges, als es zwischen den Bäumen floh, aber sehen konnte er nur Patrick, wie er sich erneut auf Sean rollte. Sean spürte, wie der Krug unter seinem Hemd zerbrach, und spürte, wie das Wasser seine Seite benäßte. Das Heilige Wasser! Er hatte vergessen, Patrick aus der Kontrolle des Narren zu befreien, und jetzt war das Wasser verschüttet.

Er war außer sich, seine schreckliche Angst, Patrick zu verlieren, verlieh ihm beinah hysterische Kräfte, also schob Sean seinen Bruder beiseite und ergriff die Seite seines Hemdes mit der linken Hand und benäßte sie mit Wasser. Er ließ Patrick wieder auf sich steigen und streckte seine nasse Hand nach ihm aus. Er beschmierte Patricks Gesicht mit dem Wasser, machte unbeholfen das Zeichen des Kreuzes und stieß die Worte halb grunzend hervor: »Im Namen des Herrn, du bist frei!«

Patrick fiel nach vorn, als hätte ihn hinten ein Stein getroffen. Er blinzelte, und seine Augen schienen zum ersten Mal zur Ruhe zu kommen. Er schaute zuerst seinen Bruder an, dann um sich herum. Seine Augen weiteten sich, als könne er nicht glauben, was er hier sah, aber bevor er etwas sagen konnte, war Sean schon aufgestanden und zog Patrick heftig auf die Füße. Von der schrecklichen Angst durchgerüttelt, unterdrückte Sean seine Furcht und rief dem Leuchtenden Mann zu: »Du hast dein Wort gebrochen!« Irgendwie erwartete er, daß etwas Schlimmes passieren würde, aber der Narr saß nur da und betrachtete die Jungen mit einem unheilvollen Blick.

»Dieser Einfache«, sagte er und zeigte auf das fliehende Böse Ding, »hat sich meinem Befehl widersetzt. Und er« – er deutete auf Patrick – »war kein Mitglied meines Hofes. Ich habe getan, was du befohlen hast.«

Sean wußte, irgendwie hatte er es nicht getan, aber irgendwie auch doch, aber er war nicht in der Lage, sich noch länger zu beherrschen. Patrick stand neben ihm, seine Augen zusammengekniffen angesichts dessen, was er sah, und er schien am Rande der Erschöpfung zu sein. Sean schnappte die Hand seines Bruders und zog ihn heftig herum. »Komm mit!«

Patrick ließ sich umdrehen und anschieben, aber er konnte seine Augen nicht von der versammelten Elfenschar lösen. Sean drehte sich um und blickte die Elfen an, die reglos dort saßen und die Zwillinge beobachteten.

Plötzlich kreischte der Narr, ein hoher, fast weiblicher, ohrenbetäubender schriller Schrei. Er wirbelte sein Roß in einem Kreis herum und erhob seine Faust gegen den Himmel. Wieder wirbelte er sein Pferd herum, die ausgestreckten Hände vor Zorn schwingend, schrie er: »Geht! Hinfort! Alle!«

Die dunklen Elfen flohen zurück in die Wälder, wichen vor dem Zorn im Gesicht des Meisters zurück. So schnell wie sie gekommen waren, verschwanden sie auch wieder, und die Jungen standen mit dem Narren allein auf der Straße. Er machte einen bedrohlichen Schritt in ihre Richtung, und Sean und Patrick rannten los.

Junge Füße trommelten auf die Straße, als die Zwillinge entlang des Pfades durch die Bäume rasten, der Jagdführer schnellte neben ihnen her. Jeder Schritt, den sie machten, brachte sie näher zum sicheren Hafen, fort von diesem überwältigenden Terror, der Form und Inhalt bekommen hatte: der Narr.

»Was geht hier vor? Wo sind wir?« Patrick schien aus einem Traum zu erwachen.

»Lauf nur weiter!« antwortete Sean. Beide rannten sie schweigend weiter, die Augen starr nach vorne gerichtet, als ob ein Blick zurück bedeute, das aufzugeben, was so schwierig zu gewinnen war. Jeder Moment beinhaltete einen weiteren Test, ein weiteres Risiko, eine weitere Falle, um ihre Flucht zu vereiteln.

Dann, nach einer schier endlosen Flucht, konnten sie die Rückseite des merkwürdigen Hauses sehen, das die Grenze zwischen dem Land der Königin und dem Land, wo Sean den Narr getroffen hatte, zu markieren schien. Nur wenige knorrige Bäume standen zwischen den Jungen und der Grenze.

Ein paar Meter vor der hinteren Tür des Hauses wurden die Jungen langsamer. »Was geht hier vor?« fragte Patrick.

Sean zeigte nach hinten. »Der Kerl, der Leuchtende Mann, er hat dich von zu Hause mitgenommen. Du bist schon länger als eine Woche hier.«

»Ich kann mich nicht erinnern!« sagte Patrick offensichtlich verstört. »Wo sind wir?«

»Barney sagt, es sei das Land der Guten Menschen. Ich weiß nicht, wie es heißt, ich habe nicht gefragt.«

»Wie kommen wir zurück?«

Sean deutete auf das Haus. »Durch diesen Ort, dann entlang einer weißen Straße dahin, wo die Königin uns helfen wird. Dann aus der Höhle heraus, wo Barney wartet.«

»Warum will uns dieser Kerl weh tun?« fragte Patrick.

»Weiß ich nicht. Vielleicht kann Barney es uns erzählen.« Dann überlegte er. »Er sagte, Menschen haben diesen traurigen

Ort gemacht, weißt du, dort wo alle Bäume so häßlich sind. Vielleicht ist er nur auf alle Menschen böse.«

Normalerweise machte Patrick immer den Anführer, aber unter diesen bizarren Umständen war er mit Seans Führung mehr als einverstanden. Mitten in einem Kampf mit seinem Bruder aufzuwachen, zwischen all diesen unheimlichen Dingen um einen herum, das war selbst für seine Abenteuerlust zuviel. Er griff nach oben und spürte den Kranz in seinem Haar. »Was ist das für ein Schund?« fragte Patrick und zog die Blätter und schwarzen Blüten aus seinen Locken.

Dann sprang eine Gestalt aus den Bäumen und landete mit erschreckender Kraft auf Seans Rücken. Patrick schrie vor Erstaunen laut auf und sprang zurück.

Sean rollte sich auf seinen Rücken, doch das Ding hielt ihn eng umschlungen. Er brauchte seinen Angreifer nicht zu sehen, um zu wissen, daß das Böse Ding sich oben durch die Bäume bewegt hatte, um zu versuchen, ihn aufzuhalten, bevor er das Land der Schatten verließ. Das Böse Ding schrie vor Schmerzen auf, als es darum kämpfte, Sean zurückzuhalten, es wurde offensichtlich durch den Kontakt mit jemandem, der den Schutz trug, gefoltert. Krallige schwarze Hände zogen an Seans Hemd, während die Kreatur versuchte, Sean den Märchenstein vom Hals zu reißen.

Sean stach mit seinem Dolch nach hinten, drückte die Spitze aber nur in den feuchten Boden. Er schrie, teils aus Wut, teils aus Furcht, und rollte sich wieder herum, aber das Böse Ding hielt seinen Rücken fest umklammert.

Sean spürte, wie die kraftvollen Klauen seine Kehle packten, und in einem Anfall von Panik schaffte er es, sich auf die Brust zu rollen. Er machte eine kriechende Bewegung, während das Böse Ding schrie, ein beinah menschliches Geräusch. Es wurde von dem Märchenstein gequält, aber es führte den Befehl seines Meisters weiter aus: Befreie den Jungen von dem Stein und bringe sie beide zurück.

Dann bäumte sich das Böse Ding auf, und Sean spürte, wie das Gewicht von ihm glitt. Er drehte sich um und sah, daß Patrick die Kreatur getroffen hatte und sie fortstieß. Patrick drosch mit einem Stein, den er als Waffe benutzte, auf das Böse Ding ein, aber Sean wußte, ohne den Schutz und den Silberdolch war Patrick für das Böse Ding kein Gegner.

Ohne zu zögern, sprang Sean auf das kämpfende Paar und fügte sein Gewicht dem von Patrick hinzu, um die Kreatur an den Boden zu pressen. Er stieß sein Messer nach unten und spürte, wie die Spitze eindrang. Die Kreatur schrie auf, ein Geräusch, das sich für immer in die Alpträume der Jungen schleichen würde.

Sean schrie vor Angst, und sein Blick war von Tränen getrübt, aber er hielt seine Stellung und preßte sein Gewicht auf den Griff des Dolches, benutzte seine Masse, wo ihm die Kraft des Armes fehlte. Der Griff grub sich in Seans Magen, als die Klinge tief in den Magen des Bösen Dinges glitt, und Sean kam es so vor, als ob sie den Schmerz teilten. Das Böse Ding schrie. Und die Angstschreie der Jungen bildeten einen Gegenpol zu dem Schmerzensschrei des Dinges. Erst war es ein gurgelnder, erstickender Laut, dann ein zischender und kratzender Laut. Patrick warf sich über Seans Rücken, und der Dolch wurde noch tiefer in das Böse Ding getrieben. Der herzzerreißende Schmerzensschrei veränderte sich, wurde immer schwächer bis hin zu einem Murmeln, wie ein Dampfzischen aus einem Boiler, ein schrilles, endgültiges Geräusch. Es war das Geräusch des Todes.

Patrick rollte von seinem Bruder. Sean krabbelte zurück, abgestoßen von dem verderblichsten Ding, das er jemals gesehen hatte. Keiner der Jungen sagte ein Wort, während sie die schwarze Kreatur beobachteten, die sich am Boden wand, mit dem Dolch, der aus dem Bauch hervorragte. Es zuckte wie ein frisch gefangener Fisch, karminrotes Blut spritzte aus Nase und Mund, dann lag es reglos da, nur um nochmals zu zucken und zittern, dann lag es wieder reglos.

Sean schaute Patrick an, der stumm dasaß und Tränen in den vor Panik geweiteten Augen hatte. Sean wischte sich seine eigene Nase mit dem Ärmel ab, wischte sich dann über die Augen und verließ seinen Bruder. Er ging zu dem Bösen Ding, umrundete es langsam, um sicherzugehen, daß es tot war.

Zuletzt war er zufrieden und beugte sich nach vorne, um den Dolch zu nehmen. Als seine Finger den Griff berührten, schwang eine schwarze Hand hoch und packte ihn vorne am Hemd. Sean schrie auf. Das Böse Ding zog den Jungen zu sich heran, die gelben und braunen Augen waren jetzt offen und lebendig. Wenige Zentimeter vor seinem Gesicht stoppte das Ziehen. Dann sprach das Böse Ding, wobei es die blutigen Lippen kaum bewegte. Mit einem gurgelnden Flüstern, weich und winzig, wie die Stimme eines kleinen Kindes, sagte es: »Ich . . . war einmal . . . wie du.« Dann mit einem zischenden Flüstern, das fast nicht zu hören war, sagte es. »Frei . . . ich . . . danke dir.«

Einen Augenblick lang sah Sean, wie der Haß aus dem Gesicht der Kreatur verschwand. Sean blickte in die Augen, und in diesem Moment waren sie nicht verrückt und voll unmenschlichem Glitzern, sondern groß, braun und weich. Und tief in diesen feuchten Augen weit hinten in den Schatten des Hasses und Zornes versteckt, gab es einen Hinweis auf etwas mehr. Dann verstand Sean: Vor langer Zeit war dieses Böse Ding so menschlich gewesen wie Sean. Wo immer das Böse Ding auch herkam, es hatte Eltern und ein Zuhause, ein Leben voll Versprechungen und Hoffnung und die Erwartungen der Jugend. Aber all das war ihm von der schwarzen, glühenden Gestalt weggenommen worden. Wie Patrick war das Böse Ding einst ein Kind, das seinen Eltern von den Elfen gestohlen und an diesen fremden Ort gebracht wurde. Dieses vergessene Kind wurde im Laufe der Jahre verdreht und entstellt, sein einst kindliches Fleisch von unmenschlichen Leidenschaften in diese Kreatur des Horrors verformt. Und Sean verstand noch mehr: Vom Leuchtenden Mann genommen zu werden bedeutete, so zu werden. Dann wurde das Licht in diesen Augen ausgelöscht, der Kopf der Kreatur fiel zurück, seine Hand umfaßte Seans Hemd immer noch. Sanft drückte Sean die Finger des Dings auseinander, und der Griff um Seans Hemd löste sich.

Sean entfernte sich von dem Ding und wußte nun, wie sein und Patricks Schicksal aussah, wenn der Leuchtende Mann sie irgendwie wieder einfangen würde. Sie würden als Objekte pervertierter Lust und Begierde benutzt, entstellt und verdreht, ihre Körper und ihr Geist umgeformt, bis sie wie das Böse Ding wären, Kreaturen mit so geschwärzter Seele, das selbst die Erinnerung an Menschlichkeit ein schwaches, fast vergessenes Etwas wäre.

Sean starrte auf dieses verdrehte Ding, das einmal ein Kind wie er selbst gewesen war, und spürte eine Mischung aus Erleichterung und Kummer. Vielleicht war es die fast verlorene Menschlichkeit, die die Kreatur befähigte, dem Schutz zu widerstehen. Und vielleicht war es diese fast verlorene Menschlichkeit, die die Jungen den Dolch hineinstoßen ließ und so der Kreatur den endgültigen Rest gab. Dann, bei dem Geräusch von näherkommenden Pferdehufen, wußte er, daß die Gefahr wieder hinter ihnen her war. Er wandte sich von dem Bösen Ding ab, hatte den Dolch vergessen. Patrick schwieg, als wären gesprochene Worte irgendwie narkotisierend und nähmen ihm die Willenskraft. Sean nahm seine Hand und drängte ihn zu der hinteren Tür des merkwürdigen Hauses, wo der Jagdführer wartete, der sich schnell von einer Seite zur anderen bewegte, als sei er ungeduldig oder – ängstlich. Sie erreichten die Hintertür, und Sean zerrte am Griff, aber die Tür öffnete sich nicht. Panik kam auf, denn sie schienen von der sich sträubenden Tür gehindert zu werden. Wieder und wieder zerrte Sean, bis sich der Riegel letztendlich bewegte. Schwerfällig schwang die Tür auf, und Sean öffnete sie weit, um das Innere der Halle der Uralten Jahreszeiten zu enthüllen. Die Jungen machten einen einzigen Schritt in das Innere und hielten an, als eine große Gestalt in ihr Blickfeld trat, die aus der Dunkelheit tief innerhalb des Gebäudes kam. Nicht mehr bewaffnet, aber jetzt mit einem barbarischen Hut, auf dem sich Antilopenhörner befanden, und einem mit Edelsteinen besetzten Wams und den Köpfen von Seevögeln auf jeder Schulter, blockierte der Narr ihren Weg durch das Haus. Er betrachtete die reglosen Jungen lange, dann warf er seinen Kopf zurück und jaulte vor Freude.

27

Phil und Mark fanden Barney, der im Regen kniete und beim Beten seinen Rosenkranz umklammerte. Phil näherte sich von der Seite. Bei dem prasselndem Regen rief er nach Sean.

»Da drin«, sagte Barney Doyle und deutete auf den Hügel.

»Was?« sagte Phil erstaunt. »Wo ist der Eingang?«

Mark legte Phil die Hand auf die Schulter. »Neunmal um den Hügel nach rechts. Gemäß den alten Legenden.«

»Also, wir holen sie!« schrie Phil.

Mark faßte Phil an der Schulter, während Barney sagte: »Wartet!« Phil hielt in seiner Bewegung inne, als Barney ihm eine Hand entgegenstreckte. Langsam, mit der Hilfe von Mark, kam Barney auf die Füße. »Wenn du dich da einmischst, könnte jegliche Hoffnung auf Rettung verloren sein. Zeit und Entfernung sind im Land der Guten Menschen auf den Kopf gestellt, so sagen es die Erzählungen.«

»Ich weiß nicht, was zum Teufel hier vorgeht«, rief Phil, »aber wenn meine Söhne da drinnen umherirren, werde ich sie rausholen.«

Barney seufzte. »Gesprochen wie ein Mann, Philip Hastings. Aber es ist fast Mitternacht, und wenn sie in den nächsten Minuten nicht draußen sind, kann man nichts mehr tun, damit du auch überlebst. Du hast eine Frau und eine Tochter in dieser Welt, an die du ebenfalls denken mußt.«

»Wir bleiben«, sagte Mark.

Phil wollte protestieren, aber Mark meinte: »Wenn das, was ich vermute, passiert, dann werden wir die Jungen zurückbekommen, Phil. Wenn ich in der Klemme bin . . . ist es egal.«

Auf der Spitze des Hügels wurde die Nacht plötzlich von einem Leuchten durchbrochen, als ein weißes Glühen hervorbrach. Phil sah, wie eine prächtige Frau – wenn diese Gestalt wirklich menschlich war –, umgeben von einem scheinbar königlichen Hof, auf dem Hügel Gestalt annahm, schwache Gestalten traten aus dem Leuchten und marschierten den Hügel hinunter. Mark stellte sich neben Phil.

Die drei Männer beobachteten die Königin der Elfen. Sie schien über den Schlamm zu gleiten, als sie den Hang immer weiter hinunterstieg. Wie sie sich zwischen den Gebieten bewegte, war nicht erkennbar. Hinter ihr gingen die Mitglieder ihres Hofes, einschließlich eines, der offensichtlich ein Mensch war, ein Mann, der als einziger in der Begleitung der Königin über den matschigen Rasen stapfen mußte. Alle anderen schwebten über der Oberfläche der Erde.

Barney schwankte – ob er noch betrunken war oder Angst hatte, war nicht ersichtlich – mit ungläubig geöffnetem Mund beim nahen Anblick der Königin der Elfen. Die Königin blickte Mark an, als erwarte sie, daß er sprechen würde. Als er stumm blieb, sagte sie: »Du gehörst nicht zu den Magiern.«

Mark sprach weich, dennoch eroberten seine Worte die nun stille Luft. »Der Erlkönig, der Narr genannt wird, ist verantwortlich für eine Übertretung des Paktes; er stand in Verbindung mit Verrätern innerhalb der Magier – Männer, die sich die Macht über den Rest der Menschheit mit ihm teilen wollten. Er richtete es so ein, daß dieser Mann« – er deutete auf Phil – »das Gold fand. Und da er nicht wußte, daß es ein Gelöbnis des Vertrauens ist, nahm dieser Mann es an sich. Er hatte nicht die Absicht, das Gesetz zu brechen.«

»Wir erkennen die Wahrheit, wenn wir sie hören. Wir trauern um das, was einmal war. Wenn der Pakt gebrochen ist, liegt das nicht an der Handlungsweise von Sterblichen. Einer sehnte sich nach den alten Tagen und dachte daran, sich bei denen zu rächen, die uns vor so langer Zeit besiegt haben.« Beinah traurig fügte sie hinzu: »Korrekt nannte er sich selbst der Narr, er, der nicht länger König ist.« Sie stieß einen Seufzer aus, der bei jeder sterblichen Frau als theatralisch bezeichnet worden wäre, aber besser zu ihr als zur menschlichen Natur paßte. »Letztendlich müssen wir ihn rufen, um ihn zur Rechenschaft zu ziehen, wenn er kommt.« Sie schaute sich um. »Die Stunde der Bewegung ist beinah erreicht. Er müßte schon hier sein. Narr oder König, trotzdem müssen wir auf ihn warten, denn es ist sowohl nach seinem Willen als auch nach unserem, daß wir wieder reisen.«

»Titania und Oberon«, sagte Mark ruhig.

»So wurden sie genannt«, stimmte der menschliche Begleiter der Königin zu. »Dies sind nur sterbliche Namen und nicht ihre eigenen, nicht mehr, als er Elberich oder sie Gloriana ist. Weder sind sie in Wahrheit Ahriman und Ormuzd. Sie sind nur diejenigen, die einst die Faie regiert haben.«

»Faie«, sagte Phil. »Nennen sie sich so?«

Der Mann schüttelte den Kopf. »Es ist ein normannisches Wort. Sie nennen sich selbst die Rasse, oder Menschen – so wie es alle Menschen tun –, aber ihre Worte können von Sterblichen nicht ausgesprochen werden, denn nur Engel und Dämonen haben Stimmen, die mit ihren vergleichbar sind. Für uns sind sie die Fee, Peri oder Sidhe. Oder ein Dutzend anderer Namen. Aber ganz einfach, sie sind, was sie sind – so wie wir nichtsdestoweniger sind, was wir sind. Und jede Rasse und Nation der Menschheit sieht sie in der Art und Weise, die ihrer eigenen ähnlich ist.«

Mark schüttelte müde seinen Kopf. »Was wird jetzt passieren?«

Der Mann sagte: »Langer Rede kurzer Sinn, es ist, wie es seit Jahren war. Es wird eine Veränderung geben. Ob zum Guten oder zum Schlechten, kann ich nicht sagen.«

»Ich verstehe nicht«, erwiderte Mark.

Der Mann deutete in eine Richtung. »Ariel kommt. Und kurz hinter ihm sollte sein Meister kommen.«

Ein glühender Staubteufel wirbelte um die stummen Mitglieder des Königinnenhofes, die die Lichtung übersäten, und kam den Hang hinauf. Hinter ihm kamen diejenigen Kreaturen, die dem Narr gedient hatten. Sie stoppten beim Anblick der Königin, aber die glühende Säule des herumwirbelnden Windes bewegte sich keck an ihr vorbei, um vor Phil und den anderen zum Stehen zu kommen. Die kreiselnde Erscheinung klärte sich bald auf in die Umrisse des Jungen, der Sean und Patrick gerettet hatte.

»Heil, Thomas«, sagte der Jugendliche, offensichtlich erschöpft.

»Willkommen, Ariel«, erwiderte der Mann. »Komm und ruh dich aus. Du siehst aus, als ob du Hilfe gebrauchen könntest!«

Ergeben sagte Ariel: »Wirklich. Mein Meister kleidete sich wieder mit meinen Maßen und ließ mich vor Freude aufschreien. Es war ein großer und wundervoller Sieg.« Grinsend sagte er: »Doch obwohl ich ihn erneut meinen Herrn nennen muß, nehme ich ihn noch immer sehr in Anspruch. Und er fiel der Laune des Schicksals zum Opfer und befindet sich jetzt in der Halle der Uralten Jahreszeiten. Und sollte er diese Halle nicht verlassen haben, bevor der zwölfte Glockenschlag ertönt, werden selbst seine Kräfte ihn nicht erretten. Also dann hätte ich einen Meister und dann auch wieder nicht. Es wäre, kurz gesagt, ein Fall von einiger Verwirrung.«

»Und was hattest du im Land der Dunkelheit zu suchen? Bist du mit dem Einverständnis der Königin gegangen?« fragte Thomas.

»Nicht ganz«, sagte der Jugendliche. »Aber sie wußte, was ich vorhatte. Es ist nicht das erste Mal, daß sie mich an den dunklen Hof und den Befehl des Narren verloren hat. Und wenn der Narr sich nicht selbst im Traum der Zeit verloren hat, wird sie mich wiedergewinnen, und es wird nicht das letzte Mal sein, daß ich den Hof des Königs gegen ihren eintausche.« Mit einem verschmitzten Lächeln sagte er: »Keiner von beiden nennt mich einen besonders zuverlässigen Diener.« Er runzelte etwas gereizt die Stirn. »Ich denke, ich brauche eine andere Berufung, denn ich halte die Zeit für gekommen, mein Schicksal zu ändern. Ah, jetzt also Herr anstatt Diener zu sein.« Er seufzte. »Dem Narr zu dienen hat seine Vorteile. Beim letzten Mal, als er mich lossandte, zwischen den Sterblichen zu verweilen, mußte ich den Kontakt mit den Magiern in den Wäldern von Griechenland herstellen. Ah! Was für Freuden, mit Universitätsstudenten zu reisen! Und die Nächte waren erfüllt mit Lustbarkeiten, die selbst den alten Dionysus blamiert hätten. Vor dem mußte ich den Magier Kessler eine Zeitlang beobachten.«

Mark schaute zu Phil. »Ich glaube, wir haben soeben Wayland Smith gefunden.«

Der Junge grinste und nickte. Er schimmerte und veränderte sich in die Gestalt des Schmiedes. »Es ist eins unserer Talente.« Seine Stimme war nun tief und volltönend. »Es ist eine Gestalt, die sterblichen Frauen gefällt. In meiner gebräuchlicheren Gestalt finden sie mich kindisch und möchten mich bemuttern. Diese Form scheint mehr Aufsehen zu erregen. Ich habe ebenfalls entdeckt, daß es mit diesem Aussehen nicht notwendig ist, Kunstgriffe zu benutzen, um Frauen zu gewinnen. Wie ich jetzt aussehe, kommen sie zu mir. Ein nettes Wort, eine flüchtige Berührung, ein Liebesversprechen, und sie sind mehr als willig, ihre Beine zu spreizen und das Tier im Menschen mit seinen zwei Kehrseiten zu spielen.« Er lachte. »Als ich diese Gestalt bei der Beobachtung Kesslers annahm, hatte ich so manche vergnügliche Stunde mit einem sterblichen Bauernmädchen, und diejenigen, deren Gesellschaft ich genoß, waren eine hochgeistige und tadellose Gruppe. Obwohl, dem Narren nach diesem Kampf zu dienen wird, denke ich, weniger Freude bereiten als nach der damaligen Begebenheit. Sollte er gewinnen, wird es Krieg geben. Wenn er nicht gewinnt, wird er in Rage kommen und seinen Ärger an mir auslassen.« Die Tonlage seiner Stimme wurde heller, als er zu seiner jungenhaften Erscheinung zurückkehrte.

Phil sah verwirrt aus. »Wer ist Wayland Smith?«

Mark sagte: »Erzähl' ich dir später. Wenn es ein Später gibt.«

Phil betrachtete den Jugendlichen einen Moment lang genauer,dann sagte er: »Meine Tochter! Bist du . . .?«

Der Jugendliche streckte sich und sagte: »Nein, stolzer Vater. Ich bin nicht derjenige, der deine Kinder belästigt hat. Sie sah mich in mehr als einer männlichen Gestalt, und ich habe ihr vermutlich keinen Dienst erwiesen. Sie ist hübsch, und gerne hätte ich ihre Freuden geteilt.« Er erschauerte und grinste. »Mein Fleisch versteift sich, wenn ich an sie denke.« Sein Lächeln verschwand, und er fügte hinzu: »Aber sie hat es nicht angeboten, und ich wollte nicht derjenige sein, der mit Hilfe von Kunstgriffen Schwüre bricht. Derjenige, den ich Meister nenne, nahm meine übliche Gestalt an und dachte, er könne die Schande für die Übertretung des Friedens auf mich abwälzen, falls ein Wort über die Tat die Königin erreichen sollte. Sie dazu zu bringen, mich hinauszuwerfen, wäre ein köstlicher Spaß für ihn. Das war ziemlich grausam. Wir hatten eine lange Fehde, denn unter den Leuten habe allein ich versucht, ihm Paroli zu bieten, ich, der einst der schurkenhafte Spaßvogel war. Und wenn er versucht, mich zu entehren«, sagte der Jugendliche mit einem boshaften Grinsen, »denke ich, sollte ich es ihm bitterlich zurückzahlen, indem ich seinen Platz einnehme.« Mit einem Lichtschimmer änderte der Junge seine Form, und plötzlich stand, in all seiner überragenden Pracht, der Narr vor den verblüfften Menschen.

28

Der Narr lachte, und Phil spürte, wie sich sein Haar im Nacken und auf den Armen bei diesem vollständig fremden Geräusch sträubte.

Von ihrem Standort aus rief die Königin: »Sofort nimmst du die Maske ab! Du verspottest einen, der ein Besserer ist!«

Schon erschien wieder der Jugendliche. Er vollführte eine würdevolle Verbeugung vor der Königin, die ihren Begleitern bedeutete, zu ihr zu kommen. Winzige glühende Kobolde flogen den Hügel hinauf, während sie versuchte, ihr inneres Gleichgewicht wiederzuerlangen. Mit einem Fingerzeig in Richtung der Menschen sagte der Junge mit Namen Ariel: »Es ist noch nicht die rechte Zeit, obwohl sie bald kommen wird.«

»Der indische Königssohn ist tot«, sagte Ariel beinahe abwesend zu der Königin.

Die Königin nickte. »Wir haben seinen Tod gespürt.«

Thomas seufzte. »Es ist gut, daß er letztendlich Ruhe gefunden hat. Sein Wesen ist gemein geworden, seit der Narr ihn von der Königin gewonnen hat. Und er war lange Zeit der Grund für Streitigkeiten zwischen den beiden Höfen. Wie ist er dahingegangen?«

»Der Sohn des einen, der Sean genannt wird, erschlug ihn mit einem Dolch aus Silber.« Ariel grinste. »Er ist ein mutiger Kleiner. Der indische Königssohn dankte ihm für die Tat. Der schwache Dank tanzte auf dem Wind, so daß es alle hören konnten. Seine Seele ist nun frei, um Gottes Ruhe zu finden.«

»Sean? Was . . .?«

Mark unterbrach Phil: »Zehntausend Fragen. Und ich weiß nicht, wo ich anfangen soll.«

Barney nickte stumm und setzte sich schwerfällig auf den schlammigen Boden. »Und es würde dir nur unzureichende Antworten einbringen, Mark Blackman. Welch nüchterner Mann würde dir glauben?«

Mark schaute zu dem Jugendlichen. »Was meinst du, ist es nicht an der Zeit?«

Ariel blickte zur Königin, die von ihrem Hof umgeben war. Er verbarg sein Lachen kaum, als er sprach. »Generationen habe ich ihr gedient und dem anderen, wurde von Hof zu Hof geworfen, wie die Laune des Schicksals es wollte. Bald, denke ich, werde ich regieren, denn wenn der Meister die sterblichen Jungen in der Halle der Uralten Jahreszeiten nicht besiegt, werde ich seinen Platz einnehmen. Und zum Bett der Königin gehen, ohne unter den Konsequenzen leiden zu müssen.«

»Konsequenzen?« sagte Mark, offensichtlich verwirrt.

Ariel blickte zu Thomas. »Die Bedürfnisse der Königin sind ungebändigt in ihrem Appetit. Zweimal hatte ich das Vergnügen, ihre vorübergehende Laune zu sein. Ich wurde großartig unterworfen. Keiner kann der Umarmung der Königin widerstehen, ohne übertrumpft zu werden, außer« – er neigte seinen Kopf zu Thomas – »diesem.«

Mark zog die Augenbrauen hoch. Thomas zuckte mit den Schultern. »Die Königin meint, ich wäre . . . angenehm. Ich kann ihr Dinge des . . . Körpers bringen. Sie kann von mir ohne Preisgabe und Furcht nehmen, und ich überlebe ihre Geschenke.«

Ariel kicherte, ein hohes, fröhliches Geräusch. »Sie hält ihn für so einen wunderbaren Liebhaber, daß sie ihn verfluchte, als er versuchte, sie zu verlassen.« Jetzt fiel der Junge auf den

Boden, rollte sich auf den Rücken, verschränkte die Hände hinter seinem Kopf und war offensichtlich erfreut über die Möglichkeit, diese Geschichte erzählen zu können. »Und was für ein Fluch! Er konnte nie mehr etwas sagen, ohne die Wahrheit zu sprechen – nur die Wahrheit, nicht weniger und nicht mehr. Keine Ausschmückungen, keine Freiheiten, keine Färbung oder Erhellung, kein freundliches Heucheln, keine wohlgemeinte Anspielung. Nur die Wahrheit. Ein Dichter, der unter solch einem Fluch steht, würde nur wenig Wohlwollen in der Gesellschaft der anderen Sterblichen finden. Adlige, die willige Wohltäter sind, brauchen kriecherische Bewunderung, nicht die ungeschminkte Wahrheit.« Er schaute zu Thomas. »Und ich glaube, daß das Reimen durch Verbote sehr viel erschwert wird.« Sich zu Mark umdrehend, sagte der Jugendliche: »Er kehrte zu uns zurück, du Bewahrer der Lehre, so wie die Königin es vorausgesehen hatte.«

Marks Augen weiteten sich. »Natürlich! Du bist Thomas Learmont!«

»Der bin ich«, antwortete der Mann.

Phil schaute den Mann an und fragte: »Wer?«

Mark sagte: »Thomas von Erdeldoune. Thomas der Dichter.«

Barney, dessen Kopf sich erholt hatte, gab ein schwaches, wieherndes lachen von sich, durchsetzt von Angst, aber er sagte tapfer: »Ein Schotte, was fast so schlimm ist wie ein Engländer, aber ein Dichter, was ihn fast zum Iren macht.«

Thomas ignorierte die Spitze. »Bitte«, sagte Mark, »es bleibt uns so wenig Zeit. Wer sind diese Kreaturen?«

Thomas zuckte mit den Schultern. »Wesen des Geistes. Sie haben keine wirkliche, sterbliche Gestalt; sie nehmen Formen an, wie es ihnen gerade gefällt.« Er schaute zu Mark. »Sie rufen schreckliche Angst oder Lust hervor, Liebe oder Schrecken, eben diese stärksten Gefühle, die sich in einem sterblichen Herz erheben können, und schüren sie wie eine Flamme ihre Glut; dann nähren sie sich von diesen Leidenschaften, verschlingen sie wie Essen oder Trinken. Wenn sie sich sterbliche Liebhaber nahmen, brennen ihre Gedanken und die Gedanken ihrer Liebhaber wie Feuer. Wenn sie freundlich sind, rufen sie nur ein wenig Angst oder wenig Leidenschaft hervor, sind sparsam und verlassen den Liebhaber, damit er sich erholen kann. Aber wenn sie keine Freundlichkeit zeigen, nehmen sie alles, bis sie die Gedanken und den Geist des so benutzten Menschen verschlungen haben, und hinterlassen nur sterbliche Überreste. Es ist schwierig zu verstehen. Es ist ihre Art. Da sie nichts Eigenes haben, ahmen sie uns und unsere Körper nach. Sie beneiden uns. Trotz all ihrer Ausgelassenheit sind sie eine oftmals traurige Rasse.«

»Aber sie sind menschlich«, meinte Phil. »Sie leben mit ihnen?«

»Ich bleibe«, stimmte Thomas zu. »Die Königin und ich haben uns näher kennengelernt – eine zufriedenstellende Übereinkunft.« Seine Stimme wurde immer schwächer. »Obwohl ich mich dann und wann nach dem Anblick von Nebel über dem Moor und der Sonne auf den Hügeln von Schottland verzehre.«

»Vielleicht hast du dieses Jahr Glück«, sagte Ariel. »Man weiß nie, welchen Ort sie auswählt. Jetzt sind die Höfe wieder vereint, und sie ist frei von seinen mürrischen Befehlen, so könnte es sich herausstellen, daß sie einen Ort aussucht, der für eine große Feier geeignet ist.«

Zu Mark und den anderen sagte Thomas: »Vor dieser Nacht, seit den Zeiten des Paktes, waren die Königin und der Narr in allem gleich. Jeder hatte seinen Hof, und jeder mußte zustimmen, wohin wir als nächstes gehen würden. Die Seely und Unseely Courts haben getrennte Königreiche, aber in dieser sterblichen Welt müssen sie gemeinsam reisen.«

Ariels Grinsen wurde breiter, und seine Stimme bekam einen konspirativen Unterton. »Einmal, vor zig Jahren, gab es nur einen Königshof. Es war nach der Zerstörung, als uns der Pakt aufgezwungen wurde und wir als Menschen geteilt wurden.« Seine Augen schienen vor Freude lebendig zu werden. »Obwohl es sein könnte, sollte mein Meister fallen, daß wir wieder eins sein werden!« Dann verrieten seine Augen eine dunkle Seite. »Oder sollte sie nicht wünschen, ihr Regieren zu teilen, und diese Niedrigen wären einverstanden, könnten wir einen anderen für die Kontrolle des Landes der Dunkelheit haben. Kein Rennpferd kann sich mir widersetzen.«

Ariel kicherte, und Phil erschauerte angesichts der in diesem Geräusch mitschwingenden Verrücktheit. »Ist es nicht eine großartige und passende Ironie, ihr Menschen? Hat es jemals eine schmerzvollere Rasse als unsere gegeben? Denn Freuden entgegenzunehmen bedeutet, ein Sklave zu werden, und es nicht zurückzugeben bedeutet völligen Sieg. Also suchen wir Menschen, denen wir nachstellen, damit wir uns nicht selbst zerstören.« Erneut lachte er, aber dieses Mal war es ein bitteres Lachen. »Dennoch ist unsere Perversion nichts im Vergleich zu der Menschheit. Eines Tages werde ich wohl verstehen, was euch Menschen so verschwenderisch mit Gottes Geschenken umgehen läßt. So starke Gefühle zu haben . . . Freude und Schmerz zu kennen . . . Spaß und Wunder . . . selbst den Tod!«

In Marks Stimme lag Unglauben. »Du stirbst nicht?«

»Sie gehören zum Geist«, sagte Thomas. »Und zu sterben bedeutet vollkommene Vernichtung. Sie haben keine Seelen, oder sie sind nur Seelen, wie auch immer ihr diese Dinge verstehen wollt. Aber wenn sie untergehen, gehen sie in die Ewigkeit unter, während das Licht des Menschen in eine andere und bessere Welt hinübergeht.«

Mark und Phil blickten sich an. Mark wollte gerade eine weitere Frage stellen, aber aus der Ferne durchschnitt das Geräusch einer Kirchenglocke die Nacht. Thomas sagte: »Es ist Zeit.«

Bei dem Läuten der Glocke begannen die Elfen hell zu glühen. Viele veränderten die Form. Die Ritter des Hofes der Königin und die Rennpferde des Narren wurden alle von einem weiß-blauen Glühen umgeben. Die Pferde verschwanden, ebenso die Rüstungen. Nur kleine Wesen mit durchsichtigen Flügeln, die über dem Boden schwebten, blieben.

»Was . . .?« sagte Phil.

Beim zweiten Glockenschlag umgab sich die Königin geschwind mit Licht. Sie löste sich in eine andere Form auf, noch atemberaubender und schöner als zuvor. Ihre Flügel waren golden, und das Haar hing ihr wie das feinste gesponnene Gold bis auf die Schultern. Sie trug eine sagenhafte Robe von atemberaubender Machart, die außerdem noch transparent war und ihren nackten Körper enthüllte, als sie sich in die Lüfte erhob. Ihre Brüste, Hüften, Gesäß und die langen, spitz zulaufenden Beine waren in Proportion und Form perfekt, aber sie war von einer heroischen Größe, leicht einen ganzen Kopf größer als Mark. Ihre Haut war ohne Makel, und ihre Muskeln bewegten sich unwahrscheinlich weich und fließend. Ihre Beine und Arme sahen bei diesem Licht beinah golden aus, und ihr Körper war völlig ohne Haare, außer ihrer Lendengegend, die mit einem weich aussehenden, fedrig goldenen Flaum bedeckt war. Ihr Gesicht war jetzt fast noch perfekter als vorher, jede Linie endgültiger gezeichnet, jede Kurve kunstvoller, jeder Winkel anmutiger.

Mark schaute sich um, aber es war Phil, der rief: »Wo sind meine Söhne!«

Mit einem barbarischen Lachen antwortete Ariel: »An einem Ort der Endlosigkeit und Verzweiflung, und sollten sie sich nicht von meinem Meister befreien können, und zwar schnell, werden sie dort für die Ewigkeit verweilen.«

Ariels Stimme schickte ein Frösteln der Angst durch Phils Seele, stürzte ihn in eine Dunkelheit des Herzens jenseits jeder bis jetzt gekannten Verzweiflung. Er drehte sich um und beobachtete den Abhang nach einem Zeichen seiner Jungs und wußte, daß er noch zehn Schläge hatte, bevor sie für immer verloren wären.

29

Sean und Patrick waren nicht fähig, sich zu bewegen. Das Geräusch von Hufschlägen hallte durch die dunklen Wälder und kam näher. Sean zwang sich zum Sprechen und sagte: »Du hast nicht getan, was ich dir sagte!« Plötzlich wurde er sich bewußt, daß er den Dolch im Körper des Bösen Dings zurückgelassen hatte. »Du hast dein Wort gebrochen!«

Mit böser Fröhlichkeit plazierte der Narr die Hände auf den Hüften und sagte: »Tatsächlich tat ich das nicht! Mir wurde gesagt, nicht zu folgen.« Mit einem verspottenden Wohlwollen, das Sean ängstigte, fuhr der Narr fort: »Aber du hast mir nichts davon gesagt, vor euch her zu reiten. Und du hast auch nichts davon gesagt, daß *sie* folgen!«

Er deutete auf die Wälder hinter den Jungen, vorbei an der unbeweglichen Gestalt des Bösen Dings, wo eine wahrhafte Armee von dunklen Elfen in Sicht kam. Diejenigen auf Pferden ritten langsam und diejenigen zu Fuß duckten sich, in Erwartung, daß die Jungen vor dem Narr abhauen würden. »Jetzt seid ihr mein!«

Zu den sich nähernden Elfen sagte er: »Nehmt sie!«

Sean und Patrick tauschten Blicke aus – ein Akt jener stillen Kommunikation, die sie seit ihrer Geburt pflegten. Beide Jungen brachen durch in Richtung Tür und Narr, fort von seinen Günstlingen. Die hüpfende goldene Kugel folgte ihnen.

Sobald die drei die Schwelle passiert hatten, schlug die Tür hinter ihnen zu und befreite sie kurzfristig von der Verfolgung. Der Narr zögerte einen Moment wegen der unerwarteten Belastung, als Patrick zur Rechten und Sean zur Linken rannte.

Patrick sprang schnell beiseite, und als er die Tür passierte, die den Sommer in Schach hielt, öffnete sie sich mit einem Knall. Das Geräusch ließ ihn torkeln, und er bewegte sich instinktiv davon weg, was ihn in Reichweite des Narren brachte.

Eine kraftvolle Hand griff nach vorne und packte das Fleisch des Jungen, aber er wand sich und stieß sich ab, spürte versengende Hitze, als würde er von einem lebenden elektrischen Kabel berührt. Er fiel nach vorne, rollte und drehte sich, um sich vornübergebeugt zu erheben.

Aber anstatt des erwarteten Anblicks des Narren sah Patrick, daß die furchterregende Kreatur herumgewirbelt war, um Sean anzublicken, der noch nicht ganz an ihm vorbei war. Und dieses Mal gab es eine Handvoll Kleidung, die er greifen konnte, und die nun behandschuhte Faust des Narren packte Gabbies Bluse. Mit einem triumphalen Ausruf hob der Narr Sean hoch. »Du wirst mich nicht länger quälen, Junge!« Und mit einem gefühllosen Lachen sagte er: »Jetzt wirst du den Schmerz kennenlernen!«

Er hob Sean zu sich hoch, streckte seine freie Hand aus, und Patrick konnte sehen, daß der Lederhandschuh krallenartige Spitzen hatte, die noch schwankten, um die Haut seines Bruders zu malträtieren.

30

Patrick schrie: »Sean! Lauf weg!«

Sean drehte sich herum und krümmte sich, und der krallenartige Handschuh fiel herab.

Sean schrie laut auf, als das Hemd zerriß und in sein kindliches Fleisch geschnitten wurde. Patrick war bewegungsunfähig und mußte seinem Bruder in diesem Moment der Qual hilflos zusehen, als Blut die zerfetzte Bluse seiner Schwester befleckte. Der Narr kicherte, ein Geräusch, das den Verstand gefrieren ließ. Patrick konnte erkennen, daß die Schnitte auf Seans Brust nur oberflächlich waren, denn der Narr spielte bloß mit seinem Opfer.

Dann riß Sean mit seiner freien Hand vorne an seinem Hemd. Die Knöpfe sprangen auf, und plötzlich glitt er nach unten. Die Augen des Narren weiteten sich vor Erstaunen, während der Junge sich hin und her bewegte und sich so befreite und der Narr mit der schlaffen Bluse zurückgelassen wurde. Der jetzt barbrüstige Junge sprang beiseite, und der Narr drehte sich um, damit er ihm den Fluchtweg abschneiden konnte.

Sean lief weg, und die Tür zum Winter flog auf. Der Junge zog sich dorthin zurück und spürte die Öffnung hinter sich.

Das Gesicht des Narren erhellte sich mit einer bösartigen Fröhlichkeit. »Dort gibt es kein Entkommen, Junge. Dort liegt der Ewige Winter, und dieses Gebiet zu betreten bedeutet, alle Hoffnung zu verlieren.«

Sean duckte sich, als wolle er hinter den Narr springen, um in die Freiheit zu gelangen, und der Narr beantwortete seine Bewegung mit einem Schritt nach rechts. Sean täuschte einen Schritt in die andere Richtung vor, und der Narr beantwortete ihn. Der Junge war hilflos.

Sean kroch, schien zuletzt von Panik erfüllt zu sein. Patrick wurde in seinem Entschluß bestärkt, als er sah, wie Sean vor schrecklicher Angst unfähig war, sich zu bewegen. Er würde diesem leuchtenden Kerl nicht erlauben, Sean zu nehmen. Patrick wirbelte herum und suchte nach etwas, das ihm helfen konnte. Es gab nur noch ein weiteres Objekt in dem Raum. Patrick streckte die Hand aus und packte den Jagdführer, so wie zuvor Sean. Die Kugel von der Größe eines Baseballs erhellte sich, als wäre sie ärgerlich oder ängstlich. »Entschuldigung« war alles, was Patrick sagte, als er nach hinten hochfuhr.

»Sean! Bücken!« rief Patrick.

Dabei drehte sich der Leuchtende Mann zu Patrick, während Sean noch tiefer niederkauerte. Patrick nahm den Kopf des Leuchtenden Mannes ins Visier und warf den Jagdführer. Er besaß nicht Seans Geschicklichkeit als Werfer, aber sein Wurf zum zweiten Base war der kräftigste, den jemals ein Junge seines Alters geworfen hatte, und er wußte, daß dies der allerwichtigste Wurf seines jungen Lebens war. Der Jagdführer bewegte sich geradeaus und korrekt und schoß auf den Kopf des Narren zu. Der Jagdführer traf den Leuchtenden Mann direkt ins Gesicht, und mit einem Kreischen – ob aus Schmerz oder Zorn, konnten die Zwillinge nicht sagen – stolperte der Narr nach hinten.

Sean stützte sich ab, die jahrhundertealte Position des Jungen, der hinter einem anderen herkriecht, und wartete auf den Bruder, um den ahnungslosen Betrogenen nach hinten zu stoßen. Der Lederstiefel des Narren stieß an Sean, und er kippte nach hinten und fiel mit einem ohrenbetäubenden Schrei durch die Tür in den Winter.

Sean rollte nach vorne, kroch auf allen vieren wie eine Krabbe. Aber statt daß eine Gestalt in rasender Wut durch die Tür auf sie zukam, sahen sie, wie der Narr im Schnee saß. Der alte Mann und die Frau liefen zu ihm herüber, jeder auf einer Seite, und halfen ihm auf die Beine. Dann sahen die Jungen, daß der Mann und die Frau ihm nicht nur halfen, sondern ihn festhielten. Wo einst lächelnde Gesichter mit warmem Ausdruck waren, zeigten sich jetzt verrückte Masken, schlimmer als die des Leuchtenden Mannes. Der Narr kämpfte gegen das Paar an, doch selbst seine magische Stärke konnte sie nicht von der Stelle bringen.

Patrick kam hinter den kriechenden Sean und sagte: »Schau dir das an!«

Während sie beobachteten, schien das Gesicht des Narren bleich zu werden und vor Scham in den Boden zu sinken, bis sein vermeintliches Alter zu dem des Paares paßte, die ihn, ohne sich zu bewegen, festhielten. Er schrie, doch sein Schrei war nur das schwache Flüstern des Todeskampfes.

Dann ergriff Patrick Seans Schulter, und Sean drehte sich herum. In der gegenüberliegenden Tür stand ein anderer Narr, jung und kräftig, in identischer Pose mit seinem älteren Doppelgänger, seine Bewegungen wurden von dem jungen Liebespaar im Sommer begrenzt.

Sean erhob sich unsicher auf seine Füße. Mit einer Stimme, die vor Müdigkeit und Gefühlen fast erstickte, sagte er: »Laß uns gehen.«

Patrick reichte ihm seinen Arm und ließ ihn dann gehen. Sean ging langsam zu der jenseitigen Tür. Als sie aus dem Blickfeld des ersten Türpaares kamen, schlossen diese Türen sich, und das zweite Paar öffnete sich. In der Tür zum Herbst wurde eine erwachsen wirkende Version des Narren von einem Mann und einer Frau zurückgehalten, die Sean auf seinem früheren Weg durch die Halle gesehen hatte. Die Jungen wandten sich ab.

Hinter der letzten Tür, der Tür zum Frühling, wurde ein

kindlicher Narr, in demselben Gewand wie die anderen, aber in der verringerten Größe eines Siebenjährigen, von dem Jungen und dem Mädchen fortgezerrt. In diesen drei Gesichtern sahen beide Zwillinge etwas Gottloses. Und seine nur schwach zu hörenden kindlichen Schreie waren von ungetrübter, schrecklicher Angst.

Sean wendete sich ab und sah, daß seine eigenen Tränen auf Patricks Wangen widergespiegelt wurden. »Laß uns nach Hause gehen.«

Patrick nickte und wußte, daß keine Worte einem anderen jemals vermitteln konnten, wovon sie soeben Zeuge geworden waren. Dann konnten sie das entfernte Geräusch von Glockenschlägen hören, und Sean sagte: »Es ist Mitternacht! Wir müssen uns beeilen!« Sie zwangen ihre unvorstellbar müden Füße sich zu bewegen und rannten zu der jenseitigen Tür.

31

Die Stille der Nacht wurde von Seans Schrei zerrissen: »Barney!«

Scheinbar aus dem Nichts kommend, liefen die Jungen auf bleiernen Füßen auf die drei Männer zu. Phil stürzte nach vorne, wiegte seine beiden Jungen in den Armen, und seine Stimme war ganz schwach vor Gefühlen, als er wieder und wieder ihre Namen wiederholte. Barney kam – so schnell ihn seine steifen und alten Beine tragen konnten – durch den Schlamm angelaufen. Er erreichte die Jungen mit Tränen in den Augen und Gebeten auf seinen Lippen und sagte: »Der Heilige Patrick sei gepriesen! Du hast es geschafft, Sean! Du hast ihn zurückgebracht!«

Sean wollte sprechen, aber konnte es nicht, Angst und Müdigkeit überwältigten ihn. Alles, was er tun konnte, war, sich von seinem Vater halten zu lassen. Die ausgelaugten Jungen erlaubten Phil, sie zu tragen, ließen sich fallen. Beinah atemlos sagte Patrick: »Der Leuchtende Mann hat versucht, uns zu fangen, aber wir haben ihn ausgetrickst, und jetzt sitzt er in dem Haus mit den Türen fest.«

Die Königin sang laut. »In der Halle der Uralten Jahreszeiten?«

Patrick nickte. »Er hatte Sean gepackt, und ich warf den leuchtenden Ball nach ihm. Er ist durch die Tür gefallen.«

Die Königin bedeckte ihr Gesicht mit ihren Händen und schluchzte offen.

Mark schaute zu dem Menschen, der neben der Königin stand. »Ich verstehe nicht«, sagte er. Die Glocke von St. Catherine läutete den dritten Schlag der Mitternacht.

»Sie liebte ihn sehr«, antwortete Thomas.

Seine Söhne umarmend und über das, was er von dem Narren gehört hatte, nachdenkend, sagte Phil: »Sie liebt diesen Verrückten?«

»Die Königin liebt viele, und viele lieben sie«, sagte Thomas mit trauriger Stimme. »Aber derjenige, der in den Uralten Jahreszeiten verloren ist, war der erste ihrer Liebhaber und Feinde.«

»Einst«, sagte sie mit einer Stimme, die eine fast klagende Beschaffenheit besaß, »waren wir die Herren dieser sterblichen Welt; dann stritten wir uns mit den Menschen um unseren Ort.« Ihre Hand beschrieb einen Kreis und bezog das Land innerhalb des Hügels, in dem sie lebten, mit ein. »Wir entdeckten diese Welt und lösten ihre Geheimnisse, ihren Platz innerhalb der Zeit und das Wie und Warum des Reisens zwischen den Reichen des Geistes und der Materie.« Sie seufzte. »Aber als Menschen die Künste zu benutzen lernten, da nahmen wir Schaden. Es ist das Zeitalter des Menschen, und wir bestehen aufgrund seiner Duldung. Ihre Anzahl wächst täglich, während unsere so wie immer ist, und ihre Künste sind unvorstellbar machtvoll. Sie haben die Geheimnisse des Metalls enthüllt und die verhaßte Elektrizität, die uns unserer Stärke beraubt. Und darüber hinaus kennen sie die Geheimnisse des Universums oder werden bald das wirkliche Herz des Mysteriums kennen.« Sie schaute zu Mark. »Wir sind nicht länger euer Pendant. Wir hängen jetzt von eurer Güte ab.«

Mark nickte verständnisvoll. Phil stellte sich neben ihn und fragte: »Was meint sie? Sind wir sicher?« Er blickte besorgt zu seinen Söhnen.

Mark nickte. »Vor den Elfen? Ja. Sie sind Wesen der Energie. Als wir das wußten, konnten wir einen Weg finden, sie zu besiegen, selbst ohne Magie. Die Königin sagte gerade ›verhaßte Elektrizität‹. Ich denke, wir könnten Waffen gegen sie bauen. Also sind wir gezwungen, mit denen zu kooperieren, die sie über Jahrhunderte vor der Menschheit verborgen hielten.«

»Die Magier?« sagte Phil und hielt seine Jungen nah bei sich.

Mark atmete tief durch und besänftigte seinen Zorn. »Ja, und es ist ein guter Tausch, während wir die Arbeit für sie erledigen, werden sie versuchen sicherzustellen, daß wir ihre Existenz nicht verraten. Die Magier haben bereits genug Diebe in den Regierungen der ganzen Welt, um die Dinge voranzutreiben. Wir könnten alle ›Unfälle‹ haben. Wenn wir reden, befinden wir uns in einer ausweglosen Situation. Also reden wir nicht.« Dann schüttelte er seinen Kopf. »Nicht, daß uns das jemals irgendeiner glauben würde.«

Die Königin sprach zu den beiden Männern. »Ich kenne nicht alles, was ihr sagt, aber ich spüre, daß ihr unsere gefährliche Lage versteht. Der Narr und seine Begleiter mögen einen einsamen Mann mit ihrer Wilden Jagd in den Wäldern treiben, aber ihr habt grenzenlose Armeen und Maschinen, die schreckliche Zerstörung anrichten. Was die Magier dem Land der Schatten vor Jahrhunderten zufügten, ist nichts im Vergleich zu dem, wessen ihr heute fähig seid. Alle, das Land der Helligkeit, das Land der Dunkelheit, alle würden wie das Land der Schatten werden. Die Leute würden aufhören zu existieren.«

»Also«, sagte Mark, »müssen wir sichergehen, daß niemand die Wahrheit erfährt.« Er schüttelte seinen Kopf. »Ich werde mein Buch nicht schreiben.« Dann sagte er: »Majestät, es gibt so viele Dinge, die ich gerne wüßte, selbst wenn ich sie nie einem anderen erzählen könnte. So viele Dinge, die die längst vergangenen Tage betreffen. Thomas hat von Engeln und Dämonen gesprochen, und von Gott, der euch über die Leute erhoben hat . . .«

Die Königin sagte weich: »Sterblicher Freund, wir kennen unsere Geschichte weniger gut als du deine eigene kennst. Wir haben keine Hüter der Lehren, wie du selbst einer bist, und wir sind weder die ersten, die regieren, noch werden wir die letzten sein. Wir sind nur die neuesten von denen, die die Leute mit diesem Aussehen führen. Unsere Tage zählen nicht endlos, obwohl es eurer Art so erscheinen muß. Wir erinnern uns nicht zurück an die Zeit vor dem Pakt.«

Mark sah verwirrt aus. »Aber Thomas sagte . . .«

»Er fügt sein sterbliches Verständnis dem hinzu, was er sieht, wie es alle von euch machen, außer den Magiern. Wir sind nicht wie ihr. Als diejenige, die zuerst diese Gestalt trug, verschwand, nahm eine andere diese Form an, dieselbe Gestalt nur eine andere Essenz, so wie ich sie nahm, als ich an der Reihe war, und eine andere sie eines Tages von mir annehmen wird. Und sie, die vor mir ging, ist wieder wie diese kleinen Flieger.« Sie deutete auf die einfachen, winzigen Kobolde, die um die Königin herumschossen. »Oder der Jagdführer. Sie sind alle junge Wesen, fangen gerade erst an zu lernen. Ich mag dir nicht geholfen haben zu verstehen. Ich war diejenige, der zuerst das Regieren an der Seite meines Lords aufgetragen wurde, trotzdem bin ich es auch wieder nicht. Es ist alles ein Teil vom Zyklus der Dinge.«

Mark überlegte. »Wenn dein Energiezustand abläuft, kommt ein anderer und übernimmt die Rolle, einer, dessen Energie zunimmt.« Er blickte zu Ariel. »Wie seine. Und die Energie des Vorgängers verringert sich bis zum Anfang, als ob sie Kinder wären!« Marks Augen weiteten sich. Er sagte zu Ariel: »Du wirst der Narr sein!«

Ariel zuckte mit den Schultern. »Es ist nicht unser Schicksal, in der Zukunft zu lesen.« Mit einem gleichgültigen Grinsen sagte er: »Und ungleich euch haben wir nicht den Wunsch, es zu tun.« Dann winkte er beim vierten Glockenschlag von St. Catherine. »Obwohl, ich denke, bald.«

»Wir glauben, ihr wißt bald mehr von unserer Wahrheit als unser geliebter Thomas«, meinte die Königin. Sie nickte zu dem Jugendlichen mit Namen Ariel und fügte hinzu: »Ich erwarte, daß es eines Tages so sein wird, wie du sagst, und ich werde entdecken, daß er sich verändert hat und zu dem wird, der jetzt in der Halle der Uralten Jahreszeiten verloren ist. Derjenige ist länger unverändert geblieben als ich.« Ihre Augen blickten in die Ferne, als erinnerte sie sich an etwas. »Ich denke, der Haß auf eure Rasse hat sein Dasein genährt.« Sie blickte Mark mit Augen an, die vor Emotionen zu glühen schienen. »Nein, du wirst nicht mehr erfahren, Mensch. Und denke vor allem an dies eine, in jedem Ding ist immer ein Mysterium, was ihr sterblichen Gott nennt.«

Die Königin schaute sich um, als der Himmel die Farbe zu wechseln schien, er verlor etwas von dem fremdartigen Blau hinter dem Schwarz, das mit dem Erscheinen der Königin auf der Bildfläche entstanden war. »Jetzt ist es soweit, daß wir uns bewegen müssen, damit diese Welt und eure eigene in Harmonie weiterbestehen. Die Leute müssen zu einem neuen Hügel auf dieser Erde wandern. Wir müssen unsere Bestimmung aussuchen.« Zu Ariel sagte sie: »Laß uns fortgehen. Wir müssen entscheiden, wo sich unsere Höfe während der nächsten sechs Mondwenden aufhalten werden.«

Während die Menschen von all dem Schmutz und Regen dreckig waren, zeigte keine der Elfen ein Anzeichen von Schmutz auf ihrem Körper oder der Kleidung. Mark sagte: »Sie sind Illusionen, in all ihren Formen. Sie *sind* Energiewesen. Ich wünschte, ich wüßte mehr!« Er spürte eine tiefe Traurigkeit angesichts all der unbeantworteten Fragen. Dann erinnerte er sich an die noch ungelösten Probleme und sagte: »Und wir müssen uns ebenfalls beeilen. Ich weiß nicht, wieviel Zeit uns bleibt, bevor die Magier uns einholen, und ich hege keinen Zweifel, was sie uns antun werden.«

»Ich befürchte, du hast einen blühenden Sinn fürs Dramatische, Mark Blackman.«

Alle Augen wandten sich zum Sprecher dieser Worte, einem Mann, der aus den Schatten auf dem Weg zur Troll-Brücke kam. Der Mann, der in Erscheinung trat, war mit einem teuren Vikunja-Überzieher bekleidet, der mit Nerz herausgeputzt war. Er war weder jung noch alt, vielleicht vierzig, vielleicht fünfzig Jahre, das war schwer zu sagen. Sein Bart war exakt geschnitten, in einer eleganten Art und Weise, die man seit den Dreißigern kaum noch vorfand, und seine Hände waren manikürt. Er hielt einen goldbesetzten Spazierstock in einer Hand. In der anderen hielt er ein leistungsfähig aussehendes Gewehr, das auf Mark und Phil gerichtet war.

Der Mann verbeugte sich leicht. »Mr. Hastings?« Phil nickte. »Mein Name ist Anton Wycheck, Mr. Hastings.« Er hatte einen leichten mitteleuropäischen Akzent. »Ich bin hinter Ihrem Freund Mr. Blackman her, um ein paar Angelegenheiten abzuwickeln.«

»Irgendwie, Mr. Wycheck«, sagte Phil, »erstaunt mich das nicht im mindesten.«

Mark sagte: »Hallo, Anton.« Zu Phil sagte er: »Es war Anton, den ich im Wagen entdeckt habe. Anton war in Deutschland einer meiner Gastgeber.«

»Ein verzeihbares Mißverständnis, Mr. Blackman. Seitdem haben wir die Wahrheit der Dinge für möglich gehalten. Und wir würden keinen Nachweis benötigen, im Lichte dessen, was ich soeben gesehen habe.« Zu der Königin verbeugte er sich und äußerte sich in einer Sprache, die für Phil vollkommen unverständlich war. Dann sprach er mit gleichem Respekt zu Ariel.

Phil spürte, wie seine beiden Jungen zitterten, und sagte: »Ich würde mich um vieles besser fühlen, würden Sie das irgend woanders hinhalten, Mr. Wycheck.«

Der Mann betrachtete das Gewehr und steckte es in seine Tasche. »Ich entschuldige mich. Ich war nicht sicher, was ich hier vorfinden würde, und dachte, ich würde es brauchen. Ich vergaß, daß ich es trug.« Dann sprach er in einer anderen Sprache, irgend etwas Osteuropäisches; drei weitere Männer erschienen, alle gekleidet in Rollkragenpullover und Jeans.

Zwei trugen die goldene Truhe, die Jack entdeckt hatte, und der dritte einige der Roben aus dem geheimen Raum und eine Schaufel. Die Truhe wurde abgesetzt, die Roben den vier Männern gereicht, die sie sich überstreiften. »Wir müssen schnell sein, meine Brüder«, sagte Wycheck. »Mitternacht ist nahe.«

Phil blickte zur Königin, die mitsamt ihrem Hofstaat die vier Neuankömmlinge schweigsam beobachtete.

»Der Pakt ist eingelöst«, sagte Wycheck und drehte sich, um die Königin anzuschauen. Er verbeugte sich, zog eine goldene Münze hervor und hielt sie so, daß alle sie sehen konnten. Sie wurde in die Truhe gelegt und sofort fing einer der Männer an zu graben, während die anderen auf jeder Seite der Truhe standen.

»Der Pakt ist eingelöst«, antwortete sie. »Die Geschenke der Magier sind Zeichen von wohlwollendem Vertrauen. Es gab noch nie einen Bruch dieses Vertrauens von eurer Seite. Es war nur ein Mißgeleiteter mit Träumen, die schon seit Jahrhunderten tot sind. Wir danken euch für euer wohlwollendes Vertrauen.«

Als nächstes sprach Tom. »Bleibt dort stehen und kommt nicht näher, denn alles hier wird sofort zu diesem neuen Ort gehen, wo Elfen und sterbliche Gebiete aufeinandertreffen. Ich stehe dabei und reise mit meiner Königin, aber ihr habt diesen Wunsch nicht. Durch jenen Baumstumpf kommt Sicherheit. Leben Sie wohl; es ist bald Allerheiligenmorgen, und wir müssen fort.«

Mark zögerte, als wäre der Gedanke an so viele unbeantwortete Fragen mehr, als er ertragen konnte, zuletzt nickte er jedoch und wartete.

Sean hing eng an seinem Vater und blickte zu Patrick. Sein Zwilling schien ruhiger zu sein und beobachtete, wie der Elfenhof abfuhr.

Dann schaute Sean dorthin, wo die Erwachsenen hinsahen. Alle Augen waren auf die Königin fixiert, die sich erhob und einen Bruchteil einer Sekunde später von Ariel gefolgt wurde. Alles wurde hell, und für einen kurzen Augenblick pulsierten zwei schimmernde Energiesäulen in schweigendem Rhythmus. Alle Elfen auf dem Hügel erhoben sich in die Lüfte, und aus den Wäldern kamen noch weitere, rennend, hüpfend, fliegend, Dutzende über Dutzende, um sich denen auf dem Hügel anzuschließen. Alle glühten sie hell und waren in einer Sekunde kleine Energiesäulen, die winzigen mit Flügeln wurden etwas heller als Glühwürmchen-Lichter, während der Jugendliche mit Namen Ariel sich in eine Säule verwandelt hatte, die der der Königin beinahe ebenbürtig war. Dann läutete die entfernte Glocke von St. Catherine noch einmal, den zehnten oder elften Schlag – Phil hatte aufgehört zu zählen. Die Elfen bewegten sich in einem merkwürdigen ritualähnlichen Muster um die beiden, die am hellsten waren. Sie nahmen an Geschwindigkeit zu, bewegten sich schneller. Thomas der Dichter stand neben den Zwillingssäulen aus Licht, von der Darbietung nicht aus der Fassung zu bringen. Ein erneuter Schlag, und erneut nahm das Tempo zu. Kurz vor dem letzten Schlag ertönte eine Stimme. »Nehmt diesen Sieg nicht als bewilligt, Sterbliche. Wer kann wissen, was das Schicksal uns an einem anderen Tag erlaubt?« Sean griff nach der Hand seines Vaters, denn die Stimme hätte die von Ariel sein können oder die des Leuchtenden Mannes.

Dann kam der letzte Schlag, und das Licht und die Elfen waren fort. Trotzdem war die Lichtung von Geräuschen erfüllt, und die Aura der Königin, die den Regen abgehalten hatte, umgab sie alle noch immer. Für einen langen Augenblick standen die Menschen auf einer stillen Insel, dann wurde es dunkel.

Plötzlich erhellte Barneys Taschenlampe die Lichtung. Ein heftiger Regen setzte wieder ein.

Ariel rief laut: »Deine Schuld an mich ist entladen, Bewahrer der Lehre. Möge Gott über dich wachen.«

Mit einem Anzeichen von Bedauern, vermischt mit Humor, rief Mark: »Lebt wohl, fröhliche Wanderer der Nacht; tatsächlich ist eure List ein scharfsinniger und schurkenhafter Kobold!«

Aus dünner Luft schallte Ariels kreischendes Gelächter wie eine kleine Glocke und verschwand dann in eine Stille.

»Gentlemen, es ist eine schlechte Nacht«, sagte Wycheck, »um draußen in den Wäldern zu sein. Dürfte ich vorschlagen, daß wir in Mr. Hastings Haus zurückkehren? Bei allen Erscheinungen, sie hatten eine Nacht voll davon.«

Sie entdeckten, daß Wycheck und seine Kumpane ihre Roben ausgezogen hatten. »Ich nehme nicht an, daß Sie uns in einige Sachen einweihen möchten, Mr. Wycheck?« fragte Phil.

»Nur dieses«, sagte der feine Fremde, sein Ton klang warm und freundlich, aber seine Augen waren nicht viel mehr als blaue Kiesel. »Das Universum ist ein gewaltiger Ort, und wenige haben die Möglichkeit, auch nur einen kurzen Blick auf einen Teil seiner wahren Reichweite und Beschaffenheit zu werfen. Von denen, die es schaffen, überleben diese Erfahrung noch weniger. Zählen Sie sich und Ihre Familie einfach zu den sehr wenigen und glücklichen Seelen, Mr. Hastings. Lassen Sie all das hinter sich und aus Ihrem Gedächtnis verschwinden. Sollten wir – meine Gefährten und ich selbst – jemals entdecken, daß Sie sich erneut in unsere Angelegenheiten einmischen . . . werden wir gezwungen sein, Maßnahmen zu ergreifen.« Das letzte sagte er ohne Feindseligkeit oder Bedrohung. Er nannte bloß die Fakten, wie er sie sah. »Jetzt schlage ich vor, zu Mrs. Hastings zurückzukehren und Ihrer Tochter sowie ihrem Verlobten, Mr. Hastings. Ich bin sicher, sie sind gespannt, zu erfahren, daß es Ihnen gut geht, und Ihre Söhne sehen aus, als bräuchten sie ein heißes Bad und warme Betten. Wir unterhalten uns weiter, wenn wir bei Ihnen zu Hause sind; wir haben viel zu besprechen.« Zu Mark sagte er: »Nebenbei, Ihr Gefährte Mr. Thieus und seine nette Freundin warten dort ebenfalls auf Sie, Mr. Blackman.«

Phil beobachtete, wie einer von Wychecks Kumpanen die Truhe schaufelweise mit Schmutz bedeckte, und sagte: »Wie haben Sie das aus der Polizeistation rausbekommen?«

Mr. Wycheck schwenkte seine Hand in einer höflichen Geste und bedeutete Phil, auf dem Pfad voranzugehen. »Wie Mr.

Blackman Ihnen zweifelsohne erzählt hat, Mr. Hastings, haben wir gute Verbindungen.«

»Die Magier?«

Der Mann lächelte nur, als er sagte: »Wir ziehen es vor, unsere Identität für uns zu behalten. Wenn Sie jetzt also so freundlich wären, ich denke, es wäre das beste, Ihre ermüdeten Jungen nach Hause zu bringen.«

Phil konnte dagegen nichts einwenden, denn beide Jungen schliefen fast im Stehen ein. Er legte eine Hand auf jeden von beiden, erleichtert, das wieder tun zu können, und brachte sie, als Barney die Taschenlampe wieder aufdeckte, nach Hause.

32

Gabbie flog beinah durch die Gittertür, als sie die Stimme ihres Vaters in der Nacht hörte, und Gloria war einen Schritt hinter ihr. Sean und Patrick schleppten sich neben ihrem Vater vorwärts, offensichtlich ausgelaugt. Phil und Mark unterhielten sich ruhig, besprachen, was ihnen zugestoßen war.

»Dad!« schrie das Mädchen. »Da waren diese merkwürdigen Männer mit Gewehren . . .« Ihre Stimme erstarb, als sie Patrick sah. Gloria lief auf sie zu und schnappte beide Söhne und umarmte sie. Sie weinte immer heftiger, während sie vor und zurück schaukelte und die beiden ganz fest hielt. Nach einer Minute sagte Patrick: »Mom, du drückst mir die Luft ab!«

Phil spürte, wie etwas in ihm aufbrach, und Tränen liefen über sein Gesicht. Nichts anderes hätte ihm besser zeigen können, daß sich die Dinge bei seinem Sohn wieder normalisiert hatten, als diese Beschwerde. Er realisierte, wie sehr er seine Gefühle während der letzten wenigen Wochen im Zaum gehalten hatte und wie sehr er seine Vernunft dazu gezwungen hatte, diese wilde und unwahrscheinliche Nacht zu akzeptieren. Jetzt spürte er, wie seine Knie weich wurden. Zu Barney und Mark sagte er: »Gentlemen, laßt mich euch einen Drink spendieren – wenn du mit Scotch vorliebnehmen würdest, Barney, denn ich habe nichts Irisches.«

»Whisky ist Whisky, wenn er heruntergeht, und ein Gast hat kein Recht, sich über die Gastfreundschaft seines Gastgebers zu beschweren. Danke, ich bleibe. Aber es wird der letzte sein, denn morgen kehre ich zum A.A. zurück und gebe einmal mehr das Versprechen . . . bis sie wiederkommen.« Er blickte zu Wycheck und seinen Kumpanen. »Vorausgesetzt es gibt keine Einwände?«

Mark schüttelte den Kopf. Er wußte, wie Barney sich fühlte. »Komm, Phil. Gieß uns eine Runde ein.« Den feinen Mann ansehend, sagte er: »Möchtest du dich uns anschließen, Anton?«

Der Mann lächelte nur und sagte: »Nein, meine Gefährten und ich bleiben nur kurz.« Aber er folgte ihnen ins Haus. Die anderen drei Männer gingen außen ums Haus herum, zur vorderen Veranda. Phil fiel auf, daß sie leise sangen, irgendeine ungewöhnliche rituelle Sache, und für eine Sekunde schien etwas in diesen Worten an seinem Geist zu zerren. Er schüttelte diese ungewöhnliche Sinneswahrnehmung ab und führte die anderen ins Haus.

Als Phil das Wohnzimmer betrat, fand er Jack, Gary und dessen Freundin Ellen auf der Couch sitzend vor, und zwei Männer, wie die anderen in Rollkragenpullovern und Jeans, standen daneben. Sie schienen entspannt zu sein, aber es war klar, daß sie noch bis vor ein paar Minuten Wache gehalten hatten. Gary erhob sich, kam an Marks Seite und sprach hektisch zu ihm. Phil goß eine Runde Drinks ein und begann damit, sie herumzureichen. Gabbie setzte sich neben Jack, der grimmig aussah.

Phil nahm einen tüchtigen Schluck und beobachtete, wie Gloria sich an Mr. Wycheck wendete. »Die Jungen sind erschöpft. Dürfen sie ins Bad und zu Bett gehen?«

Mit einem Lächeln sagte der Mann: »Auf jeden Fall, Mrs. Hastings. Bitte, wir möchten so gefällig wie möglich sein.«

Sowohl Sean als auch Patrick kamen rüber und umarmten Phil, und Gloria brachte sie nach oben. Da seine Frau und seine

Söhne aus dem Zimmer waren, sagte Phil: »Also, Mr. Wycheck. Was haben Sie für uns in Reserve?«

»Nun, ich würde gerne dieses Haus kaufen.« Als er sah, wie Phils Gesicht sich zu einer grimmigen Maske verzog, nahm er einen Scheck aus der Innentasche seines Mantels und sagte: »Ich denke, Sie halten dies für ein mehr als faires Angebot, Mr. Hastings.«

Phil las den Betrag auf dem Scheck und nickte. »Das ist zweimal soviel, wie ich bezahlt habe.«

»Wir hegen nicht den Wunsch, einen Vorteil daraus zu ziehen, daß Sie das Haus verkaufen müssen. Ich weiß, daß Sie und Ihre Familie schnell handeln müssen, vor dem ersten des neuen Jahres. Gibt es irgendein Problem?«

»Nein«, antwortete Phil. »Das ist genügend Zeit.«

Wycheck sagte: »Ein Anwalt wird Ihnen die zu unterzeichnenden Papiere bringen, aber Sie können den Scheck auch jetzt nehmen, wenn Sie möchten.«

Phil schüttelte den Kopf. »›Verkaufen müssen‹. Das mag ich. ist ein netter, beschönigender Ausdruck für Erpressung.«

»Kaum Erpressung, Mr. Hastings. Sie müssen dieses Haus verkaufen. Weil Sie erst heute morgen von Ihrem Agenten gehört haben, daß Ihr Studio einen weiteren *Star-Pirates*-Film haben möchte. Er drängte Sie kräftig, zu akzeptieren, denn die Bezahlung ist zu gut, um abzulehnen. Und während Henderson Crawley es abgelehnt hat, einen anderen zu bestimmen, wollen Sie ebenfalls etwas zu sagen haben.« Während er sprach, schien sich Phils Geist mit ungewöhnlichen Echos zu füllen, als ob jedes gehörte Wort sofort von einer anderen Stimme – der seines Agenten – wiederholt würde. Ihm kam es vor, als brächte ihn diese Sinneswahrnehmung aus der Fassung, aber sie endete in der Sekunde, in der Wycheck aufhörte zu sprechen.

»Ich dachte, wir würden alle einfach verschwinden«, sagte Mark.

»Mr. Blackman, die Tage, in denen Gewalt angewandt wurde, um Probleme zu lösen, liegen, leider, hinter uns, denn wir finden, wenn irgend möglich, andere Mittel, um Schwierigkeiten zu beheben. Nein, wir versuchen wenn irgend möglich vernünftig zu sein. Diejenigen in unserer Bruderschaft, die an diesem unglückseligen Versuch teilgenommen haben, das Wesen unserer ›Übereinstimmung‹ zu verändern, sind identifiziert, isoliert, und man befaßt sich mit ihnen. Mr. Blackman, wären Sie nur noch einen Tag bei uns geblieben, wären Sie von uns hierher zurücktransportiert worden. Sie sehen, es war August Erhardt, der der letzte Agent in unserer Mitte war. Einige unserer Brüder dachten, wenn man den Konflikt wieder aufnähme, würden sich uns Möglichkeiten bieten, unsere schon nicht unbedeutende Position in der Welt noch weiter zu konsolidieren, selbst anzuführen in eine vielleicht vereinheitlichte Weltordnung. Ein utopischer Traum, der von Zeit zu Zeit in unseren Reihen auftaucht und im Lichte der gegenwärtigen Weltspannungen verständlicher wird. Deplazierter Idealismus, befürchte ich.«

Mark sprach bitter. »Und was ist mit Aggie Grant?«

»Das ist äußerst bedauerlich«, antwortete Wycheck, und er schien es ehrlich zu meinen. »Aber wie in allen Kriegen kommen die Unschuldigen um.«

Gary erhob die Stimme. »Nun gut, wie wollen Sie das vertuschen? Und das, was im Krankenhaus vorgefallen ist?«

»Mrs. Grant starb bei einem Unfall; das ist öffentlich protokolliert. John Wilson, ein durchreisender Anhalter aus Selma, Alabama, zu dem sie so freundlich war, ihn mitzunehmen, starb mit ihr. Mr. Wilson hat keine nächsten Angehörigen. Er wird auf Staatskosten beerdigt.«

Als er zuhörte, vernahm Phil erneut die merkwürdigen Echos, aber dieses Mal schien die Stimme von Dr. John Latham zu stammen.

Wycheck nickte einem der schweigsamen, schwarz gekleideten Männer zu, der ihm einen dicken Band Dokumente in einer Mappe reichte. Im Kamin war ein Feuer entfacht worden, und Mr. Wycheck begann, die Papiere ins Feuer zu werfen. »Diese Aufnahmen haben nie existiert. Dr. Michael Bergman vom John Hopkins kam freundlicherweise nach Pittsville, um sein Versuchsgerät an einem sehr kranken Jungen aus einem örtlichen Waisenhaus auszuprobieren. Unglücklicherweise starb der Junge, und Dr. Bergman war es nicht möglich, ihm zu helfen. In einer liebevollen Geste bezahlte Dr. Bergman die Einäscherung des Kindes, und die Asche wird in diesen Wäldern verstreut. Ebenso steht ein durchreisender polizeilich Verdächtiger – der Mann dachte, er hätte Miss Hastings vor zwei Monaten vergewaltigt – bei der Polizei unter psychiatrischer Beobachtung. Er entkam diese Nacht, indem er eine Schwester und zwei Wärter angriff, einen Stuhl durch ein defektes Sicherheitsfenster warf und hinaus in die Nacht entfloh. Die Polizei sucht ihn jetzt, aber sie werden bei dem Versuch, ihn wieder einzufangen, nicht erfolgreich sein.«

Phil schüttelte seinen Kopf, denn dieses Mal hörte sich die widerhallende Stimme wie die von Detective Mathews an. Mit einem Seufzer sagte er: »Der Punkt geht an Sie.«

Wyncheck warf das letzte der Papiere ins Feuer.

Er deutete auf einen Koffer im Flur. »Diese Dokumente aus Ihrem Keller werden hierher zurückkehren, mit wem auch immer wir sie schicken, um dieses Anwesen zu besetzen, Mr. Hastings. Wir bewahren sie solange auf. Ich bin sicher, Sie verstehen das.«

Phil nickte. Mit einem Lächeln und einem Salut seines Spazierstocks sagte er: »Unser Geschäft ist beendet. Also wünsche ich ihnen allen eine gute Nacht.«

Er gab den Männern in Schwarz, von denen einer den Koffer hochhob, ein Zeichen, und sie gingen. Wycheck begleitete sich selbst hinaus, während Phil zu Mark blickte. Nach einer Weile sagte Mark: »Es wäre ein teuflisch gutes Buch geworden, Phil.«

»Das wäre es, Mark.« Phil begann zu lachen. »Aber wer mit gesundem Menschenverstand hätte auch nur ein einziges Wort geglaubt?«

Marks Ausdruck wurde weniger niedergedrückt; nach einem Moment fing auch er an zu lachen. »Du hast wahrscheinlich recht.«

Phil hörte ein ungewöhnliches Summen und lauschte angespannt. Es hörte sich an, als ob draußen jemand kaum hörbar singen würde. Er schüttelte seinen Kopf, und das Geräusch war fort.

Gloria kam herein. »Ich dachte, ich hätte jemanden reinkommen gehört!« Sie kam und küßte Mark auf die Wange. »Gott, ich bin froh, daß du es zuletzt doch geschafft hast. Du warst so lange Zeit fort. Beinahe zwei Monate!« Ihr Ausdruck war entspannt, obwohl sie ein Hauch von Traurigkeit umgab, aber keine der rasenden Eigenschaften zeigten sich, die während der letzten wenigen Wochen ihr Gesicht gezeichnet hatten.

Mark und Phil tauschten Blicke aus, als Gloria sagte: »Wißt ihr, ich könnte auch einen Drink gebrauchen, bei diesen schrecklichen Neuigkeiten über Aggie.« Sie schaute nach oben. »Es hat die Zwillinge härter getroffen, als ich dachte. Sie sind beide einfach ausgelaugt.«

Phil schaute zu Mark, und beide blickten zu Ellen und Gary, Jack und Gabbie. Gary schien ganz er selbst zu sein, aber Gabbie, Jack und Ellen hatten alle glasige Augen.

Dann schüttelte Ellen ihren Kopf, als ob sie aufwachte, und sagte: »Es ist . . . so traurig. Wißt ihr, wir kamen vorbei, um euch zu erzählen, daß wir heiraten, und nun scheint das so unangebracht zu sein.«

»Ich glaube, Aggie hätte sich für euch gefreut«, meinte Gloria.

Gary, Mark und Phil standen ganz ruhig da, und jeder teilte denselben Gedanken: Sie fingen an, zu vergessen. Barney rieb sich seinen Kopf, als leide er an Kopfschmerzen. Er sagte: »Na ja, danke für den Drink, Mr. Hastings.« Er stand auf und rieb sich erneut den Kopf. »Ich denke, es ist Zeit, zu dem Versprechen zurückzukehren. Es verlangt seinen Tribut, das Trinken. Mein Kopf hämmert wie ein Schmiedehammer.« Er griff sich seine große Taschenlampe und sagte: »Tut mir leid wegen des Wagens. Aber wir schauen ihn uns am Morgen nochmal an.«

Phil nickte und spürte, wie ihm etwas entglitt. Er legte seinen Daumen über sein Nasenbein und sagte: »Okay, Barney, aber . . . wau! Hast du jemals etwas Kaltes zu schnell getrunken, und der Schmerz schießt dann genau hierhin?« Gloria nickte. »Ohh!«

»Nun gut, es ist für alle eine gute Nacht, so gut sie sein kann bei den traurigen Nachrichten über Mrs. Grant. Und dieser arme Kerl, den sie mitgenommen hat. Bedauernswert, solch ein Schicksal.«

Gloria schaute zu Phil, der mit Gras und Schmutz von seinem Kampf mit dem Narren bedeckt war. »Ich wünschte, du hättest das Auto einfach in Ruhe gelassen, anstatt darunter zu kriechen.«

Phil sagte: »Hätte ich wohl, aber ich bin von der Schule der Kinder bis zu Barney gehinkt und« – er kniff die Augen zu und drückte seinen Daumen erneut auf seine Stirn –, »und wir dachten, wir sollten mal nachschauen. Zum Teufel, wir wären auf dem Weg nach Hause sowieso naß geworden.«

Glorias Tonfall war mißbilligend. »Du hättest anrufen sollen.« Sie schaute zu Mark. »Sean trug eine von Gabbies Blusen, was bei diesem Wetter schon schlimm genug war. Aber dann ist er im Dickicht hängengeblieben und mußte sie da draußen lassen. Und Patrick ging als Puck verkleidet, wenn ihr euch das vorstellen könnt. Grüne Blätter waren auf seine Unterwäsche genäht! Warum ich dieser Idee jemals zugestimmt habe, werde ich nie verstehen.«

Jack saß auf der Couch, hatte die Arme um sich gelegt und sah blaß und eingefallen aus. Phil sagte: »Jack, bist du okay?«

Jack nickte. »Ja, es ist nur, daß . . . Aggies Tod mir ganz schön nahegeht.« Gabbie hielt ihn fest umschlungen.

Als man hören konnte, wie Barney durch die Hintertür verschwand, forderte Mark mit einigen Gesten Gary auf, näherzukommen. »sie sind alle dabei, zu vergessen. Ich denke, wir sollten unsere Notizen vergleichen. Wir mögen nicht in der Lage sein, jemandem sonst von all dem zu berichten, aber es gibt kein Gesetz, das besagt, wir können nicht . . .«

Er sah, wie ein merkwürdiger Ausdruck auf Garys Gesicht erschien. »Über was, Mark?«

Mark sagte: »Warum . . . der . . .« Er rang nach Worten,

während die Gedanken seinen Geist mit ihrer eigenen Willenskraft verließen.

Draußen wurde eine Autotür zugeschlagen, und Gloria sagte: »Wer ist das?« Sie durchquerte das Zimmer, um die Drinks für Phil und Mark aufzufrischen.

»Mr. Wycheck, der Mann, der das Haus kauft. Er hat darauf bestanden, heute nacht vorbeizukommen und den Scheck reinzureichen. Ich habe ihm am Telefon erzählt . . .«

Phils Augenbrauen zogen sich zusammen, als hätte er plötzlich Kopfschmerzen, dann fuhr er fort: ». . . es wäre nicht nötig, aber er bestand darauf.«

Mark drehte sich um, wollte etwas sagen, aber in seinem Geist schien ein Aufstand der Bilder stattzufinden. Er atmete tief durch, spürte eine Sekunde lang ein Schwindelgefühl, dann verschwand es. Er schüttelte es ab und sagte: »Ich . . . ich hab' vergessen, was ich sagen wollte.« Er blinzelte. »Was hat das mit eurem Hausverkauf zu bedeuten?«

Phil zuckte mit der Schulter. »Es ist alles sehr schnell passiert. Ich habe heute morgen einen Anruf von meinem Agenten bekommen. Das Studio möchte einen weiteren *Star-Pirates*-Film, und sie wollen mich für die Leitung.«

Gloria reichte ihnen die aufgefüllten Drinks. »Und innerhalb weniger Minuten rief dieser Wycheck aus dem blauen Dunst heraus an, sagte, daß er an dem Anwesen interessiert sei und ob wir es verkaufen wollten. Der Mann ist ein komischer Knilch. Ihr würdet nicht glauben, was für einen Profit wir mit dem Verkauf machen.« Sie setzte sich auf den Stuhl, auf dem vorher Barney gesessen hatte. »also erzähl uns von Deutschland. Hast du irgend etwas gefunden?«

Mark nahm einen Schluck, als seine Kopfschmerzen nachließen. Einen Moment lang spürte er einen merkwürdigen Juckreiz, als versuche er, sich an etwas zu erinnern, dann, frustriert über seine Unfähigkeit, sich zu erinnern, schob er die Verärgerung beiseite. »Nein, nur eine Menge Sackgassen. Ich denke, daß ich es aufgeben muß, etwas darüber herauszufinden, was zum Teufel in Deutschland vorging, als Kesslers Vater abreiste.« Sein Gesicht verzerrte sich zu einem Grinsen. »Ich bin auf ein wirklich merkwürdiges Dokument gestoßen, in« – sein Gesicht verdunkelte sich, als er versuchte, sich an etwas zu erinnern, dann war es wieder fort – »Köln. Ich weiß, daß es sich zu unwahrscheinlich anhört, als daß man es glauben könnte, aber es sieht so aus wie ein richtiger Artikel. Ich denke, ich könnte in der Lage sein zu beweisen, daß Atlantis während der Mycenischen Aera kretisch war. Sobald Gary und ich unser Haus geschlossen haben – angenommen, Ellen hält ihn nicht davon ab, mit mir zu kommen – hauen wir ab zum Mittelmeer.«

Ellen, die ruhig dagesessen hatte, sagte. »Nein, arbeitsreiche Flitterwochen sind in Ordnung, solange sie auf einer Insel im Mittelmeer stattfinden!«

»Erzähl uns davon!« sagte Gloria.

Draußen saß der Mann namens Wycheck reglos da und hörte den schwachen Worten zu, die durch das offene Fenster zu ihm getragen wurden. In seinem Wagen und dem anderen, der von seinen Brüdern besetzt war, konnte man leisen Gesang hören, als uralte Kunstgriffe benutzt wurden. Zufrieden, daß alles so war, wie es sein sollte, gab er dem anderen Wagen ein Zeichen loszufahren. Dann deutete er seinem Fahrer an, ihm zu folgen, während er das Fenster zumachte. Langsam, beinahe geräuschlos schlich das Auto über die Auffahrt und fuhr auf die Straße.

EPILOG

Dezember

Patrick und Sean schlichen auf ihrem Weg von der Schule nach Hause durch die Wälder, als sacht der Schnee fiel, um auf dem Boden wieder zu schmelzen. Es war ihr letzter Tag. Die Weihnachtsferien begannen, aber die Zwillinge würden nicht zurückkommen. Ihr Vater hatte das Haus an einen merkwürdigen Mann verkauft, und sie gingen zurück nach Kalifornien. Ihre Eltern waren im November für zwei Wochen in den Westen geflogen und mit den Neuigkeiten zurückgekehrt, ein wundervolles Haus in irgendeiner Stadt namens Carpinteria gefunden zu haben. Es lag in der Nähe von Santa Barbara, hatte Gabbie gesagt. Ihr Vater würde während der Woche in L.A. bleiben, wo er an seinem neuen Film arbeitete, würde aber am Wochenende nach Hause kommen.

Jack war gerade dabei, Aggies Haus zu verkaufen, und die Eltern der Jungen hatten ihnen gesagt, daß dies einige Zeit in Anspruch nehmen würde. Gabbie und Jack blieben bei Aggie, bis sie das Haus verkauft hätten, anschließend würden sie nach Kalifornien ziehen, wo sie heiraten würden. Die Jungen waren hocherfreut zu hören, daß Gabbies Pferd, Bumper, im neuen Haus untergebracht werden sollte, bis Gabbie und Jack ein Heim gefunden hatten, das neue Anwesen der Hastings hatte eine Scheune, und Gabbie hatte ihnen erlaubt, Bumper zu reiten, sofern sie nicht irgend etwas Ausgefallenes mit ihm anstellen würden, wie etwa Springübungen. Nebenbei, ihre Mutter hatte angedeutet, daß sie vielleicht zu Weihnachten neue Pferde kaufen würden.

Die Jungen überquerten die Troll-Brücke, ohne auch nur eine Sekunde zu zögern. Alle Bedrohung war fort, alle Illusionen waren verschwunden. Innerhalb von sieben Monaten hatten sie von normalen Kindheitsängsten bis zum Überleben einer angsteinflößenden Realität alles durchgemacht. Jetzt spürten sie keine Bedrohung in der Dunkelheit und auch kein Unbehagen mehr, wenn sie dem Unbekannten gegenüberstanden. Sie hatten eine Erfahrung durchlebt, die ihre kindlichen

Erwartungen von dem, was die Welt bot, verändert hatte, und sie waren beide weiser und trauriger geworden. Ihre Schulfreunde schienen irgendwie weniger würdig mit ihrer Zeit umzugehen, als wären sie von Trivialitäten in Anspruch genommen. Dennoch, sie fanden genug Neues, um ihre Gedanken von den Vorkommnissen der letzten sieben Monate abzulenken.

Sean übernahm die Führung, als sie sich ihrem Zuhause näherten. Seit ihrer schweren Prüfung an Halloween dominierte Patrick seinen Bruder nicht mehr. Jetzt behandelten sie sich als Ebenbürtige. Patrick wußte, daß sein Überleben von Sean abgehangen hatte, aber Sean zog daraus niemals einen Vorteil. Sie waren sich näher als jemals zuvor.

Bad Luck wußte, daß um diese Zeit die Schule aus war, und rannte ihnen entgegen, während ihre Mutter geduldig auf der Veranda stand und auf die Jungen wartete, und der Duft von heißen Plätzchen wurde durch die kalte Winterluft getragen. Sie schauten beide für einen Moment auf die oberste Stufe, erwarteten beinahe, Ernie dort in einem sonnigen Fleckchen liegen zu sehen, die Gewißheit eines Katers zur Schau tragend, daß alles in bester Ordnung ist. Wäre er noch am Leben, hätte er das organisierte Durcheinander bestimmt nicht beachtet. Die Möbelpacker würden morgen ankommen, und die Familie fuhr für ein verlängertes Wochenende nach New York. Gloria und die Jungen würden sich die Sehenswürdigkeiten anschauen, während Phil am Montag mit seinem Verleger sprechen wollte. Dann würden sie sich auf den Weg zu ihrem neuen Zuhause machen, zeitig genug, um Weihnachten bei Großmutter O'Brian in Glendale zu feiern. Die Jungen freuten sich darauf.

Sean schlich um das sonnige Fleckchen herum, und Patrick nickte verstehend. Ein ansässiger Farmer hatte am Morgen nach Halloween einen Waschbären geschossen, und das Töten von Hunden und Katzen, Enten und Hühnern hatte aufgehört. Aber beide Jungen wußten, wie Ernie gestorben war. Sie das vielleicht der Grund war, weshalb die Zwillinge sich noch erinnern konnten. Patrick fingerte an dem Stein, den er trug, sie hatten ihn nach tagelangem Suchen im Bachbett gefunden. Schweigend nickte er: *Ja, ich denke, das ist der Grund.*

Von den Stufen ihres Heimes – ein Heim für eine so kurze Zeit – schauten sie gleichzeitig zurück. Die Scheune, der Schuppen, die Bäume, alles war ihnen ans Herz gewachsen, das Fremde, das sie bei ihrer Ankunft empfunden hatten, war verschwunden, ersetzt von einem angenehmen, vertrauten Gefühl. Jetzt würden sie diesen Ort hinter sich lassen, um an einen neuen zu ziehen, um sich wieder an eine neue Umgebung zu gewöhnen, neue Freunde, neue Erfahrungen. Während sie die Wälder hinter der Scheune beobachteten, erinnerten sie sich schweigend an eine Begegnung mit einer anderen Rasse in einer anderen Welt. Sie tauschten eine unausgesprochene Frage aus.

Werden wir sie je wiedersehen?

Dann fielen ihnen diese letzten Worte wieder ein, die Ariel, oder vielleicht auch der Narr, geäußert hatte. *Wer kann wissen, was das Schicksal uns an einem neuen Tag erlaubt?*

Ohne eine Antwort stiegen die Jungen die Treppe hinauf. Sean folgte Patrick, schaute aber noch einmal zurück und spürte ein plötzliches Frösteln. Für einen Moment konnte er nicht sagen, ob er Augen auf sich spürte, die ihn aus den Wäldern beobachteten, oder ob es einfach seine Einbildungskraft war. Und er konnte nicht sicher sein, ob es nur der Wind war, der in den Ästen rauschte, oder ob die Klänge von schwachem jungenhaften Gelächter für eine Sekunde in der Luft hingen. Das momentane Unbehagen beiseite schiebend, drehte er sich um und betrat die warme Küche.

> *Wenn wir Schatten Anstoß erregt haben, bedenkt nur dies, und alles ist wieder behoben: daß ihr hier nur geschlummert habt, während diese Gesichter vor euch erschienen.*

> *Wenn wir Schatten Anstoß erregt haben, bedenkt nur dies, und alles ist wieder behoben: daß ihr hier nur geschlummert habt, während diese Gesichter vor euch erschienen.*

ENDE

Band 20 170

David Eddings

Seherin von Kell

Deutsche Erstveröffentlichung

Endlich – das großartige Finale der erfolgreichsten Fantasy-Saga der letzten Jahre! Der Bestseller der New York Times!

Die Zeit droht Garion, dem König des Westens, davonzulaufen. Wenn er nicht bald seinen Sohn findet, wird die Hexe Zandramas den kleinen Prinzen in einem finsteren Ritual opfern, um auf ewige Zeiten die Herrschaft über die Welt zu erringen.
Verfolgt von den Mächten der Hexe, reisen Garion und seine Gefährten nach Kell, zu jener wundersamen Stadt im Berg, um die Seherin Cyradis aufzusuchen. Endlich können sie eines der größten Rätsel lösen, das ihnen auferlegt ist: Sie erfahren von dem ›Ort, der nicht mehr ist‹. An jener geheimnisvollen Stätte soll sich das Schicksal erfüllen. Garion wird der Hexe Zandramas gegenübertreten, und die blinde Seherin wird wählen müssen – zwischen den Mächten des Lichts und den Kräften der Dunkelheit.

BASTEI LÜBBE

Sie erhalten diesen Band im Buchhandel, bei Ihrem Zeitschriftenhändler sowie im Bahnhofsbuchhandel.